Das Schattenland

Das vierte Volk

Bastian Baumgart

Schweitzerhaus Verlag GmbH
Ginsterweg 18   40699 Erkrath
Telefon 02129 31152   Telefax 02129 31153
eMail: info@schweitzerhaus.de

Copyright: Schweitzerhaus Verlag GmbH, Erkrath
Umschlaggestaltung: Martin Schlierkamp, Köln
Kartenzeichung: Marcel Weber, Aachen
Satzlayout: Katharina Ende, Erkrath
Digitaldruck und Logistikmanagement: Infolog GmbH
74847 Obrigheim
www.Info-log.de
Buchbinderische Verarbeitung: Paul Kapeller, Obrigheim
Gedruckt in Deutschland
Papier FSC zertifiziert
Besuchen Sie uns im Internet:
www.schweitzerhaus.de

www.schattenland.eu

1. Auflage 2010
ISBN: 978-3-939475-28-6

Change. Yes we can …

Wir sind Helden, wir sind Diebe,
angeklagt wegen Hochverrat
an einer Idee, die seit Jahren tot ist,
und die man längst beerdigt hat.
(Die Toten Hosen)

Inhalt

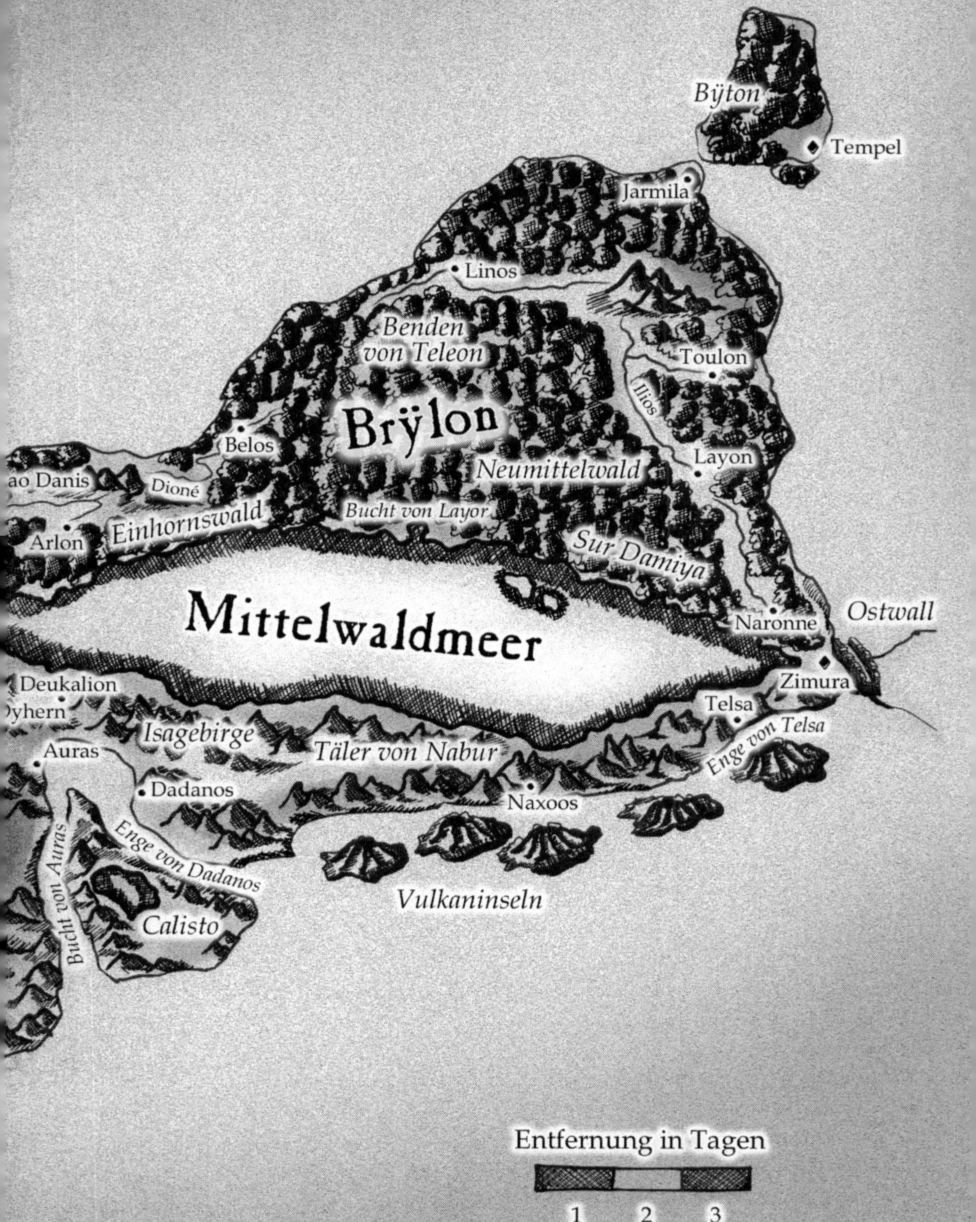

Bÿton

Tempel

Jarmila

Linos

Benden
von Teleon

Brÿlon

Toulon

Ilios

Neumittelwald

Layon

Belos

ao Danis

Dioné

Einhornswald

Bucht von Layor

Sur Damiya

Arlon

Naronne

Ostwall

Mittelwaldmeer

Zimura

Deukalion

Telsa

yhern

Isagebirge

Täler von Nabur

Enge von Telsa

Auras

Dadanos

Naxoos

Bucht von Auras

Enge von Dadanos

Calisto

Vulkaninseln

Entfernung in Tagen

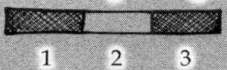

1   2   3

www.schattenland.eu

Prolog

„Ich glaube, diese Diskussion bringt uns nicht weiter", raunte ein älterer Magier seinem Tischnachbarn zu. Jemand räusperte sich. Langsam kehrte wieder Ruhe ein. Der Mann, der am Kopf der Tafel saß, wartete noch einen Augenblick. Er wirkte trotz der ihn umgebenden Aufregung entspannt. Schließlich erhob er sich.

„Ich weiß, dass diese Situation nicht einfach ist, meine Brüder. Aber wir müssen uns den Problemen geschlossen stellen." Er machte eine Pause. Die übrigen Mitglieder des Rates nickten zustimmend. „Doch ich kann euch dabei nicht weiter führen. Denn ich habe mich entschlossen, mein Amt als Vorsteher des Ordens nieder zu legen." Wieder entbrannte aufgeregtes Geflüster.

Einer der Alten erhob sich. „Darf ich um Ruhe bitten?" Die anderen verstummten nur widerwillig. „Bruder Lavian, wie könnt Ihr dem Orden in dieser Situation den Rücken kehren?"

„Mein lieber Bruder Tafir", begann Lavian. „Ich möchte nicht, dass Ihr glaubt, ich entziehe mich meiner Verantwortung ohne Grund. Aber ich kann nicht weiter dulden, dass diese grausamen, heimtückischen Morde, die mit der Entehrung unseres Namens einhergehen, fortgesetzt werden, ohne dass sich jemand dagegen stellt."

„Ihr könnt das sinkende Schiff nicht verlassen. Wer steuert es dann?", rief einer der Magier. Zustimmendes Gemurmel erfüllte den Ratssaal des Weißbundordens.

„Das …" Lavian faltete die Hände. „… liegt nun nicht mehr in meiner Macht."

„Aber Bruder Lavian. Was sollen wir tun?", rief einer der Anwesenden.

„Das, Bruder Ferdor, habe ich Euch und den anderen Mitgliedern des Rates bereits vorgeschlagen."

„Wir sollten nicht handeln, bevor wir nicht wissen, wer dafür verantwortlich ist."

„Dies war die Meinung der Mehrheit des Rates, in der Tat! Aber was hat unsere Suche ergeben?" Lavian wartete einen Moment, bevor er weiter sprach. „Wir haben versucht die schwarzen Schafe zu finden. Doch sie lassen sich nicht aufspüren."

„Vielleicht ist es einer von uns", flüsterte jemand hinter vorgehaltener Hand, woraufhin dessen Sitznachbar in die Diskussion einstimmten.

„Macht Euch nicht lächerlich!"

„Bruder Lavian hat Recht. Wir müssen es tun!"

„Ja, so kann ein jeder zeigen, dass er nicht zu Ihnen gehört."

„Ich stimme dem zu!"

Nach und nach erstarb das Gemurmel. Lavian stand noch immer und sah angespannt in die Runde, bis sich der Magier mit dem Namen Tafir schließlich erhob und den Vorsteher des Weißbundes ansprach: „Der Ältestenrat möchte einen Beschluss fassen."

„Wie Ihr wünscht, werter Bruder!", erwiderte Lavian. „Ich lege die Macht der Entscheidung in die Hände des Ältestenrates." Er neigte das Haupt und faltete die Hände. „Wie soll der Beschluss lauten?"

„Wir wollen die Macht der Magici konzentrieren, um die Schatten aus unseren Reihen zu vertreiben und um diesem Spuk ein Ende zu setzen."

„So sei es!", sprach Lavian. Seine Mundwinkel zuckten. Er hatte es geschafft. Schon bald würden die elementaren Mächte seiner Brüder auf das Amulett übergehen. Die Mächte, die sie zu erwählten Magici und einen jeden von ihnen einzigartig, stark und auch gefährlich machten, würden ihnen genommen und gemeinsam konzentriert zu der mächtigsten Waffe, die diese Welt jemals erblickt hatte. Eine Waffe, die die Macht über Licht und Schatten, über Leben und den Tod versprach. Eine Waffe, mit der nur wenige umzugehen wussten und der noch weniger würdig waren. Und wem würde der Rat das Amulett vermachen? Innerlich lachte Lavian, der die Antwort auf diese Frage bereits kannte, das höhnische Lachen eines Gewinners. Sein Plan würde gelingen.

Drittes Buch

Die Suche

Der Dieb und die Dunkelheit

Bedächtig schritt der Herr der Schatten in Seinen dunklen Gemächern auf und ab, während Er in einem alten, vergilbten Buch blätterte. Seine Augen flogen über die kleinen Schriftzeichen hinweg.

„Es muss funktionieren. Es wird funktionieren", murmelte Er vor sich hin und tippte mit dem Zeigefinger auf die alte Zauberformel, ganz so, als schien Er gefunden zu haben, was Er suchte. Er lächelte und fixierte den Dunkelmagier, der reglos in der Mitte des Raumes stand.

In Gedanken versunken schloss Er das Buch und schritt auf Seinen Diener zu, der stumm auf weitere Befehle wartete. Die pechschwarze Kutte mit dem eingewebten goldenen Löwen wehte wallend nach. Bedächtig raffte Er die Ärmel zurück, streckte einen Arm aus und berührte die im Halbschatten gelegene Stirn seines Dieners. Die poröse, kalkweiße Haut unter der schwarzen Kapuze fühlte sich schwitzig-kalt an.

„Scientia …" Er spürte einen leichten Sog. „… potentia …" Der Boden begann leicht zu beben. Das letzte Wort schrie Er hinaus: „… est." Das Zimmer um Ihn herum verblasste und …

Plötzlich blendete Ihn helles Licht. Es wurde zurückgeworfen und verstärkt von dem sandigen Boden, auf dem Er stand. Um Ihn herum tobte eine Schlacht. Lautes Getöse überall.

Ein junger Krieger mit blutverschmierter Rüstung taumelte haltlos einige Schritt vor Ihm. Der Junge trug keinen Helm, sein Gesicht war von den Schlägen angeschwollen. Das Schwert hielt er zitternd in der Hand. Er atmete so schwer, dass die goldene Kette mit dem dunklen Stein auf seiner Brust immer wieder heftig auf- und abtanzte. Das Ziel des Jungen war ein alter, grauhaariger Mann in einer roten Magierrobe, der gerade eine blassblaue, magische Barriere heraufbeschworen hatte.

„Komm zu mir", zischte der Rotgerobte in Richtung des Jungen.

„Euch beide kannst du nicht schützen", sagte eine eiskalte Stimme und von allen Seiten schritten die Dunkelmagier auf den heraufbeschworenen Schutzkreis zu.

Dann begann das Bild zu verblassen. Vergeblich versuchte Er dagegen anzukämpfen und den magischen Blick in den Erinnerungen seines Dieners zu halten. Es folgte ein Augenblick der Schwärze, bevor sich ein neues Bild formte.

Der alte Magier keuchte laut auf und stemmte die Arme auf die Oberschenkel. Erschöpft winkte er den jungen Krieger zu sich heran.
„Junge, versuch zu fliehen!", befahl er ihm. Einen Augenblick später brach die flimmernde, magische Schutzbarriere in sich zusammen.
„Intermissio", sprach einer der Dunkelmagier und zeigte auf den Alten, der vom Lähmzauber getroffen zu Boden sank.

Das Bild verschwand und ein weiteres entstand.

Eingehüllt in einen erneuerten Schutzkreis stand der junge Krieger neben dem alten Magier und schrie ihn an: „Die Orks haben sich ohne Rücksicht in unsere Schwerter geworfen und mich dann hierher geschleppt."
„Arxor, bitte!", versuchte es der Alte.
„Sag es ihm doch!", forderte einer der Dunkelmagier.
„Was?", fragte Arxor.
„Später!", sprach der alte Magicus. Der Junge wandte sich wütend ab und rang einen Ork nieder, der schwer verwundet zu Boden ging.
„Arxor, beherrsche dich!", versuchte ihn der Rotgerobte zu beruhigen. Seine Augen weiteten sich. „Vorsicht!", schrie er.
Die Dunkelmagier lachten höhnisch auf. Einer der verwundeten Orks hatte sich mit seinem letzten Atemzug hochgestemmt und Arxor das Schwert in den Rumpf gerammt. Der Krieger stockte, stolperte und fiel zu Boden.
„Nicht das!", schrie der Alte. „Nicht jetzt!" Er eilte zu Arxor und legte dessen Kopf behutsam auf seinen Schoß. Dann griff er unter seine Magierrobe und holte ein pechschwarzes Amulett hervor.

Die Augen des Herrn der Dunkelheit weiteten sich. Da war es. Im selben Moment verblasste das Bild.
Es klopfte zaghaft an der Tür. Der Schwarzmagier versuchte sich weiter auf den Zauber zu konzentrieren. Quietschend

öffnete sich die Tür und die Verbindung brach ab. Das Buch fiel zu Boden.

Pfeilschnell machte Er auf dem Absatz kehrt. Seine funkelnden Augen musterten die gebückte Gestalt wütend, die nun ehrfürchtig gen Boden blickte.

„Was?", rief Er.

„Herr." Ergeben machte der kleine Goblin einen noch tieferen Buckel und fuhr grunzend und quietschend fort: „Entschuldigt, Herr. Ich wollte Euch nicht stören."

„Und dennoch hast du es getan", erwiderte der Herr der Schatten eiskalt.

„Ja, Herr. Aber ..." Der Goblin wagte nicht aufzusehen. „Aber ich sollte Euch doch sagen, wenn es so weit ist. Und das ist es, Herr." Der Goblin machte eine kurze Pause und sah seinen Herrn ängstlich an. Doch dessen Züge entspannten sich keineswegs. Vielmehr schien sich etwas Ungeduld beizumischen. Das kleine Wesen schluckte und sprach schnell weiter: „Die Krieger stehen bereit."

„Nun gut." Der Goblin druckste herum. „Was noch?", fragte Er streng.

„Wenn Ihr mir eine Bemerkung gestattet, Herr?" Der Dunkelmagier nickte und so fuhr der Goblin fort: „Ich bezweifle, dass die Truppen ausreichen."

„Du willst mehr Krieger?" Der Herr der Dunkelheit sah das Erdwesen verächtlich an. Erzürnt schleuderte Er ihm einen Fluch entgegen, der den Goblin gegen die rückwärtige Wand schleuderte, an der er leblos herunter glitt. „Mehr Krieger", stieß Er verächtlich hervor und hob das Buch gedankenverloren wieder auf. Dann schritt Er zur Tür und öffnete sie. „Du!", fauchte Er und zeigte auf einen zweiten Goblin, der vor ihr wartete.

„Ja, Herr", sprach das Wesen, dessen kleine Hauer in den Mundwinkeln vor Angst zitterten.

„Folge mir!", forderte Er seinen Untergebenen mit eiskalter Stimme auf. „Und schließe die Tür hinter dir!" Der Goblin tat wie ihm geheißen. Sein Blick fiel wie versteinert auf den leblosen

Körper seines Stammesbruders, der zusammengesunken an einer der Wände lag.

„Und?", fragte Er. Der Goblin schwieg. „Was ist mit den Kriegern?"

„Sie sind bereit. Aber wir müssen doch auch die Hochebene sichern, die Schluchten, die Steinbrüche und Wasserfälle, Herr." Der Goblin verbeugte sich demütig und sah zu Boden. Er zitterte. Der Magier sah ihn voller Abscheu an. Er kostete das Gefühl der Überlegenheit aus, bevor Er schließlich antwortete: „So sichert sie! Wo ist das Problem? Nehmt die Wilden, wenn ihr mehr Krieger braucht!"

„Die Wilden? Aber Herr ...", begann die gebückte Gestalt.

„Ich werde mich um sie kümmern. Jeden Willen kann man brechen", zischte Er und sah den Goblin an. Im nächsten Augenblick wurde das kleine Wesen von einem blauen Blitz in die Brust getroffen. Es knisterte und der Goblin sank vor Schmerzen aufschluchzend zu Boden. Der Herr der Dunkelheit maß ihn mit einem weiteren verächtlichen Blick. „Stell niemals wieder meine Befehle in Frage! Du sollst mit Lösungen kommen, nicht mit Fragen und Problemen."

„Habt Ihr noch letzte Anweisungen für Eure Truppen, mein Gebieter?", fragte das Erdwesen leise aufstöhnend. Der dunkle Magier wandte sich von ihm ab und schritt zu einem Schreibpult, auf dem weitere alte Bücher und vergilbte Schriftrollen lagen.

„Ich erwarte, dass ihr es dieses Mal schafft. Ihr müsst das Siegel aktivieren! Und bringt mir diesen Stab zurück. Der Rest wird sich geben." Er lächelte.

„Ja, Herr. Ich werde tun, was Ihr mir aufgetragen habt."

Die Züge des Herrn der Dunkelheit verhärteten sich wieder.

„Und ich erwarte, dass du die Tore unter Kontrolle hältst. Erst wenn wir alle kontrollieren, kann meiner Rückkehr nichts mehr im Wege stehen."

„Und die Schatten?"

„Ich brauche sie hier, um die Willensbahnen aufrecht zu erhalten. Ich muss mich um andere Dinge kümmern. Um wichtigere Dinge. Es ist noch ein weiter Weg. Und vergiss ja nicht, was ich dir aufgetragen habe. Für Rachsucht ist hier kein Platz. Wir haben größere Ziele." Er bedachte die kleine Gestalt erneut mit strengem Blick und legte das Buch auf das Schreibpult. „Nun geh und kehre nicht wieder, bevor die Mission vollendet ist!" Die gebückte Gestalt nickte ergeben und verließ langsam und vorsichtig rückwärts kriechend das Zimmer.

Der Herr der Dunkelheit fuhr in Gedanken versunken über den Deckel des Buches. Die Tür schloss sich quietschend hinter dem Diener. Plötzlich veränderten sich Seine Gesichtszüge. Ein kurzes Flackern keimte in Seinen dunklen Augen auf. Dann fegte Er das Buch, auf dessen Einband in goldenen Lettern „Das Gründungsbuch des Weißbundordens" geschrieben stand, verächtlich vom Schreibpult.

Es fiel auf einen Stapel vergilbter Manuskripte und Schriftrollen, die Staub aufwirbelnd in die Luft geschleudert wurden. Friedlich sanken sie wieder zu Boden. Das Oberste verkündete in geschwungenen Lettern das Wort „Gründungsurkunde". Doch schon hatte sich der Staub der Jahre wieder wie ein Schutzfilm auf das poröse Pergament gelegt und es schien, als sei es seit Ewigkeiten nicht mehr betrachtet worden.

„Wenn wir sie nicht in ihrer Welt schlagen können, müssen wir sie in die unsrige locken!" Er brach in schallendes, wahnsinniges Gelächter aus, das noch lange in den dunklen Gängen nachhallte, und wandte sich wieder dem Dunkelmagier zu, der ergeben auf weitere Befehle seines Meisters wartete.

Der Späher auf dem Hochsitz vor den Toren der Obeliskenstadt hatte seit Jahr und Tag eine ruhige Schicht. Natürlich, die Arbeitszeiten waren nicht die Besten; schließlich verschlief er den größten Teil des Tages und arbeitete des Nachts. Aber das machte ihm nichts aus. Denn er schätzte die Ruhe, die die Dunkelheit über das Land brachte. Ihm gefiel die Einsamkeit fernab der Hektik des Tages.

Zeit für eine Frau oder gar eine Familie hatte er so zwar nicht, aber darauf legte er auch keinen großen Wert. Der Nachtwächter hatte sein Auskommen. Und besser als die körperliche Arbeit auf den Feldern oder die Unsicherheit rund um fehlende Aufträge der Handwerker war die Nachtwache allemal.

Eine kleine Fackel flackerte unruhig im lauen Nachtwind und spendete etwas Licht. Er hatte sich das Lesen selbst beigebracht, denn Geld für einen Mentor hatten nur die reicheren Bürger. Nun saß der Späher häufig nächtelang auf dem Hochsitz und versuchte sich im Studium alter städtischer Heldenabenteuer. Doch je spannender sie waren, desto schneller rasten seine Augen über die Buchseiten und desto mehr schienen seine Augen zu ermüden.

Sein Blick schweifte kurz über das Land. Die Nacht war mild. Die Äste der Bäume an der Grenze zum Elfenreich wiegten im lauen Wind der Sommernacht weich und gleichmäßig hin und her. Immer wieder ermahnte er sich wach zu bleiben und die Augen offen zu halten.

Die Nachtstunden waren von jeher die härtesten für ihn gewesen. Obwohl sich sein Körper mittlerweile an dieses Leben gewöhnt haben sollte, gab es Zeiten, in denen er sich nur mit Mühe dem Reich der Träume entziehen konnte. Er gähnte, blinzelte und hielt mitten in der Bewegung inne. Ihm war, als hätte er weiter hinten ein Licht tänzeln sehen.

Der Späher drehte den Kopf. Das Feld vor der Stadt lag im tiefen Dunkel ruhig und friedlich vor ihm. Sein Puls beruhigte sich langsam wieder. Doch plötzlich blitzte es. Schlagartig war er hellwach. Es war ein helles Blau, das sich langsam zu einem wabernden Schwarzblau verdunkelte. Der Boden begann leicht zu wackeln. Jäh veränderte sich die Umgebung. Es war wie das Hitzeflimmern der Luft, wenn die gleißenden Strahlen der Sonnen einem einen Streich spielten. Nur mit dem Unterschied, dass es nun Nacht war.

Der Späher kratzte sich verwirrt am Hinterkopf und wollte gerade vom Hochstand klettern, als er bemerkte, dass aus dem wabernden Nichts dunkle Gestalten in die Welt traten. Manche geduckt kriechend, andere hoch aufragend und aufgeregt gestikulierend. Wiederum andere stießen sich vom Boden in den dunklen Nachthimmel ab.

Der Späher kroch auf allen Vieren zurück in das Innere des hölzernen Hochstandes. Sie hatten ihn noch nicht gesehen. Auch wenn es hieß sein vermeintlich sicheres Versteck aufzugeben, so musste er die anderen warnen. Die Städter schliefen seelenruhig hinter den Mauern der Stadt und ahnten nichts von ... dem hier.

Der Späher wagte kaum zu atmen. Die Aufmerksamkeit der Neuankömmlinge galt nun der Stadtmauer. Schweißperlen rollten seine Stirn hinab. Er musste unbedingt das Warnsignal an die anderen Wachposten auf der Stadtmauer geben. Ein kurzer Luftzug ließ ihn frösteln und die Lampe erlosch. Mucksmäuschenstill kroch er weiter hinein in das schützende Brettergerüst. Im matten Licht der drei Monde versuchte er die Alarmglocke auszumachen. Doch plötzlich stockte er. Etwas von der Größe eines Kindes saß auf der Ablage nahe der Lampe. Grellrote Augen funkelten ihn aus der Dunkelheit hinaus an. Der Späher brachte keinen Laut hervor. Er schluckte. Ein lautes Fauchen, ein schriller Schrei.

Genüsslich seine knochigen Finger sauber leckend stakste der Gargoyl über die Holzdielen des Hochstands. Nur Momente später erhob sich das Fledermauswesen nach getaner Arbeit in die Lüfte und steuerte auf den Rest der Schatten zu, die sich im Schutz der Dunkelheit auf die Stadt zu bewegten. Es hatte begonnen.

Gregoralfo erwachte, von den Alarmglocken aus dem wohlverdienten Schlaf gerissen. Normalerweise waren es die Nachtstunden, in denen der selbsternannte Dieb von Argonia hellwach und aufmerksam seiner Arbeit nachging. Längst hatte er sich als nächtlicher Besucher, der immer wieder unerkannt entkommen war, über die Grenzen der Stadt und des Reiches hinaus einen Namen gemacht. Viele verglichen seine Beutezüge durch die hohen Häuser mit den abenteuerlichen Geschichten des Rächerkriegers. Er musste lächeln. Mit dem Unterschied, dass er es nicht den Reichen nahm, um es den Armen zu geben. Auf seinen Reisen durch die Ländereien hatte er über die Jahre hinweg eine Menge wertvoller Schätze angehäuft. Doch er hatte zwei Schwächen: Die eine war, dass er trotz den sich stetig vermehrenden Kostbarkeiten nie genug bekommen würde und die andere, dass es ihn immer wieder in seine alte Heimatstadt Kimón zurückzog. Er hätte schon lange das ruhige Leben eines reichen Händlers führen können; was er offiziell auch vorgab zu leben. Doch das Stehlen reizte ihn zu sehr, als dass er diese alte Gewohnheit aufgeben wollte.

Gregoralfo erhob sich und tastete sich langsam vorwärts. Dann schweiften seine Gedanken ab zu den Schätzen, die zwei Stockwerke tiefer, unter den Bodendielen seines Hauses lagen. Die Reinheit und die Schönheit der filigran beschlagenen Metalle und Steine, die im Dunkeln seines Kellers ein trauriges, tristes Dasein fristeten, waren beeindruckend. Die Glocken schlugen noch immer Alarm.

Der Dieb schüttelte verärgert den Kopf. Die Schätze waren zu kostbar, um durch ein gewöhnliches Feuer für immer begraben zu werden. Irgendwann würde er sie aus ihrem Schattendasein befreien. Bearbeitet von den besten Schmieden und Schleifern, die die verschiedenen Rassen dieser Welt je hervorgebracht hatten, mussten sie gesehen werden – und er würde sie allen zeigen. Sie waren die Früchte seiner Arbeit. Der Dieb schmunzelte in die Dunkelheit hinein. Nun gut, eigentlich waren es die Früchte der Arbeit anderer, aber schließlich war es auch nicht leicht gewesen, sie in Besitz zu nehmen – auf welche Art auch immer. Er ging die Treppe hinunter.

Vor seinem geistigen Auge tat sich das Bild der feisten Vorbesitzer auf, denen mittlerweile nur noch dann der Schweiß auf die Stirn trat, wenn sie bei ausgelassenen Gelagen und feinen Empfängen ihr Gold verprassten. Die edlen Herren wussten doch die Kunst, das Blut und den Schweiß, die in dieser Arbeit steckten, nicht zu schätzen.

Und nicht zuletzt deshalb stahl Gregoralfo nur von den Reichen. Das war keine Rechtfertigung für sein Tun, das sollte und musste es auch nicht sein, aber es erleichterte sein Gewissen. Der Dieb grinste, bevor die grellen Glocken, lauter denn je, seinen Geist zurück in die Realität lockten. Das Feuer musste näher sein, als ihm lieb sein konnte.

Er würde seine Schätze in Sicherheit bringen. Keiner würde sie ihm nehmen, erst recht nicht dieses Feuer. Er musste sie sicher verstecken – und er hatte auch schon eine Idee wo. Behände stieg er die letzten Stufen hinab.

Der Dieb von Argonia war vor einigen Wochen beim Ausbau seiner Kellerräume eher zufällig auf den dahinter verborgenen Gang gestoßen. Anfangs hatte er noch überlegt, das Loch zu den Katakomben unter der Stadt einfach wieder zu versiegeln, doch das wäre gegen seine natürliche Neugier gewesen. Und jetzt könnte es sich sogar als nützlich erweisen, schließlich war der Gang aus Stein und somit feuerfester als sein zum großen Teil aus Holz bestehendes Haus.

In den Kellerräumen angekommen legte sich Gregoralfo den leichten, dunklen Umhang um und die ledernen Arm- und Beinschienen an, die er zur Vorsicht immer trug, wenn er des Nachts unterwegs war. Dann schob er das Gerümpel zur Seite, das den Durchgang vor neugierigen Blicken schützte. Bepackt mit goldenen Medaillons und Ringen sowie kunstvoll verzierten Ketten betrat er die Katakomben.

Die Luft roch feucht und modrig. Der Boden war rutschig. Vorsichtig setzte er einen Fuß vor den anderen. Vielleicht war es doch keine allzu gute Idee gewesen, dachte er und rügte sich dafür, dass er auf eine Fackel verzichtet hatte.

Andererseits wollte er nicht umkehren, ohne den ersten Teil der Schätze in Sicherheit gebracht zu haben. Brannte sein Haus nieder, waren sie begraben oder wurden womöglich bei den Lösch- und Aufräumarbeiten gefunden. Zudem war es bisher immer so gewesen, dass er nur seiner Intuition folgen musste, um gute Verstecke zu finden.

Die Zeit schritt voran, ohne dass Gregoralfo sich in der Dunkelheit besser zu Recht fand. Er hob sich im monotonen Schwarz der Gänge nicht im Geringsten von seiner Umgebung ab. Lautlos setzte er einen Fuß vor den anderen. Stille umgab ihn. Und trotz der Tatsache, dass der Dieb in seinem Leben schon unzählige

Nächte durch die Dunkelheit gestreift war, verspürte er ein eigenartiges, befremdliches Gefühl. Es dauerte etwas, bis er erkannte, was es war. Es war ein Gefühl, welches er zuletzt in seiner Kindheit gespürt hatte: Er bekam tatsächlich Angst. Die Glocken läuteten erneut. Das Feuer war noch immer nicht eingedämmt. Etwas stimmte nicht. Das hatte er von Anfang an gespürt. Dann vibrierte der Boden unter seinen Füßen leicht. Es schien unnatürlich und irgendwie fremdartig zu sein. Gregoralfo stockte. Da kam es wieder. Sein Puls beschleunigte sich. Gregoralfo schritt vorsichtig weiter. Er tastete sich mit ausgestreckter Hand vorwärts, die Kostbarkeiten mit einer Hand zwischen Kinn und Körper gepresst, darauf bedacht, die edlen Ketten; Ringe und Reife nicht zu verlieren. Immer wieder ging er zwischendurch in die Hocke, um den Boden zu untersuchen. Die tauartige Feuchte blieb. Gregoralfo fluchte leise. Er hatte das Gefühl, dass der Weg stetig abfiel. Vielleicht irrte er sich auch. Nichtsdestotrotz wartete er auf einen Ausgang aus diesem Labyrinth. Nicht, dass er nicht einfach umdrehen könnte, um zurück zu gehen. Sein Orientierungssinn war so gut ausgebildet wie kaum ein anderer seiner Sinne. Er musste sich just in diesem Moment dem Stadtzentrum, dem großen Platz unter den Obelisken nähern. Es war an der Zeit, dass er ein Versteck fand.

Wieder ertönte das Schlagen der Glocken. Das warnende Signal versetzte die Bewohner momentan wohl in ebenso große Panik wie ihn selbst. Es war untypisch, dass ein einfaches Feuer noch nicht eingedämmt war. Der Dieb begann sich gegen seine Gewohnheit Gedanken zu machen. Er wischte sich mit der freien Hand über das Gesicht und versuchte sich abzulenken. Er schwitzte und war angespannter, als ihm selbst lieb war. Doch es half alles nichts und so bewegte sich Gregoralfo vorsichtig weiter vorwärts - und trat plötzlich ins Leere.

Er stolperte, verlor das Gleichgewicht und fiel zu Boden. Laut fluchend schlug er bäuchlings auf hartem Stein auf. Seine Hand prickelte und wurde langsam taub. Die Finger schmerzten. Gregoralfo stieß leise weitere Flüche aus, rappelte sich auf und begann die Kostbarkeiten mit der gesunden Hand zusammen zu klauben. Blaue Blitze zügelten vor seinen Augen. Er glaubte Sterne zu sehen. Seine Knie brannten, der rechte Arm schmerzte.

Gregoralfo versuchte sich langsam aufzurichten. Doch der Schmerz der verletzten Hand überwältigte ihn und erschöpft sank er wieder zu Boden. Er schloss die Augen und atmete tief ein. Dann strich er sich mit der Hand über das Gesicht, wie um so den Schmerz und Schwindel hinfort zu wischen.

Im zweiten Anlauf schaffte der Dieb es schließlich aufzustehen. Er irrte vorsichtig in der Dunkelheit umher, bis er schließlich eine Wand fand. Dort lehnte er den Kopf gegen den kühlen, feuchten Stein. Die Schmerzen schwächten allmählich ab, doch die vor seinen Augen tänzelnden, blauen Blitze blieben. Etwas stimmte nicht, das spürte er. Der Dieb sah sich rasch um, bis er eine auch nur annähernd passende Nische an der Wand fand, in der seine Kostbarkeiten nicht auf den ersten Blick entdeckt werden würden. Langsam kniete er nieder und schob die Ringe, Medaillons und Ketten hinein.

Nachdem dies erledigt war, richtete er sich auf, atmete aus und schloss die Augen. Als er sie wieder öffnete, züngelte der mattblaue Flammenring stur weiter vor sich hin. Gregoralfo wusste nicht warum, aber er machte einige zaghafte Schritte in Richtung der blauen Flammen. Dabei lehnte sich dabei immer wieder leicht mit der Schulter gegen die Mauer, bis diese plötzlich abbrach. Doch das blaue Feuer hatte ihn so sehr in seinen Bann gezogen, dass er sich darüber nicht wunderte. Stattdessen streckte er die Finger aus und sich tastete sich durch das Dunkel auf die blauen Funken zu.

Plötzlich hörte Gregoralfo ein gedämpftes Flüstern. Er schreckte zusammen und verharrte still. Leise vernahm er unverständliche, nachhallende Wortfetzen. Er wartete. Nichts geschah. Nur das blaue Feuer entfernte sich stetig weiter. Er musste dem Feuer folgen!

Gregoralfo trat langsam in das Innere des ansonsten düsteren Raumes. Er spürte, dass auch die Stimmen allmählich lauter wurden. Der Dieb von Argonia konzentrierte sich noch stärker auf den hektischen, feurigen Schein, machte vorsichtig einen

Schritt vor den anderen.

Blitzartig zerbarsten die blauen Funken zu allen Seiten hin. Gregoralfo ließ sich instinktiv zu Boden fallen. Sein Herz pulsierte, die Schmerzen im Arm kehrten schlimmer als zuvor wieder und die Knie begannen zu pochen. Die Stimmen waren immer noch zu hören, doch der Flammenring war verschwunden. Stattdessen war der große Raum, den er durch einen Spalt in der Wand betreten hatte, in ein gleichmäßig waberndes, mattes Licht gehüllt.

Verdutzt stemmte sich der Dieb hoch. Nach dem Ursprung der Stimmen suchend blickte er sich mit erstaunt aufgerissenen Augen um. Vor ihm tat sich, von gigantischen, pechschwarzen Säulen gestützt, eine steinerne Höhle mit hohen Decken auf. Er schluckte. Die Halle war mindestens dreißig Schritt hoch und maß gut vierzig Schritt im Durchmesser.

Plötzlich hörte er die Stimmen wieder. Doch konnte er in dem schummrigen Halbdunkel niemanden ausmachen. Er mahnte sich zur Ruhe und konzentrierte sich erneut auf die nachhallenden Laute. Ihm war, als kämen sie - er stockte und war sich plötzlich sehr sicher: die Laute kamen von oben.

Gregoralfos Blick folgte einer der tiefschwarzen Säulen, die an ihrem oberen Ende die gigantische Deckenkuppel trug. Der Dieb von Argonia erschauderte ehrfürchtig. Und dann fiel es ihm wie Schuppen von den Augen. Er kannte diese fünf steinernen Säulen, deren Durchmesser jeweils mindestens drei Schritte betrug. Denn diese schwarzen Kolosse bohrten sich, wenngleich deutlich schmaler, noch einige Schritt weit durch die steinerne Decke gen Himmel. Dies waren die Füße der fünf Obelisken, denen Kimón den Beinamen Obeliskenstadt verdankte.

Das Stimmengewirr schwoll noch einmal an. Die Städter versammelten sich auf dem großen Platz. Sicherlich würde bald ein Ausrufer eine Rede zur Lage in der Stadt halten. Gregoralfos Blick blieb auf den Seitenwänden der Halle ruhen. Er erkannte auf halber Höhe eine kleine, von einem hölzernen Geländer eingerahmte Treppe, die sich langsam empor schlängelte. Es mussten um die zwei Dutzend Rundungen sein, die letztlich hinauf zur Deckenkuppel führten.

Schallende Trompetenklänge ließen ihn aus diesem Gedanken hochschrecken. Der erste Aufruf. Nach dem Zweiten würde der Ausrufer den Stadthalter ankündigen. Gregoralfo schimpfte fast lautlos. Der Dieb ging, das verletzte Bein nachziehend, auf den Aufgang der Treppe zu. Mühsam zwang er sich die endlosen Rundungen hinauf. Die Stimmen wurden lauter und klarer, je näher er der Decke kam.

Unterwegs sah er hinab in den Raum unter sich und hielt verblüfft inne. Die spitz zulaufenden Obelisken gaben den Blick auf die Quelle des blauen Lichts frei, das den Raum matt und flimmernd erhellte. Von vier der Kolosse eingerahmt stand der fünfte in der Mitte eines runden Bassins, aus dem die Funken sprudelten und in die Höhe sprangen, wobei sie flackernde Schattenspiele an die Innenseiten der Obelisken warfen. Gregoralfo erkannte gewaltige, alte Runen und Reliefs, die seltsam geschwungen und punktiert ihre Bedeutung in die Welt schrien. Der Dieb verstand sie nicht. Er fühlte sich nur hingezogen zu dem Feuer, diesem seltsamen, blauen Feuer.

Die zweite Trompetenfanfare ließ ihn hochschrecken und mahnte ihn zur Eile. So schnell er es seinem geschundenen Körper abverlangen konnte, stürzte er die Serpentinen entlang. Die Helligkeit des Feuerscheins ließ merklich nach. Dafür nahm die Lautstärke der Wortfetzen immer weiter zu. Bald schon hatte er die letzte Biegung erreicht. Der Treppengang führte in einem langen Gang. An dessen Ende befand sich eine Wand.

Der Dieb sah sich um. Es gab keine Tür, keinen Gang. Nur die Decke und glatte Wand. Vorsichtig lugte er über das Geländer hinab in die Tiefe. Das Bassin wirkte von hier aus unwirklich klein.

„Ruhe!", hörte er den Ausrufer gegen das Stimmengewirr ankämpfend. „Der Stadtherr wird nun zu euch sprechen!" Doch der Menschenauflauf beruhigte sich nur schwerlich. Dann sprach ein anderer Mann etwas sachter: „Die Tore sind geschlossen! Ohne lange Vorreden: Häuser brennen und es waren weder Missgeschick noch eine Laune der Natur die Ursache. Wir wissen nicht, wer oder was dort draußen vor der Stadt lauert, nicht woher sie kommen noch was sie wollen. Aber einige kamen bereits auf und über die Mauer, haben die Wachen angegriffen und in der Stadt Brände gelegt. Nur schwerlich gelang es einigen die Glocken zu läuten, um uns alle zu warnen. Und dass sie es geschafft haben, ist unser Glück!

Was immer da draußen noch wartet: Ich will, dass es da draußen bleibt! Alle Männer kommen mit dem, was sie an Waffen haben, zum Tor. Die Stadtgardisten sind schon dort versammelt – das wird sie erst einmal aufhalten. Und dann schlagen wir zurück! Mit Schwertern, Speeren, Messern, Pfeilen und Bolzen. Nehmt die Hacken und Hämmer, Sensen und große Zangen! Nehmt eure Fleischermesser und Spieße! Eure Weiber und die größeren Kinder schickt zu den Brunnen! Sie sollen helfen die brennenden Häuser unserer Mitbürger zu retten, als wären es die Eigenen."

Aufgeregtes Murmeln erhob sich. „Los jetzt!", brüllte der Stadtherr. Gregoralfo hörte, wie die Menge erst langsam, dann immer hektischer auseinander stob.

Für einen Moment zögerte der Dieb, dann lief er so schnell er konnte hinkend die Stufen hinab. Er musste die Stadt verlassen. Am Fuß der Wendeltreppe stoppte er, sah sich panisch nach einem Stück Holz um. Denn zuerst musste er aus diesem Labyrinth entkommen. Und er musste sich beeilen.

Gregoralfo drehte sich suchend mehrfach um die eigene Achse und fluchte leise. Er ging zum hölzernen Treppengeländer und riss die erstbeste lose Latte heraus. Der Dieb wog den Holzscheit prüfend in der Hand, riss sich ohne weiter nachzudenken den dunklen, leichten Samtmantel von den Schultern und band ihn um die provisorische Fackel. Dann kletterte er zwischen den Obeliskenfüßen hindurch.

Ehrfürchtig trat er an das Bassin, das aus verziertem, schneeweißen Marmor bestand. Ohne sich von der Schönheit oder dem eindrucksvollen Spiel der Flammen blenden zu lassen, hielt er die Fackel in den brodelnden Sumpf blauer Funken. Ein heftiger Ruck ließ ihn erzittern. Er sah hinab. Etwas zog mit aller Macht an der Fackel, zerrte ohne nachzulassen, wollte das Holzstück nicht mehr freigeben. Bald schon war die Kraft so groß, dass Gregoralfo loslassen musste und überrascht zurück wankte, um das Gleichgewicht zu halten.

Doch in eben dem Moment, da die Stofffetzen im Blau versanken, tauchte an anderer Stelle etwas aus dem Brodem hervor und wurde ihm mit voller Wucht ins Gesicht geschleudert, sodass er gegen den rückwärtigen Obelisken gepresst wurde. Dann erloschen die Flammen und es wurde abrupt wieder dunkel.

Gregoralfo schrie auf und schlug dabei hektisch um sich. Er stieß das pelzige Etwas, das ihn angefallen hatte, von sich und stolperte ziellos umher, bis er es nicht mehr vor seinem Gesicht spürte.

Er lehnte sich gegen den Obelisken. Vor seinen Füßen lag das leicht bläulich schimmernde Ding. Er wartete eine Weile stumm und starr, doch nichts geschah. Er hätte sich umdrehen und fliehen können, doch etwas ihn ihm spürte, dass seine Bestimmung eine andere war. Mutig trat der Dieb einige Schritte vor und stupste das am Boden liegende Knäuel mit dem Fuß an. Es war leicht und gab nach. Nur das bläuliche Schimmern erstarb. Gregoralfo zögerte, beugte sich schließlich hinab und nahm es auf.

Gregoralfo bahnte sich den Weg durch die Dunkelheit zurück zu seinem Haus. Er wünschte sich eine Fackel, durchdrang das dunkle Labyrinth jedoch auch so zügig. Die Schmerzen und die verlorenen Schätze hatte er vergessen.

Das weiche Stoffknäuel an sich gepresst kroch Gregoralfo durch das Loch in der Wand in den matt erleuchteten Keller. Dann verbarrikadierte er den Durchgang notdürftig. Sein Blick fiel ein letztes Mal auf all die Kostbarkeiten, die er hier angehäuft hatte. Ging alles gut, würde er sie später retten können.

Er griff nach einem kleinen, verzierten Dolch und steckte ihn sich an den Bund. Es war bei Strafe verboten offen Waffen in der Stadt zu tragen, wenn man nicht der Stadtwache angehörte. Normalerweise, fügte er in Gedanken an den Aufruhr in der Stadt hinzu. Heute schien alles anders zu sein.

Er stieg die Leiter hinauf, öffnete die Luke, schob das Stoffknäuel in den Wohnraum und stemmte sich zuletzt selbst hinauf. Oben angekommen nahm er das modrige, graue Stück Stoff auf und warf es auf einen nahe stehenden Hocker. Dann eilte er die Treppe hinauf in die Schlafstube und zog sich starke, lederne Kleidung an. Seine Knie waren stark gerötet und dick. Er hatte Schürfwunden an Händen und Ellenbogen. Doch die Verletzungen schmerzten nicht. Und so schwang sich Gregoralfo das Geländer herunter und öffnete die hölzerne Haustür seines Fachwerkhauses.

Auf den Straßen der Stadt war die Nacht zum Tag erwacht. Wildes panisches Geschrei, durcheinander laufende Menschen, weinende Kinder. Ein blassroter Schein hing über den engen Gassen. Er roch nach brennendem Holz. Irgendwo war ganz in der Nähe ein Feuer ausgebrochen. Die Glocken läuteten ununterbrochen und das nun schon seit geraumer Zeit. Die ganze Stadt war auf den Beinen. Aus dem nächtlichen Tiefschlaf gerissen. Hellwach.
Gregoralfo gab sein Haus innerlich auf, denn es grenzte an das eines Stoff- und Wollhändlers. Und fingen dessen leicht entzündbaren Werk- und Rohstoffe einmal Feuer, dann wäre es auch um sein Heim geschehen. Doch die Hoffnung stirbt ja bekanntlich zuletzt.
Der Dieb schüttelte den Kopf und warf einen letzten wehmütigen Blick auf sein Heim, bevor er sich in Richtung des Obeliskenplatzes aufmachte. Vielleicht gab es dort weitere Neuigkeiten.
Vor ihm, im Südwesten der Stadt, lag das große Tor. Mit Erschrecken nahm Gregoralfo wahr, dass die hohen Palisaden über eine große Fläche Feuer gefangen hatten.
Als er die Obelisken schließlich erreichte, warfen diese bereits lange Schatten. Die Löschtrupps konnten sie nicht mehr retten.
Frauen und Männer liefen hektisch und orientierungslos mit gefüllten Wassereimern vom Brunnen zu den Palisaden und zurück. Ihr Ziel konnte nur noch darin bestehen, das auf die umliegenden Häuser übergreifende Feuer unter Kontrolle zu halten.
Plötzlich zerbarst das große Tor ohne weitere Vorwarnung. Die Menschenmassen begannen wild und panisch zu kreischen. Gregoralfo drehte sich um und rannte. Er rannte so schnell er konnte ohne sich noch einmal umzudrehen.

Der Dieb hatte die Straße zu seinem Haus erreicht. Das Viertel war wie ausgestorben. Keuchend und nach Luft schnappend hielt er inne, wurde langsamer und lehnte sich an die Hauswand einer dunklen Nische. Er hatte es von Anfang an geahnt. Schon in dem Augenblick, in dem er dem jungen König der Nordlande, dem gefeierten Retter, gegenüber gestanden hatte. Doch wer war dieser Arxor von Argonia gewesen? Er war ein Junge, der in die Schlacht gezogen ist. Er war kein großer Krieger, hatte nicht einmal richtigen Bartwuchs gehabt. Es war nichts als Glück gewesen – und das Opfer des alten Magiers.

Gregoralfo fluchte leise. Jetzt würden er und die Städter büßen müssen. Er wusste, was dort vor Kimón wartete und versuchte in die Stadt einzudringen. Es war nicht fair. Aber das war etwas, was sein Vater ihm mit auf den Weg gegeben hatte: Das Leben ist nicht fair zu einem.

Doch was sollte er tun? Letztlich war es ihm gleich, ob er, einmal erwischt, in einem Kerker der Schatten oder in einem der Nordländer sein Dasein fristete. Seine Arbeit war schließlich auch unter den Städtern verpönt, verboten und wurde bestraft. Allerdings war ein gewisser Wohlstand der Bevölkerung Basis erfolgreicher Arbeit. Was die Schatten aus dem Land machten, war ungewiss. Eines jedoch stand fest: Gerechter als die Argonianer würden sie sicherlich nicht herrschen.

Und deshalb stand sein Entschluss. Er musste sich beeilen und dann seinen Weg allein weiter gehen, ohne auf seine Heimat Rücksicht zu nehmen. Er musste zum Königshaus und dort vom Überfall auf Kimón berichten.

Gregoralfo sah sich kurz um. Bei der Gabe sich im Verborgenen halten zu können, stand er den Dunklen in nichts nach. Und trotzdem wurde er das Gefühl nicht los, dass man ihn beobachtete.

„Zeig dich!", zischte er und zückte den kleinen Dolch. Er trat aus der Schwärze der Nische auf die Straße. Wachsam nach allen Seiten Ausschau haltend drehte er sich im Kreis. Ein kurzes Schluchzen. Gregoralfo sah zu dem Regenfass neben der Tränke, an der die Zugtiere des Wollhändlers für gewöhnlich festgebunden waren. Es herrschte eine trügerische Stille. Doch wo waren die Tiere?

Das Stroh raschelte. Gregoralfo schritt vorsichtig und in sicherem Abstand um das Eichenfass herum. Ein wimmerndes, zusammengekauertes Knäuel verkroch sich weiter in den schützenden Schatten, den das Fass ihm bot.

„Komm heraus", sprach Gregoralfo eine Spur sanfter. „Es tut dir keiner etwas." Er trat einen Schritt näher. Ein neuerliches Schluchzen ließ ihn innehalten. Er sah auf den Dolch hinab, den er noch immer in Händen hielt.

„Hab keine Angst", sagte er und steckte den Dolch weg. Er streckte die Hand aus und berührte die zusammengekauerte Gestalt dort, wo er die Schulter vermutete. Sie zuckte. Dann streifte sie vorsichtig die Kapuze ein Stück zurück und blinzelte hinaus. Tränen rannen über das Gesicht des kleinen Mädchens.

„Es wird alles gut", versuchte Gregoralfo sie zu beruhigen und streckte ihr die Hand hin. „Es passiert dir nichts. Du brauchst keine Angst vor mir zu haben." Er strich ihr über die Wange. Seine Fingerkuppen hinterließen rote, klebrige Streifen auf der weichen, hellen Haut. Er blickte auf seine blutverschmierten Finger.

„Ich habe auch keine Angst vor dir", wimmerte das Mädchen, während Gregoralfo zu Boden sah, auf dem sich langsam eine dunkle, zähe Blutlache ausbreitete, die aus dem Innern des angebauten Schuppens zu stammen schien.

„Wovor denn dann?", fragte Gregoralfo mit einem Anflug von Panik in der Stimme, während er das Mädchen rasch zu sich hochzog. Und in eben diesem Moment fielen auch ihm die rot blitzenden Augen im hinteren Teil des Schuppens auf. Ein Kreischen und der Gargoyl setzte zum todbringenden Sprung an.

Gregoralfo riss die Kleine hoch und sprang zwischen der Tränke und der Regentonne hindurch auf die nächtliche, wie ausgestorbene Straße. Er rannte um ihrer beider Leben. Mit der einen Hand hielt er das Mädchen an seine Brust gedrückt, mit der anderen kramte er nach dem Schlüssel zu seinem Heim. Hinter ihnen ertönte Gepolter. Der Gargoyl hatte das Fass umgeworfen und sich dann in die Lüfte erhoben. Als Gregoralfo den Schlüssel endlich gefunden hatte, versuchte er ihn mit zitternden Fingern im dafür vorgesehenen Loch zu versenken. Er vernahm lederne Flügelschläge hinter sich.

„Komm schon!", stieß er panisch vor Angst hervor. Das an seine Brust gedrückte Mädchen hob den Kopf und schrie. Der Gargoyl näherte sich rasend schnell. Endlich glitt der Schlüssel ins Schloss, Gregoralfo drehte, öffnete die Tür einen Spalt, glitt hindurch und zog sie hinter sich zu. Keinen Augenblick zu früh, als sich die Krallen des Gargoyls tief in das alte Holz gruben. Ein weiterer markerschütternder Schrei des fremden Wesens, dann herrschte Stille.

Gregoralfo setzte die Kleine ab, verrammelte die Tür und ging schnellen Schrittes durch den Flur in den Wohnbereich. Zum Verschnaufen war keine Zeit. Fieberhaft dachte er über einen Ausweg nach. Er hatte es geahnt.

„Verdammt", zischte er. Es waren nur Glück und Zufall, dass … dass dieses Wesen sie beide nicht erwischt hat. Gregoralfo ging im Raum auf und ab. Dann sah er die Kleine an, die noch immer starr im Flur stand.

„Setz dich", sagte er. „Hier drin bist du sicher. Was immer das war, es kann dir nichts mehr tun", versuchte er sie zu beruhigen. Hoffentlich hatte er Recht, dachte Gregoralfo und sah instinktiv zum Fenster in der Wohnstube. Die Augen des Mädchens wirkten abwesend. Gregoralfo ging auf sie zu und nahm sie bei der Hand. Sie schreckte kurz zurück. „Hab keine Angst. Du bist in Sicherheit!" Dann geleitete er sie in den Wohnraum. Das Mädchen zitterte. Sein Blick heftete sich auf das graue Stück Stoff, das auf dem nahen Hocker lag. „Setz dich ruhig!" Der Kleinen fröstelte trotz ihres Kapuzenmantels. Gregoralfo griff nach dem löchrigen Stück Stoff aus den Katakomben und legte ihn ihr wie einen Umhang über. „Entschuldige, ich habe gerade nichts Besseres zur Hand. Aber er wird dich wärmen. Ich bin gleich zurück", sagte er. Dann nahm er eine Öllampe auf und öffnete die versteckte Falltür mit einem quietschenden Geräusch. Er kletterte die hölzernen Stufen hinab und orientierte sich kurz, bevor er in dem Teil kramte, in dem er den verzierten, wendigen Krummsäbel vermutete. Als der Dieb die goldene

Waffe gefunden hatte, wandte er sich zum Gehen, trat auf die erste Stufe der Trittleiter – und blickte in das angstverzerrte, tränenverschmierte Gesicht des kleinen Mädchens.

„Wie ist dein Name?", fragte Gregoralfo im Hochgehen.

„Dayana", antwortete sie schüchtern.

„Dayana. Ein schöner Name", erwiderte er, nahm einen Krug mit Wasser von der Ablage an der Wand und kniete vor ihr nieder, um ihr verschmiertes Gesicht zu säubern.

„Es heißt in unserer Sprache: Die, die hilft", murmelte sie.

„Was meinst du mit in unserer Sprache?", fragte Gregoralfo und stutzte.

Dayana hob eine Hand und streifte die Kapuze zurück. Ihre kastanienbraunen Haare fielen ihr wirr ins Gesicht und im trüben Licht spielten die Schatten für einen Moment mit dem zotteligen Lockenkopf, ehe sie das Haar mit beiden Händen zu einem Zopf umfasste und ihre spitz zulaufenden Ohren entblößte.

„Du bist eine Elfe?", fragte Gregoralfo überrascht. Sie nickte.

„Und wo ist deine Familie?" Plötzlich veränderten sich ihre Gesichtszüge. Die Mundwinkel fielen herab, die Augen wurden feucht, ihre Beine schwer. Bevor sie zusammensacken konnte, fing Gregoralfo sie auf. Tränen rannen ihre zarten Wangen hinab.

„Ist schon gut", murmelte er. Plötzlich umarmte sie ihn. Er drückte die Kleine an sich. Ihre Tränen kullerten auf seinen teuren Mantel und die Lederkleidung. Aber was machte das schon? Er hielt sie so fest er konnte. Er war so unerfahren in dieser Situation. Ihn überkam eine seltsame Art der Angst, vor der er sich mehr fürchtete als vor all den Kerkern dieser Welt. Er musste erstmals in seinem Leben für jemanden Verantwortung übernehmen. Er musste die Kleine hier raus bringen. Dieser Ort würde sonst ihr Untergang sein. Auf eine einsame Elfe würde in einer Menschenstadt keiner Rücksicht nehmen. Sie mussten fliehen. Fort aus der Stadt. So schnell es ging. Um jeden Preis.

Der Atem der Kleinen beruhigte sich zusehends. Schluchzen und Wimmern ließen nach.

„Ich muss schnell nach oben gehen und einige Dinge holen, die wir gleich brauchen werden", sagte er, nahm den löchrigen

Stoffumhang und deckte sie zu. Sie blickte ihn mit ängstlichen Augen an. „Ich bin sofort wieder da. Du brauchst keine Angst zu haben." Er strich ihr über das Haar. Sie nickte und blickte sich misstrauisch um.

Ruhelos eilte er durch das Haus und packte die wichtigsten Sachen in einen Lederbeutel. Etwas zu essen und zu trinken, dazu einige goldene Dukaten, seinen einzigen Taler aus Setin, falls sie ein Haus und Tiere für einen Neuanfang brauchten. Sie ... Gregoralfo erschauderte. Er hatte die Kleine doch gerade erst kennen gelernt. Was tat er nur? Was war mit ihm geschehen? Noch vor einigen Stunden hätte er auf Nichts und Niemanden Rücksicht genommen.

Gregoralfo nahm leichte Leinenkleidung und ein starkes ledernes Wams aus dem Schrank. Das Tierfell würde die kleine Elfe warm halten und die gemeinsame Flucht überdauern.

Dann trat er vor den Spiegel und musterte sich. Er würde die Rollen wechseln, sah seinem Spiegelbild tief in die Augen. Er war der Dieb von Argonia. Sein Können bestand darin nicht gesehen zu werden. Nur das. Ein letztes Mal. Plötzlich vernahm er einen Schatten hinter sich und machte ruckartig auf dem Absatz kehrt.

„Du lässt mich nicht allein, oder?", fragte Dayana und sah ihn aus geröteten Augen eindringlich an.

„Natürlich nicht. Aber wir haben einen langen und beschwerlichen Weg vor uns."

„Wohin reisen wir?", fragte sie.

„Weg von hier. Nur weg von hier", erwiderte Gregoralfo, während sie die Treppen hinunter gingen. „Wenn wir es rechtzeitig schaffen", fügte er fast flüsternd hinzu, als sie den Wohnraum betraten.

Es machte zwar keinen Unterschied, aber trotzdem schloss er die hölzerne Luke zum geheimen Keller und schob die Liege darüber. Dann raffte Gregoralfo die letzten Sachen zusammen. Ohne weiter darüber nachzudenken, griff er nach dem Stoffknäuel.

Leise öffnete Gregoralfo die Tür und spähte hinaus. Von dem fremden, geflügelten Fledermauswesen war erstaunlicherweise keine Spur zu sehen. Flink schlüpften er und Dayana hinaus.

Gregoralfo schloss die Tür hinter sich. Dabei hielt er Dayanas Hand.

Das nahe Feuer tauchte die Stadt in ein flimmerndes Orange-Rot. Nebel und Rauch ließen auch die Gasse, in der das Haus des Diebes stand, unwirklich erscheinen. Er überlegte einen Augenblick. Dayana würde nicht mit ihm mithalten können. So hob er die Kleine auf den Arm und warf sich Umhang und Sack über die Schulter. Dann rannte er so schnell ihn die Beine trugen die Straße entlang.

Doch plötzlich hörte er Geräusche am Ende der in feuriges Licht gehüllten Gasse. Der Dieb von Argonia stoppte mitten im Lauf und ließ sich seitlich durch das offene Tor in den Vorhof eines Händlerhauses fallen. Nicht zu früh! Dayana schrie kurz auf, doch er hielt ihr den Mund zu und nickte in Richtung der Straße. Sie schien zu verstehen und er nahm die Hand zurück. Dann deutete er ihr ihm zu folgen und sie robbten hinter einen Haufen von Getreidesäcken. Zwischen den Säcken lugten sie hervor. Dämonische Schatten kündigten die um die Ecke biegenden Krieger an. Mit Fackeln, Säbeln und Speeren bewaffnet erschienen die monströsen Gestalten am Ende der Gasse.

„Still!", zischte Gregoralfo. Dayana gehorchte. Die Schatten näherten sich. Langsam, schleppend, fast kriechend. Manche zischten, andere schrien brüllend und schlugen mit langen Keulen um sich. Dumpf stampften ihre Füße auf, Krallen kratzten knirschend über den steinigen Pfad. Die Wesen grölten und johlten ausgelassen. Die Furcht der Städter schien sie zu nähren, gab ihnen Selbstsicherheit und eine eigentümlich wirkende Gelassenheit. Es schien eine Art von Genugtuung zu sein, vor jedem Haus stehen zu bleiben, die Türe auf zu stoßen und eine Fackel hinein zu werfen.

Gregoralfos Kopf tauchte hinab, als sie näher kamen. Er warf den löchrigen, grauen Umhang über sich und Dayana.

„Ruhig jetzt!", flüsterte er energisch. „Hab keine Angst. Wir schaffen es. Ich bringe dich heil aus der Stadt. Ich habe es dir versprochen." Sie nickte und er hoffte, dass er Wort halten konnte.

Gregoralfo wartete. Er konnte durch die Löcher auf den steinigen

Boden des Vorhofs blicken. Neben sich ließen die metallenen, blechernen Schritte Dayana ein fürs andere Mal erzittern. Die durch die wilden Flammenspiele wabernden Schatten auf den Steinen wuchsen langsam an. Dann erblickte der Dieb die ersten Klauen, zerschlissene Schuhe und mattgrünliche, schuppige Haut.

Der Trupp blieb stehen. Ein dumpfer Schlag auf Holz, das zersplitterte. Dayana zuckte zusammen. Gregoralfo drehte den Kopf und legte eindringlich den Finger auf die Lippen. Dann kamen Schritte auf sie zu. Die Kleine rückte näher an ihn heran. Er drehte den Kopf zur Straße zurück und hielt den Atem an, als wenige Finger breit vor seinem Gesicht ein maroder, abgelaufener Stiefel auftrat.

Der Dunkelkrieger stockte kurz. Gregoralfos Herz schlug schneller. Dann sah der Ork auf ihn hinab. Das verzerrte, narbige Gesicht unter der zerschlissenen Lederkappe starrte im Schein der Fackel auf die beiden Versteckten. Das Wesen nahm die Witterung auf. Dann hob es den Schwertarm. Gregoralfo und Dayana wagten nicht zu atmen.

Doch plötzlich brüllte ein kleines halbwüchsiges Wesen auf den Ork ein und der Fackelträger hielt inne. Er ließ den Säbel sinken und warf stattdessen das brennende Stück Holz auf die Säcke hinter Gregoralfo und Danyana. Dann drehte er sich um und schritt langsam davon. Erschrocken wollte Dayana aufspringen. Doch Gregoralfo presste sie zu Boden.

Auf der Straße sah sich der Ork ein letztes Mal nach ihnen um und kratzte sich den nur zum Teil von einer zerschlissenen Lederhaube bedeckten, schuppigen Kopf, bevor er vom Vorsteher im Tross weiter geschoben wurde.

Als sie vorüber gezogen waren, erhoben sich Gregoralfo und Dayana. Im Schutz der Dunkelheit stahlen sie sich davon.

Der Schicksalskrieger

Die endlosen Weiten der freien Welt taten sich vor dem kleinen Wäldchen an den Ausläufern der Najaden von Sephiora auf, zwischen dessen Bäumen die Umrisse einer hoch gewachsenen Gestalt zu erahnen waren. Der Wanderer beobachtete die Umgebung stumm und aufmerksam. Beide Sonnen standen hoch am Himmel. Es war ungefähr Mittag.

Durch die Weizenfelder wehte ein lauer Wind, gerade kräftig genug, um eine kleine Erfrischung in der ungewöhnlichen Spätsommerwärme zu sein. Die Kornhalme wogen in trügerischer Ruhe langsam hin und her. In der Ferne konnte er kleinere Hügel ausmachen, auf denen weite Felder lagen, die mit Mais, Gemüse und Obststräuchern bebaut waren.

Die Luft roch wie in früheren Tagen. Sie war belebend und erfrischend zugleich. Die Natur ahnte noch nichts von ihrem Schicksal und dem nahenden Angstgefühl, das das Land allzu bald wieder erfüllen würde.

Sein Kopf bewegte sich. Die Gelegenheit war günstig. Es schienen keine Menschen in der Nähe zu sein. Doch noch zögerte der Wanderer aus dem schützenden Dickicht zu treten.

Der Fluss Lexa, den er auf dem Weg zu seinem eigentlichen Ziel noch überqueren musste, ließ weiter auf sich warten. Noch waren nicht einmal die Weinberge rund um den Hain der Porgata in Sichtweite gekommen. Welch ein mühsamer Weg - vor allem, wenn man ständig auf der Hut sein musste, um nicht von den Truppen der Südländer gesehen zu werden.

Der Wanderer runzelte bei dem Gedanken die Stirn. Die drachenländischen Soldaten hatten den zweifelhaften Ruf Grobiane zu sein, die sich nicht unbedingt immer an die königlichen Erlasse hielten.

Dies kam wahrscheinlich daher, dass das Königshaus der Südlande nach dem verlorenen ersten Krieg der Völker und der damit verbundenen vernichtenden Niederlage selbst bei seinen Bewohnern nicht das Ansehen genoss, wie es beispielsweise König Arxor von Argonia in den Nordlanden hatte.

Der Wanderer atmete hörbar aus. Hatte er die Grenze zum Nordreich erst übertreten, war dieses unnötige Versteckspiel endlich vorüber. Dort würde er unter dem Schutz der Sonnenkrieger stehen und vor herumstreifenden Horden und Wegelagerern mit dem Zeichen von Schwert und Stab sicher sein. Er hatte von zahlreichen Überfällen gehört, die in den letzten Jahren im Namen des Herrn der Dunkelheit verübt worden waren. Die Zeiten waren rauer geworden, seit Er die Handelsstadt Zimura und den Ostwall bei Seiner Rückkehr in Schutt und Asche hatte legen lassen. Und der Regent der Südlande wurde alt und träge. Er konnte den Beschwerden der fahrenden Händler kaum noch etwas entgegen setzen. Die wilden Horden, so die Gerüchte, hielten sich schon lange nicht mehr an königliche Gesetze und Befehle.

Im glimpflichsten Fall kamen die Kaufleute und Bauern nach einer Zahlung von Wegegeld mit dem Schrecken davon. Im schlimmsten Fall – davon konnte und wollte sich der Wanderer kein Bild machen.

Er trat einen Schritt aus dem schützenden Dickicht. Sofort spürte er die drückende Hitze der zwei Sonnen unter dem dünnen dunkelgrünen Kapuzenmantel, der sein Gesicht in einen dunklen Halbschatten hüllte. Und dennoch fröstelte ihm beim Gedanken daran, die tiefen Wälder zu verlassen, die ihm bisher vortrefflichen Schutz und ausreichend Nahrung geboten hatten.

Am Ende des Tages wollte er im nächsten Dorf oder der nächsten Stadt sein Nachtquartier beziehen. Dort konnte er leicht in der Masse untertauchen und es war sicherer, als allein und ungeschützt am Wegesrand zu nächtigen. Bald danach würde er seinen Weg über die Handelsroute durch die Weinberge von Porgata in Richtung Argonia fortsetzten.

Der Wanderer trat auf den steinigen Pfad und machte sich auf den Weg. Wie war es nur jemals so weit gekommen? Der Wanderer schüttelte den Kopf. Die Menschen waren oftmals nicht mehr als einfache Bauern, Handwerker oder Fischer, die in

Ruhe ihren Geschäften nachgehen wollten. Sie waren dadurch nicht besser oder schlechter als andere Völker, auch wenn Gier und Neid häufig ihr Handeln beeinflussten.

Über die Jahrhunderte hinweg war eine Hierarchie entstanden. Niederer Adel, die Herrenhäuser und schließlich sollte es einen Königshof geben. Aber die Menschen konnten sich nicht auf einen gemeinsamen König einigen.

Zwei Reiche entstanden, lange zerstritten; das Menschenreich teilte sich in die Nord- und Südlande. Das Haus Argonia und das Haus der Drachenländer stellten jeweils einen der Könige. Die Gründe hierfür scheinen viele der Bürger heutzutage gar nicht mehr zu kennen. Ihnen ist wichtiger, dass ihre Weidegründe und Äcker ertragreiche Ernten versprechen und das tägliche Überleben sichern.

Politik und Herrschaftsstrukturen waren ihnen so lange egal, bis Steuerzahlungen anstanden, schlechte Ernten sie zum Erbitten von Unterstützung zwangen oder ein herannahender Krieg sie und ihre Heime bedrohte. Dabei konnten sie sich glücklich schätzen, überhaupt noch in Freiheit zu leben, auch wenn ihnen dies nicht bewusst war.

Der Wanderer folgte dem steinigen Pfad. Auf dem Rücken trug er einen Langbogen samt Köcher, darüber einen kleinen Schild, der schlaff herunterhing. Seine restlichen Habseligkeiten hatte er in einem ledernen Beutel verstaut, der neben seinem Kurzschwert an der Taille baumelte.

Man könnte ihn für einen Söldner halten, der als Leibwächter einer Handelskarawane oder als Stadtgardist anheuern wollte. Oder für einen weit gereisten Geschichtenerzähler, der kleine Kinder für den einen oder anderen Penny der Eltern mit den Wundergeschichten seines Lebens erstaunen wollte.

Doch er war keins von Beidem. Er war ein Bote und hatte einen Auftrag zu erfüllen. Von ihm hing vielleicht das Schicksal dieser Welt ab. Der Kampf gegen die Zeit hatte längst begonnen, aber noch konnte er ihn gewinnen.

Sieben Jahre war es her, seit König Arxor von Argonia die Schatten bei Zimura besiegt hatte. Es waren friedliche Jahre gewesen, auch wenn der Schrecken des plötzlichen Überfalls bei allen Völkern Spuren hinterlassen hatte.

Der König der Nordlande hatte dafür gesorgt, dass der alte Wall erneuert und verstärkt worden war. Und auch die östliche Handelsstadt Zimura war wiedererbaut worden.

Nicht zuletzt durch die tatkräftige Unterstützung der Elfen, die den Bewohnern nach dem Krieg gegen die Schatten Hölzer, Früchte und Stoffe gespendet hatten. Und durch die Gaben der Gebirgler, die die Baumeister und Handwerker der Menschen mit Steinen beliefert und so ihren Beitrag zur Wiedererrichtung des starken Walls beigetragen hatten.

Der Wanderer blickte sich prüfend um. Die Umrisse der Gipfel der Kristallberge waren im Osten noch immer zu erahnen. Zielsicher ging er weiter in nordwestliche Richtung und lief der ersten Sonne entgegen, die mit zunehmender Tageszeit immer weiter Richtung Norden schritt und ihm gleißend helle Strahlen wie feurige Pfeile entgegenschleuderte.

Die sommerliche Hitze machte ihm trotz seines jungen Alters stark zu schaffen. Der Wanderer stockte, kramte unter seinem Umhang und holte ein Stück altes, vergilbtes Pergament hervor. Prüfend betrachtete er es eine Zeit lang. Dann entglitt ihm das Papier, auf dem fremde Schriftzeichen die Jahreszeiten des Menschenreiches beschrieben. Der leichte Wind blies es hinaus in die Landschaft. Der Sommer und die Hitze würden also noch eine Zeitlang andauern.

Der Wanderer fluchte innerlich, mahnte sich dann jedoch zur Eile. Bald, wenn die beiden Sonnen über ihm zu einer verschmolzen, war es Zeit für die Mittagsrast, bei der er seine letzten Essensvorräte, vor allem aber sein letztes Wasser, aufbrauchen würde. Danach würde er weitergehen, auf der Suche nach einem sicheren Platz für die Nacht, frischem Wasser und Nahrung.

Nach der Mittagsrast verschwand der Wald schnell am Horizont hinter ihm und auch die Berge wurden kleiner und schemenhafter. Die Landschaft veränderte sich und trotz des

Umstandes, dass er auf den Hauptpfaden des Reiches reiste, begegneten ihm den ganzen Nachmittag über keine weiteren Reisenden.

Die Sonnen senkten sich mehr und mehr und es begann schnell zu dämmern. Kurz darauf sah der Wanderer in der Ferne Rauch aufsteigen. Es schien, als wäre hinter der nächsten Anhöhe ein Hof, vielleicht sogar ein Dorf.

Als er die Erhebung bestiegen hatte, sah der Wanderer zu seiner Überraschung in ein großes, belebtes Tal. In ihm herrschte trotz der späteren Stunde noch reger Betrieb. Viele Menschen liefen umher, führten Ochsen, die Karren voller Getreide zogen, auf Straßen und Pfaden zu ihren Häusern und Höfen. Um die Stadt inmitten der Senke war ein hoher Palisadenzaun errichtet. Man schien auf Sicherheit bedacht zu sein, was hieß, dass diese Stadt entweder nahe der Grenze liegen oder eine der früheren Herrenstädte sein musste.

Der Wanderer schritt den Pfad zum großen Tor hinunter, durch das Bewohner und Händler in die Stadt strömten. Auf dem Weg überholte er einen erschöpft wirkenden Bauern. Mit grimmigen Gesichtszügen maß dieser ihn aus schmal zusammen gezogenen Augen.

Vorurteile waren schon immer ein großes Übel in dieser Welt gewesen, dachte der Wanderer. Vorurteile über die Gebirgler, die alle nur nach Metallen und Edelsteinen graben würden, weil das Schürfen, Tauschen oder Raffen von Schätzen für sie die einzigen Berufungen darstellten.

Vielleicht war dem zu einem kleinen Teil sogar so. Aber die meisten Bewohner der Berge schürften, um ihre steinernen Städte zu verschönern, starke Werkzeuge und Waffen herzustellen und edlen Schmuck für die Einwohner der übrigen Reiche zu schaffen.

Das vergaß man häufig, vor allem, dass sie tauschten, um zu überleben. Dass sie bauten, um zu überleben. Dass sie lehrten und lernten, um zu überleben. Nicht anders, als auch die Menschen.

Es gab auch Vorurteile über die Elfen. Man verstand nicht, dass sie einfach anders waren und nicht nach Schätzen und Reichtum strebten. Das kam den Menschen und Gebirglern fremdartig vor. Auch ihr einfaches Leben im Einklang mit sich und der Natur stand in keinem Zusammenhang mit dem hektischen Treiben der menschlichen Handelsstädte.

Das Positive an den Vorurteilen war bestenfalls Respekt vor den großen Unbekannten – vor allem, wenn diese Fremden bewaffnet waren. Der Wanderer stockte kurz und sah den Bauern an, der ihn weiter verstohlen musterte.

Innerlich kämpfte der Wanderer einen Kampf, der, so schalt er sich, nicht nötig gewesen wäre. Doch er war zu unvorsichtig gewesen. Er musste es tun. Und so griff der bewaffnete Wanderer an seinen Bund, löste eine der kleinen Phiolen, trank sie in einem Zug aus und murmelte dabei einige fremd klingende Wörter. Sofort veränderte sich sein Aussehen. Die Waffen verwandelten sich wie von Zauberhand in einen hölzernen Weidekorb. Die Mundwinkel des überraschten Bauern klappten herunter. Wieder murmelte der Wanderer Worte in der fremden Sprache. Die Gesichtszüge des Bauern entspannten sich. Es schien, als wäre ihm der Grund seiner Überraschung entfallen. Er glaubte nur, den jungen Mann mit ins Gesicht gezogener Kapuze schon einmal gesehen zu haben.

Der Wanderer lief noch eine ganze Weile stumm neben dem Bauern her, bis er ihn schließlich ansprach: „Erlaubt Ihr mir eine Frage: Wie heißt diese Stadt?"

„Nos Tal, wisst Ihr doch", grummelte der Bauer kurz angebunden.

„Natürlich." Der Wanderer nickte. „Die Sonne", sagte er entschuldigend und beschleunigte dann seine Schritte. In seinem Kopf arbeitete es. Nos Tal war eine der Herrenstädte und lag im mittleren Westen nahe dem Fluss Lexa.

Dieser große Strom entsprang in den Bergen von Dadonien und den Fällen von Orbur Tork und mündete ins Mare Ascanium. Dabei trennte er die Nord- und Südlande voneinander. Der Bote lächelte. Er war seinem Ziel näher, als er erwartet hatte.

Schnellen Schrittes betrat er so unauffällig wie möglich die Stadt. Die Stadtwachen am Eingang hatten ihm zuvor keinerlei besondere Beachtung geschenkt. Aber sie würden aufmerksamer werden, spätestens nach dem Untergang der zweiten Sonne und dem Einbruch der Nacht, wenn die schweren, eisernen Tore den Einlass verweigerten. Denn dann zeigten die Städte allzu oft ihre grässlichen Gesichter.

Der Bauer verschwand ohne ein weiteres Wort in der Menge, die auf einem großen, runden Platz hektisch umher lief. In der Mitte des Platzes stand auf einem Steinsockel ein hoher Pfahl, an dem eine tiefschwarze Flagge befestigt war.
In ihrer Mitte war das Wahrzeichen der Porgata eingelassen - eine in blutrot gehaltene Bergkatze mit gekreuzten Schwertern. Dies musste der Marktplatz sein. Auf der gegenüberliegenden Seite lag ein Wirtshaus.
Der Name *„Zur hungrigen Wildkatze"* war nicht sehr einfallsreich gewesen, dachte der Wanderer, ließ sich davon aber nicht weiter stören. Das Wirtshaus würde ihm für die Nacht genügend Schutz bieten. Und den brauchte er. Man wusste nie, ob sich Seine Anhänger oder Späher in der Nähe befanden.

Das Wirtshaus war nicht sehr groß, aber die Schlichtheit und das altmodische Umfeld hatten einen ganz besonderen Charme. Es sah aus wie ein Bauernhaus aus alten Tagen, gebaut aus Lehm und Ziegeln, mit hölzernen Querbalken. Die Fassade war weiß, die Fensterläden dunkel.
Der Wanderer sah sich kurz um. Dann öffnete er die Tür. Muffige Rauchschwaden schlugen ihm entgegen. Er unterdrückte den Hustenreiz. Seine Augen brannten, aber dennoch versuchte er sich auf die Anwesenden zu konzentrieren.
Einige Männer saßen an diesem Abend an runden Tischen, die quer im Raum verteilt waren. Viele rauchten Gräser und Kräuter von den nahen Feldern und Waldhainen und entspannten sich so von einem harten und anstrengenden Arbeitstag. Auf einer Bank nahe der Tür saß ein Junge und sog an einer der Pfeifen. Der Wanderer schüttelte den Kopf und murmelte einige Worte. Der dunkelhaarige Junge hustete und wurde bleich. Er stürzte zur Tür, hielt sich die Hände vors Gesicht.

Die Ankunft des Fremden blieb nicht länger unbemerkt, denn die Gespräche verstummten abrupt, als die Türe quietschend hinter dem Jungen ins Schloss fiel. Die Köpfe der Anwesenden, vor denen Kelche und Krüge mit Traubenwein und Gerstenbräu standen, drehten sich dem Fremden zu.

Er sah sich langsam um. Man beäugte ihn kritisch. Prüfend. Unsicher. *Nos Tal schien in letzter Zeit nicht oft Besuch von Fremden zu bekommen*, dachte der Wanderer.

Er schritt auf den Tresen zu, einen Arm unter dem Umhang, jeden Moment bereit das Kurzschwert zu ziehen. Lange würde sein Illusionszauber nicht mehr andauern. Er brauchte so schnell wie möglich ein Quartier für die Nacht.

Das dumpfe Geräusch von Absätzen auf knarrenden hölzernen Bodendielen erfüllte den Raum, in dem ansonsten eisige Stille herrschte. Der Bote nahm den Korb ab und schritt langsam und bedächtig voran.

Die Tür quietschte erneut. Der Junge war zurückgekehrt und setzte sich wortlos wieder auf die Bank. Seine Augen waren gerötet, das kurze Haar zerzaust. Er hielt sich den Bauch. *Die Lektion hatte er gelernt*, dachte der Wanderer. Das Kraut würde er nicht wieder anrühren.

Er sah sich um. Noch immer waren alle Augen auf ihn gerichtet. Manche Männer schauten peinlich berührt weg, als ihre Blicke sich trafen. Dann fixierte der Bote den Jungen.

„Wie heißt du?", fragte er höflich.

„Jaryan", gab der Junge kleinlaut zurück.

„Gut, kannst du mir sagen, wer der Herr des Hauses ist? Wenn er sich schon nicht zeigt, wenn ein müder Reisender ein Nachtlager wünscht", sagte der Bote ungeduldig. Der Zauber verblasste zusehends. „Ich begehre einen Platz zum Ruhen." Der Junge zeigte nervös auf den hinteren Teil des Raumes. Getuschel und aufgeregtes Gemurmel brandeten auf.

„Nun geh schon!", murrte einer. „Los jetzt, Osador", wisperte ein anderer. Der Bote spürte, wie der Zauber verging. Bald schon würde sich der vermeintliche Korb zurück verwandeln. Dann bewegte sich jemand in dem verqualmten Trakt, auf den der Junge gezeigt hatte. Ein kleiner, korpulenter Mann kam stockend auf den Tresen zu.

„Ich bin Osador, der Herr dieses Hauses", sprach der Wirt mit unsicherer Stimme. „Ihr, edler Herr, wünscht also einen Schlafplatz und sollt ihn bekommen." Er zögerte. „Doch legt Eure Waffen ab und bekennt, welches Banner Ihr tragt." Der Bote sah den kleinen Mann mit hartem Blick an.

„Ich trage das Banner der Freiheit, mein Schwert zu führen bedarf daher keiner Zustimmung von irgendwem. In Eurem Hause will ich es jedoch ablegen." Demonstrativ griff er an den Bund und zog das reich verzierte, silberne Kurzschwert hervor. Ein überraschtes Raunen ging durch die Reihen. Unbeeindruckt lehnte der Bote die Waffe an den Tresen zu seinem übrigen Hab und Gut. „Und nun teilt mir mein Zimmer zu. Dort werde ich meine Waffen aufbewahren. Der Schankraum wird sie erst in den Morgenstunden wieder sehen, wenn ich dieses Haus und diese Stadt verlasse, um friedlich von dannen zu ziehen. Der Rest geht Euch nichts an", endete er, hob kurz die Hand und fügte gedämpft einige fremdartige Worte hinzu. Ein zufriedenes Grinsen umspielte die Züge des Wirtes.

„Der Rest geht mich nichts an. Ihr habt Recht!", sagte er leicht abwesend. Doch im darauf folgenden Augenblick schien er wieder Herr seiner Sinne zu sein. „Das Zimmer ist Euer, wenn Ihr den Preis dafür zahlen könnt", sprach Osador und verbeugte sich. Es war eine in gespielt übertriebener Freundlichkeit ausgesprochene Einladung und bei dem Wort „Preis" schien es, als ob ein herausforderndes Funkeln in den Augen des kleinen Mannes zu sehen gewesen wäre.

Den Preis bezahlen. Der Wanderer betastete seinen Bund, an dem der lederne Geldbeutel hing. Er griff hinein, kramte kurz suchend und warf einige mittelschwere Pennys auf den Tresen. Die Münzen rollten über das abgenutzte Holz und fielen hinter der Theke klirrend zu Boden. Der Wirt rannte gierig hinterher und hob die Münzen auf. Er sah den Fremden an und ein Glitzern erschien in seinen Augen.

„Mein Herr, alles was Ihr wünscht soll das Eurige sein", sprach er in süßlichem Tonfall.

„Ein Zimmer genügt im Moment! Danke", entgegnete der

Wanderer. „Meine Reise war lang." Insgeheim schmunzelte er über Osadors Gesichtsausdruck in dem Moment, als die Geldstücke über die Theke rollten. Es war schon etwas dran an diesen Vorurteilen, dachte er. Menschen und ihr Streben nach Reichtum und Macht. Vielleicht barg so manches Vorurteil doch einen Funken Wahrheit in sich.

Der Wanderer ließ sich von einer Magd auf das Zimmer führen. Es war nicht besonders groß, reichte aber für diese eine Nacht vollends aus. Er bedankte sich bei dem jungen Mädchen, gab ihr einen Penny und schloss die Tür. Neben dem Bett stand ein großer Schrank. Er machte sich nicht einmal die Mühe auszupacken. Stattdessen entkleidete er sich und versuchte schnell einzuschlafen, denn der nächste Morgen kam allzu bald und er durfte seinen Auftrag nicht vergessen. Er musste handeln, bevor es zu spät war. Er musste das Weiße Schloss erreichen.
Der Bote schlief nicht wirklich gut. Es waren zu viele befremdende Geräusche in der Schenke und draußen in der dunklen Nacht. Die Geborgenheit und Freiheit des Waldes fehlten ihm sehr. Der Schutz der grünen Riesen. Er war ein Ziel für das Böse, leicht verwundbar, eingekesselt und gefangen in diesen vier Wänden. Wenn er nur wüsste, wo sich derjenige gerade befand, nach dem er verzweifelt suchte. Vielleicht hatte er Glück und fand ihn im Zauberwald.

Die Nacht lag friedlich über dem mittleren Westen. Nur das gleichmäßige Plätschern der Quellen, die den Südseefluss mit frischem Wasser versorgten, durchbrach die Stille.
Wenige Lichter brannten in der Flammenburg, die über den Steilhängen des Drachenfels' in den wolkenlosen Himmel ragte. Die Wachen ließen ihren müden Blick über die Landschaft schweifen. Plötzlich regte sich etwas, klirrte und scheppte. Ein alter Mann stolperte aus dem Wohntrakt auf die Zinnen. Ein zweiter folgte ihm hektisch mit den Armen rudernd.

„Mein Herr!", rief er.

„Ich gehe nicht wieder zurück!", schrie der Verfolgte fast apathisch.

„Aber mein Herr, was ist es denn? Was macht Euch solche Angst und Sorgen?" Abrupt hielt der Erste inne und wandte sich um. Der Mondschein spiegelte sich in seinen glitzernden Augen. Ein wahnwitziges Lächeln entglitt ihm.

„Sie sind hier. Ich weiß es."

„Wer ist hier?"

„Die Schatten. Sie wollen mich holen." Der Alte sah seinen Verfolger mit großen Augen an.

„Aber Herr, wir haben doch …", versuchte es der Hofmarschall.

„Du glaubst ich bin verrückt, oder?"

„Nein, Herr. Es ist nur …"

„Ich bin nicht verrückt. Ich beweise es dir. Ich zeige sie dir!"

„Herr, wir wissen doch …"

„Wissen ist Macht. Hihi." Der Alte grinste irre.

„Mein König!"

„Komm, folge mir!" Ohne ein weiteres Wort zu verlieren drehte sich König Largos um und hastete in einem für sein Alter beachtlichen Tempo davon. Der Diener folgte ihm nur mit Mühe. Die zwei Nachtwachen, die am großen Tor postiert waren, sahen sich niedergeschlagen an.

Der alte König stolperte die Stufen in den runden Innenhof hinab, in dessen Mitte die ewige Flamme brannte, die der Legende nach die Ausgeburt des feurigen Atems des letzten Drachens dieser Welt war. Largos' Nachtgewand und der achtlos umgeworfene Umhang mit dem Drachenwappen wehten im spätsommerlichen Wind. Er eilte den Wachen entgegen.

Die beiden Soldaten sahen sich kurz an. Der eine nickte und sie kreuzten die Lanzen. König Largos stockte und kam schlitternd zum Stehen.

„Was soll das werden?", fragte er leicht belustigt. Der Diener kam keuchend und nach Luft schnappend hinter dem König der Südlande zum Stehen.

„Herr …", begann der Soldat mit traurigem Blick.

„Herr!", jauchzte der Marschall, „Ihr wisst so gut wie ich, dass Ihr das Schloss nicht verlassen solltet."

„Weshalb?"

„Ich ... Ihr ... Die Schatten ..."

„Die Schatten? Wo sind sie? Hast du sie auch gesehen?" Die Augen des Königs weiteten sich.

„Nein, Herr. Ich habe sie nicht gesehen."

„Dann muss ich sie dir zeigen. Euch allen. Kommt alle mit! Sie sind hier. Oh ja. Sie sind hier."

„Ich weiß, Herr. Aber wir haben doch schon in Euren Gemächern nachgeschaut. Dort waren sie nicht."

„Nein. Dort können sie auch nicht sein." Der König machte eine zufriedene Miene. „Aber ich weiß, wo sie jetzt sind."

„Mein König, Ihr seid gerade aus Euren Schlafgemächern geflohen."

„Ich habe mich erinnert. Ich weiß jetzt wieder, wo die Schatten sind. Ich weiß, wo sie hingegangen sind. Sie haben es mir gesagt."

„Sie haben es Euch gesagt?", fragte einer der Soldaten. Der Blick des Marschalls brachte ihn zum Schweigen.

„Ja, sie sprechen zu mir", erwiderte der König. „Wenn ich allein bin, im Dunkeln."

„Herr, ich bitte Euch. Wir sollten nun wirklich ..."

„Sie haben es mir verraten. Sie sind unter dem Schloss. Wir müssen ..." Der König machte einen Schritt vorwärts, doch die Wachen verstellten ihm den Weg. „Lasst mich durch!", forderte er. „Ich bin noch immer Euer König!"

„Ihr wisst, dass wir das nicht dürfen!"

„Wie könnt Ihr es wagen?"

„Herr, Ihr solltet wieder ins Bett gehen", sagte der Marschall mit beruhigender Stimme.

„Aber ich will nicht zurück. Die Schatten ...", begann der König und seine Augen weiteten sich angsterfüllt.

„Die Schatten haben Eure Gemächer verlassen."

„Woher wisst Ihr das? Sie ..."

„Sie sind unter dem Schloss, das wisst Ihr doch."

„Ja, aber ..."

„Kommt, ich bringe Euch zurück in Eure Gemächer." Der Marschall zog Largos sanft zurück. Der alte Mann wehrte sich nicht.

„Woher wisst Ihr das alles? Hört Ihr sie auch? Sie sind unter dem Schloss. Sie graben sich durch den Boden auf dem wir stehen. Sie sind unter uns."

„Ja, ich weiß", flüsterte Largos' Gegenüber und geleitete den König zurück ins Haupthaus. Die Soldaten sahen sich mit sorgenvoller Miene an. Es kamen schwere Zeiten auf sie zu. Und Prinz Duncas hatte den Hof auf unbestimmte Zeit verlassen.

Im Morgengrauen verließ der Bote die „Hungrige Wildkatze". Jaryan, der Junge aus dem Wirtshaus, begleitete ihn ein Stück weit, um ihn auf den richtigen Weg zu bringen.

Der Wanderer war überrascht, dass nachts niemand die Stadtwache gerufen hatte. Sein Auftreten hatte Aufmerksamkeit erregt. Aber wahrscheinlich hatte man es Osador überlassen, der dies von dem Zauber geblendet nicht in Betracht gezogen hatte. Der Wirt war ihm am nächsten Morgen erstaunlich freundlich entgegen getreten. Das von der Magd aufgetischte Frühstück stand schon vor dem Aufgang der ersten Sonne bereit. Der Bote aß Bauernbrot und selbst gemachten Käse, verzichtete jedoch auf die Wurst, die man ihm anbot. Die Magd fragte mit gesenktem Haupt nach weiteren Wünschen. Er bedankte und erhob sich. Osador hatte ihm neben etwas Proviant - gegen entsprechendes Entgelt, versteht sich - auch eine Karte auf dem Tresen hinterlassen. Auf ihr waren die offiziellen Pfade durch den Hain der Porgata eingezeichnet. Und zu eben jenen Ausläufern der Weinberge wollte ihn Jaryan bringen.

Der Junge lief nun schon eine Weile, die Hände in den Hosentaschen, stumm neben dem Wanderer her. Sein Blick war auf den steinigen Pfad vor ihnen gerichtet. In Gedanken versunken trat er achtlos einen Stein zur Seite. Dann sah Jaryan den Wanderer an und fragte: „Habt Ihr schon viel von unserer Welt bereist und gesehen, Herr?"

Der Bote zögerte einen Augenblick. „Ich denke schon", antwortete er schließlich.

„Ich war noch nie außerhalb der Grenzen des Hains", murmelte Jaryan in traurigem Tonfall. Der Wanderer schwieg. Der Junge blickte zu ihm auf. „Habt Ihr Abenteuer erlebt?"

„Jeder neue Tag hält Abenteuer bereit", erwiderte der Wanderer vieldeutig.

„Das ist es nicht, was ich meine."

„Vielleicht ist es schon das, was du meinst. Kommt deine Zeit, findet dich das Abenteuer."

„Aber nicht in Nos Tal", gab Jaryan zurück.

„Auch dort. Du wirst noch vieles erleben, bist noch jung. Ungeduld ist nicht die Lösung für deine Sehnsüchte." Jaryan blickte enttäuscht drein.

„Ich würde gern die Welt bereisen, die anderen Völker kennen lernen."

„Doch statt deinem Traum zu folgen, sitzt du am Abend rauchend in einem Wirtshaus", sprach der Wanderer.

„Was soll ich tun?"

„Was ist mit deinen Eltern? Was mit einer Arbeit?"

„Meine Eltern leben nicht mehr zusammen. Ich bin mit Mutter in Nos Tal. Hier hat sie in Osadors Wirtshaus Anstellung gefunden. Es ist nicht leicht für sie gewesen, etwas zu finden."

„Was ist mit dir? Unterstützt du sie nicht?"

„Ich darf nicht arbeiten, bis Vater mir sein Einverständnis gibt."

„Und wieso macht er das nicht?"

„Vater lebt in Pantia, ist Holzarbeiter. Er war selten zu Hause und wenn, dann ..." Jaryan sah zu Boden und schwieg. Der Wanderer hielt inne. Dann legte er dem Jungen die Hand auf die Schulter. Jaryan nickte dankbar. „Irgendwann ist Mutter dann gegangen, hat mich mitgenommen. Er weiß nicht, wo wir sind."

„Wie willst du dann sein Einverständnis bekommen?", fragte der Wanderer. Der Junge zuckte mit den Schultern und sah hinaus in die Landschaft, die langsam aber sicher hügeliger wurde.

„Dort hinten beginnt der Hain der Porgata", sagte Jaryan.

„Wir sollten eine Mittagsrast machen", schlug der Bote vor. Etwas abseits des Weges machten sie es sich auf einer Wiese gemütlich. Jaryan strich sacht mit der Hand über das satte Grün.

„Du erinnerst mich an jemanden", sagte der Bote, während er das Maisbrot zerbrach und einen Teil an Jaryan weiter reichte. Der Junge blickte ihn an.

„Danke, Herr. Doch an wen erinnere ich Euch?", fragte er.

„An jemanden, mit dem ich gegen die Schatten gekämpft habe."

„Ihr wart dabei? Beim Kampf um Zimura?"

Der Wanderer nickte. „Ja. Aber kannst du dich noch daran erinnern?"

„Ich war noch jung, ein Kind. Aber Vater hat mir erzählt, dass …" Der Junge stockte. „Vater war sehr aufgebracht, als er hörte, dass die Nordlande die Schatten besiegt hatten. Und Ihr habt an der Seite des nordländischen Königs gekämpft?"

„Ja."

„Umso mutiger ist es, in den Südlanden zu wandern", sagte Jaryan anerkennend. Sein Gegenüber ignorierte die letzten Worte und gab dem Jungen statt einer Antwort das Stück Wurst, das er in dem Proviantbeutel gefunden hatte.

„Ich war dabei in der Schlacht, in der die Gebirgler und Elfen den Menschen zur Hilfe gekommen waren", sagte er. Wieder hörte er die Schreie, roch den Angstschweiß, sah den rot gefärbten Sand. Jaryans Augen weiteten sich, während der Wanderer in Gedanken versunken in das trockene Maisbrot biss.

„Das heißt Ihr kennt Elfen und Gebirgler?"

„Was heißt kennen?", fragte der Wanderer kauend. Er trank einen Schluck aus dem Wasserschlauch. „Wir haben miteinander gelebt, voneinander gelernt, nebeneinander gekämpft und gesiegt." Er reichte den Schlauch an den Jungen weiter.

„Danke, Herr." Jaryan zögerte.

„Trink nur!", forderte der Wanderer den Jungen auf.

„Danke, Herr! Ihr seid so anders." Der Bote lächelte und blieb stumm. Nach einer Weile fragte Jaryan: „Und wie sind sie so?"

„Wer?"

„Die Elfen, die Gebirgler?"

„Sehr verschieden." Der Wanderer sah den Jungen an, der ungeduldig mit den Beinen wackelte. Jaryan lechzte nach Informationen. Er ist ein guter Junge, dachte der Wanderer, bevor er mit seiner Geschichte begann: „Die Gebirgler leben in Großfamilien, den Clans, in den Tiefen der Berge. Dort schürfen sie nach den Bodenschätzen, die die steinernen Rücken in sich verborgen halten."

„Das Gold", schmatzte Jaryan mit vollen Wangen.

„Mehr noch. Auch das Setin, ein noch selteneres, härteres und dadurch wertvolleres Metall."

„Ich habe noch nie eine Münze aus Setin gesehen." Jaryan trank einen Schluck aus dem Schlauch.

„Das liegt daran, dass es nur wenige gibt", erwiderte der Wanderer.

„Selbst in den Nordlanden?" Jaryan biss in den Kanten Brot. Der Bote grinste.

„Selbst in den Nordlanden. Dort ist es nicht viel anders als hier. Den Herren und großen Händlern geht es gut. Sie besitzen Ländereien, Häuser, Kontore. Die vielen Bauern und Handwerker kämpfen Jahr für Jahr um ihre Existenz."

„Aber der König unterstützt sie doch, senkt die Steuern bei schlechten Ernten? Das ist es, was man sich hier erzählt."

„Das mag sein", gab der Wanderer zurück. „Solange es die Situation zulässt sicherlich."

„Und wie ist es bei den Gebirglern?", fragte Jaryan auf dem Stück Wurst kauend.

„Dort ist es mehr so wie bei … den Elfen. Sie tauschen ihre Metalle, Erze und Kristalle mit den anderen Völkern gegen die Dinge, die ihnen die Berge nicht geben können."

„Was denn?"

„Ausreichend Nahrungsmittel, Kleidung, Wein, Bier, Musikinstrumente zum Beispiel."

„Müssen die reich sein", murmelte der Junge und nickte mit großen Augen anerkennend mit dem Kopf.

„Ihr Metall können sie nicht essen. Ihre Kristalle schützen nicht vor Kälte", gab der Wanderer zu bedenken.

„Was meint Ihr damit?"

„Die Gebirgler leben zurückgezogen in den Bergen, tief zwischen den Spalten, unter dem harten Stein, fernab des Lichts. Für die Clans ist der Handel lebensnotwendig. Kristalle und Metalle haben sie zur Genüge, doch satt machen sie nicht.", sagte der Wanderer. „Dort gedeihen kaum Pflanzen. Und auch gegen die Kälte der Stollen und schneebedeckten Gipfel helfen nur Felle und Stoffkleider. Doch das Vieh würde dort kaum überleben. So haben sich manche Familien dazu entschieden mit den Menschen und Elfen zu handeln. Sie leben nahe der Tieflande an den Ausläufern der Berge und tauschen dort Nötiges gegen Überflüssiges."

„Und wir haben zu viele Nahrungsmittel, aber zu wenig von den Metallen und Kristallen", schloss Jaryan und sah auf die Überreste des Brotes und der Wurst vor ihm.

„Genau." Der Wanderer lächelte. „Für sie sind einfache Metalle nicht so wertvoll, weil es sie im Überfluss gibt. Bei Gold und Setin ist dies jedoch anders. Auch bedingt durch ihren Glauben, von dem ich nicht mehr weiß, als dass die Geister und das Wissen der Verstorbenen in diese edlen Metalle übergehen sollen."

„Deshalb sind sie so teuer und wertvoll?"

„Auch, weil es diese Metalle kaum in unbearbeiteter Form gibt, die Rohstoffe für die Münzen ausgenommen. Man bedenke nur die herrlichen Schmuckgegenstände aus Silber und Gold, die in liebevoller Kleinstarbeit gefertigt wurden. Und das nicht von Menschenhand! Oder edle, bruchfeste Waffen aus Setin, von denen ich selber bislang nur ein einziges Exemplar gesehen habe." Der Bote hielt kurz inne. „Kannst du mir den Schlauch geben?"

„Natürlich, Herr."

„Die Gebirgler wissen darum, welche Schätze sie in die Tieflande und Wälder geben. Ihnen ist auch bewusst, wie viel sie tauschen dürfen." Er aß den letzten Rest seines Brotes auf. Der Junge folgte seinem Beispiel.

„Was meint Ihr damit?", fragte er mit vollem Mund.

„Angebot und Nachfrage"; erwiderte der Wanderer. „Halten die Gebirgler die Menge des Metalls in den Tieflanden gering, ist es dort wertvoll. Umso mehr Waren bekommen sie für ihre Schätze. Auf der anderen Seite: brauchen sie jedoch dringend Nahrung, Fell oder Stoff, so müssen sie den Preis bezahlen, der dafür verlangt wird. Sonst verhungern oder erfrieren sie." Er erhob sich und Jaryan tat es ihm nach.

„Aber sind sie dann nicht die Verlierer? Die Menschen könnten ihnen doch einfach weniger davon geben und davon mehr Schätze bekommen, oder?", fragte der Junge, während er ohne Nachzudenken dabei half, die Raststelle aufzuräumen.

„Nein, das können die Menschen nicht. Würde es der eine Händler darauf ankommen lassen und warten, käme ein zweiter, der schnell handeln würde. Schließlich ist das Metall bei den Menschen heiß begehrt und je schneller man mehr verkaufen kann, umso mehr Geld kann man verdienen."

„Aber was, wenn einmal kein Metall mehr gebraucht wird", fragte Jaryan.

„Du bist ein schlauer Bursche", gab der Wanderer zurück, während sie ihren gemeinsamen Weg fortsetzten. Der Junge lächelte schüchtern. „Aber das ist unwahrscheinlich. Immer werden Werkzeuge, Pferdeeisen oder Waffen gebraucht. Von Schmuck und Geld ganz zu schweigen."

„Also bleibt alles im Gleichgewicht", schloss Jaryan daraus. Sie traten wieder auf den staubigen Pfad und schritten den nahenden Hügeln entgegen.

„So sollte es sein. Ein wenig schwankt es vielleicht, aber ich denke, insgesamt profitieren alle Parteien gleichermaßen davon." Sie liefen eine Weile schweigend nebeneinander.

„Und wie bekamen die Clans ihre Namen?", fragte Jaryan neugierig.

„Die Namen liegen meist in dem Rohstoff begründet, den sie schürfen und bearbeiten. Die Aurelianer schürfen das Gold in einer im mittleren Westen gelegenen Gebirgskette, während die Setiner in und um Isa, Dadonien, Narbur und Danaitien an den südlichen Küsten nach dem wertvollen Setin schürfen", erklärte der Wanderer. „Die Chalyber wiederum hauchen den funkelnden Steinen, den Kristallen, durch Polieren und Schleifen in Baldur und Lexor ein schillerndes Leben ein."

„Und wie kam es, dass die Clans so verteilt leben? Also ich meine, warum sind sie kein großes, zusammengeschlossenes Volk mehr?"

„Ursprünglich stammten alle Clans von einem Urstamm ab, der sich, auf der Suche nach den verschiedenen Rohstoffen, in alle Himmelsrichtungen getrennt hat. Dies verleugnen die Clans, so verfeindet manche auch sein mochten, nicht."

„Wieso sind sie verfeindet?", warf Jaryan ein.

„Anfangs ging es dabei lediglich um die Frage, ob man die Edelmetalle gemäß Glaubenskodex mit den anderen Völkern tauschen dürfe. Die Clans nahe den Hochebenen, auf denen man Pflanzen anbauen und Tiere halten konnte, waren dagegen und sahen sich durch den Glauben bestärkt."

„Die hatten ja auch gut reden", warf Jaryan ein. Der Wanderer nickte zustimmend.

„Clans, die jedoch auf Nahrung und Kleider angewiesen waren, sprachen sich für den Handel aus. Letztlich gingen die Clanführer, die sich so lange Zeit so nah wie Brüder und Schwestern waren, im Streit auseinander."

„Hätten sie nur jemanden gehabt, der für sie entschied. Einen König", sagte Jaryan.

„Du wirst dich wundern. Bis hin in diese Zeit gab es einen Hohenkönig", erwiderte der Wanderer, während sie den Ausläufern der Weinberge immer näher kamen. „Doch der Großkönig der sagenumwobenen Stadt Calisto, der große B'rakrog hat schließlich abgedankt, weil er es nicht schaffte die Clans zu einen." Jaryans sah gespannt an seinem Weggefährten hoch.

„Aber wieso?", fragte er.

„Was ich weiß, ist, dass er zum ersten Krieg der Völker, vor nunmehr fast vierhundert Jahren, noch regiert hat. Als dann einige Clans unter B'rakrogs Führung die Menschen und Elfen im Kampf gegen die Schatten unterstützten, zerbrach die einstige Einigkeit des Volkes der Gebirgler. B'rakrog dankte ab."

„Und seitdem waren die Gebirgler verfeindet?"

„Sie führen keinen Krieg gegeneinander. Sie ignorieren sich mehr. Handeln und tauschen nicht mehr untereinander. Selbst heute soll es noch Treffen zwischen den Anführern der Clans geben. Nur sollen sie sich trotz der vergangenen Jahrhunderte weiterhin nicht einigen können. Und ein neuer Hohenkönig wurde bislang nicht gefunden." Der Junge schwieg, während die ersten Weinreben rechts und links des Weges auftauchten.

„Ich denke, dass ich den Weg von hier aus finde", sagte der Wanderer nach einer Weile.

„Ja, Herr." Jaryan wirkte traurig. „Herr, darf ich …?", begann er, doch sein Gegenüber unterbrach ihn: „Mein junger Freund. Dein Platz ist in Nos Tal, bis das Schicksal dich dereinst in die weite Welt führt."

„Aber könnte es nicht sein, dass …"

„Ich fürchte, dass es noch nicht so weit ist. Erst einmal …" Er kramte in seinem Beutel und nahm ein Stück Pergament heraus. „Erst einmal sollst du deine Ausbildung beginnen und erfolgreich beenden. Danach kommt die Zeit des Aufbruchs." Er flüsterte einige fremde Worte und reichte Jaryan das Papier. Der Junge entrollte es.

„Was ist das?", fragte er und starrte den Wanderer an. Lesen und Schreiben konnte er nicht, aber er wusste, was dies war. Denn Schriftzeichen, Stempel und auch das Pergament sahen dem Schriftstück ähnlich, das seine Freunde bei ihren Meistereien eingereicht hatten, um eine Ausbildung beginnen zu können.

„Viel Glück und bringe deine Ausbildung ordentlich zu Ende! Dann steht dir die Welt offen." Eine Träne rann Jaryans Wange hinab.

„Danke, Herr. Wie soll ich Euch nur jemals danken?"

„Das wirst du wissen, wenn wir uns wieder sehen."

„Sehen wir uns denn wieder?", fragte der Junge.

„Das werden wir", sagte der Wanderer zum Abschied.

Der Drachenprinz

Die abertausend Rebstöcke tauchten die Landschaft in ein dunkles, erdiges Rot. Jaryan stand noch eine ganze Weile am Wegesrand und sah dem Wanderer nach, bis er schließlich in der Ferne verschwand. Er würde den Fremden, den Helden der großen Schlacht so schnell nicht vergessen. Schweigend und eine Spur traurig drehte sich der Junge um und machte sich auf den Heimweg nach Nos Tal. Das Pergament hielt er dabei fest in der Hand.

Währenddessen blickte der Wanderer auf die Karte, die Osador ihm verkauft hatte. Auf ihr waren die offiziellen Handelsrouten durch das Drachenland eingezeichnet – *wenn es solche Routen überhaupt gab,* dachte er.
Flüsse waren blau unterlegt, die wenigen Wälder grün hervorgehoben, die Städte benannt und mit kleinen Kreuzen eingezeichnet. Die Gebirge im Süden hingegen waren nur grau schraffiert.
Zu Fuß durch die Serpentinen der Weinberge waren es sicherlich noch einige Tagesmärsche, bevor der Wanderer die Grenze zu den Nordlanden, den Fluss Lexa, erreichen würde. Und dahinter endete die Karte abrupt.
Bald war er in Sicherheit, wenn alles weiterhin so reibungslos verlief. Reibungslos. Unwillkürlich erschauderte er. Mit seinem treuen Reittier hätte er dieses Land, über dem nach seinem Empfinden eine düsterere und bedrückende Atmosphäre schwebte, schon längst durchquert. Aber das stolze Tier hätte nur unnötiges Aufsehen erregt und das konnte sich der Bote nicht erlauben.
Während der nächsten Tage folgte er den eingezeichneten Pfaden, schlief nahe dem Wegesrand, lief bis zur völligen Erschöpfung weiter und immer weiter. Den Winzern, die gelegentlich ihre Weinberge kontrollierten, ging er dabei aus dem Weg. Ebenso den anderen Reisenden. Der Wanderer tauchte in den Traubenfeldern unter, sobald er jemanden in

der Ferne ausmachen konnte. So kurz vor dem Ziel ging er kein Risiko mehr ein.

Der Proviant war bald aufgebraucht. Eigentlich war es dem Wanderer unangenehm den Bauern die Trauben zu stehlen, doch waren sie nahrhaft und wasserhaltig und außerdem gab es von ihnen mehr als genug für eine ausreichende Ernte.

Am Mittag des vierten Tages erreichte der Wanderer die Ausläufer des Hains der Porgata und gegen Nachmittag hörte er plötzlich das tosende Rauschen des Flusses Lexa. Er atmete hörbar aus.

Wenige Minuten später war er am Ufer angelangt. Nur wenige Schritt vor ihm durchbrach der starke Strom die ruhige Landschaft. In westlicher Richtung erblickte der Wanderer die Mündung, an der sich der Fluss in die beiden Arme Le und Xa spaltete. Diese schlossen eine mit Gras bewachsene Halbinsel ein, die die „Insel der zwei Völker" genannt wurde.

Obwohl er kurz vor der Überquerung des Flusses stand, spürte der Wanderer ein bedrohliches Gefühl. Es war nicht mehr als eine Beklommenheit, aber es warnte ihn vor der trügerischen Sicherheit, die sich einstellte, als er in der Ferne eine Brücke sah, die über den Fluss führte.

Plötzlich hörte der Bote hinter sich ein Geräusch, das stetig näher zu kommen schien. Er beschleunigte, rannte die letzten Schritte am Ufer entlang und betrat die Steinbrücke, der man die Jahre ihrer Nutzung durchaus anmerkte. Hinter ihm wurden auf Gras schlagende Hufe von Pferden lauter und lauter.

„Halt! Dies ist kein Durchgang für Euch, Fremder", brüllte eine harte Stimme. Entschlossen drehte sich der Wanderer um. Auf der südlichen Seite der Brücke erblickte er mehr als ein Dutzend Männer mit gezückten Schwertern, die auf starken Streitrössern saßen.

Die Männer waren in dunkle lederne Uniformen und Umhänge gehüllt und trugen zum großen Teil verzierte Maskenhelme. Sie wirkten für Menschen ziemlich verwildert und sahen durchaus beängstigend aus.

„Entschuldigt, aber was wird mir vorgeworfen?", fragte der

Wanderer freundlich. Ein Pferd wieherte im Hintergrund. Die Soldaten ließen ihre Pferde schnell auseinander stieben. Ein schwarzer Hengst kam durch die Gasse auf den Boten zugetrabt. Auf dem stolzen Tier saß ein großer, bärtiger Mann mit einer markanten Narbe unter dem rechten Auge. Der rote Vollbart ging scheinbar nahtlos in ein ebenso rotes, wie wildes Haar über. Seine Augen waren gräulich, aber intensiv; was vielleicht auch durch die Narbe kam, die dem Aussehen etwas Rohes verlieh.

„Wer will das wissen?", fragte der Reiter mit rauer Stimme.

Langsam streifte der Wanderer seine Kapuze zurück. Lange dunkelblonde Haare fielen auf seine Schultern hinab. Seine Augen schimmerten im Licht der gleißenden Sonne grünlich. Auf der Stirn trug er eine filigrane Ornamentkette, in deren Mitte ein schwarzer Stein eingelassen war. Geschickt streifte er sich eine Strähne, die ihm ins Gesicht gefallen war, hinter die spitz zulaufenden Ohren. Gemurmel brandete unter den Reitern auf.

„Ich bin ein Gesandter der Elfenseherin Nerdana Ay'Lechsia, der Herrin von Brÿlon", antwortete der Bote und verneigte sein Haupt zum Gruße. Den Anführer zu Pferde schien dies nicht sonderlich zu beeindrucken.

„Schön für Euch, Namenloser", sagte er spottend. Seine Soldaten lachten höhnisch. Der Krieger hob die Hand und seine Mannen verstummten. „Ihr seid also einer aus dem Reich der Bäumlinge. Fernab der Heimat, wenn ich nicht irre. Sprecht, was sucht Ihr hier im Königreich der Drachenländer?", entgegnete der Bärtige.

„Vor wem muss ich mich rechtfertigen, über die Handelsstraßen eines frei zugänglichen Reiches zu wandern?", versuchte es der Elf mit einer Gegenfrage. Seine Stimme war weiterhin freundlich und vorsichtig, aber bestimmt.

„Ich bin Prinz Duncas, Sohn des Largos, seiner Hoheit, dem König der Südlande. Und ich nehme es genau mit denen, die in mein Land eindringen und dort stehlen!", antwortete er.

„Prinz Duncas, ich wollte nicht in Euer Land eindringen, ich verlasse es gerade."

„Und in welcher Stadt habt Ihr das letzte Mal gerastet?", fragte

Duncas.

„In Nos Tal."

„Und wie habt Ihr die Reise hierher überstanden? Woher nahmt Ihr das Essen?"

„Gut." Der Elf grinste. „Prinz Duncas, wenn ich Euch gegenüber unhöflich war, entschuldige ich mich aufrichtig. Seid barmherzig und verzeiht mir! Wenn ich Euer Ehrgefühl verletzt habe, seid so gütig und erklärt einem Unwissenden seine Tat! Aber lasst mich danach bitte weiterziehen, denn ich vergeude gerade nicht nur die meine Zeit, sondern auch die Eure." Der Bote verbeugte sich.

„In Zeiten der Unruhe …" Duncas betonte das letzte Wort bestimmt. „… ist es nicht leicht zu entscheiden, wer Gut und wer Böse ist. Und ihr Elfen seid Verbündete von Argonia."

„Seit Generationen, ja." Der Elf nickte bestimmt. „Ja, in der Tat."

„Wie dem auch sei. Noch befindet Ihr Euch in meinem Königreich, in dem meine Regeln gelten."

„Folgt den Gesetzen Eures werten Vaters! König Largos ist ein weiser Mann."

„Er mag weise sein. Aber manchmal geht die Weisheit im Alter Hand in Hand mit Schwäche und Verwirrtheit. Genie und Wahnsinn liegen nah beieinander. Manchmal muss Stärke gezeigt werden, wenn ein Reich nicht zerfallen soll. Es kommt die Zeit, wenn ich regiere und sich einiges ändern wird", sprach Duncas zischend. „Die Schatten …", fügte er leise hinzu. Der Elf sah zu Boden, schüttelte kurz den Kopf. Es sah ganz so aus, als wüsste er zu seinem Leidwesen bereits, dass seine kommenden Worte auf taube Ohren treffen würden. Aber noch war es nicht zu spät, die Welt ein wenig zu verbessern.

„Ihr könntet alles richtig machen. Das, was Euer Vater begann, könnte vollendet werden. Die anderen Völker werden Euch mit offenen Armen empfangen!", sagte der Bote.

„So wie sie die Südländer seit Dynastien empfangen haben?", rief Duncas erzürnt. Der Elf schwieg. „Ihr wisst es, Bäumling! Wer hat den Drachenländern in all den Jahren seit dem Krieg jemals eine Chance gegeben? Freundlich heraus komplimentiert von jedweder völkischen Zusammenkunft. Aber jetzt, da die Schatten jeden Tag wiederkehren könnten und die Mütter Argonias wieder weinen werden, sind wir gut genug zu helfen?"

„Es wurde Euch die Möglichkeit gegeben", entgegnete der Elf ruhig. „Euer Vater war geladen zum Treffen der Völker. Ein Zufall, dass er nicht zugegen war, als die Schatten das erste Mal einfielen und Arxors Vater töteten. Oder etwa nur Glück zum richtigen Augenblick?"

„Was soll diese Mutmaßung? Wollt Ihr unterstellen, dass mein Vater von dem Überfall wusste? Ihr spielt mit Eurem Leben, wenn Ihr die Ehre meiner Familie in Frage stellt."

„Wenn dem so ist ...", sagte der Elf und sah Duncas tief in die Augen „... dann werde ich Euren Worten uneingeschränkt Glauben schenken!" Er verneigte sich erneut und wandte sich zum Gehen.

„Euer Mundwerk ist lose und dennoch sehr gewandt. Aber ich rate Euch in diesen Landen besser aufzupassen, was Ihr sagt. Denn Schwerter lassen Knochen schon oft zerbersten, bevor Gespräche beendet sind", erwiderte Duncas mit einem Ausdruck von Genugtuung in den Augen. „Was wollt Ihr in Argonia?", fragte er unvermittelt.

„Eine Sache im Namen der alten Allianz", antwortete der Wanderer im Gehen.

„Die Allianz? Was hat sie gebracht? Der Krieg hatte noch nicht einmal begonnen und Argonia war bereits am Ende."

Der Elf stockte. Er gefährdete nicht nur seine Mission, wenn er sich weiter auf diese Unterredung einließ – sein Leben galt hier wenig. Nichtsdestotrotz konnte er sich eine Antwort nicht verkneifen und wandte sich wieder Duncas zu.

„Wie man es nimmt. Der König hat die Dunklen erfolgreich zurückgeschlagen, oder etwa nicht?", erwiderte er geradeheraus und wusste, dass er besser hätte schweigen sollen.

„Aber was hat Arxor von Argonia erreicht? Er hat in einem Zuge seinen Vater, seine Frau und den alten Dahlgor zu Grabe getragen. Ich kann mir vorstellen, dass es ein herber Verlust war den großen Magier, den so allmächtigen Schutzpatron des Reiches, zu verlieren", rief Duncas und grinste höhnisch. „Dabei hat Er sich nicht einmal gezeigt, wie mir zu Ohren gekommen ist. Und erst die Verluste in der Schlacht." Er schüttelte wie um seine Worte zu untermalen mitleidig den Kopf. „Sie waren ein hoher Preis für einen Sieg gegen eine Armee, die nicht einmal eine richtige war."

„Ihr seid gut informiert", sprach der Bote. „Erstaunlich gut informiert." Der Südländer zuckte nur kurz mit den Schultern.

„Man erfährt genau so schnell von den Schwächen wie von den Stärken der anderen Reiche. Sollen sie sich im Glanz des Sieges sonnen. Es werden andere Zeiten kommen."

„Darauf scheint Ihr regelrecht zu warten?"

„Wie man es nimmt. Es ist alles eine Frage der Auslegung", erwiderte der rote Krieger mit harter Stimme. „Damit kennt Ihr Euch ja am Besten aus. Euer Reich wird schließlich so regiert."

„Und erstaunlicherweise ist unser Reich nicht geteilt", sagte der Elf eine Spur zu laut.

„Unsere Reiche werden es sicherlich auch nicht auf ewig sein. Es bleibt abzuwarten. Wie es ausgehen wird, weiß nur das Schicksal allein. Aber das Drachenland wird sich auf jeden Fall nicht in Euren Krieg einmischen."

„Vielleicht könnte Er sich ja an Euch erinnern?", stichelte der Elf süffisant lächelnd. Es war nicht seine Art zu provozieren, aber er hoffte an weitere Informationen zu gelangen, wenn er nur tiefer bohrte. Duncas schien jähzornig zu sein. Das könnte dem Prinzen der Südlande zum Verhängnis werden, wenn er tatsächlich etwas plante und es nun leichtfertig ausplauderte. Mit dem Stoßtrupp im Rücken wähnte er sich zu sicher. Doch Duncas tat dem Elfen nicht den Gefallen und antwortete stattdessen vielsagend: „Vielleicht. Doch das bleibt abzuwarten. Und wenn die so genannte Allianz gewinnen sollte, dann sind wir nicht der Feind."

„Weise Worte eines Diplomaten."

„Was für Euch ja schließlich zu reichen scheint, nimmt man Arxor als Beispiel, den Ihr scheinbar für einen guten König haltet, weil er viel redet", gab der Rote zu bedenken. Der Elf reagierte nicht auf die Spitze und erwiderte stattdessen: „Ihr verblüfft mich! Wie einen der Schein doch des Öfteren täuscht. Als Ihr kamt, dachte ich, Ihr wärt ein verrohter Strolch."

„Nichts ist so, wie es scheint", grummelte Duncas. „Doch solltet Ihr Eure Worte sorgsamer wählen, bevor man Euch die Zunge herausschneidet."

„Ihr enttäuscht mich."

„Es kommt die Zeit, da werdet Ihr knien", zischte der Prinz der Südlande und fügte flüsternd hinzu: „Wenn die Schatten wiederkehren."

„Strolch war wohl noch zu harmlos ausgedrückt", murmelte der Elf. Dann blickte er dem Roten direkt in die Augen. „Euer wahres Ich zeichnet sich erst jetzt ab. Ich hoffe für Euch, dass Ihr nicht zu früh glaubt, dass die andere Seite gewinnt. Denn dann steht Ihr zwischen der Freiheit und unseren Bögen." Duncas ignorierte ihn.

„Ein günstiger Platz für ein Schloss, nicht wahr", sagte der Südländer abwesend und ließ den Blick über die „Insel der zwei Völker" gleiten. „Mein Traum: Ein Reich der Menschen. Unter der einen Drachen-Flagge. Aus den Steinen des Weißen Schlosses und der Flammenburg entsteht ein neuer, ein größerer, ein stärker Bau, dessen Grundmauern nichts erschüttern kann. Eine Bastion für die Ewigkeit." Duncas grinste breit. Dann besann er sich und blickte den Elfen streng an. „Wollt Ihr mir drohen? Eure Bögen? Wenn das so ist, könnt Ihr jetzt schon einmal anfangen zu üben."

Der Elf winkte ab. „Besinnt Euch! Heute ist nicht die Zeit für einen solchen Kampf."

„Kampf? Ich sehe keinen Kampf. Hier ist jemand in mein Reich eingedrungen, obwohl ich ihm den Aufenthalt nicht erlaubt habe. Das ist ein Verstoß gegen geltendes Recht, oder?", fragte Duncas einen Vermummten neben sich.

„Das sehe ich auch so!", erwiderte dieser und gab seinem Pferd brüllend die Sporen. Des Elfen Vorsprung würde nicht reichen, um die Brücke zu überqueren.

„Eine Schande, dass sich seit damals so wenig geändert hat", brummte der Elf und eilte so schnell er konnte dem anderen Ufer entgegen.

Er hörte die Hufe des nahenden Pferdes, die rhythmisch auf dem steinernen Boden der Brücke aufschlugen. Der Elf griff an seinen Bund und riss eine Ampulle mit einer rötlich schimmernden Flüssigkeit hervor. Als er den warmen Atem des Tieres fast in seinem Nacken spürte, drehte er sich geschickt, sprang zur Seite und warf die Ampulle vor das herangaloppierende Pferd. Der Flakon zerbarst und sofort wurde der Elf mitsamt Pferd und Gegner in dichten, weißen Rauch eingehüllt. Das Pferd stieg wiehernd auf die Hinterläufe. Der Bote hatte es schwer das Tier mit gezogenem Kurzschwert zu bändigen. Er versuchte sich im wabernden Nebel zu orientieren. Das sich immer wieder aufbäumende Tier wieherte laut. Dann vernahm der Bote einen dumpfen, metallischen Aufschlag und einen Augenblick später galoppierte das Pferd reiterlos aus der dichten Rauchwolke. Doch der Elf hörte noch etwas anderes. Etwas, dass ihn deutlich mehr beunruhigte als der zu Fuß im Nebel herumirrende Krieger. Er hörte das klickende Geräusch von Armbrüsten, die geladen wurden.

Er musste sich schnell entscheiden, sah über den Rand der Brücke. Zehn Schritte unter ihm tobte das wilde Wasser. Stromschnellen, der steinige Grund. Es war ein großes Wagnis, obwohl das Wasser an dieser Stelle tief genug zu sein schien. Der Bote beobachtete wie sich der Angreifer benommen aufrichtete und verwirrt damit begann, wahllos im Nebel herumzustochern.

Noch im Fallen erblickte der Elf, wie der Soldat ihm ungläubig von der Brüstung hinterher sah. Er wollte ihm noch eine Warnung zurufen, doch im selben Augenblick trafen zischende Bolzen krachend auf seinen Körper. Der südländische Krieger stockte mit erschrockenem Gesichtsausdruck und kippte dann leblos über die Brüstung.

Im gleichen Moment schlug der Elf hart auf der Wasseroberfläche auf. Das kalte Nass ließ seine Nackenhaare sträuben. Sein Rücken schmerzte. Der Puls beschleunigte sich. Er konnte nichts sehen, das Wasser war trüb und dunkel. Die Kleidung und seine Ausrüstung sogen sich mit Wasser voll und zogen ihn weiter in die Tiefe.

Sein erster klarer Gedanke war, dass er so schnell wie

möglich verschwinden musste. Die Strömung würde ihn schon davontragen. Er begann zu tauchen und – soweit es die Strömung zuließ - unter Wasser in die Richtung zu schwimmen, in der er das Ufer wähnte. Die Soldaten um Duncas würden schnell bemerken, dass sie ihn verfehlt hatten. Hinter ihm hörte er plötzlich, den Körper des leblosen Soldaten einschlagen.

Seine Lungen drohten zu platzen. Er öffnete den Mund und atmete aus. Verräterische Luftblasen stiegen nach oben. Der Elf haderte mit sich und dem Schicksal, hoffte darauf, dass sie im rauschenden Fluss nicht weiter auffielen. Schild und Bogen behinderten ihn. Hätte er sie nur zurück gelassen. Doch nun blieb ihm nichts anderes übrig als diese Situation durchzustehen.

Das Kurzschwert an sich gepresst tauchte der Elf mit der Strömung unter der Brücke hinweg. Die Luft wurde langsam knapp. Er spürte, wie sein Körper nach Sauerstoff verlangte. Er musste auftauchen. Lange würde er … Ihm wurde schummrig, sein Körper zuckte. Er nahm die letzte Kraft zusammen, stieß sich vor. Ein Mal, zwei Mal, streckte die Hände nach vorn, bis er schließlich das rettende Schilf des Ufers zwischen den Fingern spürte. Röchelnd stieg er hinauf, versuchte ein Husten zu unterdrücken, was ihm nur schwerlich gelang.

Dann orientierte er sich. Von seinem Versteck aus, einem dichten Gebüsch aus überhängendem Weidengras, konnte er die Südländer beobachten. Einige standen auf der Brücke und suchten das Wasser ab, zeigten immer wieder auf den leblosen Körper des von ihnen getöteten Kriegers, der vom starken Strom davon getragen wurde. Andere liefen in einiger Entfernung das Ufer entlang und stocherten mit ihren Schwertern in Büschen und Grasvorsprüngen.

Der Elf sammelte sich und seine Kräfte. Sein Puls beruhigte sich wieder, der Atem verlangsamte sich.

Auf dem schwarzen Ross saß Duncas wie ein König thronend und sah mit eng zusammen gekniffenen Augen den Fluss hinab. Er wartete auf eine Erfolgsmeldung seiner Schergen, die das Ufer Schritt für Schritt absuchten.

„Herr", rief einer der Südländer. Der Elf presste sich dichter an das Ufer. Dann sah er sich suchend um.

„Was?", hörte er Duncas aus einiger Entfernung rufen. „Habt ihr ihn endlich, diesen verfluchten Elf?"

„Noch nicht, aber seht!", rief der Soldat, der auf der Brücke stand, und in Richtung des Nordlands zeigte.

„Verdammt", grollte Duncas. „Los, wir ziehen weiter! Unfähiges Pack!" Die Drachenländer bestiegen die Pferde. Der Elf verharrte einen Moment stumm im Wasser. Dann zog er sich so unauffällig wie möglich an der Uferböschung hinauf und konnte gerade noch erkennen, wie Duncas' Schergen Staubwolken aufwirbelnd davon preschten. Er ließ sich wieder ins Wasser gleiten und wartete ab.

Einige Augenblicke später erblickte der Elf den Grund ihres hastigen Aufbruchs und atmete erleichtert auf. Ein Trupp Sonnenkrieger hielt auf die Brücke zu. Wahrscheinlich war es nur eine Routinepatrouille der in leichte Metallpanzer gehüllten Nordländer, aber sie hatte ihm das Leben gerettet. Er wartete, bis sie achtlos an seinem Versteck vorbei geritten waren und dann kurz vor der Brücke verweilten. Sie sahen den Südländern nach, um daraufhin ihren gemächlichen Ritt in östliche Richtung fortzusetzen.

Der Gesandte ließ sich bis zum Halbinselspalt treiben, hinter dem er am Ufer des nördlicher gelegenen Xa an Land ging. Durchnässt stieg er aus dem Fluss und machte sich auf den Weg in Richtung des magischen Waldes. Er wusste, dass er Duncas dereinst wieder sehen würde. Gefühle jeglicher Art hob er sich für eben jenen Zeitpunkt auf. Momentan gab es Wichtigeres zu tun.

Der Wanderer steckte das Schwert wieder in die Scheide und griff an seinen Bund. Er hatte die Karte verloren. Nun gut, sie hatte sowieso nur bis zum Ufer des Lexa gereicht. Vielleicht sollte er darauf hoffen, dass er bald auf Händler oder Bauern traf. Sich den Sonnenkriegern nicht zu zeigen, war nichtsdestotrotz vernünftig gewesen. Es ersparte ihm viel Zeit mit sinnlosen Diskussionen und Erklärungen. Und Zeit war ein knappes Gut.

Die ersten Menschen, auf die der Wanderer traf, begegneten ihm auf dem Weg durch die Weinberge des Thamaskoshains ins Landesinnere. Sie bewohnten kleinere Höfe, die sich als Verbunde teilweise sogar eigene Dorfnamen gegeben hatten. Hier und dort erkannte der Elf Keltereien und Destillen, von denen weißer Dampf gen Himmel strömte. Am ersten Abend nächtigte er in einer Bauernscheune, die er am nächsten Morgen recht früh, trocken und mit neuen Nahrungsmitteln versorgt wieder verließ. Natürlich nicht ohne sich für die Gastfreundschaft erkenntlich zu zeigen und nach dem weiteren Weg zum Weißen Schloss zu fragen.

Allgemein begegneten ihm die Menschen hier zumeist freundlicher und offener als in den Südlanden. Dennoch blieb er vorsichtig und hielt sich unter Mantel und Kapuze verborgen. Bald würde er den Wald erreichen und sich erst dann wieder vollkommen sicher fühlen.

Die Zeit verstrich wie im Fluge und der Wanderer hatte die restlichen Nahrungsmittel schon weitestgehend aufgebraucht, als er weitere zwei Tage später die Weinberge verließ. Fast war er ein wenig enttäuscht, denn er hatte sich während der letzten Tage an die monoton aufsteigenden und abfallenden Hügel, auf denen Rebstöcke in Reih und Glied wie ein Meer in grün, braun und rot dalagen, gewöhnt.

Es war ein sehr trockener, warmer Tag, als vor ihm in der Ferne ein klobiger, dunkler Gegenstand auftauchte. Anfangs schien er, im Flimmern der Sonnen verzerrt, nicht näher zu kommen. Doch nach Mittag wurden die Umrisse klarer und schließlich erkannte der Wanderer einen alten, mit Säcken beladenen Kastenwagen, der auf dem mit Schlaglöchern gespickten Weg nur schwerlich voran kam. Es dauerte nicht allzu lange, bis er den einachsigen Karren erreichte.

Der Wanderer wunderte sich. Die zwei Hengste, die den maroden Karren zogen, wirkten grazil und stark. Ihr Fell glänzte im Licht der Sonnen, die mit den Muskelsträngen Schattenwerfen zu spielen schienen. Trotz ihrer herausfordernden Art und dem stetigen Willen weiter zu ziehen, wurden sie von den Steinen und

Löchern auf dem holprigen Pfad gebremst und aufgehalten. In dem Moment, da der Elf sich daran machte am Karren vorbei zu ziehen, sackte das Fuhrwerk kurz ab und setzte hart auf. Ein lautes, lang gezogenes Knarren deutete den kommenden Achsenbruch bereits an. Der Wagen setzte krachend auf.

„Hoe!", kam es vom Kutschbock und die Tiere hielten inne. Der Elf sah kurz zur Ladefläche des Wagens hinauf, auf der sich hohe, prall gefüllte Säcke stapelten. Er musste dem Bauern helfen. Doch das würde kostbare Zeit in Anspruch nehmen. Bei näherer Betrachtung des alten Mannes mit dem schäbigen Kapuzenmantel schämte sich der Elf insgeheim seiner Gedankenspiele und trat entschlossenen Schrittes heran.

„Kann man Euch helfen? Was für ein Pech, dass dies gerade hier, in dieser Einöde und bei dieser Hitze passiert."

„In der Tat, Fremder! In der Tat. Oder aber auch Glück", erwiderte der Bauer mit bedrückter Stimme, die trotz seiner gebückten Gestalt nicht allzu alt wirkte. Das faltige, im Halbschatten liegende Gesicht unter dem dunklen Kapuzenmantel verzog sich zu einer traurigen Miene.

„Wie meint Ihr das?", fragte der Elf eine Spur skeptisch.

„Das Schicksal hat Eure helfende Hand zur rechten Zeit zu mir geführt. Sehr freundlich, Fremder! Sehr freundlich", antwortete der Alte. „Ich danke Euch vielmals", fügte er hinzu und nickte.

„Die Achse ist gebrochen", erwiderte der Wanderer. „Wir werden sie richten müssen."

„Ich wusste, dass dies einmal passieren würde. Ich sollte mich daran gewöhnen, weniger zu sammeln. Aber so muss ich nicht allzu oft raus. Die Winter sind kalt, die Sommer heiß. Aber genug des Geredes über meine Pein. Ich sollte mich freuen, dass Ihr hier seid, um zu helfen", sprach der Bauer. Seine Stimme bebte kaum merklich. Dann verstummte er, ganz so, als warte er auf eine Reaktion seines Gegenübers. Als diese ausblieb, fuhr er fort: „Doch was führt Euch hierher, junger Krieger?"

„Ich bin auf dem Weg zum Hofe von Argonia. Vorher werde ich im nahe gelegenen Wald noch nach einem alten Freund suchen." Der Wanderer stockte. Er wusste nicht wieso, aber er hatte dem Alten, ohne weiter nachzudenken, von seiner Mission erzählt.

„Ein Freund im Wald? Na meinetwegen. Ich würde mich freuen, wenn Ihr ihn finden würdet. Der Wald ist groß und es leben meines Wissens nicht viele Menschen in ihm." Der Alte nickte kurz und sein Blick schien sich nacheinander auf den Bogen, den Schild und das Kurzschwert zu heften, was dem Boten nicht entging.

„Habt keine Angst!", sagte er höflich. „Lasst Euch nicht von den Waffen abschrecken! Sie zu tragen, ist ein nötiges Übel dieser Tage." Der Alte nickte und starrte dann nachdenklich in die Ferne.

„Ihr wollt also zum Weißen Schloss?", erwiderte er. Dann stieg er leichtfüßiger, als es der Elf erwartet hätte, von seinem Wagen. Im Schatten, den die Kapuze warf, blitzten zwei Augen auf. „Ich habe keine Angst vor Euch", sagte der Alte freundlich. „Eure Stimme klingt ehrlich und Euer Begehr ist anständig! Ihr seid sicher auf der Suche nach Arbeit am Hofe."

„So etwas in der Art", erwiderte der Elf.

Doch der Alte sprach weiter, ohne auf ihn einzugehen: „Und wenn Ihr zudem einen Freund in diesen Wäldern habt, in denen auch ich lebe … Wer könnte sich in meiner Situation also nicht freuen auf jemanden wie Euch zu treffen?"

„Ich danke Euch für diese Einschätzung", erwiderte der Krieger höflich und verneigte sich kurz.

„Eure Gesten, die Sprache und Eure Umgangsformen muten fürwahr adlig an", sagte der Alte plötzlich. Wieder überkam den Elfen ein seltsames Gefühl. „Aber diese Waffen?" Der Bauer schüttelte den Kopf und fügte säuselnd hinzu: „Grausig und todbringend und doch so elegant und schön. Wo wurden sie gefertigt?" Der Bauer hatte ihn durchschaut. *Wenn es nur das ist*, dachte der Elf. Er würde dem Alten seinen Spaß lassen.

„Fern dieser, Eurer Heimat. Mehr sollte ich nicht sagen. Ein Übel, sie überhaupt tragen zu müssen."

„Habt Ihr eine ungefähre Vorstellung, wo sich das Heim Eures Freundes befinden könnte?", fragte der Bauer unvermittelt.

„Der Wald ist doch so groß. Ich würde Euch ungern in eine falsche Richtung schicken. Natürlich ist er nicht so groß wie die Elfenwälder …" Er überlegte einen Augenblick. „Aber man kann sich schon in ihm verlaufen", endete der Alte kichernd. „Daher wohne ich auch nur am Rande der Baumreihen. Und mein bescheidenes Haus ist meines Wissens die einzige Einsiedlerhütte im tagesnahen Umkreis. Die übrigen Menschen rotten sich meist außerhalb zusammen, da über diesem Wald ein böser Zauber schweben soll", fügte er mystisch hinzu. „Alles altes Weibergewäsch, wenn Ihr mich fragt. Mir ist dort noch nie etwas passiert."

Der Elf nickte. „Ehrlich gesagt, wenn nicht einmal Ihr Euch gut in dem Wald auskennt, wird es für mich schwer den Freund zu finden. Es hieß bei unserem letzten Gespräch, dass er mir eine Nachricht zukommen lassen würde, wenn er den Wald verließe. Da dies nicht geschehen ist, habe ich diesen Umweg auf meiner Reise zum Weißen Schloss gewählt. Er bat mich ihn aufsuchen, wenn bestimmte *Umstände* mich dazu zwingen sollten."

„Und was sind dies für Umstände?", fragte der Bauer neugierig.

„Ich denke, dass ich Euch nicht mit den Einzelheiten meiner persönlichen Probleme quälen sollte", erwiderte der Krieger. Ihm tat der unfreundliche Unterton schon fast leid, aber umso weniger der Bauer wusste, umso besser war es für ihn. Er hatte dem Alten schon zu viel verraten.

„Unter Umständen könnte es dann eine lange Suche werden. Aber wie dem auch sei", erwiderte sein Gegenüber. „Ich will Euch nicht unnötig aufhalten, da Ihr beschäftigt scheint."

„In der Tat schränkt mich die Zeit in meinem Handeln ein. Aber ich denke, Ihr seid eine genauso gute Partie für mich, wie ich für Euch. Es wäre nett, wenn Ihr mir, während wir den Wagen richten, über den Wald erzählen könntet. Vielleicht erschließt es sich mir dann, wo sich der Freund aufhalten könnte."

„Gern. Der Wald ist groß und alt. Es gibt weniger über ihn zu erzählen, als Ihr glaubt. Er redet nicht mehr."

„Verzeiht! Was meint Ihr damit?", fragte der Elf überrascht.

„Eine lange Geschichte aus alten Tagen. Sie zu erzählen, würde Euren zeitlichen Rahmen sprengen. Ich denke übrigens nicht, dass Euer Freund in diesem Wald haust."

„Weshalb?"

„Man munkelt, wie gesagt, dass es in ihm spukt", erwiderte der Bauer in einem mysteriösen Tonfall. „Viele halten sich deshalb von ihm fern."

„Ich dachte, Ihr glaubt nicht an dieses, wie nanntet Ihr es, Weibergewäsch!"

„Ach, sagte ich das schon? Oh …" Er begann laut und schallend zu lachen. „Entschuldigt bitte, manchmal …" Der Alte hielt kurz inne und wurde dann ernst. „Ich bekomme nicht häufig Besuch. Meine Gedanken scheinen mir des Öfteren einen Streich zu spielen." Der Elf sah betroffen zu Boden. „Vielleicht ist es auch das Alter. Obwohl … Wie dem auch sei. Es wird Euch vielleicht interessieren, wenn ich Euch sage, dass ich nach der Reparatur des Wagens ein Stück in Richtung des Schlosses fahren werde. Der Weg zur Stadt Argonia ist mir wohl vertraut. Mit dem Karren und dem Wissen wird es für Euch nützlich sein, wenn Ihr mich begleitet. Zudem habe ich Gesellschaft und, wenn es erlaubt ist zu sagen, wohl auch etwas Schutz an meiner Seite." Der Elf nickte stumm. Der verwirrte alte Mann tat ihm leid. Allein hätte er die Achse sicher nicht richten können.

„Ich schließe mich Euch gerne an", entgegnete er. „Allerdings werde ich Euch, sobald mich gewisse Umstände dazu zwingen sollten, verlassen, um meinen Freund zu suchen. Nehmt das nicht persönlich! Es geschieht dann nur zu Eurem Wohl."

„Umstände. Umstände … Ihr führt ein seltsames Leben." Der Bauer kicherte erneut und nickte. „Ich habe Brot und Wasser hinten auf dem Wagen. Wenn Ihr etwas davon wollt? Ich nehme den Pferden in der Zeit das Geschirr ab. Dort hinten steht eine Baumgruppe. Ich werde sie anbinden", sagte er und machte sich daran, den Tieren die ledernen Riemen so umzulegen, dass er sie an der Hand führen konnte.

Dann nahm er die Zügel und ging mit den treuen Rössern zu den abseits stehenden Bäumen. Der Elf bestieg währenddessen das Fuhrwerk und suchte nach dem Wasserschlauch. Dabei stützte er sich auf einem der Säcke ab, der wider erwartend nachgab. Ein Duft, der Frühling und Freiheit zu vereinen schien, stieg ihm in die feine Nase. Das wunderbare Aroma von Kräutern, die im Licht der Sonnen unaufhörlich gen Himmel wuchsen und deren heilende Wirkung in den frühen Morgenstunden vom Tau benetzt am Größten war, vernebelten ihm die Sinne.

Irritiert nahm er den Schlauch auf und trank einen Schluck des kühlen, belebenden Quellwassers. Dann verkorkte er den Schlauch wieder und sprang in dem Moment herunter, in dem der Bauer zurückkam.

„Ah, Ihr habt ihn gefunden! Schön, schön", sagte dieser.

„Was habt Ihr geladen, wenn ich fragen darf?", erkundigte sich der Bote.

„Ihr dürft, Ihr dürft. Kräuter sind es", erwiderte sein Gegenüber vergnügt.

„Ihr seid Händler?"

„So etwas in der Art." Der Alte nickte.

„Sie riechen gut, Eure Kräuter. Ein schöner Beruf, noch dazu im Einklang mit der Natur."

„Das stimmt. Dieses Mal hatte ich allerdings auch unheimliches Glück. Es ist eine Wissenschaft, die richtigen Orte und Zeiten zu bestimmen und vor allem die richtigen Pflanzen zu kennen."

„Gibt es denn viele Käufer?"

„Ach, doch. Allerlei Leute. Als Zutat für Salben oder zur Würze werden meine Kräuter häufig verwendet. Manche sind gar sehr selten und viel wert. Aber nur wenige können etwas damit anfangen", erwiderte der Kräuterhändler.

„Seltene Kräuter?" Der Bote begann zu grübeln. „Und wer kann damit etwas anfangen?"

„Ich weiß nicht, ob Ihr daran glaubt: aber es soll noch hier und dort Magier geben. Wie in den alten Sagen, die sich um die Ruine in diesem Wald ranken." Seine Stimme klang geheimnisvoll.

„Zauberer, die damit wirkungsvolle Tränke herstellen können. Nicht so wie unsere alten Hausmittelchen." Er lachte wieder. „Sie sollen die unmöglichsten Dinge damit anstellen können, ob du es glaubst oder nicht", fügte er glucksend hinzu. In der Ferne grollte es.

„Und ob ich daran glaube", flüsterte der Elf mit nachdenklichem Blick auf die plötzlich aufgezogenen Wolken.

„Wie bitte?", fragte der Händler.

„Ich sagte, dass ich es glaube. Ich weiß um diese Macht oder besser um dieses Können."

„Ach, Ihr wisst davon? Dann gehe ich also Recht in meiner Annahme."

„Wie bitte?", fragte der Bote nun etwas vorsichtig.

„Das Wissen um die Magie, Eure Statur, die fremden Waffen. Ich meine, Ihr seid zweifelsohne ein Elf, oder etwa nicht?"

„Ihr seid ein schlauer Mann! Unter Eurem Mantel steckt weitaus mehr, als das bloße Auge erblickt."

„Ich danke Euch für diese Einschätzung!"

„Aber machen wir uns nun daran, die Achse zu richten, bevor uns das Unwetter erreicht." Nur Minuten später setzte der Regen ein und der Boden rund um den Karren begann aufzuweichen. „Wir sollten einen starken Ast suchen, den wir als Ersatz nutzen können." Der Kräuterhändler nickte.

Gemeinsam luden sie den Karren ab. Dann machten sie sich auf die Suche nach einer passenden Achse. Dem Elf kam es entgegen, dass sie sich dazu getrennt hatten. So hatte er ein wenig Zeit und Ruhe zum Nachdenken. Es war schon eine merkwürdige Situation, in die er da geraten war. Zielstrebig führte ihn sein Gefühl zu einem bereits abgestorbenen, aber dennoch robusten Ast. Dann machte er sich auf den Rückweg. Wenig später kehrte auch der Alte, froh darum den Elfen mit einem passenden Achsenholz zu sehen, zurück.

Während der Reparatur verfielen sie in ein unangenehmes, fast schon seltsames Schweigen. Die Montage war umfangreich und der aufgeweichte Boden war glitschig und matschig. Die Kapuzen zum Schutz vor dem Regen tief ins Gesicht gezogen, versuchten sie den Karren aufzubocken. Dann nahmen sie die Räder ab und passten Stück für Stück die Achse ein. Beide Männer waren keine Handwerker und dennoch hatten sie den Karren noch vor der Dämmerung wieder notdürftig hergerichtet.

„Es ist spät geworden", sagte der Händler, nachdem das Fuhrwerk wieder beladen war. „Und es tut mir leid, Euch so lange aufgehalten zu haben."

„Ich habe gern geholfen", erwiderte der Elf.

„Aber dieses Wetter und die nahende Dunkelheit - es betrübt mich. Aber meine Hütte steht nicht weit von hier am Waldesrand.

Ihr könnt dort nächtigen, wenn Ihr wollt. Dann bringe ich Euch morgen früh auf die Straße zum Weißen Schloss oder noch tiefer in den Wald. Wie immer Ihr es wünscht." Der Elf sah seinen Gegenüber nachdenklich an. „Ihr dürft einwilligen", sagte der Alte. „Das ist wahrlich das Mindeste, das ich Euch als Dank anbieten kann."

„Wenn es Euch wirklich nicht belastet", erwiderte der Elf. Der Alte winkte lachend ab.

Es regnete noch immer. Dennoch bestiegen sie den Karren und fuhren der Nacht entgegen, während die Sonnen am von Wolken verdeckten Horizont verschwanden. Jetzt hoffte der Bote darauf, dass die Hütte des Alten nicht allzu fern lag. Morgen in der Frühe würde er wieder aufbrechen. Er musste seinen Auftrag erfüllen.

Bald schon verließen sie die aufgeweichte Hauptstraße und schlugen einen neuen Pfad ein, der unbefestigt, matschig und lehmig war. Die schweren Tropfen des Sommergewitters hatten ganze Arbeit geleistet. Die Wurzeln der Bäume, die den Weg alleenartig umstellten, konnten die aufgeweichte Erde nur mühsam halten. Der Regen hatte sie ebenso überrascht wie die beiden Gefährten, deren Karren durch die Dämmerung schwankend tiefe Spurrillen in den Boden grub.

„Wie weit ist es noch zu Eurem Heim?", fragte der Elf.

„Nicht mehr weit. Ich wohne zurückgezogen, dort hinten am Rande des Waldes." Der Alte winkte unbestimmt in die Dunkelheit vor ihnen. „Es gibt nur ein kleines Dorf dort hinten und die alte Ruine tiefer im Wald, deren beider Namen Euch sicherlich nichts sagen."

„Und das als Händler?", grübelte der Elf etwas zu laut über die Antwort seines Gegenübers nach.

„Ja, ungewöhnlich, nicht?", erwiderte der Händler glucksend. „Ich habe mich bewusst in die Abgeschiedenheit zurückgezogen. Der schönere Teil meiner Arbeit. Ebenso wie das Suchen der Kräuter und Pilze. Man genießt und schätzt das Leben fernab der Hektik und der Zwänge ganz anders. Doch wem erzähle ich das? Ihr spürt die Natur doch ebenfalls und wisst sie zu schätzen."

„Das mag so sein. Ihr habt Recht. Die Kultur meines Volkes beruht auf einem anderen Fundament. Diese Hast und Betriebsamkeit der Menschen, deren Sinn ich nie verstanden habe, liegt uns fern." Seine Gedanken drohten abzuschweifen und er besann sich. „Die Natur ist etwas so Wertvolles. Ich freue mich, dass Ihr sie so zu schätzen wisst."

„Ich zolle ihr Respekt und bin dankbar dafür, dass sie mich immer wieder mit neuen Blättern und Blüten, Pflanzen, Wurzeln und Knollen beschenkt. Ich kann mir vorstellen, dass das für Euch nicht nach dem typischen Menschen klingt. Ich bin vielleicht einfach anders." Der Alte lachte kurz schallend auf, bevor er dann etwas ernster hinzufügte: „Früher, früher habe ich mich des Öfteren unter Menschen aufgehalten."

„Bringt das Eure Arbeit als Händler nicht mit sich?", fragte der Elf.

„Zweifelsohne, zweifelsohne. Aber gerade in letzter Zeit meide ich sie", erwiderte der Händler. Der Alte musste die wachsende Neugier des Elfen eigentlich spüren, sprach jedoch nicht weiter. Plötzlich bogen sie um eine letzte Ecke und vor ihnen tat sich eine Hütte auf. Es war nicht mehr als ein grober Bretterverschlag, der zum großen Teil mit Moosen bewachsen war. Halb unter einem Hügel versteckt schien er in diesen überzugehen. Wusste man nicht, dass diese kleine Lichtung bewohnt war, würde man sicher ahnungslos an ihr vorüber ziehen. Der Kräuterhändler fuhr den Karren unter den angrenzenden Überstand, auf dessen hölzerne Decke der Regen laut einprasselte.

„Hoe!", sagte er und die Pferde hielten an. Er stieg vom Wagen und schickte sich an die Zugtiere loszumachen. „Geht schon einmal herein! Tücher zum Trocknen liegen auf dem Tisch. Ihr könnt sie nicht verfehlen. Das Feuer sollte geschürt sein."

Der Elf hob eine Braue. „Ich dachte, Ihr wohnt hier allein und wart den Tag über unterwegs?"

Der Alte ging nicht weiter darauf ein. „Ich mache nur noch die Pferde los. Das Abladen verschiebe ich auf morgen." Der Elf schritt unter der Laube hervor und ging auf die hinter einem Vorhang von Moosen und Farnen versteckte Eingangstür zu.

Plötzlich hörte der Regen auf.

„Seltsam", murmelte er. Dann betrat er das Wohnhaus.

Ein warmer Schwall Luft schlug ihm entgegen. In der einen Ecke prasselte ein Feuer. Der Tisch, auf dem die sorgfältig gefalteten Tücher lagen, stand in der Mitte der Hütte, die nur aus einem großen Raum bestand. Der Elf schlug die Kapuze zurück und trat in das Zimmer. Dann legte er den Mantel und seine Ausrüstung ab und nahm eines der Tücher, um sein Gesicht zu trocknen. Während das Feuer den durchnässten Körper wärmte, fiel sein Blick auf ein Buch auf dem Tisch. „*Magie: Aus Zwei mach Eins oder eine kurze Reise durch die Welt*" von T.A. stand auf dem Einband. Darunter lag ein weiteres, das den Titel: „*Wie aus dem Nichts das Etwas wurde - und wieder zurück*" trug. Der Elf nahm es in die Hand, schlug den Prolog auf und begann zu lesen:

„*Es gibt vieles, das man erklären kann und einiges, bei dem man glaubt, dass man es bereits erklärt hat. Wiederum anderes erklärt sich von selbst. Manchmal versteht man es nicht, aber jemand anderes kann es einem erklären. Das Wichtigste ist: Alles ist relativ.*

Dies zu akzeptieren bringt uns schon einmal weiter. Man kann nun das Sein mit all seinen Formen zwei verschiedenen Klassen zuordnen: Die eine kann durch die rechnerischen Formelarien beschrieben werden. Sie sind Grundlage der Formen und Arten. Sie beschreiben die Kunde über die Elemente und Kräfte und die Kunde über die Pflanzen- und Tierwelt am Trefflichsten.

Die andere Klasse beinhaltet die Geister. Ihre vollkommene Art ist die Macht über die Magie. Wie man die erste Klasse spüren kann, indem man sie anfasst, so wird man der Zweiten nur Herr werden können, wenn man an sie glaubt.

Der Glaube trennt also den fühlbaren vom mentationalen Teil des Seins, wie wir sagen. Nur wenige sind noch in der Lage zu mentationieren ..."

„Wie ich sehe, fühlt Ihr Euch wohl", sagte eine Stimme hinter dem Elfen. Er schlug das Buch ruckartig zu, drehte sich um und

ließ den Foliant auf den Tisch sinken. Der Händler war herein
gekommen und schloss die Tür hinter sich. Dann sagte er: „Ich
weiß, wir haben nicht viel Zeit. Kommt, ich muss Euch etwas
zeigen!" Der Alte streifte die Kapuze zurück. Die Augen des
Elfen weiteten sich vor Erstaunen.

Arxor schreckte hoch. Es war früher Morgen. Er blinzelte kurz.
Dann sank der König wieder zurück in die Kissen. Mit einem
Ohr hörte er Lärm auf dem Flur. Er drehte sich zur Seite, nahm
das Kopfkissen und legte es sich über den Kopf. Dunkelheit.
Dann vernahm er das lang gezogene Quietschen der Tür, die
laut stöhnend und knarrend aufschwang.
„Vater, Vater!", rief ein kleiner Junge und sprang auf das Bett.
„Lucien", grummelte der König. „Es ist noch viel zu früh." Eine
Magd folgte dem kleinen Prinzen ins Zimmer.
„Euer Majestät, es tut mir leid, aber ich habe ihn nicht aufhalten
können", sagte sie fast vorwurfsvoll.
„Das hat er von seinen Eltern", brummte Arxor. „Danke! Es
ist schon gut. Es wäre nett, wenn du dich um das Frühstück
kümmerst", sagte er verschlafen. Dann wurde es blitzartig hell,
als Lucien das Kissen wegriss. Arxor grummelte erneut.
„Vaaater!", rief Lucien ungeduldig.
„Ja, ja. Ich bin ja schon wach!"
„Komm schon! Was willst du mir zeigen? Sag schon! Ich will es
sehen! Vaaaaater!" Lucien rüttelte an Arxor.
„Nach dem Frühstück." Lucien verzog die Mundwinkel. Arxor
blinzelte ihn an. Sein Sohn blickte mit den engelsgleichen
Gesichtszügen Emelialas schmollend auf ihn herab. Wie schwer
es für Arxor war Lucien etwas auszuschlagen.
Dessen nussbraune, große Augen kullerten nun gespielt
beleidigt von links nach rechts und die verzogenen Mundwinkel
untermalten das Trotzen gekonnt. „Wie deine Mutter", murmelte Arxor, setzte sich auf und verstrubbelte Luciens braune,
schulterlange Haare.

„Vater, hör auf damit!", rief der kleine Prinz und strich sich die Haare glatt. Dann schwang sich Arxor aus dem Bett.

Ein alter Freund

Majestätisch ragte das Weiße Schloss in den blauen Himmel und glich dabei einer erhabenen Krone auf dem Haupte des Hippogreifenberges. Richtung Nordwesten waren die königlichen Gärten gelegen, von denen aus man die Reichshauptstadt Argonia und die im Licht der Sonnen glitzernde Oberfläche des Sees der Könige an den Manen überblicken konnte.

Der Palast mit seinen sechs schneeweißen Türmen war von steil abfallenden Klippen eingerahmt, die es Feinden unmöglich machten, die Residenz des nordländischen Königs von mehreren Seiten gleichzeitig anzugreifen. Zusätzlichen Schutz versprach das gen Süden gerichtete, starke Eingangsportal, von welchem man über einen abschüssigen, steinigen Pfad in die Talebene gelangen konnte.

Auf halber Höhe teilte sich dieser Serpentinenweg. Der eine führte weiter in das offene Feld der Flachebene, während der zweite unterhalb des Westturms das Schloss mit der Stadt verband.

An dieser Weggabelung befand sich auch die kleine, von einer Mauer eingegrenzte Anhöhe, auf der sich kleinere Pfade gleichförmig zwischen steinernen Tafeln und Monumenten hindurchschlängelten. Häufig endeten sie vor Bäumen, Büschen und Hecken, die die Eintracht und Ruhe durch ihr leise raschelndes Spiel mit dem Wind zu stören schienen.

Doch war das Schaffen von neuem Leben, wo altes seine letzte Ruhe fand, eine alte Tradition, mit der nicht gebrochen wurde.

Auch wenn der alte Glaube an die Elemente und deren Ehrung in den Tempeln über die Jahrzehnte und Jahrhunderte stetig verblasst waren.

Und so wurde dieser Brauch auch vom königlichen Hofe weiter geführt, dessen Ahnenhof, auf dem nur Königinnen und Prinzessinnen nach ihrem Tod bestattet wurden, an eben jenem Kreuzweg lag.

Es war ein Ort der Stille und des Friedens, an dem sich Fauna und Flora Wege durch eine traurige, steinerne Landschaft bahnten.

Die Moose machten nicht nur den Grabsymbolen zu schaffen. Farne und Dornenbüsche kletterten sogar die Steilwände zum Schloss und die Hügel abseits der Serpentinenwege hinauf.

Die Sonnen standen hoch am Himmel. Fleckig schimmerten sie auf die Teile des Landes, die nicht von den zahllosen Schäfchenwolken verdeckt waren. Dort, wo sie auf das leicht feuchte Gras trafen, glänzte und glitzerte es zauberhaft.

Im Schatten eines großen Früchtebaums stand Arxor und sah zu, wie der Heermeister Quinto seinem Sohn Lucien in den königlichen Gärten den Schwertkampf lehrte. Der junge König freute sich. Lucien machte seine Sache mehr als ordentlich.

Dann wanderte sein Blick hinüber zu seinem Heerleiter. Arxor bewunderte Quintos Ruhe im Umgang mit dem Kleinen. Doch wie lange würde er ihn noch am Schloss halten können?

Nach dem erbitterten Kampf gegen die Schatten vor sieben Jahren hatte Quinto immer wieder längere Zeit in Zimura geweilt, um neue Soldaten und später Instrukteure auszubilden. Er lehrte sie dort das Kämpfen mit dem Schwert, der Lanze oder der Faust - zu Fuß und auf dem Rücken der Pferde.

Die angehenden Soldaten verbesserten sich durch seine Vorgaben zusehends im Schleichen, in der Umsetzung von Taktiken und der Orientierung in der Natur. Sie wurden zu Kriegern, die geradezu nach dem Kampf lechzten. Doch der Feind kehrte glücklicherweise nicht wieder zurück.

Anfangs war Quinto noch bei Arxor geblieben, erinnerte sich der König. Nach ihrem Tod. Arxor schluckte. Sieben Jahre war es nun schon her. Wie wenig Zeit hatte er mit ihr verbringen dürfen? Wie sehr schmerzten ihn Luciens Geburtstage Jahr für Jahr? Dieser grausame Tag, an dem Arxor seine Kinder geschenkt und seine Frau genommen wurden.

Und dann die Sache mit Schasar. Sein bester Freund, der ihn hintergangen, der ihm seine Tochter genommen, der sie entführt hatte. Arxor hatte ihr nicht einmal einen Namen geben können. Sieben Jahre. Er schluckte erneut. Seine Augen wurden wässrig. Und dies war allein sein Geheimnis. Das Etwas, das ihn innerlich aufzufressen drohte. Denn niemand im Reich ahnte, dass der junge Prinz Lucien ein kleines Schwesterchen hatte. Schasar hatte mit seinem Vergessenszauber gute Arbeit geleistet.

Arxor schüttelte den Kopf. Er hatte viel durchgemacht. Gerade nach den Grauen des Kampfes und Emelialas Tod war er nicht mehr er selber gewesen. Quinto hatte ihm damals viel Arbeit und Verantwortung abgenommen. Doch Arxor hatte gemerkt, dass der junge Heerleiter sich am Hofe zunehmend unwohler fühlte. Und Arxor hatte ihn gehen lassen. In den Wintern war Quinto auf Nesias Rücken immer wieder an das Weiße Schloss zurückgekehrt, doch sobald der Schnee taute, war er mit dem Hippolo zurück an den Ostwall gereist. Gefühl und Nähe zwischen ihnen hatten sich verändert. Der argonianische Heerleiter hatte nach Schasars Verrat an ihrer Freundschaft dessen Platz als Arxors Berater, als Arxors einzig wahren Freund eingenommen. Doch Arxor merkte, wie auch sie sich von Jahr zu Jahr entfremdet hatten und die Vertrautheit gewichen war, während Lucien heranwuchs, das Land den Kampf am Ostwall langsam vergaß und im Reich wieder Ruhe eingekehrte.

Doch vor zwei Jahren war Quinto heimgekehrt, um mit Arxor und Lucien dauerhaft am Weißen Schloss zu leben. Arxor hatte ihm Ämter und Aufgaben zugeteilt, von denen er hoffte, dass sie Quinto beschäftigen und ausfüllen würden. Der Heermeister befehligte selbstverständlich die Stadtwache und konnte, wenn er denn wollte, weitere Gardisten ausbilden. Und doch lebte Arxor, so musste er sich eingestehen, ständig mit der Angst, dass Quinto wieder aufbrach und ihn zurückließ.

Bis auf den Koch Geréon waren sie alle fort gegangen. Den Gebirgler Doron hatte es zurück in die Berge gezogen, der Elf Arliandro war in den Wäldern bei seiner Schwester, der Elfenseherin, geblieben. Der alte Magier Dahlgor hatte sich im Kampf geopfert, um Arxor zu retten. Und auch seine Mutter hatte ihn verlassen, ebenso wie seine Frau Emeliala.

Das Weiße Schloss war ihm nach seiner Rückkehr nie fremder gewesen. Es dauerte, bis er es wieder sein Heim nennen konnte. Und das nur durch die Liebe zu Lucien.

Dann sah er wieder den beiden Kämpfenden zu, die auf der Wiese herumtollten. Das Lächeln seines Sohnes erfreute Arxors

Herz. Unbeschwert nahm der kleine Prinz sein Schicksal an. Immer heftiger schlug der Junge zurück, wich geschickt aus, eine Finte und ein Ausfallschritt. Noch war das Metallschwert zu schwer für ihn, aber es sollte der Tag kommen, an dem er zum Manne reifen würde. Und Lucien sollte dazu mehr Zeit haben als es Arxor damals vergönnt war.

Der König merkte, wie seine Gedanken erneut abschweiften. Dabei wollte er die fröhliche Illusion aufrechterhalten. Doch zwangsläufig stand er wieder vor Emelialas Grab, beerdigte sie zu einer Zeit, in der sie beide die Freuden der Geburt ihrer Kinder hätten auskosten sollen. Emeliala hätte leben sollen. Arxor war es, der während des Krieges mehrfach kurz vor dem Tod gestanden hatte. Doch das Schicksal war nicht gnädig mit ihm. Vielmehr strafte es ihn auf tragischste Weise. Und so viele Jahre waren seitdem ins Land gezogen.

Ay'Lechsia hatte es gewusst, flüsterte eine Stimme in seinem Kopf. Nein, das durfte er ihr nicht unterstellen, maßregelte er sich. Es war eine Prophezeiung. Die Seherin der Elfen war nicht Herrin ihrer Sinne gewesen, als sie die Worte gesprochen hatte, die nun in seinem Gedächtnis nachhallten:

„Es kommt die Zeit in der die Trauer versiegt.
Das Leben ist immer lebenswert!
Es kommt auch die Zeit der Entscheidung.
Zum Wohle der Vereinigung!
Die Prophezeiung sagt, jetzt und ehedem:
lass sie los, lass sie gehen!"

Die Trauer würde niemals versiegen, aber er lernte, mit ihr zu leben. Wie sagte man so schön: Die Zeit heilt alle Wunden. Zeit würde er sich allerdings genug nehmen müssen. Doch zuoberst stand er in der Verantwortung Lucien ordentlich zu erziehen und sein Volk angemessen zu führen. Und obwohl er sich darauf konzentrierte, ließ ihn eine Frage nicht zur Ruhe kommen: Was machte sein zweites Kind nur und wo war es?

Auf Arxors Gesicht rann unwillkürlich eine Träne herab. In

diesen Momenten, da er sah, wie Lucien sich weiterentwickelte, wusste er das Leben zu schätzen und ihm einen Sinn zu geben. Unwillkürlich musste er lächeln. Auch wenn er noch immer nach dem Grund dieser Prüfung durch Schasar suchte, so glaubte er, dass der Magier sich sicherlich gut um seine Tochter kümmern würde.

Arxor war froh, dass Quinto sich einem großen Teil der Erziehung, dem Reit- und Schwertkampf, den Schwimm- und Kletterlehren annahm. Er wusste, dass das tägliche Üben recht zeitintensiv war. Zeit, in der Quinto nicht über Kampftaktiken und –techniken grübeln oder in alten Büchern über Maschinenzeichnungen lesen konnte.

Arxor lächelte noch immer, als er in Luciens Rücken aus dem Schatten ins Licht trat. Quinto sah ihn, zuckte überrascht zusammen und war für einen Augenblick unaufmerksam. Diesen Moment nutzte der junge Prinz und versetzte seinem Lehrmeister den vermeintlichen Todesstoß mit dem Holzschwert. Lucien lachte auf und streckte triumphierend die Arme gen Himmel.

„Ja!", schrie er. Arxor klatschte hinter ihm Beifall. Der Prinz drehte sich um. Das schulterlange, braune Haar fiel ihm ins Gesicht. Er pustete es grinsend hoch, strich es zur Seite und hielt sich die Hand vor das Gesicht, um die Augen vor dem Licht der Sonnen zu schützen und die Gestalt hinter sich auszumachen.

„Vater!", rief er schließlich, als er Arxor erkannte, und rannte ihm entgegen.

„Vorsicht, mein Kleiner! Nicht so übermütig." Dann nahm Arxor ihn in vollem Lauf hoch und wirbelte Lucien einige Male um die eigene Achse.

„Schneller!", forderte Lucien. „Schneller!"

„Es reicht." Arxor lachte. „Mir wird schwindelig." Bevor er die Orientierung verlor, ließ er seinen Sohn wieder herunter und musste sich hin und her wankend darauf konzentrieren nicht umzufallen.

„Hast du gesehen, wie ich ihn besiegt habe, Vater?", fragte Lucien aufgeregt.

„Sicher habe ich das. Das hast du ausgezeichnet gemacht." Quinto kam ihnen entgegen. Der König lächelte seinem Heermeister zu und zwinkerte.

„Ein Mordskerl, der kleine Prinz", sagte Quinto anerkennend und wuschelte durch Luciens Haare. „Ungestüm wie sein Vater früher", fügte er grinsend hinzu. Lucien stemmte die Hände in Siegermanier in die Hüften. Der Vergleich mit seinem Vater gefiel ihm sichtlich.

„Ihr habt heute viel geübt. Du kannst spielen gehen Lucien", sagte Arxor. „Aber bleib bitte in der Nähe. Ich habe noch eine Überraschung für dich. Schließlich muss dein Fleiß doch belohnt werden." Er zwinkerte seinem Sohn zu.

„Was ist es denn?", fragte der kleine Prinz neugierig.

„Das zeige ich dir später!" Lucien verstand und wandte sich zum Gehen. Arxor sah Quinto an. Die Erfahrung des Krieges hatte in dessen Gesicht einige Sorgenfalten hinterlassen und auch die Narben, die sie alle mehr oder minder davon getragen hatten, verheilten nicht vollständig. Schon gar nicht die in ihren Herzen.

Und doch konnte man Quinto seine wenngleich auch robuste Attraktivität nicht absprechen. Der Krieger stand im besten Alter. Seine sportlich muskulöse Figur und seine gesellschaftliche Stellung ließen sicher so manches Frauenherz in der Stadt höher schlagen. Die kurzen, dunkelbraunen Haare waren penibel geordnet, der schmale Kinnbart gleichmäßig und sauber geschnitten.

„Ich möchte mit dir reden", sagte Arxor.

„Wie Ihr wünscht", erwiderte Quinto und verbeugte sich kurz, wie es die Etikette von ihm forderte.

„Wir reden als Freunde und ich möchte, dass du ehrlich zu mir bist." Der Heerleiter nickte. „Der Krieg ist lange vorüber und wir werden nicht jünger. Ich schätze deine Arbeit, das steht außer Frage." Arxor sah Quinto eindringlich an. „Wenn du nicht möchtest, musst du nicht am Hof bleiben. Ich weiß, dass man sich als Mann nach Freiheiten sehnt, die man in deiner Position hier so nicht bekommen kann. Ich werde dir ohne Argwohn alle Freiheiten gewähren und dich heldenhaft entlassen. Noch bist du jung und kannst und sollst alle Schönheit des Lebens genießen." Ein Moment des Schweigens hüllte sie ein. Hinter ihnen tobte Lucien auf der Wiese und jagte Schmetterlinge. Quinto sah ihm nach. Schließlich antwortete er. Seine Worte waren wohl gewählt.

„Ich bin mir meiner Aufgaben bewusst. Ich habe diese Stelle freiwillig angenommen. Sie ist eine große Ehre für mich. Eine Lebensaufgabe. Auch wenn die Verantwortung nach dem Krieg eine andere ist, so bin ich noch immer stolz auf das, was ich mache. Ich gebe mein Wissen, das ich mir damals aneignen durfte, an jene weiter, die es benötigen - für das Gute und das Gerechte. Ich habe einen Eid geschworen, den ich Zeit meines Lebens erfüllen möchte und werde. Von den weltlichen Dingen habe ich mich schon früher abgewandt. Und der Funke der Sehnsucht, der immer brennen wird, wird genährt durch die Herzlichkeit, die mir hier entgegen gebracht wird. Dieser Lohn ist dem Opfer angemessen", erwiderte Quinto mit einem Zwinkern.

„Ich freue mich, dass du das so siehst. Nicht erst seit Schasar gegangen ist, bist du für mich zu einem guten Freund geworden, den ich gern für immer an meiner und der Seite meiner Familie wüsste."

„Sein Fortgang hat uns alle gleichermaßen erschreckt wie betrübt. Aber er wird das Richtige getan haben. Seinesgleichen, sie tun immer das Richtige, auch wenn wir es manchmal nicht verstehen." Es war ein Versuch Arxor zu beruhigen. Doch der König spürte einmal mehr, dass der Heerleiter nicht viel von der Magie hielt, die niemals einen fairen Zweikampf garantieren würde.

„Ja, ich weiß. Ich wollte mich nur vergewissern, dass ich dich nicht auf irgendeine Art einenge. Du solltest dich nicht gezwungen fühlen, nur wegen mir hier zu bleiben."

„Wegen wem sonst?", fragte Quinto und lächelte.

„Du weißt, was ich meine."

„Natürlich, Euer Majestät."

„Vergiss es einfach wieder. Ich wollte nur sichergehen."

„Die Sorge ehrt mich", erwiderte der Heermeister. Arxor sah zu Lucien herüber.

„Ich möchte ihm die Hippogreifen zeigen", sagte er.

„Ich denke, er ist alt genug", antwortete Quinto auf die ungestellte Frage.

„Euer Majestät", rief plötzlich eine Stimme hinter ihnen. Arxor sah sich um. Ein Botenjunge kam mit einem Pergament winkend auf sie zu gelaufen.

„Ja?", fragte Arxor.

„Mein Herr!" Der Junge verneigte sich demütig und übergab Arxor mit zitternden Händen eine Pergamentrolle. „Die jüngsten Ergebnisse der Volkszählungen sind eingetroffen. Die Stadtherren haben jedoch angemerkt, dass es nicht möglich war, die Werte als allzu zuverlässig zu kennzeichnen. Viele Familienmitglieder wurden als durch die Lande streifend angegeben. Es ist also unklar, ob und wo sie leben oder ob sie zum Beispiel auf dem Weg zum Ostwall sind. Andere wiederum sind zu Handelsreisenden auf den immer stärker befahrenden Reichswegen geworden. Da sie keinen festen Wohnsitz haben, werden sie nicht gezählt."

„Danke", erwiderte Arxor, nahm die Pergamentrolle entgegen und entrollte sie. „Sehr schön, sehr schön", sagte der König, während seine Augen über die Zahlen und Buchstaben huschten. „Hast du das verfasst?" Der Bote nickte. „Allein?" Er nickte erneut. „Du kannst also lesen und schreiben. Gut. Gut."

„Ja. Meister Quinto hat mich zudem das Zählen und Rechnen gelehrt."

„Hat er das?" Arxor sah Quinto an, dann wieder zurück zu dem Jungen. „Du kannst gehen. Deine Arbeit ist sehr ordentlich. Ich danke dir!" Der Junge verbeugte sich und ging mit einem freudigen Strahlen im Gesicht zurück zum Schloss.

„Für was du nicht alles Zeit hast", merkte Arxor grinsend an.

„Jetzt, wo der Krieg vorüber ist", feixte der Heerleiter. „Vielleicht ist es eine Berufung. Zurück zu den Wurzeln. Jedenfalls spart die Investition nun viel Zeit. Er wird mit der Arbeit allein fertig und ich kann mich um andere Dinge kümmern."

„Ich wollte dir auch keinen Vorwurf machen. Wofür ist dieser Junge eingeteilt?"

„Koordination. Ein breites Feld. Er übernimmt in letzter Zeit immer wieder ein wenig von den Handelsbeziehungen, aber ursprünglich hat er die Städteentwicklung überwacht. In den vergangenen Tagen hat er sich ausschließlich mit den zurückgekehrten Volkszählbescheiden auseinandergesetzt."

„Ist diese Arbeit auch zu seiner Zufriedenheit?"

„Er erledigt sie sorgfältig", erwiderte Quinto. „Beschweren würde er sich nicht."

„Ist er damit ausgelastet?"

„Er ist begabt dieses Feld zu pflügen. Als Bauer, Handwerker oder Krieger wäre er wohl eher nicht zu gebrauchen."

„Wie ist seine Auffassungsgabe?"

„Außerordentlich."

„Könnte er das Gelernte an Andere weitergeben?"

„Ich denke schon. Sein Umgang mit Menschen verlief bislang problemlos. Erklären und Koordinieren kann er gut. Seit Schasar und Meister Dahlgor nicht mehr sind, habe ich viele Aufgaben übernommen, von denen ich zuvor nicht einmal wusste, dass man sich ihrer annehmen muss. Sein Mentor auf den anderen Gebieten war gut. Ansätze des Lesens und Schreibens konnte er schon, als man ihn mir zuteilte. Die Arbeit kannte er und hat mich eher angelernt als ich ihn. Es haperte allein am Rechnen; aber wie gesagt, er hat eine schnelle Auffassungsgabe."

„Ich denke daran, ihn als eine Art Gelehrten einzusetzen."

„Er ist sehr jung. Er hat wenig Erfahrung."

„Erfahrung ist nicht alles. Ich finde, dass jeder das Recht haben sollte, Lesen, Schreiben und Rechnen zu können. Nicht nur wir am Hofe oder die reicheren der Kaufleute. Wie viele können die höfischen Anschläge lesen? Und wie viel einer Nachricht verliert sich auf dem Weg vom Einen zum Anderen, wenn nur Spekulationen verbreitet werden?" Arxor sah seinen Berater ernst an. „Doch dazu später mehr. Erst einmal begutachten wir das hier und dann werde ich mit Lucien fliegen gehen."

Sie fixierten das entrollte Pergament zwischen Arxors Händen, das die alten Herrensitze, Ländereien und deren Einwohner auflistete. Prüfend ließ Arxor den Blick über das gelbliche Blatt fliegen.

„Das sind die Vergleichswerte?", fragte der König. Seine Augen hefteten sich auf die Spalte neben den aktuellen Zahlen. Sie trugen das Datum der letzten Volkszählung, die noch während der Herrschaftszeit seines Vaters stattgefunden hatte.

„Ja, alle zehn Jahre werden die Zählungen durchgeführt. Die letzte Zählung fiel daher …" Quinto hielt kurz inne und räusperte sich. „Sie fiel noch in die letzte Regentschaftszeit."

„Die Soldaten in Zimura sind inbegriffen?", fragte Arxor ohne besondere Regung in der Stimme.

„Die Krieger in der Ausbildung sollten von ihren Familien angegeben werden. Eine doppelte Überprüfung aller Werte wäre sehr zeitaufwendig gewesen. Die Stadtgardisten und Patrouillen sind natürlich in den einzelnen Herrengebieten erfasst." Quinto zögerte einen Augenblick, bevor er weiter sprach. „Bislang gab es ja auch kein stehendes Heer. Das ist für alle neu."

„Und wie viele Soldaten stehen uns zur Verfügung?"

„Eine gute Frage, die ich so nicht beantworten kann. Das überwachen die Kontrolleure. Die Zahl der Reservisten wächst stetig, variiert jedoch mit dem Familienstand und den weiteren Aufgaben der Absolventen. Der Wehrdienst wird nach unserer neuen Regelung für die zweit- und danach geborenen Kinder, die das Alter von siebzehn erreichen, verpflichtend; gleich ob es Männer oder Frauen sind. Dazu kommen die Freiwilligen und die Gardisten. So sind es weit über Viertausend."

„Viertausend?"

„Gewiss. Schon allein hier in der Stadt leben eintausendzweihundert Einwohner mit militärischer Ausbildung. Und viele wollen nach ihrer Ausbildung Gardisten werden."

„So bleiben sie wachsam und verlernen ihr Handwerk durch die Routine nicht. Auch wenn ich die Grauen des Krieges nicht noch einmal erleben möchte."

„Wünschen tut es sich keiner", gab Quinto zurück. „Aber wir können die Augen nicht davor verschließen, dass es wiederkommen könnte."

„Es gilt wachsam zu sein." Arxor nickte zustimmend.

„Das denke ich auch." Quinto stockte einen Moment, dann zeigte er auf das Pergament. „Seit der letzten Zählung stieg die Einwohnerzahl in der Hauptstadt allein um mehr als zweitausendfünfhundert Menschen."

„So sagen es die Zahlen." Arxor wurde stutzig. Worauf wollte Quinto hinaus?

„Zur Zeit der Dritten Generation lebten die Menschen Argonias noch hinter dem ersten Wall. Dort, wo die erste Halbstraße heutzutage steht", begann Quinto. „Dann entstanden der zweite und später der dritte Wall. Und schon bald sollten wir einen vierten errichten."

„Dann werden wir es tun", erwiderte Arxor.

„Dieser Wallbau kostet eine Menge Geld. Und die zunehmende Unüberschaubarkeit der neuen Stadtviertel birgt Gefahr. Mehr Stadtwachen müssen auf weitläufiger Fläche präsent sein." Der Heermeister hielt kurz inne. „Nach dem Krieg und der Wehrumstellung leeren sich die Truhen zusehends, denn wir müssen zudem auch das Salär der auszubildenden Soldaten bezahlen."

„Aber wir ziehen doch auch mehr Steuern ein."

„Das stimmt. Aber die Kriegerzahlen werden weiter wachsen und ihre Ausbildung ist teuer."

„Da bin ich mir nicht so sicher. Es gibt mittlerweile nicht mehr viele junge Familien, die mehr als drei Kinder haben, oder?"

„Das weiß ich nicht genau einzuschätzen, mein König." Quinto widerstrebte es Arxor zu widersprechen. „Aber ich denke, auf Dauer besteht die Gefahr, dass die Ausgaben um einiges höher sind als die Einnahmen. Ohne die Überlegung mit den Gelehrten."

„Es muss eine Lösung geben." Auf Arxors Stirn zeigten sich Denkfalten.

„Und wie gewohnt werden wir sie finden", gab Quinto zurück.

„Lässt du dir etwas einfallen?"

„Natürlich." Quinto nickte grinsend.

„Lucien, kommst du bitte!", rief Arxor und sein Sohn kam herbei gerannt.

„Schneller! Schneller!", feuerte der Prinz das junge Hippogreifenmädchen an, auf deren Rücken er durch die Lüfte ritt und das auf den Namen Kayia hörte.

„Ruhig, Lucien!", rief Arxor, der auf Reon saß. Der König tätschelte dem alten Hippogreifen, der die erste Flugstunde seiner Tochter mit einem Menschenjungen auf dem Rücken skeptisch musterte, beruhigend auf den mit Federn bedeckten Nacken. „Fordere sie nicht heraus. Sie muss sich erst einmal an das berittene Fliegen gewöhnen, ebenso wie du", fügte er etwas strenger hinzu. Alles in allem machte Lucien seine Sache wirklich gut. Dazu entwickelte sich Kayia prächtig weiter, nahm ständig zu, wurde kräftiger, forscher und neugieriger. Und dennoch hatte der Hofstallmeister dem Flug nur äußerst widerwillig zugestimmt. Arxor lächelte. Er hatte das Gefühl etwas ähnliches schon einmal erlebt zu haben; damals, als Schasar noch am Hofe gelebt hatte, sie beide in Luciens Alter gewesen und zum ersten Mal gemeinsam auf den Hippogreifen geflogen waren.

Reon stieß blitzschnell hinab und Arxor musste sich festhalten, um nicht aus dem Sattel geworfen zu werden. Seine Gedanken verscheuchte er und konzentrierte sich vielmehr darauf bei der Jagd auf Kayia und Lucien nicht vom Rücken des starken Hippogreifen zu fallen.

Es erfreute ihn, das stolze Wappentier von Argonia so lebendig wie selten zuvor zu sehen. Wirkten die alten Hippogreife Fia und Reon vor Kayias Geburt träge und lustlos, so belebten die elterlichen Aufgaben die Tiere regelrecht und ließen das Blitzen in ihre zuvor leeren Augen zurückkehren. Und auch den Stadtbewohnern waren die nächtlichen Rundflüge rund um die felsige Klippenwand des Hippogreifenberges nicht entgangen. Sie wurden als gutes Omen gedeutet.

Plötzlich stieß sich unterhalb des Schlosses ein dunkler Punkt in die Tiefe, um dann mit schnellen Flügelschlägen wieder an Höhe zu gewinnen. Fia, Kayias Mutter, kam zu ihnen geflogen. Reon kreischte kurz und nur für Arxor vernehmlich.

„Ja, ich verstehe schon." Der König nickte und wandte sich Lucien und Kayia zu. „Lucien, es reicht! Lass uns zurückkehren!", rief er seinem Sohn zu.

„Och, Vater!", erwiderte Lucien.

„Morgen ist ein neuer Tag. Kayia wird dir schon nicht wegfliegen."

„Na gut, wenn es sein muss." Die Hippogreife flogen mit den beiden Menschen auf ihren Rücken in Richtung der Höhle und setzten dann kurz und hart auf dem mit Stroh bedeckten Boden auf.

„Das war …" Lucien suchte nach Worten. „Das war unglaublich."

„Ich wusste, dass es dir gefallen würde." Arxor tätschelte Reons Rücken, sah dann seinen Sohn an und fuhr ihm durch das vom Wind wild zersauste Haar. „Ich zeige dir den Weg aus den Gärten hier hinunter, denn du würdest ihn sowieso bald finden." Lucien grinste schelmisch. „Aber ich möchte, dass du nicht ohne meine ausdrückliche Erlaubnis allein hier hinunter kommst." Lucien nickte und Arxor fühlte sich wieder einmal ein wenig an sich und seine Kindheit erinnert. Würde Emeliala dies hier gutheißen?

Nachdem sie sich von den Hippogreifen verabschiedet hatte, führte Arxor Lucien den geheimen Pfad über die Klippen hinauf in die Schlossgärten. Ängstlich blickte der junge Prinz immer wieder nach unten und klammerte sich an Arxors starke Hand. Mit zittrigen Schritten trat er auf die in den Fels gehauenen Treppenstufen, die in luftiger Höhe ohne Brüstung gefährlich schmal und unnatürlich glatt wirkten.

Arxor hingegen genoss den Blick über die Stadt und auf den See der Könige an den Manen, dessen Oberfläche schimmernd die Strahlen der zwei Sonnen reflektierte. Er schluckte, als er an den Abend mit Emeliala dachte. Den Sonnenuntergang, den sie gemeinsam erlebt und die Nacht, die sie hier verbracht hatten. Zügig schritt er voran und kurz darauf standen sie wieder auf dem sicheren Boden im Garten.

„Komm, es ist Zeit für unser Abendmahl!", sagte Arxor, bevor sein Sohn in die Weiten des Gartens entfliehen konnte.

„Aber ich habe noch gar keinen Hunger", protestierte Lucien.

„Keine Widerrede, Hände waschen am Brunnen!", sagte Arxor streng und sah seinen Sohn auffordernd an. Gemeinsam schritten sie auf den Brunnen der Getiere zu, wo je ein Greif, Einhorn, Löwe und Hippogreif Wasserfontänen in den wolkenlosen Himmel spien.

Am runden Wasserbecken angekommen gehorchte Lucien nur widerwillig. Während er die Hände vorsichtig ins kühle Nass tauchte, sah er seinen Vater prüfend an.

„Und du?", fragte er.

„Was?", erwiderte Arxor und zog die Stirn kraus.

„Warum muss ich immer machen, was du sagst? Warum wäscht du dich nicht?" Arxor ging auf den Brunnen zu, streifte die Ärmel zurück und tauchte die Hände ins Wasser. Dann hielt er den Kopf ins Wasser, schleuderte ihn hoch in die Luft und schwang das schulterlange, braune Haar. Lucien schrie auf und flüchtete. Arxor hastete ihm laut prustend hinterher.

Sie rannten den Arkadengang zum Schloss hinauf. Plötzlich erstarrte Lucien. Und auch Arxor verlangsamte seine Schritte. Etwas stimmte nicht.

„Lucien! Hierher!", sagte er bestimmt und sein Sohn zögerte keinen Augenblick. Dann griff er nach dem kleinen Dolch, den er aus Gewohnheit am Bund trug. Sie standen am Fuß der großen Treppe, die sich an zwei Seiten zur Mittelempore und dann zur Terrasse hinaufschlängelte. Arxor sah sich vorsichtig um.

„Herr!", sagte eine Stimme hinter ihnen. Arxor schwang herum und schob Lucien schützend hinter sich. Seine Dolchspitze zitterte leise bebend unter dem verschmutzten Kinn eines Mannes mit rotbraunen Haaren, der wie aus dem Nichts erschienen war.

„Lucien, geh!", sagte Arxor. Doch sein Sohn blieb regungslos stehen und lugte verstohlen hinter seinem Vater hervor.

„Nicht vor ihr", erwiderte sein Gegenüber und schluckte.

„Vor wem?", fragte der König mit harter Stimme.

„Vor ihr", erwiderte Gregoralfo und trat einen Schritt zur Seite. Schnell huschte Dayana zurück in seinen schützenden Schatten. Arxor nickte. Unsicher und irritiert sah er Gregoralfo an. Er hatte ihn sofort als den Mann wieder erkannt, der ihm bei seinem letzten Aufenthalt in Kimón auf den Weg zum Hinterzimmer des Gasthauses einen Dolch an die Kehle gehalten hatte. Zumindest hatte sich dieses Blatt zwischenzeitlich gewendet.

„Lucien, würdest du mit …?", begann der König und ließ seinen Gegenüber nicht aus den Augen.

„Dayana", formte Gregoralfo mit den Lippen den Namen der Kleinen.

„Würdest du mit Dayana in den Garten zum Spielen gehen!", forderte Arxor den Prinzen auf.

„Aber das Essen …", begann Lucien.

„Das kann noch warten", beendete sein Vater den Satz. „Und nun geh! Und du …" Arxor zeigte auf Gregoralfo. „… keine hastige Bewegung." Sein Blick ruhte auf dem Dieb von Argonia. Der nickte, drehte sich langsam von Arxor ab und ging in die Hocke. Arxor ließ den Dolch sinken. Gregoralfo legte Dayana die Hand auf die Schulter.

„Dayana, geh bitte mit dem Jungen! Ich muss mit dem König reden. Das habe ich dir ja schon erklärt." Sie nickte. „Hab keine Angst. Es dauert nicht lange."

„Also los ihr beiden", sagte Arxor und gab Lucien mit der freien Hand einen Klaps. Und dessen anfängliche Unsicherheit verflog im Nu.

„Willst du mit mir spielen? Wir könnten König und Königin sein. Hier im Schloss sind leider nicht viele andere Kinder, aber es wird sicher lustig", sagte Lucien übermütig. „Komm mit, ich zeige dir etwas richtig Tolles! Das glaubst du nie." Lucien nahm Dayana an die Hand. Die Elfe ließ sich schüchtern mitziehen, nachdem ihr Gregoralfo beruhigend zugenickt hatte.

„Und nun zu uns …", begann Arxor.

„Ich weiß, dass Ihr mich erkannt habt. Entschuldigt meine bedauerliche Entgleisung vor einigen Jahren", sagte sein Gegenüber. „Euer Hoheit", schob er nach.

„Was willst du hier?" Arxor hob den Dolch erneut.

„Ich bin unbewaffnet", erwiderte Gregoralfo und zeigte auf ein Bündel am Boden hinter sich, an dem ein kleiner Dolch und ein edles Krummschwert gelehnt waren.

„Wie seid ihr beiden unbemerkt in meinen Garten gekommen? Und wer ist die Kleine?", fragte Arxor und nickte Dayana hinterher.

„Es ist wichtig, dass Ihr mir zuhört", begann der Fremde.

„Wieso sollte ich? Du hast mich überfallen, wolltest mich töten … Wie heißt du eigentlich?"

„Gregoralfo. Aber es geht um etwas weitaus Wichtigeres. Sie sind zurück!"

„Wer?", fragte Arxor. Doch plötzlich fröstelte es ihm trotz des sommerlichen Wetters. Er bekam eine Gänsehaut. Er kannte die Antwort bereits, noch bevor sein Gegenüber sie aussprach. Dann drangen die Worte an sein Ohr.

„Die Schatten, sie sind zurück!"

Die Ungläubigkeit, mehr noch die Gewissheit der vermeintlichen Wahrheit in den Worten seines Gegenübers hatte den König erstarren lassen.

„Bist du dir sicher?" Die Frage war mehr rhetorisch, ein Zeitgewinn, um die Gedanken wieder zu ordnen.

„Die Schatten haben Kimón angegriffen", sagte der Fremde.

„Ist dies die Wahrheit?", fragte der König.

„Würde ich sonst unbewaffnet hierher kommen und mein Leben in Eure Hände legen?", fragte der Dieb. „Wir haben keine Zeit für so etwas."

„Erzähle!" Arxor schmachtete nach Antworten.

„Die Stadt brennt. Wir wissen nicht, wie viele es geschafft haben zu fliehen."

„Erzähl mir alles! Gehen wir nach oben." Arxor ließ den Dolch sinken, hielt ihn jedoch weiterhin fest in Händen. Als er sich halb umwandte, um Gregoralfo hinauf auf die Terrasse zu bitten, hörte er hinter sich eine vertraute Stimme.

„Das wollte ich auch gerade vorschlagen. So bekommen wir alle das gesprochene Wort mit, ohne dass die Geschichte unnötig wiederholt werden muss. Nach meinen Informationen ist Zeit ein rares Gut", sagte ein in einen dunklen Mantel gehüllter Mann, der auf der Zwischenempore stand und auf sie hinab sah.

Das Licht der untergehenden Sonnen fiel auf den Fremden, als er die Kapuze zurückstreifte. Die nussbraunen Haare hatten noch immer dieselbe Farbe, nur waren sie länger geworden. Das Gesicht war gealtert und doch erkannte Arxor es unter dem rauschenden Vollbart wieder. Der fremde Mann lächelte das verschmitzte Lächeln des Jungen, mit dem Arxor vor so vielen

Jahren durch eben diese Gärten getobt war.

„Schasar", stieß Arxor hervor und stockte. Aus dem Hintergrund trat ein zweiter, hochgewachsener Mann.

„Seid mir gegrüßt, Freund Arxor, König der Nordlande", sagte der Elf Arliandro und verbeugte sich knapp.

Der verschlossene Schrank

Arxors Geist sperrte sich beharrlich gegen den Wunsch Schasar so herzlich zu umarmen wie er es früher getan hätte. Sieben Jahre und sein Verrat hatten eine Distanz zwischen den beiden früheren Freunden geschaffen. Die unbeschwerten Jahre waren dahin. Die Probleme, denen sie sich gestellt hatten, waren Vergangenheit. Die Siege, die sie gemeinsam errungen hatten, waren verblasst.

Schasar hatte ihm sein Kind und Lucien seine Schwester genommen. Und die Zeit hatte die Wunden nur oberflächlich heilen lassen. Ein Rest von Zorn und Trauer hatten sein Herz vernarbt, waren geblieben, würden immer bleiben. Niemand konnte dies ungeschehen machen.

Schasar wartete auf Arxors ersten Schritt. Es war nicht an dem Magier Gefühle preiszugeben. Er würde sein Schicksal am Hofe in Demut ertragen und Arxors Entscheidungen akzeptieren. Doch galt es in diesen Stunden mehr an das Wohl des Volkes zu denken als an die Vergangenheit.

Seine Studien am Rande des Zauberwaldes hatten ihn alles um sich herum vergessen lassen. Die Tage waren ins Land gezogen. Winter folgten den Sommern. Sieben Jahre war es nun her, dass er gegangen war, um Fayola in die Obhut der Elfen zu geben.

Doch dann kam der Tag, vor dem er sich lange Zeit gefürchtet hatte. Er musste zurückkehren, musste Arxor gegenübertreten. Helfen, er musste Arxor helfen, verbesserte er sich in Gedanken. Er musste Argonia warnen, den Nordlanden helfen, so wie es sein Schwur und seine Stellung verlangten.

Eine Frage, die ihn nun schon seit Jahren verfolgte, pochte gleichmäßig hinter seiner Stirn: *Was hätte Meister Dahlgor in seiner Situation getan?*

Eine Minute des Schweigens hüllte die Umstehenden ein. Dann trat der König zu Schasar, umarmte und drückte ihn höflich, aber distanziert an sich. Die Stimmung lockerte sich merklich.

Arliandro kam lächelnd auf Arxor zu und begrüßte ihn mit einem Griff an den Unterarm, den sein Gegenüber kraftvoll erwiderte. Dann zog Arxor den Elfen an sich und umarmte auch ihn.

Von ihnen unbeachtet hielt sich Gregoralfo im Hintergrund auf. Was hatte er sich nur dabei gedacht zum Weiße Schloss zu reisen? Das war blanker Wahnsinn. Er hätte sich auch direkt den Schattenwesen ausliefern können.

„Du!", sprach ihn der Magicus plötzlich an. „Komm mit!" Gregoralfo tat wie ihm geheißen und folgte den drei Männern eilig die letzen Treppenstufen hinauf zur Terrasse. Der Dieb von Argonia war unsicher. Galt es die Entscheidung zu bereuen?

„Setzt euch!", bat Arxor die Versammelten nüchtern. Auf dem schneeweißen Marmor der Terrasse tanzten ihre Schatten im Licht der untergehenden Sonnen wild umher. Der König sah Schasar eindringlich an, wartete darauf, dass der Magier ihm erzählte, wo sich seine Tochter befand. Doch Schasar mied seinen Blick. Die Frage brannte regelrecht auf Arxors Lippen. Und je länger Schasar ihn ignorierte, desto zorniger wurde der König. Er öffnete den Mund, doch in eben diesem Moment blickte Schasar hoch und schüttelte mit traurigen Augen kaum merklich den Kopf.

„Arxor, bitte verzeih' mir. Lass uns später am Abend unter vier Augen darüber reden. Im Moment gibt es Wichtigeres. Wir müssen Argonia retten." Dann fixierte er Gregoralfo. „Erzähle uns nun von dem, was du erlebt hast!", forderte er den Dieb auf. Dieser zögerte kurz, als er alle Augen auf sich wähnte. Und dann begann er:

„Es war die Nacht vor nunmehr dreizehn Tagen. Ich wurde im Bett meines Hauses von den Alarmglocken der Stadtwache geweckt. Auf den Straßen herrschte reges Treiben. Zuerst dachte ich, dass irgendwo ein Feuer ausgebrochen sei. Schließlich ist es Spätsommer und in der Region um Kimón hat es schon länger nicht mehr geregnet. Wie im Falle der schlagenden Glocken üblich, trafen wir am Marktplatz zusammen. Der Stadtvorsteher berichtete von einer Gefahr vor den Toren der Stadt. Ein jeder spürte, dass das, was immer es auch war, herein wollte. Und ich wusste, dass es dafür nicht mehr lange brauchen würde." Er stockte und vor seinem geistigen Auge loderten die Flammen wieder auf. Er roch das brennende Holz. Er hörte das Schreien der anderen Städter. „Und dann brach das Tor. Ich tat das einzig Vernünftige und rannte zurück zu meinem Haus. Dort traf ich auf die kleine Elfe." Arliandro horchte merklich auf, doch er unterbrach den Sprechenden nicht. „Wir wurden von einem fliegenden Ungeheuer gejagt, das die Ochsen meines Nachbarn getötet hatte. Nur mit viel Glück konnten wir ihm entfliehen." Sein Puls beschleunigte sich. Der Angstschweiß trat ihm auf die Stirn. Sie waren die letzten Tage rastlos durch das Land gezogen, hatten nur das Ziel Argonia vor Augen gehabt. Erst jetzt wurde ihm richtig bewusst, wie knapp sie mit dem Leben davongekommen waren.

„Und was geschah dann? Wie konntet ihr fliehen?", fragte Arxor.

Gregoralfo sammelte sich kurz. „Ähm, ja, entschuldigt. Mit Hilfe des Umhangs konnten wir uns schützen. Es war, als sähen sie uns nicht. Die Schatten, meine ich. Wir sind entkommen, während die Stadt brannte. Die Dunklen haben die Nacht zum Tag gemacht. Nie habe ich solche Laute vernommen. Die Angst, die diese dunklen Monster verbreitet haben und diese Gewissenlosigkeit, mit der sie alles nieder brannten und die Gardisten getötet hatten. Es war …"

„Ich kann mir vorstellen, wie es war. Wir alle haben das schon einmal erlebt", erwiderte Arxor fast eine Spur zu emotionslos. Es arbeitete hinter seiner in Falten gelegten Stirn. Die Sorge um seine entführte Tochter wechselte sich mit der um sein Land ab.

„Es war richtig den Weg nach Argonia zu gehen." Gregoralfo zögerte kurz, sah den König eindringlich an und nickte dann dankend.

„Dass du das Mädchen gerettet hast, zeugt von einem guten Herzen. Etwas, das ich jemandem wie dir nicht zugetraut hätte. Doch wer ist das Kind? Und woher stammt sie?", fragte Schasar.

Arliandro erhob sich.

„Darf ich?", fragte der Elf und deutete auf den Mantel, den Gregoralfo über den Hocker gelegt hatte.

„Natürlich", erwiderte Gregoralfo und blickte den Magier an. „Sie heißt Dayana und ist eine junge Elfe. Sie hat ihre Eltern in der Stadt verloren. Viel mehr weiß ich nicht über sie. Ich musste sie mitnehmen, sie wäre sonst ...", endete Gregoralfo und zuckte mit den Schultern.

Arliandro hatte sich erhoben und den löchrigen Mantel in die Hand genommen. Überrascht fixierte er das graue Stück Stoff. Schasar folgte seinen Augen. Dann zuckte Arliandro kaum merklich zusammen. Ein leises magisches Knistern war zu hören. Schasars Augen weiteten sich.

„Die Prophezeiung", murmelte er.

„Bitte, was?", fragte Arxor.

„Ay'Lechsias Prophezeiung. Sie war es, weshalb man mich aussandte euch, den König der Nordlande und den letzten Magicus von Argonia, wieder zu vereinen." Er blickte in die angespannten Gesichter. „Da dies nun geschehen ist, lasst mich bitte von der Prophezeiung erzählen. Der Ratsmann Lethuyan, den ihr noch von der Schlacht am Ostwall kennt, hatte einen Boten in meine Heimat Belos gesandt, um mich zum Tempel einzuladen. Der Gesundheitszustand meiner Schwester hatte sich rapide verschlechtert. Durch unsere Verbindung ...", er zeigte auf den Stein an seiner Stirnkette, „... wusste ich, dass etwas mit ihr nicht zu stimmte. Am Tempel erzählte sie mir von einem wilden Traum, der sie immer wieder quälte." Er hielt kurz inne. Gregoralfos Gesicht spiegelte dessen Unwissenheit wieder. „Wie so häufig vor einer Prophezeiung", erklärte Arliandro weiter. „Sie wollte, dass nur ich sie höre. Sie hatte die Vorahnung, dass sie mir erneut die schwere Bürde der Deutung übertragen muss. In dem Traum brach der Hippogreif mit dem weißen Kreis. Dann wurde alles schwarz." Schasar und Arxor sahen einander an. Nur Gregoralfo schien nicht zu verstehen. Arliandro nahm sich seiner an, indem er fortfuhr: „Die Magie, die das Reich Argonia schützt, die weiße Magie, der sich Schasar verschrieben hat, wird sich von dem zu schützenden Land abwenden. Wie und warum, vermochte Ay'Lechsia mir nicht zu sagen. Aber sie wusste, dass Schasar noch nicht an den Hof zurückgekehrt war. Wie konnte er auch, nachdem er das Kind des Königs in Ay'Lechsias Obhut gegeben hatte?" Arliandro sah zu Arxor, dessen Gesicht keine Regung zeigte. „Es geht ihr gut und es wird ihr weiterhin an nichts fehlen. Bald schon kommt die Zeit der Wiederkehr und eurer Zusammenkunft", fügte er hinzu. Arxor nickte, schluckte dann und blickte zu Schasar, der wiederum nachdenklich den Elfen fixierte. Arliandro fuhr fort: „Ay'Lechsia bat mich dafür zu sorgen, dass sich eure Wege kreuzen. Es gilt Missverständnisse und Gefühle, die die Herzen fesseln und verwirren, auszuräumen. Und das schnell, bevor sich Finsternis über Argonia legt."

Die Gefährten nickten.

„Und dann brach die Prophezeiung aus ihr heraus. Und dies sind nun die Worte, die sie an uns alle gerichtet hat:

Das Tor ist geöffnet. Sie sind so weit, der Weg ist geebnet. Die Zeit, sie schreit.

Nach Rache und Vergeltung, Pein und Qual. Ansichtssache ist es und wird es ewig sein.

Altes Recht, Moral und Ehre. Was sind sie wert, wenn sich die Magie erhebt, sich selber zu vernichten? Ein brodelnder Krater!

Der Weg ist beschritten, das Gefüge zerstört, erkoren zum Wandel; die Geister, sie sind empört!"

Arliandro machte eine kurze Pause und ließ den Gegenübern damit einen Moment die Worte zu verinnerlichen. Dann fuhr er fort:

„Sie sprach weiter, einen Teil, der uns weitaus mehr sorgen sollte:

Es soll altes Wissen neu erglänzen und alte Freundschaft Banne brechen.

Von klein nach groß, das Band besteht, wird euch führen in fremde Welten.

Unbekannt, doch alt bekannt, Heimat der Schatten -
Das Schattenland."

Der Elf machte eine Pause. Schasar schluckte und Arxors und sein Blick trafen sich.

„Aufhalten, was sich aufhalten lässt. Befreien, was sich befreien lässt. Die Magie zersprengt die Ketten.
Wissen erklärt, gebunden und fest, Ringe des Alters offen gelegt. Riecht die Freiheit, versteht den Sinn, lebt die Unbekümmertheit. Ein Danach gibt es immer, was soll sonst da sein?
Das Nichts ist noch immer Etwas!
Aus dem Nichts kommt er, bringt Wissen, bringt Leben, bringt Kraft. In das Nichts wird er gehen.
Aus dem Nichts kommt sie, bringt Freunde, bringt Liebe, bringt Macht. Im Diesseits wird sie warten.
Erst vereinigt ist es so weit, sind die Geister derer, die keine Geister sind, vom Geist der Geister befreit", endete die Ansprache des Elfen.

Dann sah er Arxor und Schasar an, als erwarte er eine Reaktion. Doch sie brauchten Zeit, das Gesagte zu verarbeiten. In Gregoralfos Gesicht hingegen war kein Zeichen angestrengten Denkens zu erkennen. Vielmehr spiegelte sich ein großes Fragezeichen in seinen Augen wieder.

„Ich habe auf dem Weg durch die Ländereien viel Zeit zum Nachdenken und Deuten gehabt", brach der Elf die plötzliche Stille. Er nickte Gregoralfo zu. „Ich denke, dass Ay'Lechsia auf die Rückkehr der Schatten aufmerksam machen wollte. Schließlich nannte sie die Dunklen beim Namen. Dieses Mal sind die Wesen, von denen Gregoralfo erzählte, aus dem Nichts erschienen. Das passt dazu, dass keine Berichte über eine Rückkehr der Dunklen aus dem östlichen Zimura vorliegen. Und mir haben die Bäume keine Informationen über Unruhen in den Wäldern gegeben. Alles war friedlich, als ich mich das letzte Mal mit ihnen unterhielt."

Die Gefährten nickten. „Dies brachte mich dazu zu den Höhlen der Greifenreiter zu gehen. Ich habe versucht unseren Freund Doron in den Bergen aufzusuchen. Ich sah es als die Möglichkeit ein Zeichen zu setzen, indem ich ihnen zuerst davon berichte und sie warne. Zudem hätte ich so nachfragen können, ob sie bereits Kunde von den Dunklen hatten. Es gilt das Vertrauen weiterzuentwickeln und zu stärken. Verzeihe mir dies bitte, Arxor", sagte er, aber Arxor nickte verständnisvoll. „Ich habe darauf verzichtet Filios mit mir zu nehmen oder eine elfische

Hippoloeskorte. Ich dachte, die Höflichkeit würde es gebieten. Doch waren die Gebirge für mich ein unlösbares Rätsel. Dachte ich, ich hätte einen Eingang in die Höhlen und Gänge entdeckt, so fand er ein jähes Ende vor einer Felswand. Einmal fand ich ein großes behauenes Tor mit den alten Runen in der Nähe eines Sees. Doch war es vermauert und gab keinen Gang frei. Die Inschrift besagte: Gib das Kostbarste, das du besitzt!. Die Gebirgsbewohner bekam ich letztlich nicht zu Gesicht."

„Und dann hast du dich auf den Weg hierher gemacht?", fragte Arxor.

„So war es. Unterwegs traf ich auf den Prinzen der Südlande. Mit seiner Gastfreundschaft und Etikette war es nicht weit her, aber das ist eine Geschichte für einen gemeinsamen Abend am Feuer. Ein weiterer, kleiner Teil des großen Ganzen erklärte sich mir in Schasars Hütte am Wald der magischen Kräuter. Ich wusste seit unserer letzten Begegnung in Bÿton, dass er sich dorthin zurückziehen wollte." Schasar nickte. Arxors Puls beschleunigte sich. Er zwang sich ruhig zu bleiben.

„Doch erst jetzt erschließt sich für mich der größere Sinn." Arliandro sah zu Gregoralfo. „Durch Eure Auskunft über die Geschehnisse in Kimón. Dabei ist die Ankunft seiner kleinen Begleiterin ein wichtiger Teil dieses Spiels." Die anderen sahen ihn fragend an. „Ich werde euch gleich alles Weitere erklären", sprach der Elf. Er sah Gregoralfo eindringlich an. „Allerdings brauche ich dazu noch einige Informationen von dir." Der Dieb nickte zögerlich. Sein Mund wurde trocken. „Über den Rest können wir anschließend gemeinsam beraten. Und nun erzähl mir etwas mehr über diesen Mantel! Woher hast du ihn?" Er sah den Menschen durchdringend an. Gregoralfo schluckte. So grazil und geschmeidig die Züge des Elfen wirkten, so schneidend und bestimmt waren seine Worte nun.

„Ich … Ich habe ihn gefunden", erwiderte Gregoralfo und schluckte erneut.

„Wo?"

„In Kimón", nuschelte der Dieb. Er fühlte sich eingeengt und unwohl, obwohl er in diesem Fall nichts Verbotenes getan hatte. Hätte er das Stück Stoff liegen lassen sollen? Weshalb?

„Hatte sie ihn dabei?"

„Dayana?", fragte Gregoralfo. Das brachte ihm Zeit. Worauf wollte der Elf hinaus? Sollte er lügen? Würden sie es merken? Man munkelte, dass Elfen das Lügen spüren konnten, weil sie es nicht kannten und spürten, dass etwas nicht stimmte. Und wenn sie das Kind vernahmen, was brachte dann die Lüge? Er hatte sich doch nichts vorzuwerfen, oder?

„Nein", erwiderte er deshalb wahrheitsgemäß. „Ich habe ihn gefunden. Unter der Stadt."

„Seltsam, denn es ist ein elfischer Mantel."

„Ich habe ihn nicht gestohlen, wenn Ihr das meint", begann Gregoralfo. Er spürte die bohrenden Blicke der Anderen. „Ich weiß nicht, woher er kam. Ich habe in meinem Keller ein Tor zu einem geheimen Gang gefunden, der mich zu einem Ort unterhalb des Marktplatzes brachte. Dort war blaues Feuer ..." Arliandros Gesichtszüge veränderten sich für einen kurzen Augenblick. „Das Feuer war aber kein wirkliches Feuer. Also nicht so, wie ich Feuer kenne."

„Was hast du ihm gegeben?"

„Was meint Ihr?"

„Was gabst du ihm als Preis für diesen Mantel? Was hat es dir genommen?"

„Ihr meint das Feuer?"

„Nenn es so", erwiderte der Elf mit einem leichten Kopfnicken. Er schien ungeduldig zu werden, dachte Arxor. Er hatte den sonst so besonnenen Elfen selten in einem solchen Zustand erlebt.

„Nichts eigentlich außer der Fackel, die ich hineinhielt, um sie zu entzünden."

„Eine einfache Fackel?", fragte Arliandro leise.

„Nein, ein Stück Holz, das ich gefunden habe, eingewickelt in ein Stück Stoff."

„Das verstehe ich nicht", murmelte Arliandro vor sich hin. Er inspizierte den Mantel. „Der Stoff. War es solcher wie dieser?"

„Ich weiß nicht", erwiderte Gregoralfo verschüchtert und betrachtete den Mantel. „Kann sein." Der Dieb zögerte. „Nein, es war von einem Mantel, den ich ... Es stammt von einem Mantel, den ich nachts häufiger getragen habe."

„Wofür hast du ihn verwendet?"

„Ich …", stotterte der Dieb. Sein Pulsschlag ging schneller. Schasar atmete hörbar tief ein.

„Es gibt Möglichkeiten dich zum Sprechen zu bewegen. Auf magische und herkömmliche Weise", sprach der Magier. „Tu uns bitte den Gefallen und dir auch", fügte er hinzu, während er sich vorbeugte und die Lippen an die zuvor gefalteten Hände lehnte. Er begann fremde Worte zu murmeln. Gregoralfo schrak zusammen.

„Es ist mir unangenehm, aber was bleibt mir übrig", sprach Gregoralfo schnell. „Ich gehe keiner normalen Arbeit nach, wie andere. Ich, wie soll ich sagen, bereichere mich an denen, die sich oftmals zu Unrecht an den Armen bereichern." Schasar klopfte langsam mit den Fingern auf die Tischplatte, was Gregoralfo sichtlich nervös machte. „Ich dachte, es wäre nur ein Feueralarm. Doch er hörte nicht auf. Es schien ein größeres Feuer zu sein und ich bekam Angst. Ich wollte Teile meiner Beute in den steinernen Gängen verstecken. Den ursprünglichen Mantel hatte ich immer an, um des Nachts nicht so leicht gesehen zu werden."

„Steh bitte auf!", verlangte der Elf. Gregoralfo wusste nicht, wie ihm geschah. Der Elf warf ihm den Mantel zu. Er fing ihn ohne Mühe aus der Luft. „Zieh ihn bitte über!" Gregoralfo tat wie ihm geheißen. Schasar und Arxor stießen sich vom Tisch zurück und erhoben sich blitzschnell. Arxors Stuhl fiel scheppernd zu Boden. Arliandro nickte wissend. Der Dieb war verschwunden.

Der König überlegte angestrengt, als sich die Tür zum Thronsaal endlich öffnete.

„Mein König", sagte Quinto und verbeugte sich knapp. Arxor winkte ab. Quinto kam näher und setzte sich auf Geheiß auf den Stuhl neben dem Thron. „Schasar und Arliandro sind zurückgekehrt?"

Arxor nickte. „Doch waren leider schlechte Nachrichten der

Grund", erwiderte der König.

„Die Kunde, sie ist also wahr?", fragte Quinto.

„Was hast du gehört?", fragte Arxor überrascht.

„Ich war unten in der Stadt, als mich die Gerüchte fast zeitgleich mit Eurer Botschaft erreichten. In der Stadt erzählt man sich von Unruhen in Kimón. Aus Angst sollen Bauern aus der Gegend um die Stadt herum gen Westen ziehen. Erste Familien haben die Reichshauptstadt bereits erreicht. Sie berichten, dass die Obeliskenstadt brenne."

„Soweit wir wissen, ist das wahr. Daher habe ich nach dir schicken lassen. Es ist soweit. Der Tag, den wir gefürchtet haben, der Tag, den wir erwartet haben, er ist nun gekommen. Die Schatten sind zurückgekehrt."

„Und was ist mit dem Wall und Zimura?", gab Quinto zu bedenken.

„Darüber habe ich auch schon nachgedacht. Irgendjemand hätte doch fliehen und uns warnen müssen. Sind nicht sogar einige von den Hippolos vor Ort?"

„Zwei, ja."

„Sie hätten längst Meldung erstattet, wenn die Schatten Zimura angegriffen hätten", sprach Arxor seine Gedanken aus. „Nein, sie müssen einen anderen Weg genommen haben. Außerdem haben sie weder die Berge der Gebirgler, noch die Wälder der Elfen passiert. Und wenn sie über das Mittelwaldmeer gekommen wären, so wäre sicherlich Pandora ihr erstes Ziel geworden. Ich verstehe es auch nicht. Etwas ist faul in unseren Landen."

„Was ist mit den Meeren?", fragte Quinto zögerlich. Er sah aus, als glaubte er selber nicht an diese Möglichkeit.

„Das Nordmeer? Ich denke nicht", erwiderte Arxor nachdenklich. „Wie viele Abenteurer sind von den Expeditionen heimgekehrt? Wenn du die Berichte der wenigen Gestrandeten liest, so schreiben sie von Horrorvisionen. Die Strömung, die Winde, die Riffe, dazu die Sandbänke und Klippen. Wasser, das kommt und geht. Schasar würde sagen, dass die Magie dort draußen eine andere als zu Lande ist. Du erinnerst dich, wie schwer die Bändigung des eingeschlossenen Mittelwaldmeeres für Dahlgor und Schasar einst war? Es sollte selbst für die Schattenmagier unmöglich sein, diese freien Gewalten des endlosen Meeres zu zähmen."

„Wir sollten jede Möglichkeit in Betracht ziehen. Schließlich hätte auch niemand erwartet, dass die Schatten vierhundert Jahre in der Wüste überleben würden. Aber ich glaube, dass Ihr Recht habt. Ansonsten hätte ihre Reise doch auf geradem Weg über den See der Könige nach Argonia geführt. Die Wasserfront ist so gut wie nicht geschützt. Wo wären wir verwundbarer?"

„Diese Möglichkeit scheint zu entfallen. Ich verstehe das Ganze nicht. Aber Fakt ist, dass Kimón brennt und seine Bewohner, mein Volk sich in größter Gefahr befindet."

„Und was bleibt für mich zu tun, mein König?"

„Du sollst die Armee benachrichtigen. Sammle und führe sie!" Quinto nickte ergeben. „Wie viele Soldaten haben wir hier?", fragte Arxor.

„An die eintausendzweihundert ausgebildete Krieger, die Stadtwache eingerechnet", erwiderte der Heermeister. „Aus den umliegenden Herrenstädten könnten wir im Ernstfall mit achthundert weiteren Kämpfern innerhalb der nächsten zehn bis zwölf Tage rechnen; natürlich nur, wenn wir die Boten mit Hippolos oder Hippogreifen schicken."

„Das dauert zu lange. Außerdem können wir sie nicht alle abziehen, bis wir wissen, wie die Schatten nach Kimón gelangt sind. Die kleinen Orte können wir nicht schützen, darin sind wir uns einig", warf der König ein. „Aber die Reichsstädte müssen wehrfähig sein und bleiben. Für den Fall, dass die Schatten auch dort aus dem Nichts auftauchen. Vielleicht können sie die Schattenarmee solange aufhalten, bis Hilfe durch uns naht. Durch den Abzug ihres gesamten Schutzes würden wir nur unnötig Angst verbreiten. Kimón war unvorbereitet. Die anderen Städte werden es nicht sein!"

„Was schlagt Ihr also vor?", fragte Quinto.

„Schicke Reiter los, die die Kunde vom Überfall verbreiten! Sie sollen in den größeren Städten berichten, dass der König diesen heimtückischen Angriff sühnen wird."

„Und woher sollen die Schatten gekommen sein?"

„Das interessiert nicht. Die Gedanken des Volkes sollen bei uns, den Ehefrauen und -männern, Kindern, Schwestern und Brüdern sein, die dem Feind entgegen ziehen werden. Kraft durch Mut und Einigkeit. Wen interessieren da Hintergründe?"

„Aber ...", begann Quinto, doch Arxor winkte ab. Der Heermeister verabscheute es, wenn er das tat. Es hieß, dass eine Entscheidung bereits gefallen war.

„Wir ziehen ihnen entgegen in Richtung Kimón. Mit dem, was wir hier haben und fünfhundert weiteren Kämpferinnen und Kämpfern aus den uns umgebenden Herrenstädten. Aus Zimura ziehen wir eintausend Krieger ab, so sind wir zweieinhalbtausend Kampfbereite."

„Aber mein König ...", erwiderte Quinto aufgebracht. Er atmete tief ein. „Arxor, ich bitte Euch", fügte er eine Spur ruhiger hinzu. „Wir können warten und uns notfalls verschanzen."

„Du hast Recht. Wir könnten ausharren. Das Weiße Schloss wird mächtig thronen über einer brennenden Stadt Argonia. Köpfe werden rollen und uns verfluchen, wenn sie leblos gen Himmel blicken, während sich die schneeweißen Türme mit Blut besudelt in die Weiten des Himmels bohren. Glaubst du nicht an unsere Stärke? Wir haben sie schon einmal besiegt!"

„Natürlich glaube ich an unsere Armee, die weitaus stärker und deutlich besser ausgebildet ist, als noch vor dem ersten Kampf."

„Was glaubst du, wie lange die Schatten brauchen, bis sie hier sind? Noch vier, vielleicht fünf Tage?" Arxor fixierte einen Punkt hinter seinem Heermeister. Seine Gedanken schweiften ab. Es könnte passen. Ja, es könnte tatsächlich des Rätsels Lösung sein. Quintos Worte holten ihn zurück in die Wirklichkeit.

„... und sie können nur nachts vorankommen. Die Schatten sind tagsüber schwach. Sollten sie tatsächlich auf Argonia zuhalten, was bisher nicht bestätigt wurde, so können wir sie vernichtend schlagen, wenn die starken Mauern sie aufhalten und die Nachhut aus den anderen Städten sie einkreist."

„Von klein nach groß, das Band besteht, wird euch führen, in fremde Welten. Unbekannt doch alt bekannt, Heimat der Schatten, Schattenland", murmelte Arxor.

„Mein Herr?", fragte Quinto mit verwirrtem Blick.

„Arliandro offenbarte uns eine neue Prophezeiung seiner Schwester. Und ich denke, ich weiß, was Ay'Lechsia uns damit sagen wollte", begann Arxor. Quintos Gesichtszüge veränderten sich, ohne dass der König sie deuten konnte. „Vielleicht hast du Recht. Wir werden ihnen nicht entgegen gehen", sprach der Arxor seine Gedanken aus. „Nein, vielmehr werden wir uns sammeln und ihnen folgen, in ihre Welt – in das Schattenland."
Mit weit aufgerissenen, verständnislosen Augen starrte der Heermeister seinen König an, der unbeirrt weiter sprach: „Wir hätten sowieso nicht mehr genug Zeit die Armee zu sammeln und sie hierher zu führen. Aber das wird dann ja auch nicht nötig sein!", schloss der König.
Quinto fragte sich, was hier geschah. Verboten sich die Gedanken nicht, würde er sagen, der König war auf dem besten Wege verrückt zu werden. Erst wollte Arxor mit der Stadtgarde einer Armee der Schatten entgegen ziehen, die gerade die Reichsstadt Kimón niedergebrannt hatte. Und nun wünschte er hinaus in die Wüste zu ziehen, ohne zu wissen, woher die Schatten eigentlich gekommen waren.
„Also läuft die Zeit", stellte Quinto nüchtern fest. Arxor nickte. „Und wir wollen tatsächlich ins Reich der Schatten gehen?" Arxor nickte erneut. „Dennoch frage ich Euch: Wie viele sind für einen solchen Gang bereit?"
„Das ist eine Frage, die du mir beantworten solltest." Arxor blieb ruhig. Er hatte seinen Entschluss gefasst.
„Mein König, Ihr wisst, was ich meine. Die Ausbildung haben mittlerweile einige abgeschlossen, doch wie viele haben Erfahrung mit den Waffen? Wie viele Tote können wir uns in diesem Krieg leisten?"
„Sie wurden von fähigen Kriegern unterrichtet. Wir haben mit ihrer Ausbildung ein Ziel verfolgt."
„Ich weiß, mein Herr, aber …", begann Quinto.
„Vor wem fürchtest du dich?", unterbrach ihn Arxor.
„Ich fürchte mich vor Niemandem", gab der Heermeister trotzig zurück. Es war nicht allein der Respekt vor dem Feind, die ihn unsicher machte. Nicht die Furcht vor der Wüste und der verfluchten Welt, die sich dahinter befinden mochte. Es war

vielmehr die Vorahnung, dass Arxor mit in den Kampf ziehen würde. Doch das durfte er nicht. Seinem Volk zuliebe, Lucien zuliebe.

„Und trotzdem versuchst du mich umzustimmen", sagte Arxor. „Sind deine Soldaten zu schwach? Wollen sie dir nicht folgen? Verweigern sie den Dienst für ihr Land?"

„Natürlich werden die Soldaten dem Aufruf ihres Königs folgen." Was sollten diese Fragen? „Dazu habe ich sie ausgebildet. Selbst wenn es Euer Beschluss ist, ins Reich der Dunklen zu gehen. Es wird eine Ehre sein für ihr Land in den Krieg zu ziehen und notfalls zu sterben."

„Für dich ist es eine Ehre. Ob das für sie auch so gelten mag?"

„Das wird es. Und wenn ich persönlich gehen muss, um sie ins Herz der Dunkelheit zu führen", gab Quinto grimmig zurück. In Arxors Mundwinkeln flammte ein Lächeln auf. Quinto klang wie ein fürsorglicher Vater, der das Ansehen seiner Kinder im rechten Licht zu halten versuchte.

„Das würdest du also tun?", gab der König zurück. Seine Züge entspannten sich.

Quinto schluckte und verdrehte dann die Augen. Er hatte sich manipulieren lassen, hatte soeben seine Entscheidung getroffen und offen kund getan. Gerade, als Quinto begann seine Worte zu bereuen, sprach der König: „Gut. Dann sei es so!"

„Seid Ihr Euch sicher, dass dies die richtige Entscheidung ist?", fragte Quinto. Arxor nickte.

„Wir treffen uns in Kimón. Du mobilisierst die Armee, ich komme mit den übrigen nordländische Soldaten nach."

„Ihr wollt mit uns ziehen?" Der Heerleiter war überrascht.

„Natürlich. Was hast du erwartet?"

Nichts anderes, erwiderte Quinto in Gedanken. Doch er besaß noch einen letzten Trumpf. „Was wird dann aus Lucien?", fragte er unvermittelt.

„Alle Vorkehrungen sind getroffen. Er wird seine Anweisungen bekommen und sie befolgen."

„Und was soll das Volk ohne Euch machen? Wer regiert es? Wer gibt ihnen die Hoffnung? Wird die Angst sie nicht zerfressen?"

„Mir wird nichts passieren. Und ihnen auch nicht. Ein Jeder steht in der Verantwortung sich an die Gesetze zu halten. Ich kenne meine Bürger. Sie werden ihre Ahnen nicht enttäuschen."

„Unser aller Sicherheit in des Schicksals Hände?" Quinto wusste, dass die Entscheidung getroffen war. So sehr er Arxors Sturköpfigkeit verfluchte, so sehr bewunderte er den Mut des Königs, der in seinen jungen Jahren bereits so vieles hatte erleiden müssen.

Arxor erhob sich und legte dem Heermeister die Hand auf die Schulter.

„Ja, mein Freund. Ich bin mir sicher, dass des Schicksals Segen über uns liegt. Geh nun!", sagte er und auch der Heermeister erhob sich. „Reon wird bereit sein. Ich habe den Hippogreif bereits eingeschworen", sprach Arxor. „Er wird dich auf seinem Rücken tragen und sicher ans Ziel bringen."

„Was ist mit Nesia?" Quinto war irritiert. Schließlich hatte sich sein Hippolo prächtig entwickelt. Und er und Nesia verstanden sich im Flug mittlerweile blind. Nicht nur durch den Treue-Schwur, den sie einander vor so vielen Jahren geleistet hatten. Sie hatte ihn schon öfters entlang der langen Sandbänke und scharfen Riffe des Mittelwaldmeeres, weit über den Wipfeln der Bäume in Richtung des Ostwalls getragen. Unwillkürlich musste er grinsen. Es würde ihr gar nicht gefallen, wenn er nun den Hippogreifen ritt.

„Reon sollte auf die lange Distanz schneller sein", sagte Arxor, während er an Quinto vorbei die Stufen des Throns hinunter stieg. „Aber das ist nicht der einzige Grund. Die Hippogreifen sind nicht nur für uns ein Symbol der alten Macht. Sie sind es auch für die anderen Völker und Wesen, seien es die Elfen, Gebirgler oder die Tiere des Waldes und der Bergwelten. Ich möchte, dass Reon fliegt und dass er die alte Kraft hinaus in die Welt schreit." Arxor schritt im Raum auf und ab. „Der Tag der Entscheidung naht. Ich werde diese Übergriffe auf mein Reich nicht länger dulden. Alle sollen mithelfen, unser Land ein für allemal von dieser Geißel zu befreien. Wir brauchen eine starke Führung." Er schlug mit der Faust in die Handfläche der anderen Hand. Das laute Klatschen hallte noch mehrmals nach, bevor er wieder das Wort ergriff. „Reon wird die Tiere der

Umgebung durch seine Stärke und Ausstrahlung ermutigen. So wie du unsere Krieger ermutigen wirst, indem du ihnen mit dem Inbegriff eines Hippogreifen gegenübertrittst." Quinto nickte. Dann veränderte sich Arxors Blick. Seine Stimme wurde leiser, brach beinahe. „Und sollte ich gefangen genommen oder getötet werden, dann kämpfst du sie nieder und kehrst zurück nach Argonia. Ein Brief wird alles Weitere regeln." Quinto schluckte und nickte zögerlich. Arxors Blick war starr auf ihn gerichtet. „Gut so." Dann hellten sich seine Züge auf. „Doch das wird sicher nicht geschehen. Die Magie ist wieder mit uns. Wir werden es schaffen." Quinto nickte.

„Ich hoffe es", erwiderte der Heermeister.

„Ein letztes noch."

„Ja, mein König."

„Komm bitte näher. Diese Worte darf man nur flüstern und so abstrus sie sich anhören und so gerne ich sie unausgesprochen lassen würde … ich möchte, dass du diesen Befehl ausführst." Quinto tat wie ihm geheißen und trat vor seinen König. Arxor begann zu wispern. Die Augen des Heerleiters weiteten sich. Er verzog entsetzt das Gesicht. Er sah Arxor eindringlich an, der nur kurz nickte und dann verstummte.

Als Quinto langsam den Raum verließ, öffnete Arxor sein weißes Leinenhemd unter dem hellen Mantel und griff sich an die Brust. Er lächelte. „Ich weiß, was ihr wollt! Kommt und holt es euch!"

„Nichts gegen diese Prophezeiungen, aber glaubt Ihr wirklich daran?", fragte Gregoralfo außer Atem. Die rotbraunen Haare schlugen wellenförmig auf seine Schultern auf, während er versuchte vergeblich mit dem Magier und dem Elfen Schritt zu halten.

„Wieso nicht? Bislang sind wir damit gut gefahren", schallte es von einigen Stufen höher herunter. „Und du auch!"

„Wieso ich?", fragte Gregoralfo.

„Vielleicht wärst du sonst schon längst tot." Der Dieb schwieg.

Nach einer Weile fuhr Schasar fort: „Auch du bist Teil einer Prophezeiung. Einen Moment, ich muss mich an den genauen Wortlaut der Zeilen der Prophezeiung über die Zehn erinnern. Alles deutet darauf hin, dass du damit gemeint bist:

Einem Diebe, dunkel und schlecht, dennoch geschickt und wahrlich gerecht, sei der Umhang der Unsichtbarkeit. Die freie Welt wird ihm danken, wenn das dunkle Tor geschlossen ist. Das Geschenk wird er benützen, um den König zu beschützen.

Ja, so war es", schloss der Magier. Gregoralfo schwieg noch immer. „Und, was meinst du dazu?"

„Ich weiß nicht. Das ist alles neu für mich. Eure Erfahrungen in allen Ehren – aber sie einmal außen vor gelassen, meinte ich ja nur, dass die Prophezeiungen auch nicht zutreffen könnten, oder?"

„Das mag sein. Woran denkst du?"

„An die neue Prophezeiung. Könnten damit Dayana und ich gemeint sein? Ihr, Herr Arliandro, spracht doch davon."

„Ich glaube, dass ihr beiden damit gemeint wart. Das heißt aber nicht, dass dem zwangsläufig so ist", antwortete Arliandro.

„Das ist alles sehr vage."

„So ist es mit der Kunst der Prophezeiungen", erwiderte Schasar. „Nicht nur deshalb versuchen sich Magier sehr selten darin."

„Und was ist mit dem Teil: Er kommt aus dem Nichts und wird wieder ins Nichts gehen?"

„Was soll damit sein?"

„Was bedeuten diese Worte?"

„Das wird das Schicksal dir zeigen. Alles beginnt mit der Geburt und endet mit dem Tod", erwiderte Schasar.

„Aber …", begann Gregoralfo. „Aber Ihr, Arliandro, Ihr könnt es deuten. Heißt es, dass ich sterben werde?"

„Irgendwann bestimmt. Manche Teile erfüllen sich früher, andere später. Erfüllen werden sie sich immer", sagte der Elf vieldeutig und leise. „Allerdings sollte man dem nicht mit Furcht begegnen. Ändern kann man es nicht. Man sollte es akzeptieren und bis dahin so bewusst wie möglich leben und versuchen das

Beste für die, die man liebt, zu tun", fügte er hinzu.

„Was habe ich mir mit diesem Mantel nur aufgebürdet? Was hat er nur aus mir gemacht?", fragte Gregoralfo verängstigt.

„Er macht dich unsichtbar", erwiderte Arliandro. „Euch beide. Und er hat euch dadurch das Leben gerettet."

„Aber warum? Und wie?"

„Ich weiß es nicht, wirklich", sprach Arliandro wahrheitsgemäß. „Aber ich denke, er beschützt euch. Ich werde mit dem Ältestenrat der Elfen darüber beraten, sobald ich wieder in der Heimat bin. Sie werden wissen, was dieses Zeichen bedeutet. Auch wenn ich mir vorstellen könnte, dass Meister Schasar nun nichts lieber täte, als den Mantel näher zu untersuchen."

„Wie gut du mich kennst", erklang es von weiter oben. Der Elf lachte kurz auf, bevor er sich wieder an Gregoralfo wandte.

„Meiner Meinung nach seid ihr, du und Dayana, Teil des großen Plans des Lebens und spielt eine wichtige Rolle im Auge des Schicksals."

„Inwiefern?", fragte Gregoralfo. Eine Spur Furcht schwang in seiner Stimme mit.

„Nichts geschieht ohne einen Grund. Die Macht offenbart sich im Gleichklang mit dem Schicksal."

„Aber wieso passiert mir das?"

„Ich denke, euer beider Überleben war der Grund. Man hätte dir dieses Geschenk nicht gemacht, wenn du dich nicht im Gegenzug reinen Herzens um Dayana gekümmert hättest."

„So habe ich das bislang nicht gesehen", sagte der Dieb nachdenklich.

„Und gerade deshalb bist du ein Auserwählter und etwas Besonderes. Das solltest du zu schätzen wissen. Dein unbewusstes, natürliches Handeln befähigte dich dazu. Du hast die Verantwortung angenommen und meiner Meinung nach richtig gehandelt." Gregoralfo atmete spürbar unzufrieden aus. Er konnte nicht verstehen, weshalb er sich schlecht fühlte, wo er doch angeblich den richtigen Weg beschritten haben sollte. Vielleicht, weil er zu lange auf den falschen Pfaden gewandelt war?

„Aber dass wir jetzt zu euch ans Schloss gekommen sind, das

konntet ihr nicht wissen, oder?", fragte der Dieb.

„Nein, wir nicht", rief Schasar von weiter oben. Gregoralfo runzelte die Stirn. „Sie war es, die es wusste. Sie wusste es die ganze Zeit."

„Und wer ist Sie?"

„Die Seherin der Elfen." Gregoralfo holte auf. Bald schon sah er Arliandros Silhouette um die nächste Ecke schleichen.

„Und woher weiß Sie von uns?" Bald bekam er entweder einen Höhen- oder einen Kreislaufkollaps. Er schloss die Augen. Er sah Stufen und drehte sich und drehte sich.

„Viele sind berufen, aber wenige auserwählt", sagte eine Stimme direkt vor ihm. Gregoralfo öffnete die Augen. Fast wäre er in Arliandros Rücken gelaufen, der in respektvollem Abstand hinter Schasar stand. Sie waren im oberen Teil des Turmes angekommen. Schasar öffnete eine schwere Tür. „Manchmal kennen wir die Antwort nicht", fügte der Magier vielsagend hinzu. „Doch kommt herein!", bat er die beiden und trat mit einer einladenden Geste einen Schritt zur Seite. „Es ist müßig über das Schicksal zu rätseln. Besser ist es, das Vergangene zu studieren, um die Gegenwart zu verstehen und die Zukunft zu erahnen. Und man sollte akzeptieren können, dass es Kräfte gibt, die sich nicht erklären lassen." Er grinste. Gregoralfo fühlte sich seltsam fehl am Platze.

„Wo ist er?", fragte Arliandro.

„Hier hinten", erwiderte Schasar und deutete auf den alten Schrank am hinteren Ende des Raumes. Die beiden näherten sich dem dunklen, verzierten Holzkasten mit einem sehr ruhigen Gregoralfo im Schlepptau.

„Und er hat sich nach Eurer Rückkehr nicht mehr öffnen lassen?", fragte der Elf den Magier. Der nickte. „Was beherbergt er?"

„Die linke Tür führt hinunter in das Archiv der Sonnenkrieger, wo auch das Buch Memoria liegt. Der zweite Zugang zu diesem Ort ist seit geraumer Zeit verschüttet. Dort unten warten wichtige Worte der Vergangenheit auf uns." Arliandro nickte wissend. „Die rechte Tür beherbergt Kräuter, einige Bücher, die ich bereits auswendig kenne, und andere allgemein ersetzbare Zaubergegenstände, bis auf … die Kerzen."

„Kerzen?", fragte Gregoralfo verwirrt. Er verstand die Welt von Minute zu Minuten weniger. Kerzen?

„Ja, Kerzen. Sie sind wichtig, sehr wichtig", erwiderte Schasar ohne weiter auf ihn zu achten.

„Ähm …", begann Gregoralfo.

„Jetzt nicht!", herrschte Schasar ihn an. „Was hältst du davon?", fragte er den Elfen in ruhigerem Tonfall.

„Waren diese Dinge zuvor zugänglich?"

„Für uns, ja. Nachdem Dahlgor …", begann Schasar, brach jedoch ab und sah zu Boden. „Nachdem wir wiedergekehrt waren, war er jedoch verschlossen. Was ich auch angestellt habe, welchen Zauber ich auch beschworen habe, der Schrank gab seine Inhalte nicht wieder Preis. Das war für mich ein weiteres Zeichen für den Aufbruch und die Erfüllung der alten Prophezeiung. Ich glaubte, hier nicht weiter willkommen zu sein. Also zahlte ich den Preis."

„Ich werde es probieren", erwiderte Arliandro ohne auf die Worte einzugehen, die bei Schasar, so wusste er, großen Schmerz verursacht hatten.

„Wir brauchen die Informationen. Ich wünsche dir viel Erfolg", sagte Schasar, führte seine Finger an die Lippen, murmelte ein paar Worte einer fremden Sprache und berührte dann die Lippen des Elfen. Dann trat er zurück.

„Ech'arlio aRl'y'CHandro, el'eychai aY'lechsia. Dor'Aprô tarna, laythio terim daRi. Iona Ionarde", flüsterte Arliandro und berührte das reich verzierte Holz.

„Was macht er?", murmelte Gregoralfo.

„Er versucht mit dem Baum zu reden, der dem Schrank einst sein Holz gab", erklärte Schasar. Sein Gegenüber nickte mit einem Gesichtsausdruck, der Verständnislosigkeit und leichte Skepsis ausdrückte.

Dann begann der Elf zu singen. Es war ein elfisches Lied, dessen Schönheit und Anmut von der Melodie der Sternenbahnen untermalt zu werden schien. Gregoralfo schluckte. Solche Klänge vernahmen seine Ohren zum ersten Mal. Es war ein einmaliges Erlebnis, für das er, wieso auch immer, dankbar zu sein schien. Es beruhigte seine wüsten Gedanken um den Tod und alte Prophezeiungen.

Gespannt und voller Hingabe verfolgten Gregoralfo und Schasar die weiteren Verse, bis der Elf schließlich geendet hatte.

„Verschlossen in seinem Herzen", sagte Arliandro und blickte sich um. Sein Gesicht wirkte angespannt und seltsam traurig. Schasar sah hinab. „Es gibt keine Möglichkeit ihn zu erwecken. Das Leben ist zurückgewichen. Es tut mir leid!"

„Nein, mir tut es leid", erwiderte der Magier höflich. Auch er wollte lernen, mehr als der durchschnittliche Mensch zu fühlen. Das Leben war immer ein Geben und ein Nehmen. Und je mehr man der Umwelt gab, an Gefühlen, an Zuwendung, desto mehr bekam man von der Natur um sich herum auch zurück.

„Ich könnte es versuchen", durchbrach Gregoralfo die Stille.

„Was meinst du?", fragte Schasar. „Du willst es versuchen? Wenn selbst unsere Magie versagt?"

„Euer Handwerk ist die eine Sache. Aber das Öffnen von Schlössern ist eine Profession für sich", sagte Gregoralfo und drehte sich suchend um. Auf dem Schreibtisch fand er einen kleinen Brieföffner, den er an sich nahm. „Darf ich?", fragt er.

„Probier es!", forderte Schasar ihn auf, nachdem der Elf zustimmend genickt hatte. „Zeige, was du vollbringen kannst!" Gregoralfo kniete sich vor die Holztür, in der ein kleines metallenes Schloss eingelassen war. „Enttäusche mich nicht", murmelte er, während er mit ruhiger Hand den metallenen Kurzdolch in das Loch führte. Er stieß auf einen Widerstand. Wenn er die Feder traf und den Bolzen verschieben konnte …

„Ich will dir die Hoffnung nicht nehmen, aber ich habe damals bereits versucht, den Schrank auf diese Art öffnen zu lassen."

„Man …", sagte Gregoralfo stockend und drehte und stocherte weiter. „Man muss das Schloss verstehen, wenn man den passenden Schlüssel nicht hat."

„Ich hoffe, du behältst Recht", sagte Schasar, als der Riegel mit einem lauten Geräusch zurücksprang und sich die Tür quietschend öffnete.

Zur gleichen Zeit schritt Arxor über den Schlosshof. Auf der gegenüber liegenden Hofseite sah er Quinto mit dem Stallmeister sprechen. Gutgelaunt nahm der König die letzten Stufen zum Eingangsportal schwungvoll. Die zwei wachhabenden Soldaten salutierten und öffneten ihm die Türe.

Der Empfangssaal lag noch immer in der Schlichtheit da, wie er von Emeliala eingerichtet worden war. Nachdem er eingetreten war, erkannte er Diener, die eifrig Tische umdekorierten und versuchten, dabei besonders beschäftigt auszusehen. Wobei das Essen sicher schon seit einiger Zeit servierfähig war. Arxor musste unwillkürlich lächeln. Er würde deswegen sicher noch eine Auseinandersetzung mit Geréon haben. Aber nach der Ankunft der zwei hohen Gäste und Quintus Abreise war eine neue Sitzordnung von Nöten. Bei Hofe legte man auf Traditionen Wert. Und in Kimón starb das Volk.

Ein Diener kam herangeeilt und öffnete Arxor die nächste Tür. Er dankte ihm und schritt an der Wendeltreppe vorüber, die die drei Etagen des Haupthauses miteinander verband und schließlich hinauf auf den siebten Turm führte. Er setzte ein wagemutiges Lächeln auf, als er die Schwingtür zur Küche erreichte, hinter der Geréon vor sich her trällerte.

Dunstschwaden empfingen Arxor. In der Ecke prasselten die Feuer. Die Luft schien, als könne man sie schneiden, und Arxor brauchte einen Augenblick, um sich zu orientieren. Geréon stand vor einem der zahlreichen Töpfe. Rhythmisch zu seinem Gesang schwang der Kochlöffel durch die zähe Flüssigkeit. Arxor trat hinter ihn und sah ihm über die Schulter.

„Das riecht gut", sagte er und der gut genährte Küchenmeister stieß einen quietschenden Laut aus. Er rang mit dem Gleichgewicht, der Kessel schwankte bedrohlich. Arxor unterband das Bedürfnis laut loszuprusten.

„Mein König, habt Ihr mich aber erschreckt." Der Koch fasste sich erschrocken an die Brust. Doch dann wich die Empörung in seinem Gesicht dem wohlbekannten Lächeln.

„Guter Geréon, entschuldige. Absicht oder nicht. Es riecht himmlisch. Was gibt es heute?"

„Wildbret mit Preiselbeeren." Arxor antwortete ihm mit einem

Blick, der die Vorfreude besser als Worte widerspiegelte. „Und Geréons weltbekanntes Obstkompott, garniert mit Kartoffeln und Pilzen für die kleine Elfe, die das gute Fleisch ja nicht zu schätzen weiß." Der Koch zwinkerte Arxor zu. „Und natürlich für alle anderen, die danach lüstern. Aber gleich zu Tisch, zu Tisch. Das Essen wartet nicht ewig. Selbst ein großer König muss sich dem beugen."

„Ebenso wie der kleine Prinz", erwiderte Arxor lachend. „Lass bitte nach Schasar schicken!"

„Schasar ist zurück?"

„Mit Arliandro."

„So, so. Ich hatte von den Gästen gehört, die kleine Elfe und Lucien haben mir vorhin Rosinen gestohlen, aber dass er zurück ist ..." Geréons Augen weiteten sich. Arxor sah Verblüffung gepaart mit einem Hauch von Skepsis, jedoch auch Vorfreunde. „Ja. Ich werde nach ihm schicken lassen", murmelte der Koch. „Meister Schasar. Im Turm, nehme ich an?", fragte der Koch sichtlich überfordert mit der Situation.

Diese Förmlichkeit, mit der der Koch über Schasar sprach, schmerzte Arxor beinahe. Geréon kannte sie beide seit Kindertagen. Er hatte ihnen vermutlich sogar bei den ersten Schritten zugeschaut, die sie getippelt waren. Aber warum sollte es dem Koch anders gehen als ihm selbst? Eine Verwirrung der Gefühle.

Arxor trat aus der Küche auf die Stufen der Treppe, die in die Gärten hinabführten. Er ließ die Terrasse hinter sich liegen und schritt schließlich über den Arkadenweg in Richtung der großen Wiese, wo er die beiden Kinder vermutete - und er sollte Recht behalten. Unbeschwert tollten sie über das Laub der herbstenden Bäume. Arxor schaute ihnen eine Weile lang dabei zu.

„Lucien!", rief er schließlich. Sein Sohn winkte ihm. Dann kamen die beiden zu ihm gelaufen. Außer Atem berichtete Lucien ihm vom Spielen; die wichtigen Informationen eines Siebenjährigen. Geduldig hörte Arxor ihm zu und stellte Zwischenfragen, die es Lucien möglich machten noch detaillierter zu berichten. Dayana schaute mit großen Augen zu und sprach kein Wort. Während Lucien einmal mehr Luft holte, sprach Arxor die kleine Elfe an.

„Und wie geht es dir, Dayana?", fragte er. Schüchtern sah sie zu Boden. „Du sprichst doch unsere Sprache, oder?", fügte er hinzu. Sie nickte. Geduldig wartete er, doch sie sagte nichts.

„Und ich habe ihr von den Hippogreifen erzählt!", plapperte Lucien wieder drauflos. Arxor tätschelte seinen Kopf und wandte sich wieder an Dayana.

„Würdest du sie gern einmal sehen?", fragte er. Wieder nickte die Elfe. „Was hat Lucien dir erzählt?" Mittlerweile waren sie wieder auf dem Arkadengang angelangt.

„Dass sie fliegen können", antwortete sie leise. Unwillkürlich musste Arxor grinsen.

„Damit hat er Recht. Möchtest du auch gern einmal auf ihren Rücken durch die Lüfte reiten?" Dayana schien hin und her gerissen. Schüchtern sah sie zu Boden.

„Es ist nicht schwer", sagte Lucien und stemmte die Fäuste in die Hüften.

„Schon gut, du kleiner Gernegroß", erwiderte Arxor lächelnd.

„Ich bin auch schon mal geritten", konterte Dayana eingeschnappt.

„Wirklich?", fragte Arxor. „Worauf denn?"

„Auf Pferden, Ochsen und Kühen", sagte sie. „Und geflogen bin ich auch – auf den Hippolos." Arxor sah sie erstaunt an. Sie schritten langsam die Treppenstufen hinauf.

„Wo hast du das denn gelernt?" Die Kleine zögerte einen Moment.

„Damals, als wir noch bei den Elfen lebten", erwiderte sie. „Als noch alles in Ordnung war. Vor Kimón."

„Deine Eltern und du? Weshalb seid ihr gegangen?", fragte der König. Doch bevor sie antworten konnte, unterbrach sie eine Stimme.

„*El'eychaie merim. Chelios!*" Dayana zuckte zusammen. Auf der Zwischenempore erwartete sie Arliandro. „*Paleo natUra'Se?*", fragte er im melodiösen Singsang der elfischen Sprache. Sie nickte. „*Por'Na o'paleo'sA'Se?*"

„*Chelios!*", antwortete sie schüchtern.

„*Dai'yAna, t'emnios guen'seren. Thekô'tere paleo'se*", sagte der Elf und sah sie großherzig an. Sie nickte ehrfurchtsvoll. „*Iona'i'methia terim neCHsa'se.*" Dann wandte er sich Arxor zu.

„Und?", fragte der König.

„Ich habe Neuigkeiten", erwiderte sein Gegenüber.

„Ich denke, die müssen bis nach dem Essen warten. Sonst bekommen wir ein Problem mit Geréon."

Arliandro lächelte flüchtig. „Ich erinnere mich an sein Temperament."

„Dann verstehst du mich!"

„Wo sind die Anderen?"

„Gregoralfo wartet oben. Quinto war am Stall und hat alles für den Flug vorbereitet. Er war kurz in der großen Halle. Ich glaube, dass er in Eile war", sagte Arliandro. Arxor nickte wissend.

„Was ist mit Schasar?"

„Die Bücher!", erwiderte der Elf.

„Die Bücher?", fragte Arxor.

„Magier", antwortete Arliandro.

„Schasar", erwiderte Arxor und verzog die Mundwinkel zu einem angedeuteten Grinsen.

Wegweiser

Nach dem Essen folgte Arxor Gregoralfo und Arliandro in den Ostturm. Während sie die zahllosen Stufen hinauf zu dem Magiergemach nahmen, erzählte der Elf wie Gregoralfo den Schrank geöffnet hatte, obwohl seine eigenen magischen Künste versagt hatten. Arxor nickte den Dieb anerkennend zu, der beinahe beschämt mit einem eigenen Nicken antwortete.

„Auf der einen Seite führt ein Gang in die Tiefe, von dem Schasar sagte, dass Ihr ihn kennen würdet", sprach Gregoralfo. „Die andere Seite offenbarte Bücher, Tränke, Wurzeln und allerlei magische Gerätschaften." Was eigentlich nicht anders zu erwarten war, dachte Arxor, als sie das Turmzimmer erreichten. Der König klopfte. Sie warteten einen Augenblick. Niemand antwortete. Arxor sah zu Arliandro, der nur mit den Schultern zuckte. Arxor klopfte erneut und öffnete dann die schwere Holztür, die langsam und quietschend nach Innen aufschwang. Vor ihnen tat sich der kreisrunde Raum auf.

Links war eine kleine Kommode, dahinter das Bett des Hofmagiers. Neben dem Schlafplatz lag eine so kleine Kaminnische, dass sicher keiner von Geréons Kochkesseln darin Platz gefunden hätte. Vor dem Kamin stand ein alter Sessel, der, wie der aufgewirbelte Staub zeigte, offenbar zur Seite geschoben worden war.

Der Raum war klein und nur den nötigsten, menschlichen Bedürfnissen entsprechend eingerichtet. Arxor hatte sich immer gewundert, dass ein Mann wie Meister Dahlgor im Laufe seines übermenschlich langen Lebens nicht mehr persönliche Besitztümer angehäuft hatte.

An der gegenüberliegenden Seite lag das große, spitz zulaufende Fenster, durch welches das Sonnenlicht den Raum mit seinen Strahlen durchfluten konnte.

Vor dem Fenstersims stand ein kleines Stehpult mit Stuhl. Weiter rechts folgten der massive Schrank, dessen Türen nun sperrangelweit offen standen und ein massiver Schreibtisch, hinter dem ein gemütlich wirkender Sitzsessel platziert war.

Schasar hingegen saß inmitten des Raumes zwischen Staub, Kreidezeichnungen und Pergamentpapier auf dem Dielenboden. Seine Hände waren lose und entspannt auf die von der roten Magierrobe verdeckten Knie gelegt.

Um ihn herum standen kreisförmig angeordnete Kerzen, die beinahe vollständig abgebrannt waren. Die Stummel waren durch alte kreidende Runen- und Bannzeichen miteinander verbunden und brannten stumm vor sich hin. Arxor legte den Zeigefinger auf die Lippen. Gregoralfo und Arliandro nickten verständnisvoll.

Der König sah sich kurz um und schritt zu dem Sessel vor der Feuerstelle. Er bedeutete den Anderen auch Platz zu nehmen. Arxor schob dem Elfen den Sekretärsstuhl hin, lehnte sich selbst an das Schreibpult. Gregoralfo setzte sich auf das Bett. Schweigend blickten sie auf den reglos dasitzenden Magier.

Schasar hatte schnell gefunden, wonach er die letzten sieben Jahre gesucht hatte. Er hätte alles dafür gegeben, an diese Kerzen zu gelangen. All seine Versuche, die Geisterpfade über andere Wege zu betreten, waren bislang kläglich gescheitert. Die wenigen Bücher, die er in der Hütte im Wald gefunden hatte, waren ihm dabei keine große Hilfe gewesen. Das Geheimnis der Kerzen oder das ihrer Herstellung hatten sie ihm nicht offenbaren können.

Selbst in der alten Ruine, die tief im Kräuterwald gelegen war und von der eine unglaubliche magische Aura ausging, wollte der Sprung auf die Pfade nicht gelingen. Der Raum des Koll, dem geflügelten Wächter in Löwengestalt, war ihm verwehrt geblieben. Sicherlich hätte der goldene Löwe ihn mit einem grummelnden, aber trotzdem freundlichen Knurren begrüßt. Schasar lächelte. Er nahm die magischen Kerzen so behutsam auf, als wären sie das mächtigste magische Instrument, das er jemals in Händen gehalten hatte und strich behutsam den Staub von ihnen.

Kurz darauf brannten die Lichter und der kreidende Kreis war geschlossen. Lange würde er nicht auf den Pfaden wandeln können. Nichtsdestotrotz würde er die Zeit dort sinnvoll nutzen. Vielleicht konnte Koll ihm helfen, an neue Kerzen zu gelangen. Doch was, wenn nicht?

Schasar atmete tief ein und verdrängte diese Gedanken. Ein wohlbekanntes, pulsierendes Prickeln ließ ihn frösteln. Er bekam eine leichte Gänsehaut. Dann durchfuhr ihn ein Blitz. Das Gefühl der grenzenlosen Macht ließ ihm einen eiskalten Schauer über den Rücken laufen. Doch der Magier genoss es. Wie sehr hatte er sich nach diesem Augenblick gesehnt!

Dabei gestand er sich beinahe trotzig ein, dass diese Reise auch eine Flucht vor der Vergangenheit und der Realität, zurück in die schützenden Arme seines Mentors, darstellte. Selbst wenn mittlerweile sieben Jahre seit Dahlgors Tod vergangen waren. Doch wen störte dies? Die Vaterfigur von einst existierte nicht mehr, mittlerweile nicht einmal mehr vor seinem geistigen Auge. Schasar hatte sich immer wieder dabei ertappt, wie die Erinnerungen an seinen Mentor schwächer geworden waren und das Bild von Dahlgors Gesichtszügen stetig verblasste. Doch jetzt würde er ihn wieder sehen. Zufrieden atmete Schasar aus.

Nachdem er Fayola mit sich genommen hatte, war für ihn der einzige Ausweg gewesen, nicht mehr zum Weißen Schloss zurück zu kehren. Denn erst im Wald konnte er seine Trauer ausleben, konnte er sich der Realität stellen. Dort war er sein eigener Herr, der Mittelpunkt des Seins. Es war eine harte Zeit gewesen, eine Zeit, in der ihn die Schuldgefühle fast bis zur Selbstaufgabe getrieben haben. Er hatte getrauert, geweint und die Welt vor Wut verflucht. Seine Worte hatten alles um ihn herum vergiftet. Und er war froh, dass kein Mensch dabei zugesehen oder zugehört hatte. Der Wald hatte die Worte verschluckt und die Natur hatte ihm seine Wut und seine Trauer vergeben und verziehen.

Schasar atmete tief ein. Was er wirklich wollte, waren Ratschläge. Arxor war ihm bei ihrem Aufeinandertreffen so fremd wie nie zuvor gewesen. Die Schatten überfielen scheinbar aus dem Nichts die Reichsstadt Kimón und die argonianischen Truppen lagen zum größten Teil kampfbereit am Ostwall, ohne dass sie von dem Überfall Notiz genommen hatten.

Wenn Arxor ihn um Rat fragen würde, so wüsste Schasar keine zufrieden stellende Antwort. Nur ein kurzer Gedankenaustausch mit Dahlgor, das würde ihm schon reichen.

Etwas aufgeregter, als er erwartet hatte, murmelte er die magischen Worte. Einen Augenblick später brachen die Mauern über seinem Kopf auf. Die blitzartig aufkommende Angst wurde verdrängt. Von einer kindlichen Neugier gepackt drängte er seinen Geist aus der Hülle seines Körpers hinauf in die schwerelosen Weiten. Hinein in den Himmel und weiter und immer weiter. Schasar schloss die Augen und genoss den Flug seines Geistes, bis seine Füße heftig auf einem harten Untergrund aufsetzten. Er war am Ziel. Er schlug die Augen auf.

Koll saß bedächtig mit dem Schwanz wedelnd vor ihm. Das Gesicht des goldenen Löwen zeigte keine Regung. Der geflügelte Wächter der Geisterpfade schien nicht im Geringsten überrascht zu sein, Schasar wieder zu sehen.

„Es ist lange her", sagte Schasar zur Begrüßung und verneigte sich demütig.

„Zeit ist relativ", knurrte der Löwe. „Wie war die Reise?"

„Wie immer", erwiderte der Magier. „Ihr wisst, weshalb ich hier bin?"

„Nein, aber du wirst es mir sicher gleich auf die Nase binden."

„Habt Ihr Ihn hereingelassen?", fragte Schasar geradeheraus.

„Natürlich", grummelte Koll. „Wieso auch nicht? Er hat es verdient. Aufgezehrt hat Er sich für eure Welt. Seinen Frieden hat Er sich wohl verdient." Schasar schluckte. Er wusste nicht, was er antworten sollte. Koll hatte Recht, aber … Auf einmal prasselten Gefühle auf ihn ein, von deren er geglaubt hatte, sie längst besiegt zu haben. „Lass dich von deinem Verstand leiten, Schasar!", grollte Koll.

„Ich muss …", begann sein Gegenüber.

„Du musst gar nichts. Und du darfst Ihn nicht sehen. Nicht, wenn Er es nicht wünscht."

„Wie könnt Ihr Euch das Recht …", versuchte Schasar es und er spürte, wie seine Augen vor Zorn feucht wurden. Der Löwe erhob sich urplötzlich aus seiner entspannten Pose. Schasar schwieg. Er war dabei die Etikette abermals zu vergessen. Es war ein Fehler sich mit Koll anzulegen und hatte er ihn schon einmal begangen.

„Beherrsche deine Gefühle!", forderte Koll energisch. „Meinst du nicht, dass es einen Sinn hatte, dass der Schrank bis jetzt geschlossen blieb? Du warst noch nicht so weit. Wie man sieht, bist du es vielleicht jetzt noch nicht", fügte er in einem enttäuscht klingenden Tonfall hinzu.

„Wie weit? Wofür?"

„Die Bücher im Archiv der Sonnenkrieger sind Relikte von wahrer Macht. Die Kerzen, die dir den Weg hierher gewiesen haben, brennen am heutigen Tage zum letzten Male. Für immer, Schasar. Es hat einen Grund, dass Er dir nicht gesagt hat, wie man sie herstellt. Also nutze die wenige Zeit, die dir bleibt, und verschwende sie nicht für persönliche Eitelkeit. Es gibt noch viele Geheimnisse, die dir offenbart werden können." Schasar nickte. Gleichermaßen erschreckte es ihn, die Wahrheit zu hören. Er musste sich besinnen. „Du wirst Ihn heute nicht wieder sehen. Erinnere dich an deinen letzten Besuch! Erinnere dich an die Worte, die die Zukunft dir zugeflüstert hat. Dann begreife, wieso du überhaupt hier sein darfst. Nicht deine Macht und Kraft oder die des Elfen haben dir diesen Weg geebnet."

„Gregoralfos denn?", fragte Schasar instinktiv.

„Hinter der Fassade der vermeintlich einfachen Menschen steckt oftmals mehr, als du denkst. Er mag zweifellos früher einen falschen Weg bestritten haben, aber niemand ist unfehlbar und jeder kann sich ändern. Und gerade deshalb sollte sich auch niemand anmaßen, über andere zu urteilen. Der Dieb von Argonia hat sein eigenes Schicksal neu bestimmt, als er die kleine Elfe rettete. Nimm ihn ernst und seine Taten unvoreingenommen wahr!"

„Weshalb bin ich also hier?", fragte der Magier ungeduldig. Er würde Gregoralfo bei anderer Gelegenheit für seine Opfer danken können. Doch nicht jetzt und hier, denn die Zeit rannte ihm schlichtweg davon.

„Das ist endlich einmal eine Frage, die deinem Verstand gerecht wird." Der Schließer der Pfade drehte sich geschmeidig um die eigene Achse und schlich auf die Tür auf der gegenüberliegenden Seite zu. Schasar folgte ihm in gebührendem Abstand. „Komm und sieh selbst!", fügte Koll grollend hinzu, während er durch die Wand schritt und dahinter verschwand. Die Tür tat sich auf und gleißendes Licht schlug Schasar entgegen. Der Magier trat vorsichtig näher. Jemand wartete auf ihn, doch er konnte nicht erkennen, wer es war.

„*Chelios*", sagte eine Stimme.

„Seid auch Ihr mir gegrüßt", erwiderte Schasar und verbeugte sich. Im schneeweißen Licht unterschied sich Salyrons leicht wallender Umhang kaum von der Umgebung.

„Ich weiß, dass ich nicht derjenige bin, den du zu sehen wünschst", sprach der alte Ratsmann der Elfen, auf den Schasar schon zuvor einmal getroffen war. Er nickte kaum merklich mit noch immer gesenktem Haupt. „Sieh mich an, junger Magicus!" Schasar tat wie ihm geheißen. „Wir sprechen von Angesicht zu Angesicht. Deine Ausbildung war kurz, aber umfangreich. Er hat dir alles gegeben, was Er konnte. Mehr wäre zu schnell gekommen. Andere haben Jahre gebraucht, um zu verstehen, was du nun schon so lange beherrschst."

„Aber was ist mit *Kreton*?"

„Es ist eine tote, eine verfluchte Sprache." Der alte Elf schüttelte den Kopf. „Es ist für dich nicht nötig sie zu kennen, geschweige denn sie zu studieren."

„Aber wenn ich gegen Ihn …", begann Schasar.

„Hast du noch immer nicht gelernt, dass nicht die Worte, die deinen Mund verlassen, dich zu dem machen, was du bist? Es ist dein Herz, das dich stark macht. Alles, was du dazu wissen musst, hat Dahlgor dich gelehrt."

„Habe ich denn eine Chance Ihn zu besiegen?"

„Ich maße mir nicht an, darüber zu urteilen." Er blickte in die Augen des jungen Magiers. „Ich weiß, dass du dein Können in Frage stellst. Aber dazu besteht kein Grund. Bedenke, was du bereits vollbracht hast!"

„Wenn ich etwas geschaffen habe, so war ich nie allein. Es war immer jemand da, der mich unterstützt hat."

„Und genau das macht eure Gemeinschaft stark. Ihr kämpft gegen einen alten, erfahrenen Feind, von dem ich denke, dass er sogar den mächtigsten elfischen Zauberkundigen gefährlich werden könnte. Und gelingt es Ihm, das Amulett zu vereinen, so kann Ihn wirklich niemand mehr aufhalten. Der König hat seinen Entschluss bereits in diesem Moment gefällt. Sein Heermeister fliegt auf dem Rücken des Hippogreifen aus, um den Krieg vorzubereiten."

„Er hat Quinto geschickt, ohne mich zu fragen?", dachte Schasar laut.

„Was erwartest du nach den langen Jahren, in denen du fort warst? Nachdem du ihm seine Tochter genommen hast? Es hat ihn mehr getroffen, als du dir eingestehen möchtest. Quinto hat zwangsläufig deinen Platz eingenommen. Es gab niemanden, dem sich Arxor sonst hätte anvertrauen können. Er war und ist noch immer tief enttäuscht von dir."

„Aber war es nicht das, was man von mir erwartet hat? War meine Entscheidung falsch?"

„Es ist relativ, was man von jemandem erwartet. Du schreitest auf dem Weg deiner Bestimmung. Du bist derjenige, der gemäß deinem Willen Schritt für Schritt weiter gegangen ist. Du fügst dich deinem Schicksal. Du hast mit deiner Entscheidung die Zukunft so beeinflusst, wie es das Schicksal wollte."

„Aber was ist mit der Prophezeiung und den Worten von Arxors Mutter?", versuchte es Schasar. Er dachte an den Tag zurück, als Arxors Mutter ihn zu sich hatte rufen lassen. Die Worte der Prophezeiung hallten in seinem Gedächtnis nach:

„In der Zeit, da die Aussterbenden den fliegenden Nachfahren bringen, wird für die geborenen Geschwister der beendete Krieg erneut beginnen. Licht und Schatten. Beide wollen siegen, doch nur ein Pfad kann beschritten werden.

Aber passt auf, dass nicht der Eine den Anderen versucht zu hintergehen, wie es schon einmal war. Er darf die Seite nicht wechseln. Aber in wessen Hand das legen? Der Berater soll entscheiden. Eine Bürde, die zum Anfang zurückführen wird. Eine Trennung ist unausweichlich. Denn nur wenn man die Wurzel zerstört, hört ein böser Baum auf zu sprießen. So hofft man es. Worte können selbst die Zeit zerstören. Ein

Riss kann sie entzweien. Die Wahrheit ist ein hohes Gut und auch Worte können Kriege entfachen.

Dann wird aus dem einen Krieg ein zweiter und ihr Ursprung wird zu dem Einen zurückführen, der ihn begann. Einer wird sterben, der andere den Weg suchen, alles zu vergessen. Macht ist Macht. Und vieles vergeht. Aber das Blut bleibt für immer.

Licht und Schatten geeint in Ewigkeit. Wer immer siegt, die Stärke liegt in der Einigkeit. Vergesst diese Worte nie!"

„Mir blieb doch nichts anderes übrig!", sprach Schasar beinahe verzweifelt. Besagten es die Worte nicht eindeutig? *In der Zeit, da die Aussterbenden den fliegenden Nachfahren bringen, wird für die geborenen Geschwister der beendete Krieg erneut beginnen …* Das Hippogreifenjunge Kayia war geboren worden, nachdem es seit über vierhundert Jahren keine Nachkommen unter Argonias Wappentieren mehr gegeben hatte. *Der Berater soll entscheiden … Eine Trennung ist unausweichlich.* Was gab es da falsch auszulegen? Schasar fühlte sich matt und ausgelaugt. Er hatte sich etwas anderes von seiner Reise auf den Geisterpfaden versprochen. Die Vergangenheit holte ihn ein. Es schmerzte. Salyron hob die Hand.

„Deine Interpretation verlangte von dir eine bestimmte Reaktion", sprach der Elfenpriester.

„Ich musste das Weiße Schloss verlassen. Selbst, wenn ich die Kleine nicht mit mir genommen hätte. Weder Arxor noch ich waren in der Lage das Leben so fortzuführen. Allein durch die Anwesenheit des jeweils Anderen hätten wir uns stetig an das Geschehene erinnert."

„Ist es das, was du denkst?" Salyron sah ihn mit hochgezogenen Augenbrauen an.

„Ich denke es nicht nur, ich weiß es. Ich habe es gefühlt. Ich musste einfach gehen."

„Dann stand deine Entscheidung! Und sie wird die Richtige gewesen sein."

„So einfach ist es aber nicht", erwiderte Schasar fast trotzig.

„Was hast du damals gefühlt?", wollte Salyron wissen. Schasar dachte einen Augenblick nach, bevor er antworte.

„Schmerz. Und Trauer."

„Und Wut?", fragte der alte Elf weiter.

„Auch."

„Worüber?"

„Dahlgors Tod", antwortete Schasar in eher fragendem Tonfall. Was bezweckte der Elf mit diesen Fragen?

„Nur das Allein?"

„Nein."

„Rede mit mir, Schasar! Erzähle es mir, wenn du möchtest. Dein Herz ist rein und dein Gewissen ist es auch. Vergifte deine Gedanken nicht weiter. Befreie dich davon!"

„Ich weiß nicht ...", begann Schasar.

„Es verlässt diesen Ort nicht."

Der junge Magier nickte. „Ich denke ..." Schasar atmete tief ein. „Ich denke, Dahlgor könnte noch leben, wenn ..."

„Du gibst Arxor die Schuld!"

„In gewisser Weise, ja." Beschämt sah der Magier zu Boden.

„Es liegt in der Natur der Liebenden, manchmal so zu denken", erwiderte Salyron. „Es braucht dir nicht leid zu tun. Diese Gefühle sind menschlich."

„Er ist mein Freund. Ich liebe ihn wie einen Bruder." Er fixierte den Elfen, der ihn weiterhin emotionslos anblickte.

„Ich weiß. Und er soll und wird dein Freund bleiben, wenn ihr euch vergebt und die Vergangenheit hinter euch lasst. Was aber deine Vermutung angeht, so bedenke, dass Dahlgors Entscheidung wohl überlegt war. Seine Reaktion und sein Opfer geschahen bewusst. Er traf zu seiner Zeit seine Entscheidung, so wie du die deine getroffen hast. Er hat Arxors junges Leben über das Seine gestellt. Wohl wissend um die Gefahren – wohl wissend um die Konsequenzen. Du hast kein Recht, seine Entscheidung anzuzweifeln."

„Aber es ist so schwer zu akzeptieren." Schasar wurde bewusst, dass er sich seit dem Beginn des Gesprächs nur verteidigte.

„Er und ihr Jungen habt ein gemeinsames Ziel. Wenn du seine Entscheidung in Frage stellst, so stellst du auch in Frage, dass er jemals für eine freie Welt gekämpft hat."

„Das würde ich niemals tun."

„Darauf kann man aber schließen." Schasar hatte bereits eine

Antwort auf den Lippen, schwieg jedoch. Er ließ sich Zeit. Er dachte nach. Er kam zu einem Entschluss: Salyron hatte Recht.

„Aber was soll ich jetzt tun?"

„Dein Gewissen sollte rein sein. Du hättest es schon damals nicht damit beruhigen sollen, in deiner Tat eine Art Ausgleich für Dahlgors Tod zu sehen." Schasar nickte. „Ich werde dir nicht helfen, nach einem Ausweg zu suchen. Ich habe dich nur auf den richtigen Pfad bringen wollen. Ob und wie du ihn beschreitest, steht nicht in meiner Macht."

„Ich werde mit ihm reden."

„Das wäre ein Anfang." Der Elf blickte ihn ernst an und nickte. „Deine Zeit an diesem Ort nähert sich dem Ende."

„Danke", erwiderte Schasar leise.

„Die Einsicht ist auf deiner Seite. Du kehrst jetzt geläutert zurück, mit offenem Blick und reinem Geist und Herzen."

„Darf ich Euch eine letzte Frage stellen?"

„Natürlich."

„Wisst Ihr, wie es ausgehen wird?"

„Wo bliebe denn dann die Spannung?", antwortete Salyron. Schasar glaubte, dass er ein verschmitztes Lächeln über das Gesicht des Weisen huschen sah. „Geht zu den Elfen, wenn ihr nicht mehr weiter wisst! Dort werden sich neue Tore für euch auftun."

Schasar atmete hörbar aus. Dann nickte er. „Danke. Ich werde dieses Gespräch in Erinnerung behalten."

„Vergiss niemals die Wichtigkeit aller Worte, die in diesen Hallen gesprochen worden sind. Die Erinnerung wird sich auffrischen."

„Aber wie soll ich ohne die Ratschläge von Euch oder Dahlgor leben?" Kurzzeitig überkam Schasar wieder die Gefühle der Panik und Leere, die ihn früher innerlich immer dann getroffen hat, wenn er an seinen alten Mentor gedacht hatte.

„Es wird gehen. Es muss gehen." Salyrons Stimme wurde leiser, seine Silhouette schwächer. Ein leichter Sog drückte gegen Schasars Körper, drängte ihn langsam in Richtung der Tür. Der Magier gab ihm nach und drehte sich um. Diesmal wehrte er sich nicht. An der Schwelle blickte er noch einmal zurück. Salyron war verschwunden.

Schasar trat aus dem Licht in das Halbdunkel des Vorraumes zu den Geisterpfaden, der ihn auf die Pfade gebracht hatte. Koll erwartete ihn bereits.

„Danke", sagte Schasar nur.

„Es ist Zeit zu gehen." Koll nickte anerkennend. „Und du bist doch weiser geworden."

„Danke für diese Einschätzung." Der Magicus lächelte den goldenen Löwen an.

„Es wird nicht das letzte Mal sein, dass wir uns sehen, junger Magicus. Die Zeit wird kommen."

„Wann?"

„Früher als du denkst", erwiderte Koll. Schasar schluckte. Er wandte sich zum Gehen, doch die Stimme des Schließers der Pfade ließ ihn innehalten. „Einen Ratschlag will ich dir noch mit auf den Weg geben: Es gibt schicksalsbehaftete Worte, die nicht von dieser Welt scheinen. Achte auf sie und bedenke, dass ihre Bedeutung im ersten Augenblick absurd erscheinen mag. Doch zu gegebener Zeit werden sich euch die Inhalte offenbaren."

„Was meinst du damit?", rief Schasar, doch die Silhouetten verblassten bereits. Koll hob zum Abschied die Tatze.

Schasars Blick verhärtete sich. Schmerzlich wurde ihm bewusst, dass es tatsächlich das letzte Mal war, dass er die Pfade auf diesem Weg betreten hatte.

Panisch unternahm Schasar einen letzten Versuch den Arm auszustrecken und sich an Koll und dem Raum festzuhalten. Er schien dem Löwen näher zu kommen. Seine Fingerspitzen berührten ihn schon fast. Dann zerbarst das Bild vor ihm blitzartig. Er ließ nicht los – er würde sich dem stellen. Er strengte sich stärker an, ballte die Hand zur Faust. Seine Knöchel wurden weiß. Die Schmerzen unerträglich.

„Lass los!", schrie eine Stimme. „Schasar!", rief Arliandro erneut und schüttelte ihn. Der Magier öffnete die Augen. Er lag auf dem Boden. Es roch nach kaltem Rauch. Die Kerzen waren erloschen. Der Elf kniete vor ihm und hielt seine Hand.

„Komm, nimm meine Hand!" Hilfsbereit hielt Arliandro ihm die Hand hin. Schasar ergriff sie und der Elf half ihm auf die Beine.

Arxor nahm Schasars anderen Arm.

„Danke." Die Stimme des Magiers war matt. Die Reise und sein Ankämpfen gegen die Macht hatten Kraft gekostet. Von Arxor und Arliandro geleitet, stolperte er in den hinteren Teil des Zimmers. Vor dem Bett machte er halt, stützte sich mit den Armen ab und sank herab. „Es wird gleich wieder gehen. Ich brauche nur etwas Ruhe."

Gregoralfo hielt sich derweil im Hintergrund auf. Er hatte in seinem Leben viel miterlebt, doch so etwas noch nicht. Das verkrampfte Gesicht des Magiers hatte Todesqualen gelitten. Und nun schien sich Meister Schasar nicht mehr daran erinnern zu können.

„Sollen wir gehen?", fragte Arxor.

„Ich möchte nicht unfreundlich sein." Schasars Stimme klang schwach. Arxor schien zu verstehen.

„Kommt! Wir gehen", wandte er sich an Arliandro und Gregoralfo.

„Nein, Arxor, bleib' bitte!" Schasar sah ihn an. Arliandro berührte Arxors Arm.

„Wir warten unten", flüsterte der Elf. „Bis nachher."

„Ja, danke", erwiderte Arxor. Die beiden verließen das Turmzimmer. Dann drehte er sich wieder Schasar zu, der erschöpft auf dem Bett lag.

„Es tut mir leid", murmelte der Magier. Arxor blieb stumm. Die wütenden Worte, die der junge König sich für diesen Moment zu Recht gelegt hatte – er konnte sich nicht mehr an sie erinnern. Anstatt eine Antwort zu geben, drehte er sich wortlos um und holte sich einen der Stühle, um neben Schasars Bett Platz zu nehmen.

„Es tut mir leid", sagte Schasar erneut. „Es ist alles anders gekommen."

„Es ist alles anders gekommen", wiederholte Arxor und schluckte. „In der Tat. Es hat sich vieles verändert. Ich habe wirklich einen Moment darüber nachgedacht, dich festnehmen zu lassen."

„Aber du hast es nicht getan. Ich bin stolz darauf, wie du mit der Situation umgegangen bist."

„Stolz?", rief Arxor, stand auf und stieß den Stuhl zur Seite. Seine Augen wurden feucht, sein Blick war hart, seine Lippen bebten. Er schüttelte den Kopf. „Stolz? Du weißt nicht, wie es ist, wenn einem die ganze Familie genommen wird. Als Vater ging, hatte ich dich, Dahlgor und Mutter. Nach ihrem Tod und Emeliala ..." Er zögerte. „Nach deinem Verrat ... Ich ..."

„Arxor, bitte", versuchte es Schasar, doch der König hatte sich in Rage geredet.

„Was hast du dir dabei gedacht? Nachdem auch Emeliala von mir gegangen ist ..." Seine Stimme brach. Tränen begannen seine Wangen hinab zu rinnen.

„Ich musste es tun, Arxor. Du kannst dir nicht vorstellen, wie schwer es für mich war." Schasar versuchte sich langsam zu erheben. Man merkte ihm die Schwächung seines Körpers noch allzu deutlich an.

„Warum hast du mich nicht gefragt? Warum hast du mir deine Gründe nicht genannt?"

„Ich konnte es nicht. Ich ..." Schasars Stimme brach.

„Du hättest mit mir reden müssen. Warum hast du das getan? Warum hast du mich und deinen Schwur verraten?"

„Nach Emelialas Tod und dem deiner Mutter hätte ich für dich da sein müssen. Aber ich war mit mir selbst nicht im Reinen. Dahlgors Tod, alles war so ..." Der Magier schleppte sich an ihm vorbei zum Fenster. „... Ich stand vor dem Nichts."

„Und wie glaubst du, ging es mir? Du warst meine Familie. Ich hätte dich gebraucht." Arxor schluckte. „Du hast mich verlassen in meiner schwersten Stunde. Du hast meine Tochter entführt, sie mit dir genommen ohne ein Wort zu sagen. Du warst weg – sieben Jahre lang!?", sprach er fast fassungslos, als er sich bückte und den Stuhl aufhob.

„Es war mein Schicksal", erwiderte Schasar ruhig.

„Nun komm mir nicht mit dem Schicksal. Schieb es nicht wieder auf eine Prophezeiung oder etwas ähnlich Ungreifbares!"

„Arxor, bitte."

„Nein! Sie wussten es. Die Elfen wussten von Vaters Schicksal, seinem nahendem Tod. Und sie sind auch Schuld an Dahlgors Tod, denn sie hätten ihn verhindern können. Waren sie es, die dir aufgetragen haben, was du zu tun hast?", stieß der König giftig hervor.

„Wie … meinst … du das?", fragte Schasar. Warum sollten die Elfen Schuld an Dahlgors Tod sein?

„Du erinnerst dich an Memoria, das Buch der Erinnerung, und was es uns damals sagte? Oder besser an das, was es zu Dahlgor sprach:

Du hast es schon einmal geschafft, hast das Wunder mit vollbracht.
Die Hoffnung ruht ein weiteres Mal in dir.

Führe sie aus dem Tal der Tränen und gib ihnen die Zuversicht zurück
– wenn auch nur als tragischer Held.

Sei zu diesem Schritt bereit, denn so wirst du Erlösung sehen, endlich
bei den Ahnen stehen.

Doch es liegt an dir die Wahl zu fällen.

Was meinst du, was damit gemeint war? Er opferte sich und sein Leben, obwohl es meins hätte treffen sollen."

„Aber das Schicksal wollte es so." Schasar war erstaunt wie schnell ihm die Worte über die Lippen kamen. Machte sich Arxor tatsächlich Vorwürfe?

„Das Schicksal hätte mich treffen sollen", erwiderte Arxor.

„Sag so etwas nicht! Dein Volk braucht dich, dein Land braucht dich und Lucien braucht dich erst recht."

„Sie sind alle fort." Arxor ließ sich wieder auf den Stuhl sinken und stützte den Kopf mit den Händen. „Und ich bin noch hier und muss das alles erleiden. Warum ich?" Schasar trat hinter ihn und legte ihm die Hand auf den Rücken.

„Es hatte alles einen Sinn. Du musst das Beste daraus machen, auch wenn es schmerzt. Wenn ich könnte, ich würde alles ungeschehen machen."

„Du hättest dich damals anders entscheiden können."

„Ich hatte meine Gründe für mein Handeln. Und es waren nicht die Worte der Elfen, die mich zu diesem Schritt veranlasst haben."

„Wessen dann?"

„Deine Mutter war es, Arxor, die mich bat, auf dich Acht zu geben. Und sie war es, die mir diesen Auftrag gab", sagte Schasar leise und trat einen Schritt zur Seite. Arxor hob den Kopf und sah den Magier ungläubig an. „An dem Tag, als sie das Weiße Schloss verließ, bat sie mich zu sich. Du erinnerst dich?" Arxor nickte. „Sie hat mir von den Worten eines Fremden erzählt. Wer der Fremde war, wusste sie nicht. Ob sie den Worten wirklich Glauben schenken sollte, wusste sie auch nicht. Aber sie tat es scheinbar und gab sie an mich weiter. Möchtest du sie hören?" Arxor nickte. Schasar wiederholte die Worte der Prophezeiung, über deren Deutung er schon in Kolls Hallen nachgedacht hatte. „Ich weiß nichts von Deutungen von Worten – aber für mich ergab plötzlich alles einen Sinn. Als die Hippogreifen Kayia gebaren, deine Zwillinge zur Welt kamen und ich nach Dahlgors Tod zum Berater wurde. Was hätte ich tun sollen? Es waren zu viele Stimmigkeiten, zu viel Wahres als dass man es für einfaches Gewäsch hätte halten können."

„Ich …" Arxor schluckte. „Es …" Schasar trat zu ihm.

„Es tut mir alles so leid", sagte der Magier. „Ich musste mich entscheiden. Und ich habe es auf Kosten unserer Freundschaft getan."

„Doch ein kleiner Anfang ist getan." Arxor verzog das Gesicht zu einem angedeuteten Schmunzeln. Schasar nickte zögerlich. Arxor wischte sich mit dem Ärmel über das Gesicht.

„Du wirst sie wiedersehen, bald."

„Aber wann? Ich bin des Wartens überdrüssig. Ich bin wütend, enttäuscht und verzweifelt. Ich weiß nicht, wie ich dir begegnen soll nach all dem. Wie ich dir jemals wieder vertrauen kann."

„Das wird die Zeit regeln. Ich wollte dir nicht Weh tun, Arxor. Ich hoffe, du weißt das. Es war eine schwere Entscheidung für mich, aber ich stehe zu ihr. Mit allen Konsequenzen. Ich wollte das Beste für das Land und damit auch für dich und mich."

Arxor nickte, wenngleich es kein verständnisvolles Nicken war, wie seine Augen verrieten.

„Ist sie denn sicher bei den Elfen?", fragte er leise.

„Ist sie." Schasar lächelte. „Am Besten redest du mit Arliandro. Er wird dir alles über sie berichten können – sie wohnt in seinem Dorf." Arxors Augen weiteten sich.

„Was hat dieser Krieg nur aus uns gemacht?", dachte der König laut.

„Ich weiß es nicht", erwiderte Schasar.

„Ich muss wieder ...", begann Arxor. „Und Luciens Gutenachtgeschichte ... Ich ..."

„Ich weiß. Nun geh schon!", sagte Schasar, während er sich auf dem Bett niederließ. „Welche ist es?"

„Am Liebsten jeden Tag dieselbe, die vom Rächerkrieger!" Arxor lächelte. Schasar erwiderte sein Lächeln.

„Er ist wie du", murmelte der Magier erschöpft. „Ganz genau so wie du." Arxor sah noch wie Schasar in die Kissen sank. Sein Geist konnte den Körper nicht mehr in dieser Welt halten.

Wüste Träume quälten Schasar in den folgenden Stunden. Alles war verschwommen und die vereinzelt auszumachenden Konturen bewegten sich so schnell, dass Schasars Augen ihnen nicht folgen konnten. Grelle Blitze durchzogen den Ort, an dem er sich befand, in eben jenen Momenten, wo er glaubte, sich auf die nebulösen Wesen konzentrieren zu können.

Es roch nach Blut und Schweiß. Vereinzelt hallten verzweifelte Schreie von fern leise an sein Ohr. Versuchte Schasar die Quelle auszumachen, so wurden die Stimmen urplötzlich zu einem unmenschlich lauten, kreischenden Geräusch, das sein Trommelfell erbeben ließ.

Und dann war da noch etwas. Etwas anderes. Ein Gefühl der Ruhe und des Friedens, das von einem Ort vor ihm auszugehen schien. Doch alles war schwarz und dunkel. Es würde seine Höhle werden. An diesem Ort konnten ihm die Schreie und Blitze nichts mehr anhaben. Undurchdringbare, schützende Mauern für seinen Geist und seinen Körper. Lass sie nicht durch diese Mauern kommen, flüsterte er in die Dunkelheit. Denn er wusste, dass es das war, was sie wollten. Doch so einfach würde er es ihnen nicht machen. Schasars Gedanken überschlugen sich. War es schon so weit? Würde er gebraucht? Sie kamen, ihn zu wecken.

„Ich will doch nur schlafen! Schlafen", sagte eine Stimme, die nicht seine eigene zu sein schien. Doch er spürte, wie seine Lippen sich bewegten. Schweißgebadet erwachte er und stemmte sich erschrocken hoch. Arxor saß an der Bettkante, ein feuchtes Tuch in der Hand.

„Arxor", sagte Schasar schwach.

„Ruh dich aus, mein Freund!", erwiderte der König sanft und drückte den Freund zurück ins Kissen. „Du hast nicht gut geschlafen."

„Arxor! Es tut mir leid."

„Das kann bis später warten." Arxor nahm ein sauberes Stofftuch und tunkte es in eine Schüssel mit Wasser, die er neben sich auf die Matratze gelegt hatte. Dann tupfte er die Schweißtropfen von Schasars Stirn.

„Ich danke dir", hauchte Schasar. Dann umfing ihn wieder die Dunkelheit.

Die Träume kehrten nicht zurück. Er schlief die Nacht über ruhig, denn er wusste, dass Arxor über ihm wachte.

Zeugen der Vergangenheit

Während des Frühstücks schwiegen sie. Arxor hielt deutlich strenger an dieser Tradition der Ahnen fest, seit Lucien bewusst aufschnappte und nachahmte, was immer Arxor gerade tat. Und diese althergebrachte Ehrung der Elemente durch Demut und Dankbarkeit würde der weiteren Erziehung seines Sohnes sicherlich gut tun.

Nach dem gemeinsamen Mahl gingen Arxor, Arliandro und Schasar, gefolgt von Gregoralfo und den beiden Kindern in den Innenhof des Weißen Schlosses. Der König verabschiedete seinen Sohn mit einem Kuss auf die Wange und entließ ihn mit einem Klaps auf dessen Hinterteil in die Obhut des Hof- und Reitmeisters. Zögerlich folgte Dayana dem kleinen Prinzen mit einem letzten Blick auf Gregoralfo, der grinste und ihnen viel Spaß wünschte. Die Kinder verschwanden mit dem Stallmeister und einigen Burschen in Richtung der Koppeln, die sich hinter der Ostmauer auf den Wiesen des Bergrückens befanden.

„Seid vorsichtig!", rief Arxor den Beiden noch hinterher. Dann wandte er sich um und sie folgten Schasar schnellen Schrittes zum Ostturm. Während sie die Stufen zu Schasars Gemächern hinaufgingen, redeten sie nur wenig. Oben angekommen bat Schasar sie mit einer einladenden Geste herein.

Ohne Umschweife ging er auf den verschlossenen Schrank zu, dessen Türen nach wie vor sperrangelweit offen standen. Auf der anderen Seite zeigte sich ein dunkles Loch. Schasar trat ohne zu zögern durch den Schrank. Schwärze umfing ihn.

„*Lux*!", sprach der Magier und vor ihm flammten kleine Lichter auf.

„Wohin führt dieser Gang?", hörte er Gregoralfos skeptische Stimme hinter sich. Das Echo ließ die Frage mehrfach nachhallen.

„In eine alte Bibliothek unter dem Schloss", antwortete Arxor.

„Wenn sie noch existiert", brummte Schasar. Zögerlich folgten ihm die Übrigen. Die steinernen Stufen der Wendeltreppe waren grob behauen und es gab kein Geländer, an dem man sich festhalten konnte. Vorsichtig balancierten sie die schmalen Stufenfolgen hinab.

„Was heißt das?", fragte Gregoralfo.

„Wir hatten damals einen, ich nenne es mal Vorfall, bei dem ein Gang dort unten halb eingestürzt ist", erwiderte der Magier.

„Eine wahre Meisterleistung", stichelte Arxor.

„Hey, immerhin hatte ich dadurch den Raum dort unten erst gefunden", rechtfertigte sich Schasar. „Und während wir uns im Krieg mit den Schatten befanden, ist der alte Geheimgang, der die Gemächer des Königs mit dem Ratszimmer verband, dann scheinbar vollends in sich zusammen gebrochen." Schasar wischte sich ein Spinnennetz aus dem Gesicht. „Jedenfalls hoffe ich, dass der Raum sich bei dem Unglück selbst geschützt hat. Das heißt nicht, dass ich es weiß. Aber dort unten liegen unschätzbare Wissensquellen, die wir dringend benötigen, um mehr über die Schatten zu erfahren. Um mehr über ihre Schwachstellen zu lernen. Jetzt, da das Band zu den Ahnen über die Geisterpfade abgerissen ist, ist dieser Raum so etwas wie unsere letzte Hoffnung, mehr über die Vergangenheit zu erfahren."

„Es grenzt fast an ein Wunder, dass der Nordostflügel des Hauses trotz des Erdrutsches noch vollkommen intakt ist", erwiderte Arxor. „Es müssen Mengen von Geröll sein. Der Gang war von nicht unerheblicher Länge und Breite gewesen", fügte er hinzu. „Das Erdbeben muss doch verheerend gewesen sein, wenn man die Auswirkungen bedenkt."

„Magie kann auf leisen Sohlen töten, Arxor. Dann wird sie es auch schaffen einen Gang mit Geröll zu verschütten, ohne dass die Umgebung es davon mitbekommt." Schasar verstand es selber nicht, doch das wollte er den anderen nicht zeigen. Warum musste erst Kimón brennen, bevor sich der Schrank wieder öffnete. Wie viele sind dabei wohl ums Leben gekommen?

„Ich habe gesehen, was Magie bewirken kann. Aber warum dies?", fragte Arxor.

Wenn ich wüsste warum, dachte Schasar. Wenn ich das nur wüsste. „Es hat halt sollen sein, dass wir jetzt hinunter gehen und nicht schon zuvor. Akzeptieren wir es als den Willen der

Magie und stellen wir die Gegebenheiten nicht mehr in Frage. Es ist nun einmal so!", antwortete Schasar schroff.

„Entschuldige!" Arxor schwieg. Schasar wirkte angespannt.

„Schon gut. Wir sind da", sprach der Magier. Sie hatten den Boden erreicht. Nun lag eine weitere Tür vor ihnen. Der Magier tat einen Schritt auf sie zu und stemmte sich vorsichtig gegen das knauflose Holzgerüst. Es gab federleicht nach und den Blick auf einen weiten Raum frei.

Ein Kegel goldenen Lichts fiel aus dem Nichts auf einen verzierten Buchständer. Einige Folianten lagen wild übereinander gestapelt auf der massiven Steinunterlage, die auf einer halbrunden Empore stand. Schasar blickte prüfend hinauf zur Decke. Doch alles war so, wie er erwartet hatte. Der Raum war vollkommen intakt.

Während Arxor sich, wohl wissend um die Mächte in diesem Raum, ruhig im Hintergrund aufhielt, traten der Elf und Gregoralfo mit neugierigen Blicken in das Halbdunkel des Raumes.

„Wie nennt man diesen Ort?", fragte Arliandro respektvoll.

„Das Archiv der Sonnenkrieger", erklärte Arxor.

„Große Mächte sind hier am Werk", sprach der Elf. „Die Stimmen der Ahnen geistern durch diese Bücher." Arxor erwiderte ein Nicken und schritt durch den Raum. Sein Blick heftete sich auf gezackte Mauervorsprünge und vereinzelte Steinbrocken. Hier war einst das Loch in der Wand, das Schasar vor langer Zeit mit der Kraft seiner Gedanken geschaffen hatte. Arxor inspizierte es genauer. Es war vollends verschüttet und nahezu unmöglich, den Gang frei zu räumen.

In Gedanken versunken sah er wieder zu Schasar, der wie in Zeitlupe ehrfürchtig die Stufen zum Lesepult hinauf schritt. Es wirkte imposant, als die ersten Strahlen reinen Lichts sein Gewand berührten und es beleuchteten. In diesem Moment sah er Dahlgor sehr ähnlich. Schmunzelnd wartete Arxor darauf, dass etwas geschah.

Der Magier erreichte die Empore und trat hinter den schweren Buchstützer. Der Lichtkegel wärmte seine Schulter auf eine eigenartige Art und Weise. Er fühlte sich geborgen. Suchend blickte er hinauf zu der Quelle der plötzlichen Gefühlsregung und hob schützend die Hand, als das gleißende Licht wie ein Blitz seine Nervenbahnen zum Beben brachten. Er stolperte einige Schritt zurück und hielt sich die Hände vor die Augen.

Als er die Augen wieder freigab, tanzten schwarze und weiße Punkte vor seinem Gesichtsfeld hin und her. Er massierte sich mit den Fingern die Schläfen, schloss die Augen und öffnete sie wieder. Dann sah er in die Runde.

Gregoralfo stand schüchtern in der Nähe der Tür, während Arliandro vor einem Bücherregal verharrte. Beide beobachteten ihn. Schasar wandte den Kopf Arxor zu, der am Fuße der Empore wartete. Ihre Blicke trafen sich für einen Augenblick. Schasar sah, wie der König ihm beruhigend zunickte. Energisch trat der Magier an das Lesepult, auf dem Bücher und mit Skizzen versehene Pergamente lagen. Schasar nahm das erste der vier Bücher in die Hand und strich den Staub vom Buchdeckel. „Helden und Diebe - Persönliche Erfahrungen eines Reisenden", stand auf dem Einband. Unwillkürlich fiel sein Blick auf Gregoralfo.

Der Mann, der sich als Dieb von Argonia einen zweifelhaft bekannten Namen gemacht hatte, wirkte leicht nervös. Intuitiv verstand er die wortlose Aufforderung, als auch der König und der Elf zu ihm hinüber sahen. Er schritt langsam durch den Raum und hielt auf die steinerne Treppe zu. Dann trat er die wenigen Stufen bis zur Empore hinauf, nahm das Buch von Schasar entgegen und wandte sich wieder zum Gehen.

Des Magiers Blick wiederum fiel auf das nächste schwere Buch. *„Wesen der alten Welt – Als Natura noch von den Eltern der Sprache gesprochen wurde"* lautete der Titel dieses Folianten. Schasars Blick traf Arliandro und der Elf nahm Schasar das Buch ab.

Es blieben noch zwei Bücher. Ein kalter Schauer lief Schasar den Rücken herunter, als er das nächste Werk betrachtete.

„Memoria", flüsterte er. Seine Finger fuhren sacht über den Deckel des magischen Buches. Er griff behutsam unter ihn und sein Blick fiel auf die ersten Seiten vergilbten Pergaments. Das Licht wurde einen Moment intensiver. Schasar schreckte zurück. Ein Windstoß kam aus dem Nichts, blätterte durch die Seiten, bis er

die richtige Stelle gefunden zu haben schien. Dann verging er so schnell, wie er gekommen war. Schasars Blick fiel auf die Seite vor sich. Dann winkte er Arxor zu sich.

Vor Arxor lag das offene Buch, welches ihnen vor langer Zeit bei ihrem ersten Aufenthalt die Sage über *„Die Zehn"* verkündet hatte. Nun schwieg es, offenbarte ihm jedoch eine Textstelle, die die Überschrift *„Der Brief mit dem gebrochenen Siegel"* trug.
Das Datum war der 4137. Tag der 6. Dynastie nach Zeitrechnung der Menschen Argonias. Arxors Hand begann zu zittern, als er das Pergament glatt strich. Sein Blick glitt hinüber zu Schasar, dessen Augen regungslos auf dem beschriebenen Pergament ruhten.
„Ich denke, du solltest ihn als Erster lesen", sagte der Magier leise. Wortlos sah Arxor wieder auf das Dokument. Dies war der Brief, den der Schreiber in der Nacht des Todes seines Vaters geschrieben hatte. Seine Augen huschten über die Zeilen.

„An den Herrn der Drachenländer und König der Südlande,

König Largos, hinfort mit all der Förmlichkeit. Was zählt sie in diesem Augenblick? Mein alter Freund, wenn ich dich so nennen darf. Nie haben sich unsere Wege in Argwohn getrennt, nie waren wir bei bedeutungsvollen Diskussionen lange unterschiedlicher Meinung. Die Zeit hat uns Respekt voreinander gelehrt.
Wir wissen beide um die Fehlerhaftigkeit der alten Vorurteile. Leider wird es mir nicht mehr vergönnt sein, mit dir den neuen Weg in eine bessere Zukunft zu beschreiten. Doch die Einladung war ein erster Ansatz. Beim Treffen der Völker wurden wir von den Schatten überrascht und ich bin schwer verwundet worden.
Die Wahrheit ist mir trotz der Schmerzen nicht fern. Ehe der Brief dich erreicht, sind meine Tage als König gezählt und Arxor erklimmt die Stufen des Thrones. Ich schätze dich und dein Wort. Egal was passiert, der Verbund zwischen uns muss bestehen bleiben! Ein Schwur mit Blut. Takir wird es nicht vergessen, auch wenn das weit vor der Geburt

*unserer Kinder war. Unser Eid bleibt bestehen. Mein Tod soll nicht
das Ende sein, so wie der deine es nicht gewesen wäre. Bitte vergiss
das nie!*

*Auch wenn ich weiß, dass es lange her ist, so möchte ich, dass du im
Namen der Ahnen, für die ich als König spreche, weißt, dass mein
Haus und mein Land dem Euren verziehen haben.*

*Gerade jetzt, da die Dunklen so plötzlich wiederkehrten, die Ordnung
der Welt erschüttert ist, muss zusammen halten, was zusammen
gehört. Bedenke, was wir vereinbart haben.*

*Die Zeit läuft weiter. Achte auf mein Reich und den jungen König!
Lass es unter keinen Umständen den Schatten gehören, unter keinen.
Du weißt, was das bedeutet – mit allen Konsequenzen, die wir beredet
haben. Das soll das Letzte sein, um das ich dich bitte!"*

Arxor atmete tief durch. Tausende Gedanken, immer wieder
vermischt mit dem Bild seines im Sterben liegenden Vaters,
durchschwirrten seinen Kopf. Er legte den Kopf in die gefalteten
Hände.

Was bedeutete das nur? Woher kannte Vater den König der
Drachenländer? Arxor wusste von Largos, dessen Reich südlich
des Flusses Lexa lag. Doch warum hatte er seit dem Tod seines
Vaters nichts mehr von ihnen gehört? Die beiden historisch
entzweiten Königshäuser standen sich abseits aller Annahmen
anscheinend näher, als Arxor es jemals vermutet hätte.

Wenn er, als König, nicht einmal wusste, dass ein Blutpakt
zwischen den Häusern bestand, wer dann? Doch wie lautete der
genaue Wortlaut des Schwures und wer oder was war Takir?
Ein Zeuge vielleicht, der den Schwur wiedergeben konnte? Wie
sollte Arxor sich nun verhalten? War es an ihm, Largos einen
Boten zu senden? Er sah Schasar an, der über seine Schulter
mitgelesen hatte.

„Mir ist nicht gut", erklärte der König. „Ich komme später noch
einmal hinunter. Je nachdem, wie weit ihr dann seid."

„Mach dir nicht zu viele Gedanken!"

„Ich versuche es." Ein schwaches Lächeln huschte über Arxors
Gesicht. „Aber was soll ich dich anlügen?" Schasar legte ihm
die Hand auf die Schulter und nickte verständnisvoll. Der König

machte auf dem Absatz kehrt und verließ den Raum. Schasar las den Brief ein weiteres Mal.

Arliandro war vertieft in das ihm überreichte Buch. Es enthielt viel Wissen, das der Elf im Laufe seiner Ausbildung bereits in der Heimat gelernt hatte. Es ging um Tiere, Pflanzen und Bäume, angereichert mit Zeichnungen, die dafür, dass sie von Menschenhand gezeichnet waren, sehr detailgetreu und liebevoll ausgearbeitet worden waren. Es war eine Sammlung von Wissen, eine Enzyklopädie mit Skizzen, Erklärungen, Trockenstücken oder Abzeichnungen.

Nach einer Weile blätterte Arliandro nur noch wahllos durch das Buch. Es musste etwas Besonderes in ihm geben. Das Schicksal hatte es ihm durch Schasars Hand zugeteilt. Dieses Werk hielt etwas für ihn bereit, dessen war er sich sicher.

Er fand ein Kapitel, das sich mit den vom Urstamm abstammenden Wesen beschäftigte. Hier wurde über Menschen, Elfen und Gebirgler berichtet.

Ein Schmunzeln umspielte seine schmalen Lippen, während er die Zeilen über die Elfen las:

„In den östlichen Wäldern Teleons, Danorias und Sur Damiyas leben die Waldwesen in einer großen Gemeinschaft zusammen. Sie verbergen ihre Städte, die Kunstwerke hervorragender handwerklicher Arbeit darstellen, durch Zauber vor ungewollten Gästen. Nur selten wird einem Außenstehenden die Ehre zuteil, eine dieser Städte besuchen zu dürfen.

Diese Waldelfen sprechen Natura, die Sprache der Tiere und Pflanzen. Nicht nur deshalb beruht das Zusammenleben auf einem Gleichgewicht, bei dem sich alle Bewohner des Waldes unterstützen. Dieses ungeschriebene Gesetz des Forsts dauert seit dem Anbeginn der Zeit an ..."

Der Elf nickte anerkennend, als er rasch einige Seiten weiterblätterte. Er hielt inne. Dann blätterte er zurück und ließ die Augen über das Pergament streifen.

„Elementarwesen: Unter Elementarwesen verstehen wir diejenigen Wesen, welche die Elemente aussuchten, um zur Vertretung und dem Gedenken ihrer auf Erden zu werden, zu sein und wieder zu gehen.

So haben die Elemente, namentlich das Feuer, der Wind, das Wasser und die Erde, Wächter erschaffen, um das Gleichgewicht der Stärke auf der Welt zu erhalten.

Das Feuer erschuf die Drachen aus seiner Asche.

Der Wind formte die Flügel der Adler so, dass sie sich als Erste in die Höhen des Himmels erheben konnten.

Das Wasser brachte die Seeschlangen aus den Untiefen der Wasserstrudel hervor.

Und die Erde entschloss sich den Pferden die Wiesen der Tiefebene zu geben, den Einhörnern die Wälder und den Bergkatzen die Gebirge …"

Arliandros Blick schweifte über die Bilder und Erklärungen der einzelnen Wesen. Die Antworten auf all die offenen Fragen, die in seinem Kopf umherschwirrten, fand er jedoch nicht. Er überblätterte die folgenden Seiten über Pferde und Bergkatzen achtlos, als sein Blick auf ein interessantes Bildnis fiel. Das Wort „Mischwesen" stand über den ineinander verschlungenen Hippogreifen, Hippolos, Greifen, Zentauren und Einhörnern.

„Wie bereits im vorhergehenden Abschnitt beschrieben, blieb das Gleichgewicht nicht ewig bestehen. Die Erdwesen begannen untereinander um die Vorherrschaft zu kämpfen.

Die Bergkatzenclans zogen aus, die Herden der Pferde auf den freien Wiesen zu jagen. Panisch suchten die Pferde nach Auswegen. Aus Angst vernichtet zu werden, flohen die Einen zum Urstamm der Völker, in deren Obhut sie Schutz suchten und fanden, während sich die Anderen an die Einhörner wandten.

Um die Hetzjagd von den sicheren Wäldern fern zu halten, weigerten sich die Einhörner jedoch, die Artverwandten zu schützen. Und auch die übrigen Elementarwesen waren zumeist nicht so hilfreich, wie die Erdwesen es sich gewünscht hätten.

Während die Wasserwesen sich schlichtweg außer Lage sahen zu helfen, schoben die Feuerwesen die Verantwortung weiter. Es war schließlich nicht das Problem der Drachen, dass die Erde einen starken und einen schwachen Teil hervorgebracht hatte.

Und nun mussten die Pferde kämpfen und siegen - oder untergehen. Nur die Windwesen hielten ihre Schwingen schützend über die geschundenen Leiber der Pferde.

Die Hilfe des Urstamms sah wie folgt aus: Diejenigen Pferde, die es zum Urstamm gezogen hatte, „verbanden" sich mit ihren Beschützern auf magische Weise und wurden so zu den Zentauren. Doch schnell bemerkten diese Mischwesen, dass die „Normalen" sie nicht als das akzeptierten, was sie nach ihrer Geburt weiterhin sein sollten: die Abgesandten des Elements Erde. Stattdessen wurden sie eingepfercht und sollten für die „Normalen" unbequeme Arbeiten verrichten und Acker pflügen.

Die stolzen Zentauren wehrten und befreiten sich. Sie zogen sich in den Wald an den Manen zurück, während die übrigen Pferde bei den Menschen blieben und den Preis für den Schutz vor den Bergkatzen bezahlten: sie wurden zu Nutztieren, die ohne Stolz demütig ihre Arbeit verrichteten.

Die Hilfe der Adler sah wie folgt aus: sie „verbanden" sich mit den Pferden und die Hippogreife wurden geschaffen. Die scharfen Schnäbel waren eine wirksame Waffe gegen die Bergkatzen und die Adler sahen, dass es gut war.

Doch die Welt erlebte nur wenige Tage der Ruhe und Eintracht, als eine Herde Hippogreifen sich aufmachte und nach Rache und Vergeltung gierend in die Heimat der Bergkatzen einfiel. Wiederum war das Gleichgewicht entscheidend gestört.

Um den Fehler auszugleichen, gaben die Alder den Bergkatzen ebenfalls die Möglichkeit sich mit ihnen zu vereinen. Und die dadurch entstandenen Greife waren den Hippogreifen in allen Fähigkeiten und Eigenschaften ebenbürtig.

Und so wurden Hippogreife und Greife zu Schutzpatronen für die

Herrscher vergangener Tage. Eine eigenwillige Vorstellung, aber es funktionierte.
Die Hippolos wiederum, elfische wie auch menschliche ..."

Den Rest überflog Arliandro mit wachsendem Desinteresse. Die Kernantworten waren hier nicht niedergeschrieben. Was war mit den Drachen und Adlern geschehen? Waren die Seeschlagen in der Vergangenheit tatsächlich an all den Fährunglücken auf den offenen Meeren Schuld gewesen? Er brauchte mehr Zeit, wenn er das Werk aufmerksam lesen und richtig deuten wollte. Denn nur deshalb hatte es ihm das Schicksal doch zukommen lassen, oder? Zeit war allerdings eines der Dinge, die sie nicht hatten.

Gregoralfo saß in einer der hinteren Ecken, die der kegelförmige Lichtschein nur noch spärlich erleuchtete. Das Buch mit dem Titel *„Helden und Diebe - Persönliche Erfahrungen eines Reisenden"* lag auf seinem Schoß. Weshalb der Magier an ihn gedacht hatte, war offensichtlich. Der Inhalt stand jedoch in keinem Zusammenhang mit der Tätigkeit, welcher er vor nicht allzu langer Zeit noch nachgegangen war. Nachdem er vereinzelte Passagen des Reiseberichts mehr durchgeblättert als durchgelesen hatte, traf er auf den letzten Seiten auf eine Art Epilog und Danksagung des Autors:

„... Und so kam es, dass ich nach Jahren der Expedition sesshaft werden sollte. Kimón sollt' die Stätte sein, an der ich meine restliche Zeit nutzen werde, mein Wissen für die Nachwelt zu sammeln ..."

Darunter befand sich das Abbild eines Mannes. Gregoralfos Augen weiteten sich. Die gezeichneten Tuschelinien waren grob, doch erkannte er die Gesichtszüge des eigenartigen Greises, den der Dieb in einen seltsamen Bärenfellumhang gewandet oftmals ziellos durch die Straßen von Kimón hatte schleichen sehen. Gregoralfo wusste nicht, wie lange der Alte schon durch die Stadt geisterte und die Kinder durch seine eigenwillige Art ermutigte ihm wie ein kichernder Rattenschwanz zu folgen, aber es war eindeutig der Mann, den man in der Obeliskenstadt nur liebevoll *Bär* nannte. Gregoralfo las weiter:

„… Auch wenn viele die Kollekte von Geld für meine zahllosen Reisen als eine Art von Diebstahl angesehen haben, so denke ich, dass meine Intention nach dem Lesen dieses und der noch folgenden Werke klar wird. Ich bin durch die Arbeit mit der Natur fast eins mit ihr geworden. Die Wüste gab mir zu trinken, als ich es dringend benötigte.
In den Bergen eröffneten sich mir Pfade, als ich dachte, nicht mehr aus dem Labyrinth von Steinen heraus zu finden.
Ich kenne die Wirkung von Kräutern und Gräsern, einheimischer, wie fremdländischer, lernte tierische Gifte zu besiegen, trotzte Eis und den Sonnen. Der Dank an all die gutmütigen Spender werden diese Bücher sein. Darauf, dass sie der Menschheit weiterhelfen und als Anreiz für die Helden neuer Tage dienen, die sich aufmachen die weißen Flecke auf der Landkarte zu erschließen …"

Es war seltsam zu erfahren, was der alte Bär vor seiner Rückkehr in die Zivilisation gemacht hatte, fand Gregoralfo. Aber abgesehen davon, dass er den Alten kannte, wusste er nicht, was er von dem Buch halten sollte. Was sollte er in ihm finden? Suchte er überhaupt nach etwas Konkretem? Wie konnte er Antworten auf nicht gestellte Fragen finden?

Zur selben Zeit war Schasar in das erste Kapitel des vor ihm liegenden, dünnen Buches vertieft, das den Titel „Die Anderen" trug. So nah und doch so fern, dachte er. Er hatte sich bislang nicht häufig Gedanken um die Zentauren gemacht.

„... Viel ist nicht überliefert über die Anderen. Sie entstammen dem Aussehen nach dem Zusammenschluss von Pferden und Menschen. Soweit wir wissen, geht der Pferderumpf mit den starken Flanken auf Bauchhöhe in den Oberkörper und das zum Teil stark behaarte Gesicht eines tendenziell menschenähnlichen Wesens über ..."

Schasar blätterte fast ungeduldig weiter. Gesehen hatte er Zentauren, wenn auch nur aus der Ferne.

„... Da Zentauren ausschließlich im Wald an den Manen leben und ihn seit Menschengedenken zu ihrer Heimat erklärt haben, bleibt den anderen Völkern der Zutritt verwehrt. Im Grund ist es nicht möglich, fundierte und belegbare Auskünfte über ihre Lebensweisen, Eigenschaften und ihre Anzahl zu machen ..."

Schasar verdrehte die Augen. Nichts, was er nicht schon wusste.

„... Tendenziell ist davon auszugehen, dass sie in familiären Strukturen in Städten ähnlich den unseren zusammenleben. Es gibt jedoch keine Überlieferungen von Menschen, die von einem Aufenthalt an einem solchen Ort berichten. Allerdings muss auch festgehalten werden, dass es nicht häufig vorgekommen ist, dass ein Mensch die selbst gewünschte Ruhe der Zentauren gestört hatte. Bis zu den Behausungen hatte sich niemand durch das Unterholz stehlen und hinterher davon berichten können."

Nun kam ein Einschub, der eine persönliche Notiz enthielt.

„Ich bin selber tief in die Wälder vorgedrungen. Und es dauerte nicht lange, bis ich wusste, dass sie mich verfolgten. Ich habe mich entsprechend dem, was mir über elfische Tugenden und Gesetze des Waldes bekannt war, verhalten. Doch eines Nachts haben sie mich gestellt und sich offenbart. Einer von ihnen trat vor. Die Glut war schwach und ich sah nur seinen Schatten. Er sprach mich an. Die Worte werde ich niemals vergessen. Er sagte: „Wende dich zum Gehen,

Fremder. Deine Sterne stehen gut. Sie haben dir dein Leben gerettet. Gehe nun und halte nicht inne und kehre niemals zurück!" Ich wagte keine Antwort. Die Drohung war mit so hartem Nachdruck gesprochen, dass ich wusste, dass diese menschlichen Tiere zu allem fähig wären. Mein Mund war trocken und die Angst saß mir zum ersten Mal in meinem Leben stärker im Nacken als die Neugier. Denn mir wurde bewusst, dass die Neugier in diesem Augenblick gleichbedeutend mit meinem Todesurteil war. Der Zentaur trat zurück. Dann war er verschwunden. Ich packte meine Ausrüstung und verließ die Wälder. Für immer!"

Nun ging es mit dem eigentlichen Inhalt weiter. Schasar schüttelte den Kopf. Keiner weiß viel über die Zentauren. Warum also Vermutungen zusammenfassen? Und wieso sollte er die Seiten lesen? Oder hatte er einen Fehler gemacht, als er die Bücher austeilte? Hatten sie ihnen am Ende gar nichts zu sagen? Er las weiter:

„Zentauren sind es nicht gewohnt, Fremde zu sehen. Ihnen wird scheinbar von Geburt an eingebläut, dass man nur zwischen den Bäumen den nötigen Schutz findet. Kein Wunder, dass sie sich weiterhin abgrenzen.
Die Grenzen sind die Waldränder und alles, was dahinter liegt, ist für sie Feindesland. Auf den Äckern und Wiesen wurden sie noch nie gesichtet. Sie sind übervorsichtig und wissen deshalb nicht, was sich in unserer Welt abspielt. Es interessiert sie auch nicht, weil ..."

Schasar waren die nichtssagenden Vorurteile dieses Buches zuwider. Er hatte die Zentauren am Ufer des Sees der Könige noch immer in Erinnerung. Vor seinem geistigen Auge nahmen sie noch einmal Abschied von Arxors Vater. Diese Wesen waren edler und deutlich weiser, als dieses Buch sie beschrieb. Dieses Buch war eine Beleidigung. Doch der Magier wusste nicht, weshalb es hier lag. Oder wieso er es lesen sollte.
„Es ist Zeit zu gehen!", sagte er deshalb und klaubte die noch auf dem Pult liegenden Pergamente mit den technischen

Zeichnungen zusammen. „Was habt ihr herausgefunden?",
fragte er die beiden anderen.

„Ich nichts", erwiderte Gregoralfo. „Bislang. Es ist ein
Reisebericht eines Naturforschers aus meiner Heimatstadt."

„Wenigstens ein grober Zusammenhang", sprach Schasar. „Und
bei dir?", wandte er sich an den Elfen.

„Es ist ein Buch in der alten Sprache. Es beschreibt ausführlich
die Entstehung der alten und neuen Wesen. Es ist durchaus
interessant, aber vieles glaube ich bereits zu kennen. Allerdings
löst es meine Fragen nach dem plötzlichen Verschwinden der
Drachen, Meerestiere und Adler nicht. Wir wissen spätestens
seit dem ersten Aufeinandertreffen mit den Schatten, dass es
dort, wo sie herkommen noch Drachen gibt. Das spricht dafür,
dass unsere Legenden wahr sind und es sie auch gab. Aber was
ist mit ihnen geschehen? Irgendwann sind sie scheinbar spurlos
verschwunden?"

„Ich denke, wir brauchen alle noch etwas Zeit, um das Wissen
dieser Bücher zu durchdringen. Es muss einen Sinn geben",
grübelte Schasar vor sich hin. „Sie haben hier auf uns gewartet.
Lasst uns nach oben gehen und die wenige Zeit, die wir noch
haben, sinnvoll nutzen! Wenn das Schicksal uns schon die
Möglichkeit gibt. Kommt! Ich werde Arxor alles berichten. Euch
bitte ich, mir Bescheid zu geben, wenn ihr irgendetwas Wichtiges
herausgefunden habt." Die beiden Anderen nickten und sie
verließen mit den Büchern unter den Armen den höhlenartigen
Raum. Schasar schloss die Tür.

Abschiednehmen

Die Wellen des Meeres wogen seicht hin und her. Das kühle Nass, über das der Hippogreif Quinto hinweg trug, wirkte samtig weich wie ein Grasteppich. Der Heermeister hielt gequält die Augen offen. Sie waren mittlerweile den fünften Tag unterwegs und trotzdem flog Reon unaufhaltsam weiter.

Unter ihnen tauchte plötzlich das kleine Atoll auf, auf dem Dorons Greifenreiter bei der Überquerung des Mittelwandmeeres einst Rast gemacht hatte, um auf die herannahenden Boote zu warten.

„Hier herunter!", wies Quinto den Hippogreifen an. „Von hier aus ist es nicht mehr weit. Du hast dir eine Pause verdient." Ein mürrisches Knurren antwortete ihm. Quinto verdrehte die Augen. Es war wahrscheinlicher, dass Quinto müde von Reons Rücken fiel, als dass der Hippogreif entkräftet aufgab.

Schnell begannen sich die Bäume zu verfärben. Ihr Grün wurde zu Gelb und das Gelb kurz darauf zu Braun. Nur gelegentlich mischte sich etwas Orange und Rot dazwischen. Die Nordlande verwandelten sich in einen harmonischen und bunten Landstrich, was nie lang anhielt. Nur wenige Tage später fielen die Blätter, als welkten in den Himmeln ferne Gärten, und mit ihnen wurden die Tage schnell kürzer und die Nächte länger und kühler. Der Spätsommer gab seine Regentschaft an die Zeit der untergehenden Sonnen ab, wohl wissend um den nahenden Winter. Denn dieser bedeutete so manches Mal den Tod, bevor im Frühjahr erneut das große Erwachen stattfinden würde.

Und auch vor den Mauern zu Fuße der Bergkette, auf der das Weiße Schloss stand, machte der Wandel der Natur nicht halt. Die hohen Bäume wirkten kahl ohne ihr grünes Kleid.

Arxor und Schasar schlenderten auf den Zinnen entlang. Eine kühle Brise ließ sie leicht Frösteln.

„In den nächsten Tagen soll es also passieren?", wollte der Magier wissen.

„Ja, wir werden das Weiße Schloss verlassen", ließ der König verlauten.

„Es ist lange her, dass wir das letzte Mal vor einer solchen Entscheidung standen."

„Nun sind wir besser vorbereitet."

„Ist das so?" Schasar legte die Stirn in Falten. „Das Heer steht am Ostwall und bringt uns nicht weiter, wenn sich die Schatten hinter dem Rücken unserer Späher ins Landesinnere schleichen konnten."

„Nach Gregoralfos Auskünften ...", begann Arxor, doch der Magier unterbrach ihn.

„Nach Gregoralfos Auskünften?" Schasar fixierte Arxor. „Das letzte Mal, als du den Mann gesehen hast, hat er dir in Kimón ein Messer an die Kehle gehalten. Quinto hätte ihn beinahe aufgeknüpft. Und das zu Recht."

„Aber wir waren uns doch einig, dass er, nachdem er die Kleine ...", begann Arxor erneut und brach dann mitten im Satz ab. Warum nahm er den Dieb in Schutz? Was war nur aus ihm und Schasar geworden?

Langsam schritten sie auf den Gästeflügel zu. „Uns werden sich auf dem Weg weitere Soldaten und auch Söldner anschließen. Und Quinto ist bereits am Wall und leitet dort alles Weitere in die Wege", sagte der König. „Die Wasserstraßen sind reichlich befahren und die Nautiker kennen die schnellsten und sichersten Wege von Pandora nach Zimura. Aller Güterverkehr wird bis auf Weiteres eingestellt und hundert Soldaten werden auf Patrouille ins Landesinnere geschickt, während wir in die Wüste ziehen."

„Du führst uns in die Höhle des Löwen", warnte ihn Schasar, während sie den Empfangssaal durchquerten.

„Wenn er brüllt, dann brüllen wir eben zurück!", erwiderte Arxor kämpferisch.

„Dein Wort ...", begann der Magier.

„... in des Schicksals Ohr. Jaja, schon gut", vollendete der König. Sie traten hinaus auf die Terrasse. „Du wirst immer mehr zu Dahlgor." Er lächelte Schasar an und klopfte ihm auf die

Schulter. Freundschaftlich erwiderte der Magier das Lächeln. Dann sahen sie hinaus auf den See der Könige an den Manen und die Ausläufer der Stadt Argonia. Es würde noch ein langer, schwieriger Tag werden.

„Warum musst du fort?", wollte Lucien wissen, nachdem Arxor seinem Sohn von der anstehenden Abreise erzählt hatte.

„Weil man mich woanders braucht", antwortete der König ruhig und schob Lucien den Becher mit Tee hin.

„Aber ich brauche dich doch auch." Der kleine Prinz nahm den Becher entgegen und machte sich daran, den aufsteigenden Dampf des heißen Gebräus davon zu pusten.

„Ich weiß, mein Kleiner. Aber es kommen schwierige Zeiten auf uns zu und du musst jetzt stark sein und meine Entscheidung akzeptieren. Auch mir fällt es nicht leicht."

„Aber …", begann Lucien.

„Weißt du, wie oft mein Vater früher durch die Lande gezogen ist, als ich in deinem Alter war?"

„Nein", erwiderte Lucien spitz und sah Arxor aus den neugierigen und aufgeweckten, nussbraunen Augen an. Mit einem schelmischen Grinsen nahm er einen ersten Schluck.

„Er war häufig den ganzen Sommer unterwegs. Zwischen den Zeiten der aufgehenden und der untergehenden Sonnen."

„So lange?", fragte der Prinz kindlich überrascht. Arxor nickte.

„Und weißt du, was ich dann gemacht habe?"

„Nein", erwiderte Lucien.

„Ich habe gelernt. Den ganzen Tag. Ich habe gelesen und gerechnet. Ich habe mich im Schloss umgesehen und geschaut, was wer tut. Ich habe Reiten und Schwertkampf geübt. Und ein jedes Mal war ich besser, wenn er zurückkam."

„Ehrlich?"

„Würde ich dich anlügen?"

„Entschuldige, Vater", sagte Lucien. Arxor strich ihm über das Haar.

„Natürlich habe ich auch mit Schasar Streiche gespielt."

„Schasar …?"

„Mit dem Magier, ja. Ich habe dir viel zu wenig über ihn erzählt." Arxor stockte kurz. „Wir waren früher die besten Freunde und haben miteinander getobt", fügte er hinzu.

„So wie Dayana und ich. Darf ich dann mit ihr Streiche spielen, wenn ihr weg seid?"

„Ich denke, dass sie uns begleiten wird. Sie wird mit zu den Elfen gehen."

„Warum darf sie mitkommen und ich nicht?" Trotzig verschränkte Lucien die Arme vor der Brust.

„Weil sie nicht meine Tochter ist und ich ihr daher nicht befehlen kann, hier zu bleiben."

Lucien stampfte wütend mit dem Fuß auf. „Das ist gemein."

„So ist das Leben", sprach Arxor und fügte etwas besänftigend hinzu: „Sei froh, dass du hier bleiben kannst. In ein paar Monaten fängt der Winter an. Dann wird es draußen kalt und ungemütlich. Ich wäre auch lieber hier."

„Wirklich?" Ungläubig blickte er seinen Vater an.

„Natürlich", versicherte ihm dieser. „Meinst du, es macht mir Spaß fort zu gehen?"

„Ich weiß nicht. Aber warum tust du es dann? Und auch noch im Winter?" Arxor bedachte seinen Kleinen mit einem liebevollen Blick und tätschelte ihm erneut über das Haar.

„Wenn du wüsstest", murmelte er. „Wenn du nur wüsstest."

„Singst du mir jetzt das Lied noch einmal vor? Du hast es mir versprochen."

„Schon wieder dasselbe?"

Lucien nickte eifrig und rückte mit dem Hocker näher zu seinem Vater. Arxor lächelte bei dem Gedanken daran, wie er seinen Vater damals immer darum gebeten hatte, ihm dieses Lied vorzusingen. „Nun gut, dann wollen wir mal:

Es leuchten die Ringe in dunkler Nacht,
so wisset ihr werdet von oben bewacht
geführt und beschützt von höherer Macht
in Zeiten von Frieden und in der Schlacht."

Lucien schaute seinen Vater glücklich an und schmiegte sich fest an ihn. Arxor blickte zufrieden drein, bevor er mit der zweiten Strophe fortfuhr.

„Sind sie fort?", fragte Largos und lugte hinter seinem Thron hervor.

„Vater!", erwiderte Duncas scharf und stieg die Stufen zum pechschwarzen Thron hinauf. Der Prinz der Drachenländer packte den Arm seines Vaters und zog den alten König hinter dem Platz des Regenten hervor. Largos war zu schwach sich zu wehren.

„Mein Sohn …", sagte der Alte bekümmert und presste Duncas an sich.

„Alles wird gut", murmelte der Prinz und hielt seinen Vater fest in den Armen. Die schweißfeuchte Stirn des Königs war an seine Schulter gelehnt. Der Alte atmete schwer und unruhig. Duncas schluckte und streichelte seinem Vater den Rücken. Erschrocken zuckte der alte König zurück und Duncas hatte Probleme, ihn festzuhalten.

„Dort sind sie, die Schatten", rief Largos, riss sich los und zeigte in den im Halbdunkel liegenden Raum. Duncas drehte sich um.

„Hier ist nie …", begann er behutsam zu antworten, als eine knorrige, quietschende Stimme ihn unterbrach.

„Es ist soweit", sprach der kleine Goblin und trat aus der Dunkelheit ins Licht des schwach leuchtenden Feuers. „Es ist an der Zeit, dass ihr den Brief des Meisters öffnet und seinen Befehl ausführt!"

Im Morgengrauen erhob sich Arxor mühsamer als an den Tagen zuvor aus seinem Bett. Lange Ansprachen an die hochrangigen Soldaten hatten dazu geführt, dass die vergangenen Nächte selbst für einen stressgewohnten Mann zu kurz waren.

In den letzen drei Tagen war die Stadt in einem seltsamen Umschwung gewesen. Überall herrschte reges Treiben, das auf eine baldige Abreise der Armee schließen ließ. Pferde und Esel wurden beschlagen, über den Schmieden rauchten die Schlote.

Arxor hatte wider Schasars Vorschlag keine Stadtversammlung mit den Zunftvorstehern und Kontorbesitzern einberufen, sondern stattdessen die Gerüchte um den Angriff auf Kimón und die darauf bezogene Reaktion des Königshauses nur noch einmal offiziell bestätigen lassen.

Die Städter unterstützten König Arxor und die vor den Toren des Schlosses stationierten Krieger so gut sie konnten, auch wenn der plötzliche Überfall aus dem Nichts und der Untergang der großen Herrenstadt Gerüchte über fremde und gefährliche Zauberkräfte der Schatten schürten. Dies führte zunehmend zu Angst und Unsicherheit beim einfachen Volk, je näher der Tag der Abreise rückte.

Der König kleidete sich an, verließ seine Schlafgemächer und schritt auf leisen Sohlen zum Zimmer seines Sohnes. Lautlos öffnete er die Tür und schlüpfte durch den Spalt hindurch.

Lucien lag friedlich in seinem Bett. Lächelnd strich Arxor ihm eine Strähne aus dem Gesicht. Dann trat er nachdenklich ans Fenster und schaute dem Sonnenaufgang der zweiten Sonne zu, die für einen weiteren Tag ihre Reise über die Wälder und Wiesen dieser Welt antrat. Der König blickte in den Hof hinunter, wo das Leben bereits erwacht war und die höfischen Gehilfen sich daran machten, die Ausrüstung für Arxors Gefolge zusammen zu suchen und die letzten Dinge zu packen.

Plötzlich legte sich eine Hand auf Arxors Schulter. Erschrocken drehte er sich um.

„Hier bist du", stellte eine leise flüsternde Stimme fest. Es war Schasar.

„Ich habe dich gar nicht kommen hören", antwortete Arxor überrascht.

„Was zu erwarten war." Arxor grinste und deutete dann in Richtung der Tür. Auf dem Gang sprachen sie wieder in normaler Lautstärke, während sie hinunter in den Empfangssaal gingen, in dem die Heeresoberen sich an diesem Morgen treffen wollten.

„Was wolltest du hier oben?", fragte Arxor.

„Dasselbe wie du, denke ich. Mich von der Schönheit der heilen, sorgenfreien Welt verabschieden", sagte Schasar emotionslos.

„Ist es richtig, erneut zu gehen?"

„Es ist nicht blind, übereilt und töricht, wenn du das meinst", erwiderte Schasar. „Das, was wir entscheiden, ist immer richtig. Schließlich leitet uns das Schicksal."

„Das war nicht die Antwort, die ich mir erhofft hatte und das weißt du!" Arxor sah seinen Freund aus Kindertagen ernst an.

„Ich weiß, aber ich kann dir diese Frage nicht im Vorhinein beantworten. Das Alter macht uns jedoch weiser. Uns beide." Schasar grinste, bevor er weiter redete. „Und außerdem steht es mir nicht zu, deine Entscheidung in Frage zu stellen, oder?"

„Dann stelle ich die Frage halt anders herum. Was hättest du getan?"

„Was ich getan hätte?" Schasar überlegte. „Wir treffen so viele gute Entscheidungen, haben so viele gute Eigenschaften, die Welt jedoch achtet nur auf unsere schlechten. Lass uns einfach abwarten, was passiert. Aber ich wäre auch ausgezogen." Schließlich haben wir noch eine Rechnung zu begleichen, führte er den Satz in Gedanken zu Ende. „Wir sehen uns dann gleich unten."

Schasar war wider Erwarten nicht zum Morgenmahl erschienen und so machte sich Arxor etwas beunruhigt auf die Suche nach dem Magier. Sein erstes Ziel war das Beratergemach im Ostturm. In Gedanken versunken nahm er die Stufen hinauf. Die hölzerne Tür war geschlossen. Arxor klopfte. Niemand antwortete.

„Schasar, bist du da?", fragte er und klopfte erneut. Er wartete einen weiteren Augenblick, dann öffnete er die Tür.

Arxor blickte sich prüfend um, doch der Raum war augenscheinlich leer. Er wollte das Zimmer gerade wieder verlassen, als er einen kühlen Lufthauch spürte. Mit einem lang gezogenen Quietschen öffnete sich die Schranktür hinter Schasars Schreibtisch. Arxor wog nur kurz ab, dann trat er durch den Schrank vorsichtig auf die enge, unbeleuchtete Wendeltreppe, die hinunter ins geheime Archiv der Sonnenkrieger führte. Wie viele Jahre waren vergangen, seit Schasar und er diese Stufen hinauf in Dahlgors damalige Gemächer gefunden hatten? Es war kurz nach dem Tod seines Vaters. Damals hatte Schasar Arxor gegen Dahlgors Willen in den königlichen Gemächern besuchen wollen und beim Benutzen des Geheimgangs das Archiv der Sonnenkrieger entdeckt, von dem bis dahin nur Meister Dahlgor wusste. Endlich erreichte der König den Fuß der Treppe und öffnete die Tür in den sich dahinter befindenden Raum. Dieser lag verlassen und in völliger Dunkelheit da. Der Lichtkegel, der den Raum sonst in ein mattes Licht gehüllt hatte, war verschwunden.

„Schasar?", fragte er unsicher, ohne ernsthaft mit einer Antwort zu rechnen. Ihm fröstelte. Wie erwartet antwortete ihm die Dunkelheit mit einem Schweigen. Der König drehte sich um und wollte die alte Bibliothek gerade wieder verlassen, als ihn ein Lichtflackern innehalten ließ. Der seltsame Lichtkegel über dem Ständer, auf dem das Buch *Memoria* lag, war plötzlich wieder erschienen.

Ängstlich drehte sich der König um und trat in den Raum. Das war kein Zufall. Er hatte Respekt vor diesen Kräften, die er nicht verstand. Er hatte gesehen, was Magie geschehen lassen konnte. Aber dieses seltsame Licht übte auch eine Art magischer Anziehung auf ihn aus.

Und so folgte er seinen Gefühlen und der wortlosen Aufforderung und trat an den Buchstützer auf der Empore. Vor ihm lag das Buch *Memoria*. Er schlug es auf.

Dahlgors Handschrift füllte die vor ihm liegende Seite gelben Pergaments. Dann braute sich etwas zusammen. Und Arxor spürte das Kommen des Windhauchs schon, bevor dieser die Blätter hin- und herwirbelte. Langsam ebbte er wieder ab und vor Arxor offenbarte sich eine Seite, auf dem nur ein einziger Satz stand:

„Denn nur dein Opfer wird sie retten."
Arxor verharrte beunruhigt einen Augenblick. Das Datum war hastig in die obere Ecke gekritzelt. *13. Sonnenaufgang des 4. Monats im Jahre 2865.* Arxors Puls beschleunigte sich. Die alte Zeitrechnung vor dem ersten Krieg der Völker. Diese Nachricht musste schon sehr alt sein. Warum hatte der Magier nur diesen einen Satz geschrieben? Plötzlich riss ihn das Knistern, das den nächsten Windhauch ankündigte, aus diesen Gedanken.

Erneut flogen die Seiten dahin und vor Arxors Augen offenbarte sich ein Text mit einem Datum, das sich in sein Gehirn eingebrannt hatte. Arxor las die geschwungenen Buchstaben wie in Zeitlupe und stützte dabei die Hände auf dem Pult vor sich ab. Sie zitterten.

6. Dynastie Tag 4137 nach Zeitrechnung der Menschen Argonias
Heute Nacht dankte der sechste König des vereinigten Reiches Argonias ab. Die Zeit sollte mich gelehrt haben, mit dem Tod anders umzugehen. Doch bleibt festzuhalten, dass dies der erste Mord an einem Regenten seit der Gründung des Nordreiches war. Das wiederum wirft weitere Fragen auf, über die ich mir abgewöhnt habe nachzudenken.
Was hat das Schicksal damit bezweckt?
Das erste Zeichen der Schatten gab es nach langen Tagen des Friedens. Doch woher wussten sie vom Treffen der Völker bei den Elfen und der Anwesenheit des Königs der Nordlande? Hat Er die Macht, so etwas in Erfahrung zu bringen, oder war es nur ein Zufall?
Ich werde daraus nicht schlau. Doch nun müssen wir zu den Elfen und sie unterstützen. Wer weiß, wie es in ihrem Reich aussieht. Ich werde die Weisen auf den Pfaden befragen. Dort wird man wissen, was mit der Seherin und dem alten Rat geschehen ist. Sind sie getötet worden, sehe ich das Gleichgewicht unserer Welt in großer Gefahr.
Kann Er überhaupt noch am Leben sein? Nach all den Jahrhunderten? Wenn ich in den Spiegel sehe, dann erblicke ich einen alten, müden Mann. Ich sehe einen Mann, dessen Körper seit Jahrhunderten hätte zu Staub zerfallen sollen.
Natur und Schicksal hatten mich auserwählt so lange zu warten.

Doch wie war es dann möglich, dass Er der Ursprung dieser neuen Angriffswelle war? Es konnte nicht möglich sein, denn Er besaß diesen Teil des Amuletts schon lange nicht mehr.

Der Tod. Etwas, auf das ich mich seit geraumer Zeit freue. Wie viele Menschen klammern sich krampfhaft an das Leben?

Wäre ich nur mit dem König zum Treffen der Völker gegangen. Dabei war es mein eigener Vorschlag gewesen im Weißen Schloss zu bleiben. Als Zeichen der Annäherung mit den Drachenländern, die dann trotzdem nicht zum Treffen erschienen. Aus Respekt vor der Vergangenheit des Hauses der Südlande, dessen Ahn ich damals aufgehalten habe.

Doch dieses Mal war meine Entscheidung falsch, falls es so etwas im Auge des Schicksals gibt. Ich hätte den großen König durch mein Leben retten können. Dieser Fehler wird mir nicht noch einmal passieren ..."

Arxors Augen ruhten auf dem Pergamentblatt vor ihm. Seltsam, die Gedanken des alten Magiers zu lesen. Er war Zeit Arxors Lebens nie ein Mensch gewesen, der große Gefühle gezeigt hatte. Er wirkte wie der ruhende Pol im hektischen, höfischen Tagesgeschehen.

„Arxor?" Eine Stimme weckte ihn aus dem Tagtraum. Schasars Silhouette stand im Schatten des Türrahmens. „Hast du mich gesucht?"

„Ja, ähm, ich war oben und die Tür stand offen. Wo warst du?"

„Hat dich die Botschaft nicht erreicht? Ich habe das Morgenmahl ausfallen lassen und war noch einmal unten in der Stadt. Sie ist gewachsen in den letzten Jahren. Wollen wir hoffen, dass wir die Schatten erreichen, bevor sie hier sind. Es haben sich so einige Menschen in Häusern vor den Toren der Stadt angesiedelt. Viele haben sich wohl zu sicher gewähnt. Bei einer Massenpanik würde die Stadt aus allen Nähten platzen."

„Dann wollen wir hoffen, dass es nicht dazu kommt."

„Wann brechen wir morgen auf?", fragte der Magicus.

„Vor Sonnenaufgang. Es wissen alle Bescheid."

„Ist irgendetwas Besonderes passiert?"

„Hier unten?", fragte Arxor. Der Magier nickte. Sag nicht immer alles, was du weißt, aber wisse immer das, was du sagst, hatte sein Vater stets gesagt. Warum also in alten Wunden bohren? „Nein, nichts Besonderes", sagte der König daher.

„Na gut", gab Schasar zurück. Arxor kam auf ihn zu und legte den Arm um seinen Freund. Gemeinsam verließen sie das Archiv und die Tür schloss sich hinter ihnen.

Trotz des hektischen Tages hatte Arxor am Nachmittag Zeit gefunden, sich um Lucien zu kümmern. Gemeinsam durchstreiften sie das Weiße Schloss, während sie von vier Soldaten mit schweren Äxten und Hämmern eskortiert wurden.

„Was machen wir?", fragte der kleine Prinz.

„Wir gehen in den Ratssaal. Dort finden, wie du weißt, die Gespräche zwischen dem König und den Beratern des Reiches oder mit den Herren der Städte statt."

„Und warum gehen wir dorthin?"

„Ich möchte, dass du uns bei etwas zusiehst", erwiderte der König vieldeutig.

Sie erreichten die Ratskammer und die Soldaten öffneten Arxor und Lucien die Tür. Mit großen Augen bedachte der kleine Prinz die verzierten Stühle mit den magisch glänzenden Gravuren. In einem ovalen Gefäß, das in die Lehne eines Stuhls eingelassen war, hüpfte ein silbern schimmernder Fisch aufgeregt hin und her. Lucien lief mit offenem Mund weiter. Im nächsten Oval spannen sich glitzernde Fäden wie von Zauberhand auf eine dünne Spule, im übernächsten fielen in regelmäßigen Abständen einzelne Weintrauben von reifen Reben in einen kleinen Becher. Langsam streckte Lucien die Hand aus und berührte die funkelnden Bildnisse.

Der beschlagene Kristall fühlte sich seltsam kalt an. Urplötzlich bekam er eine Gänsehaut und zuckte schnell zurück. Er wandte sich seinem Vater zu, der auf eine kleine Empore getreten war. Auf ihr stand ein imposanter Thron, über dem zwei ineinander übergehende orangerot glühende Sonnen befestigt waren.

In ihnen hatte sich ein goldgelber Greif mit wild schlagenden Schwingen auf die Hinterläufe gestellt. Lucien glaubte ein leises Kreischen zu hören.

„Ihr könnt anfangen", sagte der König und die Gardisten begannen damit, den Tisch und die Stühle vorsichtig zu verrücken, um die Empore freizulegen. Arxor wandte sich an Lucien. „Dieser Raum wird seit der Krönung des ersten Königs als Ratssaal genutzt. Hier gab es bis vor einiger Zeit auch noch einen Geheimgang, durch den der König bei einem Notfall hätte fliehen können." Lucien wollte etwas sagen, doch Arxor kam ihm zuvor. „Er wurde noch nie benutzt." *Jedenfalls nicht in der ursprünglichen Bedeutung,* fügte er in Gedanken hinzu. Dann wies Arxor auf die Empore und die Gardisten begannen damit, den verzierten Thron hinunter zu hieven. „Diese Empore sollte seit jeher die Stellung des Königs unterstreichen", sagte Arxor an seinen Sohn gewandt. „Der König thronte dabei immer über den Köpfen der einfachen Herren. Und ich gedenke das ab heute zu ändern." Er sah Lucien ernst an.

„Warum?", fragte der Prinz unsicher, während die Soldaten die ersten Stufen überwunden hatten.

„Das Schicksal hat für jeden von uns einen Platz vorgesehen. Ich bin der König, du mein Sohn, der Prinz und damit der Thronfolger. Doch früher waren einmal alle Herren gleich."

„Wieso?"

„Es gab nicht immer ein Königshaus, doch das ist eine lange Geschichte. Es ist wichtig, dass du dir eins merkst: wir sind nicht besser als andere Menschen. Doch wir haben eine Verantwortung für sie. Du wirst es jetzt noch nicht verstehen, aber die Zeit wird kommen, wenn dir die Neider begegnen." Arxor tätschelte Luciens Kopf. „Aber sicherlich erst viel später, erst lange nach der Rückkehr von meiner Reise." Arxor drehte sich den Trägern zu. Mittlerweile hatten sie den Boden erreicht und setzten den Thron erschöpft am Fuße der Empore ab.

„Aber …", begann Lucien. Arxor hob mahnend die Hand.

„Bis dahin möchte ich, dass du den Anweisungen derjenigen folgst, die wissen, was gut für dich ist."

„Und wer soll das sein, wenn alle weg sind?", wollte Lucien wissen. Es klopfte an der Tür.

„Ja, herein", rief Arxor und die Tür öffnete sich. „Sei mir gegrüßt!", sagte der König knapp zur Begrüßung, als ein junger Bediensteter den Raum betreten hatte.

„Mein König, Ihr wolltet mich sehen!"

„Ja, das wollte ich. Deine Ankunft hätte nicht besser passen können. Das hier, Lucien, ist Felician." Er deutete auf den hageren, schmalgesichtigen Jüngling mit den kurzen hellbraunen Haaren. „Und das hier ist mein Sohn, Prinz Lucien von Argonia."

„Mein Prinz!" Felician verbeugte sich kurz. Er wirkte etwas schüchtern und unsicher, wie an dem Tag, als er Arxor die Schätzungspergamente überreicht hatte.

„Kommen die Wissenschaften gut voran?", fragte Arxor.

„Ich verstehe nicht, mein König?"

„Ich hörte, dass du dich neben deinen Aufgaben in Mathematik und Sprachen fortbildest."

„Ja, Herr. Meister Quinto hat es mir vor seiner Abreise aufgetragen."

„Hat er dir mehr zu deinen neuen Aufgaben gesagt?"

„Nein, Herr, er war in Eile. Alles ging ziemlich schnell an dem Tag. Entschuldigt bitte."

Arxor winkte ab. „Hast du dich auch auf die Historie vorbereitet, wie dir aufgetragen wurde?"

„Ja, soweit ich es aus den Quellen in unseren Bibliotheken erfahren konnte." Der König nickte anerkennend.

„Ich werde dich für die Zeit unserer Reise auf die Probe stellen. Du nimmst in Quintos Abwesenheit die Rolle des Mentors für Lucien ein. Dir steht für eure Studien die Privatbibliothek auf dem Mittelgang in der ersten Etage des Haupthauses und natürlich auch weiterhin die Bedienstetenbibliothek im Nordturm zur Verfügung." Felicians Augen weiteten sich. „Des Weiteren habe ich mich entschlossen, dich unter Aufsicht in meinem Arbeitszimmer lesen zu lassen, aber bitte dich auf diesem Wege keines der kostbaren und seltenen Bücher aus dem Zimmer zu entwenden. Studiere sie gut und gib das Wissen formgerecht an

Lucien weiter. Er ist bereits gut ausgebildet, aber bedenke sein Alter. Auch Könige und Prinzen sind nur Menschen." Felician entgegnete nichts. „Bist du damit einverstanden?"

„Natürlich, mein König." Felician fand nur langsam die Sprache wieder.

„Dann seid Ihr, Felician, ein neuer Mentor der Krone. Ihr besitzt ab jetzt den Gelehrtenstatus. Und nun bereitet Euch auf Eure neuen Aufgaben vor." Felician verneigte sich und verließ schnell den Raum. Arxor war, als hätte er zuvor ein erfreutes Lächeln auf den Lippen des jungen Mannes gesehen.

„Und, was hältst du von ihm?", fragte Arxor. Lucien zuckte nur mit den Schultern.

„Der soll mich im Schwertkampf unterrichten?", fragte er und verzog die Mundwinkel.

„Es gibt Wichtigeres als den Kampf. Wissen ist Macht!" Hinter den Beiden schlugen Äxte auf Holz und Hämmer auf Stein, als der Versammlungsraum umgebaut wurde. Ein feiner Staubnebel kroch über dem Boden in den Raum. Arxor wandte sich der Tür zu, Lucien folgte ihm.

Ihr Weg führte sie über den Hof hinaus vor die Tore des Schlosses. Arxor hatte sich einen leichten Mantel um- und die königliche Krone abgelegt, um nicht direkt erkannt zu werden. Ihm war bei diesem Gang nicht nach Aufmerksamkeit oder einer Eskorte zumute.

Gemeinsam schritten sie den Pfad zum Grabhügel hinunter. Sie redeten nicht viel. Arxors Gedanken schweiften zu Emeliala ab. Es war traurig und irgendwie grausam, dass sein Sohn seine Mutter nicht hatte kennen lernen dürfen.

„Wie war Mutter?", fragte Lucien dann immer wieder, auch wenn Arxor ihm die Geschichten über seine Mutter schon so oft erzählt hatte.

„Sie war einzigartig. So ganz anders, als alle anderen Frauen. Sie war eine Schönheit. Sie war anmutig und hatte etwas Erhabenes. Es war schwer, sie für mich zu gewinnen. Die Liebe, Lucien, ist ebenfalls eines dieser Dinge, die sich nicht am Stand in der Gesellschaft festmachen lassen. Es reicht nicht König zu sein, um geliebt zu werden."

„Ich weiß. Und dazu soll ich lernen, lernen, lernen. Du wiederholst dich", gab Lucien ein wenig gelangweilt zurück.

„Jetzt klingst du wie sie." Arxor grinste.

„Echt?" Luciens Augen wurden größer.

„Ja. Sie hatte die gleiche fordernde und zugleich trotzige Art." Sie schritten durch die Pfade auf dem Grabhügel, vorbei an großen steinernen Platten und Steinen, auf denen Symbole und Namen in der Sprache der Natur eingelassen worden waren. Vor Emelialas Grab hielten sie inne und Schwiegen eine Weile. Arxor ging in die Hocke und legte die Hand auf den kühlen Marmor.

„Vater?", fragte Lucien leise.

„Ja, mein Sohn."

„Ich kann es nicht lesen. Ich habe es versucht, aber ich verstehe es nicht."

„Es ist die alte Schrift", erklärte Arxor und strich über die schwungvollen Zeichen. „Es bedeutet: anmutig und schön, wie die weißen Einhörner der Elfen. Eine Aura, wie das strahlende Licht der zwei Sonnen. Ein Lächeln, das Trauer vergessen machen kann. Du gingst zu früh und wirst mit deiner Schönheit lange die Hallen verzückt haben, wenn wir uns wieder sehen." Arxors Stimme brach. In seinen Gedanken sprach er weiter:

Sieben Jahre ohne Dich.

Sieben Jahre ohne dein Lächeln.

Sieben Jahre ohne deinen liebenswürdigen Trotz.

Sieben Jahre ohne deinen durchdringenden Blick.

Sieben Jahre ohne dich in die Arme nehmen zu können.

Eine Handvoll Menschen haben mich unterstützt, haben versucht mir zu helfen. Ich vermisse dich so sehr, jeden Tag ein bisschen mehr.

Die Leute sehen mich lachen, doch innerlich weine ich.

Man sagt, die Zeit heilt alle Wunden und irgendwann wird alles wieder gut, aber bei mir brennt die Zeit die Wunden nur noch tiefer in mein Herz.

Vielleicht wird es irgendwann wieder besser, aber es wird nie wieder gut.

Und wenn Liebe Stufen bauen könnte und Sehnsucht eine Treppe zu

den Hallen der Ahnen bilden würde, dann würde ich einen Weg finden,
um dich zurück zu holen.
Man sagt die Zeit heilt alle Wunden,
für mich ist die Zeit noch nicht gekommen.

Er erhob sich. Seine Knie schmerzten.

„Vater?" Arxor drehte den Kopf und sah Lucien in die Augen.

„Aber du kommst doch wieder, oder?"

„Ich hoffe es, mein Sohn."

„Versprichst du es?" Luciens Stimme war ernst.

„Ich verspreche es", schwor Arxor mit einem leichten Beben in der Stimme. Er ballte die Hand zur Faust. Ein letztes Mal, dann kann ich mich für immer um dich kümmern, dachte er. Ich werde dich aufwachsen sehen. Und deine Schwester, fügte er hinzu, während sie sich auf den Rückweg zum Schloss machten.

Bretter, die die Welt bedeuten

Den Arm um seinen Sohn gelegt, schritten Arxor und Lucien langsam den steinigen Pfad hinauf. Die Tage wurden rauer, es wurde langsam kälter. Das spürte Arxor, als er leicht fröstelnd den Umhang enger um sich und seinen Sohn legte. Im selben Moment, da sie die Zugbrücke erreichten, kamen zwei Lanzenträger der Sonnenkriegergarde aus dem Schloss. Sie schubsten einen dritten Mann vor sich her. Der eigentümlich gekleidete Fremde fiel vor ihnen in den Staub.

„Scher dich davon!", rief einer der Soldaten, bevor sich beide wieder umdrehten, um die Posten am Tor einzunehmen. Der zu Boden Geworfene erhob sich und schlug den Staub von seiner Stoffmütze. Dann setzte er sie wieder auf, hob die Faust und brüllte: „Ich habe ein Recht darauf!" Die beiden Soldaten lachten nur. Der Mann drehte sich flink zum Gehen und prallte so fast mit Arxor und Lucien zusammen.

„Worauf hast du ein Recht?", erkundigte sich der König knapp und streifte die Kapuze zurück. Die Augen des Mannes weiteten sich.

„Mein König!", sagte er stockend und überrascht und senkte kurz das Haupt. Dann griff er unter seine Robe. Arxor legte instinktiv die Hand an den Knauf seines Dolchs. Lucien trat in den Schatten hinter Arxors Rücken.

„Hey, du da." Die Soldaten hatten den König und den kleinen Prinzen erkannt und eilten heran. Doch der Fremde sah sich nur hastig um, ließ sich ansonsten nicht beirren weiter zu kramen und holte schließlich ein Stück Pergament unter seinem Gewand hervor.

„Ist ein bisschen dreckig geworden", sagte er entschuldigend lächelnd und schlug es einige Male gegen seine durchlöcherte Robe, was etwas Staub aufwirbelte. Der Alte hustete, während Arxors Anspannung verflog. Der König hob kurz die Hand, um den beiden Soldaten Einhalt zu gebieten. Diese verlangsamten die Schritte und blieben in zwei Schritten Entfernung stehen, um auf weitere Anweisungen zu warten.

„Was ist das?", fragte Arxor streng.

„Eine der Nachrichten, die Ihr überall in der Stadt habt verbreiten lassen." Arxor begutachtete das lose Blatt mit den eingerissenen Ecken. Er wusste, was darauf stand:

„An die Bewohner der Nordlande,
wie ihr den Gerüchten und Berichten der Reisenden und Flüchtlinge entnommen habt, sind die Schatten erneut zurückgekehrt. Der Umstand, dass ihnen mit Kimón eine große Stadt im Innern des Reiches zum Opfer gefallen ist, veranlasst mich dazu, den Notstand auszurufen.
Allerdings braucht ihr euch keine Sorgen zu machen. Dieses Mal sind wir vorbereitet. Wir werden die Schuldigen auffinden und zur Rechenschaft ziehen.
Ich veranlasse und fordere hiermit, dass sich alle Wehrpflichtigen bei ihren Vorstehern melden und augenblicklich ausrüsten lassen, sofern sie ihre eigenen Waffen nicht in ihrem Hause aufbewahren.
Freiwillige sind herzlich willkommen, sofern sie sich ausschließlich in den Dienste der Sache stellen. Die Handwerker sollen ihre Geschicke zeigen und Waffen, Rüstungen und Beschläge schmieden, sobald offizielle Aufträge sie erreichen.
Ich wünsche, dass alle anderen helfen, wo sie nur können.

König Arxor von Argonia, König der Nordlande unter dem Hippogreifenbanner"

„Was ist damit?", fragte Arxor und ließ das Pergament zu Boden fallen.

„Mein König, Ihr könnt Euer Volk nicht einfach so und auf diese Weise verlassen."

„Wie meinst du das?"

„Eure Majestät, die Mehrzahl des Volkes versteht nicht, worum es bei diesem Krieg geht."

„Das weiß ich selber nicht so wirklich", murmelte Arxor kaum hörbar. „Aber nichtsdestotrotz ...", fügte er mit starker

Stimme hinzu. „… Nichts gibt dir das Recht deinen König zu kritisieren!" Ihm reichte der offene Disput mit Schasar, da brauchte er sicherlich keine weitere Diskussion mit einem einfachen Bauern.

„Ich kritisiere Euch nicht, mein König! Ich möchte Euch meine Dienste anbieten", sagte der Mann, verbeugte sich noch einmal knapp und nahm mit einer eleganten Geste die Mütze ab. Er entblößte schütteres, graubraunes Haar.

„Du willst dich anbieten? Und für was genau?", wollte Arxor wissen.

„Ich möchte diese Nachricht für alle Bürgerinnen und Bürger verständlich machen. Ich möchte ein Informationshaus errichten."

„Ein was?", fragte Arxor irritiert. War dieser Mann noch bei Trost? Was wollte er? Wer war er überhaupt? Neuerlich schien Argonia zu einem Treffpunkt der abenteuerlichsten Menschen zu werden. „Sag mal, wie ist eigentlich dein Name?"

„Iasion, Euer Majestät."

„Höre, Iasion. Ich habe nicht viel Zeit, aber ich werde dir eine Nachricht zukommen lassen"

„Euer Majestät." Iasion verbeugte sich knapp. „Wann immer es Euch beliebt."

Arxor zögerte. Wann immer es mir beliebt? Wir ziehen bald in die Schlacht, dachte der König. Dieser Bauer war wirklich nicht ganz bei Trost. Als ob er nichts besser zu tun hätte, als … Arxor dachte an seinen Vater, der immer ein offenes Ohr für seine Bürger gehabt hatte und nicht nur deshalb sehr beliebt beim Volk gewesen war. Im Gegensatz zu ihm zog Arxor nicht durch die Lande, um nach dem Rechten zu sehen oder mit dem einfachen Volk zu sprechen. Er war recht unnahbar. Vielleicht war es reiner Selbstschutz, gab er sich gegenüber nun zu, denn Zeit hätte er zweifelsohne gehabt. Selbst wenn er Lucien für einige Wochen oder Monate hätte allein lassen müssen. Sein Vater hatte dies schließlich auch getan.

„Ich habe eine bessere Idee. Ich möchte, dass du mich jetzt ins Schloss begleitest und mir erzählst, was immer du vorhast", sprach Arxor schließlich und schien seine Worte im selben

Moment schon wieder zu bereuen. Doch als er die vor Freude feuchten Augen des Alten sah, erwärmte es ihm das Herz und er lächelte milde. Dann wies er auf das Schloss.

„Danke, mein König", erwiderte Iasion und schluckte. Dann folgte er Arxor, während er den beiden Gardisten einen stolzen Blick zuwarf und enthusiastisch zu erzählen begann.

„Lucien?" Arxor blieb stehen und blickte sich um. Lucien war stehen geblieben und hielt das Pergament in der Hand. Ihre Augen trafen sich. Luciens Lider begannen kaum merklich zu zittern, seine Augen wurden glasig feucht und eine Träne rann die Wange hinab. Dann ballte er die Faust und zerknüllte das Pergament.

„Du hast es mir versprochen!" Seine Stimme bebte.

„Lucien, bitte ...", begann Arxor einfühlsam.

„Du hast gesagt, du würdest nur durch das Land reisen!"

„Das mache ich auch!"

„Du verlässt mich, um in den Kampf zu ziehen?" Lucien wirkte beängstigend erwachsen, gar nicht mehr wie der kleine, lachende Junge, der im Garten mit einem Holzschwert wild fuchtelnd um sich schlug.

„Aber ...", versuchte es Arxor, brach jedoch leise schluckend ab, als er in das tief enttäuschte Gesicht seines Sohnes blickte. Lucien wandte sich um und rannte über den steinigen Weg hinauf zum Schloss. Arxor ließ ihn gewähren.

„Ja, genau so habe ich es mir vorgestellt, Euer ..." Iasion blickte sich um. Er hatte das hohe Eingangsportal in den Innenhof bereits durchquert, als ein wütender und schluchzender Prinz an ihm vorbei rannte und die Haupthaustür auf der gegenüberliegenden Seite aufstieß. „Was zum ...?"

„Hoppla!", sagte Schasar, als sich Lucien in seiner Robe verfing.

„Entschuldige", entgegnete der Prinz mit tränenverschmiertem Gesicht.

„Was hast du denn?"

„Geht Ihr auch mit?"

„In den Krieg meinst du?" Schasar sah kurz zu Arxor und sagte dann: „Ja, ich werde mitziehen."

„Ich will nicht, dass Vater geht! Ich habe doch nur ihn."

„Hilft es dir, wenn ich dir sage, dass ich auf ihn aufpassen werde?", fragte Schasar. Lucien nickte unsicher. Schasar lächelte ihn milde an und strich ihm über das Haar. „Und nun wisch' dir die Tränen aus dem Gesicht! Soll dein Vater sich etwa so an dich erinnern, wenn er das Schloss verlässt?" Der Prinz schüttelte den Kopf. „Na also. Kopf hoch! Es wird schon alles werden. Er tut das alles nur für dich." Und für deine Schwester, fügte der Magicus in Gedanken hinzu. Dann entließ er Lucien ins Innere des Schlosses und trat hinaus in den Innenhof.

„Arxor!", rief er und breitete die Arme aus, als er den König im Innenhof mit einem alten Mann sah. Er schritt auf sie zu. „Was hast du mit ihm angestellt?", erkundigte er sich lächelnd.

„Mit Lucien?", fragte Arxor.

„Ja, ich vermute die Vorbereitung auf den baldigen Abschied ist nicht so ganz gelungen."

„Ich habe ihm versprochen, dass ich wieder komme."

„Und ich habe versprochen, dass ich auf dich aufpassen werde", erwiderte Schasar. „Er scheint mir mehr zu glauben als dir."

„Der Abschied wird nicht leicht", sagte Arxor.

„Der Abschied hat etwas Theatralisches", sprach Iasion und breitete die Arme aus. „Ich sehe es schon vor mir. Die Tränen in den Augen der Mütter und Kinder." Er untermalte seine Worte kindlich tänzelnd und gestenreich. Schasar nahm Arxor beiseite.

„Wer ist das und was macht er hier?", murmelte der Magier.

„Das ist Iasion", stellte Arxor den Alten vor. „Wir haben ihn gerade unfreiwillig vor dem Schloss getroffen."

„Und was will er hier?"

„Ein Informationshaus bauen."

„Ein was?"

„Ein Informationshaus."

„Und was soll das sein?", fragte Schasar. Plötzlich war es wieder wie früher. Die beiden Freunde sahen sich fragend an.

„Frag ihn. Ich habe keine Ahnung", sagte der König achselzuckend. Schasar wandte sich dem verstaubten Fremden zu, der noch immer begeistert mit den Händen Richtung Himmel erhoben durch den Innenhof stolzierte.

„Hier ist der Ort. Ja, ich sehe es vor mir!", stieß er immer wieder hervor.

„Meister Iasion." Der ungewöhnlich gekleidete Mann sah sich irritiert um.

„Ähm, ja ich", stieß er aus. „Ah, der Letzte der Magici. Das passt, ja das passt hervorragend."

„Woher ...", begann Schasar. „Bitte was?" Es hatte Schasar die Sprache verschlagen. Dieser Mann schien irr zu reden.

„Na, na, na." Iasion grinste mit streng erhobenen Zeigefinger. „Es ist meine Profession zu wissen, Geschichten zu erzählen und sie hübsch zu verpacken."

Ein komischer Kauz, dachte Schasar und wandte sich an den Alten: „Und was macht Ihr beruflich?"

„Ich bin ein Geschichtenerzähler. Traurig, was mit Meister Dahlgor geschehen ist. Ihr müsst mir unbedingt davon erzählen. Ich werde ihn wieder aufleben lassen in einem Epos." Er klang so begeistert, dass Schasar nur einen Moment lang wütend auf ihn sein konnte.

„Und wie könnt Ihr uns helfen? Der König erwähnte mir gegenüber, dass Ihr Euch angeboten habt", sagte er statt der übellaunigen Bemerkung, die ihm für einen Augenblick in den Sinn gekommen war.

„Ich möchte ein Informationshaus bauen."

„Entschuldigt mein Unwissen, aber was ist dieses so genannte Informationshaus?"

„Es ist meine Idee. In ihm werden Geschichten erzählt und vorgespielt. Es soll eine Stätte für Gaukler und Geschichtenerzähler werden. Es werden Akrobaten und Schauspieler auftreten, die die Geschichten untermalen. Gemeinsam bilden sie das Theater." Voller Begeisterung über seine eigenen Worte warf er wieder die Hände in die Höhe.

„Und wie soll uns das helfen?"

„Ist Euch einmal aufgefallen wie transparent und verständlich die königlichen Nachrichten für das Volk sind?" Er ließ Schasar nicht einmal antworten. „Seht Ihr! Und gerade die letzte, die nicht wirklich viel mehr besagt, als dass Krieg herrscht und ihr am Hofe wollt, dass möglichst viele mit in den Kampf ziehen."

„In der Tat ist mir das nicht entgangen", gab Schasar knurrend zu.

„Was wäre, wenn ein Ruck durch das Volk gehen würde, wenn selbst die Bauern ihre Mistgabeln in die Hand nehmen würden und stolz erhobenen Hauptes hinaus auf das Schlachtfeld schreiten würden."

„Das ist nicht denkbar", entgegnete Schasar.

„Aber es wäre eine immens emotionale und motivierende Geschichte, die zum Nacheifern und Mitfiebern anregt. Wir stärken uns von Innen heraus. Durch meine Geschichten wird der Grund des Krieges für das ganze Volk greifbar. Es soll das Feuer entfacht werden, dass dieses Land vor den ominösen Schatten rettet." Schasar nickte langsam. Trotzdem lag weiterhin ein Hauch Skepsis in seinem Blick. „Und der König wird sich auch nicht immer die Zeit nehmen können, Ansprachen zu halten. Das könnte ein Bote vor oder nach den Vorstellungen übernehmen – oder einer von uns Schauspielern. Der König wäre dadurch immer und überall präsent. Vorausgesetzt man etabliert die Häuser auch in den anderen Reichsstädten."

„Ihr habt Euch schon weitreichende Gedanken gemacht", sprach der Magicus, während er Arxor ansah.

„Natürlich, natürlich. So etwas muss weit im Voraus geplant werden."

„Dann ist Euch sicher nicht entgangen, dass wir wenig Zeit zum Planen haben, da wir morgen in den Krieg ziehen werden."

„Das Theater muss nicht unbedingt neu gebaut werden, mein König", gab Iasion nun an Arxor gewandt zurück. „Wir könnten einen bestehenden Ort dafür nutzen."

„Und der wäre?", fragte Arxor. Schasar zog die Brauen hoch.

„Der Tempel", flüsterte der Magier.

Iasion nickte heftig. „Ja, genau. Er würde in neuem Glanz erstrahlen und sein Fortbestehen wäre gesichert. Wir würden kleine Eintritte nehmen und das Geld größtenteils für den Wiederaufbau und die Erneuerung der Wände, Decken und Farben verwenden."

„Was hältst du davon?", wandte sich Arxor an Schasar.

„Ich halte es für eine gute Idee", gab der Magier zurück. Iasion rieb sich die Handflächen. „Wir haben dadurch nichts zu verlieren. Wenn die Zeit nicht gegen uns arbeiten würde ... Aber es ist einen Versuch wert.

„Nun gut." Arxor wandte sich Iasion zu. „Ich denke, wir sollten es versuchen. Der Opferschrein wird sowieso nicht mehr für den Sinn genutzt, für den er einst geschaffen worden war. Und eine Priesterschaft gibt es schon lange nicht mehr, die sich um sein Fortbestehen kümmert. Der Tempel zerfällt von Jahr zu Jahr mehr."

„Recht sprecht Ihr: Wollen wir nun durch gutes Spiel die ehren, die ursprünglich geehrt werden sollten, anstatt dort wie früher Vieh zu töten und gutes Obst und Gemüse verderben zu lassen." Iasion klatschte fröhlich in die Hände.

„Was braucht Ihr dafür?", erkundigte sich Schasar.

„Holz, Steine und einige tüchtige Helfer", antwortete Iasion.

„Unter einer Bedingung unterstütze ich deinen Antrag ...", begann Arxor.

„Und welche soll das sein?"

„Du beschäftigst das Volk während meiner Abwesenheit. Erst mit dem Umbau deines Informationshauses und dann mit den Schauspielen. Dein Auftrag ist, den Krieg aus ihren Köpfen fern zu halten. Sollte der Feind vor Argonias Toren stehen, lasse sie Triumphe sehen und motiviere sie zu großen Taten. Und sollte Argonia fallen, dann lehne dich nicht auf. Denn du bist der Inbegriff der Freiheit. Kannst du dich in dem wieder finden?"

„Ja, mein König, das kann ich", versicherte Iasion mit ernster Stimme.

„Schwörst du darauf, deinem König und den Statuten der Nordlande treu ergeben zu sein?", fragte Arxor.

„Ich schwöre es." Er verbeugte sich tief. „Mein König, ich werde Euch und den Nordlanden immer treu ergeben sein."

„Dann ernenne ich Euch hiermit zum Schauspielmeister. Lasst Euch geben, was immer Ihr braucht! Geht dahin in Frieden!"

„Möget Ihr siegreich heimkehren, mein König."

Arxor und der Hofmagier drehten sich ohne ein weiteres Wort um und gingen zum Haupthaus. Iasion blieb allein auf dem Schlosshof zurück. Eine Träne rann seine Wange hinab. Wie viele Jahre hatte er in seiner kleinen Stube über dieser Idee gesponnen, wie oft hatte er sie immer und immer wieder verworfen? Und nun hatte er nach den Sternen gegriffen – und sie waren ihm hold gewesen. Man musste sich nur trauen, neue Pfade zu beschreiten. Man musste es einfach nur tun.

Es klopfte erneut an der Tür. Der Herr der Dunkelheit reagierte nicht. Die Tür öffnete sich langsam quietschend und durch den Spalt zwängten sich hintereinander vier Goblins in den Raum.

„Nehmt ihn mit. Ich will nicht, dass er hier verrottet", zischte Er und deutete in Richtung des leblos daliegenden Goblins. Schweigend schritten die vier Erdwesen mit hängenden Köpfen auf ihren an der Wand zerschmetterten Bruder zu. Vorsichtig bahrten sie den toten Körper auf und trugen ihn aus dem Raum.

Den Herrn der Dunkelheit maßen sie mit keinem Blick. Nachdem sie verschwunden waren und sich die Tür hinter ihnen geschlossen hatte, wandte Er sich wieder dem Dunkelmagier zu, in dessen Gedanken er zuvor eingedrungen war.

„Ich hoffe, dass wir nicht wieder gestört werden." Der Diener nickte kurz. „Und nun erzähle mir, wieso du deine Gedanken vor mir verschließt." Der Dunkelmagier zeigte keine Regung.

„Herr?" Der Schwarzmagier schien überrascht.

„Du weißt genau, was ich meine."

„Herr, mein Körper ist Euer. Mein Geist ist Euer." Der Dunkelmagier breitete die Arme aus und senkte demütig das von der schwarzen Kapuze bedeckte Haupt.

„Das weiß ich", murmelte Er. „Und doch ist die Verbindung zwischen uns …" Er stockte. „… schwächer geworden." Der Dunkelmagier stand stumm vor Ihm. „Was ist dort am Wall mit euch geschehen?"

„Ich weiß es nicht, Herr. Wir haben nur das getan, was Ihr von uns verlangt habt."

„Ihr habt den Auftrag erfüllt? Ihr habt sein Gedächtnis?" Der Diener bejahte die Fragen. „Und wieso habe ich nur Bruchteile eurer Erinnerung gesehen?" Zorn brodelte in Ihm auf. Das konnte nicht sein. Seine Magier waren nicht mehr als willenlose Instrumente in Seiner Hand. Doch irgendetwas war mit ihnen geschehen, während sie am Ostwall ihren Auftrag ausgeführt hatten.

„Es reicht. Wenn du mir nicht freiwillig gibst, was ich verlange, dann werde ich es mir nehmen." Der Dunkelmagier reagierte nicht. „Was hast du dazu zu sagen?"

„Herr, mein Körper ist Euer. Mein Geist ist Euer", wiederholte er emotionslos. Der Herr der Dunkelheit fluchte leise. Er hatte diesen Zauber noch nie angewendet. Er war in die Gedanken anderer Wesen und Tiere eingetaucht, hatte ihre Erinnerungen angesehen, sie manipuliert, aber Er hatte sie nicht entzogen und für immer ausgelöscht. *Doch irgendwann ist immer das erste Mal,* dachte der Herr der Dunkelheit wütend.

„*Cogitati lego ingenium capio*", zischte Er und schloss die Augen. Sein Kopf wurde zurückgeschleudert, Sein Nacken war angespannt. Er atmete kühle Luft ein, die in Seinen Lungen brannte. Ein kurzer Schmerz brandete auf. Er hustete und keuchte. Er hörte seinen Diener wortlos zu Boden gehen und lächelte. Der Körper starb ohne einen Willen, ohne Geist und Erinnerung. Willen und Geist hatte Er ihnen mit dem „*Schwarzen Zauber der Zusammenkunft*" schon lange zuvor entzogen. Wie konnte er sich ihrer Loyalität sonst vollkommen sicher sein? Er lachte grausam.

Und dann prasselten die fremden Gedanken auf Ihn ein, strömten in den Fluss Seiner eigenen wie ein plötzlich geöffneter Staudamm. Er versuchte ihrer Herr zu werden. Sein Kopf begann zu schmerzen. Der Druck war kaum zu ertragen. Er fühlte sich schwach, so schwach. Die fremden Gedanken vermischten sich mit den eigenen.

Und dann war Er wieder am Ostwall. Dieses Mal sah alles noch echter aus. Er roch die Feuchte des dunklen Raumes in den Katakomben unter der Stadt.

Er saß auf einem steinernen Podest. Um ihn herum strahlte eine helle Aura, tanzten kleine Flammen. Seine Hände ruhten auf einem weißen Stab auf seinem Schoß. Er hörte Schlachtlärm von jenseits der hölzernen Tür, die den einzigen Ausgang darstellte. Dann wurde es still. Er wartete.

Und dann wurde die Tür aufgestoßen und der junge Krieger namens Arxor und der Weißmagier Dahlgor traten in den Raum. Ihnen folgten einige Krieger, ein Elf und ein Gebirgler.

Blitzschnell spannte der Elf den Bogen. Instinktiv schnellten seine eigenen Hände hoch. Die Spitze des Pfeils war nur wenige Zentimeter von seinen Augen entfernt. Seine Konzentration ließ nach, der Illusionszauber brach kurz zusammen, die Flammen in den Wäldern der Elfen versiegten daraufhin.

Der Herr der Schatten fasste sich mit den Zeigefindern an die Schläfen und konzentrierte sich auf Dahlgor. Er versuchte die Gedanken zu bündeln und nur die Gesichtszüge Seines Gegenübers zu fokussieren.

Es gelang Ihm und Er fluchte laut auf. Was war das für ein Zauber? Es war eindeutig Dahlgor.

Doch was war mit Seinem Sohn geschehen, der um Jahre und Jahrzehnte gealtert war? Und wer war dieser Junge, der der König der Menschen sein sollte? Wie passte das Ganze damit zusammen, dass Seine Truppen kurz nachdem Er sie losgeschickt hatte, zurückgekehrt waren und von ihrem Überfall auf die Elfeninsel und einer Schlacht am Ostwall berichtet hatten?

Ihm wurde übel, aber Er musste sich weiter konzentrieren, musste den Gedankenstrom halten. Er schmeckte Blut in seinen Mundwinkeln und öffnete vorsichtig die Augen der Erinnerung.

Der Dunkelmagier erhob sich.

„Willkommen in meinem bescheidenen Heim!", sagte Er mit einer eiskalten, grausamen Stimme und begann höhnisch zu lachen.

Dann kam ein greller Blitz und Dunkelheit, bis …

Dahlgor machte einige unsichere Schritte auf Ihn zu, bückte sich und hob den weißen Stab auf.

„Ein wahrlich guter Fang! Der Stab des Drachen. Willkommen zu Hause!", sprach der alte Mann und lächelte leise. „Damit sind die Wälder der Elfen wieder sicher. Ad domum ire!" Der Stab verschwand. Dann drehte er sich um und schritt auf einen am Boden liegenden Jungen zu.

Der Herr der Schatten stockte. Ein neuer Magier? Er fluchte innerlich, während er sich erhob. Die Augen des Jungen weiteten sich.

„Morte violenta peri!", rief Er.

Seine Züge entspannten sich. Die Schmerzen verebbten langsam; der Herr der Schatten verstand allmählich, die Erinnerungen zu bändigen und zu ordnen. Den leblosen Schattenmagier zu Seinen Füßen beachtete Er nicht weiter. Er war viel zu konzentriert auf all das neue Wissen, das Er sich nun zu Nutzen machen konnte. Der Herr der Dunkelheit wusste nun, wo sich der Stab befand. Und Er erinnerte sich, was Seinem Schattenmagier am Wall widerfahren war.

Wie er mit Hilfe des Drachens aus den Katakomben geflohen und die Armee der Schatten auf die einstige Handelstadt zugeführt hatte. Wie er auf dem Rücken des Drachen auf das große Portal des Ostwalls zugeflogen war, durch das Er, der Herr der Dunkelheit, selbst nach Seiner Verbannung in die endlose Wüste aus Sand entlassen worden war.

Wie sein Diener sich dem jungen Magier nach dessen Herausforderung gestellt hatte. Wie Dahlgor, den der Schattenmagier längst tot geglaubt hatte, wieder erschienen war. Wie der Dunkelmagier dem Elfen verriet, wo man seine Schwester gefangen hielt. Und schließlich wie der Gebirgler mit dem Namen Doron seine Axt ins gleißende Licht der Sonnen gehalten und Seinen Diener geblendet hatte, woraufhin dieser von einem magischen Feuerball in die Brust getroffen wurde. Der Magier war zurückgeschleudert worden. Danach waren die Erinnerungen abrupt abgebrochen und endlose Schwärze hatte die Gedanken des Herrn der Dunkelheit umhüllt.

Er keuchte auf und stolperte einige Schritt zurück. Er versuchte diese seltsame Schwere, die der bleierne Hauch des Todes mit sich brachte, aus Seinen Gedanken zu verscheuchen. Doch es gelang Ihm nur schwerlich.

Den Mittag verbrachte Arxor mit Lucien in den Gärten. Er nahm ihn beiseite und erklärte ihm, dass er gehen müsste, ganz gleich was sein Sohn davon hielt. Lucien hatte sich ihm um den Hals geworfen, geweint und gefleht, dass er nicht gehen solle. Es fiel Arxor sehr schwer, so hart zu ihm zu sein und ihn zu enttäuschen. Er würde Lucien zum ersten Mal in seinem Leben verlassen. Vielleicht für immer. Doch das sagte er ihm natürlich nicht.

Stattdessen versuchte er Lucien darüber aufzuklären, wie es zu dem Krieg gekommen war. Weshalb er als König in der Pflicht stand, für sein Volk einzustehen und mit der Armee zu ziehen. Den Mord an seinem Vater ließ er außen vor. Und auch den Wunsch nach Rache, der noch immer in ihm loderte, erwähnte er nicht.

Später am Tag kamen Schasar und Arliandro, mit Gregoralfo und Dayana im Schlepptau in die Gärten hinunter. Arxor bedeutete ihnen, dass er noch etwas Zeit für Lucien brauchte.

Schasar verstand und unterhielt sich mit Gregoralfo. Arliandro, der einen Köcher mit Pfeilen in der Hand hielt, nahm Dayana beiseite und gemeinsam gingen sie zu einem Baum, der in einem der Nachtstürme der letzten Tage Schaden genommen hatte. Arliandro zeigte der kleinen Elfe, wie man einen absterbenden Ast aus ihm heraus singen konnte. Gemeinsam machten sie sich daran, einen starken Elfenbogen zu fertigen.

Zeitgleich trafen die ersten Boten mit den Zwischenberichten der verschiedenen Truppenführer ein. Sie berichteten, dass die argonianischen Truppen und eine Vielzahl von beladenen und beschlagenen Pferden zur Abreise bereitstanden.

Schasar nahm sich der heraneilenden Botenjungen an und ließ

sich die Pergamentrollen übergeben.

Voller Ungeduld beobachtete Lucien die beiden Elfen. Arxor lächelte. So würde sein Sohn wenigstens abgelenkt.

„Nun geh schon", sagte er und stupste Lucien an. Der nickte und sah Arxor aus den nussbraunen Augen an.

„Ich hab' dich lieb, Vater." Dann umarmte er Arxor.

„Ich dich auch, mein Kleiner. Ich dich auch", entgegnete Arxor.

Eilig sprang er auf und hielt auf Arliandro und Dayana zu. Arxor wandte sich an Schasar.

„Und wie sieht es aus?", fragte der König.

„Die meisten Truppen sind aufbruchbereit", antwortete der Berater. Arxor sah zu Lucien, der Arliandros Worten aufmerksam lauschte. Die beiden Elfen hatten mittlerweile die Arbeit an dem Bogen beendet und spannten die Sehne ein. Arliandro nahm den Köcher und zeigte der Kleinen, wie man zielte und Pfeile schoss. Lucien hörte ihm wissbegierig zu und durfte dann auch selber schießen, was ihm sichtlich zu gefallen schien. Auch wenn sich Dayana deutlich geschickter anstellte. Sie schien als Elfe eine natürliche Begabung für das Bogenschießen zu haben. Aber vielleicht tat es Lucien auch einmal gut, nicht immer im Mittelpunkt zu stehen und über den grünen Klee gelobt zu werden.

„Arxor?" Schasar fasste ihm leicht an die Schulter.

„Ja, bitte?" Arxor schüttelte den Kopf und ordnete seine Gedanken.

„Der Schreiber ist da", sagte der Magier.

Arxor wartete, bis der Schreiber sich gesetzt hatte. Dann diktierte er ihm einen Brief, der an die Stadtherren der Reichsherrenstädte gerichtet war:

„An den Herrn dieser Stadt,
wie Ihr bereits meinem ersten Brief zum Überfall auf die Stadt Kimón
entnehmen konntet, werde ich es nicht dulden, dass unerwünschte
Kreaturen die Grenzen meines Reiches überschreiten, um Angst und
Schrecken zu verbreiten.
Viele von uns haben bereits für ein freies Argonia gekämpft und

geblutet. Nun müssen wir wieder kämpfen und bluten, aber dieses Mal werden wir sie vernichten.

Wir werden mit den von Euch entsandten Kriegern zum Ostwall ziehen, die Schatten durch die Wüste jagen und herausfinden, wo sie sich das letzte Mal verkrochen haben. Ihre Fuchsbauten werden brennen und sie werden sich wünschen, Argonia niemals den Krieg erklärt zu haben.

Mit der weißen Magie auf unserer Seite und unseren Freunden, den Elfen und Gebirglern, im Rücken werden wir den Schatten ebenbürtig gegenüber treten.

Da wir jedoch momentan keine Spur von den Dunklen haben, schicke ich Euch, werter Herr des Hauses, eines der Hippolos, das im Falle eines Überfalls auf Eure Stadt nach Argonia gesandt werden soll, um Hilfe zu rufen.

Eine jede Großstadt erhält einen solchen Reiter; Pandora in Bornheim, Skamander im Friedland, Canita in Dolien und die Freie Handelsstadt Miklas. Verbreitet die Nachricht in Eurem Reichsteil, auf das alle Gesetzte und Vorgaben weiterhin eingehalten werden und notwendige Hilfe zügig zu Euch gelangen kann!

Lasst die Flagge der Nordlande stolz im Wind wehen und möge der Friede mit Euch sein!

König Arxor von Argonia, König der Nordlande unter dem Hippogreifenbanner"

„Ich möchte, dass du vier von unseren Hippolos mit jeweils einer Nachricht zu den Herrenstädten schickst", forderte Arxor, nachdem er den Brief fertig diktiert und mehrfach hatte umschreiben lassen. Der Schreiber packte Pergament, Tintenglas und Feder zusammen und erhob sich. „Achte darauf, dass das Tier namens Nesia zurückbleibt! Meister Quinto wird sich sicher gern von ihr verabschieden." Der Schreiber nickte und ging in Richtung des Schlosses davon. Auf halber Höhe kam ihm ein wohlgenährter, rundbauchiger Mann wild gestikulierend entgegen.

„Mein König", polterte er schnaufend los, sobald er die Gruppe um Arxor, Schasar und Gregoralfo erreicht hatte. Arxor sah Schasar an, der unwillkürlich lächeln musste.

„Mein guter, alter Geréon, was würde ich nur ohne dich machen?", fragte der König grinsend.

„Ja. Genau. Das meine ich auch. Genau das!" Er hob drohend den Zeigefinger. „Ihr wollt aufbrechen, ohne mich auch nur einmal zu fragen, ob ich mitkomme. Wie soll ich denn so schnell meine Sachen zusammensuchen?" Arxor suchte nach einer Ausrede. „Was wollt Ihr essen, wenn ich Euch nicht bekoche?"

„Aber es werden doch Lehrlinge und Köche ausgebildet, die unsere Krieger in Zimura versorgen. Eure Kochkunst in Ehren, aber es war geplant diese mitzunehmen." Arxor meinte ein gegrummeltes „Diese Stümper!" vernommen zu haben.

„Mein König!", begann Geréon wieder. „Ich bekoche Euch seitdem Ihr begonnen habt zu futtern. So groß wart Ihr …" Er machte eine Geste mit seinen Händen. „Keine Zähne in dem losen Mundwerk." Er hielt inne, während Arxor wieder zu Schasar sah. „Ich habe Euch schon einmal begleitet. Ich bitte Euch!" Er steckte die Hände an den Bund seiner Kochschürze und richtete sie empört, nachdem er die Brust stolz schwellend hinausgestreckt und den runden Bauch etwas eingezogen hatte.

„Ich würde dich gerne mitnehmen, aber wie du selbst gesagt hast, wirst du es in der Zeit, bis wir aufbrechen nicht mehr schaffen zu packen."

„Als ob!", erwiderte der Koch wutschnaubend. „Es ist bereits alles fertig gepackt. Mein Karren wartet im Innenhof."

„Und was wird aus Lucien? Wer bekocht ihn, wenn nicht Ihr?", versuchte Arxor es erneut, Geréon davon abzubringen, sie zu begleiten.

„Meine Burschen haben alle Instruktionen. Ich wusste, dass so etwas irgendwann geschieht. Ich habe für die Jungen schon vor Jahren Bücher schreiben lassen, in denen die Anweisungen stehen, die sie brauchen, um dem kleinen Prinzen für ein Jahr, wenn es sein muss, all seine Lieblingsspeisen zu bereiten. Ihr werdet sehen, wenn wir wiederkehren, wird er noch blendender aussehen, als er es jetzt schon tut." Ihre Blicke wanderten hinüber zu Lucien und den Elfen. Schreiend reckte der Prinz die Hände und den Bogen nach einem erfolgreichen Schuss in die Höhe.

„Nun gut, aber wehe Eure Worte erfüllen sich nicht!", sprach

Arxor scherzhaft und wie der Koch zuvor mit dem Finger drohend.

„Habe ich Euch jemals enttäuscht?", fragte der Koch. Arxor kam nicht dazu zu antworten. „Seht Ihr! Also, morgen früh pünktlich zum Sonnenaufgang. Sonst reite ich mit meinem Eselkarren vor." Der korpulente Koch drehte sich auf der Stelle um und schritt, brummig mit sich selber redend und weiter wild gestikulierend, davon.

Die Dämmerung kündigte den baldigen Sonnenuntergang an. Arxor brachte Lucien ins Bett und erzählte ihm zum letzten Mal vom Rächerkrieger. Schließlich war sein Sohn eingeschlafen. Er saß noch eine ganze Zeit lang an seinem Bett und betrachtete ihn im Licht der Monde. Er sah so friedlich und unbeschwert aus, wie er so dalag und schlief. Arxor schluckte schwer. Er hatte seine Entscheidung getroffen. Nach einer Weile erhob er sich und ging hinab zu den anderen.

Die Gefährten saßen auf der Terrasse bei einem Wein beisammen. Ein unangenehmes Schweigen hüllte sie ein und nacheinander verabschiedeten sich Gregoralfo und Arliandro in Richtung ihrer Gemächer. Arxor und Schasar blieben allein zurück.

„Danke, dass du mich heute unterstützt hast." Arxor blickte seinen alten Freund dankbar an.

„Dafür wurde ich ausgebildet." Schasar lächelte sanft.

„Was dich nicht davon abgehalten hat …", begann der König.

„Ja, schon gut. Aber jetzt bin ich ja da."

„Nie war es wichtiger als jetzt", murmelte Arxor.

„Ich musste gehen."

„Ich mache dir keine Vorwürfe mehr. Schließlich ging es mir eine Zeit lang nicht besser. Ich hatte es nur schwerer. Aber Lucien hat mir die Hoffnung auf ein besseres Leben gegeben."

„Es tut mir leid, dass ich dich so zurück gelassen habe. Aber ich glaube, dass es der richtige Weg gewesen ist. Es war Teil der Prophezeiung."

„Hauptsache der Kleinen geht es gut."

„Sie wird eine gute Ausbildung bei den Elfen erhalten haben. In Belos munkelte man, dass Ay'Lechsia persönlich dafür sorgen wollte." Sie verfielen in ein erneutes Schweigen, bis Arxor die Stille durchbrach.

„Hast du es geschafft, die Pergamente auszuwerten?", fragte er.

„Das war keine Höchstleistung. Uns stehen dreiunddreißig Truppen zu dreißig Mann aus Argonia zur Verfügung. Mit etwa zweihundertfünfzig Pferden, dazu zahlreiche Esel, die ab Zimura die Wasservorräte transportieren werden. Sie sind widerstandsfähiger und für die Bedingungen dort draußen deutlich besser geeignet als Ochsen. Dazu kommen die etwas mehr als sieben Truppen mit je dreißig ausgebildeten Soldaten aus den übrigen Herrenstädten."

„Nicht zu vergessen die achtunddreißig Truppen am Ostwall, die später zu uns stoßen werden. Also sind es in Summe …"

„Zweitausendfünfhundertsechsundachtzig", beendete Schasar.

„Wird das reichen?"

„Das wissen wir erst hinterher", gab der Magier zurück und blickte hinauf zum Himmel.

„Es ist spät geworden." Arxor erhob sich. „Ich werde mich auch zur Ruhe begeben. Morgen heißt es früh aufzustehen." Schasar nickte und sah ihm hinterher.

„Mögen die Sterne über uns allen wachen!", flüsterte der Magier und sah erneut hinauf zum Firmament. Vereinzelte weiße Punkte erhellten den sonst schwarzen Himmel. Doch schon bald würde ein neuer Tag eben diesen Himmel wieder im strahlenden Blau erscheinen lassen. Und den Tag danach. Es war so und würde immer so bleiben. Das konnte auch Er nicht ändern.

Menschenleere

„Warte!", rief Lucien, als sich der Tross in Bewegung setzte und hastete die Stufen in den Schlosshof hinunter. Sein Vater hob die Hand und zügelte sein edles Ross. Das Tier tänzelte vor und zurück und auch die übrigen Soldaten hielten inne. Lucien umkurvte geschickt die mannshohen, aufgeregt wiehernden Pferden der Gardisten.

Immer wieder blickte er hinauf, bis er schließlich vor dem Tier stand, auf dem sein Vater saß.

„Lucien, bitte", sprach Arxor ruhig, während sich die Augen seines Sohnes mit Tränen füllten.

„Vater", schluchzte der kleine Prinz. „Vater, bitte." Doch Arxor schüttelte nur den Kopf und wandte sich ab. Dann gab er seinem Pferd die Sporen und ritt voran auf den Serpentinenweg, der ihn zu dem in die Tiefebene bereitstehenden Heer bringen würde. Lucien rannte los, ihm hinterher. Auf den Bohlen der Zugbrücke hielt er inne und sah Arxor hinterher. Er machte einige taumelnde Schritte vorwärts. Tränen rannen seine Wangen hinab.

Hinter sich hörte er einen der Krieger rufen. Die Pferde wieherten laut und kamen aus dem Torbogen geprescht. Das starke Holz vibrierte im Gleichtakt unter ihren Hufen. Lucien stand stumm am Wegesrand.

„Hoe", rief Schasar, als er seinen mit Büchern, Tränken und Kräutern beladenen Kastenwagen neben Lucien zum Stehen brachte. „Kleiner." Der Prinz horchte auf und sah den Magier traurig an. „Kopf hoch!"

„Ich ...", schluchzte Lucien.

„Ich weiß, wie du dich fühlst", sprach Schasar. „Du vermisst ihn jetzt schon. Aber das geht vorbei. Ich bringe ihn dir heil zurück, das verspreche ich. Sei fleißig und mach ihn stolz!" Lucien schluckte schwer. „Also, auf geht's." Mit einem warmen, beruhigenden Lächeln auf dem Gesicht, schwang der Magier die Zügel. „Wir sind bald wieder zurück."

„Meister Schasar?"

„Ja, mein Junge?" Der Magier bedachte ihn mit einem fragenden Blick.

„Danke", sagte Lucien leise. Der Magier hob die Hand zum Abschied und rollte auf seinem Karren davon. Lucien schloss die Augen. Er weinte noch immer. Aber er schämte sich der Tränen nicht. Stockend atmete er ein. Sein Vater hatte ihn verlassen.

Ein Schnaufen nahe seinem Gesicht ließ ihn für einen kurzen Augenblick hoffen. Der Prinz öffnete die Augen, sah von einem Funken Zuversicht und Freude gepackt hoch - und blickte in Dayanas Gesicht, die von Gregoralfo sicher umklammert auf einem hohen Ross saß. Ihre durchdringenden grünen Augen fixierten ihn und Lucien meinte, eine Spur Traurigkeit in ihnen erkennen zu können. Der Prinz schluckte, wusste nicht, was er sagen sollte. Dann sah sie zu Gregoralfo. Der hob sie aus dem Sattel und ließ sie zu Lucien hinunter.

Dayana stand vor Lucien. Sie strich ihm mit der Hand über die Wange und wischte ihm die Tränen aus seinem Gesicht. Dann nahm sie den Elfenbogen, den sie mit Arliandro geschnitzt hatte, von ihrem Rücken.

„Hier", sagte sie und gab Lucien den Bogen. „Du brauchst ihn mehr als ich."

„Bist du sicher?", fragte Lucien und seine Augen weiteten sich. „Es wird eine lange Reise für euch."

„Ich fühle mich mit deinem Vater, Arliandro und dem Magicus sicher", entgegnete sie. „Aber du musst auf das große Weiße Schloss aufpassen." Sie lächelte. Er erwiderte das Lächeln zögerlich.

„Danke", sagte Lucien. „Möge das Schicksal euch beschützen."

„Dich auch", entgegnete Dayana, trat vor und küsste ihn auf die Wange. Dann drehte sie sich schnell um, hielt Gregoralfo die Hand hin, der sich hinabbeugte und die Kleine hinauf auf sein Pferd zog. Der Dieb verbeugte sich kurz und murmelte: „Mein Prinz!" Dann ritten sie los.

„Möge die Macht ein Auge auf dich werfen, junger Prinz", sagte Arliandro, der auf dem letzten Pferd folgte. Dann hatten alle Reiter das Weiße Schloss verlassen und Lucien blieb alleine zurück.

Arxor erreichte den Fuß des Hippogreifenberges und hielt zielstrebig auf die Bannerträger zu. Dort warteten die Hauptmänner der Einheiten aus den anderen Teilen des Reiches, die er angefordert hatte. Aus Miklas, Tantalien und Dolien waren sie gekommen, um unter den Bannern der Gewürzhändler, Scherer und Fischer mit ihm in die Schlacht zu ziehen. Es waren mit den argonianischen Streitkräften knapp eintausendfünfhundert Soldaten, die nun in langen, geordneten Reihen dastanden.

Arxors Blick wanderte ein letztes Mal über die Schulter hinauf zum Weißen Schloss, dann gab er das Signal zum Aufbruch.

„Was soll ich nur machen?", murmelte der Schreiber, während er sich immer wieder unsicher umsah. Seine Handflächen waren feucht, Schweiß stand auf seiner Stirn. Er tauchte die Feder mit zittriger Hand in die Tinte und begann auf einen Fetzen Pergament zu schreiben:

„L verwirrt. D übernimmt Herrschaft – sammelt ein Heer."

Mit ungelenker Hand nahm er das Stück Papier und rollte es zusammen. Dann ging er zu einem kleinen Verschlag, nahm eine schneeweiße Eule heraus und befestigte die Nachricht an ihrem Fuß.
„Flieg und bring die Nachricht sicher an ihren Bestimmungsort!",
sagte er. „Und möge uns allen das Schicksal beistehen."

Noch lange hallten Luciens Rufe in Arxors Gedächtnis nach. Währenddessen veränderte sich die Landschaft langsam, wurde ebener und grasiger, dann wieder hügelig. Trist zogen die immer kürzer werdenden Tage dahin, während sie auf dem Weg zur

Obeliskenstadt zahllose, zum Teil verlassene Gehöfte hinter sich ließen.

Der König hatte auf Schasars Anraten hin Späher ausgesandt, die die Wege vor und hinter ihnen überwachten und zudem nach geeigneten und sicheren Nachtlagern suchten. Kunde von den Schatten gab es nicht und so erreichte der Tross am Nachmittag des vierzehnten Tages ohne weitere Vorkommnisse die Stadt Kimón, beziehungsweise das, was noch von ihr übrig war.

Zur selben Zeit saß der Gelehrte Felician in der königlichen Bibliothek über schweren Büchern. Die Geschichte Argonias war umfangreicher, als er anfänglich gedacht hatte. Gerade las er über den Angriff auf den ersten Ostwall während der dritten Dynastie.

„... Nach über einhundert Jahren des Friedens war man dazu übergegangen, viele Steine des Walls zur Stadtvergrößerung zu verwenden.

So war eine sich stetig vergrößernde und florierende Handelsstadt entstanden. Die ersten Einwohner des neuen Zimuras waren die ehemals vom Königshaus entsandten Soldaten mitsamt ihren Familien sowie Handwerker und Fachmänner. Schnell war nach dem Ende der königlichen Nahrungs- und Soldlieferungen klar, dass die unwirtliche Umgebung nicht besonders gut geeignet war, die nötigen Pflanzen zum Leben anzubauen oder Tiere zu halten. Und so mussten diese Dinge aus dem Landesinneren beschafft werden, wenn man die Heime nicht aufgeben wollte. Deshalb schlossen sich die Zimuraner zusammen. Die Handwerker produzierten Waren, die zu dem Geld gemacht werden sollten, dass benötigt wurde, Nahrung und Vieh aus dem Inland zu beschaffen.

Wo die einen schneiderten, schreinerten und schmiedeten, benutzten die anderen ihren Verstand. Sie so knüpften Kontakte mit den Elfen Sur Damiyas und den Gebirglern von Narbur. Nach und nach kam es dazu, dass reger Handel zwischen den Völkern getrieben wurde. Die wertvollen getauschten Waren – unter ihnen elfische Musikinstrumente oder edle Kannen und Schmuckstücke der Kupfergrubler - veräußerte man gewinnbringend im Landesinneren.

So kam es, dass den Händlern schnell ein guter Name vorauseilte, wenn eines ihrer Schiffe am Hafen von Pandora anlegte. Und da es in Zimura goldene Dukaten und setinene Taler zu verdienen gab, zog es viele aufstrebende Neureiche in den Osten.

Letztlich kletterte die Einwohnerzahl in eine Höhe, die mit der Reichshauptstadt zu Fuße des Hippogreifenberges konkurrieren konnte. Die Haupteinnahmen der Reichssteuern kamen aus Zimura. Die Zimuraner konnten mit Fug und Recht behaupten, dass sie die wichtigste Stadt des Reiches waren. Gleichzeitig war sie auch die am wenigsten gesicherte Stadt, auch wenn die reichen Händler mittlerweile dazu übergegangen waren, persönliche Leibwächter anzustellen. Denn dort, wo Geld saß, waren auch Neider. Und ein Konkurrent weniger, war schon immer besser, als einer zu viel.

Doch konnten die wenigen Gardisten und Leibwächter die Krieger, die unter dem feindlichen Banner die Handelsstadt erstürmten, nicht aufhalten. Es war die Nacht des 5233. Tages der dritten Dynastie, als die etwa zweihundert Schatten über die ahnungslos schlafenden Bewohner herfielen. Der brüchige Wall ließ sie stumm passieren. Und die Stadt wurde dem Erdboden gleichgemacht.

Viele fanden den Tod, wieder andere verschwanden spurlos. Die, die in die Berge und Wälder fliehen konnten, berichteten von fremden Wesen, die sie nie zuvor gesehen hatten. Es waren Kreaturen aus ihren wüstesten Alpträumen, Kreaturen, die diese Welt lange nicht mehr gesehen hatte.

Die alten Wesen, die aus den Archiven der Elfen bekannt waren, fanden wieder zurück zu neuer, schauerlicher Bedeutung. Gargoyls und Goblins, gefolgt von fremden Riesengebirglern, wolfsähnlichen Urawoks und geschundenen Orks. Sie waren zurückgekehrt, um erneut zu morden ...

... Nachdem das Bündnis aus Elfen und Menschen die versprengte Gruppe der Schattenwesen hatte aufhalten können, versuchte man die wenigen lebenden und bei Bewusstsein gebliebenen Orks auszufragen. Doch selbst der große Magicus schaffte es nicht, in den Geist der

Schatten einzudringen. Sämtliche Versuche schlugen fehl, ohne dass man an die wichtigen Informationen über den Namenlosen gelangt war, den die freien Völker vor einer halben Ewigkeit in die Wüste verbannt hatten. Der Tod der Orks war die gerechte Strafe ...

... Und letztlich eroberte die Wüste die verbrannten Teile der Stadt zurück, während der neu aufgebaute Wall näher an das Mittelwaldmeer rückte. So kommt es, dass die alten Katakomben im neuen Zimura bis hinaus in die Wüste führen und bis heute weiterhin als Lagerplatz benutzt werden ..."

Felician gähnte. Er hatte den Morgen über mit Lucien gelernt, was, trotz des hellen Verstandes des jungen Prinzen, anstrengender war, als er vermutet hatte. Er fuhr sich mit der Hand durch das kurze Haar, ließ sich in dem gemütlichen Sessel des königlichen Schreibtischs zurücksinken und rieb sich die angestrengten Augen. Verträumt wanderte sein Blick durch den Raum voller Bücher und Schriften. Diese Privatbibliothek und die Bücher in der königlichen Sammlung erzählten Geschichten, von denen er bisher nur hatte träumen können. Er schlug das Buch zu, öffnete instinktiv die Schreibtischschublade und ließ wie gewohnt das zu bearbeitende Schriftstück hineingleiten. Dann hielt er inne. Das hier war nicht sein Schreibtisch. Es geziemte sich nicht, tadelte er sich selbst und nahm das Buch wieder heraus. Dabei fiel sein Blick auf ein loses Blatt Papier, das den König als Adressaten nannte. Wieder tadelte er sich in Gedanken, während seine Augen schon über die ersten Zeilen huschten.

„Lieber Arxor,
in dem Moment, da du diesen Brief liest, werde ich das Weiße Schloss bereits verlassen haben. Ich versichere dir, bei allem was mir wichtig ist, dass es nicht einfach für mich war; aber ich sah mich zu diesem Schritt gezwungen.
An dem Tag, als deine Kinder geboren wurden, erfüllten sich schicksalsträchtige Worte. Sie zwangen mich eines deiner Kinder mit mir zu nehmen. Ich habe mich gegen den Jungen entschieden, da ich

hoffe, dass er unter deiner Ausbildung ein starker Thronfolger wird. Du solltest die Möglichkeit haben, all die Sachen mit ihm zu unternehmen, die dein Vater nicht mit dir machen konnte.

Deine Tochter muss jedoch mit mir gehen und ich werde ihr geben, wonach immer sie verlangt. Die Hebamme habe ich mit einem Vergessenszauber belegt. Sie glaubt, nur den Jungen entbunden zu haben. Außer Arliandro und uns beiden weiß somit niemand von der Existenz deiner Tochter. Du wirst die Gründe für mein Handeln in deiner jetzigen Situation nicht verstehen können. Ich hoffe, du wirst mir irgendwann verzeihen können. Möge das Schicksal mit dir sein! Meine Wünsche und Gedanken sind es!

In ewiger, freundschaftlicher Liebe
Schasar, m.s."

Felician schluckte. Der König hatte noch ein weiteres Kind, von dem niemand etwas wusste.

Ein kühler, grauer Nebelschleier schwebte über der Obeliskenstadt. Arxor hob die Hand und die Offiziere zügelten die Pferde. Dann gaben sie des Königs Befehle an die Kavalleristen und die vielen Fußsoldaten weiter, die nur langsam zur Ruhe fanden. Ein jeder von ihnen versuchte, einen Blick auf die Reichsstadt zu erhaschen.

Der starke, hölzerne Palisadenzaun schien auf den ersten Blick hin weitestgehend intakt zu sein. Die Bewohner hatten das Feuer vielleicht sogar eindämmen können. Doch das schwere Holztor war zerborsten und hing nur noch halb in den Angeln, sodass es im lauen Wind zitternd und quietschend vor und zurück schwang. Ansonsten umgab das Heer eine unnatürliche Ruhe.

„Was meinst du?", fragte Arxor den Magicus, der mittlerweile vom Karren gestiegen war und die Stadt aufmerksam beobachtete.

„Ich weiß es nicht. Aber es ist Tag, viel sollte uns da nicht passieren können. In einen Hinterhalt können sie uns hier schwerlich locken", meinte Schasar voller Zuversicht.

„Was ist mit einem Zauber? Kann uns das weiterhelfen?"

„Ich würde ungern einen Auren- oder Aufspürzauber anwenden. Ich fühle die Kraftlinien der alten elfischen Quelle noch stark pulsieren. Und das, obwohl sie schon lange nicht mehr aktiv sprudelt. Die Macht würde mich wahrscheinlich zurückschleudern. Ich kann hier erst einmal nicht viel ausrichten."

„Was würdest du mir also raten?"

„Wir sollten es riskieren, bevor die Dämmerung hereinbricht."

„Nun gut. Noch ist der Überraschungsmoment auf unserer Seite", sagte Arxor.

„Und so viele Schatten können es nicht sein, wenn sie durch unsere Reihen in Zimura geschlüpft sind, ohne dass jemand es mitbekommen hat", erwiderte Schasar nachdenklich. „Aber ein wenig seltsam ist das Ganze schon." Der König sah sich kurz um.

„Wir reiten mit der ersten Kohorte hinein! Fünf Banner Sonnenkrieger mit", rief er und zog das Schwert.

Schasar schüttelte den Kopf. „So war das jetzt auch nicht gemeint. Und schon gar nicht habe ich damit sagen wollen, dass …" Doch Arxor gab dem Pferd die Sporen. Eine Gruppe von einhundertfünfzig Reitern löste sich ebenfalls vom Heer und holte den König schnell ein. Schasar atmete hörbar aus. „Wie soll ich so nur auf dich aufpassen? Ganz der alte Hitzkopf. So reitet er noch in sein Verderben", murmelte der Magier in seinen Drei-Tage-Bart und gab einem Hauptmann ein Zeichen, dass er dessen Streitross benötigte. Dann jagte Schasar, verfolgt von Arliandro, den Hang hinab und sprengte in Richtung Stadt.

Arxor und seine Einheit, die ihn nun aufmerksam flankierte, hatten unterdessen den Hang genommen und waren kurz vor dem Palisadenzaun angekommen, der allem Anschein nach nicht bemannt war. Der König hob das Schwert.

„Zum Angriff!", schrie er.

„Für König Arxor und Argonia", stimmten seine Krieger ihren brüllenden Schlachtruf an.

Der Tross passierte das hölzerne Eingangsportal im Galopp. Arxor war überrascht. Es erwartete sie keinerlei Widerstand. Er hätte wenigstens Straßenbarrieren erwartet. Oder ein Schlachtfeld. Doch rechts und links der langen Hauptstraße lagen nur die ersten verlassenen Häuser von Bürgern und Handwerkern.

Arxor hob den Schwertarm und der Tross zügelte die Pferde. Kurz erlaubte Arxor seinen Gedanken abzuschweifen. Das letzte Mal, als er die Obeliskenstadt besucht hatte, waren die Straßen gesäumt mit Menschen, die seine Ankunft mit lautem Jubel gefeiert hatten. Kinder waren ihnen aufgeregt schreiend und Blumen streuend entgegen geeilt und hatten lange Zeit versucht neben seinem Pferd her zu laufen. Nun waren die staubigen Seitenränder der Straße menschenleer. Niemand war zu sehen. Keine lebenden Bewohner, aber auch keine Leichen. Die Reiter trabten wachsam tiefer in die Stadt hinein. So manchem von ihnen kam das Ganze unheimlich bekannt vor.

Arxor führte sie langsam weiter vor ins Herzen der Stadt, während Schasar den König mittlerweile eingeholt hatte. Der Magier ließ sein Pferd unruhig neben dem des Königs tänzeln. Erschrocken realisierte er, dass sie nun immer mehr Häuser passierten, die von Feuer stark beschädigt worden waren.

„Was meinst du?", erkundigte sich Arxor nach Schasars Meinung.

„Wir sollten die Umgebung sichern. Wenn sie hier irgendwo sind, sollten wir es nicht riskieren, ins offene Messer zu laufen."

„Dem stimme ich zu", entgegnete der König und gab einem Hauptmann ein Zeichen, der daraufhin Teile seiner Krieger absitzen und ausschwärmen ließ.

Mit Schwertern bewaffnet lugten sie vorsichtig durch die Türen der Häuserruinen, sofern diese überhaupt noch vorhanden waren. Sie verschwanden in den Behausungen und kamen Momente später kopfschüttelnd wieder heraus.

Die Unsicherheit ließ Arxor frösteln. Leichen oder eine Streitmacht wären ihm, so makaber das auch klingen mochte, lieber gewesen. Aber diese Unsicherheit raubte ihm die letzten verbliebenen Fetzen der mühsam aufrecht erhaltenen Konzentration. Sein Puls beschleunigte sich. Sie trabten weiter durch Gassen und

Straßenzüge von Kimón, ohne dass sich etwas regte.

„Kannst du Nichts machen?", wandte sich Arxor nach einer Weile an Schasar.

„Was meinst du?" Verdutzt hob der Magier eine Braue.

„Kannst du sie nicht aufspüren?"

„Ich könnte ihre Magier aufspüren. Aber solange sich niemand zeigt, bin ich, gerade in dieser Stadt, machtlos. Sie ist mir unheimlich. Meine Gefühle und Sinne sind durch die elfische Magie völlig verwirrt." Er sah sich um. Sie entfernten sich immer weiter vom Stadttor. „Wir sollten nicht vergessen: Dies hier ist nicht mehr das Kimón, wie wir es kannten. Dies ist nun ein verfluchter Ort. Und wir sollten unseren Rücken freihalten, bevor wir in eine Falle laufen." Arxor wandte sich einem der Hauptmänner zu.

„Sorge dafür, dass die anderen die Stadt sichern und uns folgen. Haltet uns den Rücken frei."

„Ja, mein König", versicherte der Krieger und ritt mit zwei weiteren Soldaten zurück in Richtung des Haupttores. Arxor sah ihnen hinterher. Eine Falle der Schatten? Sie hatten die geschuppten Orks und vor allem die Schwarzmagier schon einmal unterschätzt.

„Kann Arliandro uns vielleicht helfen?" Er sah zu dem Elfen hinüber, dessen Augen wachsam über die Fenster der Häuser und die vielen verlassenen Gassen huschten.

„Ich denke nicht, dass seine Kraft darin geschult ist, auch wenn er hier nahe einer alten Quelle der Macht ist." Hinter der nächsten Häuserecke tat sich der Obeliskenplatz vor ihnen auf.

„Wo können sie nur sein?", sprach Arxor das aus, was alle dachten.

„Ich weiß es nicht" Der Magier ließ den Blick abermals über die leeren Gassen schweifen. „Das ist fauler Zauber."

„Häuser, ganze Straßenzüge wurden dem Erdboden gleich gemacht. Siehst du das Blut dort?", fragte der König, deutete auf dunkle Flecken auf dem Boden und schüttelte den Kopf. „Aber wenn es einen Überfall gegeben hat, wo sind die Verletzten? Die Toten? Es ist wie …", begann er und brach dann ab.

„Es ist wie damals in Zimura", vollendete Schasar beunruhigt.

„Einige hundert Menschen in die Berge zu führen ist eine Sache, über zweitausend in der Flachebene verschwinden zu lassen, eine andere." Arxor runzelte die Stirn.

„Wenn sie geflohen wären, dann wären wir ihnen auf unserem Weg hierher begegnet; da hast du Recht. Oder die Späher wären auf sie gestoßen."

„Vielleicht sind sie in die Wälder gezogen?"

„Das hätte Arliandro erfahren. Die Bäume hätten es ihm zugeflüstert. Uns bleibt nur die Hoffnung." Schasar sah traurig zu den Obelisken hinüber, die im Schein der untergehenden Sonnen lange Schatten warfen. „Wir sollten Gregoralfo holen. Er kennt sich hier am Besten aus. Arliandro und ich brennen darauf, diesen geheimen Raum zu sehen, wo er diesen seltsamen Umhang gefunden hat."

„Ich würde die Krieger gern die Häuser rund um den großen Platz sichern lassen", sagte Arxor.

„Das halte ich für eine gute Idee. Danach würde ich jedoch einige Krieger abwechselnd durch die Stadt patrouillieren lassen. Zweitausend Einwohner verschwinden nicht einfach so. Vielleicht finden die Soldaten irgendwo noch Überlebende, die sich versteckt halten. Und auch die Schatten kommen und gehen nicht einfach, ohne Spuren zu hinterlassen." Arxor stimmte ihm mit einem Nicken zu und rief dann nach einem der Krieger, dem er entsprechende Befehle gab.

„Die Übrigen sollen die Zeltstadt vor dem Tor aufbauen, die Hauptstraße und diesen Platz gut sichern. Die sperrigen Truppenzelte würden die Straßen nur unnötig vollstopfen. Vor dem Einsetzen der Dämmerung besetzt zudem die Palisaden! Wir wollen so wenig Schlupflöcher wie möglich", endete der König. Der Krieger salutierte und verschwand.

„Und dann bleibt uns nichts anderes übrig, als zu warten, dass die Sonnen wieder aufgehen. Morgen beginnt ein neuer Tag", sagte Schasar.

„So ist es", stimmte Arxor ihm zu.

„Ich hole Gregoralfo."

„Tu das. Ich weiß, dass du auf das Geheimnis des Mantels und dieses Ortes brennst. Auch wenn es eigentlich Wichtigeres gibt." Arxor hatte sich den kleinen Seitenhieb nicht verkneifen können. Schasar lachte kurz auf. Dann machte der Magier kehrt und ritt zurück zum Eingangstor, wo die Massen an Soldaten in einer langen Reihe in die Stadt drängten. Schließlich fand er Gregoralfo und winkte ihn heran. Langsam trottete dessen Reittier auf Schasar zu. Der Dieb von Argonia sah immer wieder unsicher nach links und rechts.

„Was ist los?", fragte der Magicus.

„Hier stimmt etwas nicht." Der Dieb wirkte nachdenklich. „Das ist nicht mehr meine Stadt."

„Da hast du Recht. Die gute Nachricht dabei ist, dass die Schatten sich wahrscheinlich nicht mehr hier befinden. Die schlechte ist, dass wir auch die Bewohner der Stadt nicht finden können." Instinktiv sahen Schasar und Gregoralfo zu Dayana hinab. Ihre Augen huschten ängstlich über die Stadtstraßenhäuser der Obeliskenstadt.

„Es wird schon wieder", sagte Schasar tröstend. Dayana begann leicht zu zittern. „Du brauchst keine Angst zu haben. Wir werden dich aus jeder Gefahr heraushalten." Gregoralfo tätschelte ihr leicht über die Haare.

„Er hat Recht. Es wird wieder alles gut." Sie sah zu ihm hinauf und die Blicke ihrer tränenerfüllten grünen Augen bohrten sich geradezu in die seinen. „Wir werden deine Eltern finden. Ich versichere es dir." Tot oder lebendig, fügte er in Gedanken hinzu.

Gregoralfos Blick wanderte über die verlassenen Häuserfassaden. Die Fensterläden schwangen im seichten Wind gespenstisch hin und her.

Vereinzelt sah er auf dem Weg durch die Straßen wie Soldaten Karren der Städter, Holzbalken und Schränke aus den Häusern hinter ihre Pferde spannten, um daraus an strategischen Punkten Straßenbarrieren zu errichten. Als sie sich dem Obeliskenplatz näherten, begann sich der Zug der Soldaten und Pferde allmählich zu stauen.

„Was passiert hier?", erkundigte sich Gregoralfo.

„Wir werden einen Festungsring für die Nacht aufbauen",

entgegnete einer der Hauptmänner.

„Einen Festungsring? Ihr wollt in der Stadt bleiben?", fragte der Dieb so schrill und entsetzt, dass das Pferd sträubte und Dayana fast aus dem Sattel fiel. „Glaubt Ihr, sie damit aufhalten zu können?"

„Nein, aber das ist auch nicht das, was wir damit bezwecken", gab der Krieger zurück. „Wir wollen sie zuerst einmal aus ihren Löchern hervorlocken. Dann sehen wir weiter."

Der Herr der Schatten keuchte noch immer. Darauf war Er nicht vorbereitet gewesen. Diese große Leere, dieses drückende Gefühl der Schwere, das der Tod mit sich brachte. Er atmete schwer ein und zitterte. Der Zauber hatte Ihn stark geschwächt.

Wie war es möglich, dass der Schwarzmagier, der nun leblos zu Seinen Füßen lag, die Erinnerungen seines gefallenen Ordensbruders besaß? Es bedeutete, dass die Gedanken Seiner Magier miteinander verbunden waren.

Vielleicht war es ein Fehler gewesen den Schwarzen Zauber der Zusammenkunft gleichzeitig auf Seine Untergebenen anzuwenden. Er hatte Seinen treuesten Dienern ihre Seelen entzogen, um sie dadurch nahezu unsterblich zu machen. So, wie Er es bald werden würde. Er lachte. Und durch den Zauber hatte Er sie zu willenlosen Diener gemacht.

Seine Augen funkelten. Doch dann war ihre Verbindung, der Faden zwischen Seiner Seele und ihren Geistern, zerrissen worden. War es nur aufgrund ihrer Rückkehr in die alte Welt? Oder war der Tod des Dunkelmagiers der Grund? Nun, da sie zurückgekehrt waren, waren sie jedenfalls wieder willenlose Werkzeuge in Seiner Hand.

Er durchforstete die empfangenen Erinnerungsfetzen des Schwarzmagiers nach einem bestimmten Gefühl, einer einfachen Regung, die darauf hinweisen könnte, wann sich die Bindung zwischen ihnen gelockert hatte.

„Was treibt ihr nur für ein Spiel mit uns? Wo ist Er?", fragte Dahlgor
einen der Schattenmagier herausfordernd.
„Wollen wir dass nicht alle wissen?", entgegnete der Schwarzmagier.
Mittlerweile hatten sie Dahlgor umzingelt. „Ich bin Er. Ein jeder von
uns ist Er."

Der Herr der Dunkelheit stockte. Was taten sie da? Sie spielten
mit Dahlgor. Doch dazu hätten sie gar nicht in der Lage sein
sollen. Dies hätte schnell zu einem tödlichen Fehler werden
können. Dahlgor war nicht zu unterschätzten. Er war nach Ihm
der mächtigste aller Magier gewesen. Der Herr der Schatten
lächelte grimmig. Und dies war kein Zufall, denn schließlich
hatte Er Seinen Sohn persönlich ausgebildet, bevor dieser den
falschen Weg eingeschlagen hatte.

„Der schwarze Zauber. Nur deshalb habt ihr die Zeiten überlebt",
hörte Er Dahlgor nun murmeln. „Ihr habt euch Ihm hingegeben, habt
euch zu willenlosen Sklaven gemacht, ihr Verräter!"
„Wir werden nie aufhören dich zu lieben wie einen Bruder!", erwiderte
einer der Schattenmagier.
„Du kennst keine solchen Gefühle wie Liebe!"
„Ich fühle die Kraft, die unser Vater uns schenkte, Bruder. Die Kraft
der Unsterblichkeit."
„Der Tag Seiner Rückkehr ist nicht mehr fern, doch braucht es Zeit,
wie du gemerkt hast", sagte ein anderer Seiner Diener.
„Und wenn es eine weitere Ewigkeit braucht, so bin ich bereit zu
warten. Diesen Fluch hat Er mir auferlegt. Und ich habe das Schicksal
angenommen."

Der Herr der Dunkelheit schnaufte. Das einzig Gute war, dass
außer Ihm nun keiner mehr von diesen Worten wusste. Dahlgor
wollte eine Ewigkeit warten. Er musste unwillkürlich grinsen.
Dahlgor hatte sich für diesen Jungen, diesen Arxor geopfert. Als
ob der Junge der Heilsbringer Argonias wäre. Wie alt mochte
der junge König heute sein? War dies Aurelius' Spross? Das
konnte nicht sein. Es passte nicht, oder etwa doch? Er lächelte.
Es machte Sinn, auch wenn es eine absurde Idee war. Aber

damit ergaben sich neue Probleme und offene Fragen. Fragen, die Seiner schnellen Rückkehr im Weg standen. Dazu machte Ihm auch noch der Bau des Bogens zu schaffen, geschweige dass Er verstand, wie man ihn richtig aktivierte. Der darauf anzuwendende Zauber war der größte, den Er jemals sprechen würde. Und Er hoffte, dass Er dem gewachsen sein würde. Neue Bilder erschienen vor Seinem geistigen Auge:

Dahlgor lag keuchend und von einem Lähmzauber getroffen regungslos am Boden.

„Was will er sagen, der große Magicus?", rief einer der Schwarzmagier höhnisch.

„Lasst ihn doch reden!", zischte ein anderer. „Er kann uns nichts anhaben."

„Nein, wir wollen ihn zuerst niederringen."

„Wir haben ihn soweit!", sagte der Erste. „Seine Kraft ist nahezu erschöpft. Ich spüre, dass er sich kaum noch gegen unseren Zauber wehren kann."

„Geben wir ihm nun das Wort?"

„Ein letztes Wort?"

„Morte vio ...", begann der Zweite.

„Silencio!", rief ein Anderer. Der Zweite schwieg.

„Wie kannst du deinem Bruder das Wort verbieten? Er ist Er! Wir sind Er!", sagte der Erste.

„Wir führen diesen Krieg! Er ist hinter der Grenze. Wir führen den Auftrag aus, aber nach unseren Regeln. Außerdem hättest du ihn nicht töten können. Verstehst du es noch immer nicht? Er ist geschützt", merkte der Dritte an.

„Befehle sind Befehle!", rief der Erste erbost.

„Dann lass uns den Befehl ausführen, aber erst später! Wir haben ein Recht darauf. Wir sind die herrschende Rasse."

„Da! Er bewegt sich", meldete sich der Zweite zu Wort.

„Inter ...", begann ein anderer, aber Dahlgors Stimme übertönte ihn.

Er sollte sie alle töten, denn das war purer Verrat! Lavian fluchte still vor sich hin und fixierte den leblosen, schwarzgerobten Magier vor Seinen Füßen. Doch noch brauchte Er sie. Denn sie kontrollierten die Geister der unterjochten Wesen. Nicht, dass Er dies nicht auch könnte. Doch bis auf Weiteres hatte Er Größeres und Wichtigeres zu tun. Der Bilderfluss der Erinnerung führte Ihn zu Dahlgors Tod.

„Komm schon!", flehte Dahlgor mit zitternder Stimme über Arxor gebeugt, während er versuchte den Jungen zu retten.

„Morte violenta peri!", kam es von verschiedenen Seiten. In dem Moment, da Dahlgor Arxors tödliche Wunde hatte heilen können, trafen ihn die Todesflüche der Dunkelmagier. Er sackte zusammen und schloss die Augen, während sein Geist und seine Erinnerung die Hülle des Körpers verließen.

„Cogitati lego ingenium capio", murmelte einer der Schattenmagier, strauchelte und fiel zu Boden. Er begann sich zu schütteln, als leide er dämonische Qualen, schlug mit Armen und Beinen unkontrolliert umher wie bei einem Krampfleiden.

Das Gezerre zwischen der in die Hallen gerufene Seele und den Erinnerungen des Geistes, die ihr genommen werden würde, musste schier unglaublich sein. Es lag ein Knistern in der Luft, an dessen Ende die Krämpfe abklangen und der Schwarzmagier schließlich flach atmend dalag.

„Es ist getan", flüsterte einer der anderen. „Es wird Zeit, diesen Ort zu verlassen. Mit diesem Wissen wird Er in der Lage sein zurückzukehren. Wir brechen auf. Sagt es ihnen." Die Magier konzentrierten sich auf ihre jeweiligen Einheiten und nur Augenblicke später drehten sie sich um und schwebten hinaus in die Wüste, ohne noch einmal zurück zu blicken.

Zur schwärzesten Stunde der Nacht schlich sich eine dunkel gekleidete Gestalt durch die engen, mondbeschienen Gassen der Reichsstadt Zimura. Sie mied bewusst die belebten Straßenzüge, in denen die Tavernen der Stadt lagen und in deren Freudenhäusern sich viele der Soldaten nach ihrem täglichen Dienst entspannten.

„Was tue ich hier nur?", murmelte sie, als sie den kleinen Platz erreicht hatte, in dessen Mitte ein fünf Schritt hohes, rechteckiges Marmormonument stand. Vor dem vermeintlichen Eingang, der mit einer großen Steinplatte verschlossen war, blieb sie stehen. Dann ging sie in die Knie und drückte gegen einen der kleinen, seitlichen Steine auf Bodenhöhe. Der gab nach, ließ sich nach innen schieben. Die Gestalt griff hinein und entriegelte den Mechanismus, der eine verborgene Tür ins Innere versperrte.

Die Gestalt atmete tief ein und trat durch die Tür ins Innere des Monuments. Leise schloss sie die Tür hinter sich. Stickige, modrige Luft empfing sie. Erst jetzt fasste sie unter die dunkle Kutte und holte einen mattgrün schimmernden Gegenstand hervor.

„Wenigstens sehe ich jetzt etwas", grummelte sie. Wenige Schritte trennten sie noch von ihrem Ziel, das sich inmitten des Monuments befand.

Sanft strich die vermummte Gestalt über den kalten Stein des Sarkophags. Die Ahnen beobachteten sie in diesem Moment sicher. Sie ging auf die Knie und untersuchte die steinerne Platte. Dann griff sie unter ihre Kutte und holte eine kleine Phiole hervor. Die Gestalt entkorkte sie und trank sie in einem Zug aus.

„Vergebt mir!", flüsterte sie und schob den schweren Stein beinahe mühelos ein Stück zur Seite. Dann nahm sie den grün leuchtenden Gegenstand und hielt ihn über die Öffnung. Matt glänzend reflektierte der schwarze Stein, der an einer goldenen Kette hing. Die Gestalt schluckte, griff in die dunkle Öffnung und zog das Amulett mit einem kurzen, kräftigen Ruck heraus. Dann ließ sie es in die Tasche ihrer Kutte gleiten, schob den Stein wieder über die Öffnung, sah sich ein letztes Mal unsicher um und schritt dann auf den Eingang zu. Die Gestalt entsicherte den Mechanismus wieder. Lautlos öffnete sie die Tür, wartete einen Augenblick, schob sich durch die Öffnung und schloss dann die Steinwand hinter sich. Mit einem leisen, klickenden Geräusch rastete der Mechanismus ein. Dann lag der Platz wieder in völliger Stille da. Im fahlen Mondlicht verschwand die Gestalt, ohne dass jemand etwas gemerkt hätte.

Der Spiegel der Welten

Gregoralfo erkannte die Straße, in der sein Haus gestanden hatte, kaum wieder. Die Schatten hatten so gut wie jedes Haus angezündet und ausbrennen lassen. Der stallähnliche Verschlag, unter dem das Vieh des Wollhändlers immer gestanden hatte, war zusammengebrochen. Die Fassade seines eigenen Hauses war rußgeschwärzt, die Tür zum Teil verbrannt und verkohlt. Der Dieb zeigte nicht häufig Gefühle, aber bei diesem Anblick stiegen ihm die Tränen des Zorns in die Augen. Trotzig wischte er sie weg. Gut, dass ihn Dayana so nicht sah.

Die kleine Elfe war bei Küchenchef Geréon geblieben, der versuchte, ihr mit einem guten Mittagsmahl und einer noch besseren, süßen Nachspeise die letzten Ängste vor der verlassenen Stadt zu nehmen. Dayana hatte sich anfangs gesträubt und Gregoralfo musste minutenlang auf sie einreden, bis sie ihn schließlich hatte gehen lassen. Er setzte den Fuß über die Schwelle.

„Passt auf!", sagte Gregoralfo, während er versuchte, auf die wenigen unverkohlten Längsdielen zu treten, von denen er hoffte, dass sie seinem Gewicht standhalten würden. Er fuhr sich durch die langen, rotbraunen Haare und streifte sie mit einem lauten, verbitterten Schnaufen zurück.

„Dir geht es nicht besser, als all den anderen Bürgern", sagte Schasar, der direkt hinter ihm lief. „Verschwende nicht zu viel Zeit darauf, dich zu bemitleiden. Es gibt Wichtigeres zu tun." Gregoralfo schnaubte verächtlich.

„Halt!", rief Arliandro und Schasar und der Dieb gehorchten sofort. Beide vernahmen ein anfangs leises, dann immer lauter werdendes Knarren und Knacken. „Bewegt euch nicht", flüsterte der Elf. Dann beugte er sich hinunter zum rußgeschwärzten Boden und begann leise in der Sprache der Waldbewohner zu singen.

„Was macht er da?", fragte Gregoralfo unsicher. Abrupt endete der Elf mit seinem Singsang.

„Ich rede mit den Bäumen, die deinem Haus diese Bretter

gaben."

„Da seht!", sagte der Dieb aufgeregt und zeigte auf das Grün, das nun aus einem der Astlöcher spross. Mit leisem Splittern schüttelten die Bodendielen den Ruß ab. Das zerstörerische Knarren hingegen wurde allmählich leiser und verschwand letztlich. Schasar nickte dem Elfen zu.

„Danke Arliandro."

„Der Zauber wird nicht von langer Dauer sein, wenn alle Krieger mit uns hinunter gehen. Denn das Holz war stark beschädigt. Wir sollten uns also beeilen", entgegnete der Elf.

„Wir haben keine andere Wahl. Wir gehen keine Risiken ein", erwiderte der Magier forsch. „Los! Wir haben keine Zeit zu verlieren", sprach er an den Dieb gewandt. Dem Magier war die ganze Unternehmung nicht geheuer. Zu gut erinnerte er sich an das, was sie unterhalb der Stadt in den Katakomben von Zimura erwartet hatte. Dass sich Arxor mit seinem Leichtsinn und Stolz immer wieder in Gefahr bringen musste. Schasar grinste. Er wurde Dahlgor immer ähnlicher …

Gregoralfo bewegte sich unsicher vorwärts. Doch das Holz hielt. Dann schob er die Überreste der Sänfte zur Seite und bückte sich, um die verborgene Falltüre zu öffnen. Er sah sich um. Gut zwanzig Krieger waren mittlerweile in den Raum getreten, darunter der Elf, der Magier und der König. Er würde ihnen sein Versteck zeigen. Er würde ihnen seine Schätze zeigen müssen. Der Bogen begann leicht zu wanken.

„Los, weiter", forderte der Magier ihn auf und Gregoralfo kletterte hinab. Er trat einen Schritt in den Raum, der in völliger Dunkelheit vor ihm lag.

„Ich bräuchte eine …", begann er.

„*Lux sintillis*", beschwor Schasar hinter ihm eine leuchtende Kugel herauf.

„… Fackel", endete der Dieb. „Aber das funktioniert sicher auch." Dann stockte er. Der Tisch, auf dem die Barren und Münzen gelegen hatten, und die Regale, in denen er Diademe und Becher aufgebahrt hatte, waren … „Leer. Alles weg." Er blickte zu dem Einstiegsloch zu den Katakomben, das er vor seiner Flucht notdürftig verrammelt hatte. Doch das Loch war nun freigelegt.

„Was?", fragte Schasar.

„Jemand war hier unten", sagte Gregoralfo, zeigte auf den Einstieg und zog seinen verzierten Dolch. Schasar sah sich aufmerksam um. Arliandro und vier weitere Krieger waren mittlerweile in den Raum herunter geklettert. Der Elf holte den Bogen kampfbereit hervor, die Soldaten zogen die Schwerter.

„Ich gehe vor", sagte Schasar und schob sich durch das dunkle Loch in der Wand. Die Kugel folgte ihm und erleuchtete den hohen Gang matt.

„Nach links", murmelte Gregoralfo hinter ihm, während er sich hinter dem Magier durch die Wand zwängte. „Dann immer geradeaus, dem Gang folgen." Arxor, Arliandro und gut fünfzig Krieger würden ihnen folgen. Der dunkle Tunnel lag wie ausgestorben dar.

„Irgendwo habe ich das schon einmal erlebt", murmelte Schasar, bevor er sich wachsam auf den Weg machte. Hinter sich hörte er die Soldaten mit Feuersteinen aufeinander schlagen.

„Quietus", brummte er und zeigte mit gespreizten Fingern auf die Fackelkrieger. Die Geräusche verschwanden abrupt. Dann sah er sie tadelnd und mit strengem Blick an. „Kein Wunder, wenn sie uns erwarten sollten", zischte er. Dann suchte der Magier mit den Augen nach Arxor, fand ihn im matten Halbdunkel und fuhr an den König gewandt fort: „Sie sollen leise sein. Und außerdem könnte uns der flackernde Schein ihrer Fackeln verraten." Schasars Nerven lagen blank. Musste der König auch den Helden spielen und hier herunter kommen, anstatt oben und in Sicherheit zu bleiben? Der Magier stapfte ohne ein weiteres Wort los. Die leuchtende Kugel über seinem Haupt hielt mit ihm Schritt.

Arxor hingegen versuchte erst gar nicht ihn auf seine plötzliche Reizbarkeit anzusprechen. Und auch Arliandro sah Arxor nur an und zuckte mit den Schultern. So gab der König seine Befehle weiter und folgte Gregoralfo, dem Magier und Elfen weiter in Richtung des unterirdischen Obeliskenraums, von dem der Dieb ihnen erzählt hatte.

Einige Zeit später gingen sie an der Stelle vorüber, an der Gregoralfo seine Schätze hatte fallen lassen. Doch fiel selbst dem Dieb nicht auf, dass diese mittlerweile verschwunden waren. Und schließlich erreichten sie die Mauerspalte, die ins Innere der Obeliskenhöhle führte. Schasar machte eine Geste mit der Hand, die die Krieger hinter ihm innehalten ließ. Das Licht erlosch.

„Dort ist es", zischte Gregoralfo hinter Schasar.

„Ich weiß", gab der Magier zurück und wandte seine Aufmerksamkeit wieder dem Raum vor sich zu. Dieser lag in völliger Dunkelheit vor ihm. Das mysteriöse blaue Feuer, von dem Gregoralfo ihnen erzählt hatte, war nicht zu sehen. Er spürte, wie jemand hinter ihn trat.

„Was meinst du?", flüsterte der Magier.

„Ich weiß es nicht", erwiderte Arliandro. „Aber ich spüre eine große Macht an diesem Ort."

„Ich auch. Doch ich kann sie nicht zuordnen."

„Es ist größer und älter, als das, was wir greifen können."

Der Magier nickte zustimmend. Dann drehte er sich um.

„Haltet euch die Augen zu. Und danach stürmt los und metzelt das nieder, was uns in dieser Halle erwartet", sagte er, bevor er „Jetzt!" schrie. Die Argonianer schlugen sich erschrocken die Hände vor das Gesicht. Arliandro schloss die Augen.

„Fulmen peracutus", rief Schasar und zeigte mit gespreizten Fingern auf die Halle vor ihm. Grelle Blitze entwanden sich seinen Fingerkuppen und wurden hinaus geschleudert. Schasar begann zu zittern. Lange würde er den Zauber nicht aufrechterhalten können. Langsam zwängte er sich geschickt durch die Felsspalte in den Raum. Dann brach er den Zauber ab.

„Los", sprach Schasar mit schwacher Stimme.

„Los!", rief Arxor und zeigte mit dem Schwert auf den Eingang. Die Soldaten setzten sich in Bewegung und strömten so schnell es ging hindurch und hinein in die kreisrunde Halle. Der Raum rund um die Obelisken füllte sich zusehends. Schasar lehnte sich gegen die Wand und schnaufte einige Male schwer.

„Wie geht es dir?", fragte Arxor.

„Es geht. Kümmere dich nicht weiter um mich! Du musst sie

führen." Der König nickte. „Aber sei vorsichtig!" Arxor lächelte und machte auf dem Absatz kehrt, um in den Raum zu stürmen. Schasar stemmte sich von der Wand ab. Dieser Ort war ... Er suchte nach dem richtigen Wort, doch er fand kein besseres als: verwirrend.

„*Quaero magic*", rezitierte er die Zauberformel, die ihm die Anwesenheit magischer Wesen und Dinge anzeigen würde. Jäh veränderte sich Schasars Blickfeld. Der Raum vor ihm verschwamm. In grellem Grün strahlten ihm die Obelisken entgegen, während der Rest in Dunkelheit dalag. Der Magier stöhnte auf. Der Blick raubte ihm nahezu die letzte Kraft. Er hätte ihn nicht anwenden sollen, aber er musste sicher gehen, musste Arxor und die Seinen vor den Schatten bewahren. Schasar sah hinauf zu den Treppengängen. Er erkannte keine Auren, die auf die Schwarzmagier schließen ließen. Doch wer hatte dieses Gewölbe durch Gregoralfos geheimen Gang betreten, wenn es nicht die Schatten waren? Oder gab es woanders weitere Zugänge und die Schatten waren nur zufällig auf das unterirdische Zimmer des Rothaarigen gestoßen?

„Hier ist niemand!", rief einer der Soldaten und riss den Magier aus seinen Gedanken. Die übrigen Argonianer stimmten ihm von den anderen Seiten des Raumes aus zu. Schasar brach den Zauber ab.

„Arliandro", rief der Magier. Der Elf kam zu ihm geeilt. „Hier stimmt etwas nicht. Dieser Raum verwirrt mich und meine Gefühle. Und er schwächt mich."

„Das ist die alte Magie, Schasar. Es wundert mich nicht. Der Raum verteidigt sich gegen Eindringlinge. Und doch ist etwas ..."

„Seltsam?", fragte Schasar. Der Elf nickte. „Mir geht es genau so. Hier gibt es mehr, als das, was der Raum uns bislang offenbart hat." Schasar trat an einen der Obelisken. Je näher er dem schwarzen Steinkoloss kam, desto schummriger wurde ihm.

„Das ist keine gute Idee", murmelte Arliandro, der Schasar in einigem Abstand folgte. Die Knie des Magiers begannen zu zittern, er spürte einen stechenden Schmerz hinter den Schläfen. Dann legte er eine Hand auf den kühlen Stein und schloss die

Augen.

Im ersten Augenblick passierte nichts. Schasar atmete beinahe erleichtert aus. Dann rang ihn ein greller Blitz, der seine Gedankenbahnen zu zersprengen drohte, nieder. Der Schmerz war unerträglich. Seine Hand verkrampfte sich. Sein Körper begann sich unkontrolliert zu schütteln. Arliandro machte einen Satz vorwärts und riss Schasar zurück. Der Magier atmete stoßweise aus.

„Danke", murmelte er. Dann sah er einen Schatten hinter einem der Obelisken vorbeihuschen. „Dort", rief Schasar und stemmte sich hoch. „Bleibt zurück!" Arliandro gehorchte ihm nur widerwillig. Schasar machte einige unsichere Schritte in die Dunkelheit. Da war er wieder, der Schatten.

„Pertefractio", rief der junge Magier und ein greller, blauer Blitz entwand sich aus seinen Fingerkuppen. Ein unscheinbares Quietschen antwortete ihm. Dann wurde es still. „Bleibt zurück!", mahnte Schasar die anderen noch einmal. „Lux sintillis", beschwor er dann eine neue Lichtkugel herauf. Er wusste nicht, was dies für ein Wesen der Dunkelheit war, aber er war sich fast sicher, dass er es mit dem Versteinerungszauber getroffen hatte.

„Nein. Nein. Nein. Ist er total verrückt?", schallte eine schrille Stimme von der anderen Seite des Obelisken herüber. Schasar ging vorsichtig um den schwarzen Stein herum. „Was macht er da?", hörte er die Stimme plötzlich unmittelbar neben sich fragen. Erschrocken taumelte er zurück, als ein kleiner, über und über mit goldenen Ketten behangender Goblin aus einer schmalen Felsspalte in der Wand trat und dem Magier mit einem Holzprügel kräftig vor dessen Schienbein schlug.

„Pertefracti-auu-ooh", schrie Schasar, während er rücklings zu Boden fiel. Und dieses Mal traf der Zauber sein Ziel – zumindest beinahe. Der Goblin hob die mit edlen Ringen bestückte Hand einen Bruchteil, bevor ihn der Kraftstrahl erreichte. Der Zauber prallte ab und zischte in Richtung der steinernen Decke.

„Er macht es ja schon wieder." Der Goblin schüttelte den Kopf und schlug Schasar dieses Mal vor das andere Bein. Dann hängte er sich den Prügel wieder an den Kordelbund.

„Au", rief der Magier und hielt sich nun das andere Bein. Im selben Moment schlug der abgelenkte Zauber in der Decke ein. Die Erde um sie herum begann zu beben.

„Ist schon gut. Der böse Magier wird dir schon nichts tun." Erst jetzt bemerkte Schasar die aufgeregt gurrende Taube, die der Goblin in der bekrallten Klaue hielt. Das Schattenwesen tätschelte dem Tier behutsam über den Kopf. Die kleinen Hauer in den Mundwinkeln vibrierten, als der schweinsgesichtige Goblin wieder aufsah und Schasar ansprach: *„Was sollte das? Wer hat dich eigentlich Magie gelehrt?"*

„Schasar, alles in Ordnung?", hörte der Magier Arxor fragen.

„Ja, schon gut", rief Schasar. „Bleibt, wo ihr seid! Ich regle das schon." Dann wandte er sich dem Goblin zu. „Was sollte ...", begann er, doch der Goblin unterbrach ihn: *„Stein auf Stein. Du bist von Mauern umgeben und willst Stein mit Stein bekämpfen? Was für ein törichter Gedanke!"*

„Aber ...", begann Schasar erneut, doch der Goblin schüttelte nur den Kopf.

„Lerne, junger Magicus, was solch entfesselte Energie bewirken kann. Halte dich gut fest und denke daran: Stein kann Stein nicht besiegen", grunzte er, bevor er sich in eine kleine Felsspalte in der Wand hinter sich zwängte und gespannt nach oben sah.

„Was zum ...", rief Schasar und stemmte sich die Schmerzen ignorierend hoch. „Alle raus hier!", schrie er.

„Raus, raus", hörte er Arxor panisch rufen. Die Wände, der Boden, die starken Obelisken, alles bebte und dann löste sich zu aller Schrecken mit einem ohrenbetäubenden Knirschen der erste Felsbrocken aus der Decke. Die Soldaten nahmen Arxor in ihre Mitte und zwängten sich durch die Spalte in den dahinter liegenden Gang. Arliandro kam Schasar zur Hilfe und versuchte dem humpelnden Magier auf die Beine zu helfen. Die ersten Steine schlugen in den seitlichen Treppengängen ein und rauschten beinahe ungebremst durch die serpentinenförmigen Etagen des hölzernen Rundgangs. Die mannshohen Brocken würden sie beide erschlagen.

„Schneller Schasar", schrie Arxor verzweifelt. Der Magier sah auf. Die Steine kamen rasch näher.

„Es hat keinen Sinn. Wir schaffen es nicht mehr", murmelte Schasar. „Ich bleibe hier. Geh!" Arliandro nickte und flüsterte schnell einige elfische Worte. Dann verwandelte er sich in einen Falken und stieß sich kreischend vom Boden ab. Schasar folgte dem Vogel humpelnd. Neben einem der Obelisken machte er erschöpft Halt. Der Falke war mittlerweile hinter Arxor und den letzten Soldaten aus dem kreisrunden Obeliskenraum heraus geflogen. Schasar wusste, dass er es nicht mehr schaffen würde. Arxors und sein Blick trafen sich. Der Magier erkannte blankes Entsetzen in den Augen seines Freundes.

„*Pertefractio*", rief der Magier verzweifelt und hob schützend die Hände über den Kopf.

„Schasaaaar", schrie Arxor, als die Felsbrocken Schasar erreichten und ungebremst auf ihm niedergingen.

Das ohrenbetäubende Tosen der aufschlagenden Steine hatte aufgehört. Der Staub legte sich jedoch nur langsam. Die Krieger lagen zumeist am Boden, husteten sich die Lungen aus dem Leib und versuchten sich vergeblich den Steinstaub aus den Augen zu wischen. Ihre Münder waren trocken, röchelnd schnappten sie nach Luft. Arliandro sah auf. Neben ihm stemmte sich der König mühsam hoch und trat wankend auf den Spalt in der Mauer zu, der derart verschüttet war, dass sich ein normaler Mann nur mit Mühe hindurchzwängen konnte.

„Arxor ... Arxor!", rief Arliandro und versuchte den König zurück zu halten, der sich unsicher aber unbeirrt daran machte die vereinzelten, größeren Felsbrocken hinaufzuklettern, um in den Obeliskenraum zu gelangen. Schließlich zwängte er sich hustend und prustend auf allen vieren durch die Felsspalte.

Das Licht der zwei Sonnen fiel nun in den kreisrunden Raum. Arxor schluckte. Zwischen den Trümmern der langen Treppen, die halb zerstört quer im ganzen Raum hingen, und den unzähligen Felsbrocken lagen die zerschmetterten Körper von Pferden, Vieh und königlichen Soldaten. Es sah aus wie auf einem Schlachtfeld. Arxor wurde schmerzlich bewusst, dass die Soldaten auf dem Obeliskenplatz sicher aus dem Nichts von dem Erdbeben überrascht worden waren.

„Schasar", flüsterte er und stakste wie in Zeitlupe über Felsbrocken und Geröll. Arliandro und einige der Soldaten waren ihm mittlerweile gefolgt.

„Seht nach, ob noch jemand lebt und bringt sie dann hinauf", forderte der Elf die Krieger auf, die stumm nickten. Dann trat er vor den Obelisken, an dem er Schasar verlassen hatte. Er legte den Kopf an den schwarzen Stein und atmete schwer aus. Der Magier hatte sich nicht mehr retten können. Ein leises Knistern ließ ihn hochschrecken. Er hob den Kopf und zwängte sich danach zwischen den Obelisken hindurch. Arliandro trat in den Teil, unter dem sich das Bassin befinden musste, in dessen Mitte der fünfte Obelisk stand. Um diesen schwebten seltsame, blaue Funken. Er trat an den Stein und legte vorsichtig die Hand auf die kühle, glatte Oberfläche.

Währenddessen irrte Arxor noch immer planlos durch die Trümmer. Dann hörte er ein leises, gleichmäßiges Prasseln und sah auf.

„Schasar?", murmelte er und sah sich um. Um einen der Obelisken schwebten blaue Funken. Der König legte die Hand auf den kühlen, schwarzen Stein.

Gregoralfo wurde schlecht, als er in das Gesicht eines der leblosen Krieger sah, der von den Trümmern zerschmettert worden war. Er hielt sich die Hand vor den Mund und schüttelte angewidert den Kopf.

„Ihr dürft Euch das nicht so zu Herzen nehmen", versuchte ihn einer der Soldaten zu beruhigen, der gerade dabei war, einen der Felsbrocken fortzurollen, um einen eingeschlossenen Toten darunter herauszuziehen. „Manchmal spielt einem das Schicksal übel mit. Ihr solltet besser nach oben gehen."

Übelkeit kroch Gregoralfos Speiseröhre mit immer größer werdenden Schritten empor. All diese sinnlosen Toten. Dabei hatte der Krieg noch nicht einmal begonnen. Wahrscheinlich hatte der Krieger recht. Vielleicht sollte er besser gehen. Diese Bilder würde er nie wieder vergessen. Er hatte schon genug mitgemacht seit der Nacht, in der Kimón überfallen worden war.

Dann hörte er ein leises Knistern. Er schaute sich um und erblickte den König, der seine Hand an einen der Obelisken gelegt hatte. Doch das Knistern schien nicht von dort zu kommen. Der Dieb blickte auf die andere Seite. Blaue Funken tanzten auf knapp drei Schritt Höhe um den sich dort befindlichen, schwarzen Obelisken. Er ging auf den Stein zu und legte die Hand auf dessen glatte Oberfläche.

Der kleine Goblin fluchte. Was hatte sich der Magicus nur dabei gedacht? Wer hatte den eigentlich aufgezogen? Vor ihm hatte Er solchen Respekt? Der letzte der Magici. Der Goblin lachte spöttisch. Mit einem Fingerzeig verwandelte sich der große Brocken vor seiner Felsspalte in Sand, der schnell in die Fugen zwischen den anderen Steinen davon rieselte. Sonnenlicht fiel durch die Spalte und der Goblin hob erschrocken die Hände vor die Augen.

„Auch das noch", grummelte er zornig, während er sich behäbig durch die Felsspalte zwängte. Er stemmte sich hinauf. Dann vernahm er ein leises Knistern. Was war das nun schon wieder? Blaue Funken schwirrten um den schwarzen Steinobelisken und summten seltsam. Er wurde von ihnen angezogen und hob die bekrallte Klaue, um den schwarzen Stein zu berühren.

Auf dem Obeliskenplatz war Geréon gerade dabei das Essen für den König und seine engsten Vertrauten vorzubereiten, als die Erde unter seinen Füßen zu Beben begann.

„Stehen uns die Ahnen bei", murmelte er. Geistesgegenwärtig ließ er die Kessel auf dem Feuer stehen und nahm die kleine Elfe an die Hand. „Los, wir müssen hier weg. Schnell!" Dayana sah ihn aus ihren tiefgrünen Augen ängstlich an, blieb jedoch reglos stehen. „Kleine, dafür haben wir nun wirklich keine Zeit." Er zog leicht an ihrem Arm. Das Beben wurde immer stärker.

„Alle raus aus der Stadt", rief einer der Hauptmänner, der in unmittelnaher Nähe stand und wild mit den Armen fuchtelte. „Und der König?", fragte einer der umstehenden Krieger. „Darüber machen wir uns später Gedanken." Geréon schüttelte entrüstet den Kopf, besann sich dann jedoch eines Besseren. „Also beim besten Willen", grummelte er, dann bückte sich der fettleibige Koch umständlich und nahm die Kleine hoch. Er hielt die austretende Elfe so fest er konnte, ohne sie zu verletzen, und rannte los. Er blickte nicht noch einmal zurück.

Dayana erwachte aus ihrem Tagtraum. Der dicke Koch hatte sie hochgehoben. Die Elfe strampelte, versuchte sich loszureißen. Was geschah hier? Die Erde bebte. Etwas stimmte nicht. Wo war Gregoralfo nur? Tränen begannen in ihren Augen empor zu steigen. Dann ließ ein lauter Knall die Erde ein letztes Mal erschüttern. Sie presste sich fest an die Schulter des Kochs und hielt sich die Ohren zu. Und dann sah sie, wie die Erde um den Platz der Obelisken plötzlich absackte und, wilde Staubwolken aufschleudernd, ein gigantisches Loch freigab, das sich stetig vergrößerte. Sie spürte, wie der Koch das Gleichgewicht verlor. Im Fallen versuchte er sich zu drehen, sodass er nicht mit seinem ganzen Gewicht auf ihr landen würde. Doch er schaffte es nicht. Dayana fiel zu Boden, landete mit den Händen voran auf der steinigen Straße. Ihr Kopf schlug auf dem harten Untergrund auf, dann landete der Koch seitlich auf ihrem Bein und starke Schmerzen raubten ihr die Sinne.

Arxor strich behutsam und in Gedanken verloren mit den Fingerspitzen über den schwarzen Stein. Schasar war für immer begraben unter den Trümmern, auf denen er gerade stand. Arxor blickte auf die blauen Funken, die langsam auf ungefähr drei Schritt Höhe um den Obelisken tanzten. Dann erstarrten sie, um kurz darauf schneller als noch zuvor um den magischen Stein zu jagen. Immer schneller flogen die Funken, verbanden sich zu einer faustgroßen, blauen Schlange, die nun langsam spiralförmig an dem Obelisken nach oben kroch. Arxors Blick wanderte hinauf, dann stockte ihm der Atem.

„Dayana, pass auf!", schrie der König, als er die kleine Elfe plötzlich auf den Rand des Abgrundes zuwanken sah.

Geréon erwachte. Sein Kopf schmerzte. Was war geschehen? Der Koch fasste sich an die Schläfen, wischte sich mit der Hand über das Gesicht. Sein Blick schweifte kurz umher. Er sah an sich hinab, bewegte vorsichtig Arme und Beine. Er schien nicht schwerer verletzt zu sein.

Aber seine Kleider waren dreckig. Vorsichtig schlug er Sand, Erde und Steine ab. Dann kam die Erinnerung. Panisch blickte er sich um. Wo war Dayana? „Nein!" Er entdeckte die kleine Elfe am Rand des gigantischen Loches.

„Dayana", rief er panisch vor Angst und versuchte sich erschöpft hochzustemmen.

Dayana stand am Rand des Abgrundes. Unter sich blickte sie in die Tiefe und erkannte die Soldaten des Königs, die einige von Trümmern erschlagene Tiere und Menschen unter den Brocken herauszogen. Ihr wurde schlecht. Hölzerne Gerüste hingen bedrohlich gegen die starken Obelisken gelehnt, an denen seltsame blaue Schlangen spiralförmig gen Himmel krochen. Ihr wurde schummrig. Sie schluckte. Dann wurde ihr schwarz vor Augen und sie verlor das Gleichgewicht.

„Nein", schrie Arxor, als er sah, wie Dayanas Körper schlaff zusammensackte und dann einfach vornüber fiel. Die zierliche Elfe stürzte einige Schritte senkrecht in die Tiefe. Dann stieß sie gegen einen schweren Balken, wurde herumgeschleudert und krachte schließlich auf einen noch intakten Treppenteil, der daraufhin gut fünfundzwanzig Schritt über dem Boden gefährlich hin und her wankte. Sie blieb reglos liegen.

„Helft ihr!", schrie der König. „Wie kommen wir da hinauf?"

Gregoralfo stockte der Atem. Das musste ein schlechter Traum sein. Er würde bald erwachen. Tränen standen dem Dieb in den Augen. Doch schon kam Arxor zu ihm gerannt, griff ihn hart an die Schulter.

„Wie konnte das passieren?", schrie Gregoralfo und schüttelte den Kopf. „Was habe ich nur getan, sie mit hierher zu nehmen?"

„Wir müssen sie retten. Wie kommen wir da rauf?", rief der König und sah sich panisch um. Gregoralfos Blick heftete sich auf die weitgehend zerstörten Treppengänge. Es wäre Selbstmord über die wenigen, noch intakten Holzkonstruktionen hinauf zu klettern. Angsterfüllt starrte er wieder hinauf zu dem Treppenstück, auf dem Dayana lag.

Dann erkannte er eine zweite Gestalt, die an den Rand des Lochs getreten war.

Geréon blickte hinab in die Tiefe. Die Soldaten am Boden des Obeliskenraumes standen als Gruppe zusammen und zeigten zu ihm hinauf. Dem Koch zitterten die Knie. Es war doch nicht seine Schuld, dass die kleine Elfe hinab gefallen war. Er schluchzte. Als ob er dem Kind so etwas gewünscht hätte. Und jetzt gaben sie ihm sicher die Schuld. Er hätte doch alles für sie … Dann sah er Dayana, den zerbrechlichen kleinen Körper, der reglos auf einem der hölzernen Konstruktionen lag, die scheinbar wahllos in dem einst unterirdischen Raum ineinander verkeilt waren.

Es musste eine Möglichkeit geben, ihr zu helfen. Der Angstschweiß rann ihm in Strömen den Nacken hinab, der Rückenteil seines noch immer staubigen und von Kochflecken übersäten Hemdes war durchnässt.

Er schüttelte den Kopf und fasste eine Entscheidung: er würde hinabklettern. Doch wie? Verzweifelt sah er sich nach einem

Seil um, das lang genug sein könnte. Er fand nichts Passendes. Woran sollte er es auch festmachen? In einiger Entfernung machte er Schasars verwaisten Wagen aus. Die Pferde waren längst losgebunden worden oder hatten sich losgerissen. Vielleicht konnte er den Holzkarren nah genug an den Abgrund heran schieben, quer stellen und sich von ihm aus abseilen. Der Zweiachser sollte ihn und Dayana tragen können.

Mühsam zog er an den Wagen in Richtung des Abgrunds. Wo waren eigentlich die Soldaten, wenn man sie mal brauchte? Nicht einer war geblieben. Mit dieser Einstellung und Moral würden sie es gegen die Schatten schwer haben. Hatte sich in sieben Jahren so viel verändert? Oder war es die schmerzhafte Erfahrung der letzten Schlacht, die sie übervorsichtig werden ließ? Dann hatte er den Karren quer vor das Loch gezogen.

Er blickte kurz hinunter. Die Elfe lag noch immer reglos auf den Holzplanken. Die Krieger auf dem Boden waren mittlerweile weniger geworden. Vielleicht kamen sie hinauf und würden ihm dann helfen. Ungestüm kramte er in den Sachen des Magiers. Vielleicht fand er hier ein Seil? Pferdegeschirr. Er blickte noch einmal hinab. Die ersten Planken befanden sich gut fünf Schritt unter ihm. Das würde nicht reichen. Vielleicht, wenn er zwei Lederriemen miteinander verband? Dann würde er wenigstens auf das Holzgerüst gelangen. Danach musste es ihn nur noch halten. Und wie bekam er die Elfe wieder hinauf? Oder sollte er sie besser hinunter bringen? Auch wenn es dann noch gut zwanzig Schritt zu der Stelle sein mussten, an der Elfe lag. Er musste Handeln. Und er würde Handeln.

Das eine Ende um die Achse des Karrens geknotet ließ sich der Koch langsam hinab in die Tiefe. Er betete inständig zu den Ahnen, dass sie ein Auge auf ihn haben mögen, während er dieses halsbrecherische Vorhaben umzusetzen versuchte. Das war blanker Wahnsinn, ging es ihm durch den Kopf, als er dicht an die seitliche Wand gepresst allmählich den Boden unter den Füßen verlor und hinab glitt.

Sein Gewicht machte ihm zu schaffen. Schnaufend stemmte er sich mit beiden Beinen gegen die Wand und versuchte eine kurze Pause zu machen. Das war nicht eine seiner besseren Ideen gewesen, aber sicher die selbstloseste und verrückteste. Und er würde, so schwor er sich feierlich, sofern er dies überstand, in naher Zukunft weniger von all den guten Speisen kosten, die er für des Königs Tafel zubereitete. Dann ließ er sich vollends hinab und tastete mit den Fußspitzen unsicher nach der erstbesten Holzplanke und kam leicht schwankend zum Stehen.

„Was genau macht er da?", fragte Arxor, während er dem Koch dabei zusah, wie er etwas vor das Loch zog. „Er wird doch nicht …?" Arxor stockte, als er sah, wie der Koch sich unsicher rücklings hinab ließ.

„Er versucht sie tatsächlich zu retten", murmelte Gregoralfo.

„Das ist eine ganz schlechte Idee", sagte Arxor leise. „Das werden beide nicht überleben! Aber alleine kommt er nie wieder hoch. Und ihn jetzt in Panik zu versetzen wäre das Schlimmste. Los, raus hier und nach oben. Von dort aus ziehen wir ihn hoch und schicken jemanden hinunter, der …", er suchte nach den richtigen Worten „… sich besser mit so etwas auskennt. Von hier unten können wir nichts für sie tun. Hoffen wir das Beste. Komm schon, Gregoralfo", sagte er beinahe freundschaftlich und legte dem Dieb von Argonia sanft die Hand auf die Schulter.

„Ich bleibe hier unten. Nur, falls …" Gregoralfo hielt inne.

„Sie werden es schon schaffen. Wir beeilen uns", erwiderte der König und machte auf dem Absatz kehrt. Es sollten heute nicht noch mehr von seinem Mannen unnötig in die Hallen der Ahnen eingehen. Vor allem nicht die, die ihm so nahestehen, dachte Arxor und schalt sich im gleichen Moment dafür. Seine Gedanken wanderten zu Schasar. Dann gab er seinen Soldaten ein schnelles Handzeichen und sie folgten ihm durch den Mauerspalt.

Dayanas Körper schmerzte überall. Sie konnte sich nicht bewegen. Die Schmerzen waren unerträglich. Sie schaffte es nicht einmal zu schluchzen, denn selbst das Weinen und Wimmern tat weh. Unter Schock lag sie einfach nur da und bewegte sich nicht. Die Augen hielt sie geschlossen, den Atem flach. So schmerzte es am Wenigsten.

Dann begann der Boden leise zu vibrieren. Jede kleine Regung ließ sie tausende von spitzen Nadelstichen am ganzen Körper spüren. Doch sie hatte nicht einmal mehr die Kraft, aufzustöhnen.

Geréon hatte es fast geschafft. Er musste nur noch auf die nächste, wieder ein wenig höher gelegene Empore klettern, dann hätte er die Kleine erreicht. Wie er sie dann von diesem wackeligen Konstrukt schaffen würde, darüber hatte er sich wenig Gedanken gemacht. Erst einmal wollte er bei ihr sein. Alles Weitere kam dann. Er hatte gesehen, dass die meisten Soldaten den Raum unter ihnen mittlerweile verlassen hatten. Sie würden ihm sicher zur Hilfe kommen.

Plötzlich vernahm er einen leichten, hellen Schein in den Augenwinkeln. Er blickte an dem Obelisken hinab, mit dem sich dieser Teil des Holzkonstrukts verkeilt hatte. Um den schwarzen Stein räkelte sich gut fünf Schritt unter ihnen ein blaue, spiralenförmige Schlange langsam zu ihnen hinauf. Er wusste nicht wieso, aber seine Intuition sagte ihm, dass er Dayana schnell fortschaffen sollte.

Der rundbäuchige Koch zog sich langsam und ächzend hinauf. Das gesamte Gerüst begann zu wanken. Er verharrte still, bis es sich wieder ausbalanciert hatte. Er musste es wagen, bevor diese verfluchte blaue Funkenschlange sie erreichen würde.

Arliandro lehnte die Stirn mit geschlossenen Augen an den mittleren Obelisken und konzentrierte sich auf die leise Musik. Eine gleichmäßige Melodie hatte ihn in ihren Bann gezogen. Er wusste, dass die Menschen sie nicht hören würden. Die

Sphärenmusik. Das leise Flüstern der Magie.

Langsam schwenkte er in ihrem Takt mit. Sein Körper gab sich der Melodie hin, wurde eins mit ihrem Rhythmus. Er spürte, dass etwas Großes bevorstand. So viele Zeichen! Doch konnten es so viele Zufälle sein? Und dann hörte der Elf ein lautes Krachen und einen entsetzten Schrei.

Er öffnete die Augen und blickte hinauf. Zwischen zweien der äußeren Obelisken ragte auf gut zwanzig Schritt Höhe ein wankendes Stück der Holztreppe in den Innenteil des Steinkreises. Auf ihr stand Geréon und hielt Dayana auf dem Arm. Der rundbäuchige Mensch kämpfte mit dem Gleichgewicht. Wie kamen dieser Narr und das Mädchen nur auf das Gerüst? Sie würden in den Tod stürzen. Fieberhaft überlegte Arliandro, wie er ihnen helfen konnte. Doch er konnte von hier aus nichts für sie tun. Er sah, wie das Gewicht der Beiden die Planken zum Biegen brachten.

„Schnell. Ihr müsst laufen, sonst brechen die Bretter", rief der Elf. Er sah, wie Geréon mit einem letzten Sprung in Richtung des Außenrings hechtete.

Geréon lehnte sich nach Luft japsend gegen den schwarzen Obelisken. Das war gerade noch einmal gut gegangen.

„Es wird wieder", sagte er an Dayana gewandt, die kraftlos den Kopf gegen seine Schulter gelehnt hatte. Die kleine Elfe stöhnte leise auf. Der Koch wusste, dass er sie so schnell wie möglich zu Schasar oder einem der mitgereisten Medici bringen musste. Aber als erstes musste er sie beide von diesem Gerüst herunterschaffen. Geréon blickte hinab in die Tiefe und erkannte Arliandro.

„Alles in Ordnung hier oben. Wir schaffen es schon." Der Koch hob kurz die Hand, um dem Elf zu winken. Sein Gewicht verlagerte sich und das Holzgestell begann daraufhin gefährlich hin zu her zu wanken.

„Wohaaaah", stieß der Koch hervor, während er krampfhaft versuchte, die Planken auszubalancieren. Mit der freien Hand tastete er aufgeregt nach dem Obelisken und fand ihn. Ein leichtes Prickeln durchströmte seine zittrige Hand, wanderte schnell den

Arm empor. Geréon zog sie ruckartig zurück und drehte den Kopf zur Seite. Dort, wo seine Hand eben noch den schwarzen Stein berührt hatte, tanzten nun diese seltsamen blauen Funken. Erschrocken trat er einen Schritt zurück. Zu schnell. Er spürte, wie sich das Holzgerüst bedrohlich senkte und dann mit einem ohrenbetäubenden Krachen nachgab. Er verlor den Boden unter den Füßen. Vor Schreck ließ er Dayana los, die nun ebenfalls hilflos in die Tiefe stürzte. Wild mit den Armen rudernd wusste er, dass er versagt hatte. Er hatte sie retten wollen, doch er hatte es nicht geschafft. Das arme Mädchen, dachte er nur noch, als sie den Boden schon fast erreicht hatten.

„Nein", stieß Arliandro hervor, als das Gerüst zwanzig Schritt über seinem Kopf zerbarst. Der Koch und die Elfen fielen in die Tiefe und mit ihnen weitere hölzerne Trümmer. Er konnte nichts mehr für die beiden tun. Der Elf kniete nieder, senkte den Kopf in Demut und begann leise, mit geschlossenen Augen zu singen. Er flehte das Schicksal an. Er bat die Quelle der Macht, die noch vor einigen hundert Jahren ihre magischen Kräfte für das Elfenvolk hatte sprudeln lassen, ihm ihre Stärke zu offenbaren. Dayana und Geréon durften nicht sterben. Erst Schasar und nun auch noch diese beiden? Was war dies nur für ein Ort?
Seine Hände begannen zu zittern, sein ganzer Körper vibrierte, dann öffnete er die Augen. Etwas Großes, Unheimliches braute sich zusammen. Ein leises, dumpfes Dröhnen kündigte es an. Ein Geräusch, das der Elf noch nie zuvor vernommen hatte. Und dann brach es blitzartig aus dem Nichts hervor. Der Boden um ihn herum begann zu brennen. Das blaue Feuer bäumte sich wild flammend auf und versengte prasselnd die Steine unter Arliandros Füßen. Doch des Elfen Blick verharrte starr auf den beiden fallenden Körpern, die sich nun nur noch knapp fünf Schritt über dem Boden befanden.
Er spürte, wie sein Körper sich gegen die Macht der blauen Funken zu wehren versuchte. Er zitterte immer stärker. Sein Kopf begann zu schmerzen. Ein unangenehmes Pochen, das zunehmend stärker wurde.
Dann erklang ein gurgelndes Grollen und aus dem Funkenmeer,

das ihn umgab, wurde urplötzlich ein flammender hellblauer Ring hinauf in die Lüfte geschleudert. Arliandros Knie gaben nach. Ihm wurde schummrig. Dann schlug plötzlich etwas sanft, aber ungeduldig gegen seine Schulter.

„Hier Junge, halt dich daran fest. Bevor du mir hier noch zusammenbrichst", sagte eine quiekende Stimme. Wie in Trance griff Arliandro nach dem hölzernen Schlegel und zog sich hoch, hinaus aus dem Meer der blauen Funken. Dann wurde er ohnmächtig.

Gregoralfo sah Geréon auf dem Holzgerüst wanken. Aber der Koch hatte es tatsächlich geschafft, er hatte Dayana erreicht. Dann begann der verkeilte Holzturm zu beben. Geréon stolperte ins Innere des Obeliskenkreises.

Gregoralfo stockte der Atem. Behände kletterte der Dieb über die ersten Felsbrocken und zwängte sich zwischen zwei Obelisken hindurch ins Innere des Obeliskenkreises. Er hörte Geréons Schreckensschrei und das Brechen der Holzplanken.

„Neeeein", rief Gregoralfo und blickte nach oben. Trümmer regneten herab. Geréon und Dayana fielen, würden auf dem Boden zerschellen. Was konnte er tun?

Plötzlich wurde das Innere des Obeliskenkreises in mattes Licht gehüllt. Gregoralfo sah Arliandro in der Mitte des nun wieder aufgeflammten Funkenmeeres stehen. Konnte der Elf noch etwas für sie tun?

Dann hörte er ein dumpfes, langgezogenes Röhren. Und jäh wurde eine Welle blauen Lichts hinaus in Richtung Himmel geschleudert. Gregoralfo sah der Woge der Macht mit offenem Mund nach. Dann erreichte sie Dayana und den Koch, hüllte sie ein und ein lautes Donnern ließ ihn zusammenschrecken. Ein heller Blitz blendete ihn, ein greller, markerschütternder Schrei raubte ihm schier die Sinne. Verkrampft schloss er die Augen und hielt sich die Ohren zu.

Dann vernahm er den vibrierenden, dumpfen Aufprall. Waren

es nur die Trümmer oder auch die Körper von Dayana und Geréon? Gregoralfo öffnete die Augen und schluckte. Ein aufgeregtes Kribbeln lief seinen Rücken herunter. Er fröstelte, bekam eine Gänsehaut.

Auf einem Schritt Höhe lag Dayana waagerecht in der Luft. Er pries die alten Elementarwesen, dankte den Ahnen, die über sie gewacht hatten. Doch wie war das nur möglich? Der Dieb stolperte los, trat ohne Nachzudenken in das runde Bassin. Er streckte die Hand aus, berührte Dayanas Arm, der schlaff herab hing. Ihr Puls ging schnell. Sie war am Leben. Flüchtig blickte er sich um. Wo war der Koch? Und die Trümmer? Wo waren all die Trümmer? Unter seinen Füßen sah er nur den glattpolierten, grauen Marmor eines antiken Bassins.

„Zieh sie raus", hörte er da eine quietschende Stimme sagen. Gregoralfo blickte sich um und sah einen kleinen Goblin, der halb über Arliandro gebeugt stand und den Elfen aus dem blauen Feuer hievte.

„Was?", fragte der Dieb unsicher.

„Du sollst sie rausziehen. Sieh, was mit ihr passiert!" Und Gregoralfo schaute auf die vor ihm schwebende Elfe hinab. Dayana zitterte leicht, als schliefe sie einen unruhigen Schlaf. Und dann sah er die schneeweißen Fäden, die ihren Körper umspielten. Dann hielten sie inne, um sich Sekundenbruchteile darauf auf Dayana zu stürzen. Ihr Körper zuckte, bäumte sich auf.

„Was zum …", stieß Gregoralfo hervor. Er umklammerte Dayanas Taille, zog ruckartig an ihr. Doch sie bewegte sich nicht von der Stelle. Ihre dunklen Haare begannen nun im flackernden Funkenlicht zu wachsen, veränderten die Farbe, wurden langsam hellbraun, dann immer blonder.

Langsam begann der Körper der Elfe in die Höhe zu schweben. Gregoralfo umklammerte sie fest, doch die mysteriöse Kraft zog immer stärker an ihr. Der Dieb meinte ein leichtes Stöhnen vernommen zu haben. Er streichelte über Dayanas Haar, das mittlerweile schneeweiß geworden war. Ihre Gesichtszüge strafften sich, ihre Hände, ihr gesamter Körper veränderte sich. Sie wuchs. Was war dies für ein fauler Zauber?

Bald schon spannten ihre zuvor schlaffen Kleider, bäumten sich auf unter ihrem wachsenden, nun immer fraulicher werdenden Körper.

„Schnell. Sie wird diese Macht nicht lange aushalten und vergehen. Tu etwas", rief der Goblin, doch Gregoralfos Kraft schwand zusehends. Er konnte sie nicht retten. „Muss ich denn alles selber machen?", brummte der Goblin und stakste heran. Dann holte er die weiße Taube hervor, flüsterte ihr etwas ins Ohr und warf sich hinauf in die Luft. Gregoralfo blickte ihr nach.

„Augen zu!", befahl der Goblin und Gregoralfo hörte das leiernde Röhren erneut. Der grelle Blitz blendete ihn nur kurz, dann war er vergangen und die Taube war verschwunden. Mit ihr hatte auch das blaue Feuer aufgehört zu prasseln. Dayana fiel auf den Boden. Gregoralfo sank neben ihr auf die Knie und streichelte ihr mit Tränen in den Augen über den Kopf.

„Danke", flüsterte er und sah flüchtig zu dem Goblin hinüber.

„Keine Ursache. Ihr geht es gut. Ihre Wunden werden verheilt sein, wenn sie erwacht. Sie strotzt jetzt nur so vor Energie. Aber pass nächstes Mal besser auf sie auf! Ich kann nicht immer da sein, um sie zu retten." Der Goblin blickte prüfend nach oben.

„Wenigstens ist es jetzt wieder geschlossen." Er schüttelte den Kopf und sah sich dann suchend um. „Und nun lass uns den letzten der Magici ausgraben", grummelte das Erdwesen halb verächtlich, halb glucksend.

Feind und Freund

„Bring die Kleine durch die Felsspalte und leg sie in den Gang!", befahl der Goblin. „Hole dann den Elfen. Und warte danach dort, bis ich dir Bescheid gebe!" Gregoralfo nickte und hob Dayana vorsichtig hoch. Dann kletterte er mit ihr aus dem Innern des Steinkreises, zwängte sich wachsam zwischen den herumliegenden Steinen und Trümmerteilen hindurch und erreichte schließlich die hohe Eingangsspalte, durch die sie zuvor den Obeliskenraum betreten hatten.

Behutsam schob er Dayana durch die Spalte und legte die Elfe dann auf den steinernen Boden. Sie stöhnte leise auf. Ihr Gesicht war verschwitzt. Gregoralfo legte die Hand auf Dayanas Stirn. Sie fühlte sich warm und feucht an. Die Elfe schien Fieber zu bekommen. Der Dieb schüttelte besorgt den Kopf und strich ihr mit der Hand über das Gesicht, das sich so stark verändert und die unbeschwerten kindlichen Züge abgelegt hatte. Dann zog er sein Hemd aus, faltete es rasch einige Male und schob das Stoffknäuel vorsichtig unter ihren Kopf.

„Ich kümmere mich gleich wieder um dich", murmelte er, während er sich langsam aufrichtete. Er blickte noch einmal kurz zurück, dann zwängte er sich durch die Spalte und machte sich daran Arliandro zu holen.

Währenddessen hatte sich der Goblin auf dem Boden der alten Halle niedergelassen. Sein Blick schweifte über die Trümmer. Der Magicus hätte es eigentlich verdient für immer unter ihnen begraben zu bleiben. Aber abgesehen davon, dass der Goblin ihn noch brauchte, würde er es dem Menschen nicht nehmen, für immer daran erinnert zu werden, dass er die Soldaten und den Koch mit seinen überhasteten Zaubereien auf dem Gewissen hatte. Das würde ihm eine Lehre sein. Der Goblin grinste hämisch.

Aus dem Augenwinkel sah er, wie der Mensch die Elfen mittlerweile aus der Obeliskenhalle geschafft hatte. Der Goblin konnte also beginnen. Er verschränkte die Füße, legte die

Hände locker auf die behaarten Knie. Seine Hauer begannen zu vibrieren, als er das alte Hohelied seines Volkes anstimmte. Dann kramte er aus seiner zerschlissenen Kutte einen kleinen, funkelnden Stein hervor und warf ihn so weit er konnte auf die andere Seite des Raumes.

Ein Moment der Stille trat ein. Dann kam ein leichter Wind auf. Der Goblin atmete tief ein. Ächzend knarrte das Holz der wenigen, noch ineinander verkeilten Holztrümmer über ihm. Und dann begannen die ersten kleineren Steine zu erzittern. Der Wind wurde immer stärker, ließ die Steine langsam aufhüpfen. Höher und immer höher, bis sie schließlich mit der Bö flogen. Sie rotierten kreisförmig um die äußeren Obelisken. Hart prallten sie dabei immer wieder auf das alte Holz und stießen auch die übrigen Trümmer an. Der Wind wurde noch stärker. Immer größere Brocken erhoben sich nun vom Boden und begannen hinauf in die Lüfte zu steigen.

Wieder an der Erdoberfläche angekommen eilten Arxor und seine Krieger auf schnellstem Wege zu dem großen Loch auf dem Obeliskenplatz. Dort konnten sie gerade noch sehen, wie Geréon mit Dayana auf dem Arm auf zwanzig Schritt Höhe ins Innere des Obeliskenkreises stolperte. Der Holzturm, auf dem die beiden standen, war gefährlich ins Wanken geraten. Immer wieder neigten, bogen und zerbarsten Teile, um dann haltlos in die Tiefe zu fallen.

„Schnell", rief Arxor und sah seine Krieger an. „Wir müssen sie retten. Wer von euch ist der Beste im Klettern?", fragte er die Umstehenden. Leises Gemurmel brandete auf. „Was ist los?" Arxor sah in die Gesichter seiner Mannen. „Habt ihr Angst?"

„Mein König." Einer der Soldaten blickte ihn ernst an. Der König hielt inne. Sein Puls beschleunigte sich. „Herr, das kann man nicht schaffen."

„Was?"

„Euer Majestät. Egal, wie gut dieser Kletterer wäre. Es dauert nicht lange, dann stürzt das gesamte Gerüst zusammen. Einige Pfund Gewicht würden sicher schon reichen, die Treppenreste zu kippen. Das zusätzliche Gewicht eines Erwachsenen würde er nie aushalten."

„Aber …", begann Arxor. Ein junger, dunkelhäutiger Krieger trat vor.

„Herr, mein Name ist Leon und ich komme aus den nördlichen Wiesen von Tantalien, nahe den auralischen Bergen. Dort sind wir früher als Kinder viel geklettert. Ich werde es versuchen, wenn Ihr es wünscht."

Arxor musterte den Mann, der noch nicht einmal richtigen Bartwuchs hatte. Früher als Kinder, hatte er gesagt. Ganz so lange schien dies noch nicht hergewesen zu sein. Innerlich focht der König einen schweren Kampf. Die Krieger hatten Recht. Das Holzgerüst war zu instabil. Er würde den Jungen wahrscheinlich in den sicheren Tod schicken. Aber konnte er tatenlos mit ansehen, wie er nach Schasar nun auch noch Geréon verlor? Und erst das unschuldige Kind.

„Nein", flüsterte er. Er konnte den Jungen nicht herunterschicken.

„Herr?", fragte Leon.

„Ich …", begann Arxor, doch unterbrach ihn in jenem Moment ein lautes Ächzen, gefolgt von einem lärmenden Krachen und einem ängstlichen Aufschrei. Arxor stand mit offenem Mund da. Starr vor Schreck hörte das laute Nachschallen von Geréons Todesschrei.

„Herr?" Arxor drehte sich weg und lief los. Seine Krieger versuchten mit ihm Schritt zu halten. „König Arxor?" Er ignorierte sie. Unbeirrt hielt er auf das Viertel zu, in dem Gregoralfos Haus stand. Er erreichte die Straße, orientierte sich kurz, fand das Haus, stürzte hinein, hastete die Stufen in die Kellerräume hinab, zwängte sich durch das Loch in die Katakomben unter der Stadt. Erst, als die Dunkelheit ihn umfing, hielt er kurz inne. Seine Brust schmerzte. Er keuchte und röchelte. Und trotzdem zwang er sich weiter. Hinter sich hörte er Schritte. Die ersten seiner Soldaten zwängten sich aufgeregt durcheinanderredend durch die Öffnung in den dunklen Gang.

Gregoralfo hörte, wie die herumfliegenden, schweren Brocken mit lautem Getöse wieder und immer wieder gegeneinander stießen, dabei die verkeilten Treppenkonstrukte zerschmetterten und mit sich in den Orkan rissen.

Er hatte Arliandro neben Dayana gelegt. Der Elf war ebenfalls ohnmächtig. Und auch seine Haare waren deutlich heller und auf den ersten Blick länger geworden. Seine äußere Gestalt hatte sich dagegen nicht verändert. Wenigstens nicht so offensichtlich, wie Dayana, deren Körper nun auf der Schwelle zwischen Kind und Frau stand. Das war alles zu viel für ihn. Warum strafte ihn das Schicksal nur?

Hinter sich hörte er Schritte. Der König kam zurück.

Im Auge der riesigen Windhose saß der Goblin mit verschränkten Armen auf dem Boden. Bald war es soweit. Bald hatte die Windhose alle Steine und Hölzer erfasst. Dann musste er sie hinausschleudern. Am Besten, ohne dabei die ganze Stadt in Schutt und Asche zu legen.

Der Goblin musste glucksen. So wie die Orks die Stadt zugerichtet haben, konnte man sie eigentlich nicht weiter zerstören. Er atmete tief ein und erhob sich langsam. Dabei presste er die bekrallten Handflächen kurz und kräftig zusammen und stieß dann urplötzlich die Fäuste gen Himmel. Langsam erhob sich der Orkan und mit ihm verließen die Trümmer den Obeliskenraum. An der Erdoberfläche angekommen ließ das Dunkelwesen die Windhose Kraft seiner Gedanken zur Seite driften. Der kleine Goblin keuchte. Er wollte sie dahin steuern, wo er die große Durchgangsstraße vermutete. Aber ohne Sichtkontakt konnte er sich nicht sicher sein, dass er nicht jemanden verletzte. Ach, was sollte es? Schließlich musste er auch an sich und seine Kräfte denken. Und so ließ er den Orkan einfach zusammenbrechen.

Der Obeliskenraum lag nun wieder in aller Stille vor ihm. Das einzige, was sich nun noch mit ihm hier unten befand, war eine steinerne Statue, die einen zusammengekauerten Menschen zeigte. Dieser hatte sich mit dem Rücken an einen der schwarzen Steine gelehnt und die Hände schützend über den Kopf gehalten. Der Goblin stakste zu der marmornen Figur.

„Ja, ja, großer Magicus. Und was nun?", fragte das Erdwesen und starrte in das von Panik entstellte Gesicht Schasars. „Aber interessant. Versteinert hat er sich. Der Zauber mit dem alles begann. Mit ihm sollte es dann wohl auch enden. Hmmm, aber was hat er sich nur dabei gedacht?" Der Goblin schüttelte den Kopf, beugte sich vor und sah dem Magier in die Augen, in denen sich die Angst vor dem nahen Tod widerspiegelte. „Was hat er sich nur dabei gedacht, der letzte der Magici? Dass ihn die guten Elfen retten? Nein, nein, nein. Über solche Macht verfügen sie nicht mehr." Im selben Augenblick spürte der Goblin hartes Metall, das sich in seinen Rücken drückte. „Und wer ist das nun schon wieder?", fragte er und drehte leicht den Kopf.

„Weg von ihm", zischte Arxor. „Und keine falsche Bewegung." Der Goblin kicherte, hob langsam die kurzen Arme über den Kopf und drehte sich dann um.

„Sieh an, sieh an. Das ist er also", murmelte das Erdwesen. „Hab' keine Angst. Ich tue dir nichts, König der Menschen." Dann ließ er die Arme wieder sinken. Arxors Schwertspitze drückte sich etwas stärker in das lederne Wams des Goblins. Die Krieger hinter Arxor machten Anstalten ihrem König beizustehen. Doch mit einer Handbewegung ließ er sie innehalten.

„Was soll das Ganze?" Arxors Blick fiel kurz auf Schasar. Er war seltsamerweise erleichtert, den Magier versteinert und nicht erschlagen aufgefunden zu haben. Nichtsdestotrotz war er skeptisch. „Was ist mit ihm geschehen?", fragte er deshalb.

„Frag ihn", erwiderte der Goblin und grinste. „Ich war das nicht."

„Was tust du hier? Warum sprichst du unsere Sprache? Und …"

„Das klären wir später."

„Du bist hier nicht in der Position das zu entscheiden." Der König drückte das Schwert ein wenig fester auf die Brust des Dunkelwesens, das nun etwas zurückwich.

„Ach nein? Gut, dann schick doch nach einem talentierten

Magicus, der deinen Freund hier wiederbelebt." Das Schwert in Arxors Hand zitterte leicht. „Ach ja, hatte ich vergessen ..." Der Goblin sah ihn ernst an. „... richtig, er war der letzte der Magici. Siehst du, junger Mensch, wenn du also diesen ..." Der Goblin verzog das Gesicht. „... diesen Magier nicht für die nächsten Jahrhunderte in der Empfangshalle deines Schlosses in dieser Pose ausstellen möchtest, so denke ich, dass du mir etwas mehr Respekt entgegenbringen solltest."

„Du kannst ihn von dem Zauber befreien?" Arxors Züge veränderten sich.

„Nein", antwortete der Goblin ernst, um daraufhin laut zu glucksen. „Natürlich kann ich das. Aber du hättest dein Gesicht sehen sollen. Zum Schießen." Der Goblin lachte, doch Arxor drückte die Schwertspitze noch fester gegen die Brust des Goblins. „Sachte, sachte, mein Guter. Doch zurück zum Thema. Was meinst du, wer den Raum hier von dem Geröll gesäubert hat?" Er lachte abermals auf. „Oder wer den Spiegel der Welten geschlossen hat", fügte er etwas leiser hinzu.

„Warum würdest du uns helfen wollen?" Arxor war skeptisch. „Und wo sind die Bewohner der Stadt? Wo sind deine ..." Der König fand kein passendes Wort. Jeder Ausdruck, der ihm in den Sinn kam, schien zu menschlich für diese Kreaturen. „Wo ist der Rest von euch?"

„Das tut im Moment nichts zur Sache. Eure Fragen klären wir später. Ich denke, dass ich ..." Er drehte sich weg und ging auf den versteinerten Schasar zu. „... all die interessanten Dinge so nicht zweimal erzählen muss." Dann beugte er sich über den Magier, kramte etwas aus seiner Tasche hervor und murmelte einige fremde Worte. Er presste die Hände zusammen, blies in seine Handflächen und öffnete sie wieder. Glitzernder Staub erhob sich und legte sich wie ein Schutzfilm über den versteinerten Schasar. Der Goblin drehte sich um und sah Arxor tief in die Augen.

„Habe ich dein Wort, dass mir kein Leid geschieht, König der Menschen?"

„Das kann ich dir nicht versprechen."

„Tja, dann." Der Goblin verzog das Gesicht und zuckte mit den

Schultern. Hinter Arxor räusperte sich jemand.

„Ja?", fragte der König ohne sich umzudrehen.

„Mit Verlaub, mein König", sprach Gregoralfo, der mittlerweile den Raum wieder betreten hatte. „Dieses Wesen hat Dayana und auch Arliandro gerettet."

„Dayanas Knochen sind gebrochen, sie sieht seltsamerweise um Jahre gealtert aus und bekommt gerade schnelles Fieber – beide Elfen liegen ohnmächtig da. Und wo ist Geréon? Das nennst du eine Rettung? Und schau dir an, was sie aus der Stadt gemacht haben."

„Aber mein König. Der Goblin hat Arliandro aus den blauen Flammen gezogen und geholfen, dass sie aufhören, Dayana noch weiter zu verletzen."

„Wahrscheinlich hat er es auch heraufbeschworen dieses unheilige Feuer." Arxor ließ den Goblin nicht aus den Augen.

„Ich verbürge mich für ihn", versuchte es Gregoralfo erneut.

„Du verbürgst dich? Du hast keine Ehre. Du bist ein Strauchdieb!", fauchte Arxor. „Es gibt auch andere Möglichkeiten ihn dazu zu bringen, Schasar zu befreien." Der Goblin räusperte sich und soweit der König es in dem wildschweinähnlichen Gesicht erkennen konnte, lächelte ihn das Wesen an.

„Wenn du nur wüsstest, junger König. Ich müsste hier nicht stehen und mit dir lamentieren. Ich mache es, um freundlich zu dir zu sein. Ich müsste weder ihm …" Der Goblin schnipste mit den Fingern und der Versteinerungszauber, der auf Schasar lag, brach in sich zusammen. „… noch dir helfen. Und trotzdem tue ich es." Arxors Blick heftete sich auf den Magicus, der nun nach Luft röchelnd zur Seite kippte. „Die Frage vorhin war übrigens rein rhetorisch. Nicht, dass ich mich nicht von allein aus dieser Situation bringen könnte. Und nun steh' nicht rum und halte Maulaffen feil. Kümmere dich um deinen Freund!" Der Goblin schnaufte verächtlich, als Arxor sich abwandte und zu Schasar stürzte. Das Erdwesen hingegen wurde nun von den argonianischen Kriegern eingekreist, die mit gezückten Schwertern auf ihn zeigten. „Vorsichtig damit", brummte er.

„Wie geht es ihm?", fragte Arxor.

„Er schläft noch immer, aber es geht ihm deutlich besser", erwiderte der Heiler, der Schasar versorgte. „Er braucht heute noch weiteren Schlaf zur Erholung. Morgen setze ich dann die Kräuter ab und er wird wieder erwachen. Er wird dann hoffentlich genügend Kraft haben, um mit uns weiter zu reisen."

„Gut", murmelte der König. Er blickte noch einmal auf den alten Freund und verließ dann das Zelt. Zwei Tage waren seit dem Zwischenfall vergangen und die Armee lagerte noch immer vor den Toren Kimóns. Die ersten Männer und Frauen unter den argonianischen Kriegern murrten bereits. Aber Arxor hatte darauf verzichtet eine Ansprache zu halten. Erst wollte er mehr von dem Goblin erfahren.

In Gedanken versunken stand er nun vor dem Zelt, in denen ihr ungebetener Gast lebte. Zwei Krieger flankierten unentwegt den Eingang.

„Und?", fragte der König die wachhabenden Soldaten. „Gibt es etwas Neues?"

„Nein, Herr", erwiderte einer der Krieger. „Er bedankt sich für das Essen und Trinken, das wir ihm bringen, und faselt dann immer wieder etwas von einem Spiegel der Welten."

„In Ordnung." Der König nickte den beiden dankbar zu. Er selbst hatte auch versucht mit dem Goblin zu reden, doch das Dunkelwesen hatte darauf bestanden, seine Geschichte erst dann zu erzählen, wenn der Magicus unter ihnen war.

Arxor steuerte nun auf die beiden Zelte zu, in denen Arliandro und Dayana beherbergt waren. Die Elfen waren bereits am Morgen nach dem Unglück wieder erwacht. Dayanas Wunden und Brüche waren zum Erstaunen Aller über Nacht verheilt, aber sie fand sich nur schwerlich in ihrem neuen Körper zurecht. Sie hatte wenig geredet an diesem Morgen und war dann laut schluchzend aus dem Zelt gerannt. Arliandro hatte Gregoralfo gebeten, ihr nicht zu folgen. Stattdessen war der Elf ihr nachgelaufen und erst später am Mittag mit ihr zurückgekehrt.

Arxor schlug die Eingangsplane zurück und trat in Dayanas Zelt. Die Elfe saß mit verschränkten Beinen auf ihrem Feldbett, Gregoralfo hatte sich davor niedergelassen. Beide hatten scheinbar gescherzt, bevor der König eingetreten war. Nun herrschte Stille. Gregoralfo erhob sich schnell und senkte demütig das Haupt.

„Mein König", murmelte er. Und auch die Elfe machte Anstalten sich zu erheben.

„Schone deine Kräfte", sagte Arxor und fixierte sie. „Wie geht es dir?"

„Gut, Herr", erwiderte sie leise.

„Wunderbar. Wie ich sehe, versteht ihr beiden euch wieder wie früher?"

„Ja, Herr", gab nun Gregoralfo zurück.

„Das ist erfreulich. Denn wir werden morgen weiterziehen." Beide nickten. „Gibt es sonst etwas Neues? Konnten Arliandro und du herausfinden, was mit dir geschehen ist?"

„Nein", erklang es hinter Arxor. Arliandro war nun ebenfalls in das Zelt getreten und sah Dayana eindringlich an. Die Elfe sah schüchtern zu Boden.

„Gut." Arxor war überrascht. Die beiden schienen etwas vor ihm zu verheimlichen. Aber er hatte andere Sorgen. Schasars baldige Genesung. Das klärende Gespräch mit dem Goblin. „Arliandro, morgen werden wir weiterziehen. Wie geht es dir?"

„Mir geht es gut. Danke."

„In Ordnung. Ich werde dann noch einmal nach Schasar sehen. Und hoffe darauf, dass man mir bald Kunde über Geréons Verbleib bringt. Er wurde noch immer nicht gefunden. Und du bist wirklich sicher, dass er nicht neben Dayana auf dem Boden eingeschlagen ist?"

„Ich habe es dir doch schon gesagt, Arxor. Die Welle des Lichts hat ihn verschluckt, und Dayanas Fall gebremst."

„Ja, ich weiß. Aber solange wir ihn nicht gefunden haben … Du verstehst?"

„Ja, natürlich. Die Hoffnung stirbt zuletzt. Ich weiß. Und ich hoffe, dass ihm das Schicksal gnädig ist."

„Was ist mit der Botschaft, die ich dich bat zu versenden?"

„Der Wind ist stark in den Tagen der untergehenden Sonnen. Meine Nachricht wird die Handelsstadt aber sehr bald erreicht haben."

„Danke", erwiderte Arxor. Er blickte ein letztes Mal in die Runde und hob zum Abschied die Hand. „Wir sehen uns dann später beim Abendmahl."

Die Elfenkriegerin horchte auf. Eine laue Windböe ließ die Blätter der umstehenden Bäume rascheln.

„Ich verstehe", murmelte sie und sah eine große, knorrige Eiche an. „Und du bist dir sicher, dass Arliandro das möchte?" Wieder raschelte das Blattwerk. „So sei es." Sie trat an den alten Baum und legte die Hand auf die Rinde. Dann begann sie leise zu singen. Ein leises Knacken war zu vernehmen, als die Rinde aufbrach und langsam abblätterte.

„Heile!", flüsterte die Elfe und ein leises Knistern brandete auf. Kaum merklich verdunkelten sich ihre Haare eine Spur, als sie den Zauber gewirkt hatte. Dann nahm sie die auf dem Boden liegende Rinde auf, griff an ihren Bund und zückte ihren Dolch. Sie schnitt sich in den Zeigefinger und begann in der verschnörkelten Schrift der Menschen einige Wörter auf die Rinde zu schreiben. Als sie geendet hatte, sah sie auf ihren Finger. Der Blutfluss stoppte abrupt und die Wunde verheilte vollständig. Sie fixierte die Rinde und blies ein Mal darüber. Mit einem leisen Zischen brannten sich die Buchstaben in die dünne, dunkle Holzschicht.

Zufrieden musterte sie ihr Werk. Dann griff sie in ihren Köcher und zog einen der Pfeile hervor. Sie wickelte die weiche Rinde um den hölzernen Mittelteil des Geschosses. Mit der Sicherheit einer Wildkatze bewegte sie sich durch die Baumreihen, bis sie am Waldrand angekommen war. Dort nahm sie den Bogen ab und spannte den Pfeil an. Sie zielte sorgfältig und ließ los. Mit einem Zischen flog die Nachricht von dannen. Jetzt lag es an den Menschen darauf zu reagieren.

Die junge Soldatin saß auf dem umgestürzten Baumstamm und stieß einen verächtlichen Laut hervor. „Paah, was heißt, Frauen sind nicht für die Armee geschaffen?" Der ältere Krieger neben ihr hob die Braue und blickte arrogant an ihr herab.

„Siehst du, solche elenden Diskussionen sind einer der Gründe, warum ich denke, dass Frauen nichts in die Armee zu suchen haben."

„Auch wir haben ein Recht darauf unser Land und unsere Familien zu verteidigen."

„Ja, ja", murmelte der Krieger. Sein Blick heftete sich auf die Boote, die am Pier vor Anker lagen. Bald würden sich die Kähne wieder auf den Weg nach Pandora machen. Und von da aus würde das Heer nach Kimón ziehen, um den König und seine Krieger zu unterstützen. Dorthin, wo die Dunklen auf sie warteten.

„Was soll das nun wieder heißen?", riss ihn die Kriegerin aus seinen Gedanken.

„Kleine, du kannst doch noch nicht einmal mein Schwert halten."

„Muss ich auch nicht. Mit meinem Kurzschwert bin ich viel flinker als du mit deinem schweren Zweihänder", gab sie kess zurück. Dann strich sie die langen, schwarzen Haare zurück und band sie zu einem Zopf zusammen. Der Krieger sah hingegen auf das Mittelwaldmeer hinaus, dessen Wellen sanft hin und her wogen.

„Warte du erst einmal ab, bis deine erste Schlacht heraufzieht. Dann werden wir sehen, wie ihr Frauen euch schlagt. Ich war dabei, damals vor sieben Jahren."

„Ich weiß. Ich würde auch niemals sagen, dass es leicht wird. Aber da geht es Männern wie Frauen."

„Ja." Der Krieger atmete hörbar aus. „Da hast du Recht. Und ich weiß, was du am Schwert kannst. Schließlich habe ich dich ausgebildet."

„Und die Ausbildung war gut." Sie lächelte ihn an und er erwiderte das Lächeln. Just in diesem Moment schlug, angekündigt von einem kurzen Zischen, ein Pfeil neben den beiden ein. Die Kriegerin sprang auf und zog das Kurzschwert.

Der Soldat zog den Pfeil mit einem Ruck aus der Erde.

„Elfisch", murmelte er. „Und entspann dich! Der Pfeil hätte uns getroffen, wenn er für uns bestimmt gewesen wäre." Der Krieger untersuchte das Geschoss näher. Er fand die Botschaft und entrollte sie. „Er enthält eine Nachricht für den Heermeister." Er sah sie an und gab ihr die Rinde. „Nun geh' schon." Er lächelte milde. „Ich habe doch genau gesehen, wie du ihn gemustert hast." Beschämt sah sie zu Boden, nahm Nachricht und Pfeil dennoch schnell an sich. Dann warf sie ihm ein verschmitztes Lächeln zu, ließ das Kurzschwert in die Scheide gleiten und machte sich auf den Weg zum Hauptlager und dem Haus des Heermeisters Quinto. Der Krieger sah ihr nach. „Und das ist ein weiterer Grund, warum ich denke, dass wir keine Frauen in der Armee haben sollten." Er schüttelte den Kopf und lächelte.

„Verflucht", zischte Quinto, als die junge, hübsche Kriegerin ihm die Nachricht überbracht hatte. Dann wandte er sich ohne ein weiteres Wort ab, knüllte die dünne Rinde zusammen und warf sie in eine der zahllosen Feuerstellen. „Hey", rief er einem der Ausbilder zu, der gerade einen Haufen Schwertkämpfer bei ihren Übungen beaufsichtigte. Der Angesprochene kam herangeeilt.

„Ja, Herr?"

„Wo ist der Hauptmann der Schwertkämpfer?" Der Ausbilder blickte hinauf zum Himmel.

„Es ist früher Abend. Die Vierzehnte Division legt noch heute ab. Ich denke, er wird sie unten am Steg verabschieden. Er hat sie damals ausgebildet, bevor Ihr ihn befördert habt."

„Danke. Mach' bitte weiter!" Der Mann nickte.

„Herr!", sagte er und verbeugte sich knapp. Dann machte er kehrt und überblickte wieder seine Anwärter. Quinto wandte sich wieder der jungen Soldatin zu.

„Wie ist dein Name, Soldatin?", fragte er.

„Zara, Herr", sagte sie lächelnd und verbeugte sich knapp. Und dabei hatte sie ihm ihren Namen doch schon einmal gesagt. Wahrscheinlich war er zu beschäftigt, ihn sich zu merken. Sie war enttäuscht. War sie ihm überhaupt in Erinnerung geblieben?

„Zara, bitte hole mir den Hauptmann Grasan. Ich habe etwas Wichtiges mit ihm zu besprechen. Und sage ihm, dass die Vierzehnte Division nicht mehr auszuziehen braucht." Er wandte sich wieder ab.

„Wie Ihr befiehlt, Herr!", flüsterte sie.

„Wo ist der Stallmeister?", rief Quinto dann. „Man bringe mir Reon, gesattelt und flugbereit. Und packt mir Reisetaschen für einen Flug nach Kimón." Dann stiefelte er davon in Richtung seines Hauses.

Zara blieb allein zurück. Er hatte sich nicht an sie erinnert. Sie machte trotzig und enttäuscht auf dem Absatz kehrt und ging durch die staubigen Straßen der Stadt zurück in Richtung des Piers.

Am nächsten Tag erwachte Schasar. Schlaftrunken wischte er sich über die Augen und gähnte herzhaft. Dann orientierte er sich kurz. Er befand sich in dem Zelt, in dem er jeden Abend während ihrer Reise von der Reichshauptstadt Argonia bis nach Kimón geschlafen hatte. Sein Blick fiel auf Arxor, der neben seiner Pritsche auf einem hölzernen Klappstuhl saß und auf ihn hinab sah.

„Das war knapp." Der Magier lächelte gequält. „Wie lange war ich ohnmächtig?"

„Drei Tage", erwiderte Arxor.

„Aber wie …?"

„Das erkläre ich dir, wenn du wieder aufstehen kannst."

„Ich kann." Der Magier schlug die Decke zurück. Er schwang die Beine aus dem Bett. „Wie habt ihr den Zauber gebrochen? Es muss doch Tage gedauert haben, alle Trümmer aus der Halle zu schaffen." Er schüttelte die Arme. „Noch alles dran. Unglaublich, dass mich der Versteinerungszauber tatsächlich geschützt hat."

Dann stemmte sich der Magier hoch. Arxor erhob sich schnell und griff dem Freund unter die Arme.

„Kein Problem, kein Problem", grummelte Schasar und riss sich los. Arxor trat zu der Kleiderstange und nahm vorsichtig das edle Magiergewand herunter.

„Hier, deine Robe!" Der König reichte Schasar das rote Gewand. „Und du fühlst dich wirklich gut genug, um aufzustehen?"

„Natürlich. So besorgt kenne ich dich gar nicht. Was ist denn los mit dir?"

„Das wirst du gleich sehen." Arxor verdrehte die Augen. „Oder besser hören."

„Was soll denn diese Geheimniskrämerei?" Der Magier zog sich das Nachtgewand über den Kopf.

„Ich kann es dir nicht erklären." Arxor reichte ihm die Robe an. „Aber ich bringe dich zu jemandem, der das hoffentlich kann."

„Nun gut, dann lass uns gehen", erwiderte der Magier und machte erste zittrige Schritte vorwärts. Arxor eilte ihm erneut zur Hilfe und stützte ihn. „Danke", sagte Schasar.

„Verneigt Euch vor dem Spiegel der Wahrheit", erklang es quietschend aus dem Innern des Zeltes, vor dem Arxor und Schasar nun standen.

„Nein", sagte Schasar und blickte seinen Freund ernst an.

„Doch", erwiderte Arxor und nickte. „Doch." Er atmete hörbar aus.

„Die Urmutter fordert: Verneigt Euch vor der Macht!", hörten sie den Goblin rufen. Arxor schwang den Eingangsvorhang zurück und gemeinsam traten sie ein.

Die beiden Soldaten salutierten kurz. Einer wandte sich dem Goblin zu, der zwischen weichen Kissen, Teppichen, Obst und einem Haufen gegrilltem Fleisch thronte und genüsslich in eine Geflügelkeule biss.

„Hör auf zu krakeelen!", rief er. Dann räusperte er sich. „Seine Majestät, König Arxor von Argonia, ist gekommen, um den Gefangenen zu sehen." Der Goblin schmatzte respektlos laut. „Ihm folgt Meister Schasar, magicus superior, Berater der Krone."

„Hahahaha." Laut prustend streckte der Goblin die fettverschmierte Hand aus und zeigte auf die beiden Besucher.

„Untersteh dich!", rief der Soldat, zog das Schwert und machte einen Schritt auf den Goblin zu. Der Gesichtsausdruck des Goblins änderte sich abrupt.

„Ich warne dich, Mensch!" Der Soldat hielt inne. „Einen Schritt weiter und du bist tot!"

„Schluss ihr beiden!", unterbrach Arxor die Situation. „Ihr verlasst bitte das Zelt", forderte er die beiden Wachen auf. Mit knirschenden Zähnen steckte der Krieger das Schwert wieder in die Scheide.

„Mein König, seid Ihr sicher?", fragte der andere Soldat.

„Würde ich es euch sonst befehlen?" Arxors Blick verhärtete sich.

„Nein, mein König. Wie geheißen, Herr." Die Soldaten salutierten und verließen das Zelt.

Arxor und Schasar richteten den Blick auf den Goblin, der nun wieder in die Hühnerkeule biss.

„Mmommt herein", sagte er schmatzend. „Wmetzt eusch."

„Ja, danke", murmelte Arxor, während Schasar den Goblin noch immer misstrauisch fixierte.

„Hast du mich gerettet?", fragte der Magier langsam. Der Goblin schluckte das Fleisch herunter und wischte sich mit dem borstigen Handrücken über die schweineartige Schnauze.

„Ja, so könnte man das nennen." Der Goblin grabschte nach den Weintrauben und blickte dem Magier tief in die Augen.

„Danke." Schasar nickte dem Erdwesen kurz zu. Eine zeitlang lag der Raum still da.

„Ich wusste gar nicht, dass Goblins zaubern können", versuchte Arxor ein Gespräch aufzubauen.

„Es gibt vieles, was du nicht weißt, junger König", erwiderte das kleine Erdwesen.

„Warum hast du mir geholfen?" Schasar legte die Stirn in Falten.

„Weil du mir nun etwas schuldig bist. Zu gegebener Zeit werde ich darauf zurückkommen." Der Goblin grinste feist. „Wenn du dann noch lebst."

„Was ist in Kimón geschehen?", fragte Arxor. „Was war das?"

„Das war nur eure Schuld. Ich konnte nicht aufpassen, nachdem so viele von euch aufgetaucht sind. Ich muss ja auch an meine

Sicherheit denken. Wie ich euch Menschen kenne, hättet ihr mich mit eurer Übermacht doch direkt niedergemetzelt. Oder zumindest hättet ihr es versucht."

„Wahrscheinlich", gab Schasar zurück.

„Doch was ist mit den Funken und dem blauen Feuer? Was ist mit Dayana geschehen?", fragte Arxor weiter. Schasar sah ihn überrascht an.

„Vielleicht bringst du deinen Hofzauberer da erst einmal auf den neusten Stand", sprach der Goblin und machte dabei eine abfällige Handbewegung. Arxor wollte widersprechen, doch Schasar hob die Hand und schüttelte den Kopf. Und so schnaufte der König obgleich der Beleidigung Schasars und erklärte seinem Freund dann, was nach seiner Versteinerung alles passiert war.

„Dann hat er …", Arxor zeigte auf den Goblin „… etwas Glitzerstaub auf dich gepustet. Und nachdem er dann mit den Fingern geschnipst hat, ist der Zauber von dir gefallen", endete der König.

„Das mit dem Schnipsen war nur wegen des Effekts. Wäre nicht nötig gewesen", sagte der Goblin quietschend. Schasar hatte aufmerksam zugehört.

„Weißt du, was mit Dayana passiert ist?", fragte der Magier.

„Nein", erwiderte der Goblin.

„Hat es etwas mit der Quelle der Macht zu tun?"

„Ich würde es vermuten. Deine offenen Fragen bedürfen der Klärung, aber ich bin nicht derjenige, dem diese Verantwortung zuteil wird." Arxor und Schasar sahen einander an. „Übersetzt für euch Menschen: Fragt den Elfen, der weiß es!"

Arxor war verblüfft und blickte zu Schasar, der nur mit den Schultern zuckte. Der Magier war es dann aber auch, der als erster wieder zu den Worten fand.

„Was tust du denn noch hier und wo sind die anderen von … deiner Sippe?", fragte er und blickte den Goblin an.

„Meiner Sippe. Paah …" Der Goblin verzog das Gesicht. „Wieso immer so verächtlich? Wobei, das wundert mich bei Euch nicht."

„Was soll das heißen?"

„Noch so jung und schon so arrogant wie die Alten", murmelte der Goblin unüberhörbar.

„Ich habe mir nichts zu schulden kommen lassen", versuchte sich Schasar zu rechtfertigen.

„Hast du nicht. Wirst du aber noch."

„Du verspielst gerade deine Gunst", erwiderte der Magier. Er spürte, wie er zusehends zu Kräften kam. Bislang hatte er sich zurück gehalten. Aber er würde von dem Goblin erfahren, was mit den Städtern passiert war. Gleich, ob das Wesen ihn von dem Versteinerungszauber befreit hatte.

„Welche Gunst?" Der Goblin lachte spitz. „Schaut nur in eure Gesichter. Ihr verachtet mich. Ich hatte doch nie eine Chance."

Er hatte Recht, dachte Arxor, als der Goblin weiter sprach. „Und nun solltet ihr eine meiner Frage beantworten, bevor ich weiter mit euch rede."

„Du hast nicht das Recht Forderungen zu stellen. Du hast genau genommen nicht einmal das Recht hier zu sein. Dass du mein Leben gerettet hast, vergeltet nicht, dass ihr vergewaltigt und gebrandschatzt, verschleppt und gemordet habt." Schasar ließ den Goblin nicht aus den Augen.

„Wer sagt das?"

„Ich, Schasar, magicus superior, Berater am Hofe des Königs von Argonia." Das Gesicht des Goblins zeigte ein amüsiertes Lächelns.

„Bist du das? So, so. Ist er das." Der Goblin blickte nachdenklich drein. „Der neue große Magicus, gekommen, sie alle zu retten. Das haben schon ganz andere versucht. Und was ist aus ihnen geworden?" Er griff nach einer neuen Keule.

Schasar war des Wartens überdrüssig, auf die spitzen Bemerkungen des Goblins wollte er nicht weiter eingehen.

„Erzähle uns: Was tust du hier? Und wo sind die Städter?"

„Was denn nun?"

„Spiele nicht mit uns, Goblin", rief Schasar.

„B'aissa, angenehm", erwiderte der Goblin stolz.

„Beißer?", wiederholte Schasar irritiert.

„Mein Name. Ich heiße B'aissa."

„Nun gut, Beißer. Da wir das jetzt hätten: Wo sind die Städter?"

„Oh. Sie sind gegangen."

„Wohin?"

„Das darf ich euch nicht sagen."

„Warum?"

„Weil Er mich sonst töten wird."

„Und was glaubst du, machen wir mit dir?"

„Weiß ich nicht. Aber ich habe keine Angst vor euch. Vor Ihm allerdings schon."

„Ich würde mir zuerst einmal über das Hier und Jetzt Gedanken machen", gab Schasar zurück. „So mächtig bist du nicht, Goblin."

„Damit magst du Recht haben. Tötet mich doch. Hier und jetzt und mein Tod war ehrenhaft!"

„Ehre", Arxor schnaufte.

„Nenn es wie du willst. Aber ihr könnt nichts mit mir anstellen, das so grausam ist wie das, was Er mit mir machen würde."

„Und was ist das?", fragte Arxor. Doch der Goblin schwieg.

„So kommen wir nicht weiter", sagte Schasar.

„Was habt ihr vor, wenn ihr Ihn gefunden habt?", fragte Beißer unvermittelt.

„Wir werden Ihn töten", gab Schasar zurück.

„Und du glaubst, dass du Ihn besiegen kannst."

„Ich werde es jedenfalls versuchen." Der Goblin nickte.

„Das Tor", sagte er dann.

„Was?", fragte Schasar.

„Durch das dunkle Tor." Beißer hob eine Klauenhand und beschrieb mit dem wulstigen Zeigefinger einen Kreis. „Sie sind durch das Tor gegangen."

„Was für ein Tor?" Schasar verstand nicht.

„Das Tod in die andere Welt", gab der Goblin grunzend zurück. „Dorthin, wohin auch euer Freund gegangen ist."

„Du weißt, wo Geréon ist?", platzte Arxor hervor.

„Ich kann es mir vorstellen, ja."

„Und wo ist dieser Ort?"

„Da, wo auch Er ist."

„Und wie kommen wir dorthin?", fragte Schasar zähneknirschend.

„Ihr wollt euch also tatsächlich mit Ihm anlegen", murmelte der

Goblin.

„Natürlich. Ich habe noch einen Schwur zu erfüllen", gab Schasar scharf zurück.

„Törichter Halbstarker. Er ist zu mächtig für dich, junger Magicus. Leg es nicht darauf an!"

„Wie komme ich dazu, dass du dich jetzt wieder so um mich sorgst?", fragte der Magier. Der Goblin atmete tief ein und sah ihn dann ernst an.

„Ihr seid schließlich die Auserwählten. Die Krone, der Magier und der reine Elf. Ihr habt das Tor geöffnet."

„Aber, ich verstehe nicht", begann Schasar.

„Du kannst es nicht begreifen, ich weiß." Der Goblin nickte mehrmals heftig. „Ging mir am Anfang auch so. Wirst du jedoch lernen. Aber es ist der Grund, weshalb Er zu uns kam." *Und es könnte die Möglichkeit sein, Ihn wieder loszuwerden,* fügte Beißer in Gedanken hinzu.

„Du behauptest also, dass wir dieses, dieses Tor, wie du es nennst, geöffnet haben. Das blaue Licht, von dem Gregoralfo und Arliandro erzählt haben und von dem Geréon angeblich verschluckt wurde?", fragte Arxor.

Der Goblin nickte. „Genau so ist es. Eure Präsenz reichte dazu bereits aus. Das Tor hätte sich nicht von allein zu diesem Zeitpunkt öffnen dürfen."

„Was heißt das? Kann es sich immer wieder öffnen und kann Er Seine Armee jederzeit hierher schicken?"

„So leicht ist das auch nicht. Ich bin nicht firm in solchen Dingen. Das sind andere Wesen. Ich sollte nur die Tauben schicken." Der Goblin tat unschuldig und zuckte mit den Schultern.

„Du verschweigst uns etwas", murmelte Schasar.

„Wenn sich das Portal öffnet, hat Er gesagt, schicke mir die Taube, hat Er gesagt. Und ich habe es getan."

„Hat Er die Macht das Portal immer wieder zu öffnen?"

„Ich weiß es nicht", erwiderte Beißer.

„Aber er hat sich Kimón als Ziel ausgesucht?", fragte Schasar.

„Ich denke nicht."

„Das heißt, dass es Zufall war?"

„Ich glaube nicht an Zufälle."

„Was kannst du uns sonst noch sagen?"

„Erst einmal nichts mehr. Er hat uns hierher geschickt, um neue Arbeiter zu holen. Ich sollte zurück bleiben und die Quelle der Macht sichern. Und die Taube schicken, sobald sich das Tor abermals öffnet."

„Ich glaube …", begann Arxor, als die Eingangsplane abrupt zur Seite gerissen wurde. Der junge Leon, den der König höchstpersönlich zum Boten der Krone befördert hatte, kam hereingestürzt.

„Mein König", keuchte er außer Atem.

„Atme erst einmal ruhig durch", erwiderte Arxor, doch der Junge hob abwehrend die Hand. Er hustete.

„Entschuldigt!" Er japste nach Luft. „Herr, wir haben Krieger am Horizont gesichtet. Sie kommen aus östlicher Richtung. Ich bin so schnell gekommen, wie ich konnte." Arxor sah Schasar an.

„Lass nach Arliandro schicken", forderte der König. Leon nickte und hastete los.

„Vielleicht bekommen wir nun, was wir wollten", sagte Schasar matt.

„Fühlst du dich bereit zum Kämpfen?", fragte Arxor besorgt.

„Tust du es?", entgegnete Schasar mit einem angedeuteten Lächeln auf den Lippen.

„Lass uns keine Zeit verlieren", antwortete Arxor. Dann stürzten sie, so schnell es Schasars immer noch müder Körper mitmachte, aus dem Zelt in Richtung der östlichen Linie des Lagers. Die beiden Krieger, die davor gewartet hatten, blieben verdutzt zurück.

„Und mich fragt wieder keiner", quietschte der Goblin und zuckte mit den Schultern. „Selber Schuld."

„Es sind unsere Mannen", sagte der wachhabende Hauptmann, als Arxor mit Schasar im Schlepptau am Außenposten des Lagers ankam. Der König ließ sich das Fernrohr geben, eines der magischen Instrumente, das der Magier Dahlgor damals noch gebaut hatte. Es vergrößerte Dinge aus der Ferne, verbesserte die Sicht und das Auge des Betrachters, sodass man adlergleich weit und präzise schauen konnte.

Am Horizont erkannte Arxor die Banner mit dem gelben Hippogreifen auf schwarzem Grund. Er nickte und gab das Fernrohr gerade in dem Moment zurück, als Leon und Arliandro herbeigeeilt kamen.

„Entschuldigt, Herr", murmelte der Junge. Der König sah den Boten an.

„Es war richtig, mich zu informieren. Geh nun und kümmere dich um deine weiteren Pflichten!", erwiderte Arxor. Dann wandte er sich Arliandro zu.

„Deine Botschaft hat sie nicht mehr pünktlich erreicht." Der Elf zuckte mit den Achseln.

„Ich denke, dass sie schon unterwegs waren, bevor wir die Nachricht versandt haben", gab er zurück.

„So wird es wohl gewesen sein. Aber Quinto kann immer wieder nur einige Divisionen verschiffen. Hoffentlich bekommt er die Nachricht noch, bevor er das gesamte Heer mobilisiert hat."

Der Rat der Elfen

Arxor spürte einen kühlen Luftzug. Instinktiv legte der König die Hände auf die Pergamentrollen, die vor ihm ausgebreitet auf dem Tisch lagen. Dann schwang auch schon der Vorhang des königlichen Zelts zurück und ein Soldat trat ein.

„Mein König, der Heerleiter wünscht Euch zu sprechen." Arxor blickte nicht auf und nickte.

„Er soll herein kommen."

„Wie Ihr wünscht!" Der Soldat salutierte und machte auf dem Absatz kehrt. Dann betrat Quinto das Zelt.

„Hast du meine Nachricht noch bekommen?", fragte Arxor über ein Pergament gebeugt.

„Die Nachricht, die uns über die Elfen gesandt wurde? Ja, mein König", erwiderte sein Gegenüber. „Die übrigen Krieger haben den Befehl erhalten am Wall zu warten, bis sie neue Befehle bekommen."

„Gut, wir ziehen morgen weiter. Du mit dem Heer zurück nach Zimura, ich mit Arliandro, Schasar, Gregoralfo und Dayana zu den Elfen."

„Wie Ihr wünscht", gab Quinto einsilbig zurück. Arxor sah auf. Ihre Augen trafen sich.

„Hast du gefunden, was ich dir aufgetragen habe zu suchen?"

Quinto antwortete nicht. Stattdessen fasste er an den Bund seines Lederharnischs und zog einen schwarzen Stein hervor.

„Verlangt so etwas nie wieder von mir", zischte er, warf den Stein auf den Tisch und drehte sich zum Gehen. „Mein König", sagte er laut zum Abschied, bevor er das Zelt verließ.

Arxor sah ihm hinterher, dann fiel sein Blick auf den schwarzen Stein. Er nahm ihn in die Hand und betrachtete die unebene, geriffelte Oberfläche.

„So klein, so unscheinbar und doch so mächtig", flüsterte er, bevor er ihn in den Beutel an seinem Bund gleiten ließ.

„Sand im Getriebe Eurer Kriegsmaschinerie?" Der Goblin lachte grunzend auf. Schasar verdrehte die Augen. „Das hatte ich mir zurecht gelegt."

„Ich habe es befürchtet", erwiderte Schasar. „Unheimlich komisch."

„Wann zieht ihr hinaus in die Wüste, um Ihn zu finden?" Beißer lachte kurz auf.

„Morgen ziehen wir weiter."

„So früh schon?" Das Dunkelwesen spielte mit seinem Holzprügel herum. Schasar sah ihn eine Weile nachdenklich an. Sollte er die Katze aus dem Sack lassen?

„Wenn du uns nicht hilfst oder eine bessere Idee hast. Aber …", begann der Magier.

„Och, ich unterstütze euch total." Der Goblin grunzte und lächelte ihn scheinheilig an. „Des Rätsels Lösung liegt in jedem Fall in der Wüste. Oder dem, was sich dahinter befindet."

„… vorher wirst du uns jedoch noch zu den Elfen begleiten", endete Schasar, ohne auf Beißer einzugehen.

„Ahh, interessant. Die Seherin und der Rat der Elfen. Ich habe viel von ihnen gehört", flüsterte das Dunkelwesen. Dann grinste es. „Ich habe sie nur nie persönlich kennen lernen dürfen."

„Tja, dann wird es nun bald soweit sein."

„Welche Ehre." Der Goblin grunzte. „Und das Ganze ohne Hintergedanken? Ich bin überrascht." Das Erdwesen zwinkerte.

„Mach dir keine Illusion, Magier! Auch sie werden nicht mehr herausfinden, wenn ich es nicht möchte. Eure Mächte sind nicht stark genug meinen Geist und Willen zu brechen."

Das werden wir noch sehen, dachte Schasar. Das werden wir noch sehen.

„Wir machen uns morgen auf den Weg zu den Elfen", sagte Arxor. „Die Armee trifft sich in Zimura. Wir stoßen dann später zu ihnen." Das Essen wurde aufgetischt. Arxor verstummte abrupt. Wie immer in den letzten Tagen wirkte der junge König beim Essen still und in sich gekehrt, denn er musste unwillkürlich an Geréon denken. Als die Küchenburschen gegangen waren durchbrach Arliandro die Stille.

„Vier Hippolos warten am Waldrand auf uns", sagte der Elf.

„Gut. Ich werde auf Reon reiten. Der Goblin nimmt dann das für mich eingeplante Tier." Der König sah in die Runde. Der Elf nickte, ebenso Schasar. Gregoralfo saß stumm da. Nur Quinto schüttelte den Kopf.

„Ein Goblin", murmelte er ohne dem König in die Augen zu blicken.

„In Ordnung. Dann gehen wir nun auseinander und treffen uns morgen früh zu Tagesanbruch", entgegnete Arxor und erhob sich. Die Versammelten taten es ihm gleich.

Das Morgengrauen tauchte die offene Ebene in violettes Licht. Schlaftrunken zog sich Dayana auf das elfische Hippolo. Sie fragte sich, ob das grazile, geflügelte Einhorn überhaupt in der Lage war, zwei Personen zu tragen. Gregoralfo schien das nicht zu kümmern, als er hinter ihr auf dem Rücken des Geschöpfs Platz nahm. Sie blickte sich um. Auch Arliandro und Schasar stiegen auf ihre Tiere, dem Goblin mit dem Namen Beißer wurde eine kleine Trittleiter zur Verfügung gestellt. Dass sie ihn überhaupt mitnahmen, den Feind, der die Stadt niedergebrannt und der sicher auch Blut an seinen Klauenhänden hatte. Angeekelt blickte sie weg. Auch wenn Gregoralfo ihr immer wieder gesagt hatte, dass der Goblin sie gerettet hatte. Gerettet? Tränen stiegen ihr in die Augen. Sie fühlte sich fremd und eigenartig in ihrem Körper. Inständig hoffte sie, dass die Elfen in Bÿton ihr helfen würden. Sie wollte wieder sein, wie sie war. Und sie wollte ihre Eltern zurück. Ein lautes Kreischen ließ sie zusammenschrecken.

„Ruhig, Reon. Hör auf damit!", rief der König der Menschen beschwichtigend. Der Hippogreif bäumte sich auf, als er die vier Hippolos sah, und kreischte mehrere Male markerschütternd. Die Hippolos bildeten eine Reihe, fixierten das Wahrzeichen Argonias mit leicht gesengtem Kopf und deuteten mit den langen, schneeweißen Hörnern auf Reon. „Arliandro, kannst du bitte ...?" Der König seufzte. Arliandro sprach in der Elfensprache auf die Hippolos ein und wenig später hoben die Tiere kurz aufschnaubend die Köpfe.

„Und du", der König tätschelte Reons Nacken, „brauchst niemanden zu verteidigen oder anzugreifen. Die Hippolos sind uns wohlgesonnen. Vergiss für einen Moment, was gewesen ist." Reon schnaufte auf und klapperte mit dem eisenharten Adlerschnabel.

Der Hippogreif war ein stolzes Wesen. Und Arxor wusste um die Geschichte der Geschöpfe ihrer Welt. Die Hippogreifen nahmen es den Einhörnern als Schutzpatrone der Pferde noch immer übel, dass die Waldbewohner die Wiesenpferde vor Äonen nicht vor den Raubkatzen geschützt oder sie in ihren sicheren Wäldern aufgenommen hatten. Arxor fühlte sich klein und unwohl. Hatte der Menschenkönig das Recht, dem Hippogreif diese ewig während Fehde auszureden? Handelte er doch auch nach seinen Gefühlen und, wie er tief im Innern zugeben musste, im Zeichen der Rache und des Hasses.

„Ich bitte dich im Namen des alten Schwurs", sagte Arxor leise. „Ich weiß, dass es dir schwer fallen muss." Reon dreht den Kopf leicht und das große Auge des Hippogreifen fixierte den König. Das Tier nickte leicht und stieß sich dann schreiend vom Boden ab.

„Also los!", rief Schasar und Arliandro gab einen elfischen Befehl, nach dem sich die geflügelten Einhörner in die Lüfte erhoben. Unter ihnen wurde das Lager kleiner und kleiner und bald sahen sie nur noch Baumwipfel. Das Hornsignal, das den Aufbruch der Armee ankündigte, hatten sie nicht mehr vernommen.

Die Furt von Jarmila lag in einiger Entfernung im dichten Nebel vor ihnen.

„Wir landen dort unten auf der Lichtung", rief Arliandro, als am Horizont immer mehr dunkle Punkte auftauchten. „Die Hippoloreiter der Legion der Seherin werden uns gleich willkommen heißen." Die fünf Flugwesen stießen hinab und landeten auf der grünen Wiese. „Bleibt zurück, ich rede mit ihnen", sagte der Elf und saß ab. Reon tippelte unruhig hin und her.

Einige Zeit später landeten zehn elfische Leibgardisten der Seherin ebenfalls auf der Lichtung und stiegen ab.

„Arliandro, Eleychai. Chelios", sprach einer der Krieger in einer dünnen, silbernen Rüstung, in die filigrane Zeichen und Runen eingelassen waren. *„Echo Travario, sdraneCHs'siô d'El'eychaie."* Er verbeugte sich.

„Danke." Arliandro wechselte in die Sprache der Menschen. „Und dies sind meine Freunde: König Arxor von Argonia ..." Er zeigte auf Arxor. „Dies ist der weise Magicus Schasar, Berater der Krone." Schasar verbeugte sich.

„Chelios", sagte er. Travario verbeugte sich ebenfalls.

„Chelios", antwortete der Krieger.

„Dies ist der Mensch Gregoralfo, der unsere Schwester Dayana aus den Flammen von Kimón gerettet hat." Anerkennend hob der Elf eine Braue und nickte dann Gregoralfo zu, der eingeschüchtert ebenfalls nickend antwortete.

„Techo Dayana att'El'eychaie", sprach der Elfenkrieger. *„Paleo natUra'Se?"* Dayana nickte. „Nun gut, ihr seid willkommen. Aber wer ist der letzte in eurer Runde?" Sein Blick verharrte auf dem Goblin, der gelangweilt auf dem Rücken seines Reittieres saß. Arxor wollte antworten, doch Arliandro begann energisch auf den Krieger einzureden.

„Nein", rief Travario. „Ich habe einen Schwur geleistet, jedes dieser Wesen zu töten, das die heilige Insel betritt." Er machte Anstalten sein Schwert zu ziehen. Der Goblin lachte auf. Arliandro hob abwehrend die Hand.

„Meine Schwester wird ihn sehen wollen."

„Das gilt es mit Absprache des Rats zu entscheiden. Ich werde mich an den Schwur halten. Ich werde ihn töten, wenn es sein muss."

„Dann sei es so." Arliandro nickte schnell. „Wir werden die Erlaubnis des Rates einholen und dann zurückkehren, um ihn abzuholen." Der Krieger steckte das Kurzschwert zurück in die Scheide.

„Ich würde empfehlen, dass der Hippogreif mit ihm zurückbleibt und ich werde drei Krieger zu seinem Schutz hierlassen", sprach der Elfenkrieger.

Arliandro ging auf Arxor zu. Reon kreischte kurz, doch der Elf ging nicht darauf ein. „Du hast es gehört, ich habe es versucht", sagte Arliandro.

„Es ist nicht deine Schuld", erwiderte der König, während er absaß. „Reon, bitte verhalte dich ruhig und pass auf Beißer auf." Der Hippogreif schnaufte verächtlich. „Ja, mir wäre auch lieber, wenn du mich begleiten würdest. Aber wir sind hier nicht in Argonia und fügen uns den Gesetzen der Gastfreundschaft. Wir werden sicher bald zurück sein. Und du", er wandte sich dem Goblin zu, „versuche niemanden in Versuchung zu führen dir den Hals durchzuschneiden."

„Jaja", murmelte der Goblin, bevor er etwas in der Sprache der Goblins flüsterte. Plötzlich ging sein Hippolo in die Knie und es machte dem halbwüchsigen Wesen keine Umstände, von dessen Rücken zu steigen. „Vielen Dank", sagte er und klopfte vor den überraschten Versammelten auf die Flanken des Tiers, das sich daraufhin wieder erhob. „Sehr nett, sehr nett", sagte er an Arxor gewandt. „Fliegt sich klasse. Wir haben uns auf dem Flug gut angefreundet." Das schweinsgesichtige Erdwesen zwinkerte dem König zu, während es auf den Hippogreif zuhielt. Doch Reon machte keine Anstalten sich hinunter zu lassen. Stattdessen schnappte er nach Beißer, der behände zur Seite sprang. „Vorsicht, Vorsicht!"

„Reon?!" Arxor atmete genervt aus. Der Goblin hatte hier keine Freunde. Hoffentlich war er noch am Leben, wenn sie zurückkamen.

„Hab' keine Angst um mich, junger König. Du weißt, dass ich mich schon selber schützen kann."

„Davor habe ich Angst", murmelte Arxor und bestieg das fliegende Einhorn. „Also, dir ein frohes Ausharren, bis wir zurück sind. Ich hoffe, dass es nicht lange dauern wird."

„Gute Reise", rief der Goblin zum Abschied, während die Gefährten von den Soldaten flankiert auf die heilige Insel der Elfen zuhielten.

Sie landeten auf dem Tempelvorplatz. Bevor ihnen das große Eingangsportal in den Tempel geöffnet wurde, wurden sie gebeten, alle Waffen abzugeben. Von einer Ehrengarde begleitet drangen sie nun immer weiter in den Tempel ein, ließen dabei einige Gänge und Räume hinter sich, bevor man sie schließlich in eine von einem Säulengang gestützte Halle führte, in der vor einem Thron fünf Stühle in einem Halbkreis angeordnet waren. Die Halle lag in einem Halbdunkel vor ihnen

„Setzt euch, bitte", sagte Arliandro einladend und nahm ebenfalls Platz. „Ich hoffe, dass der Rat uns bald empfängt." Arxor, Schasar, Gregoralfo und Dayana taten wie ihnen geheißen. Eine Weile lang saßen sie stumm da und warteten. Dann endlich hörten sie Geräusche von den anderen Seite des Raums und drei Männer in langen, edlen Roben betraten die Halle. Langsam schritten sie zwischen den Säulen hindurch und kamen auf die Gäste zu. Arliandro erhob sich und verbeugte sich knapp. Die anderen taten es ihm nach.

„Aaah, Arliandro. Du bist zurückgekehrt. Wie schön", sagte ein alter Mann und umarmte den Elfen herzlich.

„Danke, ehrwürdiger Fejlippo." Arliandro senkte demütig das Haupt.

„Und auch ihr, Freunde der Elfen, seid mir willkommen. Doch sollten wir uns vorstellen, wie es die Freundlichkeit gebietet. Mein Name ist Fejlippo von Naronne. Und das sind meine Ratsbrüder." Er wies auf die beiden anderen Würdenträger, die hinter ihm im Halbschatten standen. „Dies ist Ustendio von Linos. Und dies hier ist …"

„Seine Ehrwürdigkeit, Lethuyan von Belos", unterbrach der dritte Ratsmann seinen Vorredner und trat ins Licht. „Wir kennen uns bereits. Wenigstens zum Teil." Nacheinander fixierte er Arliandro, Arxor und Schasar. Gregoralfo und Dayana würdigte er keines Blickes. Arxor trat vor.

„Ich bin König Arxor von Argonia, Reichspatron und -beschützer der Nordlande." Er verbeugte sich. „Und das sind meine Freunde. Schasar, Hofmagier von Argonia, sowie Gregoralfo und Dayana aus Kimón

„Und was wollt Ihr hier?", fragte Lethuyan scharf.

„Bitte", murmelte Fejlippo und schüttelte mit traurigem Blick den Kopf.

„Die Freunde der Elfen wünschen eine Audienz bei der Seherin."
Arliandro verbeugte sich.

„Weshalb?", fragte Lethuyan.

„Die Menschenstadt Kimón ist überfallen worden", begann Arliandro.

„Das wissen wir bereits. Und?"

„Ich glaube, dass sich ein Teil von Ay'Lechsias Prophezeiung erfüllt hat. Mit dem Überfall auf die Stadt, der Rettung von Dayana und dem Aufbruch der Menschenarmee; dies wären zu viele Zufälle." Arliandro blickte Lethuyan ernst an, doch der Ratsmann schwieg.

„Und", begann Schasar, „nicht zu vergessen den Mantel, den die Macht der Magie hervorgebracht hat. Und Beißer." Fejlippo horchte auf.

„Was für ein Mantel?", fragte er, während sein Blick auf Gregoralfo ruhte. In knappen Worten erklärte er, wie ihm der Mantel durch das blaue Feuer gegeben worden war und wie es ihn und Dayana gerettet hatte.

„Seltsam, dürfte ich ihn einmal sehen?", fragte der Ratsmann.

„Später", erwiderte Schasar. „Wir müssen nun dringend mit der Seherin sprechen. Wir brauchen die Erlaubnis den Goblin hierher zu bringen." Lethuyan lachte auf.

„Den Goblin?", fragte Lethuyan. „Ihr wollt einen Goblin in den heiligen Tempel bringen?" Fejlippo hob die Hand, doch Lethuyan schwieg nicht. „Ihr bringt die, die unseren Tempel geschändet haben hierher? Und ihr wollt eine Unterredung mit der Seherin? Was ist mit dir geschehen, Arliandro? Was haben der Mensch und der Magier aus dir gemacht?"

„Vielleicht wird es ihr gelingen an Informationen zu kommen", erwiderte Arliandro leise. Lethuyan lachte abermals auf und zeigte nun auf Schasar.

„Ihr seid doch der Magicus hier. Gibt es keine Möglichkeiten, dieses Wesen zum Sprechen zu bringen."

„Es ..:"

„Es – was?"

„Beißer ..."

„Jetzt hat dieses Wesen der Finsternis auch noch einen Namen.

Seid ihr mit den Dunklen im Bunde? Wo sind die Wachen?",
fragte Lethuyan laut.

„Lethuyan, bitte", sprach Fejlippo ruhig auf seinen Ratsbruder
ein.

„Nein, sie wollen ein Dunkelwesen hierher bringen. Eines der
Wesen, die den Rat ermordet und den Tempel geschändet
haben."

„Das besprechen wir unter uns", zischte Fejlippo und eine
gewisse Spannung, die nicht nur Arliandro, Dayana und Schasar
als Magiebegabte spüren konnten, lag in der Luft. Lethuyans
Augen funkelten.

„Nun gut. Ustendio komm!", zischte er und machte auf dem
Absatz kehrt. Arliandro verbeugte sich. Die übrigen waren zu
überrascht ob der Situation. Der Rat verließ den Raum. Arliandro
setzte sich.

„Ich möchte mich für sein Verhalten entschuldigen", murmelte
der Elf. Schasar trat neben ihn und legte ihm die Hand auf die
Schulter.

„Kein Problem. Wir kennen ihn", sagte der Magicus.

„Es ist nicht gut, wenn er in ihrer Nähe ist", sagte Arliandro.
Schasar und Arxor nickten. Gregoralfo und Dayana tuschelten
hinter ihnen. Beide müssen schockiert sein, dachte der Elf.

„Wie stehen die Chancen?", fragte Arxor, während er sich auf
einen der Stühle setzte.

„Ich weiß es nicht. Ustendio ist kein starker, dafür aber ein
beeinflussbarer Ratsmann. Und Fejlippo scheint der Streitereien
mit Lethuyan überdrüssig zu werden."

„Darfst du zu deiner Schwester?"

„Lethuyan kann vieles bestimmen, aber mir zu verbieten, meine
Schwester zu sehen. Das wird er nicht tun." Er sah Gregoralfo
und Dayana zu, die den Thron der Seherin inspizierten. Schasar
hatte sich mittlerweile ebenfalls wieder auf einem der Stühle
niedergelassen.

„Wie wäre es, wenn wir woanders auf die Entscheidung des
Rats warten?", fragte der Magier nach einer Weile.

„Ja, das wäre vielleicht besser. Wir wissen nicht, wie lange es
dauern wird, bis eine Entscheidung getroffen ist."

Arliandro wollte sich gerade erheben, als die drei Ratsmänner zurückkamen. Lethuyans Augen funkelten böse. In denen von Fejlippo spiegelte sich das freundliche Grinsen wieder, das er auf dem Gesicht trug.

„Ihr sollt eure Audienz bekommen, jedoch später. Dem Goblin wird die Einreise gewährt, falls die Seherin ihn zu sehen wünscht. Er wird gefesselt und seine Augen werden verdeckt sein. Eine Garde von sechs Kriegern wird die ganze Zeit um ihn herum sein. Nach der Audienz wird er die Insel augenblicklich wieder verlassen." Arliandro lächelte. „In der Obhut unserer Krieger ist es ihm erlaubt in den Weiten unseres Reiches Brÿlon zu verweilen, falls nötig." Er zwinkerte Arliandro zu.

„Danke", sagte Arxor und verbeugte sich. Der Rat verbeugte sich ebenfalls. Fejlippo und Lethuyan wandten sich zum Gehen. Nur Ustendio, der bislang kein Wort gesagt hatte, blieb zurück.

„Arliandro, ich möchte mit dir reden. Lass uns in die Gärten gehen." Arliandro nickte. „Ihr ...", er griff unter seine Robe, nahm eine Schriftrolle hervor und gab sie Arxor, „Ihr solltet nun den Goblin hierher holen. Wir werden euch dann zu gegebener Zeit zur Audienz vorlassen."

„Findet ihr den Weg?", fragte Arliandro der Freundlichkeit halber.

„Natürlich", erwiderte Schasar. „Arxor und ich holen den Goblin und kehren dann zurück."

„Gut", sagte Ustendio. „Eine Eskorte wird vor dem Tempel auf Euch warten, ehrwürdiger König", er sah zu Arxor, „und auf Euch, Meister Magicus. Ihr ...", er blickte zu Gregoralfo und Dayana, die stumm dastanden, „... um euch wird sich gleich jemand kümmern. Die junge Elfe sieht aus, als bräuchte sie nach der langen Reise ein Bad." Sein Blick heftete sich auf Gregoralfo. „Wenn es Euer Wunsch ist, würde ich auch Euch ein Bad anbieten."

„Natürlich, gerne", erwiderte der Dieb von Argonia und verbeugte sich. „Habt Dank!"

„Gut, gehen wir also", sagte er dann und wandte sich zum Gehen. Die Versammelten verneigten sich kurz. Dann machten sich Arxor und Schasar auf den Weg hinaus aus dem Tempel und Arliandro folgte Ustendio in entgegen gesetzter Richtung. Dayana und Gregoralfo blieben zurück.

„Baden also", flüsterte der Dieb. Die Elfe gluckste. „Was ist daran so lustig?", fragte er.

„Nichts, nichts", erwiderte sie. „Aber du riechst schon ein bisschen."

„Waaas?", rief er gespielt wütend.

„Ähhem." Jemand räusperte sich. Gregoralfo verstummte, als ein älterer Elf aus dem Halbdunkel trat. Ein älterer Elf. Der Dieb musste über seine Gedanken schmunzeln. Der Waldbewohner hatte nicht einmal faltige, runzelige Haut, konnte er dann alt sein? Aber seine Augen wirkten etwas müder, etwas matter als die der anderen Elfen, die er bisher getroffen hatte. Bis auf die Haarfarbe sahen die Elfen doch alle gleich aus. Und man munkelte, dass sie um das Geheimnis der ewigen Jugend wussten. „Wenn ihr mir bitte folgen wollt", sprach der Elf und wandte sich zum Gehen. Gregoralfo und Dayana folgten ihm.

Arliandro folgte Ustendio durch die geheimen Katakomben des Tempels, bis sie vor dem Ausgang zu den elfischen Gärten standen. Gemeinsam traten sie heraus in das Licht der untergehenden Sonnen. Auch auf Bÿton hatte der Herbst eingesetzt. Die Tage wurden kürzer und der Wind, der den nahenden Winter ankündigte, wurde stärker. Der Weise atmete tief ein.

„Herrlich, oder?", fragte er wehmütig.

„Ja, Ehrwürdiger. Auch ich liebe die Nähe zur Natur." Arliandro schwieg kurz, bevor er weiter sprach: „Doch allzu häufig muss auch ich mich der Verantwortung stellen …"

Ustendio blickte den Bruder der Seherin mit seinen grauen Augen an und lächelte verschmitzt. „Ach, Arliandro, du kennst mich zu gut, schätzt mich richtig ein. Ich bin diese Machtkämpfe leid." Er machte eine Pause.

„Entschuldigt!", erwiderte der Jüngere. „Es geziemt sich nicht."

„Ich bitte dich!" Ustendio hielt auf die hohen Hecken zu, zwischen denen immer wieder schneeweiße, marmorne Skulpturen und hohe Rundsäulen standen. Schweigend betraten sie das immergrüne Labyrinth. „Arliandro, ich möchte ehrlich zu dir sein." Er blieb abrupt stehen und sah sich um. *„Echo Ustendio, valedor'Se'Nerdana. Se'viVo' dai'iviona t'peidido'Ai'selenthijo terpah"*, sprach der Weise.

„Was soll das?", fragte Arliandro.

„Ich möchte nicht, dass jemals Jemand von diesem Gespräch erfährt." Der Alte sah sich um. „Ich bin müde Arliandro. Ich bin es leid mit einem Jungspund wie Lethuyan zu streiten, mich von ihm auf seine Seite ziehen, ja, mich gar bedrohen zu lassen. Fejlippo ist stark, seine Ausstrahlung, sein Charakter, sein Wille, etwas zu verbessern. Er ist für diese Position von seinen Eltern geboren worden. Aber ich, ich ziehe ein anderes Leben vor."

„Aber Ehrwürdiger, Ihr habt keine ...", begann Arliandro, bevor er plötzlich innehielt. „Ihr wollt ...?"

„Ja, mein Sohn." Der Alte blickte ihn traurig an.

„Ist das Eure Entscheidung? Die Verantwortung, die Ihr innehabt ..."

„Wird dann nicht mehr die Meine sein."

„Ihr entflieht also und Lethuyan hat gewonnen", sagte Arliandro.

„Arliandro." Der Alte lächelte. „Ich bin enttäuscht, dass du es mit solchen Mitteln versuchst. Es schmeichelt meinem Geist nicht gerade. Mir scheint gar, du warst zu lange unter Menschen."

„Entschuldigt, Ehrwürdiger!" Arliandro verneigte sich kurz demütig.

„Mein Sohn, es kann auch gut sein, über den Tellerrand hinaus zu schauen. Sei nicht die kleine Fliege, die in die Suppe fällt und in ihr ertrinkt."

„Ja, Ehrwürdiger." Sie gingen weiter, ließen viele Statuen der alten Seher und Ratsmänner hinter sich. Vor einer blieben sie stehen.

„Salyron der Weise", sagte der Alte. „Er war wie du." Arliandro war verwirrt. Er schwieg. „Er war interessiert an den Menschen, an den Gebirglern. Bevor er zum Ratsmann berufen wurde, hatte er häufig die Wälder verlassen. Er ist durch unsere Welt gezogen und hat stetig versucht zu lernen, versucht zu verstehen. Er war ein guter Mann." Ustendio blickte Arliandro tief in die Augen. „Ich sehe ihn in dir. Ich sehe eine neue Ära, die für die alten Traditionen steht. Eine starke Führung der Vernunft, Freundschaft und Liebe. Grundsätze nach denen die Elfen schon ewig gelebt haben und nun von kriechendem Neid, Hass und Missgunst vergiftet werden."

„Lethuyan", flüsterte Arliandro und sein Gesicht spiegelte Abscheu wieder.

„Lass Vernunft walten, dich nicht von Emotionen leiten, wenn du ihn beurteilst! Sonst endest du wie er." Der Ratsmann atmete tief ein. „Junge, es ist Zeit, dass ich diese Welt verlasse und Platz für meinen Nachfolger mache. Ich möchte, dass du dieser Nachfolger wirst." Bevor Arliandro etwas sagen konnte, winkte der Alte ab. „Deine Schwester wird dich bestimmen. Wie ich das bewerkstellige, lass meine Sorge sein. Ich traue Lethuyan nicht." Er stockte. „Es gilt, diese negativen, allzu menschlichen Gefühle, die unsere Kultur überschwemmen, von uns fern zu halten. Ein Umbruch ist im Gange und ein starker Rat muss darauf achten, dass nicht alles aus dem Ruder läuft." Er legte Arliandro die Hand auf die Schulter. „Auch wenn du weniger Tage kommen und gehen sahst als manch anderer Elf, so glaube ich, dass du unserem Volk mehr weiterhelfen kannst, als Lethuyan. Du weißt, dass er nicht viel älter ist als du.

Weisheit hat nicht immer etwas mit dem Alter zu tun. Erfahrung ist das, was du kriegst, wenn du etwas anderes erwartet hast. Erwarte das Richtige und du bist besser, als jeder, der vor dir war.

Erfahrung ist reich werden durch Verlieren. Bleibe arm durch richtige Entscheidungen, denn Irrtümer sind die tiefste Form der Erfahrung. Ich hoffe, du musst nie erfahren, was du nicht zu erfahren wünschst. Es schmerzt. Man macht Fehler. Meine waren, dass ich nicht stark genug war. Dies ist nicht mein Leben. Ich mag sie nicht, diese Politik, diese Machtbesessenheit, das gegenseitige Ausspielen.

Der Rat wurde gegründet, um durch weise und uneigennützige

Entscheidungen ein ganzes Volk in die richtige Richtung zu lenken. Lethuyan will den Rat missbrauchen, um seine Interessen durchzusetzen. Vielleicht ist dies der richtige, der vorherbestimmte Weg, wer mag das schon beurteilen? Aber ich bezweifle es.

Es bedarf keines Heldenmutes und keines Ruhms. Es bedarf eines reinen Herzens und dem Wunsch, das Beste für das Volk der Elfen zu wollen. Macht und Gier sind Gefühlsausbrüche, die wir Elfen erst in der neuen Zeit kennen gelernt haben … Hör weiterhin auf dein Herz, dann wirst du den richtigen Weg finden und beschreiten!" Der Alte ging einige Schritte, dann blieb er noch einmal stehen. „Ich werde den Rat noch heute Abend einberufen, um über das zu sprechen, was dem rothaarigen Menschen, der die Elfe Dayana gerettet hat, auf dem Herzen liegt. Morgen werde ich nicht mehr erwachen. Alle wichtigen Entscheidungen müssen gefällt sein, bis du die Reifeprüfung bestanden und den Rat damit vervollständigt hast." Er drehte sich noch einmal um. Seine Lippen zitterten leicht. „Sorge bitte dafür, dass mein Körper zurück nach Linos geleitet wird." Sein Blick schweifte ab, hin zum weiten Horizont, der im Licht der untergehenden Sonnen purpurn schimmerte. „Wie ich diese Aussicht vermissen werde. Den Geruch des Waldes. Das Licht, wie es so spärlich durch das Blätterdach fällt und sich glitzernd in dem Tau des Laubes widerspiegelt." Er schluckte. Arliandro sah ihn traurig an. Doch der Alte hatte sich entschieden. Er war niemals glücklich geworden am Tempel. Ihm fehlten die Ruhe und Abgeschiedenheit, die er als Einsiedler am Grad von Linos genossen hatte. Hier ruhten Augen und Ohren auf ihm und seinen Entscheidungen. Arliandro konnte ihn verstehen. Wusste Arliandro auch nicht, wie der alte Elf es bewerkstelligen mochte, dass er sein Nachfolger wurde, so würde er die Nachfolge Ustendios dennoch antreten. Auch, um das Gleichgewicht wieder herzustellen, das Lethuyan ins Wanken gebracht hatte.

„Ah, das seid ihr ja wieder", grunzte der Goblin, der in sicherem Abstand zu Reon auf dem Boden saß. Reon kreischte kurz auf, schien aber noch immer eingeschnappt, dass Arxor ihn zurück gelassen hatte und machte keine Anstalten sich zu erheben. Der König saß von dem elfischen Hippolo ab und ging zu Reon. Er tätschelte über die eisenharten Nackenfedern des Hippogreifen, die auf Höhe der Schultern in das struppige, borstige Fell einer Bergkatze übergingen.

„Du darfst mit uns gehen", sagte Schasar unterdessen. „Sofern du dich an die Regeln der Elfen hältst."

„Warum sollte ich?", fragte der Goblin. „Welchen Nutzen würde mir das bringen?"

„Du wärst wahrscheinlich für ewig der letzte Goblin, der die heilige Insel lebend betreten und wieder verlassen hat", entgegnete Schasar.

„Ja, bestimmt", murmelte der Goblin. „Aber eine Audienz beim Rat und der Seherin ist mir schon genug."

„Was interessiert dich so an ihnen?"

„Das lass einmal meine Sorge sein", erwiderte der Goblin. „Was sind die Bedingungen?"

„Du wirst gefesselt und dir werden die Augen verbunden. Eine Eskorte wird dich im Auge behalten. Verhältst du dich unangemessen, werden Konsequenzen gezogen, die dir nicht bekommen würden."

„Ich habe dir doch schon mal gesagt, verehrter Zauber-äh-Magier, genau, das war ja dein Titel, dass du mir nicht drohen kannst. Genau so wenig können es die Bäumlinge."

„Das werden wir noch sehen", erwiderte Travario, der mit der Eskortierung des Goblins beauftragt worden war. Er gab ein Zeichen und sechs Krieger flankierten das Dunkelwesen. „Deine Hände", forderte er.

„Natürlich", murmelte Beißer und streckte die Hände vor. Knirschend rieb er die Klauen zusammen, während sich Travarion herunterbeugte, ein dünnes Seil um die Hände des Goblins schwang und es dann geschickt zusammenknotete.

„Elfenseil, sehr fein", entgegnete das Dunkelwesen und zwinkerte Travarion zu. Dann wurde ihm eine Kapuze über den

Kopf gestülpt.

„Also los. Wenn ich richtig informiert bin, sollt ihr eure Audienz so schnell als möglich erhalten und den Tempel dann wieder verlassen, was ich nur befürworten kann." Er blickte ein letztes Mal auf den Goblin hinab. „Helft ihm auf sein Hippolo", gab er den Befehl an seine Krieger weiter.

„Was ist mit Reon?", fragte Arxor.

„Sofern Ihr den Hippogreifen unter Kontrolle habt, König Arxor, ist er am Tempel willkommen", erwiderte Travarion.

„Natürlich", sagte Arxor bestimmt und blickte Reon ernst an. Der Hippogreif drehte den silbern gefiederten Adlerkopf zur Seite und schnaubte verächtlich.

„Ihre Majestät, König Arxor von Argonia", hörte Arxor Fejlippo von jenseits der hölzernen Tür mit den silbernen Beschlägen sagen, vor der sie auf die Audienz bei der Seherin gewartet hatten. Die Tür wurde von einem Elfengardisten geöffnet und Arxor betrat den dahinterliegenden Saal.

Ay'Lechsia lag auf einer edlen, azurblauen Sänfte. Ihr hellgrünes Gewand mit den goldenen Schriftzeichen hob sich stark von ihrem schneeweißen Haar ab. Seltsam, dachte Arxor, hatte sie beim letzten Mal nicht blonde Haare gehabt? Ihr Blick wirkte seltsam abwesend, sie selbst sah müde aus.

„Seid mir willkommen, König der Nordlande", sprach sie leise. Arxor nickte.

„Vielen Dank, dass Ihr uns empfangen habt, Nerdana Ay'Lechsia." Er blickte zu den drei Ratsmännern und verbeugte sich ebenfalls. Fejlippo und Ustendio erwiderten die Verbeugung, Lethuyan deutete sie lediglich an.

„Der Magicus, Meister Schasar, Berater am Hofe Argonias und letzter der Weißmagier", sprach Fejlippo. Die Tür wurde abermals geöffnet und Schasar trat mit schnellen Schritten in den Raum. Seine rote Magierrobe wehte nach. Er verbeugte sich vor der Seherin.

„*Chelios*. Erwürdige Seherin, ich stehe Euch zur Verfügung", sagte er.

„Seid auch Ihr mir gegrüßt", erwiderte Ay'Lechsia. Schasar

verbeugte sich vor dem Rat, wie es die Etikette erforderte, und trat dann neben Arxor.

„Der Goblin Beißer", sprach Fejlippo dann. Lethuyan schnaufte verächtlich, als sich die Tür öffnete und Beißer, noch immer mit Kapuze, von sechs Elfenkriegern flankiert, in das heiligste des Tempels geführt wurde. Die Krieger gingen in die Knie vor der Seherin und widmeten sich dann wieder dem Goblin, der nur kurz schnaufte.

„Verehrte Seherin, viel habe ich über Eure Schönheit gehört, die die Nacht zum Tag werden lässt", krächzte er. „Umso mehr schmerzt es mich, Euch nicht Angesicht zu Angesicht betrachten zu dürfen." Er deutete eine Verbeugung an, wobei er fast das Gleichgewicht verlor.

„Was ist mit dir geschehen, Goblin?", fragte die Seherin.

„Ich bin von den Euren gefesselt worden und man hat mir diesen Sack übergestülpt", erwiderte das Erdwesen.

„Ist es das, was sie meinte?", raunte Arxor Schasar zu.

„Auslegungssache", erwiderte der Magier und zwinkerte seinem Freund zu.

„Und dann wurde ich auf dem Rücken eines Hippolos hierher gebracht."

„Entfernt doch wenigstens diesen Sack. Ich möchte ihn sehen."

„Aber Herrin?" Travarion sah unsicher zum Rat. Lethuyan schüttelte verneinend den Kopf. Travarion blickte die Seherin an.

„Ich bitte euch." Die Seherin klang erschöpft. „Was soll er denn schon tun? Er ist gefesselt. König Arxor und der große weiße Magier, die Helden der Schlacht am Ostwall, und die mächtigsten der Elfen sind in diesem Raum, nicht zu Schweigen von der Ehrengarde."

„Wenn dies Euer Wunsch ist", sagte Fejlippo. Lethuyans Augen verengten sich. „So nehmt ihm die Kapuze ab!"

„Haltet ein!" Lethuyan hob die Hand. „Was soll das?", fragte er.

„Wir können diesem Wesen nicht trauen. Seinesgleichen haben viele von uns getötet. Der alte Rat ist ihnen", er blickte Fejlippo und Ustendio an, „und beinahe wäret auch Ihr, Ehrwürdige, ihnen zum Opfer gefallen. Nur das Schicksal hat Euch gerettet." Er fixierte Schasar und lächelte kurz, bevor er weiter sprach: „Wir wissen nicht, ob Er nicht hinter all dem steckt. Vielleicht kann Er durch die Augen dieses Wesens sehen? Vielleicht kann Er durch es handeln?" Beißer lachte auf.

„Und so etwas nennt sich weise", murmelte der Goblin. „Glaubt Ihr wirklich, dass die beiden", er nickte in die Richtung von Arxor und Schasar, „dann noch am Leben wären? Ich bitte Euch. Er handelt durch mich? Wie lächerlich. Er macht nichts anderes als ..." Die Umstehenden horchten auf. Doch der Goblin wusste, dass er zuviel gesagt hatte. „Jedenfalls, ja, wo war ich? Ich würde Euch niemals etwas zu Leide tun. Ich schwöre es."

„Du schwörst es?" Lethuyan lachte schnaufend auf. „Du s-c-h-w-ö-r-s-t ? Bei was?"

„Bei der Urmutter", erwiderte der Goblin.

„Der was?", flüsterte Arxor.

„Ich habe keinen blassen Schimmer", gab Schasar zurück und zuckte mit den Schultern.

„Das reicht mir", sagte die Seherin. „Und nun nehmt ihm den Sack von den Augen."

„Tut, was Euch gesagt wurde, Travarion", zischte Lethuyan und setzte sich. Der Elfenkrieger nahm dem Goblin den Beutel vom Kopf. Das schweinsgesichtige Erdwesen musste blinzeln, waren seine Augen doch an die Dunkelheit unter der Kapuze gewohnt.

„Ah, schon besser", grunzte Beißer. Dann erblickte er die Seherin. „Ehrwürdige, nicht in meinen Träumen hätte ich gewagt daran zu glauben, dass der Ruf Eurer Schönheit ihr in Wirklichkeit so weit zurücksteht." Er verbeugte sich so tief es seine Fesseln zuließen. „Es ist mir eine Ehre Euch kennenzulernen."

„Auch mir ist es eine Ehre, Beißer", erwiderte sie.

„Ihr kennt meinen Namen?" Der Goblin schien zu lächeln.

„Ich bin die Seherin", erwiderte sie vielsagend.

„Und Ihr seid schwach und müde", unterbrach sie Fejlippo

plötzlich. „Ihr müsst auch an Euch denken." Dann wandte er sich an die Fremden. „Ihr habt Eure Audienz bekommen, dürft nun jeweils eine Frage stellen, sofern ihr euch bereit erklärt, ebenfalls eine Frage ehrlich und mit besten Wissen und Gewissen zu beantworten."

„Eine Frage", murmelte der Goblin. „Nun gut."

„Wieso darf er …", begann Lethuyan.

„Weil sie es so entschieden hat", erwiderte Fejlippo.

„Wann?"

„Jetzt", erwiderte die Seherin und blickte auf den Goblin hinab, der von den sechs starken Elfengardisten umringt, eingeschüchtert und klein wirkte.

„Ich hätte eine Frage: Was passiert mit der Urmutter?", fragte er mit bebender Stimme. Arxor war überrascht. Nie zuvor war ihm das Dunkelwesen so ernst, so interessiert und beinahe demütig vorgekommen. Die Seherin atmete tief ein. Dann sprach sie:

„Das Jetzt im Früher ist erschüttert. Gewalten ziehen übers Land.
Willen ist gebrochen worden einem Volk um ihretwillen.
Gibt sich hin Ihm unerkannt
eine Sorge lässt sich nicht stillen
bis Er endlich gegangen ist.
Doch der letzte Kampf wird nicht gefochten im Jetzt des Frühers
ehedem.
Wir werden es und Ihn allzu bald wiedersehen,
noch bevor die Welt zerbricht, sich vereint und gemeinsam steht
es dann beendet oder mit uns allen untergeht."

Die Augen des Goblin waren noch immer auf die Seherin geheftet. Er zitterte. Und dann rann eine Träne seine Wange hinab.

„Ihr habt Recht", flüsterte er. „Habt Dank!"

„König Arxor", hauchte die Seherin. „Was ist Euer Begehr?"
Arxor trat vor. Hatte er eine Frage? Eine Frage, die nicht mehrdeutig zu beantworten war? War es richtig in die Wüste zu reiten? Ach, was sollte es.

„Wo befindet sich meine Tochter und werde ich wieder mit ihr zusammen sein?", fragte er.

„Das Dach des Waldes sich schützend erhebt über der Prinzessin der nördlichen Lande. Der Weg auf den Ihr Euch morgen begebt, wird Euch zu ihr führen - doch überlegt:
Ein zweiter Abschied ist umso härter und klingen später dann die Schwerter,
sollt' man ihn zuvor genommen haben?
In ferner Zukunft werdet ihr euch sehen, Seite an Seite an der Tafel speisen, doch gebt Ihr ihr nicht Zeit es zu verstehen, so wird sie sich von Euch abwenden."

Arxor stand konsterniert da. Er hatte eine einfache Antwort erwartet. Er schluckte. Hatte er wirklich eine einfache Antwort erwartet?

„Vielen Dank", murmelte er und stellte sich wieder neben Schasar.

„Du bist nun an der Reihe, Sohn der Magie."

„Ich danke Euch für das Angebot, ehrwürdige Seherin, aber ich habe keine Frage, die es wert wäre, dass Ihr Euch ihrer annehmen müsstet", erwiderte der Magicus und verbeugte sich.

„Wie du wünscht. So bin ich es nun, die eine Frage an dich, Beißer, und eine Frage an dich, Arxor hat." Die beiden angesprochenen nickten.

„König Arxor. Meine Frage an dich lautet: Hass, Rache und Vergeltung – drei Worte beschreiben eines oder was versteht man unter ihnen?"

„Ich ..." Arxor sah wüste Gedanken und Bilder vor seinem inneren Auge vorbeiziehen. Er war wieder siebzehn. Er hörte das Schreien von Dorons Greif. Der Gebirgler war im Schlosshof gelandet und hatte Arxors schwer verwundeten Vater vor den Dunkelwesen gerettet. Arxor sah seinen Vater auf dem Sterbebett liegen, er hörte das Zischen der Brandpfeile, die in Richtung des aufgebahrten Leichnams flogen, der hinaus auf den See der König getrieben war. Er blickte hinüber zum Seeufer an den Manen, wo die Zentauren Abschied von einem großen König nahmen. Er sah den blutdurchtränkten Wüstensand, sah sich im Rausch der Gewalt auf Orks, Oger und Goblins einschlagen. Sein Puls ging schneller. Befriedigung. Sehnsucht es ihnen heimzuzahlen. Der Schmerz. Er dachte an seinen Vater. Wurden seine Schmerzen durch das Töten wirklich gelindert? Wie viele Dunkelwesen musste er noch aus dem Weg räumen, bis er endlich bei Ihm angelangt war. Es war Er, der den Auftrag gegeben hatte. Geht er nur weit genug, bleibt nur noch Er über. Und dann würde es enden.

Arxor versuchte seine Gedanken zu sortieren, bevor er antwortete: „Hass ist eine Empfindung, ein Gefühl, das stärkste und tiefste Abneigung ausdrückt. Rache ist etwas, das man nimmt, um eine Untat zu vergelten. Man verlangt nach Satisfaktion. Vergeltung ist meiner Meinung nach eine Reaktion, die auch auf eine Ungerechtigkeit bezogen sein kann, bei der nicht immer Gewalt angewendet und Gleiches mit Gleichem vergolten wird."

Die Seherin nickte ihm zu. „Ich danke für Eure Ehrlichkeit. Für uns Elfen sind solch menschliche Gefühle oft unergründlich. Wenn ich Euch einen Rat mit auf den Weg in die Wüste geben darf. Beantwortet diese Frage für Euch: Treibt Euch der Hass in die Rache oder wünscht Ihr Vergeltung, König Arxor?" Arxor öffnete den Mund, doch die Seherin schüttelte kaum merklich den Kopf. „Hier und heute ist nicht der Ort, dies zu entscheiden." Dann wandte sie sich dem Goblin zu. „Nun zu dir, Beißer. Deine Liebe ist es, die dich verführt hat, Dinge zu tun, die es nicht zu tun gilt. Doch handelst du in Seinem Auftrag in unserer Welt. Ich frage dich: Wie spinnt Er das Rad der Zeit?" Die Augen der Seherin ruhten auf dem Goblin.

„Es ist der schwarze Stein, Ehrwürdige. Erst war er klein, doch dann fand Er mehr. Und noch mehr. Und dann ward es geschehen. Der Welten Tore öffneten sich. Die Melodie der Sphären erklang. Er ist mächtiger als je zuvor. Doch vor dem Tore der Ahnen ist auch er gleich. Noch", erwiderte der Goblin. Die Seherin nickte.

„Ich verstehe. Danke für deine Auskunft", sagte Ay'Lechsia.

„Was war das?", flüsterte Schasar.
„Ich habe kein Wort verstanden", erwiderte Arxor wahrheitsgemäß.

„Da nun alle Fragen gestellt und Antworten gegeben wurden, ist die Audienz beendet. Ein jeder von euch möge die gesprochenen Worte im Gedächtnis behalten und ihren Rat befolgen. Ich wünsche, dass wir nun friedlich auseinander gehen. Euch allen auf euren Wegen alles Glück auf dieser Welt, auch wenn das Auge des Schicksals auf jedem von euch ruht." Fejlippo verneigte sich. Die Umstehenden taten es ihm gleich. Dann wandten sich Arxor, Schasar und Beißer samt seinen Wächtern zu Gehen.

„Travarion?" Der Angesprochene drehte sich um.

„Ja, Ehrwürdiger Fejlippo?"

„Der Rat hat entschieden, den Menschen Gregoralfo vorzuladen. Würdest du ihm bitte diese Nachricht überbringen?"

„Natürlich, Ehrwürdiger", erwiderte der Elfenkrieger, verbeugte sich und machte auf dem Absatz kehrt. Hinter ihnen schloss sich die Tür.

Gregoralfo war aufgeregt. Er stand vor dem Portal und trat von einem Bein auf das andere. Das Bad hatte ihm gut getan. Die Elfen haben sich freundlich um ihn gekümmert. Hier fehlte es ihnen an nichts. Die edlen Keramiken in der hohen Badehalle waren mit feinen Reliefs verziert und es gab einen Raum, in dem Wasser erhitzt wurde, sodass er sich in warme Nebelschleier verwandelte. Mit aromatischem Kräutersud versehen war dieser leichte Dunst eine wahre Wohltat gewesen. Er fühlte sich erfrischt, unbeschwert und leicht wie ein Kind. Doch seinen Beutel, in dem er den seltsamen, magischen Mantel aufbewahrte, hatte er dabei nicht aus den Augen gelassen. Und auch jetzt trug er ihn bei sich.

„Gregoralfo von Kimón", hörte er eine Stimme sagen und die Tür öffnete sich. Er trat mit pochendem Herzen ein. Zu seiner Linken saßen die drei Ratsmänner auf hohen Stühlen und gerade vor ihm lag eine Frau auf einer Sänfte. Sie war ... wunderschön.

„Seid mir gegrüßt, Gregoralfo von Kimón, Elfenretter", sprach die Frau. Sie musste die Seherin der Elfen sein. Er schluckte. Er hatte viel über sie gehört. Er verneigte sich.

„Seid mir gegrüßt, ehrwürdige Seherin", gab er leise zurück.

„Weshalb bist du hier?", fragte die Seherin.

„Entschuldigt, ich verstehe Eure Frage nicht!?" Gregoralfo blickte sie verwirrt an.

„Dann will ich sie anders stellen: Was führt dich hierher?"

Der Dieb zuckte mit den Schultern. Dayana? Er war kein Gefangener, konnte sich frei bewegen. Aber er war auch kein Krieger, wollte mit Töten und Morden nichts zu tun haben. Was hatte er sich dabei gedacht, mit hierher zu kommen? Was hatte er erwartet?

„Ich weiß es nicht wirklich", erwiderte er daher.

„Aber ich." Die Seherin lächelte. „Es ist das Schicksal – Worte, die Wahrheit werden."

Fejlippo erhob sich und sprach: *„Aus dem Nichts kommt er, bringt Wissen, bringt Leben, bringt Kraft. In das Nichts wird er gehen.*

Aus dem Nichts kommt sie, bringt Freunde, bringt Liebe, bringt Macht. Im Diesseits wird sie warten." Er hielt inne. Gregoralfo fühlte sich unwohl, beobachtet von allen Seiten. Was erwartete man von ihm. Es herrschte Stille im Raum.

„Euer Bruder erwähnte Eure Prophezeiung bereits", antwortete er an die Seherin gewandt.

„Ja, das hat er. Und du hast sie gerettet?"

„Dayana, ja, ich habe sie gerettet. Wir hatten Glück."

„Das Schicksal wollte es so."

„Ja, das Schicksal hat mir dies, Ihr entschuldigt …" Gregoralfo nahm den Beutel auf und holte den Mantel heraus. „Hier habe ich ihn – es hat mir diesen Mantel geschickt. Wollt Ihr?" Er machte einen Schritt auf die Seherin zu, doch Fejlippos Worte ließen ihn innehalten.

„Bringt ihn uns bitte hierher, Gregoralfo Elfenretter!", forderte der Weise.

„Natürlich, Ehrwürdiger", gab der Mensch zurück und brachte dem Ratsmann den Mantel. Der hielt ihn prüfend in den Händen, musterte ihn und gab ihn dann weiter an Ustendio, der neben ihm saß. Auch er prüfte den Stoff und gab ihn dann an Lethuyan weiter.

„Es ist ein Elfenmantel", erwiderte Ustendio. „Geflochtenes Einhornshaar, eingearbeitete blaue *D'este'vOn*-Kristalle."

„Winzige schwarze *E'thAru*-Tropfen", flüsterte Fejlippo.

„Und weißer *Last'kriL*", fügte Lethuyan hinzu.

„Es ist ein starker Mantel." Fejlippo sah Gregoralfo an. „Es gibt nicht mehr viele Reliquien aus der alten Zeit. Viele sind verschwunden, verschollen oder von uns gegangen. Das …" Er zeigte auf den Mantel. „… ist eines der größten magischen Artefakte, die ich persönlich gesehen habe."

„Immerhin macht er unsichtbar", gab Gregoralfo zurück. „Das war schon sehr beeindruckend."

„Das ist nicht alles, was er kann", sagte der Ratsmann schmunzelnd. „Das wird beileibe nicht alles bleiben."

„Ich möchte ihn sehen", sagte plötzlich die Seherin.

„Natürlich, Ehrwürdige", erwiderte Ustendio leise und brachte ihr den Mantel. Sie strich mit ihrer zarten Hand über den grauen Stoff, der daraufhin knisterte und leicht blau schimmerte.

„Er ist stark, magisch, mächtig." Sie roch an ihm. „Er ist …" Sie hielt inne. „Ich … Es …"

„Ehrwürdige!" Die Ratsmänner erhoben sich. Die Seherin ließ den Kopf hin und her schwanken.

„Einem Diebe, dunkel und schlecht, dennoch geschickt und wahrlich gerecht, sei der Umhang der Unsichtbarkeit. Die freie Welt wird ihm danken, wenn das dunkle Tor geschlossen ist. Das Geschenk wird er benützen, um den König zu beschützen", sprach sie dann. Die Ratsmänner eilten zu ihr. Fejlippo strich der Seherin über den schweißnassen Kopf.

„Ich … mir ist …", begann Fejlippo.

„Was?", fragte Ustendio und blickte auf die erschöpfte Seherin hinab.

„Ich habe diese Worte schon einmal gehört. Ich glaube, ich habe sie gelesen in den alten Schriften. Ich … Ich werde mich von euch verabschieden und in den Archiven danach suchen."

„Die gleiche Prophezeiung ein zweites Mal?", fragte Ustendio überrascht. „Nun, wie es aussieht, sollten wir der Ehrwürdigen nun Ruhe gönnen." Er drehte sich Gregoralfo zu. „Die für dich bestimmten Worte behalte im Hinterkopf und handle nach ihnen, wenn der richtige Tag gekommen scheint." Er nahm den Mantel und gab ihn Gregoralfo zurück. Dann zwinkerte er dem Menschen zu. „Du wirst schon merken, wann das ist, Gregoralfo Elfenretter."

„Ich danke Euch", erwiderte Gregoralfo zum Abschied.

Arxor und seine Gefährten waren im Tempel untergekommen, Beißer hatte jenseits der Furt von Jarmila unter Aufsicht der Garde genächtigt. Auch nach der gut gelaufenen Audienz hatte der Rat seinen Beschluss nicht aufgehoben. Der Goblin hatte die Insel verlassen müssen.

Arxor, Schasar, Gregoralfo und Dayana wiederum waren zu einem Festessen, nach Elfentradition natürlich ohne Fleisch, eingeladen worden. Arliandro war nicht zugegen gewesen, ebenso wie seine Schwester. Ihr ging es wohl nicht so gut.

Nun lag Arxor in seinem Bett. Er hatte einen Raum mit Schasar bezogen. Der Morgen graute. Plötzlich hörte er von jenseits der Türe rasche Schritte. Dann klopfte es an der Tür.

„Ja, bitte?", fragte der König.

„Ich bin es, Arliandro. Darf ich hineinkommen?"

„Natürlich."

„Was …?" Schasar gähnte herzhaft, als Arliandro eintrat. Er sammelte und streckte sich kurz. „Lux", sprach der Magier und entzündete die Lampen in ihrem Zimmer. Arliandro sah bleich aus.

„Was ist mit dir?", fragte Arxor.

„Es ist …" Der Elf druckste herum. „Der ehrwürdige Ustendio ist in der letzten Nacht verstorben." Die Versammelten sahen ihn überrascht an. „Und Ay'Lechsia hat mich zu seinem Nachfolger auserkoren."

Felician zitterte. Unruhig trommelte er mit den Fingern auf den hölzernen Schreibtisch. Dann öffnete er die Schublade und nahm das Pergament erneut heraus. Prinz Lucien hatte also eine Schwester, von der Niemand etwas wusste. Wie sollte er damit umgehen? Sollte er stillschweigen? Warum hatte der König nicht reagiert? Warum hatte er nichts unternommen? Wenn es seine Tochter gewesen wäre, dachte Felician, hätte er anders reagiert. Doch durfte er sich ein solches Urteil erlauben?

Etwas klopfte pochend an das Fenster und ließ ihn hochschrecken. Hastig ließ er das Pergament fallen. Sein Puls beschleunigte sich. Das Fenster!? Felician schüttelte den Kopf, schloss die Augen kurz und öffnete sie dann wieder. Doch er träumte nicht. Auf dem Sims saß eine schneeweiße Eule.

Felician hielt die unheimliche Botschaft in seinen zittrigen Händen. Was erwartete man nun von ihm zu tun? Der Prinz war zwar die höchste Instanz im Schloss, aber konnte Felician ihm diese Nachricht überbringen? Der Junge war erst sieben Jahre alt. Er konnte keine vernünftigen Entscheidungen treffen. Felician rügte sich für diesen Gedanken. Doch war nicht ein Funken Wahrheit dabei?

Zumal Felician nicht einmal wusste, ob diese Nachricht ohne Absender der Wirklichkeit entsprach. Er überflog die hastig gekritzelten Wörter noch einmal. Es mussten König Largos und Prinz Duncas aus den Südlanden gemeint sein, so viel stand fest. Doch sollten die Drachenländer tatsächlich eine Armee ausheben? Und wer hatte diese Nachricht verfasst, um die Nordlande zu warnen?

Aufgeregt überlegte er hin und her. Einen Vormund im engeren Sinne gab es für Lucien nicht. Der König verfügte über keinerlei Geschwister. Der Ratsstab und mit ihnen Meister Schasar und Heermeister Quinto hatten das Weiße Schloss verlassen.

Felician selbst unterrichtete den Prinzen in den Wissenschaften und der Geschichte, der Stallmeister hatte Arxor unter großem Murren zugesagt, Luciens Reitunterricht zu übernehmen. Sie beide waren im Moment die engsten Vertrauten des Prinzen, wenn man es überhaupt so nennen konnte. Aber war der

Stallmeister die Person, mit der Felician darüber reden sollte? Dieser immer schlecht gelaunte, grummelnde Mann verstand sich vielleicht auf das Misten des Stalls, aber würde er solche Entscheidungen treffen können – und wollen?

Felician fasste einen Entschluss: Er würde sich mit dem Hauptmann der Stadtgarde besprechen. Dann würden sie dem König einen Boten nachsenden. Er solle zurückkehren. Vielleicht könnte man einen der zwei verbliebenen Hippogreifen schicken?

Viertes Buch

Der dunkle Bogen

Die Reifeprüfung

Arliandro konzentrierte sich auf seine Umgebung. Obwohl er die vertrauten Geräusche der Natur vernahm, bewegte er sich nur langsam durch das Dickicht des Waldes vorwärts. Um ihn herum herrschte Dunkelheit. Dabei standen die Sonnen hoch am Himmel, es musste Mittag sein. Doch der Elf war blind.

Er atmete tief ein und lauschte dem Rascheln der Blätter um sich herum. Seit vier Tagen war er nun unterwegs, tastete sich durch eine Welt, die er bis zum Beginn seiner Reifeprüfung noch hatte sehen können. Es war ein unbeschreibliches Gefühl, nun auf einen angeborenen Sinn zu verzichten. Er fühlte sich seltsam klein, allein gelassen und verloren. Doch er versuchte diese Beeinträchtigung durch die Konzentration auf die anderen Sinne und seine Instinkte wett zu machen.

Es würde eine zeitintensive Prüfung werden. Zeit, die er eigentlich brauchte, um den Menschen zu helfen und wichtige Entscheidungen zum Wohl der Elfen zu treffen. Zuerst musste er die ihm von den Ratsweisen auferlegte Prüfung bestehen, um so schnell wie möglich als dritter Ratsmann zum Tempel zurück zu kehren und den Rat der Weisen zu komplettieren.

Arliandro roch den Wald, hörte dessen Bewohner zwischen dem fortwährenden Rascheln der Blätter und spürte die Zweige der Büsche und Bäume, durch die er sich seinen Weg bahnen musste. Er wusste, dass die Natur ihm den Weg zu seinem Ziel, dem heiligen Berg Bugassa, weisen würde. Und überhaupt fand der Elf sich auch immer besser mit seiner Blindheit zurecht, fürchtete die Dunkelheit nicht, sondern versuchte den besten Nutzen aus den Einschränkungen zu ziehen, nämlich die anderen Sinne Schritt für Schritt zu schärfen.

Zudem wusste er, dass der Schleier der Dunkelheit nur für die Zeit seiner Reifeprüfung auf ihm lastete; ein befreiendes Gefühl, das ein ewig Blinder leider nicht erleben konnte. Er lief weiter, das Ziel vor Augen: er würde die Prüfung bestehen und ein würdiger Nachfolger Ustendios werden.

Quinto hatte versucht, den Soldaten die Gesetze der Wüste nahe zu bringen. In welcher Schnelligkeit und Intensität seine Worte nun wahr wurden, hatte niemand von ihnen auch nur erahnen können. Ihr Marsch in den letzten fünf Tagen war anstrengend und eintönig gewesen und hatte tagtäglich denselben Ablauf: Frühmorgens, wenn die klirrende Nachtkälte langsam wich, brachen sie die Zelte ab und auf, hinaus in die Weiten der Wüste. Zur Mittagsstunde, wenn die Sonnen hoch am Horizont standen und die drückende Hitze das Reisen nahezu unerträglich machte, verschnauften sie unter den Sonnenschutzplanen. Und am Abend, wenn die unwirkliche, klirrende Kälte von der Wüste Besitz ergriff, bauten sie die Wärme speichernden Truppenzelte wieder auf.

Die Mittagssonnen standen hoch am Horizont, während die schwitzenden Soldaten unter den Dächern der Sonnenschutze lagen oder versuchten, sich gegenseitig kühlende Luft zuzufächern. Der Schweiß stand ihnen auf der Stirn. Die Hitze war drückend. Dazu hatten die Sonnenstrahlen den hellen, sandigen Boden in den zurückliegenden Stunden nahezu zum Sieden gebracht, was selbst die Rastphasen nahezu unerträglich machte.

Arxor schüttelte den Kopf und blätterte in Gedanken versunken in seinem Tagebuch. Er verstand diese unwirkliche Gegend nicht. Tagsüber schien die Natur diesen Flecken Land zu vergessen, sollte doch dieser Tage die Schneezeit anbrechen. Des Nachts wurde es hingegen so bitterkalt und stockduster, dass die Moral seiner Mannen schneller schwand, als dass es wieder hell wurde.

Seit sie Zimura verlassen hatten, drängten sie mit den Wasser tragenden Eseln, Infanteristen und Gardisten weiter vor in das gelb glitzernde, unendliche Meer aus winzigen Steinkörnern. Besonders mühsam quälten sich die drei verbliebenen Karren durch den tiefen Sand, von denen zwei Kriegswagen und einer der Karren der Küchenjungen war, in dessen Obhut Schasar in

Zimura auch seine wichtigsten Kräuter und Tränke gegeben hatte. Immer wieder mussten Soldaten schieben helfen, wenn die vorgespannten Pferde die Last im tiefen Dünensand nicht mehr vorwärtsbewegen konnten konnten. Deutlich einfacher kamen sie auf den Abschnitten ihrer Reise voran, die über ausgetrocknete Seen oder Flussbetten führten. Wobei Arxor so manches Mal frisches Wasser lieber gewesen wäre, als die trostlose, gerissene Erde.

An der kleinen Oase, an der Arliandro seine Schwester Ay'Lechsia mit Schasars und der Hilfe des Gebirglers Gordon aus den Klauen der Schattenmagier gerettet hatte, waren die Wasservorräte wieder vollends aufgefüllt worden und alle hatten sich mehr als satt getrunken. Schon dort hatte Quinto angemahnt, dass sie zu langsam vorankamen oder, anders gesagt, in zu kurzer Zeit zu viele Vorräte verbrauchten.

Es war ungewiss, wie lange das Wasser letztlich reichen würde. Und das, obwohl alle Esel und die Pferde aller Nicht-Offiziere mit Wasser beladen worden waren. Den einzigen Luxus, den sich Arxor, seine Berater und die Truppenführer gönnten, waren das Reiten ihrer Tiere und ihre Einzelzelte, die von einigen Eseln getragen wurden. Ansonsten galt die Maxime: ein jeder nimmt das mit, was er tragen kann. Feldbetten, das prunkvolle Königszelt und anderen Ballast hatte man aus dem Grund am Ostwall zurück gelassen. Denn hier waren sie alle gleich und es zählte nur Eines: das gemeinsame Überleben.

Arxors Augen überflogen eine Seite seines Tagebuchs. Er schnaufte, während er seine Anmerkungen zum Wasserproblem las. Bis jetzt hatte sich ihre Situation kaum verändert, geschweige denn verbessert. Eine richtige Lösung gab es nicht wirklich. Denn was das Überleben nicht gerade leichter machte, war die Tatsache, dass es kaum aussagekräftige Karten gab, die Quinto mit Sicherheit dazu verhelfen würden, weitere Wasserstellen für das Heer zu finden. Vielleicht würden es noch fünf, vielleicht auch noch sechs Tage sein, bis sie die Hälfte der Vorräte aufgebraucht hatten, die sie mit sich führten. Und was dann? Sollten sie besser umkehren oder weiterlaufen? Er blätterte weiter zurück.

Auf jeden Fall wäre es eine gute Idee Reon beritten vorzuschicken und Reiter und Hippogreif nach Wasserquellen Aussicht halten zu lassen, dachte Arxor. Dann stockte er. Schasar hatte ihm bereits seine Meinung gesagt, damals, als sie bei den Elfen waren, damals, als er sie wiedergesehen hatte …

Aus dem Tagebuch des Arxor, König der Sonnenkrieger:
10. Dynastie Tag 1380 nach Zeitrechnung der Menschen Argonias

Heute haben wir Belos, die Heimatstadt Arliandros, auf dem Rücken der Hippolos erreicht. Es ist der Ort, zu dem Schasar meine kleine Tochter gebracht hat. Es ist unglaublich. Vor nicht einmal zwei Stunden habe ich sie zum ersten Mal seit ihrer Geburt wieder gesehen. Sie sieht ihrer Mutter so ähnlich.

Jetzt, wo ich diese Worte schreibe, kann ich die Tränen kaum zurückhalten. Sie war mir so schnell genommen worden, dass ich ihr nicht einmal einen Namen hatte geben können. Fayola haben die Elfen sie genannt, was in unserer Sprache Hoffnungsschimmer bedeutet. Ich glaube, dass Emeliala der Name gefallen hätte. Wie quirlig, lebendig und glücklich sie hier mit den Elfenkindern herumtollt. Es zerreißt mich innerlich, doch will ich sie aus diesem unbeschwerten Leben herausreißen? Ich werde in den Krieg ziehen und würde sie kurz nach dem freudigen Wiedersehen wieder verlassen. Würde das Wiedersehen überhaupt freudig werden? Würde sie mich erkennen? Anerkennen? Auch Schasar hat mich gewarnt, eine unbedachte Entscheidung zu treffen. Vielleicht hat er Recht damit, dass sie Zeit brauchen wird. Zeit, die wir nicht haben.

Die Feuer prasseln nun in der Mitte des Dorfplatzes, um den herum die Elfen ihre Baumhäuser gebaut oder besser aus den Bäumen herausgesungen haben.

Wenn ich mich umschaue, ist es eine unglaubliche Atmosphäre, die bei den Waldbewohnern herrscht. Anders, als die Hektik bei uns Menschen. Familiärer, kleiner, beschaulicher. Hier bin ich zwar noch immer der König der Menschen, aber ich kann mich unbeschwerter und freier bewegen. Es gibt keine Neider, vielmehr herrscht bei dem ersten

*Besuch von Menschen in diesem Elfendorf die Neugier vor. Könnte
ich den Aufenthalt vollends genießen, fände ich kaum die passenden
Worte für eine Beschreibung dieser außerordentlichen Bauwerke.
Ineinanderverschlungene Äste, das schützende Blätterdach, das Regen
und sogar Schnee fernhält ...*

*Ich bin müde, ich werde schlafen gehen. Und ich brauche Zeit, um
mit meinen Gefühlen klar zu kommen. Meine Krieger erwarten einen
konzentrierten König und deshalb muss ich so schnell wie möglich weg
von hier ..."*

Arxor wischte sich den Schweiß von der Stirn und grübelte
weiter. Schasar hatte es offen angesprochen: Irgendwann kamen
sie an den Punkt, an dem sie auf gut Glück weiterziehen oder aber
umkehren mussten. Bei letzterer Möglichkeit konnten sie sich
immerhin relativ sicher sein, dass sie nicht verhungerten. Und
die Aussicht mit einer demoralisierten Armee heimzukehren,
entspräche mit Sicherheit nicht dem, was sich der König von
diesem Feldzug versprochen hat. Sie waren Helden. Sie würden
kämpfen und siegen – oder untergehen.

Ob es nun Rache oder Vergeltung war, war ihm auch nach
dem Gespräch mit der Seherin einerlei. Er würde mit Quinto
und Schasar an der Spitze seiner Armee weiter reiten, bis sie
die unendlichen Weiten durchquert hatten. Was die Schatten
schafften, würde ihnen erst recht gelingen.

„Auf geht es. Wir ziehen weiter", rief er und erhob sich, den
Blick starr auf den Kamm der nächsten Sanddüne gerichtet.

Arliandro erschien vor seinem inneren Auge das Bild der
Verachtung, mit der Lethuyan ihn nach Ay'Lechsias Prophezeiung angesehen hatte. Doch war an ihren Worten nichts zu
deuten gewesen. Sie waren klar und eindeutig gewählt. Ihr
Bruder war der Auserwählte, würde zum neuen Ratsmann
ernannt, sobald er sich als würdig erwies.

Doch zuerst musste er die Aufgaben bestehen, die den Willen

stärken, die Geduld herausfordern, die Ausdauer fördern und den Verstand schärfen sollten. Er würde am Berg Bugassa meditieren und auf die Stimme der Erleuchtung warten.

Und er würde die verbliebenen Sinne schulen, soweit es ihm möglich war. Der Elf musste unwillkürlich lächeln. Auch wenn es Arxor sicher geschmerzt hatte, war es ein schönes, friedliches und freudiges Bild, als sich Fayola auf Arxors Schoß gesetzt und ihn in ihrer kindlich-naiven Art über die Menschen ausgefragt hatte. Und Arxor hatte dem blonden Menschenmädchen in der Neugier in nichts nachgestanden, wollte so viel wie möglich über sie und ihr Leben bei den Elfen erfahren. Er hatte seiner Tochter gegenüber jedoch nicht zugegeben, wer er wirklich war.

Fayola war nun fast acht Jahre alt, ein Alter in dem sie tagtäglich in den Bräuchen und Sitten der Elfen unterrichtet wurde. Und in denen damit begonnen wird, die zwölf Sinne anzuregen und klar zu definieren. Bei Elfen ist die Beziehung zwischen Geist und Körper anders als bei den Menschen, intensiver, umfassender, tiefer, feiner und detaillierter. Aber wenn die Menschen bei den Elfen aufwuchsen, so wusste Arliandro nun, konnten selbst sie unter den äußeren, äußerlich-innerlichen und den inneren Sinnen unterscheiden. In Gedanken hallten die Worte seines Lehrmeisters nach.

„Die äußeren Sinne umschreiben das Denken. Dazu gehörten der Ichsinn, der Gedankensinn, der Wortesinn und der Gehörsinn."
Arliandro schmunzelte. Er würde während der Meditation in der alten Bärenhöhle in sich gekehrt sein und sich seinen Gedanken hingeben. Ein deutlicher Aufruf, diesen Sinnen mehr Aufmerksamkeit zu schenken. Was die Ratsmänner damit bezweckten, wusste er nicht. Doch das Schicksal würde ihm den Weg aufzeigen.

„Das Fühlen umfasst die äußerlich-innerlichen Sinne wie den Wärmesinn, den Sehsinn, den Geschmacks- und den Geruchssinn", hörte er die Stimme sagen. Das Sehen hatten sie ihm genommen, die fehlende Wärme würden ihn die Höhen des Berges jedoch umso mehr spüren lassen, dachte Arliandro.

„Das Wollen beinhaltet die inneren Sinne, zu denen der Gleichgewichtssinn, der Bewegungs-, Lebens- und Tastsinn gehörten", rezitierte er leise. Eigentlich war es wahnsinnig, blind einen Berg hinaufzuklettern. Aber er würde seinem Körper vertrauen. Die Anwendung von Magie war schließlich strikt verboten.

„Dayana, komm schon! Unsere Stunde beginnt gleich", rief Fayola, die vor dem Baumhaus der Elfe stand und mehrfach laut gegen das spiralförmig gewundene Schlagholz klopfte, das röhrend in Schwingung versetzt wurde.

Weiter oben saß Dayana auf ihrem Bett und seufzte. Sie vermisste ihre Eltern, sie vermisste Gregoralfo, der sie gerettet hatte, und sie vermisste ihren alten Körper, ihr altes Ich. Eine Träne rann ihr über das Gesicht. Noch immer fühlte sie sich fremd. Ihr war, als wäre sie nicht mehr sie selbst. Alles war so ... anders. Und unter den anderen Elfen fiel sie auf. Sie merkten, dass Dayana unter Menschen aufgewachsen war. Besonders die anderen Kinder stellten Fragen, woher sie kam oder warum sie erst so spät in den elfischen Lehren unterrichtet wurde.

Dayana erhob sich und trat an die Fensteröffnung.

„Ich komme gleich", erwiderte sie. Fayola winkte ihr von unten. Sie winkte zurück.

Eine Weile liefen sie schweigend nebeneinander. Heute nahm Dayana zum ersten Mal, seit sie unter den Waldbewohnern lebte, gemeinsam mit Fayola am Unterricht teil. Die Elfe hatte nie hinterfragt, warum sie keinen eigenen Mentor bekam. Warum auch? Sie würde, sobald Gregoralfo ihre Eltern wiedergefunden hatte, mit ihnen nach Kimón zurückkehren. Das hatte er ihr versprochen und sie vertraute ihm.

„Das ist wirklich lustig", unterbrach Fayola Dayanas Gedanken. „Du bist also eine Elfe, die bei den Menschen aufgewachsen ist?" Dayana verdrehte die Augen. Sie passierten den Dorfausgang und traten in das schützende Dickicht des Waldes.

„Ja, aber so lustig war es da nicht", erwiderte sie leise. „Dort war ich anders. Hier bin ich es auch."

„Tut mir leid." Fayola sah sie traurig an. „Aber weißt du was? Mir geht es ähnlich."

„Inwiefern?", fragte Dayana Mittlerweile hatten sie die große Wiese erreicht, wohin sie ihre Lehrmeisterin Valessia beordert hatte. Fayola streifte sich als Antwort das strohblonde Haar hinter die Ohren, die nicht spitz zuliefen.

„Ja, ich bin ein Mensch." Sie kicherte. „Ein Mensch, der unter Elfen aufgewachsen ist. Wir sind also beide ähnlich, fast wie Schwestern." Sie nickte und grinste. „Wie es bei den Menschen ist, weiß ich nicht. Nur durch Erzählungen. Ich bin aber auch ziemlich gern hier."

„Hmm, ja. Sie sind auch alle nett zu dir." Dayana sah sich um. Wo war Valessia?

„Ja, das stimmt. Aber manchmal hätte ich auch gern eine Familie. Also eine richtige Familie. Einen richtigen Vater und eine richtige Mutter."

„Meine Familie ist …" Sie stockte. Doch Fayola blickte sie mit großen Augen an.

„Was ist mit ihnen?", fragte sie neugierig.

„Ah, da seid ihr", unterbrach sie eine melodiöse Frauenstimme.

„Meisterin!", erwiderten beide Mädchen im Chor und verbeugten sich vor Valessia.

Die beiden Mädchen saßen im Gras und hörten ihrer Mentorin aufmerksam zu. Die Sonnen standen hoch am Himmel. Sie fröstelten ein wenig. Zum Glück war es windstill, doch der Winter würde bald auch die Wälder der Elfen in Beschlag nehmen.

„Was habe ich gerade gesagt?", fragte Valessia und riss Dayana aus ihren Gedanken.

„Es ist die Magie, die uns durchströmt."

„Gut, mein Kind. Aber wohin schwirren deine Gedanken nur?" Die Elfe schüttelte den Kopf. „Also, wo waren wir. Ja, genau. Schaut euch mein Haar an." Die beiden taten wie ihnen geheißen. Es war braun und schulterlang, zu einem Zopf zusammengeflochten. „Je stärker die Macht in uns Elfen ist, desto heller leuchten die Haare. Helle, blonde Haare …" Sie blickte auf ihre Schülerinnen herab. „… bedeuten große Macht und starke Kräfte in euch."

„Ja, klar", hörte Dayana Fayola flüstern.

„Was war das?", fragte Valessia.

„Nichts, Meisterin", erwiderte Fayola.

„Dayana?"

„Sie hat ja klar gesagt, Meisterin", erwiderte die Elfe.

„Hey", erwiderte Fayola und sah Dayana grimmig von der Seite aus an.

„Fayola." Die Mentorin atmete hörbar aus. „Was habe ich dir zur Sprache der Elfen gesagt?"

„In ihr kann nicht gelogen werden", antwortete die Kleine in gequältem Tonfall.

„Eben. Also versuche es erst gar nicht. Und vor allem – was sollte diese abfällige Bemerkung?", fragte die Elfe und hob mit strafendem Blick eine Braue.

„Ich … nichts."

„Fayola?"

„Ich werde es nie schaffen." Tränen rannen ihr übers Gesicht. Sie erhob sich und rannte los.

„Fayola." Valessia sah ihr nach.

„Was ist mit ihr?", fragte Dayana.

„Sie ist ein Menschenmädchen", erwiderte die Mentorin.

„Und?"

„Sie hat Probleme mit der Anwendung der Magie." Valessia sah zu ihr hinab. Sorgenfalten standen auf Dayanas Stirn. „Keine Angst, mein Kind. Das kann dir nicht passieren."

„Darüber mache ich mir auch keine Sorgen", gab sie zurück.

„Aber wird sie es schaffen?"

„Das werden ihr Glaube an die Macht und an sich selbst zeigen. Aber bevor wir die heutige Lehrstunde beenden, lass mich dir sagen: was man verdrängt, hat man noch lange nicht vergessen. Man muss es nur aus dem Geist wieder hervorkramen."

„Was soll das heißen?", fragte Dayana.

„Das wird sich, so hoffe ich, dir und ihr in naher Zukunft offenbaren. Und nun geh! Es ist Zeit für das Mittagsmahl."

„Nein, nicht", stieß Schasar keuchend hervor. „Nein. Bitte."
Schweiß stand auf seiner Stirn.

Der Himmel über ihm hatte sich dunkel verfärbt. Ein Gewitter zog auf. Schasar hörte das Heulen des Windes. Um ihn herum tobte eine Schlacht. Er sah sich um, dann sah Schasar Ihn auf dem Plateau stehen.

Die Hände zum Himmel erhoben rezitierte der Herr der Schatten die verbotene Sprache Kreton, fauchte, spuckte die unheiligen Wörter in die Welt.

Neben Schasar schlug ein Blitz ein. Der Magier hörte Schmerzensschreie. Er bahnte sich seinen Weg durch die Massen, hinauf zum Plateau, dorthin wo Er stand. Dann erreichte er Ihn, doch …

Schasar schreckte hoch. In der Dunkelheit brauchte es einen Augenblick, bis er sich zurechtfand und realisierte, wo er sich befand. Schweiß stand auf seiner Stirn. Er hatte die Strohmatte zur Seite geschoben und lag nun rücklings auf dem kühlen Wüstensand. Er wischte sich mit der Hand über die Stirn. Sie waren noch immer unterwegs in der Wüste. Er atmete tief ein und erhob sich dann.

„*Lux*", murmelte Schasar und beschwor ein Licht herauf, das das Zelt erhellte. Er suchte den Wasserschlauch und trank einen Schluck. Vielleicht sollte er draußen ein wenig Luft schnappen? Ja, das würde er tun.

Schasar schlug die Zeltplane zurück und trat nach draußen. Vor Arxors Zelt hielten die Soldaten Wache. Ebenso vor dem Zelt des Goblins, das ganz in der Nähe stand. Schasar nickte den Kriegern zu und trat einen weiteren Schritt hinaus.

Er atmete die kühle Luft ein und sah hinauf zu den Monden. Was hatte dieser Traum nur zu bedeuten? Ihm fröstelte. Es war eine weitere, kühle Nacht in der Wüste. Er sollte sich wieder schlafen legen.

Der Magier ging zurück in das Zelt, hielt auf seine Robe zu, fasste hinein und holte den kleinen Flakon mit der blutroten, leuchtenden Flüssigkeit heraus, den der alte Elf Ustendio ihm an seinem letzten Abend gegeben hatte. Was waren seine Worte gewesen?

„Schwarz und Weiß. Nimm es und nutze es weise!" Er packte den Flakon wieder weg. Kam die Zeit, kam der Moment ihn einzusetzen. Wofür auch immer. Das Schicksal würde ihm den Weg schon weisen.

„Ist es soweit?", fragte der Goblin, als Arxor, Schasar und Quinto ihre Reittiere neben das seine führten.

„Was?", fragte der König.

„Ihr braucht meine Hilfe", gab Beißer zurück.

„Wie kommst du darauf?" In Schasars Stimme schwang Spott mit. Der Goblin lächelte ihn an.

„Magicus, Magicus. Du machst mir nichts vor. Ihr irrt durch die Wüste und habt keinen Plan, wo ihr seid."

„Pah", lachte Quinto auf.

„Was denn, großer Heerleiter?" Der Goblin sah Quinto herausfordernd an. „Ist es denn nicht so? Eure Vorräte gehen dem Ende entgegen."

„Und wenn schon, Goblin", gab Quinto zurück. „Für deine Verbrechen hätte ich dich schon längst aufhängen lassen. Sei froh, dass du über keinerlei Ehre verfügst, sonst hätte ich bereits Satisfaktion für deine verächtlichen Mutmaßungen gefordert."

„Soso." Der Goblin lächelte ihn an. „Soso." Dann blickte er zu Arxor. „Um zum Thema zurück zu kommen und mit den Leuten zu sprechen, die auch etwas zu sagen haben: Ihr habt also keine Ahnung mehr, wie es weiter geht?"

„Wie kommst du darauf?", fragte der König.

„Hmm. Wir laufen in einer halbkreisförmigen Bahn, obwohl wir es nicht müssten. Hier draußen gibt es nur Sand. Wir könnten auch einfach geradeaus laufen."

„Geradeaus", murmelte Arxor.

„Haha. Wohin, ist die Frage, die nun zu stellen wäre, oder?" Der Goblin schüttelte den Kopf. „Ihr habt wirklich keine Ahnung, was euer Ziel ist, oder?"

„Und wenn es so wäre?", fragte Schasar.

„Ihr kommt zu mir, weil ihr den Weg wissen wollt? Warum sollte ich ihn euch weisen?"

„Eine gute Frage", gab Arxor zurück.

„Danke."

„Vielleicht, weil du sonst mit uns untergehst und verdurstest?", erwiderte Schasar.

„Magicus. Du solltest es doch am Besten wissen. Ich habe dir meine Macht bewiesen, als ich dein jämmerliches Leben rettete. Statt Dankbarkeit und Ehrfurcht beleidigst du meine Künste. Ich bitte dich." Der Goblin verschränkte die Arme. „Ihr würdet ohne mich verdursten."

„Also hilfst du uns?", fragte Arxor.

„Ja", erwiderte der Goblin.

Quinto schnaufte. „Ein Pakt mit einem Dunkelwesen", stieß er verächtlich hervor und gab seinem Pferd die Sporen, um an dem Tross der langsam laufenden und reitenden Soldaten vorbeizuziehen und bis zu seiner Spitze vorzustoßen. Das war doch hirnrissig. Er war Prospektor. Er würde den Weg finden. Wenn er nur endlich auf Markierungen oder andere Zeichen stoßen würde. Wo war die Natur nur an diesem Ort? Hatte sie sich tatsächlich zurückdrängen lassen? Hatte sie den Kampf aufgegeben, ihn für immer verloren?

Schasar war skeptisch. Er musterte den Goblin, während Arxor Quinto hinterher sah.

„Und weshalb hilfst du uns, wenn deine Kräfte dich schützen könnten?", fragte der Magier. Er trieb sein Pferd die nächste Düne hinauf. Die Luft war trocken und stickig, die Sonnenstrahlen brannten auf der Haut.

„Ich habe meine Gründe", gab Beißer zurück.

Schasar wischte sich den Schweiß von der Stirn. Wenn der Goblin ihnen half und einen Weg aus dieser unendlichen Wüste kannte, so würden sie wenigstens nicht vor Erschöpfung sterben. Lieber stolz im Kampf fallen, als zu verdursten, so sah es auch die Mehrzahl der Soldaten, die bereits immer häufiger murrten.

Vereinzelt hatten die Truppenvorsteher Quinto bereits berichtet, dass Soldaten desertiert waren, was nicht wirklich die Moral der Armee stärkte, sondern zu noch mehr Gesprächsstoff und Unruhe führte.

Die jungen Krieger brannten auf ihren ersten Kampf und verloren das Interesse am sturen Marschieren. Und die Alten versuchten sich die Erschöpfung nicht ansehen zu lassen, wenn sie mit Sack und Schwert fast knietief durch das endlose Meer aus Sand wateten und von der alten Schlacht erzählten und sangen. Erinnerungen und die Hoffnung blieben. Doch die Realität sah anders aus. Die Nächte waren bitterkalt und das Marschieren im gleißenden Licht der Sonnen machte Mensch und Tier zu schaffen. Die Nahrungsmittel- und Wasservorräte nahmen täglich ab. Wenn sie nicht bald das Ende der Wüste erreichten, würde es bitter enden. Schasar verwarf den Gedanken. Sie würden es schon schaffen. Wenn es nur einen Zauber gab, der ihnen helfen könnte.

„Beißer, mich würden deine Gründe interessieren. Warum hilfst du uns?", fragte der Magier nach einiger Zeit.

„Wenn es Euch interessiert, will ich Euch gern davon erzählen. Wir haben ja genug Zeit ...", begann das Dunkelwesen. Arxor sah ihn an. „Ihr kennt uns Goblins doch gar nicht. Ihr wisst nichts über uns und unsere Historie."

„Damit magst du Recht haben", gab Schasar zurück.

„Wir sind etwas, das euch in euren Albträumen begegnet. Also beschäftigt ihr euch nicht mit uns. Dort, wo ich herkomme, ist es wie hier."

„Und wo kommst du her?"

„Das ist schwer zu sagen. Ich kann deine Frage nicht beantworten", erwiderte Beißer. Schasar sah ihn fragend an. „Es ist, als würde ich eure Welt kennen, aber dann ist es doch auch anders."

„Ich verstehe dich nicht."

„Ich verstehe es auch nicht." Der Goblin blickte hinaus in die Wüste. „Was ich weiß ist, dass es dort draußen ..." Er zeigte hinaus in die Weiten aus Sand. „... einen Weg zurück in meine Heimat gibt." Er seufzte wehmütig. „Doch auch dort hat sich vieles geändert."

„Inwiefern?", fragte Schasar.

„Meinst du, es macht uns Spaß in den Krieg zu ziehen?" Schasar schwieg. Was sollte er auch sagen? Ja? „Wir sind kein kriegsüchtiges Volk." Das nahm ihm Schasar nun wirklich nicht ab.

„Wieso bekämpft ihr uns dann?", fragte Arxor.

„Wegen Ihm", gab Beißer zurück und sah den König der Menschen lange an. „Er ist aus Eurem Blut."

„Ja, ich weiß", gab Schasar zurück. „Er ist ein dunkler Magicus, der in die Wüste gejagt wurde."

„Ja, und dann hat Er den Weg zu uns gefunden. Mit seinen Orks. Sie haben geplündert und gebranntschatzt."

„Aber wieso habt ihr euch ihnen angeschlossen?"

„Was willst du machen? Diene oder stirb!" Schasar hatte den Goblin selten so ernst erlebt. Er schwieg. Gleichmäßig schwankte der Sattel hoch und runter. Sein Pferd schnaufte, hatte Geifer vor dem Maul. Er tätschelte ihm die Seite. „Es war keine einfache Entscheidung", sprach der Goblin. „Wir wollten mit Ihm reden, doch dann hat Er …" Die Stimme des Goblins brach.

„Was hat Er getan?", fragte Arxor.

„Er hat die Urmutter entführt, hat sie seitdem in seiner Gewalt."

„Wen?", fragte Schasar.

„Unsere Urmutter. Sie ist so etwas wie du." Er sah Arxor an. „Unsere Anführerin, unsere Ratgeberin, die Mächtigste von uns."

„Warum habt ihr sie nicht befreit, wenn ihr alle so mächtig seid?", sagte eine Stimme neben ihnen. Sie hatten Quinto nicht kommen gehört. „Mein König." Er senkte das Haupt. „Wenn dieses …" Er blickte den Goblin abschätzig an. „… Wesen und helfen möchte, so soll es uns sagen, wohin wir reiten sollen."

„Nordosten, wenn Ihr den Weg findet. Nach der Mittagsrast weiter in Richtung Osten. Morgen sollten wir es dann erreicht haben."

„Das Ende der Wüste – morgen schon?", fragte der Heerleiter.

„Nennt es so. Und ja, morgen schon."

„Quinto?!" Arxor sah seinen Heerleiter an.

„Was immer Ihr wünscht, mein König." Quinto wendete das Pferd und preschte davon.

„Was ist eigentlich mit ihm los?", fragte Schasar.

„Das erzähle ich dir ein anderes Mal", erwiderte Arxor.

„Eieiei, Streit bahnt sich an zwischen euch dreien." Der Goblin grinste breit.

„Wie soll ich dir glauben, dass ihr ein friedliebendes Volk seid, wenn du ständig versuchst Zwietracht zu säen?", fragte Arxor.

„Ich habe nie gesagt, dass wir ein friedliebendes Volk sind. Ich habe nur gesagt, dass wir kein kriegsüchtiges Volk sind. Das ist ein feiner Unterschied. Worte sind eine gefährliche Waffe. Sie richtig zu deuten, ist eine große Kunst. Das überlasse ich nun euch. Wir werden übersetzt aus der Sprache des Waldes auch Scharlatangnome genannt." Beißer zwinkerte ihnen zu.

„Also war es nur erlogen, was du uns erzählt hast?", fragte Schasar.

„Das müsst ihr selber einschätzen oder aber herausfinden." Der Goblin hob den Kopf. „Macht euch besser auf den Weg, bevor uns dieser unflätige Mensch erneut stört. Ich kann ihn nicht riechen – und er macht sich soeben auf den Weg zu euch. Es scheint etwas Wichtiges zu sein. Kann sein, dass er die Oase endlich gefunden hat." Arxor und Schasar nickten und ritten los. Beißers Wachen, die sich außer Hörweite aber einsatzbereit aufgehalten hatten, schlossen auf. Hinter den Reitern folgte das Fußvolk. Der Goblin nickte zufrieden. „Bald ist es soweit. Müde und erschöpft, so wie Er sie haben wollte. Und dann werden wir sehen, wie es ausgeht …", grummelte er vor sich hin.

„Andere Zeiten verlangen nach anderen Vorgehensweisen." Lethuyans Worte hallten in Arliandros Gedanken nach, während er auf dem kühlen Höhlenboden saß. Er hatte seit Tagen nichts mehr gegessen, doch er verspürte auch keinen Hunger. Die Augen hielt er geschlossen, er konnte sowieso nichts sehen. Der Aufstieg war anstrengend gewesen, aber er hatte gelernt, sich in dieser fremden, dunklen Welt zurecht zu finden.

Draußen hörte er den Wind heulen. Die Landschaft um ihn herum würde sicherlich in ein gleichmäßiges, friedliches Weiß gehüllt sein. Die Baumwipfel würden leicht hin und her wiegen, vielleicht sogar so stark, dass sie den Schnee von ihren Ästen wehten. Die Tiere und Elfen würden sich in ihre Behausungen, Höhlen und Bäume zurückziehen und auf den nächsten Frühling warten.

Er wäre gern bei seiner Schwester, die, wie er mit Erschrecken feststellen musste, sehr erschöpft ausgesehen hatte. Doch war Geduld eine Tugend, die er hier zu lernen hatte. Er würde seine Prüfung nicht schneller bestehen, wenn er auf ihr Ende und das Eintreten der großen Erleuchtung wartete. Was hatte ihm Fejlippo zum Abschied gesagt: „Gehe er zum Berge Bugassa und warte er auf die Stimmen der Erfahrung, die ihn finden mögen, wenn er Geduld, Willen, Ausdauer und Verstand zeigt."

Arliandro atmete aus. In Gedanken sah er die kleine Atemwolke, fing sie ein und wärmte sich an ihr. Sofort wurde ihm ein wenig wärmer. Er musste aufpassen, dass er nun keine Erdmagie einsetzte. Es wäre so einfach sich dem hinzugeben. Nun spürte er nicht nur die Kälte sondern auch den Hunger. Sein Magen knurrte. Nur einige Nüsse oder Wurzeln. Heißer Sud, eine wohltuende Suppe und ein kleines Feuer. Er zitterte. Nein! Er würde warten, bis er die Stimmen hörte. Und er würde diese Prüfung solange durchhalten, bis er die Erleuchtung fand.

Aber was sollte das Ganze? Er könnte nun neben Arxor und Schasar reiten und mithelfen, das Böse für immer zu besiegen. Er könnte am Bett seiner Schwester weilen und versuchen ihr zu helfen. Weshalb saß er in dieser Höhle, fror und hungerte? Ist dies das Leben, das er sich wünschte? Konnte dies der Wunsch und Wille der Ahnen sein? Alles im Leben hat seinen Sinn und das Schicksal weist uns den Weg, dachte er. Aber war es Ustendios Opfer wert? War er es wert sein Nachfolger zu werden? Wollte er den Zwist mit Lethuyan aufrecht erhalten und konnte er dieses Land vorwärts bringen? Doch dazu benötigte es der Annäherung an die Menschen. Er hatte Arxor und Schasar kennengelernt. Sie waren zu Freunden geworden, auch wenn sie in unterschiedlichen Welten lebten. Würden die Schatten besiegt und gab man Arxor die Möglichkeit sich um seine Kinder zu kümmern und sie richtig zu erziehen, dann könnten die nächsten

Generationen der Menschen anders werden. Arxors Vater war ein großer König gewesen, warum sollte sein Sohn nicht in seine Fußstapfen treten können? Und warum sollten nicht wieder alle in Eintracht leben? So wie früher? Nie war man näher an ihr gewesen wie damals, als Doron mit seinen Greifenreitern an ihrer Seite gekämpft hatte.

Sie waren eine verschworene Gemeinschaft gewesen, Gefährten auf dem Weg zu einer neuen Weltordnung. Hoffnung auf eine bessere Zukunft und Vertrauen hatten sie geleitet, hatten sie gestärkt. Und dieses Vertrauen zerbrach nun Stück für Stück. Wenn es einer solchen Situation wie der jetzigen bedarf, um die Welt wachzurütteln, dann ist es an uns zu handeln. Wollen wir, dass sich die Geschichte wiederholt, nur weil wir es nicht schaffen zu reden, aufzustehen, uns ein einziges Mal gemeinsam gegen den Feind zu stellen und das Übel aus dieser Welt zu tilgen? Arliandro schüttelte den Kopf. Tränen rannen ihm über die Wange. Es tat ihm leid, dass er Ustendio enttäuschte. Er erhob sich langsam. Seine Glieder fühlten sich taub an. Die Arme waren schwach, die Beine gaben leicht nach. Er würde zum Tempel zurückkehren. Er hatte seine Entscheidung getroffen.

Der Raum lag in völliger Dunkelheit da.

„Herr?", fragte eine raue Stimme unsicher.

„Ja?", gab eine sonore Stimme zurück.

„Es gibt Neuigkeiten von draußen."

„Welche denn?", fragte der Mann in dem dunklen Zimmer.

„Es sind nur Gerüchte. Wir wissen noch nichts Genaues." Der Bote machte eine kurze Pause. „Die Obeliskenstadt wurde angegriffen. Die Schatten sind angeblich zurückgekehrt."

„Rüstet sich Argonia?"

„Nicht nur Argonia."

„Was soll das heißen?" Etwas in der Mitte des Raumes leuchtete matt auf und gab die Umrisse eines stämmigen Mannes frei, der auf einem hölzernen Stuhl saß und die Unterarme auf einen

Tisch vor sich gelehnt hatte.

„Die Drachenländer heben eine Armee aus."

„Der alte Largos zieht in den Krieg? Mit Argonia oder gegen es?"

„Ich befürchte eher, dass es Duncas ist, der sie anführt."

„Soso. Also wohl eher gegen Argonia."

„Haben sie eine Chance?"

„Arxor hat mit seiner Armee den Hof verlassen", gab der Bote zurück. „Es heißt, er zieht hinaus in die Wüste."

„Nun gut." Der Mann am Tisch fuhr sich mit den klobigen Fingern durch den filzigen Bart. „Gordon, ich möchte, dass du nach Argonia fliegst und dort in meinem Auftrag nach dem Rechten siehst. Lass dich dabei nicht von den Südländern sichten!"

„Wie du wünschst, Herr."

„Danke." Der Mann, der in dem dunklen Raum gesessen hatte, griff nach dem Schaft der Axt, die noch immer matt leuchtete. „Wenn nur die Zeichen endlich aufziehen würden. Ich weiß, dass du nach Blut dürstest. Ich hoffe, dass du es bald zu schmecken bekommst." Hoffentlich zum letzten Mal, fügte er in Gedanken hinzu.

Es wäre einfacher gewesen Magie anzuwenden oder die Hippolos zu rufen, doch diese Freude würde Arliandro Lethuyan nicht machen. Der Anstand gebot, dass er den Regeln entsprechend zum Tempel heimkehrte. Sichtlich befreiter fand er sich trotz seiner Blindheit mittlerweile gut in den Elfenwäldern zurecht.

Arliandro nahm den Weg bis Jarmila und wurde ab der im Nebel liegenden Brücke von der Elfengarde in Richtung des Tempels begleitet. Niemand redete mit ihm, bis sie das Tal der tausend Wasserfälle und den Tempel der Seherin und des Rats schließlich erreicht hatten. Und das war ihm auch lieb so.

Er wurde sofort vorgelassen und Fejlippo hieß ihn auch im Namen seiner Schwester willkommen.

„Nun bist du also wiedergekehrt, um einer von uns zu werden und den Rat zu vervollständigen", sprach der alte Elf. Bevor Arliandro antworten konnte, fügte er hinzu: „Während deiner Abwesenheit gab es eine Prophezeiung. Vielleicht wird es deine erste Amtshandlung sein, sie mit uns zu deuten."

„Wie geht es meiner Schwester? Ist sie hier?" Arliandro drehte den Kopf hin und her, ganz so, als versuchte er sie zu finden. Er fasste langsam an den schwarzen Stein, der in sein Stirnamulett eingelassen war. „Ich spüre, dass es ihr nicht gut geht."

„Ja, leider", erwiderte Fejlippo.

„Die Heiler tun alles", fügte Lethuyan emotionslos hinzu.

„Ich hoffe, dass es ihr bis zum großen Fest besser geht", sagte Fejlippo und lächelte Milde, was sein Gegenüber jedoch nicht sehen konnte. Der Zauber würde erst nach der Erleuchtungsprüfung wieder von ihm genommen. Doch das interessierte Arliandro nicht im Geringsten.

„Welches Fest?", fragte er stattdessen. „Was gibt es zu feiern, wenn es meiner Schwester schlecht geht?"

„Deine Ernennung?!", erwiderte Fejlippo überrascht.

„Oh ja, natürlich", gab Arliandro zurück. „Natürlich." Die Ernennung, dachte er. „Kann ich sie sehen?"

„Nein, wir denken, es wäre besser, sie sich ausruhen zu lassen", sprach der alte Elf. Lethuyan nickte zustimmend.

„Aber …", begann Arliandro, doch der Alte schüttelte nur den Kopf. „Ihr müsst es wissen. Was ist mit der Prophezeiung?"

„Kommt die Ernennung, kommt die Zeit darüber zu beratschlagen. Wir sollten nun auseinandergehen und uns heute Abend im großen Saale einfinden."

„Nun gut", sagte Arliandro. „Wie ihr wünscht. Ich werde die Gästegemächer aufsuchen, mich waschen und ankleiden."

„In Ordnung, Arliandro", gab Fejlippo zurück. „Wir sehen uns dann in den Abendstunden. Wir lassen nach dir rufen, wenn es soweit ist."

Der Festsaal war sicher hell erleuchtet und bunt geschmückt. Arliandro stellte sich vor wie die Elfengardisten für ihn Spalier standen. Der Bote führte ihn in das Innere des Raumes, der wohlig warm war. Es duftete nach Eintopf und der Geruch von ihm bekannten Gewürzen lag in der Luft. Er war zuhause. Beinahe war Arliandro versucht die einsamen Tage zu verdrängen, die Tage in denen er in der Kälte meditiert, gefroren und gehungert hatte.

„Er ist zu uns zurückgekehrt. Der Bote des Schicksals, der Jünger der Erleuchtung, der Lenker der Geschicke", hörte er Fejlippo zitieren. „So soll er uns berichten, was ihm das Schicksal und die Stimme der Ahnen zuflüsterten, darauf, dass er die Nachfolge Ustendios antrete und das Triumvirat vervollständige." In der Halle herrschte Ruhe. Arliandro konnte sich vorstellen wie nun alle Blicke auf ihm ruhten.

„Ich verneige mein Haupt vor allen Wesen dieser Welt in Demut. Ich schwöre sie zu achten und wenn nötig mit meinem Leben zu schützen. Ich werde mich ihrer annehmen, wenn und wann immer sie es bedürfen." Er biss sich auf die Zähne. Er hatte seine Entscheidung getroffen und er würde zu ihr stehen. „Und aus eben diesem Grund werde ich mich der Berufung und dem Schicksal erwehren. Ich werde den Menschen folgen. Sie brauchen mich und ich…" Er stockte und sah in die Richtung, in der er Lethuyan vermutete. „Ich werde mich dem Bösen entgegen stellen, auch wenn dieser Hochmut verlangt, Seite an Seite neben meinen Freunden zu sterben!" Leises Gemurmel brannte auf.

„Ist dies deine Entscheidung?", fragte Fejlippo.

„Ja", erwiderte Arliandro. Ein Stein fiel ihm vom Herzen. Er fühlte sich gut. Er hatte getan, was er für richtig hielt.

„Du hast am Berge Bugassa meditiert." Fejlippo hob die Arme und sofort kehrte Ruhe ein. „Du hast dich nicht von Macht blenden lassen und bist nicht den Weg des Zwistes gegangen. Du hast dich des Denkens würdig erwiesen. Du hast der Witterung des Bugassagebirges getrotzt, hast dich an die Regeln der Reifeprüfung gehalten und dich bei deiner Entscheidung nicht blenden lassen. Du hast dich des Fühlens würdig erwiesen. Du hast die Worte, die deinen Verstand umschwirrten, geordnet, abgewogen und eine Entscheidung getroffen. Du hast das Bugassagebirge geläutert verlassen. Du hast dich des Wollens würdig erwiesen. Vereine nun die Sinne. Innen wird außen und außen wird innen. Gegeben und geschult, gestärkt und genutzt, um unserem Volk den Weg zu weisen. Wer mit dem Strom schwimmt, erreicht die Quelle nie." Fejlippo stieg vom Podest und legte seine Hand auf Arliandros Kopf. „Gegeben und Genommen, die Sinne kehren wieder, stärker als je zuvor, um unserem Volk den Weg zu weisen." Das Licht blendete ihn. Erschrocken musste er die Augen schließen. Sein Puls ging schneller. „So heiße ich dich, Arliandro von Belos, Sohne Brÿlons, Bruder unserer ehrwürdigen Seherin Nerdana Ay'Lechsia auf der heiligen Insel Bÿton im Tempel als Mitglied des Rats der Weisen willkommen." Arliandros Mund fühlte sich trocken an. „Herzlichen Glückwunsch", zischte Lethuyan. Fejlippo kam näher, umarmte ihn und küsste ihn auf die Wange. Arliandro öffnete die Augen. Sein Blick glitt an dem Ratsältesten vorbei. Auf einer Sänfte lag seine Schwester Ay'Lechsia. Sie sah schwach aus. Ihr Haar war dunkelbraun und hing ihr wirr im Gesicht, ihre Augenlider zitterten. Ihr Körper sah ausgemergelt aus. Wie in Trance vernahm er Fejlippos Worte: „Pack deine Sachen, wir werden den Tempel bald verlassen müssen!" Dann streifte er Arliandro einen der drei verzierten Ringe über, die sie als Ratsweisen auswiesen, und stieg die Stufen der Empore hinauf. „Es ist vollbracht", sagte er. „Der Rat ist wieder vollständig. Ich möchte, dass wir heute feiern und Ustendio gedenken. Er wird sicher auf uns hinab sehen." Ein jeder Elfengardist ging nun an Arliandro vorüber, verneigte sein oder ihr Haupt und schwor ihm die Treue. Doch er hörte ihre Worte nicht. Sein Blick war auf Ay'Lechsia gerichtet, die kreidebleich auf der Sänfte lag. Eine Träne rann seine Wange hinab.

Die dunkle Grenze

„Nein, nein, nein", rief Fayola und wischte die kleinen Steinhaufen von dem umgestürzten Baumstamm, vor dem sie und Dayana mit verbundenen Augen gesessen hatten. Dann riss sie sich das Tuch von den Augen. „Ich werde es nie schaffen!" Sie schleuderte das seidene Tuch fort.

„Du musst dein Temperament im Griff haben", erwiderte Valessia ruhig. Die Lehrmeisterin sammelte die Elfensteine wieder auf und legte einige auf den Stamm zurück. Dann wandte sie sich Dayana zu. „Nun du, mein Kind."

Dayana nickte und hielt die Hände über den kleinen Steinhaufen. Sie atmete tief ein. Dann sagte sie: „Zwei *D'este'vOn*, drei *Jhe'mE'thyis* und ein *Neso'hAr'atz*."

„Gut, fast richtig. Es waren zwei von jedem. Lass dich nicht blenden! Liebe und Treue sind stark, aber man kann sie schnell mit Harmonie verwechseln. Welche Farben haben sie?" Dayana hielt die Hände wieder über die Steine, und sortierte sie nach Gefühl nach den Farben.

„*D'este'vOn* blau." Sie stockte. „*Jhe'mE'thyis* gelb und *Neso'hAr'atz* rot."

„Sehr gut. Du machst das sehr gut. Du hast schon viel gelernt, seit du bei uns bist." Mit einem kurzen Blick auf Fayola fügte sie hinzu: „Und du hast die Tugend der Geduld schon gut verinnerlicht."

„Klar", murrte Fayola. „Sie ist auch 'ne richtige Elfe."

„Fayola, welche Kräfte wohnen den Steinen inne?"

„Mut und Kraft werden dem *D'este'vOn* zugeschrieben, Harmonie und Besonnenheit dem *Jhe'mE'thyis*", leierte sie herunter. „Und Liebes- und Treueschwüre werden mit dem *Neso'hAr'atz* gewoben."

„Ach, wenn du die Praxis nur so gut wie die Theorie beherrschen würdest", gab ihre Lehrmeisterin zurück.

„Ich bin halt nur ein Mensch", erwiderte Fayola und zuckte mit den Schultern.

„Nein, du bist ein Mensch, der weiß. Und das ist ein Unterschied."

Valessia legte ihr die Hand auf die Schulter. „Und es kommt die Zeit, in der du glaubst und verstehst, dann wirst du Magie anwenden können."

„Darauf warte ich schon so lange."

„Warten bringt in dem Falle nichts. Wie du siehst, ist nicht das Alter entscheidend." Die Mentorin zeigte auf Dayana. „Auch, wenn Dayana ein wenig älter wirkt als du, so ist sie es nicht wirklich."

Nun musste Dayana schlucken. Sie nahm die Augenbinde ab.

„Vieles ist nicht so, wie es scheint", flüsterte die junge Elfe.

„Also Kinder", unterbrach sie Valessia schnell. „Für heute soll es genug sein. Beim nächsten Mal reden wir über elfische Heilsteine; den weißen *Last'kriL*, den grünen *Al'thy'SeN* und die wenigen schwarzen *E'thAru*-Tropfen, die wir Elfen noch besitzen."

Unruhig ging der Herr der Schatten in seinen Gemächern auf und ab. Immer wieder durchforstete er Dahlgors Gedanken nach Anzeichen auf den Verbleib der zwei verbliebenen Amulette.

„Aaah", schrie Er auf, als er erneut auf eine Erinnerung traf, die abrupt abbrach. Er schleuderte einen Blitz in ein nahes Bücherregal, das mit einem lauten Knall explodierte. Dahlgor war deutlich schlauer gewesen, als Er gedacht hatte. „Weise, mein Sohn", murmelte Er. Er brauchte das Buch *Memoria*. Das magische Buch, dem Dahlgor die Erinnerungen geschenkt hatte. Es befand sich sicherlich noch in Argonia. Dahlgors Schüler hatte seinen Wert bestimmt verkannt, wenn er überhaupt auf das Buch gestoßen war.

Aber der Herr der Dunkelheit musste aufpassen. Bald würden die Orks mit dem jungen König und seinem Gefolge hier auftauchen. Er würde sie erwarten und dann würde Er es ein für allemal zu Ende bringen.

Er durchstöberte die letzten Erinnerungen vor Dahlgors Tod. Diese hatte er nicht mehr vor Ihm verstecken können.

Dahlgor machte einige unsichere Schritte vorwärts. Zu seinen Füßen lag der Dunkelmagier und neben ihm – der Stab.

„Ein wahrlich guter Fang! Der Stab des Drachen. Willkommen zu Hause!", sprach Dahlgor und strich vorsichtig über das schneeweiße Holz des Stabs, der in einem ineinander verschlungenen, flammenförmigen Knauf endete. „Damit sind die Wälder der Elfen wieder sicher. Ad domum ire!"

Wenigstens wusste der Herr der Schatten nun, wo sich dieser verdammte Stab befand. Argonia – wohin sollte er den Stab sonst schicken?

Der Herr der Dunkelheit brauchte diesen Stab. Ohne ihn konnte Er trotz seiner Funktion als Malträger nur auf einen Gefallen der Feuerwesen hoffen. Der weiße Feuerstab, der Paktstab der Magier mit dem elementaren Drachenherrn würde Ihm die Sicherheit geben, dass die Wesen ihm gehorchten.

Der Herr der Dunkelheit legte die Stirn in Falten. Er würde eine weitere Gruppe Goblins schicken. Schließlich standen ihm genug von diesen minderwertigen Kreaturen zur Verfügung. Und wenn sie verendeten, schickte er halt neue nach.

Doch wohin mochte Dahlgor den Stab genau gesandt haben? Im Weißen Schloss kamen nur einige wenige Orte in Frage und die kannte Er gut. Das Turmzimmer wäre zu einfach, nicht geschützt und damit unsicher. Vielleicht das Archiv der Sonnenkrieger? Konnte Dahlgor sicher sein, dass außer den Magiern des Hofes und dem König nicht noch weitere Menschen von dem geheimen Raum unterhalb des Schlosses wussten? Ein geheimer Raum unter dem Schloss. Der Herr der Dunkelheit lächelte. Er wusste nun, wohin Dahlgor den Stab geschickt hatte. Doch um an ihn zu gelangen, musste Er erst einen bestimmten Teil des Amuletts besitzen. Und Er war sich definitiv sicher, dass sich dieser Teil nun gerade auf dem Weg in Seine Welt befand.

Vergeblich versuchte Zara Quintos Blick zu erhaschen. Die mittlerweile zur Botenreiterin aufgestiegene Kriegerin ritt nahe dem Heermeister, doch er würdigte sie weiterhin keines Blickes.

Schüchtern rang sie mit sich, ob sie ihn ansprechen sollte. Der Heerführer wirkte schon seit Tagen befremdlich, ganz so, als beschäftigte ihn etwas. Durfte sie es wagen? Sie trieb ihr Pferd an, bis sie neben ihm ritt.

„Herr, geht es Euch gut?", fragte sie nicht lauter als nötig.

„Gibt es etwas Bestimmtes?", erwiderte der Heerleiter und musterte die schöne Schwarzhaarige.

„Nein, Herr. Ich ..." Sie stockte. „Ihr seht nur etwas erschöpft aus."

„Sind wir das nicht alle?"

„Doch, Herr. Entschuldigt!" Sie senkte das Haupt. Quinto nickte. Eine Weile ritten sie stumm nebeneinander.

„Aber du hast Recht", unterbrach Quinto die Stille plötzlich. „Es gibt etwas, das ich mit mir trage." Zara wurde hellhörig. War es besser nachzufragen oder sollte sie schweigen? „Ich führe euch Krieger in diese Wüste mit dem Ziel die Schatten ein für allemal zu besiegen. Aber ich bin mir nicht sicher, wo sie sich genau verschanzen. Wir wissen nicht, wo sich der Ort befindet, von dem aus sie immer wieder in unseren Teil der Welt vordringen. Wir wissen nicht, wie viele es sind."

„Ihr seid ein großer Taktiker", warf Zara ein, während sie im Tal zwischen zwei weiteren, riesigen Sanddünen angekommen waren. Sie warf kurz einen Blick nach hinten. Langsam folgten ihnen der Kriegertross wie eine riesige Ameisenstraße.

„Aber Taktiken bringen mich hier nicht weiter. Laut des Goblins erreichen wir die Heimat der Schatten bald. Wir wissen nicht genau, was uns dort erwartet. Zu viele Unbekannte, zu viel Ungewissheit. Und das Wort eines Goblins", stieß er verächtlich hervor.

„Aber unser großer König und der ehrwürdige Magicus glauben an seine Worte."

„Ja, das tun sie. Und ich würde ihnen nie widersprechen. Es ist ihre Anweisung, nach den Ausführungen des Goblins zu marschieren. Doch ob ich diesem Wesen vertraue, das bleibt meine Entscheidung."

„Natürlich, Herr. Ich meinte auch nur ..."

„Wie alt bist du?", unterbrach Quinto sie. Zara stockte.

„Zwanzig Winter, Herr. Aber …"

„Also liegen einige Winter Erfahrung zwischen uns."

„Ja, Herr." Worauf wollte er hinaus? Sie hatte sein Können doch nicht in Frage gestellt. War sie zu weit gegangen?

„Und es liegt das Erleben eines Krieges zwischen uns." Quinto drosselte das Tempo. Die Hitze des Nachmittags machte allen zu schaffen. Doch ging es den wenigen Reitern noch deutlich besser als den Fußsoldaten. Einige Schritt entfernt lag das Skelett eines Greifvogels. Der Heerführer blickte zum Himmel. Über ihnen kreisten weitere Aasfresser. Dann erschien ein großer Schatten und die Greifvögel stoben auseinander. Unter dem anfeuernden Gejohle der Soldaten jagte der Hippogreif sie davon. Quinto grinste. Die Boten des Todes würden heute auf ihr Mahl verzichten müssen. Hoffentlich hatte der junge Späher auf dem Rücken des Hippogreifen eine neue Wasserquelle gefunden. Wenn hier Tiere lebten, konnte die nächste Oase nicht weit entfernt sein. Selbst die Aasfresser brauchten Wasser. Oder hatte der Goblin womöglich Recht und sie würden das Ende der Wüste bald erreichen?

„Ja, Herr. Beim ersten Krieg war ich zwölf." Zara weckte ihn aus seinen Gedanken.

„Was? Ja." Quinto ordnete seine Gedanken. „Damals war ich so alt wie du es heute bist." Er lächelte sie an. „Ich hatte in deinem Alter bereits eine ungewöhnlich große Verantwortung für viele Menschen zu tragen, so wie ich es heute auch noch habe. Ich war damals jung und unerfahren. Zudem sehr vorsichtig und besonnen; wobei ich mich auch heute noch so einschätzen würde. Aber vor allem hatte ich zur rechten Zeit eine kluge Idee." Er machte eine kleine Pause. „Die Taktik, mit der wir die Schatten im ersten großen Kampf besiegt haben, wird jedoch im offenen Gelände und vor Allem in ihrem Reich nicht funktionieren." Zara nickte. „Was weißt du über die Taktik und den Sieg im ersten Krieg?", fragte er sie, während sie auf dem Rücken ihrer Pferde langsam weitertrabten.

„Er kam dadurch zustande, dass Ihr der offenen Schlacht aus dem Weg gegangen seid."

„Das hört sich an, als zweifelst du an meinem Mut." Er

schmunzelte und hob eine Braue. Sie wurde rot.

„Nein, Herr. Ich habe mich nur falsch ausgedrückt. Entschuldigt."

„Du brauchst dich nicht ständig zu entschuldigen, Zara." Er machte eine Pause. Ihr Herz schlug schneller. Er kannte ihren Namen? „Ruhm und Ehre, was sind sie wert, wenn man unbesonnen agiert? Natürlich träumt ein jeder von uns davon, in der Schlacht für unseren König und unser Vaterland zu sterben. Wie oft höre ich die Gerüchte, dass nur ehrenvolle Krieger in die Hallen der Ahnen einziehen? Doch wohin geht der Rest von uns? Und ist der Tod in der Schlacht wirklich ehrenvoll? Oder kann es auch die Dummheit der Strategen und Anführer sein? Was wäre geschehen, wenn ich damals die offene Schlacht gewählt hätte? Wir hätten wahrscheinlich weitere unnötige Verluste erlitten. Die Orks und vor allem die Ogerriesen waren uns körperlich überlegen. Von diesem schwarzen Drachen ganz zu schweigen."

„Aber Ihr habt doch die richtige Taktik gewählt?"

„Vielleicht war es Glück." Quinto schmunzelte. „Der Elf Arliandro würde es das Schicksal nennen."

„Ich glaube auch daran, dass alles vorherbestimmt ist", erwiderte Zara. Ihr Blick glitt über die Sandberge, die sich endlos bis zum Horizont erstreckten. Die Sonnen ließen die Luft flimmern. „Und ich glaube, dass die Ahnen einen großen Plan mit uns haben. Deshalb wird Eure Entscheidung immer die richtige sein."

„Glaub ja nicht, dass ich dich noch einmal befördern lasse, nur weil …"

„Ich bitte Euch", unterbrach sie ihn empört. Er grinste milde.

„Es ist interessant sich mit dir zu unterhalten."

„Danke, Herr", erwiderte Zara.

„In den letzten Jahren sind mir so viele Dinge durch den Kopf geschwirrt. Ich habe neue Kampf- und Waffentechniken erlernt, gelehrt und lehren lassen. Ich habe die besten Mechaniker und Nautiker im ganzen Reich zusammengerufen und sie neue Kriegsmaschinerie entwickeln lassen. Katapulte für den Wall und die Hauptstadt."

„Leider nicht für Kimón", gab Zara zurück.

„Leider nicht. Die Holzpalisaden und die wenigen Türme hätten sie auch nicht tragen können. Aber nichtsdestotrotz ..." Er atmete tief ein. „Vieles ist zu kurz gekommen, ich bin vom Wall zum Schloss und vom Schloss zum Wall gereist. Ich habe den Prinzen unterrichtet und die Armee aufgebaut. Ich habe das Weiße Schloss und die Hauptstadt gesichert, den Wall erneuert und gestärkt." Er strich sich in Gedanken über das kreisförmige Mal auf seinem Handrücken. „Freundschaften sind zu kurz gekommen. Das Leben ist zu kurz gekommen. Aber man besinnt sich erst an Tagen wie diesen." Zara verstand nicht. „Und wenn du dann vor der Schlacht stehst, dann gehen dir die wirklich wichtigen Dinge durch den Kopf. Deine Familie, deine Freunde, die schönen Momente, die du mit ihnen erleben durftest. Klammere dich an sie und verschließe dich vor der Angst! Dann bist du frei und stark."

„Aber auch hier kann das Leben wunderbare Dinge bereit halten", flüsterte Zara und sah hinaus in die Wüste, wo die Dünen und Sandberge zu einem welligen, hellbraunen Meer verschmolzen.

„Natürlich, man muss nur nach ihnen greifen." Er lächelte sie an.

„Man muss nur nach ihnen greifen", gab sie zurück. „Ihr ..." Im selben Moment landete Reon auf einer Sanddüne vor ihnen.

„Der Späher ist zurück", rief Quinto und gab seiner Sonnenkriegerlegion ein Handzeichen.

„Ja, der Späher", erwiderte Zara ein wenig enttäuscht und ließ sich zurückfallen.

„Herr, ich habe Kunde", stieß Leon hervor und verbeugte sich knapp vor Quinto. Der Späher wischte sich den Schweiß von der Stirn und nahm dankbar den Wasserschlauch entgegen, den der Heerleiter ihm entgegen hielt. Er trank gierig, dann blickte er hoch und verschluckte sich fast. „Euer ..." Er keuchte. „Euer Majestät." Leon verneigte sich noch einmal, als Arxor gefolgt von Schasar neben Quinto trat. „Ehrwürdiger Meister Schasar."

„Schon gut", gab Arxor zurück. „Verschnaufe kurz und erzähle uns dann, was du gesehen hast!"

Der Bote atmete einige Male tief durch. Die Luft war warm und erdrückend. „Der Goblin hat Recht gesprochen. Ich habe die dunkle Grenze, die er beschrieben hat, gesehen. Eine schwarze Wand, die im Licht der Sonnen wabernd schwirrt und verschwimmt. Sie liegt zwei Stunden vor uns, vielleicht drei, bis wir sie erreichen."

„Wenn diese mysteriöse Wand am Horizont auftaucht, sollten wir Dahlgors Vergrößerungsrohr nutzen", sagte Arxor und sah Quinto an.

„Da kann ich nur zustimmen. Ich will auf keinen faulen Zauber der Schatten reinfallen und dadurch unnötig das Leben meiner Krieger gefährden."

„Das will keiner von uns", gab Schasar zurück.

„Herr?" Leon war es unangenehm den Berater des Königs zu unterbrechen.

„Ja, Junge?"

„Vor uns habe ich deutlich mehr Skelette gesehen, als wir auf dem Weg durch diese verdammte Wüste hinter uns gelassen haben. Und es waren nicht nur Tiere oder Goblins."

„Können es Orks gewesen sein?"

„Ja, es könnten jedoch auch Menschen gewesen sein", erwiderte Leon.

„Wollen wir hoffen, dass es nicht so ist", sprach Arxor und wandte sich an Quinto. „Wir nehmen etwas Tempo raus und lass die Krieger gut versorgen! Es kann sein, dass wir bald auf die Schatten treffen und ich möchte, dass sie dann gestärkt sein werden."

„Gut", antwortete der Heermeister. Dann wandte er sich Leon zu. „Richte den Köchen aus, dass die Wasserrationen verdoppelt werden. Nahrungsmittel werden aber eingehalten." Der Bote nickte und entfernte sich zügig. Arxor sah Quinto fragend an.

„Warum sollen sie nicht essen, wenn sie schwach und hungrig sind?", fragte der König.

„Bei Bauchverletzungen würden sie sonst elendig zugrunde

gehen. Ich will ihnen so viele Schmerzen wie möglich ersparen", sagte er und wandte sich zum Gehen. „Mein König, ich werde mich nun um die Kampfformation kümmern."

„Mach das", gab Arxor zurück und wandte sich Schasar zu. „Was hältst du davon?" Der Magier sah Quinto hinterher.

„Aus medizinischer Sicht hat er Recht. Aber wer hier eine Bauchverletzung erleidet, ist sowieso verloren."

„Das war es nicht, was ich meinte."

„Ich weiß."

„Und?"

„Ich habe keine Ahnung. Irgendetwas muss vorgefallen sein. Meinst du, es hat mit meiner Rückkehr zu tun?"

„Ich denke nicht", erwiderte Arxor. Ich weiß, dass es meine Schuld war, fügte er in Gedanken hinzu.

Die dunkle Grenze kam näher und näher. Sie wirkte im gleißenden Licht der Sonnen trügerisch und unwirklich, wie ein schwarzer Schleier, der sich plötzlich über das helle Land gelegt hatte. Erstaunlicherweise half ihnen das Vergrößerungsrohr nicht. Denn die dunkle Grenze blieb eine wabernde, schwarze Masse, die keinen Blick auf das dahinterliegende Land zuließ.

„Sie wird nicht klarer", murmelte Schasar.

„Kannst du etwas spüren?" Arxor ritt neben Quinto und dem Magier an den Spitze des Trosses.

„Sie ist magisch. Aber ich kann nicht hindurch sehen, kann das Muster des Zaubers nicht erkennen, geschweige denn entschlüsseln. Was immer diese dunkle Grenze ist – ich habe dergleichen noch nie gesehen und noch nichts darüber gelesen." Er blickte Arxor besorgt an. „Und ich habe viel Zeit mit den alten Schriften verbracht", fügte er hinzu.

„Was machen wir?", fragte Quinto.

„Wir sind nicht umsonst durch die Wüste gelaufen, oder?", erwiderte Arxor. „Die Armee soll sich formieren! Und dann marschieren wir drauf los und schauen, was passiert."

Quinto ließ die Truppenführer herbeirufen. Als sich alle versammelt hatten, richtete er das Wort an sie: „Es ist soweit. Vor uns liegt Feindesland, das Schattenland." Er blickte jeden der Männer und Frauen, die sich halbkreisförmig um ihn gescharrt hatten, kurz in die Augen. „Wir sind in die Wüste geritten, um es zu beenden. Wir haben uns nach dem Sieg vor acht Jahren geschworen, dass diese Welt für immer frei bleiben wird. Heute ist es also so weit. Wir lassen unserem Schwur Taten folgen. Die Ausbildung unserer Truppen hat sich verbessert. Wir sind stärker an Zahl, körperlicher Verfassung, Mut und Moral. Wir sollten uns einen Platz in den Geschichtsbüchern sichern! Zeigt, was ihr gelernt und gelehrt habt. Macht den König und die Nordlande stolz!" Mit wehendem Umhang machte er auf dem Absatz kehrt und trat vor Arxor, der neben Schasar stand und die schwarze Grenze beobachtete. Die Truppenführer kehrten zu ihren Einheiten zurück und gaben den Befehl zur Mobilisierung.

„Sind sie bereit?", fragte Arxor. Es kam Bewegung in die Truppen. Das metallische Klirren von Schwertern, Lanzen und Rüstungen erfüllte die Luft. Quinto blickte sich um. In seinem Rücken hatte seine Eliteeinheit, die erste Legion der Sonnenkrieger, Stellung bezogen. Der Heermeister zog sein Schwert und ging auf die Knie. Hinter sich hörte er das metallene Schaben von tausenden Schwertern, die ebenfalls aus den Scheiden gezogen wurden und nur Momente später waren Arxor und Schasar die einzigen, die noch standen.

„Eure Truppen sind bereit, Herr", gab Quinto zurück. „Sie werden Euch folgen – wenn es sein muss bis in den Tod."

Arxor verschlug es beinahe die Sprache. Gerührt blickte er über aberhunderte von gesenkten Häuptern, zwischen denen vereinzelte Bannerfahnen stolz im lauen Wind wehten. Er blickte gen Himmel. Mit einem Kreischen stieß Reon herab und landete hinter Arxor und Schasar.

„*Summa voce*", sprach Schasar. „Ich glaube, du kannst." Er lächelte Arxor an. Der König nickte und hob die Arme. Stille trat ein. Nur die Esel schrieen noch und die Pferde wieherten etwas nervös.

„Krieger der Nordlande, erhebt euch!", sprach Arxor und

seine magisch verstärkte Stimme erschall über den Köpfen der Soldatinnen und Soldaten, die sich nacheinander wieder erhoben. „In der kommenden Schlacht sind wir alle gleich, ob wir auf einem Ross sitzen oder als Fußsoldaten in die Schlacht ziehen, ob wir ein Schwert führen, eine Lanze oder einen Bogen. Wir haben ein gemeinsames Ziel. Der Weg hierher war beschwerlich und das Erreichen des Endes der Wüste bis heute ungewiss, aber wir haben ihn aus Überzeugung weiter und immer weiter beschritten, haben den bitterkalten Nächten und unmenschlich heißen Tagen getrotzt. Was wir bisher über die Wüste wussten war, dass kaum einer ihr Ende erreichen und wiederkehren konnte, um von ihm zu berichten. Aber …" Er machte eine Pause. „… heute ist der Tag, an dem sich dies ändern wird." Vereinzelt hörte er zustimmende Rufe. „Heute ist der Tag, an dem wir Rache nehmen werden. Rache für Kimón."

„Jaah!", erklang es aus tausenden Kehlen und die Soldaten erhoben ihre Waffen.

„Rache für Zimura!", rief Arxor und riss das königliche Schwert gen Himmel.

„Jaah!", erwiderten die Soldaten.

„Rache für meinen Vater!", schrie der König.

„Jaah!"

„Also zeigen wir es diesen Verrätern!", schrie Arxor und zeigte mit dem Schwert auf die dunkle Grenze.

Schasar war irritiert. Er hatte so etwas noch nie gesehen. Was war dies für ein schwarzer Zauber? Und es schien, als entferne sich die dunkle Grenze in ähnlichem Tempo von ihnen, wie sie sich ihr näherten.

Schasar blinzelte. Hatte er gerade etwas aufblitzen sehen? Er griff an seinen Bund und holte das Vergrößerungsrohr hervor. Was war das? Der Magier suchte die magische, schwarze Barriere ab. Dort war es wieder. Er fixierte die Stelle. Es sah ganz so aus, als gäbe es eine Lücke in dem wabernden Dunkel. Seltsam. Er berichtete Arxor davon.

„Was meinst du?", fragte der König.

„Mir ist, als würde sich dieses, was immer es ist, von uns

entfernen je näher wir ihm kommen."

„Das Gefühl habe ich auch."

„Gibst du Quinto Bescheid?", fragte Arxor. „Ich möchte mich mit ihm beraten."

„Natürlich", erwiderte der Magier.

„Das Silenostal", murmelte Beißer, als das Gros der Armee vor dem geheimen Pfad durch die dunkle Grenze angekommen war. Der Magier hatte ihn also entdeckt. Sehr interessant.

„Was?", fragte Gregoralfo, der neben dem Goblin ritt.

„Wir nähern uns dem Tal der Stille."

„Es ist mir unheimlich", gab der Dieb von Argonia zurück.

„Entspann dich! Es wird noch schlimmer." Der Goblin lächelte ihn an. Dann kam der Magicus zu ihnen geritten.

„Beißer, wir hätten dich gern an der Spitze. Der König wünscht deinen Rat", sprach Schasar.

„Gern." Er folgte Schasars Reittier und reihte sich dann neben ihm, Quinto und Arxor ein. „Ihr habt es also gefunden", grunzte er anerkennend.

„Was gefunden?", fragte Schasar.

„Das Tal der Stille. Der Weg, der uns in die andere Welt führen wird."

„Und was erwartet uns dort?", fragte Quinto.

„Das weiß ich nicht", erwiderte Beißer. „Und bevor du dich wieder beleidigt fühlst, junger Heerleiter. Ich weiß es wirklich nicht."

„Es ist so seltsam", sprach Schasar in Gedanken versunken.

„Natürlich ist es das. Dort hinten …" Beißer zeigte auf das nicht zu erkennende Ende des langgezogenen Pfads. „… befindet sich der Beginn einer neuen Welt."

„Sehr seltsam." Schasar blickte zu beiden Seiten. Die dunkle Grenze hatte sich in der Breite zurückgezogen, war nun nicht mehr vor, sondern zu beiden Seiten von ihnen. Dem Magier wurde mulmig zumute. Sollten sie es wirklich wagen oder war es womöglich eine Falle der Schatten? Noch einmal versuchte er den Zauber aufzuspüren.

„Lass es lieber!" Beißer sah ihn ernst an. „Es bringt nichts und du wirst schnell ermüden. Ich kann dir sagen, dass du die Kraft dort brauchen wirst, wohin wir nun gehen werden." Mit diesen Worten ließ er sein Pferd vortänzeln. „Also, was ist nun mit euch? Das ist doch der Moment, auf den ihr gewartet habt, oder?", fragte er.

„Auf geht's", sagte Arxor und die Armee setzte sich in Bewegung. Aufmerksam gingen die Blicke immer wieder nach links und rechts. Die dunklen Wände schienen sich nicht zu bewegen. Aber auch den Letzten überkam bald ein Schaudern. Der Wind hatte abrupt aufgehört zu wehen. Der Wüstensand hatte sich urplötzlich in einen staubigen Trampelpfad verwandelt. Nichts bewegte sich um sie herum. Nichts lebte hier. Und anders als in der Wüste, schien ein jeder von ihnen zu wissen, dass an diesem Ort auch niemals Leben geboren werden würde.

Einige Zeit später erkannten sie am Horizont ein ovales, blaugraues Flimmern, das mitten auf dem Weg zu stehen schien. Quinto hob den Arm und die Krieger hielten inne.

„Was ist das?", fragte er den Goblin. Die Stille um sie herum war gespenstisch.

„Das Tor der Welten", erwiderte das Erdwesen ehrfurchtsvoll und betrachtete das drei Schritt hohe und zwei Schritt breite, wabernde Portal.

„Und was macht dieses Tor?", fragte Arxor.

„Es verbindet meine Heimat mit der euren." Die Pferde wurden unruhig. Eine seltsame Kälte überkam die Menschen.

„Was nun?" Schasar blickte Beißer ratlos an.

„Wir gehen hindurch. Darauf habt ihr doch immer gewartet." Beißer sah zu Arxor, Schasar und Quinto, die zögerten.

„Was treibst du für ein Spiel mit uns?", murmelte Quinto und fixierte das blaugraue Flimmern vor ihnen.

„Ich spiele keine Spiele, Mensch. Entweder ihr vertraut mir oder ihr lasst es bleiben, ganz einfach. Ich bin es leid, mich rechtfertigen oder mich verteidigen zu müssen. Macht es, oder lasst es!" Mit den Worten gab er seinem Pferd die Sporen und ritt geradewegs auf das Portal zu. Nur Momente später war er darin verschwunden.

„Was zum …?", fragte Arxor.

„Er ist mitten hinein geritten", stammelte Quinto.

„Und ist verschwunden", fügte Schasar hinzu.

„Würde er es machen, wenn es gefährlich wäre?", entgegnete der König.

„Ich glaube nicht, dass er sich opfern würde, nur um uns so zu töten", erwiderte Schasar. „Ich denke, dass er wirklich über außergewöhnliche Kräfte verfügt. Und er hätte mich in Kimón nicht retten müssen."

„Immerhin zieht sein Volk in die Schlacht, obwohl es angeblich friedfertig wäre. Warum sollte er für das Wohl dieser Urmutter nicht auch den Freitod wählen?", warf Quinto ein.

„Recht hast du." Arxor warf einen Blick auf das Portal. Er hatte Angst und glaubte, dass ihn sein Gefühl nicht trog. Aber welche andere Möglichkeit gab es?

„Hier und heute beginnt eine neue Epoche der Weltgeschichte und ihr könnt sagen, ihr seid dabei gewesen", rief Arxor mit gezücktem Schwert und ritt los.

Die Armee folgte ihrem König blind. Gregoralfo schüttelte den Kopf. Auch wenn der Goblin Dayana und den Magier gerettet hatte, er vertraute ihm dennoch nicht. Er vertraute generell keinem, also war das nichts Außergewöhnliches. Nervös strich Gregoralfo immer wieder über den grauen Elfenmantel. Was auch immer hier geschah, es war bestimmt nur ein böser Traum. Er sah sich um und kniff sich in den Arm. Keiner schien ihn zu beobachten. Er zuckte kurz zusammen. Der Schmerz war real. Aber warum war ausgerechnet er verdammt mit diesem Tross zu laufen? Fejlippo hatte ihm einen Auftrag erteilt. Diese Elfen mit ihren Prophezeiungen. Der Dieb stöhnte auf. Warum musste er es sein, der nun zurückblieb, um *das Tor zu schließen*, wie ihm der alte Elf aufgetragen hatte. Damit die Schatten nicht mehr in diese Welt gelangen konnte, was immer das bedeutete. Wie hatte der Elf es ausgedrückt? *Der alte Kampf der Elemente tobt weiter bis heute. Wenn du dort bist, weißt du, was zu tun ist. Gib es wieder frei und die Wogen der Verdammnis werden fern unserer Hallen im Sand ersticken.*

Hinter ihm schrie der Hippogreif plötzlich auf und riss Gregoralfo aus seinen Gedanken. Die letzten Soldaten traten unsicher durch das Portal.

„Wenigstens du bleibst bei mir", sprach der Dieb von Argonia leise. „Also ist es nun soweit. Was meinst du?" Er blickte in die großen Adleraugen des Hippogreifen. Reon blinzelte. „Gut, dann los." Gregoralfo trat vor das Portal. Mit zittrigen Händen hielt er den Elfenmantel von sich gestreckt. Er ging einen weiteren Schritt näher. Er schluckte. Plötzlich spürte er in seinem Rücken ein leichtes Drücken. Gregoralfo drehte den Kopf. Reon schob ihm mit dem Schnabel näher an das dunkle Tor.

„Ja, schon gut." Er wandte sich wieder dem Portal zu und stockte als er sah, dass der Stoff mittlerweile in das wabernde Blaugrau eingetaucht war. „Und was jetzt?", murmelte er. Er brauchte nicht lange auf eine Antwort zu warten. Ein starker Sog zog an dem Mantel und Gregoralfo tat gut daran ihn loszulassen, um nicht mit ihm in das Portal gesogen zu werden. Erschrocken fiel er rücklings auf den Boden und entfernte sich kriechend von dem befremdlichen Oval.

Anfangs schien nichts zu passieren. Dann merkte Gregoralfo, wie das Portal langsam zu schrumpfen begann. Er lächelte.

„Mission erledigt." Er wandte sich Reon zu, der weiterhin an ihm vorbei auf das Tor in die fremde Welt starrte. Gregoralfo drehte den Kopf und erschrak. Die Pforte verkleinerte sich nun rasend schnell und fast gleichzeitig begann die Erde zu beben.

Nachdem die elfischen Hippolos auf dem Boden von Zimura aufgesetzt hatten, der Vorsteher der Stadt unterrichtet und die fliegenden Einhörner mit Futter und Wasser versorgt worden waren, bat Arliandro Fejlippo mit ihm unter vier Augen und Ohren sprechen zu dürfen.

„Warum sind wir nach Zimura gereist?", fragte Arliandro den Ratsbruder. „Und warum musste meine Schwester mitkommen? Ihr wisst doch, dass es ihr nicht gut geht."

„Genau aus dem Grund habe ich sie für diese Reise geschont", erwiderte Fejlippo leise.

„Was meint Ihr damit?"

„Die Prophezeiung der vier Pforten", erwiderte der Alte. „Sie macht ihre letzte große Reise."

„Was soll das heißen?", stieß Arliandro hervor. Er realisierte die Worte. Sie schmerzten. Tränen stiegen ihm in die Augen, als er zu Ay'Lechsia hinüber sah. „Wann wurde die Prophezeiung gesprochen?"

„Während deiner Abwesenheit."

„Und ihr habt sie gedeutet?"

„Ja, wir waren uns einig. Wir glaubten, dass dies der Ort sein wird, an dem eine der Pforten geschlossen wird." Fejlippo fasste unter seine Robe und holte eine Pergamentrolle hervor. Generell schrieben Elfen nicht, es gab neben der Kommunikation mit den Menschen und Gebirglern nur eine Ausnahme. Arliandros Augen flogen über die Prophezeiung, die in der alten elfischen Runenschrift verfasst war.

Prophezeiung über die vier Pforten nach der ehrwürdigen Seherin Nerdana Ay'Lechsia

Der Erde im Schoße zweier Gewalten über Wiesen die Macht im Auge des Wassers.

Dem Wasser im Schoße seiner Geburtsstätte über dem Stein die Macht in der Höhe der Luft.

Der Luft im Schoße des weichenden Waldes über den Köpfen der Stadt in den Flammen des Feuers.

Dem Feuer im Schoße der zerfallenen Wüste über den Bergen aus Sand auf dem Boden der Erde.

Vier Elemente, vier Pforten. Der alte Kampf der Elemente tobt weiter bis heute. Das Letzte wird das Erste sein und wenn der Schließer der Pforte vor ihr steht, weiß er, was zu tun ist. Gib es wieder frei und die Wogen der Verdammnis werden fern der Hallen im Sand ersticken.

Die Hüterin des Rings wird ihr Schicksal erfüllen, um das der Welt hinauszuzögern. Am Rande des Sandmeeres soll sie ihre letzte Prophezeiung sprechen, wenn die schwarzen Gewalten über das Land hereinzubrechen gedenken und die Wogen der Verdammnis werden fern der Hallen im Sand ersticken.

„Die vier Pforten?", fragte Arliandro.

„In den alten Schriften habe ich von der Existenz von Portalen gelesen", begann Fejlippo, doch sein Gegenüber unterbrach ihn.

„Habt Ihr nicht gesagt, dass die Prophezeiung erst während meiner Abwesenheit gesprochen wurde? Wie konntet Ihr so viel Zeit in den Archiven verbringen."

„Die Prophezeiung wurde nicht während der Zeit deiner Reifeprüfung gesprochen. Sie wurde damals gesprochen, während du auf dem Weg nach Argonia warst."

„Und wieso habt Ihr mir nicht früher davon erzählt?"

„Wir dachten, dass du zu emotional reagierst, wenn du davon erfährst. Es ist nicht elfisch derartige Gefühle zu zeigen, wie es die jüngste Generation nun tut. Diese Gefühle, die allzu menschlich sind, schwächen unser Volk zusehends. Und nun sind ihnen zu meiner Enttäuschung sogar zwei Ratsmänner verfallen." Er sah Arliandro aus traurigen Augen an. „Aber du siehst: man kann auch im Alter Fehler machen. Ich entschuldige mich dafür, dass die Einsicht erst jetzt kam. Ich hätte dir früher davon erzählen sollen. Aber was soll ich machen? Vielleicht sind es die Zeichen der Zeit? Vielleicht bin ich die aussterbende Art und das Volk der Elfen entwickelt sich einfach weiter. Ihr seid nun die Stimme des Volkes, Lethuyan und du." Er verstummte für einen Augenblick, als sich Arliandro wortlos zum Gehen wandte. „Ihr seid euch in einer eigentümlichen Art ähnlich." Fejlippo sah Arliandro hinterher und blickte dann gen Himmel. „Ustendio, du alter Schelm. Was hast du dir nur dabei gedacht den Jungen auszuwählen?", flüsterte er und schüttelte den Kopf.

Arliandro ging zu seiner Schwester, die ihn mit einem abwesenden Blick bedachte. Zitternd lag sie auf einer Liege, die extra für sie bereitgestellt worden war. Ihre schneeweiße Haut wirkte unnatürlich, beinahe spröde. Ihre Wangen waren eingefallen. „Ich bin es, Arliandro", sprach er und tupfte ihr den Schweiß von der Stirn. „Wie geht es dir?" Sie antwortete nicht, drehte den Kopf und starrte an ihm vorbei. Dann krallte sie sich an ihm mit einer Kraft fest, die er ihr nicht zugetraut hatte. „Was ist?", fragte er. „Was kann ich für dich tun?" Sie versuchte sich an ihm hochzuziehen. Arliandro half ihr auf. „Es ist soweit", stammelte sie. Sie blickte auf das große Tor des Ostwalls. Dann streckte sie die Hand aus und zeigte mit zittrigem Finger hinaus in die Wüste. „Aus der Wüste wird er kommen. Die Gewalten ..." Sie hustete. Besorgt sah Arliandro sie an. Doch Ay'Lechsia ignorierte ihn und machte einige unsichere Schritte vorwärts. „Die Gewalten, die Elemente zu erzittern bringen, schlagen auf. Die Seherin ist es, die sie aufhalten kann. Der Ring wird brechen, aber ..." Sie hustete erneut und stolperte fast. Arliandro fing sie auf. Sie zitterte immer stärker. Von Arliandro gestützt erreichte sie schließlich das Tor. Wie ein Trauermarsch folgten Fejlippo, Lethuyan und die Elfengardisten und selbst die Menschen verfolgten das Geschehen ehrfurchtsvoll. Eine Träne rann Arliandros Wange hinab. „Der Ring wird brechen, aber das Feuer darf nicht erlöschen. Es ist meine Bestimmung einen Nachfolger zu bestimmen!" Ay'Lechsia zeigte hinaus auf den Horizont, wo dunkle Wolken aufzogen. „Er kommt", sagte sie.

„Schneller Reon!", schrie Gregoralfo panisch. Es war eine hoffnungslose Jagd, in der sie die Gejagten waren und sie würden nicht fliehen können. Der Hippogreif flog seit Tagen ununterbrochen durch. Die Erschöpfung war ihm anzumerken, doch er konnte sich keine Pause gönnen. Denn in ihrem Rücken zerfiel die Welt.

Es hatte mit einem leichten Beben begonnen. Dann war die Erde unter ihren Füßen gerissen, als hätte man einen riesigen Keil in sie getrieben. Wo Sekunden zuvor noch solider Boden gewesen war, lag nun eine mehrere hundert Schritt tiefe Schlucht unter ihnen. Aber nur für Augenblicke, bis das undurchdringliche wabernde Schwarz die Erde und die Luft auffraß.

Gregoralfo betete zu den Ahnen ihn nicht so sterben zu lassen. Der Hippogreif hatte ihn auf seinem Rücken aus dem Tal der Stille gerettet, doch setzte sich das Inferno zu seinem Schrecken fort. Die dunkle Grenze folgte ihnen und verschlang alles, was sich ihr in den Weg stellte.

„Was ist das?", fragte Arliandro und konzentrierte sich auf den wachsenden schwarzen Schatten, der unaufhörlich immer näher kam.

„Bemannt und verstärkt den Wall!", hörte er einen der Soldaten hinter sich rufen. Seine Schwester stieß sich von ihm ab.

„Ay'Lechsia", stammelte er und wollte hinter ihr herstürzen, doch eine Hand legte sich auf seine Schulter.

„Lass sie gehen!", sprach Fejlippo. Das unnatürliche Dunkel hielt unbeirrt auf den Wall zu. Die Elfenseherin breitete die Arme aus. Es war unwirklich. Die schwarze Mauer von mehr als einhundert Schritt Höhe kam immer näher.

„Im Namen des Schicksals offenbare deine Kräfte", murmelte Ay'Lechsia und blickte auf den Elfenring. Sie atmete tief ein.

Bald kam der Ostwall in Sichtweite. Gregoralfo wusste nicht wieso, aber er entspannte sich. Wenigstens würden sie nun zu Hause sterben, nicht in dieser unheimlichen Wüste. Er tätschelte Reons Nacken.

„Gut hast du das gemacht", sagte er. Der Hippogreif antwortete mit einem lauten Kreischen. Dann umfing sie gleißendes weißes Licht und Gregoralfo hatte das Gefühl, als fielen sie. Und er ließ sich treiben. Weiter und immer weiter.

Eine neue Welt

Arxor versuchte die Augen offen zu halten. Doch er fühlte sich unendlich müde. Der König gähnte. Dunkelheit umfing ihn. Seine Beine gaben nach und er ließ sich fallen, ließ sich treiben.

Etwas berührte Arxor leicht an der Schulter und schüttelte ihn. Er versuchte seine Gedanken zu ordnen. Sein Kopf schmerzte. Wo war er? Er massierte seinen Nacken und öffnete die Augen. Er lag auf dem Boden. Quinto hatte sich über ihn gebeugt.
„Mein König, wie geht es Euch?"
„Was ist …?" Arxor erhob sich in eine sitzende Position. Um ihn herum erwachten weitere Soldaten und sahen sich verwirrt um.
„Wo sind wir hier?"
„Wir wissen es noch nicht." Quinto ließ den Blick über die Landschaft schweifen. Sie befanden sich auf einer von Gras bewachsenen, weiten Flachebene. In einer Richtung gab es etwas, das in der Ferne aussah wie ein Wald. Ein wenig rechts davon konnte der Heermeister kleine Bergspitzen ausmachen. Quinto versuchte sich zu orientieren. Das Gras. Der Stand der Sonnen. Welche Jahres- und welche Uhrzeit mochten sie haben? Weiter hinten lagen Wälder. Und dort Berge. Er hatte nicht den Hauch einer Ahnung, wo sie sich befanden. Er half Arxor auf.
„Erinnert Ihr Euch? Wir sind durch das Portal gegangen. Dies muss das Schattenland sein."
„Natürlich erinnere ich mich!", erwiderte der König harsch.
„Gut, jetzt sind wir hier. Wir leben noch, aber was nun?"
„Wir sollten es auf uns zukommen lassen", sprach Schasar, der neben Quinto getreten war. „Wie geht es dir?"
„Könnte schlimmer sein. Aber ich habe höllische Kopf-schmerzen."
„So ging es Jedem nach dem Aufwachen. Es wird dir helfen etwas zu trinken und zu essen." Mit den Worten reichte der Magier dem König ein wenig Dörrfleisch und den Weinschlauch.
„Entschuldige, aber wir sind noch nicht dazu gekommen, etwas Frisches zu jagen."

„Verständlich, danke." Arxor nahm einen großen Schluck und wandte sich dann den beiden anderen zu. „Wie lange seid ihr schon wach?"

„Ich vielleicht eine halbe Stunde", entgegnete Schasar. „Ich war der erste, der wieder erwacht ist. Die Armee ist gerade dabei, sich zu sammeln – in jeglicher Hinsicht." Der Magier machte ein besorgtes Gesicht.

„Wir können froh sein, dass uns die Schatten nicht so gefunden haben", murmelte Quinto.

„In der Tat", erwiderte Arxor und kaute nachdenklich auf dem Trockenfleisch. „Also heißt es jetzt, nach geeignetem Schutz zu suchen und die Landschaft zu erkunden."

„Ich werde Späher losschicken", gab Quinto zurück. Arxor nickte und der Heermeister wandte sich zum Gehen.

„Was ist mit den Pferden?" Arxor sah sich um und machte einige Tiere aus.

„Sie scheinen das Ganze ein wenig besser verkraftet zu haben, als wir Menschen", erwiderte Schasar. „Die Pferde und Esel sind wach und wohlauf. Einige sind bei ihren Herren geblieben, andere grasen in einiger Entfernung oder sind in der Flachebene verschwunden. Quinto hat bereits eine Gruppe abkommandiert, die Tiere einzufangen."

„In Ordnung. Gut." Arxor hielt sich den Kopf. „Was ist mit diesem Portal?"

„Ich habe keine Ahnung. Ich habe mich aber zuerst einmal um euch gekümmert." Schasar schloss die Augen und streckte eine Hand aus. Er murmelte einige Worte und drehte sich im Kreis. Dann öffnete er die Augen. „Ich werde mehr Zeit brauchen. Aber in unmittelbarer Nähe scheint es nicht zu sein."

„Meinst du, dass es Gregoralfo geschafft hat?"

„Hoffen wir es", entgegnete der Magier ein wenig misstrauisch. Arxor ging darauf nicht weiter ein.

„Wir sollten bald aufbrechen. Einem Kampf im offenen Feld sollten wir in dieser Verfassung aus dem Weg gehen!"

„Dem kann ich nur zustimmen." Der Magier hatte Sorgenfalten auf der Stirn. Der König sah sich unterdessen um. Die meisten Soldaten hatten sich mittlerweile wieder erhoben. Er würde eine

Zählung veranlassen, um zu sehen, ob jemand fehlte.

„Wo ist eigentlich der Goblin?", fragte Arxor. Schasar sah sich suchend um und zuckte mit den Schultern.

Still lag er im hohen Gras. Er versuchte den Atem flach und ruhig zu halten. Sein Herz schlug immer schneller. Ruhe bewahren, mahnte er sich, als er sich langsam auf allen Vieren dem Reiter näherte, der über die Weiten der Flachebene sah. Er fluchte leise in sich hinein. Dabei war er dem schützenden Wald doch bereits näher gekommen.

Er hielt den Atem an, sah kurz über die Spitzen des hohen Grases hinweg. Der Reiter blickte in die entgegen gesetzte Richtung. Seine Hand schloss sich enger um den Holzprügel, der in der Flachebene zu seinem treusten Begleiter geworden war. In dem Moment, da er sich vom Boden abstieß und auf den in einen dunklen Mantel gekleideten Reiter und dessen Tier zulief, fragte er sich für einen Bruchteil eines Augenblicks, warum ein Dunkelwesen auf einem Pferd saß. Dann holte er aus und krachend traf der Prügel auf die Hüfte des dunklen Spähers. Das Pferd stieg erschrocken wiehernd auf die Hinterläufe. Der Reiter schrie auf und fiel vom Rücken seines Rosses, das nun davon galoppierte. Schnell hob er den Prügel über den Kopf, um ein zweites Mal zuzuschlagen.

„Haltet ein!", rief der dunkel gekleidete Reiter und hob schützend die Arme vor das Gesicht.

„Zeige dich!", brummte er. Der Reiter nahm die Kapuze ab. Es war ein Mensch.

Der Schmerz in seiner Hüfte war unerträglich. Wie konnte ihm das nur passieren? Leon lag im Gras. Er blinzelte. Das Sonnenlicht, in dessen Schein der starke Mann mit dem Holzprügel stand, blendete ihn. Die zum Schlag erhobene Hand zitterte.

„Haltet ein!", rief Leon und hob schützend die Arme vor das Gesicht. Er biss auf die Zähne und erwartete den nächsten Schlag.

Doch statt des erwarteten Schmerzes hörte er eine brummende Stimme.

„Zeige dich!", forderte sie ihn auf, die Kapuze abzunehmen. Vorsichtig tat Leon wie ihm geheißen. Sein Gegenüber ließ den Prügel sinken. „Woher kommst du, Junge?" Leon schwieg. Sein Puls ging schneller. Die Seite schmerzte noch immer. „Woher kommst du, habe ich dich gefragt?" Der Mann hob drohend den Prügel.

„Bitte", flehte Leon. Er durfte seinen König nicht verraten.

„In Ordnung, versuchen wir es anders herum. Mein Name ist Geréon und ich bin Kochmeister am Hofe König Arxors von Argonia. Wie heißt du und woher kommst du?"

„Meister Geréon?" Leon schluckte. Er bekam eine Gänsehaut. Dann hob der Bote die Hand an die Stirn, um seine Augen ein wenig vor dem Licht der Sonnen zu schützen. „Aber wir dachten, Ihr wärt …" Er stockte, als er die fleckige Kochschürze erkannte, die der Koch noch immer um den runden Bauch geschnürt hatte. „Wir dachten, Ihr wärt tot."

„Ja, das dachte ich auch zuerst, als ich hier erwachte", gab Geréon nachdenklich zurück. „Aber nun zu dir: wer bist du?"

„Mein Name ist Leon. Ich bin Späher und Botenreiter unter Heermeister Quinto im Auftrag seiner Majestät, König Arxor."

„Aha", gab Geréon argwöhnisch zurück. „Kannst du das beweisen? Du trägst keines der nordländischen Wappen."

„Nein, Herr. Natürlich nicht. Einem jeden von uns kann es passieren, dass wir gefangen genommen werden und …"

„So wie jetzt", unterbrach ihn den Koch harsch.

„Ja, so wie jetzt." Leon hielt kurz inne, bevor er weiter sprach. „Nun, jedenfalls liegt die Armee hier in der Nähe. Der König …" Geréons Augen öffneten sich überrascht.

„Der König ist auch hier?"

Der Hippogreif Reon schrie laut auf. Er merkte, wie der Mensch von seinem Rücken zu fallen drohte. Der Zweibeiner musste ohnmächtig geworden sein. Endlich kam unter ihnen der Ostwall in Sicht. Reon wagte es nicht, sich umzusehen. Die Schwärze hatte sie fast erreicht und auch der alte Elementarpatron spürte nun, wie seine Kräfte zusehends nachließen. In einem letzten Versuch neigte der Hippogreif das Adlerhaupt und legte die Flügel an. Dann stürzten sie hinab.

Arliandro sank zu Boden. Das gleißende Licht blendete ihn, doch er wagte nicht, die Augen zu schließen. Ay'Lechsia ging mutig vorwärts, der unaufhörlich näherkommenden dunklen Grenze entgegen. Dann breitete sie die Arme aus. Ihre Silhouette verblasste. Arliandro presste sich die Hände vor das Gesicht und schluchzte auf.

Ein lautes Rauschen, gefolgt von einem ohrenbetäubenden Donnern ließ ihn zusammenfahren. Der Elf erhob sich wie in Zeitlupe. Tränen rannen seine Wange hinab. Vor ihm tat sich ein tiefer Abgrund auf. Steinerne Klippen fielen mehrere hundert Meter hinab. Heißer Dampf stieg auf. Das Ende des Abgrundes konnte er nur erahnen.

Ein Sonnenstrahl drängte sich durch den dichten Nebel und fiel auf einen kleinen Gegenstand im Wüstensand, der daraufhin kurz aufblitzte. Arliandro fixierte ihn. Er beugte sich hinab und nahm den Ring der Seherin auf. Der Elf presste die Hand zu einer Faust und biss sich auf die Lippen. Plötzlich erschallte ein schriller Schrei und ließ die Umstehenden zusammenfahren. Und dann erklang über ihren Köpfen Ay'Lechsias wohlklingende, melodiöse Stimme und sprach: *„Mêr Ay'Lechsia, Nerdana d'eleves, iona' ehlye'Tha'Dador, enthân'a … Nerdana Dayana!"*

Die Stimme verstummte. Es herrschte vollkommene Ruhe. Niemand regte sich. Arliandro schluckte. Seine Gedanken überschlugen sich. Seine Schwester war tot, war von ihnen gegangen. Für immer. Wie hieß es? In einer letzten Prophezeiung bestimmten die Seher immer ihren Nachfolger. Und sie hatte soeben ihre Nachfolge bestimmt. Dayana würde zur neuen

Seherin ausgerufen werden. Es war unwiderruflich. Es war bestimmt. Es war zu Ende.

Arliandro blickte sich um. Fejlippo und Lethuyan standen am Tor. Ihre Mienen waren wie versteinert, zeigten keine Regung. Neben ihnen landete in dem Moment Reon. Er kreischte laut auf, machte einen Buckel und ließ den ohnmächtigen Gregoralfo vorsichtig von seinem Rücken gleiten. Menschen und Elfen liefen zu dem Menschen und dem erschöpften Hippogreifen, der sich mit zitternden Beinen im Schatten der Wallmauer niederließ.

Arliandro hingegen drehte sich ein letztes Mal zu dem unendlich ausgedehnten Abhang hinter sich um, in dessen Tal feuerrote Lava zischend vor sich hin brodelte. Der Elf nickte lethargisch. Dann ging er zurück in die Stadt. Keiner kümmerte sich um ihn. Einige verpflegten Gregoralfo und Reon, die meisten anderen blickten wie gebannt auf die riesige, dunkle Brache, die ehemals eine Wüste gewesen war.

Nachdem der Elf das Walltor durchschritten hatte, lief er los. Er rannte, wollte den Wall, die Stadt, diesen verfluchten Ort hinter sich lassen. Und so kam es, dass Arliandro auf seinem Weg durch die Stadt sowohl das immer lauter werdende Tosen als auch die konsterniert dreinblickenden Gesichter der Umstehenden entgingen. Dieses Schauspiel, das die Natur ihnen nun bot, war etwas, das zuvor kein Lebewesen dieser Welt jemals gesehen hatte. Unglaubliche Wassermassen begannen nun das Tal zu füllen. Das Meer focht mit dem Feuer der Vernichtung einen nicht enden wollenden Kampf. Zischend stieg immer dichter werdender Nebel auf, bis die kochende Lava letztlich unter den Wassermassen begraben wurde. Dann herrschte Ruhe.

„Glück und Einfallsreichtum, wobei das natürlich immer relativ ist", sprach Valessia. „Man könnte es auch Kreativität nennen. Und Glück hat, gerade für die Menschen, auch immer etwas mit Zufriedenheit und dem Wunsch nach mehr zu tun."

Dayana schloss die Augen. Sie fühlte sich nicht wohl. Irgendetwas stimmte nicht. Ihr war ein wenig schwindelig. Sie fühlte sich seltsam matt und müde.

„Dayana?", fragte die Elfenmeisterin.

„Ja, bitte." Sie hatte nicht zugehört.

„Fayola?"

„Al'thy'SeN, grün, für Glück und Einfallsreichtum. Last'kriL, weiß, gegen Verwünschungen durch Menschenmagie", wiederholte Fayola knapp und gelangweilt.

„Danke, mein Kind. Auch wenn es etwas emotionaler hätte sein können", erwiderte Valessia. „Und bevor du jetzt etwas über Elfen und Emotionen sagen möchtest …" Dayana fühlte sich gar nicht gut. Sie fühlte eine seltsame Leere, etwas Dunkles in sich aufsteigen. Sie bekam Angst. Die Elfe schluckte. Dann wurde es schwarz und sie fiel hinten über.

„Nein", flüsterte Valessia und streichelte Dayana über die Stirn. „Kind, du bleibst hier! Rede mit ihr", sagte sie an Fayola gewandt. „Ich muss schnell zurück zum Dorf. Ich bin sofort wieder bei dir!" Dann erhob sie sich, ihr Mantel wehte im Wind. Sie flüsterte einige elfische Worte. Dann verwandelte sie sich in einen Fuchs und stürzte los.

Fayola blieb zurück. Tränen rannen ihr über die Wangen. Sie wimmerte und zitterte vor Angst, biss sich auf die Lippen. Was geschah mit Dayana? Die Elfe lag noch immer auf der Erde. Sie zuckte.

„Dayana", flüsterte Fayola und streichelte das Gesicht der jungen Elfe. „Werd' gesund, bitte!", flehte sie. Sie strich Dayana eine Strähne des weißblonden Haares aus dem Gesicht. „Was machst du nur?" Sie schluchzte. „Ich würde dir doch so gerne helfen." Sie wischte sich die Tränen aus dem Gesicht und fuhr plötzlich zusammen. Mit unbändiger Kraft hatte Dayana Fayolas Handgelenk ergriffen und öffnete abrupt die Augen. „Hey, au", stieß das Menschenmädchen hervor. „Du tust mir weh. Dayana, hörst du mich?" Die Elfe blickte mit abwesendem Blick an ihr vorbei. Dann begann sie zu sprechen:

„Schwarz und weiß im Auge des Zeitsturms werden zum Strom der Elemente zurück ins Diesseits. Die Spiegel der Welten werden

zerbrechen und mit ihnen das Spiegelbild. Die Zeit der Zehn naht die Splitter zu vernichten. Die Krone fällt, die Magie, sie schwindet. Die Zeit rennt im Schatten der Schatten."

Jäh endete die Prophezeiung. Dayana sank erschöpft zurück gen Boden. Schweiß stand ihr auf der Stirn. Fayola zitterte. Was war mit der Elfe geschehen? Ein Schrei ließ sie aus ihren Gedanken hochschrecken. Am Horizont sah sie zwei dunkle Punkte, die rasch näher kamen. Es waren ein Falke und ein … Hippogreif.

Arliandro atmete tief ein. Es war seltsam, Dayana auf dem Thron sitzen zu sehen, auf dem vor nicht allzu langer Zeit seine Schwester gesessen hatte. Er vermisste Ay'Lechsia und dennoch hatte er sie und ihren Geist in der neuen Seherin gesehen, als er der Kleinen den Ring übergestreift hatte. Es war ein verwirrendes Gefühl gewesen. Tief durchatmend verließ er die große Halle und nahm den langen Gang zu seiner Linken.

Doch noch schlimmer war es sicher für Fayola gewesen. Er selbst konnte sich noch allzu gut an den Tag erinnern, als Ay'Lechsia ihre erste Prophezeiung in seinem Beisein gesprochen hatte. Worte, die er niemals vergessen würde. Worte, die nur für ihn bestimmt waren. „Drei Mal wird der, der über die Elemente gebietet, sich verschließen." Er versuchte die Erinnerung und die Gedanken beiseite zu schieben. „Das eine Mal jedoch dort stehen und ihn, der er König über die Menschen ist, retten."

Arliandro hatte sich oft gefragt, ob Arxor und Schasar damit gemeint gewesen sein könnten. Schließlich hatte der Magier die Entscheidungen des Königs vor dem ersten Krieg in Frage gestellt und ihn so verleugnet. Zudem hatte er ihn durch die Entführung der jungen Prinzessin verraten und war durch seine Flucht seiner Verantwortung am Hofe nicht nachgekommen. Drei Mal hatte sich der Magier verschlossen. Und dann waren sie in die Wüste gezogen. Eben diese Wüste, die der Sturm der Gewalten erst in eine feurige Brache, dann in ein endloses Meer verwandelt hat. Der Elf nickte einem Elfengardisten zu und nahm eine Treppe nach unten. Innerlich hoffte er, dass sich die Prophezeiung erfüllt hat.

Fejlippo hatte veranlasst, dass Gregoralfo im Elfentempel gesundgepflegt wurde, während Arliandro sich auf den Weg zu Dayana gemacht hatte. Mehrere Tage hatte es gedauert, bis der Mensch wieder genug bei Kräften gewesen war, um ihnen von den Ereignissen am Portal zu berichten. Es hatte ihn einige Überwindung gekostet den Mantelwurf, das Zerbrechen des Portals, das Entstehen des alles zerstörenden Nichts und die Flucht vor dem schwarzen, schleichenden Tod im Detail zu beschreiben. Zudem muss es ein abscheuliches Gefühl sein, wenn man weiß, dass jeder kleine Fehler den eigenen Tod bedeutet, dachte Arliandro. Gerade für die Menschen, die sich doch so an das Leben klammern. Noch schlimmer war für Gregoralfo, dass er nicht derjenige war, der alles in der Hand hielt und über sein Schicksal bestimmen konnte. Umso dankbarer war der Mensch Reon gewesen, der ihn vor dem sicheren Tod bewahrt hatte. Die Erschöpfung war dem alten Wesen deutlich anzusehen. Es hatte ihn viel Kraft gekostet. Aber die Wächter der Tiere kümmerten sich hervorragend um den Hippogreifen, das wusste Arliandro. Der Elf war mittlerweile am Ende der Treppe angekommen und stand an einer Kreuzung von drei möglichen Pfaden. Er nahm den rechten Gang. Fejlippo wiederum hatte vor seiner Rückkehr zum Tempel die Aufgabe übernommen, den Menschen von der Existenz der Portale zu berichten. Er hatte seine Vermutungen an den Stadtvorsteher in Zimura weitergegeben und ihn gebeten, die Informationen an das Weiße Schloss weiterzuleiten.

Bei der ersten Ratsversammlung nach der Ankunft der neuen Seherin am Tempel hatte Fejlippo Arliandro von seiner Interpretation der Prophezeiung über die vier Pforten berichtet. Die letzte der dort genannten Pforten sollte seiner Meinung nach die erste sein, die es zu schließen galt, begann Fejlippo seine Ausführungen. Er glaubte, dass der Mantel aus Elfenkristall als Geschenk der Erde ausreichen würde, das Portal im Schoße der zerfallenden Wüste über den Bergen aus Sand zu vernichten. Er hatte sich scheinbar geirrt, wie sie durch Gregoralfos Bericht erfahren mussten. Dadurch hatte sich dann auch der Rest der

Prophezeiung bewahrheitet, durch den die Hüterin des Rings ihr Schicksal erfüllen und sich opfern sollte. Eine falsche Interpretation, eine fehlerhafte Vermutung, einfach das falsche Element zur falschen Zeit am falschen Ort. Das war die harte, bittere Realität. Und seine Schwester hatte ihn dadurch für immer verlassen.

Nicht zuletzt aufgrund der Auswirkungen eines solchen Fehlers wollte sich Arliandro bei der Suche und dem Auffinden der anderen Pforten stärker einbringen. Als Ratsmann war er gleichberechtigt mit Fejlippo und Lethuyan, wenngleich erstgenannter natürlich über eine ganz andere Lebenserfahrung und Weisheit verfügte. Seinen Rat würde sich Arliandro immer anhören. Ob er ihn in naher Zukunft annehmen und befolgen würde, stand jedoch noch längst nicht fest.

Am Ende des langen Ganges befand sich ein Abzweig, an dem man in drei verschiedene Gänge gehen konnte. Arliandro schwenkte ohne zu Überlegen nach Links. Mittlerweile kannte er sich in den Katakomben unter dem Elfentempel einigermaßen gut aus. Er hatte Fejlippo häufig begleitet, wenn der alte Ratsmann wieder einmal nach dem genauen Wortlaut einer Prophezeiung suchen wollte, an die er sich zufälligerweise erinnert hatte und die zu ihrer momentanen Situation passen könnte. Arliandro sehnte sich innerlich nach Zeiten der Ruhe, in denen er das Studium der Pergamentrollen vornehmen konnte. Niemand wusste, welche Wissensschätze hier unten unter dem Tempel lagerten. Und wie viele würden alles dafür geben zu erfahren, was sich hier unten alles verbarg. Arliandro ließ eine weitere Kreuzung hinter sich und setzte seinen Weg in dem Gang geradeaus fort. In Gedanken ging er die Debatten um die Interpretation der Prophezeiung aus den letzten Tagen noch einmal durch.

Mittlerweile hatten sich die drei Ratsmänner darauf verständigt, dass die Obelisken der Stadt Kimón als Standort des zweiten Portals durch die Phrase *„Der Luft im Schoße des weichenden Waldes über den Köpfen der Stadt in den Flammen des Feuers"* gemeint waren. Damit ergab sich auch der Fehler beim Schließen der ersten Pforte: Das Feuerportal im Schoße der zerfallenen Wüste über den Bergen aus Sand auf dem Boden der Erde wurde nach der neuen Interpretation mit dem Element Luft, dem Mantel aus Kimón, bekämpft. Doch der Mantel hatte das Feuer nicht erstickt, der Wind hatte es vielmehr angefacht, sodass es versuchte, die ganze Welt zu verschlingen. Erst Ay'Lechsias Opfer, das Geschenk des Lebens als Gabe der Erde, hatte dieses Feuer wieder gelöscht.

Nun standen sie jedoch vor einem neuen Problem. Selbst wenn in Kimón das Portal des Elements Luft stehen würde, mussten sie es mit Hilfe der Flammen des Feuers schließen. Nichts leichter als das, dachte Arliandro. Das Ganze war mehr als makaber, aber er war nicht gewillt, sich von der Last der offenen Fragen überwältigen zu lassen. Er war derjenige, von dem man Antworten und Ratschläge erwartete.

Und er würde nicht nur seinem Volk dadurch helfen. Er musste Argonia davor bewahren im Selbstmitleid zu versinken. Die Welt der Menschen und deren Glaube an ihren König drohten zusammen zu brechen. Das Inferno am Ostwall, die Ausmaße der Zerstörung – kaum einer glaubte daran, dass der König und die Armee den Sturm der Gewalten überlebt hatten. Doch Arliandros innere Stimme sagte ihm, dass die Argonianer lebten. Wieder teilte sich der Gang. Er nahm den Linken und grübelte weiter, was er machen könnte, bis er nach vielen weiteren Kreuzungen an einem steinernen Torbogen ankam.

Der Satz *„Wissen ist Macht"* war auf dem Stützstein über seinem Kopf eingelassen. Mit einer Gänsehaut durchtrat Arliandro den Bogen. Er befand sich im Raum der Schriften, in denen die Prophezeiungen aller Seher aufbewahrt wurden. Wie von Zauberhand flammten Fackeln auf, die den runden Saal in ein mattes, freundliches Licht hüllten. In der Mitte des Raumes befanden sich ein Lesepult und ein Stuhl. Rund herum waren an der Mauer viele Schritt hohe Regale angebracht, deren verschiedene Ebenen zum Teil nur durch lange Leiterkonstruktionen erreicht werden konnten.

In ihnen lagen Pergamentseiten und –rollen, aber auch gebundene Bücher. Arliandro atmete tief ein. Hier lag das Wissen von hunderten von Jahren. Vergangenheit, Gegenwart und Zukunft.

Es war ein erhabenes und trotzdem demütiges Gefühl, hier zu stehen.

Arliandro näherte sich einem der Regale und strich ehrfürchtig über das alte, dunkle Holz. Die Oberfläche war glatt und kühl. Auf einmal spürte er eine kleine Kerbe. Und noch eine. Vorsichtig fühlte er weiter. Die alten Runen sagten ihm, dass dies die Prophezeiungen eines Sehers namens Yethian gewesen waren. Er hatte diesen Namen noch nie zuvor gehört. Es musste schon ziemlich lange her sein, dass dieser Mann Seher der Elfen gewesen war.

Arliandro nahm den Schriftengreifer, einen kleinen Leinensack auf, der während des Auf- und Abstiegs zum Aufbewahren von Schriftrollen und Büchern benutzt wurde, und erklomm die Leiter. Er tastete sich vorsichtig von Regal zu Regal weiter nach oben. Nach einer halben Ewigkeit erreichte er einen Namen, der ihm vertraut war. Arliandro zitterte. Dunya von Naronne. Jeder Elf der Jetztzeit kannte den Inhalt ihrer vielleicht wichtigsten Prophezeiung. Sie war die Seherin, deren Worte als erste den Bruch im Königshaus der Menschen geweissagt hatten. Wenigstens ist es so überliefert. Arliandros Augen huschten über das Regal. Es war leer. Überrascht und ein wenig irritiert stieg er höher auf der Leiter. Er näherte sich zusehends der neuen Zeit. Eine Weile später kam er zu der neuesten Inschrift im Holz. Man erkannte die Runenschrift klar und deutlich. Das Holz war noch nicht nachgedunkelt. *„Ay'Lechsia von Belos"*. Arliandro schluckte. Ein Stapel Papiere lagen in dem Regalfach. Er griff vorsichtig nach ihnen und ließ sie in den Leinenbeutel gleiten. Dann kletterte er wieder hinab.

Arliandro legte den Beutel auf den Tisch vor sich, auf dem ansonsten neben Pergament, Tintenfass und einer Greifenfeder ein weiteres Buch lag. Überrascht griff er danach und öffnete es.

„Mir, Ratsmann Salyron von Layon, wurde die Ehre zuteil, die Prophezeiungen der ehrwürdigen Nerdana Dunya, für die folgenden

Generationen unseres Volkes zu sammeln und zu binden."

Arliandro übersprang die folgenden Abschnitte und blätterte durch das Buch, bis er auf eine Prophezeiung traf, die die Überschrift *"Spaltung des Königshauses"* trug. Seine Augen flogen über die Runen.

"Beobachtet den Wandel in der menschlichen Magie. Aus Weiß und Schwarz wird Grau. Aus Grau wird nur schwerlich Weiß und Schwarz werden. Doch mit vereinten Kräften gelingt es, dies herauszufinden.
Aus einem, mache drei. Die Elemente sind verwirrt.
Aus einem, mache zwei. Die Menschen sind verwirrt.
Aber alle folgen einem Ziele: dem Untergang des letzten Widerstands durch ihre eigene Hand!"

Er blätterte weiter. War dies Neugier, die ihn nun in ihren Bann zog? Er stockte. Vor sich sah er eine lange Prophezeiung, die durch handschriftliche Erweiterungen am Rand ergänzt war. Sie trug den Namen *"Die Zehn"*. Er begann zu lesen:

"Wenn dunkle Zauber wiederkehren und der Tross des Bösen voran marschiert, dann ist es an den Völkern, sich zu vereinigen und gemeinsam zu stehen, hinter den Zehn."

Am Rand stand eine Notiz.

"Die Vereinigung der Völker schreitet voran. Elfen und Gebirgler unterstützen die Menschen. F. Zeitalter der Nerdana Ay'Lechsia."

Arliandro stockte. Hatte Fejlippo diese Worte hinzugefügt? Er überflog die nächsten Paragraphen und Notizen.
Sätze wie *"Takirs Pakt ist die Stätte des Blutschwures zwischen den Häusern der Menschen"* oder *"Blut ist stärker als Wasser – wir müssen aufpassen, dass die Menschen kein zweites Mal diesen Fehler*

begehen" standen dort geschrieben.
Arliandro las weiter:

„Altes muss zerschlagen werden, die **Scherben** *zum Neuen sich zusammenfügen.*
Erst dann erhellen die Sterne die Nacht und des Bösen Macht zerfällt.
Doch misstrauisch sind die Elfen, obwohl der Ring den Weg vorgibt."

Hier hatte Jemand das Wort Scherben unterstrichen. Eine Notiz gab es nicht.

„Es werden **Opfer** *gefordert. Die Zeiten haben sich geändert. Ein Zeichen muss gesetzt werden.* **Der Stab kehrt zurück, ohne dass ein Funken sprüht.** *Die Rettung kommt in größter Not, droht einem auch der eigene Tod. Die Linie muss bestehen bleiben.*
Und sollte sie durchbrochen sein, verzaget nicht. Das Horn der Freundschaft schallt durch alle Wälder."

Arliandro hatte das unbestimmt Gefühl, dass er die Feder aufnehmen und etwas schreiben sollte. Doch durfte er das? Andererseits, warum nicht? Er war ebenso ein Ratsmann wie Fejlippo. Und so tauchte er die Feder in die Tinte und begann zu schreiben:

„Lavian muss getötet und die noch bestehenden Portale (siehe Notizen zur Prophezeiung über die vier Pforten von Nerdana Ay'Lechsia) müssen geschlossen werden. Nerdana Ay'Lechsia hat ihr Opfer gebracht. Durch Dayana besteht die Linie fort.
Der rotgerobte Meister Dahlgor hat sein Opfer ebenfalls gebracht. Der weiße Stab ist nicht mehr in den Händen der Schatten und kann so nicht von ihnen aktiviert werden. Meister Schasar setzt diese Linie

fort.

*Und eine letzte Linie wird fortgesetzt: Durch sein Opfer hat Dahlgor
den Menschenkönig Arxor gerettet. Diesem wurden die Kinder Fayola
und Lucien geboren. Ratsmann Arliandro von Brilon, Zeitalter der
..."*

Er ließ die Feder kurz sinken. Seine Augen wurden feucht, als
er ergänzte: „*... Nerdana Dayana.*" Er versuchte seine Gedanken
zu ordnen und einen klaren Kopf zu bewahren. Er überflog die
von ihm geschriebenen Worte. Alles machte Sinn. Im Gegensatz
zum nächsten Abschnitt, der über einen Ritter und seine Maid
handelte. Arliandro verstand ihn nicht, prägte ihn sich trotzdem
ein. Beim übernächsten Absatz musste er innehalten.

*„Seid euch der Treue von demjenigen, der die kronenlose Macht in die
Heimat bringt, bewusst. Die Worte, die jene Gehörnten stets begleiten,
die auf ihren Greifen reiten, wurden lange Zeit verkannt. Der erste
Eindruck trügt jedoch meist nicht."*

Daneben hatte vermutlich Fejlippo einen Namen geschrieben
und doppelt unterstrichen: „*Doron*". Arliandro schluckte. War
dies die Prophezeiung, die Schasar auf den Geisterpfaden
empfangen hatte? Der Magier hatte ihm auf der Reise von der
Hütte im Wald zum Weißen Schloss nie von den konkreten
Worten, wohl aber davon erzählt, dass der Gebirgler Doron
ebenso wie Arxor, Arliandro und er selber Teil der Offenbarung
waren. Bisher passte alles zusammen. Sollte er weiterlesen?
Seine Augen huschten über den nächsten Absatz:

*„Einem Diebe, dunkel und schlecht, dennoch geschickt und wahrlich
gerecht, sei der Umhang der Unsichtbarkeit. Die freie Welt wird ihm
danken, wenn das dunkle Tor geschlossen ist. Das Geschenk wird er
benützen, um den König zu beschützen."*

Dies war definitiv die Prophezeiung. Er erinnerte sich, wie Schasar diese Worte auf dem Weg hinauf in den Turm rezitiert hatte, bevor Gregoralfo den Schrank geöffnet hatte. Arliandro nahm die Feder auf und ergänzte:

„Der Mensch Gregoralfo hat von der vermeintlich versiegten Quelle der Macht in Kimón im Zeitalter der Ay'Lechsia einen Umhang aus magischen Elfensteinfäden bekommen. Es wird vermutet, dass er das Geschenk für seine Selbstlosigkeit bekam, da er dort das Elfenmädchen Dayana rettete, das nun als Seherin dem Volk der Elfen vorsteht.
Mit dem Mantel, der ihn zuvor unsichtbar gemacht hatte, hat er nach eigenen Aussagen einen dunklen, wabernden Vorhang, der Spiegel der Welten genannt wird, geschlossen (siehe dazu die Notizen zur Prophezeiung über die vier Pforten von Nerdana Ay'Lechsia). Wohin das vermeintliche Portal führte, ist nicht bekannt."

Er stockte. Aber was hatte es mit dem Geschenk auf sich?
„Soweit war ich auch schon", sagte eine Stimme hinter ihm. Erschrocken ließ Arliandro die Feder fallen. Er hatte Fejlippo nicht hereinkommen hören. „Entschuldige, ich wollte dich nicht erschrecken. Ich wollte nur das …" Der alte Elf holte eine Pergamentrolle unter seinem dunkelblauen, mit goldenen Mustern verzierten Umhang hervor. „… an seinen Platz bringen." Fejlippo reichte Arliandro das Pergament. Es war die Prophezeiung über die vier Pforten.
Fejlippo blickte auf das Büchlein, das vor Arliandro ruhte. Seine Augen huschten über die Anmerkungen. Sanft legte er dem jungen Ratsmann die Hand auf die Schulter. „Weise geschlussfolgert. Ja, dem würde ich mich anschließen. Doch um was kann es sich bei dem Geschenk handeln?"
„Ich weiß es nicht", erwiderte Arliandro.
„Was könnten wir Elfen besitzen, dass es diesem speziellen Menschen ermöglicht, seinen König zu schützen?"
„Wenn dieser noch lebt", murmelte Arliandro.
„Wenn dieser noch lebt und gegen die Schatten kämpfen wird",

stimmte ihm Fejlippo zu, wobei er bewusst das Wort kämpfen betonte und eine Braue hob.

„Ihr meint doch nicht etwa?", begann der junge Elf. Sein Gegenüber zuckte mit den Schultern. „Ihr wollt ihm Elfensinn geben?"

„Das hast du gesagt. Aber für mich klingt es sehr plausibel."

„Plausibel?" Lethuyan schlug mit der Faust auf den Tisch. „Ihr wollt allen Ernstes einem Menschen – einem Menschen – das ehrwürdige Schwert der Elfen anvertrauen?"

„Warum nicht? Hier verstaubt es doch nur", erwiderte Fejlippo ruhig. Die drei Ratsmänner hatten sich in den großen Saal zurückgezogen, um über Arliandros Vorschlag zu debattieren.

„Es ist ein Relikt. Es ist Teil unserer Kultur. Es ist Teil unserer Geschichte."

„Es ist Teil unserer Vergangenheit, unserer Gegenwart und unserer Zukunft, vergiss das nicht", erwiderte Fejlippo.

„Ihr seid nicht bei Trost. Einem Menschen. Dann nimm du es lieber ...", zischte Lethuyan und nickte Arliandro zu. „... und renn deinen Menschen nach! Du scheinst ja schon selbst einer geworden zu sein. Setzt für diese ... diese Kreaturen dein Leben aufs Spiel."

„Vielleicht sollte ich das tun", erwiderte Arliandro mit knirschenden Zähnen.

„Kinder, Kinder", beruhigte Fejlippo die beiden Streithähne. „Das bringt uns nicht weiter. Sofern keiner von euch eine bessere Auslegung für diese Prophezeiung hat, würde ich gern über die Vergabe von Elfensinn an den Menschen Gregoralfo abstimmen." Er sah die zwei Ratsmänner zu seiner Linken und Rechten eindringlich an. „Gut, hat einer von euch beiden eine andere Anregung? Nein? Dann stelle ich Arliandros Vorschlag zur Abstimmung. Wer ist dagegen?" Lethuyan hob die Hand. „In Ordnung. Wer ist dafür?" Arliandro hob die Hand. Fejlippo wartete einen Augenblick, dann hob auch er die Hand. „Es ist entschieden." Lethuyan schnaubte und erhob sich.

„Ihr seid eine Schande für das Volk der Elfen!", rief er auf dem Weg nach draußen.

„Das wird schon wieder", versprach Fejlippo. „So ist er immer, wenn er seinen Willen nicht bekommt."

„Ich kann es mir vorstellen", entgegnete Arliandro.

„Nun gut, lass uns das Schwert holen."

„Habt ihr schon eine Idee, wo wir anfangen sollen zu suchen?"

„Nach dem Schwert?", fragte der alte Ratsmann irritiert.

„Nein", erwiderte Arliandro und holte das Pergament mit der Prophezeiung über die vier Pforten hervor. „Nach dem Feuer, das das Portal schließt, nachdem wir Gregoralfo mit Elfensinn ins Schattenland geschickt haben."

„Oh ja, das habe ich. Hast du schon einmal etwas von der ewigen Flamme gehört?"

Die Dunkelheit hatte von den Südlanden Besitz ergriffen, sodass niemand den Falken sah, der über der Flammenburg kreiste.

Was mache ich hier nur, dachte Arliandro und blickte aufmerksam auf die bemannten Zinnen. Würden die Menschen etwas merken? Es war schon auffällig, wenn ein nicht hier beheimateter Greifvogel mit einem trockenen Zweig zwischen den Klauen auf dem Schlosshof landen würde. Es war eindeutig besser, auf die Ablenkung zu warten. Doch wo blieb Lethuyan nur?

Arliandro wurde ungeduldig. Langsam setzte er zum Sinkflug an. Der Aufgang der ersten Sonne würde bald einsetzen, einhergehend mit der Wachablösung. Die neuen Soldaten würden dann höchstwahrscheinlich aufmerksamer sein – und besser zielen.

Dann erschallte plötzlich das vereinbarte Signal. Lautes Gejunke und Gejaule hallte aus der Flachebene vor dem Drachenfels wieder. Der Falke setzte zum Sturzflug an. Er hielt auf das kleine Feuer in der Mitte des Innenhofes zu.

Die Wachen kamen zusammen und blickten angestrengt auf die Flachebene hinaus. Arliandros feines Gehör schnappte einzelne Sätze auf.

„Kannst du es sehen?"

„Nein, was ist das?"

„Ein Fuchs. Dort drüben."

„Wir sollten ihn von seinem Leiden erlösen."

Dann hörte er das Klicken der Armbrustbolzen.

„Daneben."

„Verflucht."

„Du schießt wie ein Kind."

„Was tue ich?"

Der Falke landete auf dem Innenhof am Rand des steinernen Bassins, in dessen Mitte die ewige Flamme leuchtete. Der Falke spürte die Hitze des flackernden Feuers auf dem weiß-braunen Federkleid. Vorsichtig schob er den fingerdicken Zweig in das Herz der Flamme, während er sich mit dem Schnabel durch die Federn glitt. Die Hitze begann zu schmerzen.

Er hob den Kopf. Die Wachen versuchten noch immer den Fuchs von seinem Leiden zu befreien. Arliandro zog den Zweig aus dem Feuer. Das trockene Holz roch angekokelt. Brennen tat es nicht.

Hektisch blickte sich Arliandro nach etwas anderem Brennbaren um. Doch er fand nichts. Sie hatten nicht mehr viel Zeit. Die Soldaten würden bald den Spaß daran verlieren, Lethuyans Fuchsgestalt zu jagen. Arliandro wusste nicht weiter und so riss er sich aus lauter Verzweiflung eine Feder aus der Schwinge. Sie wurde in die Luft geschleudert und sank langsam gen Boden. Der Falke fing sie mit der bekrallten Klaue auf und hielt sie vorsichtig in das Feuer. Die Hitze war unerträglich. Die Schmerzen ließen sein Beinchen taub werden. Er zog die Feder zurück. Ein kleiner Funke glimmte an ihrer Spitze.

Es ist die ewige Flamme, dachte Arliandro, als er sich vom Boden abstieß. Also wird sie schon nicht ausgehen …

„Dayana, sei stark", sprach Arliandro, der hinter der Elfenseherin auf dem fliegenden Einhorn saß. Er spürte, wie sie zu zittern begann. War es nur die Kälte? Immerhin hatte der Winter Argonia erreicht und die Landschaft unter ihnen großflächig in ein weißes Kleid gehüllt.

„Es geht schon. Ich fühle mich nur etwas schummrig", erwiderte die Kleine.

„Das ging Ay'Lechsia auch so. Aber du wirst lernen, damit umzugehen."

„So wie mit meinem neuen Körper?" Sie lachte kurz auf.

„Ja, genau so." Sie setzten zum Landeanflug auf Kimón an. Die zugeschneite Stadt der Menschen sah von oben grau und trostlos aus. Sie war zu einem verfluchten und verlassenen Ort verkommen. Nicht einmal Diebe und Streuner wagten sich in sie hinein.

Sanft setze das elfische Hippolo auf dem gefrorenen Boden auf. Nacheinander landeten die Elfengardisten und Gregoralfo auf Reon am Rande des Abgrundes, aus dessen Mitte die schwarzen Obelisken stumm in den Himmel ragten.

„Da sind wir also wieder", grummelte der Dieb von Argonia und stieg mit klappernden Zähnen von Reons Rücken. Er zog den Fellumhang fester um sich. Diese Elfen mit ihren Prophezeiungen. Jetzt hatten sie ihm dieses Schwert angedreht. Zugegeben, es war ein schönes, wenngleich dünnes und sehr leichtes Schwert aus schneeweißem, milchigem Kristall. Es blitzte und blinkte im Schein der Sonnen. Es musste verdammt scharf sein, hatte Gregoralfo gedacht, als er es das erste Mal prüfend in den Händen gehalten hatte. Allerdings wirkte es auch ziemlich zerbrechlich, gerade weil es so dünn und leicht war.

Er sah sich um. Was erwarteten sie nun von ihm? Er war kein Krieger. Er war kein Held. Wieso war er in diese Geschichte hineingeraten? Wieso sollte er es sein, der den König rettete? Und wie überhaupt. Er hatte keine Ahnung wo dieser Ort war, an dem sich der König nun befand. Und Lust darauf durch eine dieser Pforten zu gehen, hatte er auch nicht sonderlich. Wer wusste, wo die hinführten? Der Rotbärtige machte einen Schritt auf Dayana zu. Instinktiv versperrten ihm die Leibwachen den Weg. Genervt atmete er aus.

„Ist schon gut", erwiderte Dayana. Die Wachen traten beiseite.

„Also, was soll diese Geheimniskrämerei? Was werden wir nun genau machen?", fragte Gregoralfo.

„Das weiß ich selber nicht. Aber du warst beim Schließen des ersten Portals dabei und hast auch gesehen, wie es geschah. Ich finde es wichtig, dass du dabei bist." Der Dieb wusste, was sie meinte. Sie hatte selten über die Vorkommnisse in Kimón gesprochen. Sie schien sie zu verdrängen.

„Es ist sicher", erwiderte der Elfenhauptmann. „Wir können nun hinunter gehen."

Reon schrie auf.

„Es wird schon. Wir kommen bald wieder", erwiderte Gregoralfo. Dann nahmen die Elfengardisten ihn, Dayana und die Ratsmänner in ihre Mitte und führten sie sicher durch die Kellerräume und den dunklen Gang bis hin zum Raum der Obelisken.

„Dayana, wie geht es dir?", fragte Arliandro, als sie vor den schwarzen Riesen standen, die sich viele Schritte in den grauen, kalten Himmel bohrten.

„Es ist seltsam. Ich fühle mich schwach und müde und doch stark und irgendwie lebendig", erwiderte sie.

Der Elf nickte und erklärte: „Du entfernst dich vom Tempel und näherst dich doch einer Quelle der Macht."

„Ich will das nicht", sagte sie leise. Arliandro schwieg. Er vergaß zu häufig, dass sie eigentlich noch ein Kind war. Diese Eindrücke und Gefühle, die ihm Ay'Lechsia schon nicht hatte beschreiben können, mussten grausam sein. Er fasste sich an den Stirnschmuck. Der in filigran bearbeitetes Gold eingelassene schwarze Stein war kühl. Die Verbindung zwischen ihm und seiner Schwester war für immer abgebrochen.

„Du bist so stark. Ich bin stolz auf dich", sagte Gregoralfo. Er tätschelte ihr über das hellblonde Haar. Sie lächelte ihn müde an. Dann trat Fejlippo an sie heran.

„Es ist soweit", flüsterte er und gab ihr die kleine Feder, die noch immer glimmte.

„Was soll ich machen?", fragte sie unsicher. Eine Spur Angst schwang in ihrer Stimme mit.

„Berühre den Stein!", erwiderte der Alte. Vorsichtig machte Dayana einen Schritt vorwärts. Die Elfen blieben zurück, beobachteten sie und die Umgebung vorsichtig. Gregoralfo hielt den Atem an. Sie trat einen weiteren Schritt näher an den Obelisken und streckte die Hand aus. Ein leichtes Kribbeln umspielte ihre Fingerkuppen. Sie vernahm ein Knistern. Dann begann ihre Hand zu zittern. Der Funken auf der Feder hellte sich auf. Erschrocken wollte sie sie zurückziehen, doch es ging nicht. Eine fremde Macht zog sie in Richtung des schwarzen Steins. Dann brach plötzlich ein blauer Blitz aus dem Obelisken hervor und fuhr in ihren Körper. Sie begann sich zu winden, ihr wurde schwindelig und sie fiel vorüber gegen den Stein. Sie konnte sich nicht mehr gegen die fremde Kraft wehren. Sie wollte sich nicht mehr gegen sie wehren.

„Nein!", schrie Gregoralfo und stürzte los.
„Nicht", rief Arliandro und hastete ihm nach. Der Elf griff nach des Menschen Umhang und zog ihn zurück.
„Lass mich!" Gregoralfo entwickelte übermenschliche Kräfte und riss sich los, taumelte Dayana entgegen, die nun vornüber gegen den schwarzen Stein gelehnt war und laut aufstöhnte. Er fasste ihr an die Schulter. Dann wurde es schwarz.

Arliandro fluchte innerlich, als sich Gregoralfo losgerissen hatte. Er musste den Menschen retten. Er dachte nicht lange nach und folgte ihm die wenigen Schritte bis hin zum dunklen Stein und Dayana. Der Elf sah, wie Gregoralfo die Seherin berühren wollte.
„Nein!" Er sprang. Ein greller Blitz blendete ihn. Er flog weiter. Dann wurde es schwarz.

Fejlippo hatte die Hand gehoben. Die Elfengardisten bewegten sich nicht. Zwei helle Blitzlichter erschienen, dann taumelte die Seherin zurück.
„Jetzt!", rief Fejlippo und die Elfengardisten eilten Dayana zur Hilfe. Ein lautes Knirschen war zu vernehmen.
„Nichts wie raus hier!", versuchte Lethuyans Stimme gegen

das immer lauter werdende Grollen anzukämpfen. Die Erde begann zu Beben. Ein tiefer Riss zog sich durch den schwarzen Obelisken, arbeitete sich in Windeseile gen Himmel. Und dann brachen die ersten Stücke aus dem alten Stein.

Willkommen in der Wirklichkeit

„Die meisten Pferde und Esel wurden wieder eingefangen. Die drei Karren sind funktionstüchtig, es werden keine Truppen vermisst. Aber der Goblin ist tatsächlich verschwunden", schloss Quinto mit knirschenden Zähnen.

„In Ordnung." Arxor studierte die Zahlen auf dem Pergament. „Also ziehen wir erst einmal weiter in Richtung der Berge und des Waldes. Die Späher und Jäger sollen die Augen offen halten, auch wenn wir bisher noch keine Spur von den Schatten haben."

„Sie werden aufmerksam sein, mein König." Plötzlich schwang der Zelteingang zurück. Ein Soldat trat ein. „Was gibt es?", fragte Quinto. Der Krieger verneigte sich.

„Es wünscht Euch jemand zu sprechen, Herr."

„Ich komme gleich!", erwiderte der Heermeister.

„Entschuldigt, Herr! Es ist wohl dringend."

„Wie dem auch sei", grummelte Quinto. „Entschuldigt mich, mein König!"

„Natürlich." Arxors Augen huschten wieder über die Zahlen, aber er konnte sich nicht auf sie konzentrieren. Sie mussten schnell einen Bachlauf erreichen, ihre Wasserschläuche waren so gut wie leer. Und auch die Jäger fanden nur vereinzelt Hasen und kleineres Getier. Es wurde Zeit, dass sie den Wald erreichten. Sonst waren sie bald gezwungen, die ersten Reittiere zu opfern.

Schasar hatte sich vom Hauptlager entfernt. Er brauchte Ruhe zum Nachdenken. Mit geschlossenen Augen saß der Magier auf einer Wiese und strich gedankenverloren über die kurzen Halme. Die zwei Sonnen schienen gerade so kräftig, dass sie ihn im lauen Wind ein wenig wärmten. Wie es nun wohl zuhause aussah? Die Schneezeit hatte Argonia sicher längst erreicht. Das Land der Tiefebenen lag bestimmt unter einer dicken Decke aus Schnee.

Er atmete tief ein. Seine Gefühle waren verwirrt. Welche Jahreszeit hatten sie an diesem Ort? Die Zeit der aufgehenden Sonnen? War es Frühling? Oder die Zeit der untergehenden Sonnen, der Herbst? Der Magier wusste, dass die Erntekalender, je nachdem, wo man sich auf der Welt befand, variieren konnten. Die Südlande hatten längere und härtere Sommer und mildere Winter als Argonia. Die Elfenwälder im Nordosten hatten ein fast immer gleichbleibendes Klima unter dem schützenden Dach der Bäume. Die Gebirgler hatten eine natürliche, nassfeuchte Kälte in den tiefen Stollen, die sie über Jahrhunderte in die Gebirge getrieben hatten.

Plötzlich spürte der Magier eine Veränderung in der magischen Struktur seiner Umgebung. Er konzentrierte sich. Etwas ließ die geraden Strahlen der Erdmagie erzittern. Es waren leichte, flache Stöße, die jedoch schneller und schneller zu pulsieren begannen. Sie kamen näher. Schasar öffnete die Augen. Seine Muskeln spannten sich an. Er erhob sich und sah in die Richtung, aus der die fremde Magie auf ihn zusteuerte. Und dann lächelte er.

„Was gibt es?", fragte Quinto den Soldaten. „Ich habe doch darum gebeten, dass man den König und mich nicht stört."

„Ja, Herr. Aber einer der Späher ist zurückgekehrt."

„Und? Was gibt es? Hat er die Armee der Schatten ausgemacht?"

„Nein, aber er hat Besuch mitgebracht", sagte eine Quinto vertraute Stimme hinter ihm. Dem Heermeister stellten sich die Nackenhaare auf, als er sich umdrehte.

„Geréon?", fragte er und sah den tot geglaubten Koch aus großen Augen an.

„Ja, hier und wohlauf." Der Koch strich sich mit den Händen über den runden Bauch und die dreckige Schürze, die er pflichtbewusst noch immer trug.

„Aber wie …", begann der Heerleiter.

„Ich habe wirklich keine Ahnung", erwiderte sein Gegenüber.

„Ich bin gefallen. Es wurde schwarz. Und dann war ich auf einmal hier."

„Aber wie hast du hier so lange ohne Nahrung überlebt?" Der Koch lachte auf.

„Ich bitte Euch, Meister Quinto. Auch wenn ich so aussehe, dass ich keiner Mahlzeit abgeneigt bin. Aber einen Tag werde ich hier doch schon durchhalten ohne zu essen."

Der Koch kratzte sich am Kopf. Quinto stand der Mund offen.

„Gut, ich gebe es zu. Ein wenig Hunger habe ich schon. Ich bin relativ ziellos durch die Gegend gestreift. Ich bin ja nicht der beste Jäger. Also bin ich froh, dass ihr mir, wie auch immer, direkt hierher gefolgt seid. Wo immer wir auch sind."

„Aber …" Quinto war irritiert. „Aber wir sind dir nicht direkt gefolgt! Wir sind Tage und Wochen durch die Wüste gezogen. Wie kannst du erst einen Tag hier sein?"

„Ich …" Geréon zuckte mit den Achseln. „Keine Ahnung. Ich dachte …"

„Vielleicht können wir euch helfen", erwiderte eine Stimme hinter ihnen. Sie drehten sich um.

„Schasar, mein Lieber." Geréon hielt auf den Magier zu. „Du siehst ausgehungert aus."

Schasar lachte auf. „Es geht schon", wehrte er ab. „Schön dich zu sehen. Und schön zu sehen, dass es dir gut geht. Aber nun …" Er machte eine einladende Geste mit der Hand. „… sollten wir etwas essen und uns beraten. Ich habe Gäste mitgebracht."

Hinter einem der Zelte traten Arliandro und Gregoralfo hervor. Quinto war sprachlos. Geréon nickte.

„Ich werde uns etwas zu Essen zubereiten", sagte er pflichtbewusst.

„Nein, du wirst mit uns ins Zelt kommen. Deine Küchenburschen haben dich bisher würdig vertreten", sprach Schasar. „Auch wenn wir deine Künste vermisst haben", fügte er schnell hinzu, als er sah, wie sich Geréons Augenbraue hob. „Wir haben viel zu bereden und wir müssen erfahren, was dir passiert ist, was du in dieser Welt erlebt und was du von ihr gesehen hast."

„Nicht übel", brummelte der Koch und nagte hungrig den Knochen ab. Er wollte die nachdenkliche Stille unterbrechen, die sich nach der Nachricht über den Tod von Arliandros Schwester ausgebreitet hatte. Grübeln und Missmutigkeit brachten sie nicht weiter. Sie mussten voraus blicken. Die Seherin hatte sich für das Wohl der Welt geopfert, damit ihre Mission hier einen Sinn hatte. Wobei ihr Tod natürlich äußerst betrüblich war, dachte man über all das nach, was die Gefährten bei der Schlacht vor Zimura gemeinsam durchgestanden hatten, um sie zu befreien. Geréon hatte mit Pfeil und Bogen gegen die Schatten gekämpft. Er, der einfache Koch, war zu einem Helden geworden. Und zu einem Mörder. Das Gefühl getötet zu haben, lastete schwer auf ihm. Selbst wenn er sich und andere dadurch gerettet hatte.

Schasar legte die Stirn in die gefalteten Hände. Arliandro hatte seine Schwester verloren, er so etwas wie seinen Vater. Er schalt sich für diese Gedanken. Dahlgor war bis dahin die wahrscheinlich wichtigste Person in seinem Leben gewesen, aber er war keinen sinnlosen Tod gestorben. Eigentlich war es zu phantastisch, um wahr zu sein, was der Elf sagte, aber der Magier glaubte ihm uneingeschränkt. Ohne ihr Opfer gäbe es die Welt, die sie kannten, gleichermaßen hassten und liebten, wohl nicht mehr.

Quinto stocherte in seinem Essen. Er war in diesen Situationen kein Mann großer Worte. Jeder verlor Personen, die er liebte. War es nicht besser, dass Ay'Lechsia für eine große Sache, für ein Wunder gestorben ist, als an der Hustenkrankheit oder einem unheilbaren Fieber? Er würde nachher mit Zara darüber reden. Sie verstand ihn. Ihr gegenüber konnte er frei sprechen, konnte Gefühle zeigen. Das war etwas, das er in der Rolle des Heerleiters nicht konnte. So Vieles brannte ihm auf dem Herzen. Doch er hatte nie jemanden gehabt, der einfach nur zuhörte. Das tat gut.

Arxor bemitleidete Arliandro, der mit der Situation erstaunlich unemotional umging. Andererseits war er ein Elf, der von seiner Natur her schon weniger Emotionalität zeigte. Zudem lag der Abschied von seiner Schwester bereits Wochen zurück, wenn man seinen Worten glauben konnte. Das Ganze hörte sich abenteuerlich an, deckte sich aber mit Geréons Erzählung. Wenn er daran zurückdachte, wie lange er gebraucht hatte, um sich wieder seiner Verantwortung zu stellen, nachdem er Emeliala verloren hatte.

„Gar nicht übel", murmelte Geréon erneut. Ein zustimmendes Nicken hier und dort. Arxor hatte sein Essen nicht einmal angerührt, nickte jedoch trotzdem geistesabwesend. Arliandro aß die Wurzeln und Beeren, die er zuvor in der Flachebene gefunden hatte. Der Koch schüttelte den Kopf. Erst dieses Zeitengewirr – der König und seine Berater beharrten immer noch darauf, dass er schon seit Wochen in dieser Welt war – und dann auch noch die Nachricht vom Tod der Seherin. Kein Wunder, dass die Jungen neben sich stehen.

Ein Tag verging. Die Nachricht vom Zerfall der Wüste hatte sich wie ein Lauffeuer verbreitet. Das plötzliche Auftauchen von Geréon, Arliandro und Gregoralfo warf neue Fragen auf, die in den verschiedenen Truppen hitzig diskutiert wurden, bis die Gruppenvorsteher mahnend für Ruhe sorgten.

„Langsam gehen uns die Nahrungsmittel aus und die Soldaten werden es sicher nicht lange mitmachen, wenn wir nach den Eseln bald scheinbar wahllos ihre Reittiere schlachten müssen", sagte Quinto, als man die Zelte am Abend aufgebaut und die Reittiere zusammengepfercht hatte.

„Besser die Esel und Ackergäule der einfachen Leute als die guten Pferde der Sonnengardisten", spottete Schasar.

„Das ist es nicht, was ich meinte. Wir behandeln alle gleich und wir nehmen nur so viel, wie wir wirklich brauchen."

„Vielleicht sollte man dann ganz auf Fleisch verzichten. Auch im Zelt des Königs", gab der Magier zurück. „Arliandro scheint es auch an Nichts zu fehlen, selbst wenn er kein Fleisch isst." Er sah den Elfen an. „Wie lange hat es gedauert, bis er hier in der Flachebene essbare Pilze, Pflanzen, Kräuter und Wurzeln gefunden hat?"

„Ja, für eine Person", flüsterte Quinto. „Nicht für die ganzen Streitkräfte. Ihr kennt doch die Dimensionen, die benötigt würden, Meister Schasar. Und wie lange haben sie schon nur Trockenfleisch und Wasser zu Essen und Trinken bekommen?"

„Es sind Zeiten des Krieges", warf Arxor ein, der lustlos in seinem Essen herumstocherte.

„Das ist es ja, Euer Majestät. Wenn wir endlich auf den Feind treffen würden." Quinto stockte. „Aber keiner weiß, wo wir hier sind. Die Krieger hungern. Wenn wir den Wald nur endlich erreicht hätten. Dann könnte Arliandro sicher mehr für uns tun. Zudem gibt es dort Wild. Hier gibt es ja kaum mal größere Vögel, die es sich zu schießen lohnt."

„Und deshalb sollten wir schnell weiterziehen", erwiderte der König.

„Ja, das sollten wir", warf Schasar ein.

„Vor allem sollten wir die Schatten schnell finden", sagte Arxor und hob den Kopf. „Wenn sie eines dieser Portale nutzen können, ist Argonia nicht sicher, ist mein Sohn nicht sicher! Wer weiß, was es noch damit auf sich hat, dass die Zeit hier anders zu vergehen scheint. Was ist das für ein fauler Zauber?" Er blickte zu Schasar, der über seinen Teller gebeugt saß und nicht auf die Worte des Königs einging.

„Wir können nur hoffen, dass die Schatten nicht wissen, wie man sie bedient", flüsterte Arliandro.

„Aber darauf können wir uns nicht verlassen", erwiderte Quinto. „Wir müssen die Schatten finden."

„Oder uns von ihnen finden lassen!" Geréon kaute und wischte sich den Mund ab.

„Oder uns von ihnen finden lassen", wiederholte Arxor.

Drei Tage später ließen sie die Flachebene hinter sich und näherten sich allmählich dem Waldesrand. Quinto hatte schon vor ihrer Abreise zusätzliche Späher ausgeschickt, um nicht in einen Hinterhalt gelockt zu werden. Einer von ihnen hielt nun direkt auf die Gruppe um den König zu.

„Herr!" Leon neigte kurz das Haupt.

„Ja, Junge?", fragte der König.

„Ich habe Spuren gefunden." Seine Stimme zitterte.

„Welcher Art?"

„Es ist … Ich glaube, dass die Bewohner Kimóns von den Schatten in den Hügelketten dort hinten festgehalten worden sind." Leon schluckte. „Es gab zertrampeltes Gras und Feuerstellen. Sie haben sicher dort gelagert. Und …" Er stockte. „Vielleicht sollte ich Euch das andere besser im kleinen Kreis sagen, ohne dass alle etwas davon mitbekommen", fügte er leise hinzu. Arxor nickte und gab den Leibgardisten ein Zeichen. Dann ließ er sein Pferd vortänzeln und entfernte sich von der Truppe. Schasar und Quinto folgten den beiden Reitern.

„Wo ist der Ort und was gab es dort zu sehen?", fragte der König.

„Eine halbe Stunde vor uns. Dort hinten auf dem hügeligen Landstreifen, zwischen dem Wald und den Ausläufern der Berge. Ihr solltet Euch das Lager anschauen."

„In Ordnung", erwiderte der König „Quinto? Wir reiten dorthin."

„Wie Ihr wünscht", grummelte der Heermeister. „Auch wenn ich es nicht gerne sehe, wenn Ihr Euch in unnötige Gefahr begebt." Arxor antwortete nicht. „Bist du dir sicher, dass du nicht beobachtet wurdest?", fragte er dann an Leon gewandt.

„Nein Herr, ich kann mir nicht sicher sein. Ich bin durch das Tal zwischen den Hügeln geritten. Aber ich war so überrascht und als ich dann …" Er senkte die Lautstärke seiner Stimme. „… vor dem Pfahl stand und ihn dort hängen gesehen habe …"

„Ein Pfahl? Was haben diese Kreaturen getan?", zischte Quinto. Seine Augen funkelten vor Zorn.

„Ich …"

„Wer war es?", fragte Arxor.

„Ein Mann. Er trug einen edlen Mantel in den Farben Kimóns. Ich glaube es könnte der Stadtvorsteher gewesen sein."

„Mertion?" Arxor schluckte, als er an den hageren Mann mit dem grau melierten Haar dachte, der auf den Herrensitzungen immer zurückhaltend und ruhig gewirkt hatte. „Wieso? Weshalb?", fragte er fassungslos.

„Hast du ihn abgenommen?", stieß Quinto hervor.

„Ich …", stammelte Leon erneut.

„Hast du ihn abgenommen?", fragte Quinto ein wenig lauter und bestimmter.

„Quinto, beherrscht Euch!", forderte Schasar. „Ihr seht doch, dass der Junge das Gesehene nicht verarbeiten kann. Warum quält Ihr ihn, indem Ihr ihm nun auch noch ein schlechtes Gewissen macht?"

„Entschuldige." Der Heermeister sah den Botenreiter kurz an. Dann zog er die Zügel rum und ritt in Richtung des Obersts der Sonnenkrieger.

Kurz darauf scherten die Krieger aus, nahmen Arxor, Schasar und Quinto in ihre Mitte und folgten Leon in die Hügelkette. Während ihrer Abwesenheit sollten die übrigen Krieger auf Quintos Befehl hin das Lager aufbauen und die Umgebung sichern. Arliandro hatte sich bereit erklärt einige Sammler in die Wälder zu führen, um sie zu essbaren Pilzen, Wurzeln und trinkbarem Wasser zu führen. Die Jäger mussten ohne waldkundigen Elfen klarkommen. Dieser tolerierte die Essgewohnheiten der Menschen zwar inzwischen, unterstützen würde er sie jedoch nicht. Er blickte der gut fünfzig Mann starken Gruppe um den König nach, die mittlerweile die erste Anhöhe in leichtem Galopp hinaufgeritten war.

Auf dem sandigen Hügel angekommen, nahm sich Quinto kurz Zeit, die Hochebene zu überblicken. Sie war bald von saftigem Gras bewachsen. Die Hügel lagen still vor ihnen. In der Ferne stießen nur noch vereinzelte, dunkle Felsen durch den grünen Grund. Der Heermeister konnte mit bloßem Auge weder Rauchsäulen, noch sonst etwas ausmachen, das auf die Menschen Kimóns oder die Schatten hindeuten würde. Er ließ sich das Fernrohr reichen.

„Ah, dort unten sehe ich die Spuren", flüsterte er. Er reichte das Vergrößerungsrohr an Arxor weiter. „Schaut dort hinten, in der zweiten Talsenke! Dort, wo es den dritten Hügel hinaufgeht und das breite Dornengebüsch steht. Man sieht deutlich einen Trampelpfad durch das dichter und höher werdende Gras."

„Ja, ich sehe es", murmelte Arxor. „Nur weiß ich nicht, ob ich es als ein gutes Zeichen werten soll. Zumal es mich abschreckt, was uns in dem Lager erwartet. Was meinst du?", fragte er an

Schasar gewandt.

Der Magier hatte die Augen geschlossen und hob die Hand. Er hatte das Land um sie herum nach magiebegabten Wesen abgesucht, außer Arliandros Aura nahe dem Wald jedoch keine Auffälligkeiten in der magischen Struktur der Umgebung gefunden.

„Ich denke, wir sollten uns dieses Lager einmal näher anschauen …" Er hielt kurz inne. „Und wir sollten dort aufräumen. Ich gebe Quinto Recht, dass wir den Leichnam bestatten sollten, bevor ihn ein Großteil der Armee sieht. Auch wenn das Gerücht schnell die Runde macht, so ist das Hören in dem Falle ein nicht so intensives Erlebnis wie das Sehen. Und wie oft hat man im Lager die Gerüchte gehört, dass alle Kimóner umgekommen seien. Ein Toter nährt vielleicht die Hoffnung, die anderen noch lebend zu finden und zu retten. Auch wenn ein Stück Hoffnung mit ihm gestorben ist." Die Umstehenden nickten.

„Also machen wir uns auf den Weg", sagte Arxor.

„Zwei Späher reiten vor", gab Quinto den Befehl an die Gardisten weiter. Dann setzte sich die Kolonne wieder in Bewegung.

„Hinter dem Hügel ist es." Leon verlangsamte das Pferd.

„Gut, wir reiten vor, ihr wartet einen Augenblick", sagte Quinto an Arxor und Schasar gewandt. Der König verzichtete darauf zu widersprechen. Sollte Quinto tun, was er für richtig hielt. Schließlich war er für seine Sicherheit verantwortlich und es war für das Ansehen des Heermeisters sicherlich nicht hilfreich, wenn sich Arxor dessen Vorschlägen widersetzte.

„Es ist schon komisch", begann Schasar.

„Was?", fragte Arxor.

„Die Spuren im Gras sind recht frisch. Es kann noch nicht so lange her sein, dass die Kimóner hier vorbei gezogen sind."

„Das passt wenigstens dazu, dass Geréon, Arliandro und Gregoralfo ziemlich genau zur gleichen Zeit hier aufgetaucht sind", merkte Arxor an.

„Wenn man es so sieht, wäre es schon sehr überraschend gewesen, wenn die Kimóner tatsächlich Wochen früher hier angekommen wären. Da hast du Recht. Tage machen mehr Sinn. Vielleicht vergeht die Zeit hier einfach langsamer?" Schasar legte die Stirn in Falten, als Quinto mit einer Hand voll Kriegern weiter oben auf dem Hügel erschien und in vollem Galopp auf sie zuhielt. Der Heerleiter ließ den Kopf hängen und blickte traurig drein. „Es ist Mertion." Er stockte. „Ihr könnt nun kommen, das Tal ist gesichert." Der König und der Magier gaben ihren Tieren die Sporen und ritten hinter den Soldaten her über den Hügelkamm. Oben angekommen hielten sie inne.

Arxor überblickte das kleine Tal unter ihnen. Etliche runde, schwarze Flächen deuteten auf Feuerstellen hin. Hier und da lagen hölzerne Stangen und bunte Stoffe. Es sah nach einem überhasteten Aufbruch aus. Arxors Augen hefteten sich auf Etwas in der Mitte des Tals, das von einigen der Sonnenkrieger umstellt war. Der König schluckte. Sie ritten hinab.

Die Krieger hoben ein Grab aus. Arxor, Schasar und Quinto saßen stumm in der Nähe. Der entstellte Leichnam war abgenommen worden und lag nun mit einem Tuch bedeckt im weichen Gras. Mertion war geschlagen worden. Er hatte zahlreiche Blutergüsse auf den Armen und am Rumpf. Die geschlossenen Augen waren geschwollen gewesen, die Lippe aufgeplatzt.
Quinto erhob sich und zog sein Schwert. Er schritt zu dem mehr als drei Fäuste dicken Pfahl, hob die Waffe und hieb sie seitlich in den Pfahl.
Mit einem lauten Splittern und Krachen trieb er die Klinge in das Holz, zog und stemmte sich dagegen, sodass ein großer Keil heraus brach. Dann ging er wortlos zu seinem Platz, holte ein Messer hervor und begann damit, Mertions Namen in das Holzstück zu ritzen.
„Wir haben Nachmittag", unterbrach Schasar die Stille.
„Hmm", machte Arxor.
„Schasar hat Recht. Wir sollten uns auf den Weg machen. Bis zum Anbruch der Nacht sollten wir spätestens zurück sein." Quinto hob den Kopf. „Die Krieger sind bald soweit mit dem Loch. Nach der Beerdigung reiten wir zurück."

Die Krieger ließen den Leichnam des ehemaligen Stadthalters in das Grab hinab. Arxor überlegte kurz, ob er eine besondere Rede halten sollte. Er verzichtete darauf. Stattdessen nahm der König eine Hand voll Erde auf und warf sie in das Loch.

„Du hast für Argonia gelebt und gelitten. Und du wirst weiterleben in Argonia und dem wieder aufgebauten Kimón", sagte er schlicht. Dann wurde das Grab zugeschüttet. Quinto legte das Holzstück mit dem Namen des Stadthalters auf der leicht feuchten Erde nieder.

Sie bestiegen die Pferde und machten sich auf den Rückweg.

„Das unentdeckte Land, von dem kein Wanderer wiederkehrt", murmelte Schasar und blickte ein letztes Mal zurück.

„Diese elende Sonne", knurrte der Ork und wischte sich mit dem Handrücken über die narbig-lederne Haut seiner Stirn.

„Ja, ja. So ist das im Spätsommer", erwiderte der kleine Goblin, dessen Pferd ängstlich immer wieder versuchte vor dem wolfsähnlichen Reittier des Orkgenerals zurückzuweichen. Der Urawok brüllte kurz auf. Seine roten Augen funkelten.

„B'aissa!", stieß der Ork gelbe Galle spuckend hervor. Der Goblin sah den Ork an.

„Ja?"

„Nur weil du eine Nachricht für den Herrn hast, heißt das nicht, dass du keinen Respekt mehr vor mir haben musst." Er zeigte mit dem Speer auf Beißer.

„Oh, ich habe Respekt vor dir." Der Goblin kratzte sich in Gedanken versunken Dreck unter den Fingernägeln hervor. „Aber ich habe keine Angst vor dir." Der Ork schnaufte auf.

„Ich sollte dich töten lassen, Goblin."

„So viele Pfähle, um alle töten zu lassen, die keine Angst vor dir haben, hast du gar nicht." Er blickte auf die stumm in einer Reihe laufenden Menschen Kimóns. Ihr Wille war gebrochen. Und hätte der Goblin ihr Lager nur einige Stunden später erreicht, wären es zudem einige Genicke mehr gewesen. Der Ork knirschte mit den Zähnen und Beißer wusste, dass er den Bogen überspannt hatte. Deshalb fügte schnell hinzu: „Sie haben keine Angst vor dir, weil sie total verzweifelt sind. Sie sind am Ende, körperlich und geistig. Wenn du sie weiter so quälst, werden sie dem Herrn nicht mehr von Nutzen sein. Ich weiß, dass dir danach gelüstet, sie zu foltern, sie dafür büßen zu lassen, was sie dir und den anderen angetan haben, aber bring sie lebend zum schwarzen Bogen!" Der Ork schien nachzudenken und innerlich abzuwägen.

„Ja, das werde ich", knurrte er. „Sie werden ihn lebend erreichen. Aber du nicht, wenn du so weiter machst."

„Das mag sein." Der Goblin sah sich um. Sie kamen viel zu langsam voran. Die Menschen waren müde und nun seit zwei Tagen fast ununterbrochen auf den Beinen. Ohne Essen und Trinken. Die Alten brachen immer wieder zusammen, die Kleinen quengelten, bis sie und ihre Eltern so oft von den Peitschen der Orks getroffen wurden, dass sie keine Kraft mehr zum Schreien hatten. Das war barbarisch.

„Hey, Goblin. Schläfst du?", fragte der Ork und stieß Beißer mit dem stumpfen Ende des Speers an, sodass dieser fast aus dem Sattel kippte.

„Was?", erwiderte der Goblin.

„Wir sind zu langsam", erwiderte der Ork. „Wie viele Soldaten folgen uns noch einmal, hast du gesagt?"

„Keine Ahnung. Tausend vielleicht", quietschte der Goblin. „Ich bin nicht so gut im Zählen."

„Kein Wunder, du bist ja auch nur ein verdammter Goblin", stieß der General verächtlich hervor. „Gut. Würden sie die Reiter vom Rest des Heers trennen?"

„Nein, ich denke nicht. Sie haben zu wenige Tiere für einen Ausfall. Du weißt doch, wie es sich mit den Pferden verhält. Man muss schon reich sein, eines zu besitzen, geschweige denn, es auszubilden. Da hat sich nichts geändert. Nur die Oberisten um den König haben Pferde, dazu ein paar andere Soldaten. Und die werden sie nicht opfern. Dazu sind sie zu stolz."

„Gut. Aber sie sind schnell, melden die Späher. Sie haben unser letztes Nachtlager bereits gefunden."

„Wie wir haben sie gute Späher", unterbrach ihn der Goblin.

„Wir auch", erwiderte der Ork. „Und starke Krieger, die sich von keinem ins Wort fallen lassen und auch nicht davor zurückschrecken, alte Männer in feinen Kleidern an den Pfahl zu binden. Geschweige denn vorlaute, kriecherische Goblins. Also wo war ich?" Der General überlegte einen Augenblick. „Wir müssen sie aufhalten und zurückdrängen, bis wir die Berge erreichen. Ich werde es nicht mit ihrer ganzen Armee aufnehmen."

„Warum nicht?", fragte der Goblin kess. „Wie war das noch einmal mit der Ehre und so?"

„Schweig!" Der Ork brüllte auf. „Wage es nicht, von Ehre zu sprechen."

„Ich glaube, so was in der Art habe ich schon mal gehört", murmelte Beißer. „Wie dem auch sei, ich ..." Der Ork hielt ihm den Speer an den Hals.

„Und das ist der Punkt, wo Du kannst zeigen, wie loyal du bist", zischte der Ork.

„Bitte ..." Beißer wich ein paar Zentimeter zurück.

„Bitte was? Du wirst mit unserem Stoßtrupp reiten, sobald die geflügelten Boten vom schwarzen Felsen zurück sind. Du kennst die Menschen, den König und ihre Gewohnheiten."

„Vom schwarzen Felsen zurück", wiederholte Beißer. „Aber ..."

„Kein aber", erwiderte der Ork. „Auch wenn uns die Menschen einen der Gedankenlenker und den Stab genommen haben, so haben wir ein mächtiges Eisen im Feuer."

„Du magst scheinbar Wortspiele?" Beißer dachte angestrengt nach. Das entsprach nicht wirklich dem, was er sich vorgestellt hatte. „Welches Eisen haben wir im Feuer?"

„Diese Menschen haben einen von *ihnen* gemordet." Der Ork lächelte. „Es sollte ausreichend Motivation sein, Rache an den Menschen nehmen zu wollen."

„Wenn sie unsere Boten nicht ungefragt fressen, ein guter Plan."

„Das werden sie nicht wagen. Schließlich sind es elementare Boten. Wie hätte die Nachricht auch sonst so schnell zu dem schwarzen Felsen gelangen können? Nein, nein. Sie werden uns noch dankbar sein", erwiderte der Orkgeneral. „Und deine Brüder täten gut daran, den Stab schnell wieder zu finden."

„Ja, das habe ich ihnen auch gesagt. Ich weiß, dass Er nicht wirklich gut mit schlechten Nachrichten umgehen kann. Von keinem seiner Sklaven. Aber da ich ja wichtige Informationen für Ihn habe, wäre es schade, wenn du Ihm die Nachricht überbringen müsstest, dass ich bei deiner wagemutigen und kühn geplanten Operation ums Leben gekommen bin."

„Dein Leben ist hier soviel wert, wie ich befehle!", gab der Ork zurück.

„Ich habe befürchtet, dass du so was sagst." Der Goblin verdrehte die Augen.

Das Nachtlager war aufgebaut, Arliandro jedoch noch nicht zurück gekehrt. Arxor stieg von seinem Ross und hielt direkt auf sein Zelt zu. Er hatte den Soldaten nicht das Versprechen abgenommen, über die Vorfälle in der Flachebene zu schweigen. Er wusste, dass sich die Nachricht so oder so verbreiten würde. Allerdings wollte er auch keine Ansprache halten. Er wollte allein sein und nachdenken. Danach würde er mit seinen Beratern, Arliandro und Geréon zu Abend essen.

Er legte sich auf das wärmende Fell und schloss die Augen. Die Kimóner waren also ganz in der Nähe und größtenteils am Leben. Was hatten die Schatten mit ihnen vor? Warum hatten sie Mertion und nur ihn getötet und waren schnell und überhastet aufgebrochen?

Viele Gedanken schwirrten durch seinen Kopf. Er war hier, um zu kämpfen. Auf jeden Fall war er mit seinen Mannen in die Wüste gezogen, um deren Ende und die Heimat der Schatten zu finden. Was Arliandro über das böse Dunkel gesagt hat, das die ganze Wüste verschluckt haben soll, war unglaublich. Wie die Tatsache, dass Ay'Lechsia von ihnen gegangen und Dayana zur neuen Seherin ausgerufen worden war.

Der König massierte sich die Schläfen. Er fühlte sich nicht besonders gut, hatte Magen- und Kopfschmerzen. Vielleicht sollte er Schasar oder einen der Heiler rufen lassen? Oder einfach nur die Augen ein wenig zu machen. Ihm würde etwas Schlaf sicher gut tun.

Quinto ging in sein Zelt, das im Halbdunkel vor ihm lag. In die eine Ecke hatten Soldaten die Rüstungsteile und sein Ersatzschwert gelegt. Daneben sah er die Umrisse von Kartenmaterial, Kohlestifte und allerlei Pergament. Ob er die Karten hier überhaupt gebrauchen konnte? Er sollte den Ballast vielleicht einfach wegschmeißen oder verbrennen lassen. Auf der anderen Seite stand der Sack mit der Ersatzkleidung. Er bückte sich hinab und öffnete den Ledersack. Er nahm einen Stofffetzen heraus und wischte sich erschöpft über das Gesicht.
„Na, mein furchtloser Krieger?", sagte da eine Stimme von Richtung der Schlafstelle. Ihm stockte für einen Moment der Atem.
„Was machst du hier?", fragte er überrascht. Die schwarzhaarige Schönheit, die sich auf dem Strohlager räkelte, lächelte ihn aus der Dunkelheit heraus an.
„Ich habe auf dich gewartet", flüsterte sie und biss sich mit verführerischem Blick auf den Zeigefinger. Dann verzog sie gespielt beleidigt das Gesicht und machte eine Schmolllippe.
„Es sei denn, du willst mich nicht bei dir haben."
„Ja, ähh, nein …", erwiderte der Heerleiter verwirrt. „Zara, du weißt, dass ich dich sehr mag. Und deine Nähe. Aber …"
„Wenn das so ist." Sie schwang das Schlaffell zurück und begann damit, die Kleidung, die neben dem Bett lag, wieder anzuziehen.
„Zara, bitte. Es war nicht so gemeint", entgegnete er und ging hinüber zur Schlafstelle. Er zog sie an sich.
„Ach nein, wie denn?", fragte sie und sah ihm tief in die braunen Augen.

„Du weißt, wie sehr ich dich mag."

„Natürlich", erwiderte sie und stieß ihn von sich weg.

„Aber es gibt so Vieles, um dass ich mich kümmern muss. Wir stehen kurz vor dem Zusammentreffen mit den Schatten. Die Schlacht ist nahe. Ich muss …"

„Und wenn du dann vor der Schlacht stehst, dann werden dir die wirklich wichtigen Dinge durch den Kopf gehen", zitierte Zara die Worte, die er in der Wüste zu ihr gesprochen hatte. „Deine Familie, deine Freunde, die schönen Momente, die du mit ihnen erleben durftest." Ihr stiegen Tränen des Zorns in die Augen.

„Und auch hier kann das Leben wunderbare Dinge bereit halten", flüsterte er, griff sie um die Taille und küsste sie leidenschaftlich. Die Schlacht war plötzlich so fern. Der Anblick von Mertions leblosem Körper wich aus seinen Gedanken. Er ließ sich fallen und wollte jede Sekunde mit ihr genießen. Er bekam eine Gänsehaut, seine Finger zitterten.

„Ich liebe dich", flüsterte er.

Geréon hatte es sich nicht nehmen lassen, seine Position als Küchenmeister wieder einzunehmen. Es dauerte nicht lange, bis seine Küchenburschen mit knirschenden Zähnen die zuvor errungene Macht über die Kochlöffel und -töpfe wieder an ihn abtreten mussten. Aber er war ein guter Meister und insgeheim freute sich ein jeder, dass es Geréon gut ging und er wohlauf war.

Nach dem kargen Abendmahl saßen Arxor, Schasar, Quinto und Gregoralfo noch einige Zeit stumm und nur mäßig gesättigt auf dem Boden des königlichen Zeltes, bevor Arxors Stimme die Stille durchbrach: „Das tat gut."

„Sie haben wenigstens etwas Wild gefangen", entgegnete Quinto.

„Ist es gerecht aufgeteilt worden?"

„Ich denke schon, auch wenn mehr an die Truppenführer

ging."

„Und an uns, die wir nichts zur Jagd beigetragen haben", grummelte Schasar.

„Ja, so ist das halt mit der Hierarchie." Quinto zuckte mit den Schultern. „Sie teilen es gerne. Hier gibt es immerhin mehr, als in der Wüste und ein jeder ist glücklich, noch zu leben."

„Genug davon", mischte sich Arxor ein. „Was mich unruhig macht ist Arliandros Abwesenheit." Er legte die Stirn in Falten. „Ich mache mir Sorgen um ihn."

„Der Wald ist sein Zuhause", erwiderte Schasar ruhig. „Und er hat viel mitgemacht in den letzten Tagen. Er hat seine Schwester verloren, wurde zum Ratsmann bestimmt, hat eine neue Seherin gekrönt beziehungsweise ernannt. Nicht zu vergessen, dass er durch ein magisches Portal in diese fremde Welt gesogen wurde. Das kann Niemand so einfach verarbeiten. Vielleicht brauchte er einfach Zeit und Ruhe in einer Umgebung, die seiner Heimat ähnlich scheint."

„Wahrscheinlich hast du Recht", gab Arxor zurück. „Ich weiß, dass wir für ihn zwar Freunde, aber eben auch keine Elfen sind." Er machte eine kurze Pause. Dann kam ihm eine Idee. „Würde er in den Wäldern vielleicht nach Elfen suchen?"

„Wer weiß, ob hier überhaupt Elfen leben?", warf Gregoralfo ein. Der Dieb sah sich um. „Dieser Teil der Welt scheint ja anderen Gesetzen zu folgen."

„Damit kennst du dich ja aus ..." Quinto konnte sich den Seitenhieb nicht verkneifen. „... anderen Gesetzen zu folgen." Gregoralfo schwieg.

„Nun, wir sind alle in der selben Situation und müssen es gemeinsam durchstehen", versuchte Schasar zu schlichten. „Gregoralfo hat durch Dayanas Rettung das Schicksal eines ganzen Volkes bestimmt. Er hat mit ihr die Elfen gerettet, so wie du das der Menschen durch deine taktischen Entscheidungen vor Zimura gerettet hast. Begegnet Euch bitte mit dem gebührenden Respekt!"

„Schasar hat Recht. Dieses kindische Gezanke bringt uns nicht weiter. Hoffen wir, dass Arliandro bald wiederkehrt, denn im Morgengrauen müssen wir aufbrechen." Arxor blickte zu dem

Stoff, der die Eingangstür verbarg; ganz so, als erwarte er, dass der Elf in eben jenem Moment hindurch trat.

„Er weiß, dass wir nicht auf ihn warten würden", sagte Schasar.

„Wieso?", fragte Quinto.

„Weil er weiß, dass ich weiß, dass er wollen würde, dass wir weiter ziehen."

„Bitte was?"

„Er würde nie sein persönliches Wohl über das seines Volkes oder das seiner Freunde stellen, geschweige denn über das der argonianischen Armee."

„Wir können es uns auch nicht leisten, auf ihn zu warten. Wir sind den Schatten und den Kimónern zu nahe", sprach Arxor, doch jeder merkte an seinem Unterton, dass ihm diese Entscheidung unangenehm war.

„Mach dir keine Gedanken, Arxor." Schasar versuchte Arxor das schlechte Gewissen zu nehmen. „Er ist ein Elf. Er findet uns, wenn er es möchte. Für Seinesgleichen hinterlassen wir eine Fährte so breit wie der Manenstrom." Der Magier lächelte.

„Ja, du hast Recht. Wir hinterlassen ihm eine Nachricht, wenn es denn sein muss", entgegnete Arxor.

Nieselregen setzte ein und tropfte leise und regelmäßig auf das Zeltdach. „Bei dem Wetter möchte man keinen Hippogreifen vor das Schlosstor jagen", fügte der König noch hinzu.

„Es geht ihm gut, mach dir keine Sorgen." Schasar lächelte. Doch in Gedanken fügte er hinzu: *es gibt andere Dinge, über die wir uns Sorgen machen sollten.* Zum Beispiel, warum in dieser Welt für sie und Geréon nahezu gleich viel Zeit vergangen war. Das machte keinen Sinn. Sie waren allein zwanzig Tage durch die Wüste geritten, das hatte er seinen Aufzeichnungen entnehmen können. Und selbst wenn Reon Gregoralfo schnell nach Zimura, dann ins Elfenreich und letztendlich nach Kimón gebracht hatte, waren noch einmal dreißig Tage vergangen, bis Gregoralfo und Arliandro hier eingetroffen sind. Es war unmöglich, dass sie alle zeitgleich hier angekommen waren.

„Uluulauuulululuh", unterbrach ein schriller, lauter Schrei seine Gedanken. Erschrocken fuhr der Magier zusammen. Quinto erhob sich blitzschnell und zog sein Schwert aus der Scheide. „Ihr bleibt hinter mir", rief er an Arxor gewandt.

Der Herr der Schatten beugte sich über die gläserne Kugel, in der ein milchig-nebeliger Dunst waberte. Mit gespreizten Fingern beschwor Er den Aufspürzauber herauf.

„Nun komm schon", flüsterte Er ungeduldig. „Zeige ihn mir!" Langsam begann der Nebel im Inneren der magischen Kugel zu rotieren. Seine Finger zitterten. „Ja, komm!" Dann zerfiel der Nebel und Er sah – Dunkelheit; kalte, reine, schwarze Dunkelheit. Das Nichts.

Der Magier schrie auf und schleuderte die Kugel fort. Sie fiel vom verzierten Tisch, schlug hart auf dem Boden auf und rollte davon. Der Herr der Schatten fluchte. Er war der mächtigste Magier, der jemals gelebt hatte. Er hatte Kräfte, die größer waren, als alles, was es zuvor gegeben hatte. Wieso gehorchte Ihm die Kugel in dieser verdammten Welt nicht? Was blockte Seine Zauber? Die Kugel zeigte Ihm immer wieder nur eines: das Weiße Schloss. Und nur das. Er raufte sich das schüttere, mittellange Haar.

Nun gut, immerhin wusste Er so, dass dieser Teil Seines Plans mittlerweile in die Tat umgesetzt worden war. Aber trotzdem hasste Er es, untätig zu sein und nicht das zu bekommen, was Er wollte. Er ballte die Hand zur Faust. Die Luft knisterte.

Er wollte keine unerwünschten Zwischenfälle erleben. Jeder Fehler konnte Ihm gefährlicher werden, als Er es sich wünschte. Und damit Er sichergehen konnte, dass nichts Unvorhergesehenes geschah, musste Er zu jeder Zeit wissen, wo sich Schasar befand. Denn Er hatte den jungen Magier behutsam dorthin zu führen, wo Er ihn letztlich haben wollte. Doch dafür brauchte Er zunächst den neuen König.

Und nicht nur hierfür. Über allem stand Seine Rückkehr in die alte Welt. Dann würde Er endlich über die Menschen herrschen, die Wälder der elenden Bäumlinge fällen und ihre

Häuser niederbrennen lassen. Von diesen trägen Bergriesen ganz zu schweigen. Er würde sie mit dem Holz der Bäumlinge ausräuchern und sie so aus ihren Höhlen locken, um sie zu besiegen und zu versklaven. Danach würden sie für Ihn nach Erzen für den Rüstungsbau seiner Truppen schürfen müssen.

Seine Truppen. Er verzog angewidert das Gesicht. Die O'rches, die Orks, die Verbannten oder wie immer sie nun in den Nordlanden genannt wurden, waren über die Jahre zu willenlosen, von Hass geblendeten, wilden Tieren verkommen, zu rachsüchtigen, erbärmlichen Kreaturen, die nur noch eines im Sinn hatten: töten, um zu vergelten. Und Er war derjenige, der sich dies zu Nutze machte.

Es gab in Seinem Umfeld wenige, kritische Stimmen, die Er jedoch sofort im Keim ersticken ließ. Die, die Ihn zu hintergehen gedachten, ließ Er einfach zu sich rufen. Der Herr der Schatten lächelte. Spätestens danach hatte ein jeder von ihnen seine Meinung geändert oder wurde bestraft. Allerdings hatte Er nie einen von ihnen getötet oder öffentlich gefoltert. So etwas blieb niederen Kreaturen vorbehalten. Den Goblins zum Beispiel, über die die Orks befehlen durften. Und nicht nur diese neue Machtposition, die Er ihnen verschafft hatte, rechneten Ihm die Kreaturen hoch an.

Alles in Allem war Er ein guter Herrscher. Er hatte sie in diese Welt geführt, in der es ihnen an nichts fehlte und in der sie kaum natürliche Feinde hatten. Die Orks durften sich frei bewegen und in den Flachebenen und den Wäldern wie es ihnen beliebte morden und plündern. Er wusste, was sie damals in Zimura erlebt hatten, und Er kannte ihre Sehnsüchte, die er dosiert und zur richtigen Zeit befriedigte.

Im Gegensatz zu Ihm, dem gefallenen und gefangen genommenen, ehemaligen Hofmagier der Nordlande waren sie in den Katakomben unter Zimura gefangen gehalten worden. Für Wochen in der Dunkelheit zusammengepfercht wie die Tiere, bis sie angeklagt wurden; dann für Monate ins Arbeitslager gesteckt, bis der König schließlich das Verbannungsurteil gesprochen und verkündet hatte. Bis dahin hatten sie tagsüber in der sengenden Hitze den Ostwall Stein für Stein erbaut und waren des Nachts wieder in die Zellen getrieben worden.

Ihre Haut, die sich zuvor an die Kühle der Dunkelheit gewöhnt hatte, errötete, verbrannte, schälte sich und hing in Fetzen von ihren entstellten Leibern herab. Das rohe Fleisch, das man ihnen zum Fraß vorwarf, ließ sie gänzlich zu dem Rudel werden, das man schließlich gemeinsam mit Ihm hinaus in Wüste gejagt hatte. Die Orks waren vogelfrei, wertlos, geächtet und rechtlos geworden wie Raubtiere, zu denen sie letztlich verkommen waren.

Doch kein Wort des Hasses Ihm gegenüber kam über ihre Lippen. Schließlich war Er es gewesen, der sie in den Krieg geführt hatte, den sie gegen eine Allianz aus Menschen, Bäumlingen und Grubenhackern verloren hatten. Sie sahen noch immer zu Ihm auf, dem Denker, Lenker und Führer. Er, der Er ihnen gut zusprach, der die Worte fand, ihre Träume und Sehnsüchte beinahe greifbar zu machen. Er, der Er ihnen Rache versprach. Er ließ die Flamme des Hasses aufkeimen und sorgte dafür, dass sie nicht erlosch. Er stillte ihren Blutdurst tröpfchenweise und sorgte so dafür, dass sie immer stärker von Ihm abhängig wurden. Ihr Denken wich dem Handeln, dem Befolgen von Befehlen. Und nicht nur wegen dieser Kunst war Er größer als alles, was jemals dagewesen war.

Der leichte Regen tröpfelte noch immer ohne Unterlass auf das Dach des königlichen Zeltes. Arxor stand in Quintos Rücken.

„Was war das?", fragte er leise.

„Ich weiß es nicht, mein König", erwiderte Quinto und lugte hinaus. Der fremde Schreckensschrei war verstummt. Dafür wurden nun Hörner geblasen und das ganze Lager in Alarmbereitschaft versetzt.

„Ich glaube, dort passiert etwas", meinte Schasar und zwängte sich durch den Zelteingang. „Es kam aus der Richtung des Waldes", sagte er und verschwand zwischen den Zelten.

„Wunderbar", murmelte Quinto und blickte sich um. Es war

niemand zu sehen. Die Dunkelheit, nur durchbrochen von einigen wenigen Lagerfeuern und Fackeln, hatte die Zeltstadt in ihren Bann gezogen. Der Regen hatte diejenigen, die keiner Wache zugeteilt waren, dazu veranlasst in den Zelten zu verweilen und dringend nötigen Schlaf nachzuholen.

Doch nun war das Lager hellwach. Quinto hörte laute Schreie und Rufe. Der Magier hatte Recht, sie kamen von der Richtung des Waldes. Es kribbelte in seinen Fingern. Er wollte wissen, was vor sich ging. Aber er musste seinen König schützen. Ach, was soll es, dachte er. Mehrere Soldaten kamen an ihnen vorbei gerannt.

„Heia, Soldat", rief er einem der Männer zu. Der blieb stehen und verneigte sich ehrfürchtig. „Gib' mir deinen Umhang!", befahl Quinto. Der Krieger tat wie ihm geheißen. Dann rannte er den übrigen Kriegern durch den Matsch des aufgeweichten Bodens hinterher. Quinto legte Arxor den grauen Mantel über die Schultern. „Es muss Euch ja nicht jeder gleich erkennen. Und nun folgt mir, mein König!" Geduckt liefen sie den Soldaten hinterher.

Schasar erreichte den Außenposten des Lagers am Waldesrand. Die Soldaten standen in breiten Reihen um etwas gedrängt, das in ihrer Mitte zu stehen schien.

„Was ist hier los?", rief der Magier und schob einen der Krieger zur Seite. Die anderen machten keine Anstalten den Weg freizugeben. Er ließ ein bedrohliches Grollen und Knistern aufkommen. Erschrocken stoben die Männer und Frauen auseinander. Ein kleiner Pfad offenbarte die in der Mitte der Gruppe eingeschlossenen. Es waren Arliandro und ein wilder, bis auf einen ledernen Lendenschurz nackter Mensch, der über und über mit seltsamen, bunten Schriftzeichen bemalt war. Der Wilde hielt die Hände von sich gestreckt und zischte, während er langsam im Kreis hüpfte und den umstehenden Lanzenträger böse klingende, fremdartige Worte entgegenschleuderte. Er wirkte wie eine in die enge getriebene Katze. Daran änderte auch Arliandro nichts, der ruhig neben ihm stand und leise Worte in der elfischen Sprache flüsterte.

„Was soll das?", fragte Schasar und trat in den Kreis. „Nehmt die Lanzen runter. Behandelt man so Freunde?"

„Freunde?", rief ein Soldat aus der Menge. „Der Elf bringt dieses Wesen aus den verfluchten Tiefen des Waldes mit sich und keiner weiß, was es ist."

„Es ist verrückt. Seht doch, wie es zischt und herumhüpft", brach es aus einem anderen Krieger hervor.

„Es überträgt bestimmt Krankheiten", fügte eine Soldatin hinzu.

„Wir sollten es davonjagen, bevor es uns ansteckt."

„Ja, das sollten wir. Oder besser noch: wir töten und verbrennen es!" Zustimmende Rufe erklangen. Schasar schüttelte den Kopf. Was war nur mit diesen Menschen los?

„Entschuldige", murmelte er in Richtung Arliandros, der gutmütig nickte.

„Waffen runter!", rief eine Stimme hinter ihnen. Quinto kam näher. Die Krieger gehorchten sofort. „Was soll das?" Keiner antwortete. Arxor hatte die Kapuze übergezogen und folgte Quinto in einigem Abstand. „Wer ist das?", fragte der Heermeister in die Runde.

„Das weiß ich nicht", erwiderte Arliandro ruhig. „Ich habe ihn am Waldesrand gefunden. Er hat unser Lager beobachtet."

„Ist er ein Späher der Schatten?", fragte Quinto.

„Ich glaube nicht." Arliandro stockte. „Ich habe versucht mit ihm zu sprechen."

„Und?"

„Ich glaube er spricht eine Abwandlung der alten Sprache, der Sprache des Urvolks."

Nächtlicher Besuch

„Bring ihn bitte in mein Zelt", sagte Arxor. Um sie herum war es ruhiger geworden. Einige Krieger begannen zu tuscheln. „Wir gehen voraus. Hier ist nicht der richtige Ort, sich in Ruhe zu unterhalten." Der König wandte sich zum Gehen. Auf dem Weg zu seinem Zelt sah er hinauf zum Himmel. Es begann stärker zu regnen. Etwas Größeres braute sich zusammen. Ein Gewitter zog auf.

Schasar lief ein Schauer über den Rücken, als ihm wilde Gedanken durch den Kopf spukten. Er musste sie aufschreiben und ordnen. Er brauchte Pergament und Tinte. Ohne ein weiteres Wort zu verlieren machte er auf dem Absatz kehrt und lief in Richtung seines Zelts. Die Krieger sahen erst dem König, danach dem Magier irritiert hinterher und dann wieder zu dem Wilden, der nun eingeschüchtert in ihrer Mitte stand.

Arliandro begann langsam auf den Wilden einzureden. Er hielt ihm vorsichtig die Hand hin. Der ängstliche Mann musterte die grüne Elfenkleidung mit den feinen, goldenen Ornamenten. Er legte den Kopf schief. Vorsichtig und gebückt näherte er sich der ausgestreckten Hand. Ein Raunen ging durch die Menge. Der halbnackte Mann hielt inne und ließ den Blick kurz und kritisch über die Soldaten schweifen, die ihn und den Elfen noch immer umringten.
„Du brauchst keine Angst zu haben", sprach Arliandro in der Sprache der Elfen. Er zog die Hand zurück und winkte dem Wilden, der sich die schulterlangen Haare hinter die Ohren strich und ihn irritiert ansah. „Komm!" Arliandro machte einige Schritte rückwärts. „Macht Platz", forderte er die Umstehenden auf. „Ihr seht doch, dass er Angst hat." Die Soldaten wichen langsam zurück. Bevor er den Ring der Soldaten verließ, drehte er sich um und blickte den Wilden eingehend an.
„*Cho de'DraneCHsô*", sagte er. „Mehr kann ich nicht für dich tun, als dir das zu versprechen."

Der Wilde blickte nach links, dann nach rechts. Die Soldaten machten keine Anstalten sich zu bewegen. Es beruhigte ihn und er machte einen vorsichtigen Schritt vorwärts. Er glaubte, dass es für ihn sicherer war, in der Nähe des blonden Wesens mit den spitzen Ohren zu bleiben, das ihn aufgespürt hatte. Es sprach eine Sprache, die ihn im Gegensatz zu den harschen, harten Lauten der anderen Wesen beruhigte. Ihm war als spräche der hochgewachsene Mann einen seltsamen Dialekt. Das, was er zu verstehen glaubte, war, dass ihn das Spitzohr vor den bösen, grauen Männern beschützen würde.

Allerdings war die Szenerie sehr seltsam. Die Männer in ihrer im Feuerschein glänzenden Kleidung schienen sich vor ihm zu fürchten. Dabei waren sie diejenigen mit den Waffen. Der Wilde fand sie interessant, diese Fremden. Er klopfte sich auf die Brust und die Oberschenkel. Noch war er nicht tot, nicht verwundet. Und so sollte es auch bleiben. Die erstbeste Möglichkeit zur Flucht würde er nutzen.

Er sah dem Mann in dem edlen roten Umhang hinterher, der leise Worte murmelnd davoneilte. Dann blickte er zu dem Spitzohr, das ihn erneut aufforderte ihm zu folgen. Mittlerweile hatte der Blonde den Kreis der Soldaten verlassen und drohte zwischen den hohen Stoffhäusern, in denen die Fremden wohnten, zu verschwinden. Der Wilde beeilte sich, ihm zu folgen.

„Was hältst du davon?", fragte Arxor.

„Ich weiß es nicht. Was soll ich davon halten?" Quinto stockte. „Einer aus dem Urvolk, dem wir alle entstammen? Ich kann es nicht glauben."

„Du hast ihn gesehen. Er trägt keine richtige Kleidung, nur ein Fell um die Lenden. Seine Hautfarbe ist deutlich dunkler als die unsrige. Sein Stamm hält sich also noch häufig in der Sonne auf, was für einen Nomadenstamm spricht, wie das Urvolk einer war. Arliandro konnte Recht haben."

„Ich bin verwirrt, fühle mich irgendwie leer. Es gibt Vieles zu regeln und zu entscheiden. Da passt mir dieser Fremde gar nicht in den Plan. Erst ein Goblin, jetzt ein Wilder." Quinto knirschte mit den Zähnen. In seinen Augen loderten Hass und Verachtung. „Und wo wir gerade bei dem Goblin sind. Es gibt noch immer keine Zeichen von der Armee der Schatten. Nur ihren Willkommensgruß."

„Du solltest dich ausruhen", erwiderte Arxor. „Wir alle sollten eine Nacht darüber schlafen", fügte er hinzu. Zwei patrouillierende Soldaten kamen ihnen entgegen und salutierten.

„Und was wird bis dahin aus dem Wilden?", fragte der Heermeister. „Und aus den Soldaten? Gerüchte werden die Runde machen."

„Gerüchte?" Arxor lachte auf. „Ich habe das Gefühl, dass wir in einem niemals endenden Alptraum gelandet sind. Ich warte nur darauf aufzuwachen. Wir reiten durch ein magisches Portal und finden uns …" Der König hob die Brauen. „… in einer Welt wieder, in der die Schatten über das Urvolk herrschen? Ich will nur aufwachen."

„Wie jeder von uns."

„Ja, wie jeder von uns."

„Was den Fremden angeht …", begann Quinto noch einmal.

„Ich glaube, wir sollten ihn freundlich behandeln, bis wir mehr über ihn wissen", erwiderte Arxor. „Er ist wahrscheinlich kein Späher der Schatten und damit erst einmal unser Gast und kein Gefangener."

„Natürlich." Bald darauf waren sie wieder in der Nähe des königlichen Zelts angekommen.

„Ich denke, dass sich Arliandro um ihn kümmern sollte. Der Fremde scheint ihm zu vertrauen. Zumindest sah es so aus, als habe er Schutz hinter seinem Rücken gesucht. Arliandro wird ihn gleich in mein Zelt führen. Es bleibt zu hoffen, dass er uns einiges über diese Welt erklären kann."

„Wenn er uns denn versteht", erwiderte Quinto skeptisch.

„Wenn er uns versteht." Arxor atmete aus und dachte einen Augenblick nach. „Sorg' du bitte dafür, dass im Lager Ruhe herrscht! Alle sollen wieder schlafen gehen und sich still verhalten."

„Natürlich, Herr." Vor dem Eingang zu Arxors Zelt hielten sie kurz inne.

„Gut. Also gib bitte deine Befehle weiter! Und dann ruhe dich etwas aus."

„Ich werde gleich zur Versammlung zurück sein."

„Gibt es nicht eine andere Person, die du sehen solltest?" Arxor lächelte verschmitzt.

„Was meint Ihr, mein König?" Quinto sah peinlich gerührt aus.

„Du weißt, wen ich meine. Sie wird die Nachricht über die Ankunft des Fremden bereits gehört und vielleicht einige Fragen haben. Kümmere dich um sie! Morgen früh beraten wir beide uns."

Quinto ließ sich nur ungern vom König dazu überreden, in sein Zelt zurückzukehren. Natürlich sehnte er sich nach Zaras Nähe, aber nach der Aufregung um den Wilden und seine Herkunft, war seine Neugier geweckt. Er machte sich auf den Weg zu Zaras Truppenzelt. Auch wenn sie auf dem Weg durch die Wüste bereits in seinem Zelt genächtigt hatte, bewohnte sie dennoch grundsätzlich mit ihrer Truppe eines der großen Zelte. Er lächelte. Auch wenn es mittlerweile wohl jeder wusste, dass sie und er sich sehr nahe standen. Mitten in diesen schönen Gedanken hielt er inne und atmete tief ein. Die Luft war angenehm feuchtkühl. Ein frischer Wind kam auf. Er schloss die Augen, streckte die Arme aus und gähnte, während kleine Wassertropfen prickelnd auf sein Gesicht fielen. Der Heermeister stand einige Zeit einfach still und stumm da und versuchte an Nichts zu denken, was ihm nicht wirklich gelang. Ihm fröstelte ein wenig.

Er wischte sich mit der Hand durchs Gesicht. Der König hatte Recht. Er sollte schlafen gehen. Er war todmüde. Er wollte sich gerade wieder auf dem Weg machen, als er ein kaum auffälliges, ledernes Geräusch hörte, das verdächtig gleichmäßig im Pfeifen des Windes mitschwang. Nein. Quinto schluckte. Das konnte nicht sein.

Und dann sah er sie.

Arxor betrat sein Zelt und zerzauste sich mit beiden Händen das nussbraune Haar.

„Was ist hier nur los?", fragte er, ohne eine Antwort zu erwarten.

„Eine gute Frage", erklang eine schnarrende Stimme aus dem hinteren Teil des königlichen Zelts. Arxor schreckte zusammen und machte behände einen schnellen Schritt in Richtung des Waffenständers, während er im matten Halbdunkel nach der Quelle der Stimme suchte.

„Mach dir keine Mühen, Mensch", erklang es von dort. „Ich bin es nur." Beißer trat ins flackernde Licht der Fackeln. Er verneigte sich kurz. „König der Menschen. Ich kam nicht umher, Teile deines Gesprächs mit dem Heermeister zu belauschen. Irgendwie mag ich den nicht so. Aber es gibt Wichtigeres. Merke dir: Er will noch mehr, als die fehlenden Stücke. Er braucht den Stab, um den Pakt mit den Feuerspuckern zu erneuern."

„Was soll das heißen? Was machst du hier?", fragte Arxor irritiert. „Wo warst du die ganze Zeit? Wieso bist du zurückgekehrt?"

„Immer mit der Ruhe. So viele Fragen. Ich bin gekommen, um euch zu warnen."

„Zu warnen?" Arxor sah sich unsicher um. Draußen hörte er den Wind durch das Lager pfeifen. Dann vernahm er einen lang gezogenen, leidend klingenden, nicht-menschlichen Schrei.

„Zu spät", murmelte der Goblin und schüttelte den Kopf.

„Zu warnen wovor?", fragte der König noch einmal.

„Draaaaaaaachen!", hörte Arxor Quinto von draußen rufen.

„Besser hätte ich es nicht ausdrücken können", spottete Beißer. „Er klingt etwas melodramatisch, aber ja, das trifft es. Gut, da ja jetzt jeder Bescheid weiß, muss ich auch wieder."

„Wohin und wie …" Arxor war überfordert. Durch den Zeltstoff konnte er sehen, wie sich die Umgebung kurz feuerrot erhellte. Er blickte hinauf, dann wieder zu der Stelle, wo der Goblin gestanden hatte. Doch Beißer war verschwunden.

Arliandro winkte dem Halbnackten.

„Wir gehen in das Zelt des Menschenkönigs", sagte der Elf langsam. „Er wird dir nichts tun. Mit mir bist du sicher." Er sah den Wilden an. In einiger Entfernung folgte ihnen ein Trupp Krieger, ganz so, als trauten sie ihnen nicht. Arliandro beachtete sie nicht weiter. „Verstehst du mich eigentlich?" Der Wilde reagierte nicht. „Mein Name ist Arliandro." Er zeigte auf sich. „Ich bin dein Freund."

„Arliandro", wiederholte der Wilde und nickte freundlich. Sein Blick versteinerte sich und er sah gen Himmel. Er lauschte und duckte sich anschließend. „Feuerspucker", zischte er und griff nach Arliandros Hand. Überrascht wollte der Elf zurückzucken, doch der Wilde brachte ihn mit einem kurzen und heftigen Ruck ins Straucheln. Kurz darauf ging das Zelt, neben dem sie noch Augenblicke zuvor gestanden hatten in Flammen auf.

„Also", murmelte Schasar, während er zu seinem Zelt eilte. „Wenn es stimmt, dann muss es einen Schlüssel geben. Auch wenn es eigentlich keinen Sinn macht, wenn es ganz und gar unmöglich klingt." Er schob den Vorhang zur Seite und hielt auf das Schreibpult zu, auf dem Bücher, Pergamente, Tinte und eine Schreibfeder lagen. „Es sind in unserer Welt Tage vergangen, zwischen unserer Ankunft hier, aber kein Tag in dieser Welt."
Er kritzelte einige Sätze und Zahlen auf ein Pergamentstück und tippte dann eine Zeit lang in Gedanken versunken mit dem Federkiel auf das Papier, während er sich seine Aufzeichnungen noch einmal durchlas:

Geréons und wir sollen am selben Tag in dieser Welt angekommen sein. Doch lagen in unserer Welt 35 Tage dazwischen, das können wir leicht anhand unserer Aufzeichnungen nachvollziehen.
Arliandros Ankunft war am selben Tag wie die unsere, doch lagen laut seiner Auskunft weitere 26 Tage dazwischen.

Wenn er nur wüsste, welchen Gesetzen die Zeit an diesem Ort gehorchte. Die zwei Sonnen schienen wie immer und dem Magier kam es so vor, als wäre nicht mehr Zeit an diesem Tag vergangen als an jedem anderen. Aber etwas war anders. Und so schrieb er weiter:

Wichtige Fragen, die es zu beantworten gilt:
- *Vergeht die Zeit an diesem Ort langsamer?*
- *Wenn ja, wieso?*
- *Ist dies der Grund, warum Er noch immer lebte?*
- *Wenn ja, um wie viele Jahre war Er gealtert?*

Schasar stockte. Wenn die Zeit in der anderen Welt schneller verging und das Reich ohne Armee und mit einem Kind als Führer da stand, dann … Er wollte den Gedanken nicht zu Ende führen. Sie mussten sich beeilen und so schnell wie möglich zurück nach Argonia reisen. Wie sie dieses Wunder vollbrachten, das war ihm nicht im Geringsten klar. Plötzlich durchbrach ein Schrei die Nacht und riss ihn aus seinen Gedanken.
„Draaaaaaachen!" Der Magier bekam eine Gänsehaut. Es war so weit. Die Schatten kamen. Und die Drachen passten perfekt in das Bild, das sich Schasar mittlerweile von dieser Welt gemacht hatte. Er erhob sich und ging nach draußen. Der Schatten, der hinter ihm ins Zelt gehuscht war, war ihm nicht aufgefallen.

„Schützt den König!", rief Quinto. „Raus aus den Zelten! Alle an die Waffen! Alarm!" Er riss den Vorhang des Königszeltes zurück und blickte in die blitzende Klinge von Arxors Schwert. „Mein König!" Arxor ließ das Schwert sinken. „Ihr müsst aus dem Zelt raus. Wir sollten …" In dem Moment unterbrach ihn ein unmenschlicher, ohrenbetäubenden Schrei. Quinto ließ das Schwert fallen, presste sich die Hände auf die Ohren. Was war das? Der Schrei brach ab.
„Nichts wie raus hier", stimmte ihm Arxor zu, während der

Heermeister rasch nach seiner fallen gelassenen Waffen griff.

„Wartet!" Quinto hechtete zum Waffenständer und nahm einen Schild ab, um ihn an den König weiter zu reichen. „Nicht dass ich Euch in einem Kampf sehen möchte, aber wenn, dann schützt Euch wenigstens. Ohne Rüstung ist es gefährlich genug." Er streckte die Hand aus, schob vorsichtig den Vorhang zur Seite und lugte hinaus. Im Lager war Chaos ausgebrochen. Laute Schreie durchrissen die Nacht. Schmerzensschreie. Todesschreie.

„Quinto." Arxor rüttelte seinen Heermeister fest an der Schulter. „Was siehst du?"

„Von hier aus Nichts, mein König." Quinto besann sich. „Wir müssen zum Waldrand kommen. Dort können uns die Drachen nicht folgen."

„Die Drachen?", fragte Arxor. Ihm schwante Schreckliches.

„Ja, es sind mehrere", erwiderte der Heermeister. Seine Stimme bebte unmerklich.

„Danke", murmelte Arliandro leicht benommen und rappelte sich auf. Der Wilde kauerte neben ihm. Die Kleider des Elfen trieften vor Schlamm, aber das war ihm gleich. Er blickte sich um. Die fünf Soldaten, die sie in Richtung des Königszelts begleitet hatten, waren Opfer des Flammenstrahls geworden. Arliandro erschauderte. Er konnte ihnen nicht mehr helfen.

„Wald", sagte der Wilde dann. „Schnell!" Arliandro nickte. Doch was war mit Arxor, Quinto und Schasar?

„In Ordnung", erwiderte der Elf. Dann sah er sich um. „Alles zum Wald! Und dort wieder formieren und auf die Anweisungen eurer Hauptmänner warten!", rief er. Dann rannten sie los.

Schasar sah die Feuerlanze, die aus dem Rachen der geflügelten Riesenechse in der Nähe seines Zeltes brach. Er hörte die

Schreie der Krieger, die verzweifelt versuchten, gegen das alte Elementarwesen zu kämpfen. Der Magier bekam eine Gänsehaut. Langsam setzte er sich in Bewegung, hob den Saum seiner Robe und beschleunigte seine Schritte. Er umkurvte das erste Zelt. Einige Krieger kamen ihm schreiend entgegen.

„Wo ist der König?", fragte er und hielt einen von ihnen an der Rüstung fest. Dem jungen Mann stand die Panik in den Augen. „Der Heermeister hat den Befehl gegeben, zu den Waffen zu greifen und diese Monster solange zu beschäftigen, bis der König sicher im Wald ist. Aber wir schaffen es nicht. Schaut sie Euch nur an!" Der Krieger zitterte. Schasar nickte.

„Ist der Heermeister noch beim König?"

„Ja, Herr." Hinter ihnen wurde die Nacht an mehreren Stellen hell erleuchtet. Der Mann wollte sich losreißen. Schasar hielt ihn fest.

„Gut." Der Magier sah sich irritiert um. Es waren mehrere Drachen, dachte er erschrocken.

„Passt auf!", rief der Soldat und stieß den Magier zur Seite. Die Druckwelle schleuderte beide davon. Schasar kam hart auf dem aufgeweichten Boden auf. Geschockt sah er auf, wischte sich den Schlamm aus dem Gesicht.

Die Wucht des Feuerstrahls hatte die Zelte um sie herum davon geblasen, in Rauch aufgehen lassen und zu Staub verwandelt. Hinter ihm lag der Soldat, der ihn gerettet hatte. Zwischen den Platten der dünnen Metallrüstung qualmte es.

Schasar schüttelte verständnislos den Kopf. Der Junge hatte ihm das Leben gerettet und dafür mit seinem eigenen bezahlt. Schasar verdrängte den Gedanken. Das Feuer hatte eine kleine Schneise in die Zeltstadt gebrannt, von deren Ende aus ihn in gut zwanzig Schritt Entfernung weiße, messerscharfe Zähne hämisch angrinsten. Einen Augenblick später öffnete der Drache das Maul und holte tief Luft.

„Los!", sagte Quinto. „Bleibt dicht hinter mir!" Leicht gebückt traten sie hinaus. Es nieselte immer noch. Über dem in ein feuriges Orange getauchten Lager hing ein Rauchschleier. Es roch nach verbranntem Holz. Sie bogen um einige Zelte. Arxor fluchte innerlich. Wieso stand sein Zelt nahezu in der Mitte des Lagers? Hier war Quintos Taktik, die Einzelzelte der Ranghöheren mit den Gruppenzelten zu umstellen, um sie so im Ernstfall zu schützen, ausnahmsweise einmal nicht aufgegangen. Gleiches galt dafür, die Zelte dicht beieinander zu stellen, um es einfallenden Reitern schwerer zu machen vorzudringen. Jäh stieß er gegen Quinto, der erschrocken innegehalten hatte. Und dann sah Arxor den Grund. Einige Schritt vor ihnen lag ein langer, schuppiger Schwanz, der ungleichmäßig zuckte.

Quinto hob die Hand und deutete nach hinten. Arxor nickte und machte vorsichtig einen Schritt rückwärts. Im aufgeweichten Boden machte es ein glucksendes Soggeräusch. Arxor biss die Zähne zusammen. Langsam entfernten sie sich von dem Drachen. Als sie in sicherer Entfernung waren, deutete Quinto mit dem Kopf nach rechts.

„Wir sollten dort hinüber gehen und diesen Drachen umgehen. Es bringt nichts, uns in dieser Verfassung auf einen Kampf mit diesen Bestien einzulassen."

„Du hast Recht", erwiderte Arxor. Hinter ihnen loderte erneut ein Feuerstrahl auf. In einiger Entfernung ein weiterer. „Aber was haben die vor?", fragte Arxor irritiert.

„Was meint Ihr?", fragte Quinto, während sie aufmerksam durch die Überreste des verlassen wirkenden Lagers schlichen.

„Sie bewegen sich nicht vom Fleck. Sie verfolgen die Soldaten nicht. Die Feuer lodern immer in gleichmäßigen Abständen an den gleichen Stellen auf. Da, sieh!" Quinto konzentrierte sich darauf. Der König hatte Recht.

„Sie schlagen eine Schneise ins Lager", murmelte Quinto.

„Warum sollten diese Wesen so etwas tun?"

„Das frage ich mich auch. Ich habe keine Ahnung. Aber wenn sie das tun, sollten wir die Drachenfänger in Stellung bringen."

Arliandro und der Wilde liefen zwischen den Soldaten in Richtung Wald. Die Schutz bietenden Bäume vor Augen blickte sich der Elf kurz um. Es war seltsam. Die Drachen schienen ihnen nicht zu folgen. Mehr noch, die Raubtiere aus der alten Zeit schienen sich nicht einmal von der Stelle zu bewegen. Etwas zog am Ärmel seines Umhangs.

„Wald", zischte der Wilde.

„Ja", erwiderte Arliandro. „Ich muss nur …" Er blickte auf die Zeltstadt. Dann wandte er sich an die Soldatin, die gerade an ihm vorbei rannte. „Wo sind die Maschinen?", fragte er sie in der Sprache der Menschen.

„Im hinteren Teil im Südosten", rief die hübsche Schwarzhaarige.

„Werden sie geholt? Ist der König bereits in Sicherheit?", fragte er sie.

„Ich weiß es nicht." Sie stockte. „Aber wisst Ihr, ob der Heermeister bei ihm war?"

„Ja, ich denke schon." Arliandro war überrascht, dass sie nach Quinto fragte. Die Stimme der jungen Frau klang besorgt. In ihren wässrigen Augen blitzte etwas auf, das der Elf als Angst deutete. Angst, dass Quinto etwas passiert war. Es war seltsam, dass eine einfache Soldatin sich so um den Heerführer sorgte. Wieder zupfte der Wilde an seinem Mantel.

„Es tut mir leid. Ich muss noch einmal zurück", murmelte Arliandro. Dann beschwor er den elfischen Wesenszauber herauf und einen Augenblick später stieß sich ein kreischender Falke vom Boden ab und flog in den schwarzen Nachthimmel.

Schasar rappelte sich schnell auf, bevor ihm das alte Wesen die nächste Feuerlanze hinterher jagte. Er rannte um sein Leben. In den Augenwinkeln sah er den hellen Feuerschein. Er war dem Drachenatem entkommen. Erleichtert atmete der Magier in sicherer Entfernung auf. Aber wieso hatte das Tier die gleiche, zuvor geschaffene Schneise abermals bespuckt, anstatt Teile des restlichen Lagers zu verwüsten?

Schasar verdrängte den Gedanken und eilte zurück zu seinem Zelt. Es stand noch. Er warf den Eingangsvorhang zur Seite und ging direkt auf die große Holzkiste zu. Dort angekommen sprach er den Entriegelungszauber und hob den Deckel an. In der Kiste lagen viele verschiedenfarbige Flakons, Flaschen und Phiolen. Er griff hinein und suchte mit sicherer Hand einige hinaus.

Er hatte nach dem Kampf mit dem schwarzen Drachen vor Zimura viel über die Elementarwesen gelesen. Sie waren wie die Adler und Seeschlangen beinahe unverwundbar. Aber eben nur beinahe. Denn die Erde erstickte das Feuer, das Wasser löschte es und fehlender Wind nahm ihm die Nahrung. Und so, wie die Elemente mit- und gegeneinander spielten, so waren auch ihre Wesen durch die Kontraelemente auf die eine oder andere Art verletzbar.

Wasser hemmte die geflügelten Kreaturen, schränkte sie ein, machte sie träge. Blitze prallten zwar an den starken Schuppenpanzern ab, aber besonders ihre Augen und der Brustbereich waren tendenziell gefährdet. Und es sollte eine alte Steinlanze geben, die durch die massiven Schuppen schnitt wie ein Messer durch Butter. Tja, leider war es ein Mythos, dachte der Magier. Er nahm die Phiolen und legte sie auf das Schreibpult. Instinktiv huschten die Augen über das Pergament, das er zuvor geschrieben hatte. Mit offenem Mund stand er da und las die mit zittriger Hand hastig gekritzelten Notizen:

Wichtige Fragen:

- *Vergeht die Zeit an diesem Ort langsamer?*

SCHEINBAR JA.

- *Wenn ja, wieso?*

DER WILDE. DIE DRACHEN. DU SOLLTEST DOCH MITTLERWEILE WISSEN, WO DU DICH BEFINDEST.

- *Ist dies der Grund, warum Er noch immer lebte?*

WAHRSCHEINLICH SCHON.

- *Wenn ja, um wie viele Jahre war Er gealtert?*

ETWAS MEHR ALS 6 WINTER. ER HAT SICH GUT GEHALTEN.
ZU GUT …

Wer hatte das geschrieben? Und wieso? Konnte es tatsächlich sein. Der Magier setzte sich und nahm die Feder auf. Er tunkte sie in die Tinte.

Dahlgor war 26 Jahre alt gewesen, als Lavian den Krieg der Völker angezettelt hatte. Seit dem Krieg waren bis zu Dahlgors Tod 390 Jahre vergangen, der nun bereits 8 Jahre zurückliegt. Schasar kritzelte einige Zahlen auf das Pergament:

398 Jahre / 6 Jahre ~ 66
1 Tag in dieser Welt ~ 66 Tage in unserer Welt

„Verflucht", murmelte er. Es war ernster, als er bisher angenommen hatte. Aber immerhin wusste er nun, dass er Recht gehabt hatte. Der Grund, warum Er nach all den Jahren noch lebte, war nicht, dass er wie Dahlgor mit einem ungewöhnlich langen Leben gesegnet war. Vielmehr war Er schlichtweg nur langsamer gealtert. Er war in dieser Welt gealtert. War Er deshalb noch nicht zurückgekehrt? Hatte Er Angst davor, durch das Portal zu treten? Aber seine Schergen hatten es doch überlebt. Ein lauter Schrei riss ihn aus den Gedanken. Das Lager. Arxor. Er steckte die Phiolen an den Gürtel seines Bundes und verließ das Zelt.

Der Falke kreiste über dem Lager, dessen Zelte kreisförmig das des Königs und der Hauptmänner umstellten. In einem Teil waren die Pferde angezäumt, in einem anderen standen die mitgebrachten Waffen, Maschinen und Karren. Und beinahe schnurgerade zog sich eine rauchende, immer wieder aufglühende Schneise durch das Lager, teilte es in einen waldnahen und einen von ihm abgetrennten Teil. Und der Falke sah noch mehr. In den nahen Hügeln vor der abgeschnittenen

Zeltstadt hatte eine größere Truppe dunkler Reiter Stellung bezogen. Ihnen entgegen rannten erste Soldaten um ihr Leben oder besser, direkt in ihr Verderben.

Der Falke flog eine Halbkurve. Immer mehr Krieger hatten es zum Waldrand geschafft und hielten sich zwischen den Bäumen verborgen. Einige Teile des Lagers befanden sich in einem beinahe aussichtslosen Kampf mit den Drachen. Er legte die Flügel an und schoss in Richtung des Maschinenlagers. Unter ihm hatten die Soldaten geistesgegenwärtig gehandelt und einen Drachenfänger in Position gebracht. Das von Quinto entwickelte Wurfkatapult war abgefeuert worden. Das mit Felsbrocken verstärkte Fangnetz presste den Drachen zu Boden. Die Soldaten jubelten. Der Drache ließ eine weitere Feuerfontäne los. Lange würden die Taue dies nicht aushalten. Die Soldaten mussten schnell handeln oder fliehen.

Der Falke schlug mit den Flügeln, um wieder an Höhe zu gewinnen. Dabei blickte er zu den nahen Hügeln. Die zuvor verborgenen dunklen Krieger, deren Zahl er nicht genau schätzen konnte, hatten sich mittlerweile in Bewegung gesetzt. Sie marschierten und ritten auf die letzte Anhöhe zu, hinter der das Lager dann vor ihnen auf dem Präsentierteller liegen würde. Die Zeltstadt glich einem wild gewordenen Hühnerstall. Es fehlte eine ordnende Hand. Viele waren geflohen, hatten eingesehen, dass es innerhalb des Lagers keinen Sinn machte gegen die Drachen zu kämpfen. Aber sie mussten sich nun formieren und zurückschlagen. Und vor allem die Schattenkrieger mit Pfeil und Bogen, Lanzen und Schwertern empfangen.

Der Falke blickte den vereinzelt fliehenden Argonianer hinterher, die es bereits in die Hügel geschafft hatten. Sie liefen um ihre Leben. Andere hatten nicht so viel Glück. Sie würden sich mitten im Meer der Angreifer wiederfinden.

Als der Falke über dem Lager stand, versuchte er das große Rundzelt des Königs auszumachen. Schließlich fand er es und stürzte hinab. Er setzte auf dem matschigen Boden auf und verwandelte sich zurück. Erschöpft schnaufend betrat Arliandro das Zelt. Es war verlassen.

„Es ist soweit", knurrte der Ork.

„Ja, dann soll es so sein", erwiderte eine Stimme hinter ihm.

Beißer ließ sein Pferd vortänzeln

„Hat es funktioniert?"

„Der Menschenkönig hat es nicht in den Wald geschafft."

„Wunderbar." Der Ork lächelte und zeigte seine gelben, fauligen Zähne. Der Goblin blickte angewidert weg. Er fokussierte das Lager der Menschen, das unterhalb des Hügels lag. Immer wieder erhellten Feuerfontänen die Nacht. „Sieh es dir an! Sie fliehen wie die Hasen." Und in der Tat. Viele Menschen stoben in alle Himmelsrichtungen davon. Beißer war verwundert und auch ein wenig enttäuscht. Es hätte eine große, heroische Schlacht werden können. Er hatte wirklich mehr von ihnen erwartet.

„Ja, vor den Drachen haben sie Respekt. Wie habt ihr sie ohne den Stab dazu gekriegt, das Lager anzugreifen?"

„Ganz einfach: ich habe ihnen versprochen, dass ich ihnen den Heermeister, der ihren Bruder auf dem Gewissen hat, zum Fraß vorwerfe." Der Ork lachte schallend. Der Goblin antwortete nicht. Ja, das war wohl dieser unsympathische Quinto. Gut, er würde auch nie einem Menschen trauen, nach all dem, was Er in dieser Welt angerichtet hatte. So konnte er es Quinto auch nicht verübeln, dass dieser ihm nicht traute. Schade, denn er war scheinbar ein großer Krieger gewesen.

„Sie kommen!", knurrte ein zweiter Ork.

„Gut! Metzelt sie nieder! Nehmt ihre Anführer gefangen", erwiderte der Ork. Ein Horn wurde geblasen und die Truppe setze sich in Bewegung.

„Ähm." Beißer räusperte sich.

„Was?", fragte der Orkgeneral genervt.

„Woran erkennen die …" Der Goblin verzog angewidert die Mundwinkel. „… denn die Anführer?"

„Keine Ahnung." Der Ork zuckte mit den Schultern. „Sind wahrscheinlich die, die ganz hinten stehen. Wie ihr König, diese feige Ratte."

„Sollst du sie nicht lebend zu Ihm bringen?"

„Aber Er ist nicht hier. Damit ist es meine Entscheidung und es wird mein Sieg."

„Richtig, dann mal Hals- und Beinbruch." Der Goblin wollte sein Pferd wenden.

„Nicht so schnell." Der General setzte dem Goblin die Lanze an den Hals. „Du reitest mit uns!"

„Nicht im Ernst."

„Und wie ernst ich das meine. Und wechsle endlich diesen Gaul gegen einen Urawok. Lange werde ich die Tiere und meine Männer nicht mehr davon abhalten können, das Pferd zu schlachten."

„Sie kommen! Die Schatten greifen an", hörten Arxor und Quinto die gellenden Schreie der Späher vom hügelnahen Lagerrand herüberhallen.

„Verflucht", zischte der Heermeister. „Wir sind in ihre Falle getappt."

„Wer rechnet auch mit Drachen?" Arxor zitterte. Der Soldatenmantel war mittlerweile ebenso durchnässt wie seine Schaftstiefel. „Du kannst nichts dafür."

„Aber ich habe keinen Überblick. Ich sollte sie koordinieren. Und Ihr seid noch immer nicht in Sicherheit im Wald." Einige Soldaten kamen ihnen entgegen.

„Was geschieht dort?", fragte Quinto und nickte in Richtung des Lagerrands. Eine Frau blieb stehen und wischte sich die nassen, hellbraunen Haare aus dem Gesicht. Ihr Blick wirkte ängstlich.

„Die Schatten greifen an. Es sind hunderte."

„Und wie wird darauf reagiert?"

„Wir holen weitere Bogenschützen. Zwei, vielleicht drei Truppen sind bereit."

„Gut. Beeilt Euch! Der Weg zum Wald ist gefährlich, teilweise abgeschnitten. Wir müssen uns dem stellen und kämpfen." Der Heermeister lachte laut auf. Ein freudiges Leuchten flackerte in seinen Augen. „Endlich werden wir unsere Vergeltung bekommen!" Er blickte auf sie hinab und nickte, um seine nächsten Worte zu bekräftigen. „Wir werden sie besiegen!" Das Gesicht der Frau hellte sich auf. „Und nun mach dich auf den Weg!" Die Frau salutierte kurz und verschwand zwischen den Zelten. Arxor und Quinto blieben zurück.

Plötzlich donnerte es und in der Ferne sahen sie einige Blitze gen Boden zischen. Quintos Gedanken schweiften ab zu Zara. Er hoffte inständig, dass sie sich in den Wald gerettet hatte. Doch bevor er sie suchen konnte, musste er zuerst dafür sorgen, dass die Reihen geordnet standen und dass Arxor in Sicherheit war.

„Was machen wir jetzt?", riss ihn der König aus den Gedanken und blickte zum Himmel. Quinto drehte sich um. Sein Gesicht war seltsam verzerrt, ganz so, als leide er tödliche Qualen.

„Entschuldigt, mein König", murmelte er. Dann stieß er Arxor heftig mit dem Schwertknauf ins Gesicht.

Arxor konnte nicht mehr reagieren. Ihm wurde schwarz vor Augen und er sank zu Boden.

Schasar glaubte Arxors Zelt ausmachen zu können. Das einzige Problem war die dampfende, etwa fünf Schritt breite Kluft vor ihm. Wieder zischte es und die Feuersäule jagte durch die Schneise. Sollte er es wagen, sobald die Flammen erloschen? Über ihm donnerte es. Das Feuer erstarb. Der schwarz verkohlte Boden dampfte.

„Schasar", hörte der Magier eine Männerstimme von der anderen Seite der Kluft rufen.

„Ja?" Er versuchte den Ursprung der Quelle auszumachen, als eine neue Feuersalve die Luft um ihn herum erhitzte. Er wartete, bis das Feuer erneut erstarb.

„Ich bin es, Arliandro. Die Drachen haben das Lager zweigeteilt. Und die Schatten greifen von den Hügeln aus an. Ich suche Arxor und Quinto. Führe du die Soldaten!" Die nächste Salve kam und Schasar konnte Arliandros Stimme nicht mehr verstehen.

Nach einiger Zeit erstarben die Flammen wieder. „Teile warten am Waldrand, andere haben mit dem Drachenfänger nahe dem Waffenlager einen gefangen", begann der Elf. „Halte sie zusammen!"

„In Ordnung. Gib' mir ein Zeichen, wenn du Hilfe brauchst", rief der Magier in die Nacht. Dann machte er auf dem Absatz kehrt und lief in Richtung des Waffenlagers.

„Formiert euch!", befahl Quinto. Die Bogenschützen stellten sich in zwei langen Reihen auf und spannten ihre Bögen. Der Heermeister sah, dass einigen von ihnen der Angstschweiß auf der Stirn stand. Er räusperte sich. „Wir müssen sie so lange aufhalten, bis weitere Truppen zu uns stoßen. Wahrscheinlich können wir bei der Dunkelheit nur ein Mal nachladen. Jeder schießt, wie und wann er es für richtig hält. Ihr habt eine hervorragende Ausbildung hinter euch. Zeigt, was ihr gelernt habt! Danach greift zu den Schwertern und Lanzen; macht Argonia und den König stolz! Haltet sie auf! Wir werden so viele von ihnen wie möglich mitnehmen, bevor sie einen Fuß in dieses Lager setzen."

„Für den König und Argonia!", rief ein älterer Krieger mit wettergegerbtem Gesicht.

„Für den König", stimmte ein zweiter zu.

„Für den König", murmelte Quinto und nahm einen ihm angereichten Bogen entgegen. Er kniff die Augen zusammen. In der Ferne konnte er vereinzelte, kleine Feuer ausmachen. Einige Bogenschützen hatten Brandpfeile zur Orientierung und zum Zielen abgeschossen. Er lächelte. Sie hatten viel gelernt und sich im Vergleich zu ihrem letzten Kampf wirklich verbessert. Und genau deshalb würden sie das hier überstehen, sprach er sich selbst Mut zu.

Doch die Realität holte ihn schneller ein, als ihm lieb war. Denn von dem offenen Feld hallten nun die ersten Todesschreie der zuvor geflohenen Argonianer herüber. Die grauen, grausamen

Schatten fielen über sie her und zerfleischten sie regelrecht.

Quinto spannte den Pfeil ein und zog an der Sehne. Er spürte wie sich der Druck aufbaute, der das tödliche Geschoss in den Nachthimmel schleudern würde, sobald er losließ. Er atmete tief ein und konzentrierte sich. Dann ließ er los, die Sehne schnellte nach vorn und der Pfeil machte sich auf seine Reise. Neben ihm taten es ihm die anderen Schützen nach. Sie warteten angespannt, während sie mit zittrigen Händen in den Köchern nach dem nächsten Pfeil fingerten. Und dann trafen die Geschosse ihre Ziele. Wütendes Gebrüll und laute Schmerzensschreie schallten herüber. Quinto spannte den nächsten Pfeil ein. Sie würden es vielleicht sogar ein drittes Mal schaffen, bis sie hier waren, dachte er und wieder schossen dutzende Pfeile in den Nachthimmel.

„Eine Runde haben wir noch für sie, oder?", rief er herausfordernd. Die Soldaten johlten.

„Wenn die weiter so langsam reiten auch zwei", hörte er jemanden rufen. Einige lachten. Quinto hatte einen weiteren Pfeil auf die Reise geschickt.

„Gut gemacht, Männer!" Die Schattenkrieger kamen immer näher.

„Und Frauen", rief eine Kriegerin. Wieder lachte die Meute.

„Und Frauen", fügte er grienend hinzu. „Zu den Schwertern! Wo sind die Lanzenträger? Und wo sind die spitzen Pfähle aus den Zelten? Stemmt euch gegen sie und rammt sie den Angreifern in die Eingeweide! Heizen wir ihnen richtig ein!"

Schasar orientierte sich kurz und eilte dann los in Richtung des Waffenlagers. In dem Teil der Zeltstadt, wo auch die Stallungen beherbergt waren, war es den Soldaten scheinbar gelungen, einen der zwei Drachenfänger abzufeuern.

Immerhin machte der Name der mechanischen Kata-pultkonstruktion nun alle Ehre, dachte er. Quinto hatte nach eigenen Aussagen jahrelang konstruiert, gezeichnet und getestet, bis das zwei Schritt hohe Katapult, das auf der Ladefläche eines

Karrens befestigt wurde, einsatzbereit war. Das Besondere waren neben der erhöhten Wendigkeit durch geringeres Gewicht und kleinere Größe auch der Abschussmechanismus und die Art der Geschosse. Es wurden nämlich zehn Schritt im Radius messende Fangnetze, die sich erst in der Luft entfalteten, bis zu zwanzig Schritt weit davon geschleudert. Dabei war der Rand der Gitternetze mit mittelgroßen Steinen gleichmäßig erschwert, um das eingefangene Wesen zu Boden zu pressen. Allenthalben gab es zudem metallene Widerhaken, die sich in den Flughäuten oder zwischen Schuppenpanzerplatten festsetzen würden. Ein geniales Kriegszeug, wenn man denn wirklich Drachen am Boden fixieren wollte. Schasar glaubte, dass das nun wirklich nicht Quintus Intention war, als er das Katapult konstruiert hat. Einige Soldaten hatten sich ihm mittlerweile angeschlossen, darunter auch ein Truppenführer der Schwertsoldaten.

„Was gibt es Neues von den Drachen?", fragte er ihn leicht außer Atem, während sie weitereilten.

„Sie bewegen sich nicht von der Stelle, spucken weiterhin Feuer, um das Lager zu teilen. Unsere Pfeile machen ihnen nichts aus. Und keiner ist so todessehnsüchtig sich ihnen auf eine Schwertkampfdistanz zu nähern."

„Natürlich nicht. Und das soll auch so bleiben", gab Schasar zurück.

„Aber solange wir sie nicht aufscheuchen und verjagen können, wird es schwer direkt zu den anderen zu gelangen", warf der Truppenführer ein.

„Wissen alle vom Angriff des berittenen Schattenheeres?" Der Hauptmann nickte. „Gut", erwiderte Schasar. „Aber wieso umgehen wir das Lager nicht einfach?"

„Machen die ersten Truppen bereits", keuchte der Krieger, während seine metallene Rüstung klirrend auf- und absprang. Der Helm mit dem Fischwappen der Dolier verrutschte immer wieder. „Sie haben sich am Waldrand gesammelt. Aber es dauerte länger, als wir erwartet haben. Es gab keine Ordnung in diesem Chaos. Dann sind die ersten einfach losgelaufen. Schließlich verliert sich im Kampf meist sowieso jegliche Ordnung", fügte er fast entschuldigend hinzu. Schasar ging nicht darauf ein.

Vielmehr machte es ihm Sorge, dass es die Krieger vielleicht nicht rechtzeitig zu den anderen schaffen würden.

„Was ist mit den Reitereinheiten?", fragte er daher. „Sie könnten von der Flanke in den Zug der Schatten schlagen."

„Das hatten die Reitertruppen auch vorgeschlagen. Aber als wir zu den Pferdestallungen kamen, waren sie offen und die wachhabenden Soldaten niedergeschlagen; irgendjemand scheint alle Pferde freigelassen und verscheucht zu haben. Oder aber das Feuer hat ihnen überirdischen Kräfte verliehen."

„Verflucht", murmelte Schasar, während sie um das letzte Zelt bogen. Endlich erreichten sie das Waffenlager, in dem reger Betrieb herrschte. Lang- und Kurzlanzen wurden ausgeteilt.

„In einer Reihe aufstellen!", befahl eine Soldatin, die versuchte etwas Ordnung in das Durcheinander herumschreiender Menschen zu bringen. „Jeder nimmt sich eine Lanze und dann schicken wir diese Ausgeburten der Dunkelheit zu ihren Ahnen." Schasar sah sich um. Der Dolier, mit dem er zuvor gesprochen hatte, war in der Menge verschwunden. Schasar ging schnurstracks zu der Schreienden.

„Herr!" Sie verbeugte sich.

„Was ist hier los?", fragte er.

„Die ersten Truppen sind unterwegs zur Front an der Ostseite. Der zweite Karren mit dem Drachenfänger wird bereits durch das Lager auf Position geschoben. Aber es gibt Probleme. Die Esel …", sagte sie.

„Sie sind auch losgemacht worden?"

„Schlimmer. Einer der Drachen ist zwischen ihnen gelandet und …"

„Ich verstehe", erwiderte der Magier. „Also ziehen die Soldaten den Karren."

„Ja, aber bei dem Boden …" Sie stampfte kurz auf. Frischer, nasser Matsch spritzte gegen Schasars vor Dreck triefender Robe.

„Ich lasse mir etwas einfallen." Der Magier fluchte innerlich.

„Aber einen Drachen haben wir?", fragte er.

„Nicht mehr lange, wenn wir nicht bald durch den Schuppenpanzer dringen. Außerdem schreit er nach den anderen. Wenn die ihm zur Hilfe eilen, sind wir alle des Todes."

„Sorgen wir also dafür, dass er für immer schweigt", brummte Schasar und ließ sich ihre Lanze geben.

Arliandro eilte durch die dunkle Zeltstadt und folgte dem Strom der Soldaten, der sich durch die engen Gassen zwischen den Zelten zum Ostrand drängte. Noch bevor sie um die letzte Ecke bogen, erfüllte lauter Schlachtlärm die Nacht.

„Zur Seite", brüllte jemand. Arliandro geriet mit der Menge ins Straucheln und stolperte. Die Zelte vor ihnen fielen zusammen, die Pfosten brachen laut krachend. Der Elf stieß einen Krieger, der halb auf ihm lag, von sich und versuchte sich aufzurichten. Unter dem Zeltstoff vor ihm bäumte sich ein Wesen auf und brüllte.

„Los!", rief einer der nahestehenden Soldaten, nahm einen abgebrochenen Zeltpfosten auf und rammte ihn hart durch den Zeltstoff. Rotes Blut spritze auf den beigefarbenen Stoff. Der Getroffene heulte jaulend auf. „Tötet diese verfluchten Wesen!" Er zog sein Schwert und stieß es einige Male in die Urawoksilhouette, bis der zottelige Wolf schließlich zusammenbrach. Die Soldaten schrieen zustimmend, hoben ihrerseits ihre Waffen auf und machten sich auf dem Weg zum Schlachtfeld.

Arliandro überlegte nicht lange. Er sprach erneut den Elfenzauber und erhob sich in Falkengestalt in die Lüfte. Unter ihm tobte die ungleiche Schlacht.

Die Urawoks stießen in vollem Lauf problemlos durch die dünne Linie der Menschen. Wo waren eigentlich die Menschenreiter, fragte er sich. Und auch die Fußsoldaten von der Westseite würden noch etwas brauchen, bis sie das Schlachtfeld erreichten. Bis dahin starben viele Menschen, da sie deutlich in der Unterzahl waren. Und Arxor und Quinto waren dann wahrscheinlich unter ihnen.

Der Falke konzentrierte sich. Wo waren die Beiden? Der Raubvogel flog etwas tiefer, segelte über eine Gruppe im vorderen

Teil, die kurz davor war, von den anderen abgeschnitten zu werden. Quinto, dachte er und stieß hinab.

Der Drache beobachtete die Menschen mit wachen Augen. Die Steinbrocken in dem fliegenden, beschwerten Fangnetz hatten ihn überrascht und zu Boden gepresst. Nach anfänglich wilden Versuchen sich zu befreien, bei denen sich die eisernen Widerhaken zwischen seinen Schuppenpanzerplatten festgesetzt hatten, lag das Tier nun ruhig atmend da. Schasar wusste, dass der Drache nicht in der Lage war, sich zu befreien oder aus dieser Position Feuer zu spucken, ohne sich selbst dabei zu verletzen. Der Magier versuchte die Schwachstellen des Tiers auszumachen. Die Schwachstellen waren die Augen, der Rachen und die Bauchseite des Rumpfs. Doch der Drache lag bäuchlings auf dem Boden und machte keine Anstalten den Menschen den Gefallen zu tun und sich zu bewegen. Immer wieder kreischte er verzweifelt auf und versuchte mit der gespaltenen, zischenden Zunge nach den starken Tauen des Netzes zu greifen, um sie in das Maul mit den messerscharfen Zähnen zu führen und dort zu zerbeißen.

Schasar taten die hilflosen Versuche, die von den Langlanzenträgern immer wieder unterbunden wurden, beinahe leid. Der Magier drehte den Kopf und sah die Spur der Verwüstung, die der Drache rund um ihn hinterlassen hatte. Er erinnerte sich an den jungen Soldaten, der ihn gerettet und dafür sein Leben gelassen hatte. Und trotzdem war es grausam dieses gefangene Wesen einfach abzuschlachten. Er begab sich damit auf eine Stufe mit den Schatten. Aber er musste es tun, um Menschenleben zu retten. Krieg war grausam. Und so trat er vor den Drachen.

„Lanzenträger vor!", befahl Schasar. Er schluckte. „Stecht ihm die Augen aus!" Ein eisiger Schauer überkam ihn und er schloss instinktiv die Augen. Dann hörte er den Drachen aufschreien. Er griff an seinen Bund und zog einen Flakon hervor.

„Er soll aufhören zu schreien!", rief einer der Soldaten. „Bevor die anderen kommen."

„Was meinst du, was sie mit uns machen, wenn wir ihn töten", murmelte Schasar. „Zieht das Netz weg!"

„Was?" Die Soldaten mit den Lanzen sahen den Magier ungläubig an.

„Befreit seinen Kopf! Das ist ein Befehl", rief er. Die Soldaten bewegten sich nicht. „Los, macht schon!" Über ihnen donnerte es. „Und dann rennt um euer Leben!" Die umstehenden Soldaten machten erschrocken einen Schritt rückwärts. „Ihr bleibt!", sagte er und zeigte auf die Lanzenträger. „Euch wird nichts passieren, dafür sorge ich", versprach er. Ob er es auch halten konnte, wusste der Magier zwar nicht, aber es wirkte. Die Krieger traten vor und machten sich an dem Netz zu schaffen. Einige hackten mit ihren Schwertern auf die Taue ein, die die Beschwerungssteine hielten.

Schasar ging näher heran und hielt den Atem an. Viel Zeit würde ihm nicht bleiben. Sobald der Drache seinen Kopf bewegen konnte, würde er wahrscheinlich versuchen Feuer zu speien oder nach Schasar zu schnappen, der sich nun unmittelbar vor dem gefangenen Elementarwesen positionierte. Doch dem Magier waren beide Vorgehensweisen recht.

Der Drache kreischte noch immer schmerzerfüllt, warf, als er den nachlassenden Druck des Netzes spürte, wütend den Kopf hin und her und versuchte sich zu befreien. Die Soldaten hatten Probleme, die Taue zu halten. Schasar fixierte den Kopf der Kreatur. Die Nüstern waren weit aufgebläht. Immer wieder schrie der Drache auf. In einem der Augen stecke ein Lanzenstumpf. Schasar konnte nicht hinsehen. Das Tier musste unglaubliche Schmerzen erleiden. Bald würden sie enden.

„Vorsicht", schrie einer der Soldaten. Der Drache legt den Kopf leicht in den Nacken und atmete tief ein. Das war der Moment. Schasar holte aus und warf den Flakon ins halb geöffnete Maul des Drachen.

„Lasst ihn los und geht zurück!", rief der Magier. Der Drache schloss das Maul und leise knirschend zermalten die Reißzähne das kleine Glasfläschchen. Im gleichen Moment explodierte das feuerempfindliche Gemisch im Rachen des Drachen. Das halbblinde Tier zuckte, bäumte sich auf. Dann erschlaffte der lange Hals und der Kopf krachte auf den schlammigen Boden neben Schasar, der reglos dastand.

„Gebt ihm den Rest!", schrie jemand.

Der Magier wandte sich ab und sagte im Gehen: „Feiert diesen kleinen Sieg nicht zu lange. Die anderen werden sicher gleich kommen."

Arliandro nahm das Schwert eines gefallenen Kriegers auf und stürmte Quinto zur Hilfe. Zwei Orks standen dem Hauptmann gegenüber und schlugen abwechselnd auf ihn ein. Außer Atem verteidigte sich Quinto, ohne selber die Möglichkeit zu haben, einen der Gegner anzugreifen. Und bald würde ihm die Kraft ausgehen. Dann sprang der Elf neben ihn, wehrte den Schlag von einem der Orks ab.

„Danke", presste Quinto erschöpft heraus.

„Keine Ursache. Ist Arxor sicher?", fragte der Elf.

„Ich denke schon." Eine schnelle Finte und Quinto war durch die Verteidigung des Orks gedrungen. Krachend stieß das Schwert durch den brüchigen Lederharnisch des Dunkelwesens, das kurz aufstöhnte und dann leblos zu Boden sank. Quinto orientierte sich um und suchte sich den nächsten Gegner. Plötzlich erklangen hinter ihnen laute, monströse Schreie durch das Lager.

„Die Drachen", murmelte Arliandro. „Sie haben einen der ihren verloren."

Wie in Zeitlupe dreht er den Kopf, wehrte reflexartig einen weiteren Schwerthieb ab. Er konnte sehen, wie sich die monströsen Drachen, die durch die vereinzelt im Lager brennenden Feuer matt angestrahlt wurden, in die Lüfte erhoben. Was hatten sie nur vor? Für weitere Gedanken blieb keine Zeit, denn ein Ork versuchte seine Schwachstelle auszuloten.

Quinto wiederum sah sich drei neuen Gegnern gegenüber. Es waren einfach zu viele. Wo blieb nur die Verstärkung? Jetzt, wo die Drachen in Richtung des Ostlagers flogen, war der Weg für die zuvor abgeschnittenen Truppen frei.

„Was machen die?", grunzte ein auf einem Urawok sitzender Schattenkrieger und hieb mit einer schartigen Axt auf einen Menschen ein, der hart getroffen zu Boden ging. Neben ihm tänzelte ein weißes Pferd, auf dem eine kleinere Gestalt saß.

„Ich habe keine Ahnung. Ich dachte, du hättest alles unter Kontrolle", spottete der Goblin. „Na wirst du wohl", grunzte er und hob den Holzschlägel, als sich ihm ein Menschenkrieger näherte. Ein Ork sprang dazwischen, wohl eher um seinen General aus dem Kampf herauszuhalten, als den Goblin zu schützen. Aber nun war für Beißer die Sicht auf einen besonderen Menschenkrieger frei. Er lächelte.

„Das ist er", sagte er lapidar und zeigte auf Quinto.

„Das ist wer?", fragte der Orkgeneral.

„Ihr Anführer."

„Bist du sicher? Welcher?" Der Ork griff an seinen Rücken und zog seine Armbrust. Der Kampf verlagerte sich, die Schussbahn war frei. Der Goblin zeigte abermals auf Quinto. „In Ordnung." Der Ork spannte einen Bolzen ein.

Arliandro wirbelte herum, duckte sich, schlug zu und traf den Ork in der Seite. Und dann ging alles sehr schnell. Er blickte sich um, suchte den nächsten Gegner und sah den Goblin, dieses verräterische Wesen, das mit den bekrallten, klobigen Stummelfingern auf Quinto zeigte. Der Ork auf dem Urawok neben ihm hatte ein Lächeln auf dem entstellten Gesicht. In der Hand hielt er eine Armbrust.

„Nein", rief Arliandro und rannte los. Der Boden unter ihm war aufgeweicht, der Matsch stand zentimeterhoch und er rutschte leicht weg. Blanke Panik stand in seinen Augen. Der Ork legte den Bolzen ein und hob die Armbrust. Quinto kämpfte noch immer wie ein Berserker gegen die drei Orks, ging von der

Verteidigung in den Angriff über, rang einen der Angreifer nieder. Der Orkgeneral auf dem Urawok legte an und zielte. Arliandro war fast da. Fünf Schritte. Der Ork drückte ab. Drei Schritte. Der Bolzen flog. Arliandro ließ das Schwert fallen, streckte die Arme aus, stieß Quinto zur Seite und wurde herumgerissen. Laut keuchend fiel er rücklings in den Matsch und blieb stoßweise atmend liegen.

Quinto rappelte sich auf und sah sich um. Zwei Krieger waren ihm mittlerweile zur Hilfe geeilt, übernahmen die beiden Gegner. Quinto ließ das Schwert sinken und ging auf Arliandro zu, der vor ihm im Matsch lag. In dessen Brust steckte ein Armbrustbolzen. Der Heermeister presste sich die Faust in den Mund. Tränen stiegen ihm in die Augen. Er beugte sich hinab. Der Elf keuchte.
„Zieh' ihn raus!", presste er angespannt hervor.
„Meinst du wirklich?"
„Ja, bitte! Den Rest …" Er schluckte. „… mache ich schon." Der Heermeister nickte und umfasste den Bolzen.
„Das wird jetzt verdammt weh tun." Der Elf nickte. Mit einem kurzen und kräftigen Ruck zog er den Bolzen heraus. Arliandro schrie auf. Blut spritzte aus der tiefen Wunde. Der Elf stemmte sich hoch, presste beide Hände auf seine Brust und begann fremde Worte zu murmeln.
„Arliandro, wie kann ich dir helfen?"
Der Elf blickte ihn mit müden Augen an und lächelte. „Du kannst mir helfen, indem du das nächste Mal besser auf dich aufpasst." Er biss auf die Zähne.
„Der war für mich gedacht …", murmelte Quinto. „Danke!"
„Keine Ursache. Aber ich muss … es geht mir nicht gut."
„Was du nicht sagst."
„Bevor mich meine Kräfte verlassen, muss ich in Sicherheit sein."
„Ja."
„Ich fliege", erwiderte der Elf und sprach den Elfenzauber. Sofort schrumpfte er und verwandelte sich in seine persönlich Tiergestalt in Form eines Falken. Quinto hob ihn hoch. Na, wenn

das mal eine gute Idee ist, dachte er und warf das Tier in die Lüfte. Träge schwang der Falke mit den Flügeln und gewann etwas an Höhe. Trotz der Dunkelheit und des Nieselregens konnte der Heermeister sehen, dass das Tier weiterhin Blut verlor. Dann spürte er einen kurzen heftigen Schlag und sank zu Boden.

„So macht man das", grummelte der Goblin und ließ den Knüppel sinken. „Orks", fügte er verächtlich hinzu. Der General blieb neben ihm stehen und blickte auf Quinto hinab.
„Gut."
„Ja, besser als ihn zu töten."
„Was?", zischte der Ork spuckend. Beißer hob die Hände, sein Gesicht zu schützen.
„Vorsicht! Vorsicht! Aber für Orks erkläre ich das Ganze auch gern noch mal. Das ist ihr Anführer. Und den wird Er doch sicher gern lebend haben wollen. Damit kannst du deinen Alleingang rechtfertigen und deine Stellung weiter festigen. Du weißt doch gar nicht, was Er mit ihm vor hat." Der Ork zeigte mit dem Finger auf den Goblin.
„Du!"
„Ich?" Beißer hob verwirrt eine Braue.
„Goblin, du gefällst mir langsam immer besser."
„Danke, ich gebe mein Bestes." Beißer streckte die Brust raus.
„Wenn ich noch etwas anmerken dürfte …"
„Du darfst."
„Die Drachen haben die Schneise freigegeben. Die Menschen werden jeden Moment hier sein. Wir sollten …"
„Fliehen?" Der Ork sah ihn verächtlich an.
„… uns taktisch klug zurückziehen und Gefangene machen, um sie auf Abstand zu halten. Für den großen Rachefeldzug bleibt später noch Zeit."
„Hmm, vielleicht hast du Recht." Der General dachte einen Augenblick lang nach. „In Ordnung", sagte er schließlich und griff nach dem Horn, das er um den Hals trug. Er blies hinein.
„Was wird aus den Drachen?", fragte der Goblin.
„Sie machen, was wir wollen. Schließlich haben wir den Stab." Wieder entblößte der Ork seine fauligen Zähne und grinste

Beißer an.

„Haben wir nicht", erwiderte der.

„Aber das wissen sie nicht." Der Ork blickte sich um und winkte seinen Kriegern. Dann wendete er den Urawok. „Woher auch? Der einzige Drache, der es vielleicht hätte wissen können, verrottet gerade vor den Toren des alten Ostwalls." Zwei Krieger hoben Quinto auf und hoben ihn auf einen bereitstehenden Urawok. Der Goblin sah ein letztes Mal auf das Lager der Menschen zurück. Die Drachen hoben schreiend in den dunklen Nachthimmel. Zum Glück, dachte der Goblin. Noch mehr Verluste wären tragisch. Bis zur Dämmerung würde es noch einige Zeit dauern und die Menschen würden frühestens gegen Mittag ihre Fährte aufnehmen. Wahrscheinlich noch später, wenn sie erst ihre Toten beerdigten. Sein Pferd verfiel in einen leichten Galopp. Er blickte sich um. Die anderen Krieger folgten ihnen, wie befohlen. Die Menschen blieben erschöpft zurück. Würden sie es als einen Sieg feiern? Wahrscheinlich nicht. Dann blickte er zu einem der Urawokreiter und ihm stockte der Atem, als er den Gefangenen erkannte, der dort ohnmächtig auf dem Rücken des Wolfes lag …

„Ist etwas?", fragte der General, der sein Reittier etwas gezügelt hatte.

„Nein." Beißer blickte schnell zu einem anderen Reiter. „Es ist nichts."

„Gut", erwiderte der Ork und sah dem von dem Goblin beobachteten Urawok hinterher.

„Er ist tot. Lasst ab", sagte Schasar. „Und macht euch auf den Weg in den Wald, wenn ihr verletzt seid. Oder zur Front, wenn ihr noch kämpfen könnt. Hier wird es gleich ungemütlich." Die Krieger nickten.

„Was ist mit Euch?", fragte einer.

„Sie wissen, dass ich es war." Schasar nahm einige Fackeln auf, entzündete sie und legte sie kreisförmig auf den Boden.

„Was?"

„Die Anderen wissen, dass ich es war, der ihren Bruder getötet hat."

„Aber wieso? Wir waren es." Der Krieger stockte. Die Anderen hatten das kleine Schlachtfeld mittlerweile verlassen.

„Nein." Schasar lächelte. „Und nun verschwindet hier!"

„Wofür wollt Ihr Euch opfern?"

„Ich opfere mich nicht", erwiderte der Magier ruhig und trat in den Fackelkreis. „Ich probiere nur etwas aus."

„Wie dem auch sei, Herr. Es ist Eure Entscheidung." Mit den Worten drehte sich der Krieger um und verschwand zwischen den Zelten.

„Eben", murmelte Schasar und blickte zum Himmel. Und dann sah er sie kommen.

Momente später landeten die fünf Drachen. Mit lautem Bersten und Krachen zermalmten sie die Zelte unter sich und fauchten ihn an. Ein feuerroter Drache kreischte auf und stupste den leblosen Körper des getöteten Drachen mit der Nase an.

„Es tut mir leid, aber wenn ihr euch zwischen uns und Ihn stellt, dann müsst ihr damit rechnen", sagte der Magier mit belegter Stimme. Die Gedanken der Drachen prasselten auf ihn ein. Er versuchte seine Gedankenmauer aufrecht zu halten. Ansonsten würde er für die Elementarwesen ein leichtes Opfer. „Es tut mir leid, dass es dein Kind war." Er blickte das rote Drachenweibchen mitleidig an. „Aber ich muss meine Kinder schützen." Er breitete die Arme aus. „Ich muss den König und das Reich schützen." Ein blauer Drache sandte ihm einige Bilder. „Ich weiß, dass ich einen Schwur auf die Elemente abgelegt habe. Auf die Elemente, nicht auf die Elementarpatrone. Und ich kann mich nur wiederholen: Wenn ihr euch auf Seine Seite stellt, seid ihr unsere Feinde." Der rote Drache heulte wieder auf. Der Blaue schritt zu ihr und streichelte mit seinem Kopf am Hals des Weibchens entlang. Dann prasselten wieder Gedanken auf Schasar ein. Der Magier versuchte ihnen Herr zu werden. Er war überrascht. „Ihr habt einen Pakt mit Ihm geschlossen?" In dem Moment ertönte ein lautes Horn. Es kam vom Schlachtfeld. Die Schatten zogen sich zurück. Die Erde bebte, als sich drei der Drachen mit einem letzten Blick auf das getötete Wesen in den Himmel abstießen. Der blaue und der rote Drache blieben zurück. „Wieso habt ihr mit Ihm einen Pakt geschlossen?" Doch die Tiere antworteten ihm nicht. Sie blickten traurig auf ihr am Boden liegendes Kind. Dann machte der Blaue einen Schritt auf Schasar zu. Der Magier beschwor instinktiv einen Schutzzauber herauf. Eine hellblaue, magische Kuppel umschloss ihn wabernd. Der Drache schickte ihm eine Nachricht: „Sie haben uns versprochen uns den zu bringen, den ihr den Heermeister nennt. Den, der unseren Sohn auf dem Gewissen hat! Nun haben wir auch noch eine unserer Töchter verloren. Und auch dafür wird jemand zahlen und du weißt, wen es treffen wird." Mit diesen Worten stieß sich der Drache vom Boden ab. Das Weibchen blieb noch einen Augenblick, stupste das tote Jungtier ein letztes Mal liebevoll mit der Schnauze an und erhob sich dann ebenfalls in die Lüfte.

Schwerfällig flatterte der Falke durch die Lüfte. Erschöpft sehnte er den Wald herbei. Er spürte, wie seine magischen Kräfte, die gleichzeitig versuchten, die Wunde zu heilen und seine tierische Gestalt aufrecht zu erhalten, immer schwächer wurden. Bald schon sah er die Baumwipfel. Ihm wurde schummrig. Vor seinen Augen verschwamm die Welt zu einem Brei aus dunklen Farbtönen. Hart setzte er auf dem Boden auf und verwandelte sich zurück.

Keuchend lag Arliandro auf dem kühlen, feuchten Waldboden und presste die Hand auf die tiefe Wunde in seiner Schulter. Er atmete die Luft ein, die so herrlich nach Wald roch. Sie hatte dieses vertraute Etwas, das ihm das Herz erwärmte. Sie hatte etwas von grenzenloser Freiheit, von ewigem Frieden. Er schloss die Augen. Die Wunde begann zu pochen. Er fühlte sich immer schwächer und schwächer und … Plötzlich rüttelte jemand an seiner Schulter. Er öffnete die Augen einen Spalt breit. Über ihm kniete der Wilde.

„Nicht schlafen", sagte er.

„Ich muss …", erwiderte Arliandro schwach.

„Ich helfen!"

„Du kannst mir nicht helfen", murmelte der Elf und schloss die Augen. Und dann sah er sie. Seine Schwester Ay'Lechsia, wie sie gemeinsam als Kinder über die Wiesen tollten, auf Baumstämme kletterten, sich als Habicht und Falke in den Lüften stritten. Er sah sie auf dem Stuhl der Seherin sitzen, ihm stolz und schüchtern zugleich zulächeln. Er sah, wie sie die Schatten bei der Schlacht vor dem Ostwall verjagte, die Wolken in Luft auflöste und das Licht der Sonnen wieder scheinen ließ. Und er sah, wie sie zu eben diesem hellen Licht wurde, um das dunkle Böse aufzuhalten und die Welt zu retten.

„Und was hast du getan?", fragte eine leise Stimme in seinem Kopf.

„Ich habe den Heermeister gerettet", antwortete er.

„Und wie hast du der Welt damit geholfen? War das dein großes Opfer?"

„Ich …" Er stockte, aber er wusste keine Antwort.

„Also, dann nimm dich zusammen und kämpfe!"

Und Arliandro kämpfte mit aller Macht gegen die nahende Todesohnmacht an.

Vorboten des Verderbens

Schasar sah den Drachen noch immer nach, selbst, als diese schon längst in der pechschwarzen Nacht verschwunden waren. Und selbst dann noch, als die ersten Krieger sich dem kleinen Schlachtfeld langsam näherten.

Ein Hauptmann räusperte sich. „Meister Schasar?"

„Ja", erwiderte der Magier ruhig ohne den Mann anzublicken. Hinter seiner Stirn arbeitete es.

„Wir erwarten Eure Befehle."

„Meine Befehle?" Schasar wandte dem Mann nun den Kopf zu. Der Soldat wischte sich den Schmutz und das Blut aus dem Gesicht und salutierte.

„Ja, Herr. Ihr seid in diesem Chaos momentan der Ranghöchste."

„Kommt Ihr von der Front?"

„Ja, Herr."

„Habt Ihr den König oder den Heermeister gesehen?" Der Soldat senkte das Haupt. „Was ist, sprecht!", forderte Schasar ihn auf.

„Der Heermeister war dort. Aber ..." Der Soldat schüttelte leicht den Kopf.

„Ist er ...?", fragte Schasar. Panik trat in sein Gesicht. Er versuchte sie zu unterdrücken und hart zu sein oder wenigstens so zu wirken, als hätte er seine Gefühle unter Kontrolle. Sie waren in den Krieg gezogen. Er wusste, dass es Opfer geben würde und dass es jeden treffen konnte.

„Nein, aber die Orks haben ihn niedergeschlagen und gefangen genommen."

„Sie haben Gefangene gemacht?" Schasar war im ersten Moment zu überrascht, um sich darüber zu freuen, dass Quinto wahrscheinlich noch am Leben war.

„Ja, einige."

„Was ist mit dem König?" Schasar blickte sich um. Immer mehr Krieger versammelten sich um ihn und den getöteten Drachen.

„Ich habe ihn nicht gesehen", erwiderte der Hauptmann wahrheitsgemäß.

„Worauf wartet ihr dann? Sucht ihn! Und ihr …" Er zeigte auf eine Gruppe Krieger, die untätig dastand. „Ihr baut mir am Schlachtfeld ein Lazarett! Sucht mir die Heiler und bringt sie dorthin! Schickt Späher aus, die den Schatten auf Abstand folgen!"

„Die Pferde …", begann eine Kriegerin.

„Ich weiß. Fangt sie wieder ein!", erwiderte Schasar gereizt. „Ich will heute Nacht nur keine zweite unliebsame Überraschung erleben. Und wo ist Arliandro?" Er sah sich um, als erwarte er fast den Elfen aus der Menge treten zu sehen.

„Er wurde stark verwundet", wusste ein Soldat zu melden.

„Ich habe es gesehen. Er hat einen Bolzen abgefangen, der für den Heerleiter bestimmt war", rief ein Anderer. Ein Raunen ging durch die Menge.

„Dann hat der Elf sich in einen Falken verwandelt", meinte eine Frau.

„Ein Falke?" Einer von Geréon Kochburschen trat vor. „Ich habe im Schein des Drachenfeuers etwas gesehen, Herr. Es war ein Vogel. Sein Flügel schien gebrochen. Er hielt auf den Wald zu, wo wir uns versteckt hielten."

„Das könnte passen. Hast du gesehen, wo er gelandet ist?", fragte Schasar.

„Nein, nicht genau, aber ich kann die Stelle in etwa benennen."

„Gut, nimm einen Heiler und einen Trupp Freiwilliger mit", befahl Schasar. „Was steht der Rest hier noch rum? Löscht Brände, versorgt die Verwundeten, sammelt die Waffen oder fangt die Pferde ein! Identifiziert und zählt die Toten, hebt Gräber aus, sichert das Lager! Ihr seid doch erwachsene Menschen." Schasar atmete aus. Arxor vermisst, Quinto entführt und Arliandro stark verwundet; dieser Kriegszug begann ja gut. „Die Hauptmänner übernehmen jetzt das Kommando. Sollten sie gefallen sein, übernehmen die Vertreter. Sammelt die Krieger, sucht die, die in den Wäldern sind und die, die sich in der Flachebene verschanzt halten! Außer den Spähern folgt keiner den Schatten in die Hügel, bis ich es befehle. Es gibt keine Rachefeldzüge auf eigene Faust, verstanden? Solltet ihr mich brauchen, ich bin im Zelt des Königs." Vielleicht ist er, nachdem Arliandro das Zelt aufgesucht hatte, doch noch einmal zurückgekehrt, hoffte Schasar. Oder Arxor hatte es wiedererwartend durch die feindliche Linie in den Wald geschafft und Quinto wollte einfach nur mit seinen Kriegern an der Front kämpfen?

Schasar durchquerte das Lager und hielt auf das Zelt des Königs zu. Hoffnungsvoll warf er das Eingangsleder zurück und trat ein.

„Arxor?", fragte er. Innen war es dunkel.

„Nein", erwiderte eine zittrige Männerstimme. „Ich bin es nur." Der Magier schwor eine Leuchtkugel herauf.

„Ist es vorbei?", fragte Gregoralfo.

Schasar setzte sich schweigend neben Gregoralfo an den Tisch im Königszelt. Der Zeltvorhang schwang zurück. Beide sahen auf. Geréon trat ein. Ihm folgen zwei Küchenburschen mit Bechern, Weinkaraffen und Schalen.

„Gibt es etwas Neues?", fragte der Koch. Schasar schüttelte mit dem Kopf. „Hmm", machte der Koch. „Ich habe Kräutersuppe gemacht. Was Leichtes gegen den flauen Magen. Aber es stärkt. Esst etwas!" Schasar nickte und massierte sich mit Daumen und Zeigefinger die Nasenwurzel. „Versprochen?", hakte Geréon nach.

„Ja", erwiderte Schasar und nahm dem Küchenjungen eine Holzschale ab. „Danke."

„Falls Arxor noch kommt", murmelte Geréon und legte eine dritte Schale auf den Tisch.

„Ja, danke." Schasar ließ sich Suppe geben. Gregoralfo nahm unterdessen die Weinkaraffe entgegen und schenkte sich und dem Magier ein, während auch er Suppe eingeschüttet bekam. Die Küchenjungen zogen sich zurück.

„Was ist mit dem Elfen?", fragte Geréon. Schasar zuckte mit den Schultern und schüttelte den Kopf. Der Koch blickte noch einmal auf die beiden Schweigenden am Tisch hinab und schüttelte ebenfalls den Kopf.

„Esst etwas, es wird euch gut tun!" Der Koch drehte sich um und verließ dann das Zelt. Eine Zeit lang saßen der Magier und der Dieb einfach schweigend nebeneinander, ohne dass einer von ihnen die Suppe oder den Wein anrührte.

„Was hast du eigentlich hier im Zelt gemacht?", fragte Schasar nach einer Weile. „Wo kommst du auf einmal her?"

„Ich habe mich versteckt. Ich war auf der falschen Seite des Lagers." Gregoralfo presste ein Lächeln heraus. „Zur falschen Zeit am falschen Ort, trifft es wohl noch besser."

„Das sind wir scheinbar alle", erwiderte der Magier nachdenklich. „Am falschen Ort zur falschen Zeit …"

„Und ich dachte mir, dass ihr hierhin kommen würdet, sobald der Horror vorbei wäre."

„Hierhin?" Schasar lachte auf. „Und was hast du erwartet, wo die Schatten zuerst nach dem König gesucht hätten?"

„Schlechte Idee, weiß ich selber." Gregoralfo lächelte gequält. „Aber ich wusste, dass wir gewinnen werden."

„Haben wir das wirklich? Gewonnen?", fragte Schasar und verließ das Zelt.

Kurz vor den Morgengrauen erstattete Schasar ein Bote Bericht. Es war erschreckend. Die Orks und die Drachen hatten wie die Berserker unter den unvorbereiteten Menschen gewütet. Dreihundertachtundvierzig Krieger waren getötet worden oder so schwer verwundet, dass die Heiler nichts mehr für sie tun konnten. Soweit die Leichen nicht zur Unkenntlichkeit verstümmelt worden waren, hatte man versucht sie zu identifizieren. Arxor war nicht unter den Toten gewesen und Arliandro konnte noch immer nicht gefunden werden. Einhundertachtundachtzig Soldaten waren ernsthaft, aber nicht lebensgefährlich verletzt. Allerdings würden die Verletzten sie auf der kommenden Reise verlangsamen. Reise? Schasar schnaufte auf. Es war schon lange kein Abenteuer mehr, bei dem sie ungeschoren davonkamen. Das Glück der ersten Schlacht, in der dank Dahlgors Zauber und Quintos Taktik letztlich gesiegt hatten, hatte sie verlassen. Sechshundertfünfzig Soldaten wurden noch vermisst. Wer von ihnen in die Hügel, die Flachebene oder den Wald geflohen und wer von den Schatten verschleppt worden war, konnte zur Stunde niemand sagen. Schasar hatte Geréon nach dessen Führungserfahrungen im

Krieg am Ostwall nun die Kontrolle über alle Nicht-Soldaten gegeben. Die Handwerker, Köche, Bauern und Heiler hatten in den waldnahen Zelten gewohnt, da Quinto nicht mit einem Angriff von dieser Seite gerechnet hatte. Sie konnten also als erste in Richtung des sicheren Waldes fliehen. Die Heiler waren nun alle auf dem Schlachtfeld oder im behelfsmäßigen Lazarett, von den Übrigen fehlten nur einige wenige. Die meisten Verschollenen, unter denen mehr Deserteure als Verschleppte sein sollten, waren also Soldaten. Doch darüber konnte sich Quinto später seine Gedanken machen. Und Schasar war sich sicher, dass er den Heermeister bald und vor allem lebendig wiedersehen würde.

Der Magier rechnete die verschiedenen Zahlen zusammen. Es blieben ihnen noch knapp eintausendsechshundert Krieger. Immer noch genug, den Trupp der Schatten vernichtend zu schlagen, um die Gefangenen und die Kimóner zu befreien. Und dann so schnell wie möglich von hier zu verschwinden.

Schasar nahm das Pergament mit den Zahlen, faltete es sorgfältig und ging zu der kleinen Truhe, in der Arxor auf Reisen wichtige Pergamente und seine persönliche Gegenstände aufbewahrte. Mit dem Entriegelungszauber war es kein Problem den Öffnungsmechanismus zu betätigen und die Truhe zu öffnen. Sein erster Blick fiel auf die königliche Krone. Schasar musste unwillkürlich lächeln.

Arxor hasste diese Krone, da sie ihn ständig an den viel zu frühen und gewaltsamen Tod seines Vaters erinnert hatte. Und der König des Volkes war darin bestätigt worden, dass er sie nicht als Autoritätssymbol brauchte. Schließlich hatte er seine Untertanen als junger Regent mit einem Schwert in der Hand statt einer Krone auf dem Haupt in den Krieg gegen die Schatten geführt. Und ihn gewonnen, bis ihm und den Menschen Argonias die Königskrone von den Elfen in Bÿton zurückgegeben worden war.

Schasar nahm die Krone vorsichtig hoch und legte sie behutsam auf den Schreibsekretär. Dann begann er in der Kiste nach Arxors Unterlagensammlung zu kramen. Er fand eine dunkelbraune

Ledermappe, die mit einer Schleife geschlossen war, und nahm sie heraus. Er öffnete die Schleife. In der Mappe lagen etliche Pergamentpapiere. Er überflog das oberste Blatt. Es war Arxors Tagebuch. Schasar schloss die Mappe wieder und legte sie beiseite. Dabei rutschte ein kleiner Gegenstand heraus und fiel zu Boden. Schasar bückte sich und hob den kantigen, schwarzen Stein auf. Seine Augen verengten sich überrascht.

„Wie konnte er nur?", stammelte Schasar. Die Bilder prasselten wieder auf ihn ein. Die schmerzhaften Erinnerungen an den Tag, an dem sein Mentor Dahlgor diese Welt verlassen hatten. Der Tag, an dem sein Leichnam in Zimura aufgebahrt worden war. Der Tag, an dem Dahlgors Körper in dem marmornen Sarkophag seine letzte Ruhe gefunden hatte. Der Tag, an dem dieses Amulett mit ihm begraben worden war!

Der Wilde sah sich immer wieder um. Keiner schien ihnen zu folgen und das war gut so. Er biss die Zähne zusammen. Arliandro war schwerer, als er erwartet hatte. Der Wilde wusste nicht weshalb, aber er hatte sich den verletzten Fremden über Schulter geworfen und war los gelaufen, hinein in den Wald, zurück zum Dorf.

Die Arme und Beine des Elfen hingen schlaff seitlich herab. Die Wunde hatte noch immer nicht aufgehört zu bluten. Ein klebriges Rinnsal lief den Rücken des Wilden hinab und er schüttelte sich innerlich. Arliandro stöhnte auf. *Immerhin lebte er also noch*, dachte der Wilde und wich geschickt einer tückischen Wurzel aus.

Gregoralfo konnte nach den Aufregungen der Nacht nicht schlafen. Und damit war er nicht allein. Alle, die nicht vor Schmerzen in Ohnmacht oder vor körperlicher Erschöpfung auf ihre Lager fielen, versuchten irgendetwas Sinnvolles zu tun und irgendwo zu helfen. Nur Gregoralfo fühlte sich absolut Fehl am Platze, während er mit dem schneeweißen Schwert mit dem heroischen Namen Elfensinn in dem Lagerfeuer herumstocherte, das er im noch immer anhaltenden Nieselregen am Brennen hielt.

Es war nicht das erste Mal, dass er sich Gedanken über sich und sein bisheriges Leben machte, aber es war definitiv eines der intensivsten Male. Und ihm wurde schmerzlich bewusst: hier hatte und hier konnte er nichts. Er war kein Krieger und er glaubte, dass Elfensinn in seiner Hand nichts wert war. Er war kein Heiler und konnte den Verletzten in keiner Weise beistehen. Er war kein Handwerker, konnte keine Werkzeuge und Waffen schmieden oder Hufe beschlagen. Er war nicht einmal Koch und konnte die Truppe mit einer einfachen Suppe aufwärmen.

Er war und konnte Nichts; und der Schock saß im Moment tiefer, als jener der zurückliegenden Schlacht, in der er sich feige verkrochen hatte. Vor gar nicht so langer Zeit hätte er müde darüber gelächelt und seine Entscheidung weise genannt, da er schließlich derjenige war, der noch lebte. Doch jetzt sah er das Ganze etwas anders. Denn jetzt war er es, für den die toten Soldaten, die unaufhörlich an ihm vorbeigetragen wurden, ihre Leben gelassen hatten. Sie hatten ihn davor bewahrt von den Schatten niedergemetzelt zu werden. Und er konnte keinem von ihnen etwas zurück geben.

Gregoralfo stand auf, wollte einer vorbeilaufenden Truppe helfen ihren Kameraden zu tragen. Doch als sich ihre Augen trafen, zuckte er zurück, ging stattdessen zu einem nahen, zerstörten Zelt und riss einen abgebrochenen Pfosten heraus. Enttäuscht von sich ging er zurück zum Feuer, trat auf das Holz, um es weiter zu zerkleinern und warf es in die Flammen.

„Alles in Ordnung bei dir?", fragte eine Stimme hinter ihm. Er drehte sich um und blickte in das Gesicht einer schönen, dunkelhaarigen Kriegerin. Ihr Gesicht war tränenverschmiert. Wahrscheinlich hat sie jemanden verloren, dachte Gregoralfo und fühlte sich irgendwie verantwortlich dafür.

„Geht so", erwiderte er und schluckte den Kloß im Hals hinunter.

„Und bei dir?", fragte er.

„Könnte besser sein." Die Kriegerin lächelte gezwungen. „Ich habe dich schon öfter im Gefolge des Königs gesehen."

„Ja, das kann schon sein. Mein Name ist Gregoralfo." Er hielt ihr die Hand hin.

„Zara", erwiderte sie und schüttelte ihm kräftig die Hand. Dann herrschte eine kurze, peinliche Stille.

„Nun", begann Gregoralfo. „Möchtest du dich zu mir setzen?"

„Gern", erwiderte Zara. Sie schwiegen eine Weile, bevor sie fragte: „Gibt es etwas Neues über den Verbleib des Königs?"

„Ich darf darüber nicht reden", antwortete Gregoralfo. Und ich weiß auch nichts, fügte er in Gedanken hinzu.

„In Ordnung. Hoffen wir also das Beste." Sie machte Anstalten sich zu erheben.

„Bleib' ruhig noch etwas, wenn du magst." Sie war der erste Mensch, der, abgesehen von König Arxor, dem Heermeister und dem Elfen, mit ihm gesprochen hatte.

„Ich möchte nicht stören", erwiderte sie.

„Nein, das machst du nicht. Es ist nur, dass wir im Moment noch selber nicht wissen, wo sich der König befindet."

„Und was ist mit den Gerüchten um den Heermeister?", fragte sie und ihre Augen weiteten sich neugierig.

„Zara, ich denke nicht, dass ich dir so etwas erzählen darf. Frag' doch bitte einen der Hauptmänner. Oder den Magier."

„Als ob der einen von uns empfangen würde."

„Warum nicht?", fragte eine Männerstimme hinter ihnen. Erschrocken fuhren beide herum. Zara erhob sich schnell und verneigte sich.

„Herr, ich …", stammelte sie.

„Schon gut", erwiderte Schasar mit ernstem Gesichtsausdruck. „Aber wie kommst du dazu über Personen zu urteilen, die du nicht kennst?"

„Ich … Ich dachte nur, dass Ihr zu beschäftigt wärt. Und wie könnte ich Euch mit so etwas belästigen? Ich bin nur eine einfache Soldatin, Herr."

„Du bist die Frau an der Seite des Heermeisters", erwiderte Schasar ruhig und sah die Überraschung in ihrem Gesicht. „Und auch wenn du es nicht wärst. Die Hauptmänner und –frauen sind dafür da, mit uns über die Belange der Krieger zu reden. Also richte deine Fragen das nächste Mal an sie – oder uns."

„Entschuldigt, Herr."

„Und hör' auf mit diesem Herr", erwiderte der Magier. „Was also willst du wissen?"

„Ich …" Sie stockte erneut. „Gibt es Neues von Quinto?"

„Nein, leider nicht."

„Die Gerüchte sind wahr?"

„Dass er von den Schatten entführt wurde?", fragte der Magier. Sie nickte. „Ja, ich befürchte schon." Ihre Augen füllten sich mit Tränen. „Aber es geht ihm gut", fügte er schnell hinzu.

„Wie könnt Ihr Euch so sicher sein?"

„Ich bin ein Magier, ich weiß so etwas", erwiderte er fast väterlich und streichelte ihr über das Haar. „Und nun ruh' dich aus. Noch vor Mittag werden wir den Schatten folgen und dafür sorgen, dass sie deinen Liebsten schnell wieder her geben!" Zara lächelte dankbar und verschwand ohne etwas zu sagen in der Dunkelheit.

„Glaubt Ihr das wirklich?", fragte Gregoralfo.

„Ich bin mir ganz sicher!", erwiderte Schasar. „Und nun folge mir bitte ins Zelt des Königs, ich brauche dich dringend!" Gregoralfo hob erstaunt die Brauen.

„Sag's …" Ein schwerer Schlag traf Quinto im Gesicht. „… mir …" Ein weiterer Schlag traf ihn und er musste Blut spucken. „… endlich!" Der Ork holte zum dritten Schlag aus, doch einer der Hauptmänner hob die Hand. „Dein Glück", zischte das Schattenwesen, nahm Quintos Kopf und warf ihn hart in den Matsch des aufgeweichten Bodens.

Der Hauptmann kam näher. Übelkeit kroch Quintos Speiseröhre empor. Der Geschmack des eigenen Blutes gepaart mit dem verwesenden Geruch des Orks war beinahe unerträglich. Er öffnete den Mund und schnappte nach Luft. Blut floss hinaus, tropfte auf den matschigen Boden.

„So schade", murmelte der Ork und strich Quinto mit dem entstellten Zeigefinger über das blutige Kinn. Er lächelte. Dann führte er den Finger zu seinem Mund und leckte ihn ab. „Süßes Menschenblut. Zu lange haben wir es nicht mehr genossen."

„Ihr seid krank", presste Quinto heraus.

„Sind wir das?", fragte der Ork und ging in die Knie. „Sieh' mich an, wenn ich mit dir rede!", befahl er, zog an Quintos Haaren und drückte dessen Kopf in den Nacken. Quinto funkelte ihn wütend an. Der Ork holte mit der anderen Hand aus. Quinto machte keine Anstalten das Gesicht zu verziehen. Kurz bevor er das Gesicht des Menschen traf, hielt der Ork inne. „Hmm, so macht das keinen Spaß", erwiderte er und ließ Quinto los. Der ließ den Kopf seitlich in den kühlenden Schlamm sinken. Der Ork drehte sich suchend um.

„Wo ist der Goblin schon wieder?", brüllte er.

„Hier", erwiderte eine quiekende Stimme. Beißer trat mit erhobener Hand hinter einem knurrenden Urawok hervor. „Hier bin ich, Ethariat!"

„Wo warst du?", blaffte ihn der Orkgeneral an.

„Och, weißt du, ich bin mal hier, mal dort."

„Treib' es nicht zu weit, Goblin."

„Ich habe nach meinem Pferd gesehen. Anders als eure Wölfe kann es nicht ewig durch die Nacht jagen."

„Sieh' zu, dass es das lernt. Sonst wird es demnächst Futter!"

„Jaja", erwiderte der Goblin und sah auf Quinto hinab. „Was habt ihr denn jetzt schon wieder gemacht?", fragte er entsetzt.

„Der Mensch ist härter im Nehmen, als er aussieht." Der Ork lächelte. „Und im Moment sieht er nicht sonderlich gut aus." Der Goblin trat näher zu Quinto und beugte sich hinab.

„Er ist halb tot", erwiderte der Goblin in Richtung der Orks.

„Bin ich nicht, du elender Verräter", zischte Quinto. Der Goblin lächelte ihn an.

„Das solltest du sie besser glauben lassen. Die können auch anders. Und denke immer daran, wer noch hier unter den Gefangenen ist." Beißer sah Quintos überraschten Blick. „Irgendeiner hat ihn gefunden und mitgenommen. Bisher weiß es aber noch keiner!"

„Was gibt es da zu tuscheln, Goblin?"

„Nichts, nichts", erwiderte Beißer und erhob sich wieder.

„Bist du doch ein Menschenfreund geworden, ein Verräter?"

„So langsam weiß ich selbst nicht mehr, auf wessen Seite ich hier stehe", murmelte der Goblin.

„Was war das?", fragte Ethariat.

„Ich sagte, dass ich nicht weiß, wie du Ihm das hier alles begreiflich machen willst." Das Gesicht des Orks spiegelte kurz Panik wieder. Doch dann fing er sich.

„Er wird stolz auf mich sein, wenn ich Ihm das bringe, was Er sucht."

„Aha. Und wie willst du das anstellen?"

„Das werde ich dir zeigen", erwiderte der Orkgeneral und hob eine Hand. „Alle in einer Reihe aufstellen", brüllte er. Seine Krieger zerrten die Gefangenen hoch und stellten sie in einer Reihe auf.

„Und immer wenn du denkst, schlimmer geht's nicht mehr …" Der kleine Goblin hielt sich eine Hand vor das Gesicht. „Hätte ich nur Nichts gesagt." Dann blickte er hoch und sah den Heerleiter vor den gut fünfzig Männer und Frauen auf- und ablaufen.

„Wer von euch sieht denn wichtig aus?", fragte er laut. „Du!" Er zeigte auf einen Mann, der sich durch den langen Hauptmannsmantel von den anderen abhob. „Vortreten!" Der Mann spuckte dem Orkgeneral vor die Füße. Der schüttelte nur den Kopf. Ein zweiter Ork trat hinter den Mann und schlug ihm mit dem Säbelknauf auf den Hinterkopf. Der gefesselte Hauptmann schrie vor Schmerzen auf und fiel vornüber. „Geht doch", erwiderte der Orkgeneral. Dann schritt er die Reihe der Menschen weiter ab. Beißer stockte der Atem, als er vor einem Mann in einem einfachen, zerschlissenen Soldatenumhang stehen blieb, dessen Gesicht unter dem getrockneten Matsch stark angeschwollen war. Der Ork blickte ihm kurz in die Augen, dann ging er zum Nächsten.

„Du!", zischte Ethariat. „Tritt vor!"

„Ich?", erwiderte der Mann vor Angst zitternd.

„Ja, du!" Dann wandte er sich zwei Kriegern zu. „Zerschneidet ihre Fesseln und gebt beiden eine Waffe!" Die Krieger grunzten und die umstehenden Orks lachten auf. Die Fesseln wurden zerschnitten und den beiden Männern, die sich unsicher umblickten, wurde jeweils ein schartiger Säbel zugeworfen. Der Orkgeneral bestieg seinen Urawok. „Also, das Spiel geht so", sagte er und breitete die Arme aus. „Der Sieger wird freigelassen, den Verlierer fressen die Urawoks. Weigert ihr euch zu kämpfen, werdet ihr beide lebendig den Urawoks vorgeworfen und ich wähle die nächsten beiden, die uns bespaßen dürfen."

„Du mieses Schwein", zischte Quinto und presste sich langsam hoch.

„Was war das?", fragte der Ork und sah den Heermeister der Menschen amüsiert an.

„Du hast mich genau verstanden." Auf allen Vieren kroch Quinto auf die Orks und die Gefangenen zu. Die Orks lachten schallend. Keiner machte Anstalten sich zu bewegen. Neben dem zitternden, verstörten Mann hielt Quinto inne.

„Hilf' mir hoch", befahl er und der Mann tat ihm wie geheißen. Schwankend versuchte sich Quinto auf den Beinen zu halten, wischte sich mit dem Ärmel über den Mund. „Das Schwert", sagte er. Der Mann bückte sich und hob die schartige Waffe auf. „Du!" Er zeigte auf Ethariat. „Komm und kämpfe, wenn du Ehre hast!"

„Wach' auf!", erklang eine liebliche, melodiöse Frauenstimme. „Komm' schon, müder Schicksalskrieger!" Arliandro öffnete schlaftrunken die Augen. Grelles Licht blendete ihn und er kniff die Augen zusammen. Er richtete den Oberkörper leicht auf und sah sich um. Er lag auf einer Lichtung im trockenen Gras. Über sich tat sich der hellblaue, wolkenlose Himmel auf, am Rande der Lichtung standen hohe Tannen. „Ich dachte schon, du wachst heute gar nicht mehr auf", sprach die Stimme hinter ihm. Arliandro sah über die Schulter. Auf einem umgestürzten Baumstamm saß eine Elfe, der ihr langes, goldenes Haar bis auf den Schoß fiel.

„Wo bin ich?", stammelte er und rappelte sich hoch.

„In deiner Traumwelt", erwiderte die Frau.

„Ich träume?" Die Frau nickte. Arliandro sah an sich herab, befühlte die im Kampf verletzte Schulter. Sie war vollkommen gesund. Die Elfe hatte scheinbar Recht. „Warum träume ich das hier?"

„Das kann ich dir nicht beantworten", erwiderte die Elfe. „Komm!" Sie stand auf und reichte ihm die Hand. Arliandro zögerte.

„Das ist ein Traum?", fragte er.

„Ja", erwiderte sie.

„Also kann ich jederzeit aufwachen?"

„Du wirst aufwachen, wenn es an der Zeit ist." Arliandro nahm die Hand an. Und dann veränderte sich die Umgebung rasend schnell. Der Boden unter ihren Füßen verschwamm. Es wurde dunkel und wieder hell. Arliandro wurde schwindelig und er schloss die Augen. Ihm wurde kalt. Er spürte, dass ein starker Wind aufgekommen war. Ihm fröstelte.

„Hast du Angst?", fragte die Frau neben ihm und drückte sanft seine Hand.

„Nein", erwiderte er und öffnete die Augen. „Wooh!", stieß er erschrocken hervor. Hastig ließ er die Elfe los und ging zwei Schritte zurück. Schnell durchatmend presste er sich gegen den kühlen Stein, den er nun in seinem Rücken spürte. Der Wind wurde stärker. „Nur ein Traum?", fragte er. Die Elfe nickte. „Aber was für einer", fügte er hinzu und machte einen vorsichtigen Schritt in Richtung der steilen Klippen, die unterhalb des Klippenvorsprungs, an dem er noch kurz zuvor gestanden hatte, hunderte Schritte in die Tiefe führten. „Was soll das?", fragte er die Elfe. Sie zuckte mit den Schultern.

„Ich weiß es nicht. Es ist dein Traum."

„Wo sind wir hier?"

„Du stellst zu viele Fragen. Besinne dich deiner Sinne!", erwiderte sie und mit diesen Worten verblasste ihre Silhouette langsam und kurz darauf war sie verschwunden. Arliandro sah sich um. Es gab keinen Pfad hinauf oder hinunter. Es begann zu schneien. Ein Traum. Es ist alles nur ein Traum. Plötzlich erklang ein langgezogenes Kreischen. Seine Nackenhaare stellten sich auf. War es nur die zunehmende Kälte oder dieser bestialische Schrei? Der Wind wurde noch stärker, pfiff laut, blies ihm hart ins Gesicht. Schneeflocken und Hagelkörner prasselten auf seine Haut. Er hob den Arm und versuchte sein Gesicht zu schützen. Und dann sah er sie, die Gruppe der mächtigen Adler, die sich mit angelegten Schwingen hinab in die Tiefe stürzte. Arliandro überlegte nicht zweimal, sprach den Elfenzauber und sprang hinterher. Doch der Zauber entfaltete seine Wirkung nicht. Er fiel hinab in die Tiefe. Der felsige Boden kam immer näher und dann schlug er auf und alles wurde schwarz. Ein heftiger Schmerz durchzuckte seinen Körper.

„Aargh!" Der Elf schrie auf.

„Entschuldigung", erwiderte der Wilde leise und tupfte vorsichtig mit einem Stofffetzen über Arliandros Wunde. „Ich dachte, du schlafen."

„Das Buch", stammelte der Elf. „Wo ist das Buch?"

„Schhhh", erwiderte der Wilde. „Wir bald da. Dann sie dir helfen!" Arliandro schloss die Augen wieder.

Sie hatten das Lager gegen Mittag abgebrochen und waren den ganzen Tag durchmarschiert. Wobei abgebrochen das falsche Wort war, dachte Schasar, während er an einem der zahlreichen Feuer saß, die sie im provisorischen Nachtlager entzündet hatten.

Sie hatten die zu stark Verwundeten mit einigen Heilern, den Köchen, den meisten Handwerkern und einigen wenigen Soldaten zu deren Schutz zurückgelassen. Nachdem die Toten begraben worden waren, hatte die Reiter mit Schasar an ihrer Spitze die zusammengetriebenen Pferde gesattelt und so viele Lebensmittel wie möglich in ihre Taschen gefüllt. Dafür war unter Anderem das Fleisch der getöteten Esel und Pferde gesäubert und gekocht, gegrillt oder gepökelt worden, was die Köche den ganzen Morgen in Anspruch genommen hatte.

Dann waren sie gemeinsam mit den Fußsoldaten aufgebrochen; ohne Maschinen, Karren und Zelte, dafür mit Wut im Bauch und dem Wunsch nach Rache für Quintos Gefangennahme und all die Toten. Und womöglich auch Arxors, fragte sich der Magier, während er etwas Reisig in die Flammen warf.

„Es werden bessere Zeiten kommen", sprach Gregoralfo leise.

„Was?" Schasar horchte auf.

„Wir werden sie schnell einholen. Und dann schlägt unsere Stunde!"

„Ja, du hast Recht. Aber es kann gefährlich werden."

„Ich dachte, Kriege sind immer gefährlich?", erwiderte der Dieb von Argonia und streichelte in Gedanken über die Klinge von Elfensinn.

„Das stimmt. Problematisch wird es für uns, wenn die Schatten verstehen, wen sie da gefangen genommen haben." Gregoralfo spürte, wie er eine Gänsehaut bekam.

Die Elfen hatten ihm dieses geschichtsträchtige, für sie beinahe heilige Schwert im Glauben an ihn überreicht. In dem Glauben daran, dass er den König beschützen würde, wie es die alte Prophezeiung besagte.

„Aber wir wissen doch noch gar nicht, ob der König tatsächlich unter den Gefangenen ist."

„Wo soll er sonst sein?", fragte Schasar. „Falls sie es nicht herausgefunden haben, wäre das gut für uns und sobald sie es herausgefunden haben, werden sie es uns wissen lassen", fügte er lapidar hinzu.

„Und was machen wir dann?", fragte Gregoralfo.

„Dann schicke ich dich los und du kannst deinem Schicksal gerecht werden!", erwiderte der Magier mit todernstem Gesicht.

„Was?", fragte der Dieb erschrocken.

„Du bist doch unsere Geheimwaffe." Mit einem Augenzwinkern erhob sich Schasar. „Ich werde mich etwas hinlegen. Sobald die Sonne wieder aufgegangen ist, ziehen wir weiter." Er blickte prüfend zum Himmel. Wenigstens hatte sich der Regen wieder verzogen und der Boden trocknete langsam. So würden sie in den begrünten Hügeln deutlich schneller vorankommen.

Der Ork nahm Quinto den Knebel aus dem Mund und hielt ihm eine Schale mit abgestandenem Wasser hin. Der gefesselte Heerführer drehte den Kopf angewidert zur Seite.

„Nun stell' dich nicht so an!", fluchte der Ork.

„Warum habt ihr mich nicht einfach getötet?", fragte Quinto.

„Weil der General dich noch braucht. Und weil du, wenn du großes Glück hast, sogar Ihm vorgeführt wirst. Wenn Er es für wichtig genug erachtet."

„Pah", machte Quinto. „Gebt mir ein Schwert und lasst mich mit Ihm allein!"

„Harr, harr, harr", erklang das schallende Lachen des Orkgenerals. „Gegen mich hältst du keine Minute durch und nun willst du gegen Ihn kämpfen. Du bist doch verrückt. Aber du gefällst mir!" Ethariat klopfte Quinto auf die Schulter. „Deine Kräfte können wir noch gut gebrauchen, wenn dein Wille erst einmal gebrochen ist."

„General", grunzte ein anderer Ork.

„Was?", schnaubte der Anführer.

„Der Bote ist zurück."

„Gut, er soll kommen." Dann drehte Ethariat sich um. „Knebelt ihn wieder, wenn er nichts trinken will!" Der Bote kam näher. „Wo ist der Goblin schon wieder?"

„Ich bin hier", erwiderte Beißer, der nahe den anderen Gefangenen saß.

„Komm her und höre, was der Bote zu berichten hat", befahl der General. „Nun, ich höre", fügte er an den Späher gewandt hinzu.

„Herr", grunzte der. Der Anführer der Orks nickte erhaben. „Die Menschen haben das Lager am Mittag des ersten Tages aufgegeben und folgen uns seit zwei Tagen. Die Sonne war beinahe unerträglich."

„Hör auf zu heulen wie ein Mädchen!", unterbrach ihn der General. Der Bote griff an den Bund, wo sein Säbel hing, und fletschte die Zähne. Der Goblin schüttelte den Kopf.

„Wie die Tiere", murmelte er, während sich der Bote besann und seinen Bericht mit knirschenden Zähnen fortführte.

„Die Menschen folgen uns seit zwei Tagen zielstrebig. Wir haben versucht sie in die Irre zu führen, Spuren zu verwischen oder zu verfremden. Aber seltsamerweise bleiben sie immer auf dem richtigen Weg. Und sie sind schnell, trotz der zahlreichen Fußsoldaten."

„Die Menschen folgen uns zielstrebig?", fragte Ethariat mit einem Seitenblick auf den Goblin. „Wie kann das sein? Ich dachte, sie haben keine Spürhunde oder Wölfe."

„Haben sie auch nicht", erwiderte Beißer. „Vielleicht sind ihre Spurensucher einfach gut – oder sie haben Glück?"

„Glück?", der General spuckte das Wort verächtlich aus, ließ es dann jedoch dabei. „Gute Arbeit Soldat! Legt weitere Fährten in falsche Richtungen. Spätestens in den Bergen hängen wir sie ab! Und nun, weiter!", rief er und zeigte auf die nahen Ausläufer des massiven, grauen Bergrückens.

„Ich glaube, dass wir langsam aufholen. Wir kommen ihnen näher", berichtete Leon Schasar am Abend des siebten Tages in der anderen Welt. „Ich habe die Späher der Orks kurz beobachten können. Sie werden zunehmend unruhiger und unsicherer; auch die falschen Fährten, die sie auslegen, werden dilettantischer."

„Wunderbar", sagte Schasar. „Gönn dir eine Pause, Junge! Es war ein anstrengender Tag." Der Magier nickte.

„Eins noch, Herr."

„Was denn?"

„Morgen erreichen wir in nördlicher Richtung einen kleinen Fluss. Dort könnten wir die Wasservorräte auffüllen."

„Sehr gut, ich bin stolz auf dich und darauf, dass du einen Schritt weiter denkst als andere", lobte Schasar und zauberte ganz ohne Magie ein Lächeln auf das Gesicht des Botens. Es war scheinbar die richtige Entscheidung gewesen, den Jungen zum Hauptmann der Späher zu machen.

„Danke, Herr." Schasar verdrehte die Augen. „Danke", verbesserte sich Leon schnell.

„Ha, wir nähern uns ihnen also?", fragte Gregoralfo und zog enthusiastisch sein Schwert.

„Was ist mit dir los?", fragte der Magier überrascht.

„Vielleicht …" Er vollführte einige seltsam anmutende Schwingbewegungen. „… sollte ich mich …" Er dreht den Arm umständlich. „… ein wenig vorbereiten. Uhh", atmete er erschrocken aus. Fast hätte er sich in den eigenen Oberschenkel geschnitten.

„Vielleicht solltest du nach unserer Rückkehr eine Karriere als Hofnarr ins Auge fassen. Oder aber dich an jemanden wenden, der etwas davon versteht und es dir erklären kann?", warf Schasar ein.

„Und an wen zum Beispiel?", fragte der Dieb.

„An sie zum Beispiel", erwiderte der Magier und zeigte auf Zara, die mit dem Rücken zu ihnen am Truppenfeuer der Schwertsoldaten saß.

„Aber sie ist die Frau des Heerleiters", erwiderte Gregoralfo.

„Du nimmst sie ihm ja nicht weg."

„Trotzdem", warf er ein. „Was sollen die anderen von mir denken? Und von ihr?"

„Das kann dir doch herzlich egal sein, oder? Hauptsache du überlebst den nächsten Kampf." Gregoralfo zuckte merklich zusammen. Schasar verdrehte die Augen. Lehrbuch Motivation, Kapitel 1: *Was Sie nicht sagen sollten*, dachte er und schlug sich in Gedanken selbst auf den Hinterkopf. „Das war vielleicht ein bisschen zu hart ausgedrückt, aber wir dürfen uns nichts vormachen. Nur weil wir Teil einer elfischen Prophezeiung sind, heißt das nicht, dass wir das Ganze hier auch problemlos überstehen werden. Jeder ist seines eigenen Schicksals Schmied."

„Und vom Schmieden verstehe ich nicht allzu viel", erwiderte Gregoralfo.

„Dann lass es dir zeigen. Aber das ist nur mein Ratschlag. Es erhöht deine Chancen."

„Eine hohe Wahrscheinlichkeit ist meistens besser als Glück", gab der Dieb zu bedenken. „Und immerhin seid Ihr der Berater des Königs."

„Immerhin bin ich das", sagte Schasar lächelnd. *Und ich brauche auch ein wenig Zeit für mich,* fügte er in Gedanken hinzu, während er den schwarzen Stein in seiner geballten Faust hielt.

Gregoralfo steckte das Schwert weg und ging zu dem Feuer, an dem Zara mit ihren Kameraden saß.

„Zara, darf ich dich kurz sprechen?", fragte er.

„Natürlich", erwiderte sie und erhob sich. Zwei Männer auf der gegenüberliegenden Seite begannen zu tuscheln. Zara drehte sich um und warf ihnen einen bösen Blick zu. Dann entfernten sie sich von der Gruppe. „Was gibt es?", fragte sie.

„Ich habe gehört, dass du eine gute Kämpferin bist", sagte Gregoralfo und lächelte sie schüchtern an, während er sich aufgeregt mit der einen Hand im roten Bart rumspielte.

„Geht so", erwiderte sie.

„Ähm" Er war kurz verblüfft. „Ich … ähm. Warum?"

„Warum was?"

„Warum nur geht so?" Das war eine total unnötige Frage, maßregelte er sich und verdrehte innerlich die Augen.

„Weil ich mich nicht auszeichnen konnte in unserem ersten Kampf. Weil ich nicht bei ihm war, als er entführt wurde. Weil …"

„Okay, schon gut", unterbrach Gregoralfo sie. „Es tut mir leid. Ich wollte nicht …" Er stockte. „Er würde gewollt haben, dass du in Sicherheit bist."

„Bist du gekommen, um mir das zu sagen?", fragte sie.

„Nein, ich bin gekommen, weil ich deine Hilfe brauche."

„Wobei?"

„Ich muss lernen so schnell wie möglich hiermit …" Er zog das leichte Elfenschwert. „… umzugehen, bevor wir auf die Schatten treffen."

„Gib' mal her", forderte sie. Er reichte ihr Elfensinn. Sie hielt der

Schwert prüfend in der Hand. „Es ist leichter, als es aussieht." Er nickte. „Und es fühlt sich gut an."

„Ähm, ja", erwiderte Gregoralfo unsicher. Sie reichte ihm das Schwert zurück und sah ihn eindringlich an.

„Hast du vorher schon mal ein Schwert in der Hand gehalten?"

„Ja", erwiderte er. „Quasi schon."

„Was heißt quasi."

„Also in den Hand gehalten."

„Und damit gekämpft?"

„Eher nicht."

„Wie viel Zeit zum Lernen hast du?", fragte sie.

„Bis wir morgen früh weiterziehen", erwiderte er.

„Das wird nicht reichen, aber es ist ein Anfang", gab sie zurück.

Schasar saß am Feuer und blickte in die Flammen, die unruhig und unvorhersehbar flackerten. In der Hand hielt er noch immer das dunkle Amulett. Hatte Arxor das tatsächlich veranlasst? Hatte er gewusst, dass es das war, was Er suchte? Dass es der Grund war, warum sie jetzt hier waren? Schasar schloss die Augen. In was waren sie da nur hinein geraten? Was war nur aus ihnen geworden? Er dachte zurück an ihre unbeschwerte Kindheit und an seine Lehrstunden bei Meister Dahlgor. Er erinnerte sich an das erste Zusammentreffen mit Arliandro und Quinto und wie der junge Prospektor sie damals in die Wiesen nahe dem Manenwald geführt hatte. Schasar lächelte. Wie sie im Wald von wilden Tieren gejagt worden waren und wie Quinto schließlich den Pakt mit den Hippolos eingegangen war. Er war zum Gezeichneten des Elements Erde geworden und die Hippolos sind mit ihnen zum Weißen Schloss gekommen.

Unwillkürlich lag ihm diese Melodie auf der Zunge. Das alte Lied, das der König Arxor immer zum Schlafengehen vorgesungen hatte, wenn er denn Zeit hatte. Manchmal hatte Schasar bei Arxor im Zimmer schlafen dürfen und fühlte sich dann insgeheim auch wie ein kleiner Prinz. Der Magier lächelte und begann das Lied zu summen:

„Es leuchten die Ringe in dunkler Nacht,
so wisset ihr werdet von oben bewacht
geführt und beschützt von höherer Macht
in Zeiten von Frieden und in der Schlacht.

Doch enthüllen sie erst die vollkommne Pracht
wenn sie von Ahnen auf Erden gebracht
die Träger sie nutzen mit großem Bedacht
zu Helden erhoben, zu Kriegern gemacht.

Der Funke hat damals die Flamme entfacht
die Völker der Welt zusammengebracht
geleitet in eine große Schlacht
und leuchtet noch immer in dunkler Nacht."

Er blickte in das Feuer, das langsam aber sicher herunterbrannte.

„Ein schönes Lied", erwiderte Gregoralfo. Schasar zuckte zusammen. „Oh, entschuldigt. Ich wollte Euch nicht erschrecken."

„Schon gut", erwiderte Schasar. „Ja, es ist ein schönes Lied. Es hat etwas von Endlichkeit, vom Glauben an uns, an die Hallen der Ahnen und vom Glauben an das Gute und das Gerechte."

„Das Gute und das Gerechte", murmelte der Dieb von Argonia.

„Du solltest es deinen Kindern später vorsingen", schlug Schasar vor und zwinkerte dem Dieb zu.

„Vielleicht sollte ich das tun", gab dieser zurück. „Nachdem ich Kampfunterricht genommen habe."

„Na also", sagte Schasar. „Ich wünsche euch viel Erfolg." Ein lauer Wind kam auf und ihm fröstelte. Er steckte die Hände in die Seitentaschen seiner Robe und stockte. Dann zog er ein kleines Pergamentpapier heraus. Auf ihm standen einige Fragen, einige Antworten und einige Zahlen. Er schüttelte den Kopf und zerknüllte es.

„Etwas Wichtiges?", fragte Gregoralfo.

„Nein, es ist nichts." Schasar warf das Pergament in die Glut und sah zu, wie es langsam Feuer fing.

„Gut, ich gehe dann mal", durchbrach Gregoralfo die Stille. Schasar antwortete nicht.

Der Magier grübelte, während das Feuer herunterbrannte und nur noch die Glut übrig blieb. Die Zeit in dieser Welt verging langsamer. Das war auch ohne die Nachricht des Unbekannten eine logische Schlussfolgerung. Und es war der Grund dafür, dass Er immer noch lebte.

Andererseits hatte auch Dahlgor vergleichsweise ewig gelebt. Schasar blickte prüfend auf das flache, geriffelte Amulett, auf dem auf der einen Seite einige Kerben eingeritzt waren.

„Kannst du wirklich der Grund sein, warum Dahlgor so alt wurde?", fragte er leise. Der Stein lag regungslos in seiner Hand. „Was habe ich auch erwartet?", stieß er etwas enttäuscht hervor. Aber wenn es so war? Wenn dies ein Bruchstück des alten Magieramuletts war, das der Rat der Weißmagier vor so langen Jahren in drei gleiche Teile zerbrochen hatte? Er hatte davon gelesen, darüber von Arliandro gehört: Ein Teil, der über das Leben, einer, der über das Licht, und einer, der über die Dunkelheit gebietet.

Die Teile waren auch in der Prophezeiung über die Zehn vorgekommen. In eben jenen Versen, die sich durch den Zauber des Elfenpriesters förmlich in seinen Geist eingebrannt hatten.

Die Dunkelheit bricht über der alten Zeit herein. Dennoch wünscht sie sich zurück ins Leben, das dem Tod entkommen kann. Weil Zeit relativ verrinnt.

Alles passte zusammen. Die Zeit, die anders verging. Die Dunklen, die diese Welt … Schasar stockte. Ein kalter Schauer lief ihm über den Rücken. Konnte das sein?

„Also, hör zu", flüsterte Beißer, während er Arxor vorsichtig die Wasserschale an die dick geschwollenen Lippen hielt. „Ich werde versuchen dafür zu sorgen, dass dir nichts geschieht. Denn ich glaube, dass die Menschen dich noch brauchen." Oder

Er dich noch braucht, fügte der Goblin in Gedanken hinzu. „Was habt ihr denn mit dem angestellt?", quiekte er plötzlich für alle hörbar. „Dessen Gesicht ist ja so zugeschwollen, dass ich ihm kaum Wasser einflößen kann."

„Dann sollten wir ihm vielleicht einfach die Kehle durchschneiden", brummte ein Ork und zog seinen Säbel.

„Nein, nein", rief der Goblin beschwichtigend. „Sieh dir mal seine Arme an!" Er hob Arxors trainierten Schwertarm. „Der wird noch gute Dienste verrichten, wenn wir erst einmal angekommen sind. Leg du dich ruhig wieder hin!" Der Ork schnaufte auf und steckte enttäuscht den Säbel wieder weg. Dann versuchte er hinter dem Rücken seines liegenden Reittiers etwas Schatten zu finden, was nicht gut gelang, da es ungefähr Mittag war und beide Sonnen hoch am Himmel standen.

Arxor quittierte Beißers Bemühungen mit einem entsprechenden Blick, auch wenn die blutunterlaufenen, von blauen Flecken eingerahmten Augen nicht wirklich böse funkeln konnten.

„Ich kann dich auf jeden Fall nicht fliehen lassen", flüsterte der Goblin. „Die Orks merken das, auch wenn sie ziemlich blöde sind. Und die Urawoks haben schneller deine Spur aufgenommen und dich eingeholt, bevor du auch nur annähernd in der Nähe deiner Armee bist." Arxor versuchte den Mund zu öffnen und zu sprechen. Der Goblin schüttelte den Kopf, tauchte schnell einen Stofffetzen in die Wasserschale und presste ihn über Arxors Mund aus. „Hör zu! Deine Soldaten folgen uns. Sie holen ständig auf. Vielleicht haben sie schon zu uns aufgeschlossen, bevor wir die Berge dort hinten erreichen." Beißer nickte auf die nahen Hügel. „Wie du siehst, rasten die Orks über Tag viel und versuchen sich vor den Sonnen zu schützen. Und mit euch im Schlepptau kommen sie nur langsam voran. Ihr seid ja nachts blind wie die Maulwürfe und fallt andauernd über irgendetwas. Ich hoffe nur, dass ihr denen nicht bald langweilig werdet."

„Wie lange dauert das denn noch? Kriegt der eine Extrabehandlung?", fragte der Aufseher gereizt und machte Anstalten sich wieder zu erheben.

„Natürlich nicht. Aber schau ihn dir doch mal an, dann wirst du verstehen, dass es mühsam ist. Oder möchtest du ihn übernehmen?", fragte der Goblin. „Dann gehe ich von mir aus zum Nächsten." Der Ork spuckte angewidert auf den Boden.

„Wenn es nach mir ginge, würde ich sie alle abschlachten wie Vieh."

„Gut, dass es nicht nach dir geht. Wir brauchen sie noch. Entweder ihre Arbeitskraft oder für wichtige Informationen für Ihn." Der Ork zuckte merklich zusammen.

„Das funktioniert immer", kicherte Beißer vergnügt. „Das hat uns ein paar Minuten gebracht." Er blickte sich um, um zu prüfen, dass sie kein anderer belauschte. „Es ist jetzt natürlich etwas anders gelaufen als es sollte. Du hättest eigentlich im Lager bleiben sollen. Ich konnte daran nichts ändern." Er tauchte das Tuch abermals in die Wasserschale. „Du erinnerst dich noch daran, was ich dir gesagt habe, oder? An dem Abend der Schlacht in deinem Zelt?" Arxor nickte. „Antworte mit deinen Augen, sonst merken sie noch was!" Arxor tat wie ihm geheißen. „Gut. Ich hoffe, dass ihr sie nicht dabei habt." Arxor rollte mit den Augen. „Was heißt das? Ihr habt sie dabei?" Der König verzog das Gesicht. Er quietschte auf vor Schmerzen. Der Aufseher hob den Kopf.

„Alles in Ordnung bei euch?"

„Natürlich. Aber manchmal muss man diese Menschenschweine auch mal ordentlich triezen", rief der Goblin.

„Solange du ihn während meiner Wache am Leben lässt."

„Natürlich. Ich bin auch gleich fertig mit ihm." Beißer wandte sich wieder Arxor zu. „Du hast es dabei?" Arxor zwinkerte mit den Augen. „Jetzt? Hier?" Der König zwinkerte abermals. „Das ist nicht gut. Das ist gar nicht gut. Dann muss ich das anders regeln", sprach er zu sich selbst und schüttelte den Kopf. „Spätestens im Lager werden sie es merken." Arxor öffnete fragend die Augen. „Hinter dem Berg warten sie. Die dunklen Kutten!"

Die Windhöhlen

Die Soldaten standen am Ufer des kleinen Flusses, den Leon ihnen beschrieben hatte. Der Fluss war jetzt im vermeintlichen Spätsommer mehr ein Bach, als der reißende Strom, der im Frühling sicherlich hier entlang floss. Die abfallende, begrünte Uferböschung, an der zahlreiche Pflanzen, Blumen und Bäume wuchsen, führte in ein Steinbett, welches hier und da von kleineren Pfützen, Rinnsalen und Seitenarmen durchbrochen wurde. Diese ebneten sich zum Teil abseits des nur drei Schritt breiten Hauptstromes ihren Weg, um später in ihn zurück zu fließen.

„Alle füllen ihre Schläuche auf!", befahl Schasar und blickte prüfend auf die andere Seite des Flusses, auf der die bisher flachen Grashügel in steilere, steinerne Ausläufer der nahen Bergkette übergingen.

Dann saß er ab. Die Soldaten taten es ihm nach, tranken die letzten Schlücke oder schütteten sie weg, um die Lederbeutel mit neuem, frischem Wasser aufzufüllen.

„Herr, dort hinten", rief einer der Soldaten plötzlich und zeigte auf einen dunklen Punkt am Horizont, der stetig näher kam. Die ersten Krieger griffen nach den Bögen. Schasar ging ruhig zu seinem Pferd, öffnete eine der beiden Satteltaschen und kramte nach dem Vergrößerungsrohr. Nachdem er es gefunden hatte, hielt er es hoch und blickte hindurch.

„Es ist Leon", vermeldete er entspannt, packte es wieder weg und machte sich seinerseits daran, den Wasserschlauch zu füllen. Er tauchte eine Hand ins Wasser und wischte sich durch das Gesicht. Bald haben wir sie eingeholt, dachte er.

„Und?", fragte der Magier Leon.

„Wir scheinen auf dem richtigen Weg zu sein", berichtete der junge Späher und zeigte dem Magier einen Stofffetzen, den er in den Dornen eines Gestrüpps gefunden hatte. „Sie rasten tagsüber scheinbar häufiger und länger als wir des Nachts. Die Lagerfeuerstellen, die ich gefunden habe, sehen recht frisch aus."

„Die längeren Tage im Spätsommer sind für uns ein Vorteil", sprach Schasar nachdenklich. Leon nickte.

„In die Berge sind wir ihnen nicht gefolgt. Dort bieten sich überall Möglichkeiten für Hinterhalte. Für einzelne Reiter erschien mir das Risiko zu groß. Deshalb bin ich zurück gekommen, um Meldung zu erstatten. Die anderen Späher warten auf Zeichen, Rauchsäulen oder ähnliches."

„Gut. Du hattest vollkommen Recht sie nicht in eine Falle laufen zu lassen." Der Magier nickte. „Wie lange brauchen wir, bis das gesamte Heer in den Bergen ist?"

„Wir könnten schon heute Nachmittag ins Gebirge vorstoßen oder sicherheitshalber bis morgen früh warten. Das ist Eure Entscheidung."

„In Ordnung. Wir sollten Reiter und Tiere vor dem Aufeinandertreffen schonen. Führe uns zu der Stelle, an der die anderen Späher warten!" Leon nickte und kehrte zu seinem Pferd zurück.

Der Wilde versuchte angestrengt sich zu erinnern. Er raufte sich mit beiden Händen durch die langen, glatten, schwarzen Haare. Ach, was sollte es, dachte er sich und zermalte alle gepflückten Kräuter zwischen zwei Steinen. Dann legte er sie in die leicht gewölbte Baumrinde und schüttete das gesammelte Tauwasser dazu. Mit dem Finger rührte er den Sud um und roch daran. Angewidert schreckte er zurück. Aber warum sollte etwas, das nicht gut riecht, nicht dennoch helfen, fragte er sich und tauchte ein Stück Stoff hinein, das er zuvor von Arliandros Umhang abgetrennt hatte. Der Wilde legte den Stoff auf die Wunde, die sich mittlerweile einigermaßen geschlossen hatte, und fühlte Arliandros Stirn. Sie war schwitzig und warm. Der Körper des Fremden schien mit dem Wundfieber zu kämpfen. Er war auch schon ganz bleich, nur seine Haare schienen einige Nuancen dunkler geworden zu sein. Er musste so schnell wie möglich zum

Schamanen gebracht werden. Gut, dass sie das Dorf spätestens am heutigen Abend erreichen würden.

„Wo bleiben die denn nur?", murmelte Beißer, während er im Schatten eines großen Felsens saß und hinunter in die Ausläufer der Bergkette blickte. Vier Reiter waren gekommen, einer war wieder verschwunden. Und die drei Menschen am Fuße des Berges machten keine Anstalten irgendetwas zu unternehmen. Für den Goblin war es ein Spiel mit dem Feuer.

Er konnte von Glück sagen, dass ihn General Ethariat als Späher ausgesandt hatte. Beißer hatte kräftig protestiert, was den Ork darin zu bestätigen schien, den Goblin erst recht zu schicken. Schließlich hatte Beißer nachgegeben und dabei innerlich gegrinst. Sein Plan nahm immer konkretere Formen an.

In den Bergen hatte er sein Tier dann laufen lassen. Sollten die Urawoks es finden, wenn die anderen Orkspäher es befahlen. Hauptsache sie ließen es am Leben, dachte Beißer, während er einige kleinere Steine vom Boden aufnahm und gelangweilt davon schnippte. Ihm waren diese gut gepflegten Pferde deutlich lieber als die stinkenden, borstigen Urawoks.

Beißer könnte später immer noch sagen, dass er vom Pferd gefallen und mit dem Kopf aufgeschlagen sei. Die Orks hätten dann einen weiteren Grund sich über ihn lustig zu machen und er hätte seine Ruhe ohne atemberaubende Ausreden erfinden zu müssen. Aber noch brauchte er sich keine Sorgen zu machen, schließlich war es Mittag und die anderen Späher würden in sonnengeschützten Verstecken auf der Lauer liegen. Vor dem Anbruch der Dunkelheit sollte er allerdings wieder zurück sein.

Etwas geschah dort unten. Beißer setzte sich auf. Am Horizont erschien eine breite dunkle Linie. Die Menschenarmee kam näher.

„Gibt es etwas Neues?", fragte Leon die Späher.

„Nein, Hauptmann", erwiderte einer der drei Soldaten. „Wir

haben die Berge beobachtet, aber nichts Ungewöhnliches gesehen."

„In Ordnung. Wir werden heute hier Rast machen." Er sah sich um. Hinter ihnen lag ein freies Feld, auf dem vereinzelt Dornenbüsche standen und sich Steinkolosse durch den Erdboden schoben. Vor ihnen befand sich das Gebirge, in das die Schatten so gut wie sicher gezogen waren. „Ich möchte die Umgebung gesichert wissen. Versteckt euch zwischen den Felsen, vergesst eure Hörner nicht", befahl er. „Noch einmal lassen wir uns nicht von ihnen überraschen. Wir zeigen, was wir gelernt haben. Wenn ihr Spuren findet, lasst uns mit Spiegelsignalen davon wissen!" Er klatschte zwei Mal in die Hände. „Also, los jetzt." Die Späher stimmten laut zu, warfen sich Mäntel über und machten sich dann auf den Weg ins Gebirge. Momente später waren sie mit dem Grau der Umgebung verschmolzen und verschwunden. Leon drehte sich um und winkte Schasar kurz zu, der von den Hauptmännern umringt war. Der Magier hob die Hand zum Abschied. Leon zurrte seine Lederweste fest, überprüfte den Sitz seines Mantels und zog das Kurzschwert. Dann verschwand auch er zwischen den Felsen.

„Mmmmmh", machte der Goblin. Er hatte die Augen geschlossen und saß ruhig im Schatten des großen Steins. „Versuch es gar nicht erst, Mensch." Er drehte den Kopf und öffnete die Augen. „Ich rieche dich einen Tagesmarsch gegen den Wind."
Leon trat aus hinter dem Stein hervor und zeigte mit der Schwertspitze auf den Goblin. Geduckt blickte er sich aufmerksam um.

„Ist sonst noch jemand hier?", fragte Leon.

„Außer uns?"

„Ja?"

„Nein."

„Gut." Leon drückt das Schwert auf einen Teil der behaarten Goblinbrust, der nicht von dem kleinen Lederharnisch bedeckt war.

„Das tut weh", quiekte der Goblin.

„Wo kommst du her?", fragte Leon. „Was machst du hier?"

„Ich habe auf euch gewartet? Und da ihr nun endlich da seid, lasst uns zur Sache kommen."

Schasar machte große Augen, als Beißer mit erhobenen Armen von Leon aus den Ausläufern der Berge geführt wurde. „Der Goblin", kreischte eine Frau und zeigte auf ihn. Lautes Gerede brannte auf. Einige zogen die Schwerter. „Aus dem Weg", befahl der Magier und stürmte auf Beißer und Leon zu. „Du?", fragte er. „Ja, ich", erwiderte der Goblin. „Aber genug der Formalitäten. Ich habe nicht viel Zeit." „Ich habe gesehen, wie er den Heermeister in der Schlacht niedergeschlagen hat", rief die Kriegerin erneut. „Ist das wahr?", fragte Schasar und blickte Beißer an. Der hob die Hand und machte eine abwägende Geste. „Quasi schon", antwortete er. „Warum ...?", begann er, doch plötzlich stob Zara heran. „Zara!", rief Schasar streng. Mit zitternder Hand hielt sie das Kurzschwert an das Kinn des Goblins. „Dafür büßt du", zischte sie. „Pack dein Messer weg, Mädchen. Sonst verletzt du dich noch", erwiderte Beißer ruhig. Zara drückte die Schwertspitze leicht in den Hals des Goblins. „Könntest du bitte ...?", fragte Beißer und nickte auf die Klinge. „Es tut mir auch wirklich leid, dass ich dir deinen Heerführer weggenommen habe." Ein Raunen ging durch die Menge. Er hatte es zugegeben. Er grinste die Soldatin verlegen an und deutete wortlos ein weiteres Mal auf die Schwertspitze, die sich noch immer gefährlich nah an seiner Gurgel befand. „Zara, bitte", sprach Schasar. Sie schnaufte, dann ließ sie die Klinge langsam sinken. Beißer sah puren Hass in ihren Augen. „Ich habe ihn gefangen genommen, oben in den Bergen. Er scheint auf uns gewartet zu haben. Sein Versteck war ...", begann Leon, doch Beißer unterbrach ihn. „Menschen." Er schüttelte den Kopf. „Ich bin zu Euch gekommen. Du hättest mich niemals gefangen nehmen können. Ich wollte gefunden werden."

„Und warum?", fragte Schasar mit verschränkten Armen.

„Weil ich Informationen für euch habe."

„Na, da bin ich aber gespannt. Ich würde dich gern ins Zelt des Königs auf einen Becher Wein einladen, aber leider mussten wir unsere Heime zurücklassen, weil scheinbar irgendjemand die Schattenarmee zu unserem Lager geleitet und unseren Heerführer entführt hat."

„Halbschuldig im Sinne der Anklage", erwiderte Beißer und lächelte. „Aber ich habe nur versucht euch zu retten."

„Hast du?", fragte Schasar.

„Ja, habe ich, Magier." Beißer blickte in teils neugierig, teil verachtend dreinblickende Gesichter. „Aber das sollten wir unter vier Augen besprechen."

„In Ordnung", erwiderte Schasar. „Ziehen wir uns zurück!"

Nachdem sie sich ein wenig von den Kriegern entfernt hatten, blieb Schasar stehen und blickte dem Goblin tief in die Augen.

„Ich verdanke dir mein Leben. Das ist der Grund, warum ich Zara zurückgehalten habe."

„Wenn ich gewollt hätte, wäre sie niemals so weit gekommen, mir den Zahnstocher an den Hals zu halten. Aber ich war mir auch sicher, dass du so reagieren würdest." Schasar ging nicht weiter darauf ein.

„Warum hast du die Schatten zu uns geführt?"

„Sie wussten doch schon längst, wo ihr wart. Noch am ersten Tag nach eurer Ankunft haben sie Boten zu den Drachen geschickt. Ich bin mitgekommen, um euch zu warnen."

„Um uns zu warnen?", fragte Schasar.

„Ja, ich war schon vor dem Angriff im Lager und habe den König gewarnt. Doch dann kamen die Drachen." Der Goblin kratzte sich am Hinterkopf. „Und ich habe dir deine Fragen beantwortet."

„Du warst das?", fragte Schasar.

„Natürlich. Wer denn sonst?" Beißer schnaufte auf. „Du weißt, was Er will?" Der Goblin wechselte das Thema. Schasar nickte.

„Er will die Teile des Amuletts."

„Ja, die will Er." Beißer blickte ihn ernst an. „Und was macht ihr? Ihr kommt hierher und bringt sie Ihm."

„Woher weißt ..." Der Goblin verdrehte die Augen. „Arxor hat es dir gesagt?", fragte Schasar. Beißer nickte. „Also habt ihr ihn?"

„Sie haben ihn, ja", stellte Beißer klar. „Aber sie wissen nicht, wer er ist. Noch nicht."

„Gut."

„Ja, definitiv. Nicht auszumalen, was sie mit dem König machen würden, wenn sie schon den Heermeister so ran nehmen, dass er die Reise durch die Berge vielleicht nicht überlebt. Und bevor du fragst: Nein, ich konnte sie nicht freilassen oder retten."

„Ich verstehe dich nicht, Goblin", murmelte Schasar. „Auf wessen Seite stehst du?"

„Auf meiner", erwiderte Beißer. „Und auf der meines Volkes." Er blickte hinauf zum Himmel. „Ich muss gleich wieder los, sonst schaffe ich es nicht rechtzeitig zurück. Ich hinterlasse euch weiterhin Spuren, sodass ihr uns folgen könnt." Schasar öffnete überrascht die Augen. Der Goblin lächelte. „Du glaubst doch nicht im Ernst, dass die Orks so unvorsichtig sind."

„Nein, ich hatte eher geglaubt, dass unsere Späher gut seien."

„Oh, das sind sie." Beißer nickte anerkennend. „Aber sie sind und bleiben Menschen."

„Schwörst du, dass du auf Arxor und die anderen aufpasst, so gut es geht?", fragte Schasar.

„Nein", erwiderte der Goblin. „Warum sollte ich?" Dann machte er kehrt. Schasar ließ ihn gehen.

„Wo ist Er?", rief der Magier Beißer hinterher. Der blieb stehen und drehte sich noch einmal um.

„Am dunklen Bogen. Du wirst früh genug auf Ihn treffen."

„Stimmt es, dass die Zeit in der Wirklichkeit schneller vergeht als hier?"

„Sieh dich um!" Der Goblin streckte die Arme aus und drehte sich im Kreis. „Das hier ist die Wirklichkeit."

„Ich meine unsere Wirklichkeit, jenseits des Portals."

„Eure Wirklichkeit?" Beißer biss sich auf die wulstige Lippe. „Ja, ich denke schon. Du hast es doch berechnet." Schasar nickte. „Also weißt du Bescheid."

„Ich weiß nicht, wie wir zurückkommen", sagte der Magier.

„Natürlich weißt du das!"

„Nein, weiß ich nicht."

„Durch ein Portal, Magier. Durch ein Portal."

Schasar sah sich um. „Ach, durch ein Portal?! Und wo finden wir das?"

„Dort, wo ihr auch Ihn findet. Am dunklen Bogen. Und so schließt sich der Kreis", erwiderte der Goblin und wandte sich wieder zum Gehen.

„Und so schließt sich der Kreis", murmelte der Magier und gab den Soldaten das Zeichen, Beißer ziehen zu lassen.

Die Sonnen gingen unter. Ethariat grummelte vor sich hin. Die Gefangenen waren bereits mit einigen wenigen Wachen weitergezogen. Der Orkgeneral wartete mit seiner Hauptstreitmacht darauf, dass die Späher wiederkamen.

„Sie kommen", grunzte ein Ork, der auf einem hohen Felsen Wache stand.

„Gut so", erwiderte der General. Er trat zu seinem Urawok und tätschelte dem Riesenwolf den starken Nacken. Dann bestieg er den Rücken des Leittieres. Im gleichen Moment kam der Goblin mit den übrigen Spähern im Schlepptau über den Kamm geritten.

„Wieso habt ihr so lange gebraucht?", fragte Ethariat. Der Goblin betrachtete den Himmel, der rosa-zartlila gefärbt war und zuckte mit den Schultern.

„Die Sonnen sind doch noch gar nicht untergegangen."

Einer der Späher kam zum Hauptmann geritten. „Die Menschen kommen näher", grunzte er. „Sie sind nur noch etwas mehr als einen halben Tag hinter uns."

„Verflucht, wir kommen zu langsam voran", zischte der General und knirschte mit den Zähnen. „Notfalls müssen wir auch tagsüber weiter ziehen." Ein Raunen ging durch die Menge.

„Sie folgen uns nun schon seit Tagen und holen schnell auf. Wir könnten die Menschen in einen Hinterhalt locken und noch in den Bergen bekämpfen", warf ein Krieger ein.

„Ja, das könnten wir." Ethariat sah ihn herausfordernd an. „Aber wenn ihr so gut kämpft, wie ihr Spuren verwischt und falschen Fährten legt, sollten wir das besser lassen. Das scheinen ja wahre Glanzleistungen gewesen zu sein." Der Ork hielt dem Blick des Generals stand.

„Es gibt nur eins, was wir weniger mögen, als davon zu laufen. Sonne! Wir laufen nicht tagsüber davon", zischte er. Ein zustimmendes Raunen ging durch die Umstehenden Orks. Ethariats Hand glitt langsam in Richtung seines Speers.

„Es sind zwei", warf Beißer plötzlich ein. Verdutzt sah der Späher ihn an.

„Was?"

„Es sind zwei Sonnen, also gibt es genau genommen zwei …" Der Ork knirschte knurrend mit den Zähnen. „… Dinge, die ihr weniger mögt als … Ach, ist auch nicht so wichtig." In dem Moment zischte der Speer des Generals durch die Luft und der Ork kippte hart getroffen, aber nicht tot, von seinem Reittier.

„Nachdem das jetzt geklärt wäre …", sagte Ethariat und zeigte auf einen anderen Ork. „… bist du ab jetzt Späher! Und du …" Er sah Beißer an. „… kannst jetzt endlich von dem Pferd steigen und etwas Ordentliches reiten."

„Och, ich würde lieber …", begann er.

„Du hast nichts zu wollen", herrschte ihn der General an. Beißer grummelte beleidigt und stieg vom Rücken des Tiers.

„Zu schade. Es wäre auch zu gut gewesen", murmelte er und übergab das Pferd einem herangetretenen Ork.

„Füttert die Urawoks, aber fangt mir etwas Blut auf", schrie der General und die übrigen Orks machten sich johlend über das Pferd her. „Und den da …" Er zeigte auf den Späher, den er von seinem Reittier geschleudert hatte. „… brauche ich noch." Wehleidig blickte Beißer noch einmal zurück auf sein Pferd und versuchte das laute, erschrockene Wiehern zu überhören. Dann erstarb es. Er wandte sich Ethariat zu.

„Nun gut. Würdest du mir wenigstens sagen, was wir nun vorhaben?"

„Das könnte ich."

„Wunderbar, also?", fragte Beißer.

„Schmerzt dich der Verlust des Menschentieres?", fragte der Ork.

„Nein", erwiderte der Goblin mit harter Stimme.

„Gut."

„Und?"

„Wir werden weiterziehen, sobald sie fertig sind mit fressen." Der General lächelte.

„Was wird aus den Menschen? Sie folgen uns zu schnell."

„Die Gefangenen behindern uns. Durch sie sind wir zu langsam", sagte Beißer und wartete auf die Reaktion des Orks. Der ließ sich einige Zeit.

„Ja, aber wir brauchen sie noch. Hast du nicht selber gesagt, dass Er den Heermeister gern sehen würde? Und die anderen sind sicherlich deutlich kräftiger und talentierter als diese Städter mit ihren linken Händen."

„Und warum locken wir die Menschen dann nicht in einen Hinterhalt oder halten sie wenigstens auf, damit die anderen das Hauptlager sicher erreichen?"

„Du hast doch selber gesagt, dass die Menschen in der Überzahl sind. Und sie werden wie die Bergkatzen kämpfen, um ihren Führer zu befreien." Er lachte schallend. „Hast du den Witz verstanden? Wie die Bergkatzen!"

„Ja, unheimlich komisch." Der Goblin grübelte. Wieso hatte der Ork seine Meinung geändert. Orks dachten doch sonst nicht viel nach. Naja, Fragen kostet Nichts. „Dass sie in der Überzahl sind, hat dich beim ersten Angriff auch nicht gestört."

„Das stimmt. Das war, bevor ich den Heermeister zum Spielen hatte. Er ist meine Versicherung, dass mir nichts passiert." Der Ork nickte siegessicher. Beißer biss sich auf die Lippe. Wahrscheinlich hatte Ethariat damit sogar Recht und Er würde dem Ork für den Dienst danken. Obwohl, hatte Er jemals Jemandem gedankt?

„Was allerdings noch immer nicht zur Lösung unseres momentanen Problems beiträgt", schnarrte der Goblin. „Die Menschen sind schneller, du willst die Gefangenen behalten und nicht kämpfen. Da passt was nicht."

Der General beobachtete die Orks, die nun nacheinander ihre Reittiere bestiegen und auf sein Zeichen warteten. Einer kam zu ihm geritten und überreichte ihm eine hölzerne Schale. Sie war randvoll und schwappte leicht über, als der Ork sie seinem Anführer übergab. Ethariat sah das rote Rinnsal kurz an, das sich über die spröde Haut des Handrückens seinen Weg bahnte; dann leckte er das Blut von seinem Arm. „Es kommt immer auf die Sichtweise an", sagte er und fuhr sich mit der Zunge über die rauen Lippen.

„Inwiefern?", fragte der Goblin angeekelt.

„Dass wir nicht gegen die Menschen kämpfen werden, heißt nicht, dass sie nicht anders aufgehalten werden können." Der Ork tätschelte den Nacken des Urawoks, den es immer wieder zum Pferdefleisch zu ziehen schien.

„Und wodurch könnten sie zum Beispiel aufgehalten werden?", fragte Beißer. Doch der Ork lachte nur und gab mit der Hand das Zeichen zum Aufbruch. Sie schlugen eine andere Richtung ein als die zuvor aufgebrochenen Gefangenen. Immer wieder ließ Ethariat scheinbar wahllos und in unregelmäßigen Abständen einige Tropfen Blut auf die Steine am Wegesrand fallen. Der Goblin sah dem Ork irritiert dabei zu. Währenddessen versucht sein Urawok jeden einzelnen der Steine abzulecken. Und dann dämmerte ihm, wohin der Weg des Orkgenerals sie führen würde.

Schasar hatte die Mittagsrast ausgerufen. Das gepökelte Fleisch ging langsam zur Neige. Daher hatte der Magier ihnen erlaubt in Gruppen loszuziehen und Bergtiere zu schießen. Einige hatten Glück, fanden eine Herde Gämsen und kehrten von den Kameraden herzlich willkommen geheißen zurück; andere schossen kleinere Vögel, an denen kaum Fleisch war. Schasars Magen knurrte, während er von dem Stein, auf dem er jetzt saß, auf die Soldaten hinabblickte. Die Hauptmänner hatten ihm etwas von ihrem Erlegten angeboten, doch er hatte abgelehnt und sich zurück gezogen. Erneut ließ er den Blick über die Runde schweifen. Die Krieger lachten ausgelassen.

Etwas abseits konnte der Magier Zara, einen älteren Soldaten und Gregoralfo ausmachen. Der Junge wurde immer besser im Schwertkampf, übte nahezu ununterbrochen, wenn sie zwischendurch Rast machten. Ob es natürliche Begabung war oder etwas mit dem Elfenschwert zu tun hatte, konnte Schasar nur mutmaßen. Nun ja, so oder so hoffte er, dass Gregoralfo seiner Bestimmung folgen und Arxor retten würde. Oder anders gesagt: es blieb ihm momentan nichts anderes übrig, als daran zu glauben, dass die Elfen die Prophezeiung richtig gedeutet hatten.

Er griff in den Beutel, der neben ihm lag und holte Federkiel, Pergament und Tinte heraus. Vorsichtig tauchte er die Feder in das Tintenfässchen und begann zu schreiben:

Aus dem Tagebuch des Schasar, Magicus Superior:
10. Dynastie Tag 1445/2031 nach Zeitrechnung der Menschen Argonias:

„Sollte es wirklich so sein? Sind in Argonia in der Zwischenzeit fast vier Jahre vergangen? Das Ganze ist zu phantastisch, um wahr zu sein. Phantastisch im negativen Sinne!
Unsere Hauptziele sollten nun sein, Arxor und Quinto zu befreien, wenn möglich, die Schattenarmee auf einem freien Feld zu stellen und ihnen die Kimóner Gefangenen zu entreißen. Und sollte Letzteres nicht gelingen, müssen wir damit erst einmal leben. Denn keiner weiß, ob Er nicht neue Truppen nach Argonia geschickt hat. Vier Jahre. In der Zeit kann was wissen die Ahnen passiert sein. Ich möchte es mir gar nicht ausmalen.

Meine Wut auf Arxor unterdrücke ich so gut es geht – und es geht erstaunlich leicht. Es ist verrückt. Ich sollte ihn hassen, ihn verfluchen für das, was er getan hat, aber ich kann es nicht. Vielleicht bin ich einfach älter und weiser geworden? Oder ist es das Etwas in mir, das von mir enttäuscht ist, weil ich ihn damals hintergangen habe? Rede ich mir etwas ein?

Aber eine zentrale Frage bleibt bestehen: Warum hat er das Amulett aus der Gruft geholt oder holen lassen?

Die drei Splitter des Amuletts – Leben, Licht und Dunkelheit. Eines ist klar: Er will die Teile des Amuletts um jeden Preis. Das ist auch das, was der Goblin uns gesagt hat.

Warum? Weil Er sich ohne sie eine Rückkehr nach Argonia scheinbar nicht zutraut? Doch weshalb sollte Er sonst nicht ohne sie zurückkehren wollen? Er ist doch ohne die Amulettsplitter mächtig, hat Seine Wesen unter Kontrolle - zwingt Ihn vielleicht etwas hier zu bleiben? Kann Er ohne das Amulett vielleicht gar nicht zurückkommen?"

Ich kann nur Vermutungen anstellen, aber ich glaube, dass Er vor etwas Angst hat. Ich vermute, dass Er glaubt mit dem Amulett unbesiegbar zu sein."

Schasar fasste sich an die Brust. Unter der Magierrobe spürte er den schwarzen Stein, der kühl auf seiner Haut lag. Sollte er es auf einen Versuch ankommen lassen?

Er ließ den Blick über die Soldaten schweifen. Immer mal wieder sah jemand zu ihm hinüber, was auch nicht verwunderlich war, da er als erster Berater der Krone bei Abwesenheit des Königs und des Heermeisters der Ranghöchste im Lager war. Er nahm seinen kleinen Dolch vom Bund und drehte sich mit dem Rücken zu den Soldaten. Das war lächerlich, dachte er. Aber was sollte es? Alternativ würde er die Wunde mit Magie heilen. Er umgriff die Klinge des scharfen Dolches mit der Linken. Mit einem heftigen Ruck zog er das Messer aus der Umklammerung.

Starke pochende Schmerzwellen ließen seinen Kopf fasst zerspringen. Schasar biss sich auf die Zähne, um nicht laut aufzuschreien.

Dann öffnete er die linke Handfläche. Dunkelrotes Blut floss aus der tiefen Schnittwunde. Eine schlechte Idee, rügte er sich gerade, als er spürte, wie sich das Amulett auf seiner Brust erwärmte. Er spürte ein leichtes Kribbeln, das langsam über den

Arm in seine Hand wanderte. Und dann schloss sich die Wunde langsam, ganz langsam und wie von Zauberhand. Schasar blickte verdutzt auf seine Handinnenfläche. Die Wunde war verschwunden – nicht einmal eine Narbe war zurückgeblieben. Es funktionierte also.

„Nach dem Selbstversuch kann ich verstehen, warum Er Dahlgors Teil des Amuletts gerne hätte. Aber was hat es mit den anderen Teilen auf sich? Und was noch interessanter ist: Was passiert, wenn Er alle Teile zusammenfügt? Hieß es nicht, dass die speziellen Mächte aller Großmagier in dem Amulett gebündelt seien? Also all die Zauber, auf die die Magier spezialisiert waren? Würde der Träger dieses Amuletts tatsächlich alle Elementar-, Kampf- und Heilzauber anwenden können? Würde er die Kräfte der alten Magier auf sich übertragen? Damit wäre der Träger tatsächlich nahezu unbesiegbar …"

Eine Stimme riss ihn aus seinen Gedanken.
„Meister Schasar?" Leon war heran getreten. „Entschuldigt die Störung."
„Schon gut", erwiderte der Magier, legte die Feder beiseite und pustete kurz auf das Pergament, um die Tinte zu trocknen. Dann faltete er das Blatt und verstaute es in seinem Beutel. Dabei fragte er seinen Gegenüber: „Was gibt es?"
„Wir haben eine neue Fährte entdeckt. Es sind Blutspuren."
„Hmm. Gut und auch wieder nicht gut."
Leon druckste rum.
„Was ist?", fragte der Magier.
„Die Spur führt in eine Höhle ins Innere der Berge."
Schasar legte die Feder nieder. Das war gar nicht gut.

„Die Menschen haben den Köder geschluckt", knurrte der Orkspäher. „Sie stehen vor dem Eingang zu den Windhöhlen."

„Wunderbar", erwiderte der General. „Habt ihr dafür gesorgt, dass diese miese Ratte den Weg nicht mehr herausfindet?"

„Wir haben ihn geblendet und tief in die Höhle gebracht", erwiderte der Späher unemotional. „Allein findet der den Weg sicherlich nicht mehr heraus."

Mit seinem Speerschaft stupste der General Beißer an. „Siehst du? Man muss zwar alles selber machen, aber dann klappt's wenigstens. Ich lasse mich von niemandem beleidigen!" Der Ork lachte schallend auf. Beißer verkniff sich einen Kommentar. Er hatte keine Möglichkeit gehabt, den Menschen eine Warnung zukommen zu lassen. Vor und hinter ihm schlängelten sich Krieger in einer langen Reihe durch die Felsschluchten und Ethariat hatte ihm befohlen an seiner Seite zu bleiben. Beißer schüttelte den Kopf. Auf dem trockenen, felsigen Boden hinterließen die Tatzen der Urawoks nur einige wenige Spuren. Das aber sollte selbst den Menschen reichen, um ihrer Fährte zu folgen. Es blieb nur zu hoffen, dass sie nicht in die Höhlen zogen. Was hätten die eigentlich gemacht, wenn er ihnen bisher keine auffälligen Spuren hinterlassen hätte, dachte der Goblin und schnaufte verächtlich auf.

„Was?", fragte Ethariat auf dem Reittier neben ihm.

„Nichts", erwiderte Beißer. „Die Menschen werden eine böse Überraschung erleben."

„Oh ja, das werden sie." Der Ork grunzte auf. „Und bis sie unsere Spur wieder aufgenommen haben, sind wir mit den Gefangenen längst im Hauptlager angekommen. Falls sie jemals wieder aus den Höhlen herauskommen."

Die Höhle lag dunkel vor ihnen.

„Das gefällt mir ganz und gar nicht", murmelte Schasar und ging einen Schritt näher auf den breiten Höhleneingang zu. Er beugte sich herab und fuhr mit einem Finger über die getrockneten Bluttropfen, die ihnen den Weg hierher geführt hatten. Dann blickte er erneut in die undurchdringbare Dunkelheit. „Was meint ihr?" Die Hauptmänner blickten einander unsicher an.

„Es ist nicht an uns, das zu entscheiden, Herr", begann einer der Schwerttruppenführer. „Aber ich würde sagen, dass wir ihnen folgen. Wir müssen den König und den Heermeister so schnell es geht befreien."

„Das stimmt", warf ein Zweiter ein. „Und wir sollten sie einholen, solange wir noch in diesen Bergen sind. Wer weiß, wo ihr nächstes Lager mit neuen Ressourcen ist."

„Wobei es grundsätzlich egal ist, ob wir in den Schluchten oder in dieser Höhle in einen Hinterhalt geraten", fügte eine Kommandantin der Speerträger hinzu.

„Allerdings werden wir mit den Pferden in der Dunkelheit nicht ganz so gut voran kommen", meldete sich ein Kavallerist zu Wort.

„Als ob die Pferde uns in den Bergen weitergeholfen hätten. Zu Fuß ist man fast schneller und einen gezielten Angriff kann man mit ihnen auch nicht durchführen. Die stehen nur im Weg rum", murmelte ein Schützenführer.

„Was war das?", fragte der Kavallerist.

„Nichts", erwiderte sein Gegenüber.

„Als ob eure Bögen uns in den Höhlen von großer Hilfe wären."

„Oh ja, deutlich mehr als die Pferde." Grimmig sah der Hauptmann seinen Gegenüber an.

„Was soll das?", fragte Schasar. „Eure persönlichen Reibereien sind nicht das, was uns jetzt weiterbringt. Die Pferde werden uns auf dem Schlachtfeld ebenso gute Dienste erweisen wie die Schützen! Aber jetzt geht es darum, wie wir weiter fortfahren." Er schwieg. Die beiden Hauptmänner sahen beschämt zu Boden. Leon räusperte sich.

„Meine Männer und Frauen haben die nähere Umgebung untersucht. Alles deutet darauf hin, dass die Schatten mit den Gefangenen hierher gezogen sind. Wir sollten ihnen also in die Höhle folgen. Welche Alternative haben wir?"

„Wenn das schon die Späher sagen, ist die Sache doch eindeutig", meinte die Kommandantin der Speerträger. „Wir gehen in die Höhle." Für Schasar war seit sie die Höhle erreicht hatten klar, dass ihr Weg sie in die Bergkatakomben führen würde. Aber insgeheim hatte er darauf gehofft, tatsächlich eine Alternative zu finden. Höhlen war schon gefährlich, auch wenn man nicht versuchte einer mindestens fünfhundert Mann starken feindlichen Einheit zu folgen. Keiner wusste, welche Fallen sie unter Umständen bereit hielten. Keiner wusste, wer oder was in den Gängen hauste. Vor allem waren sie jedoch immerdunkel und boten somit eine Umgebung, in der sich die Schatten am Wohlsten fühlten, während sich so mancher Krieger wahrscheinlich in die Hosen machte.

Ihr Weg hatte sie durch langgezogene, große Hallen geführt, die teilweise nur durch sehr enge Stollen verbunden waren. Nicht nur Zara war die Anspannung anzumerken. Der schrecklich pfeifende, kühle Wind, der ihnen entgegen blies seit sie die Höhlen betreten hatten, ließ sie immer wieder zusammenzucken.
Aufmerksam verfolgte sie die verzerrten, zitternden Schattenspiele, die die aberdutzenden Fackeln auf die Höhlenwände warfen. Von der hohen Decke über ihren Köpfen ragten tausende von Stalaktiten nach unten, was der Höhle eine raue und seltsam fremdartige Gestalt gab. Der Boden unter ihren Füßen war nass und glitschig. So manches Mal war Zara mit ihren abgewetzten Rindslederstiefeln ins Schlittern gekommen.
„Alles in Ordnung, Kleine?", fragte der alte Soldat neben ihr.
„Natürlich, und bei dir alter Mann", erwiderte sie kess. Er lächelte sie an.
„Natürlich."

Gregoralfo blickte sich aufmerksam und mit gezogenem Schwert um. Er hatte schon länger das Gefühl, dass die Krieger, die den Tross anführten, nicht mehr wussten, wohin sie eigentlich gingen. Sie hatten an den Stellen, an denen es Abzweigungen gab, Zeichen zur Orientierung hinterlassen. Aber auf dem dunklen, feuchten Höhlenboden brauchbare Spuren zu finden, war nahezu unmöglich. Auch dem Magier war dies nicht entgangen. Die Blutspur, die sie bisher geleitet hatte, war schon längere Zeit versiegt. Der Späher namens Leon kam auf den Magier und ihn zugelaufen.

„Meister Schasar", flüsterte er, sodass die Umstehenden es nicht mitbekamen. Der Magier nickte. „Wir haben ihre Spuren verloren."

„Sollen wir umkehren?", fragte Schasar.

„Nein, ich denke nicht. Ich werde meine Späher aussenden."

„Meinst du, dass das eine so gute Idee ist?"

„Sie werden vorsichtig sein", erwiderte Leon.

„Und was machen wir in der Zwischenzeit?"

„Wir rasten – es müsste mittlerweile Mittag sein."

„Auch wenn das hier nicht der richtige Ort dafür scheint", erwiderte Schasar. „Die Leute brauchen eine Stärkung und hoffentlich finden wir bald ihre Spur."

„Wir geben unser Bestes. Die nächste Höhle ist groß genug, um mit allen Rast zu machen." Schasar nickte zustimmend. Leon drehte sich um und ging schnellen Schrittes auf seine Späher zu. Momente später stoben sie mit Fackeln und Kurzschwertern bewaffnet in alle Richtungen aus, wurden dann zu kleinen leuchten Punkten in den weiten Gängen und waren alsbald gänzlich von der Dunkelheit verschluckt.

Schasar hatte sich auf einem Steinvorsprung niedergelassen. In Gedanken versunken biss er in den trockenen Kanten Brot, den er in den Satteltaschen gefunden hatte. Sein Pferd stupste ihn hungrig mit der Nase an. Der Magier lächelte milde und gab ihm seinen Rest. Danach rieb er die Handflächen aneinander und wischte sie dann an der Robe ab. Ein richtiges Mittagsmahl war etwas anderes.

Er nahm seinen Trinkschlauch und setzte ihn an den Mund. Während er trank beobachtete er die Soldaten und Tiere um sich herum. Er schüttelte den Kopf. Aber was hatte er erwartet, fragte Schasar sich. Bisher hatten die Späher scheinbar richtig gelegen. Leon hatte ihm auf dem Weg über den Bergrücken Blut- und Tatzenspuren gezeigt. Und auch in den Anfängen dieser Höhle hatte es relativ frische Blutspuren an den Höhlenwänden gegeben.

Doch je tiefer sie in das Bergmassiv vordrangen, desto

schwieriger wurde es, weitere Spuren zu finden. Abgesehen von den Lichtverhältnissen war es durch die Vielzahl der Gänge dieses steinernen Labyrinths beinahe unmöglich einer klaren Fährte zu folgen. Und ein Moment der Unachtsamkeit würde genügen, dass sie vom rechten Weg abkamen, dachte Schasar. Doch glaubte er fest daran, dass dieser Moment sie noch nicht ereilt hatte.

Plötzlich begann sein Pferd unruhig auf der Stelle zu tänzeln. Der Magier griff nach den Zügeln. Das Tier schnaufte hektisch und versuchte sich loszureißen. Schasar erhob sich rasch. Die Krieger im weiten Rund taten es ihm nach und griffen zu den Waffen. Die Frauen und Männer hatten gelernt auf die Instinkte der Pferde zu vertrauen. Sie sahen, hörten und fühlten zumeist besser und intensiver als die Menschen.

Schasar sah sich um. Ein neuerlicher, kühler Wind kam auf und ließ ihn frösteln. Die Fackeln loderten und flackerten hektisch. Und dann erklang ein lauter Schreckensschrei, der ihnen allen durch Mark und Bein ging.

Leon zuckte zusammen und presste sich erschrocken gegen die rückwärtige Wand. Seine Fackel fiel zu Boden und erlosch im gleichen Augenblick. Abrupt umfing ihn die tiefschwarze Dunkelheit, die nur von der glühenden Spitze der Fackel durchbrochen wurde. Sein Puls ging schneller. Er zitterte. Der Schrei war aus dem Raum vor ihm gekommen und er war sich relativ sicher, dass kein anderer seiner Späher in diese Richtung gegangen war. Ein leichter Windstoß kam auf. Hatte er ein Flattern gehört? Leon konzentrierte sich. Dann schlug ihn etwas zu Boden und schleifte ihn in den nächsten Raum.

Leon lag auf dem Bauch und hustete. Zitternd fasste er sich an den Rücken. Sein Umhang und das leichte Lederwams waren aufgerissen. Er spürte klebriges Blut.

„Was … willst … du … hier?" Die Worte hämmerten in seinem Kopf ein. Leon schrie kurz auf und fasste sich mit den Händen an die Schläfen, an denen die Adern so stark pochten, dass er glaubte, sein Kopf würde platzen.

„Ich …", stammelte er. „Wir …" Nur allmählich ließen die Schmerzen nach. Leon blickte hoch, konnte in der Dunkelheit jedoch nichts erkennen.

„Ich fragte dich, was du hier willst?", sprach die Stimme in seinem Kopf abermals. Diesmal schmerzten die Worte nicht.

„Wir verfolgen die Orks", erwiderte er schnell, nicht sicher, ob es die richtige Antwort war.

„Was sind … Orks?", fragte die Stimme. Leon war verwirrt, wusste nicht, was er sagen sollte. Er dachte an die schuppigen, halbverwesten Gestalten in ihrer maroden, zerschlissenen Kleidung. Sie alle waren einmal Menschen, Elfen oder Gebirgler gewesen. Damals, bevor sie zu Verrätern und Geächteten geworden waren. Damals, bevor man sie den Wall hatte bauen lassen und sie anschließend in die Wüste jagte. Er zwinkerte mit den Augen. Die Bilder in seinem Kopf verschwanden. Stattdessen erklang die Stimme erneut. „Das sind also Orks", murmelte sie nachdenklich.

Leon hörte ein knirschendes Geräusch und zuckte instinktiv zusammen. Etwas wurde aufgehoben und auf ihn zu geworfen. Wie ein nasser Sack klatschte es auf dem Boden neben ihm auf und schlug ihm leicht in die Seite. Mit der Hand tastete er danach. Erschrocken zog er sie zurück, als er den leblosen, haarigen Arm des toten Orks berührte. Er schluckte.

„Ja, das ist ein Ork." Seine Stimme überschlug sich und Leon schluckte erneut. Er hatte Angst und ihm war übel.

„Gut", erwiderte die Stimme in seinem Kopf. „Aber du scheinst nicht zu wissen, wer ich bin, oder?"

„Nein, Herr", erwiderte Leon demütig.

„Anders hätte ich es mir auch nicht erklären können, dass du hier aufkreuzt." Etwas Nadelspitzes wurde an Leons Kinn gehalten, bohrte sich leicht in seine Haut. Der Späher hob langsam den Kopf. „Du bist also ein Mensch und kein Ork." Die Stimme klang belustigt. „Gleich zerbrechlich seid ihr Kreaturen ja und trotzdem werdet ihr Menschen in Zukunft noch von euch reden machen. Eigentlich eine Enttäuschung", sprach die Stimme.

Dann wurde der spitze Gegenstand blitzschnell zurückgezogen. Leon atmete aus und ließ den Kopf zu Boden sinken. „Die anderen von deiner Sorte sind auf dem Weg. Wenn du leben willst, wenn ihr alle leben wollt, sorge dafür, dass nur der Eine zu uns kommt!"

„Ich glaube, dass es von hier gekommen ist", murmelte einer der Speerträger.

„Leuchte mir mal besser", zischte ein anderer einem Soldaten mit Fackel zu. Dicht an dicht gedrängt lugten sie vorsichtig um die Ecke vor ihnen. Der schreckliche Schrei war noch mehrere Male laut nachgehallt, bis Schasar schließlich den Marschbefehl gegeben hatte. Einige wenige Krieger waren bei den Pferden geblieben, meist diejenigen mit leichten Verletzungen aus dem ersten Aufeinandertreffen mit den Schatten und einige Bogenschützen, deren Pfeile in den engen Gängen nicht unbedingt von Vorteil waren.

„Was seht ihr?", fragte einer der Hauptmänner, die Schasar und Gregoralfo flankiert hatten.

„Nichts", erwiderte eine Kriegerin. „Wir können keine zwei Schritte weit schauen."

„Halt! Wer da?", rief ein zweiter Krieger plötzlich. Eine Gestalt taumelte in den Lichtradius. Die Lanzen in den Händen der Krieger zitterten nervös.

„Ich bin es", keuchte eine Stimme. „Ich …" Leon sank zu Boden.

„Es ist der Hauptmann der Späher", rief einer der vorderen Krieger.

„Nun helft ihm doch", sagte eine Speerträgerin.

„Lasst mich durch", erwiderte Schasar und teilte die Menge vor sich mit den Armen.

„Herr, ihr solltet nicht …", begann einer der Hauptmänner, erntete jedoch nur einen ärgerlich Blick des Magiers.

Schasar beugte sich über Leon. Der Umhang des jungen Kriegers war zerschlissen und blutig.

„Sie sind dort hinten", murmelte er.

„Wer?", fragte Schasar und blickte auf. „Haben die Orks dir das angetan?"

„Nein."

„Alles wird gut."

„Sie wollen, dass der Eine zu ihnen kommt." Leon stockte. „Sonst wollen sie uns alle töten." Der Magier erhob sich.

„Ist das so?", murmelte er ohne zu hinterfragen, wer Sie sind. Langsam schritt er auf die Dunkelheit vor sich zu. „Ihr wartet hier", befahl er ohne sich umzublicken. „Kümmert euch um Leon."

„Aber Herr", begann einer der Hauptmänner, bevor er von selbst innehielt. Er schien zu wissen, dass es aussichtslos war den Magier umzustimmen.

Schasar ging langsam in die Dunkelheit. Als er aus dem Radius der Fackeln getreten war, hielt er inne und lauschte. Er hörte ein leichtes Rauschen. Der Magier lächelte und ging weiter. Dort war das Rauschen wieder. Urplötzlich drehte er sich um und rief mit gefalteten Händen: *„Lux sintillis!"*

Augenblicklich erschien ein greller Lichtschein und eine zwei Schritt breite Kugel hüllte ihn ein. Für Sekundenbruchteile blickte er in die ihn anfauchende Fratze eines der Gargoyls, die ihn lauernd umkreist hatten.

„Alles in Ordnung?", rief eine Stimme aus dem Gang hinter ihm.

„Ja", erwiderte er. Etwas versuchte durch die Barriere in seinen Geist einzudringen. „Na sieh einer an", murmelte Schasar. „So welche seid ihr also." Die fremde Macht zog sich leicht zurück, was der Magier als freundliches Zeichen wertete und die Blockade seiner Gedanken etwas lockerte. *Hier gibt es definitiv zu viele magiebegabte Wesen,* dachte er noch, als er eine fremde Stimme in seinem Kopf hörte.

„Seid mir gegrüßt, Magicus", sprach sie.

„Und mit wem habe ich die Ehre zu sprechen?", antwortete er

auf der Gedankenebene.

„Mein Name tut nichts zur Sache und in deiner Sprache wäre er auch nur sehr schwer auszusprechen."

„Was ist mit den Orks?", fragte Schasar geradeheraus.

„Diese Kreaturen kommen nicht mehr hierher. Wir haben einen Pakt mit Ihm geschlossen", begann die Stimme. Schasar unterbrach sie.

„Warum habt ihr einen Pakt mit Ihm geschlossen?"

„Ist es bei euch Menschen nicht auch unfreundlich, den anderen zu unterbrechen?", fragte der Gargoyl.

„Entschuldigt, aber Ihr habt einen meiner Männer stark verwundet und ich will wissen um welchen Preis."

„Um welchen Preis?" Die Stimme verhärtete sich. „Der Preis ist das Blut, das an euren Fingern klebt. Ich kann es riechen." Schasar spürte, wie die Stimme in die Gedanken der Menschen eindrang, die in dem Gang warteten. „Das Blut unserer Kinder klebt an euren Händen."

Schasar antwortete laut: „Dieses Blut klebt an unseren Händen, weil ihr euch mit Ihm verbündet habt. Weil ihr unsere Häuser und Heime angegriffen habt. Wir haben uns nur gewehrt."

„Ja." Die Stimme zog sich zurück und erklang nun nur noch in Schasars Geist. „Ja, sie mögen euch angegriffen haben. Aber das ist aus einem guten Grund geschehen." Schasar vernahm ein lautes Flattern und Augenblicke später landete ein großer, grauer Gargoyl in seinem Sichtfeld. Er hielt Abstand zu dem leuchtenden Ball, den Schasar noch immer aufrecht erhielt. „Wir leben, seit wir denken können, in diesen Bergen. Wir haben Tunnel in die Wände getrieben, Höhlen geschaffen." Die Stimme seufzte. „Die anderen Wesen hielten sich von uns fern, wir hielten uns von ihnen fern – so gut wie es ging. Auch wir müssen leben." Schasar zuckte mit der Augenbraue. „Das Leben ging weiter wie immer, bis zu dem Tag, als diese Orks auftauchten. Sie brachten das Feuer, sie brachten das Licht in die Dunkelheit." Die Stimme schwieg.

„Und das Feuer verletzt euch", murmelte Schasar.

„Ja. Wir meiden die Sonnen. Diese Orks auch. Und unser Problem war, dass sie damit begannen, sich auch durch den Stein zu graben. Und eines Tages fanden sie einen unserer Gänge und dann dauerte es nicht mehr lange, bis sie da waren."

„Wer?", fragte Schasar.

„Jene, die so sind wie du", erwiderte die Stimme.

„Die Schattenmagier", erwiderte er. Der Gargoyl nickte.

„Wir töteten zuvor Dutzende dieser Orks und einige ihrer Gefangenen, die sie zum Graben in den Berg benutzten. Aber dann kamen die Schattenmagier und brachten das Feuer hierher, das Licht, so wie du. Aber das hier ist nicht normal, nicht natürlich." Angewidert wandte der Gargoyl den Blick ab.

„Und was geschah dann?", fragte Schasar.

„Sie kamen und verlangten von uns, dass wir ihnen folgten."

„Und das habt ihr getan?"

„Nein." Der Gargoyl öffnete das Maul des fledermausartigen Gesichts und entblößte die messerscharfen Zähne. „Natürlich nicht. Wie bei dir spüre ich, dass die Kraft aus dir weicht, je länger wir miteinander reden. Wenn wir diese Schattenmagier nur lang genug beschäftigt hätten, wären sie zu erschöpft gewesen, um uns etwas anzuhaben. Dann wären sie ein leichtes Opfer gewesen. Von diesen Orks ganz zu schweigen." Schasar sah sich suchend um. „Wir sind mehr, als du dir vorstellen kannst", erwiderte der Gargoyl und schüttelte beinahe menschlich den Kopf. „Aber das tut nichts zur Sache. Sie haben uns einen Pakt angeboten, mit dem wir leben mussten, wenn wir vor ihren überraschenden Angriffen geschützt sein wollten. Sie haben unter anderem einen Teil des Berges gefordert, in dem sie etwas für sie Interessantes gefunden haben. Da er nicht übermäßig bewohnt war, konnten wir dies verkraften."

„Was haben sie noch gefordert?", fragte Schasar. Der Gargoyl stieß sich kreischend vom Boden ab.

„Unsere Kinder."

„Und ihr habt sie Ihm gegeben?"

„Ihm …" Die Stimme in Schasars Kopf zögerte. „Ja. Als Zeichen des guten Willens haben sie gesagt. Dafür haben sie einige dieser Orks zurückgelassen."

„Als Pfand?"

„Nenn es so." Der Gargoyl kreiste unruhig über dem Lichtball des Magiers. „Wir haben Ihn, wie du ihren Anführer nennst, nie gesehen. Aber Er ist mächtiger, als ich es mir vorstellen konnte." Schasar schüttelte den Kopf. Er konnte sich ausmalen, was dann geschehen ist. „Du weißt, dass wir nur nachts oder im Dämmerlicht unter freiem Himmel fliegen können? Der schwarze Henker mit dem Eisenblick hat den Willen vieler unserer Kinder gebrochen. Nur wenige konnten sich dagegen behaupten und fliehen. Noch weniger haben es zurückgeschafft, um uns davon zu berichten."

„Was heißt es, den Willen gebrochen?"

„Das weißt du nicht? Und doch bist du einer von ihnen, einer dieser Magier."

„Ich bin keiner von ihnen", erwiderte Schasar harsch.

„Die Schattenmagier haben ihre Wesen unter Kontrolle. Kaum eines, das kein Ork ist, handelt nach eigenem Willen. Kein Wesen dieser Welt würde sich freiwillig einem anderen Untertan machen. Schon gar nicht diesen Neuankömmlingen, seien sie noch so mächtig und gefährlich. Und manche fliehen, wie die, die euch Menschen so ähnlich sind. Sie fliehen in die Weiten der Flachebenen, in den vermeintlichen Schutz der Berge oder in die Dichte der Wälder." Der Gargoyl landete wieder vor Schasar. „Doch das Schlimmste sind die Gebieter der Elemente, diese leeren Hüllen, die Ihm ohne Widerrede folgen."

„Leere Hüllen?" Der Magier war verwirrt.

„Ohne sie würde Er sicher nicht so mächtig sein. Denn ein jeder von ihnen befehligt nur eine Rasse. Tötet sie und die Wesen sind wieder frei", murmelte die Stimme und änderte ihren Tonfall dabei leicht.

„Das heißt, ihr wollt, dass wir die Schatten für euch vernichten?", fragte Schasar.

„Die Dunklen haben unsere unschuldigen Kinder in den Tod geschickt. Der Befehl, gegen die Menschen in die Schlacht zu ziehen, kam ihrem Untergang gleich. Natürlich wollen wir einen jeden von ihnen tot sehen!"

„Was ist mit den Orks geschehen, die bei euch geblieben sind?" Schasar wusste die Antwort, noch bevor der Gargoyl antwortete.

„Wir haben sie gefressen." Schasar schluckte. „Du hältst uns jetzt bestimmt für Raubtiere. Und das sind wir auch. Fressen oder gefressen werden. Auge um Auge, Zahn um Zahn. Fühlt ihr nicht ähnlich?" Schasar antwortete nicht. „Abgesehen davon, dass ihr eure Gegner hinterher nicht fresst?"

„Was machen wir nun aus dieser Situation?", fragte der Magier ohne darauf einzugehen.

„Ihr geht ein bindendes Versprechen mit uns ein. Einen Pakt …", begann der Gargoyl.

„So wie ihr einen mit den Schatten eingegangen seid?", unterbrach ihn der Magier.

„So ähnlich. Nur wir werden ihn mit Blut schließen." Der Gargoyl streckte die bekrallte Hand aus.

„Nein", erwiderte Schasar hart. „Ich bin ein Hüter der Elemente, ich kann so etwas nicht tun. Ich kann mich nicht nur der Luft verpflichten."

„Ich weiß", erwiderte der Gargoyl grinsend. „Aber ich meinte auch nicht dich. Zweifelsohne sind in deiner Brust deines Schicksals Sterne. Dein Herz ist am rechten Fleck. Ich wünsche dir viel Erfolg beim Streben nach dem, was du vorhast." Mit den Worten blickte er an Schasar vorbei. „Und nun tritt bitte vor, mein Kind und sage uns, was dir auf dem Herzen liegt!"

„Ich werde es tun", erklang plötzlich eine Stimme hinter ihnen. Schasar drehte sich um und sah, wie Zara in den Lichtkegel trat. „Ich habe jedes Wort in meinem Kopf hören können und ich werde es tun."

„Licht und Dunkelheit, Luft und Erde, weit entfernt und doch vereint in trauter Zweisamkeit." Der Gargoyl lächelte. „Tritt näher mein Kind, damit ich dir durch den Blutschwur das Mal unseres Elements schenken kann."

Das Wort des Wolfsschädels

Arliandro öffnete die Augen. Er befand sich in einem fremden Raum, der in ein nebliges Halbdunkel gehüllt war. Er hatte grausame Kopfschmerzen.

„Wie geht es dir?", fragte eine Stimme neben ihm. Der Elf drehte den Kopf und zuckte erschrocken zurück, als er in die blutroten Augen eines Urawoks blickte. Dann erst realisierte er, dass der leblose Wolfsschädel auf dem Kopf eines älteren, dunkelhäutigen Fremden saß, der etwas mit einem Stößel in einer Holzschale zerrieb.

„Wo bin ich? Was ist passiert?", fragte Arliandro und versuchte sich hochzustemmen.

„Du bist in Sicherheit", erwiderte der Fremde mit beruhigender, sonorer Stimme. „Das ist das Wichtigste. Du solltest dich ausruhen." Arliandro schloss die Augen und sank zurück. Die Erinnerungen blitzten auf. Das Lager, der Wilde, die Drachen, das Feuer. Er war verwundet worden, hatte es gerade noch zum Waldrand geschafft. Dort hatte er den Wilden getroffen. Dann wurde alles schwarz. Er massierte seine Schläfen.

„Du sprichst meine Sprache?" Arliandro blickte den Alten argwöhnisch an. Den Wilden im Lager hatte er kaum verstehen können.

„Sagen wir es mal so: Ich habe die Möglichkeit, Dinge schnell zu lernen", erwiderte der Fremde lächelnd und legte den Stößel beiseite. „Und so unterschiedlich sind unser beider Sprachen nicht einmal."

„Wie lange war ich ohnmächtig?", fragte Arliandro und sah sich in dem Zelt um, in dem zahlreiche ungewöhnliche Gegenstände lagen und standen.

„Beinahe zu lange. Nong`tau hat dich gefunden und so schnell es ging hierher gebracht. Gerade noch rechtzeitig." Der Alte stockte. „Aber es ist unhöflich, dass ich mich nicht vorstelle. Mein Name ist Yethian und ich bin der Schamane unseres Stamms." Der Fremde verneigte sich kurz.

„Mein Name ist Arliandro." Irgendwie kam Arliandro dieser

Name vertraut vor, doch er konnte sich nicht erinnern, wo er ihn schon einmal gehört hatte.

„Es freut mich, dich kennen zu lernen, Arliandro Falkenauge."

„Es freut mich, dich kennen zu lernen." Der Elf richtete sich erneut langsam auf und befühlte vorsichtig die ehemals klaffende Wunde an seiner Schulter. Sie war vollständig verheilt. Nur das von trockenem Blut umrahmte Loch in seinem Wams war geblieben. Der alte Schamane nickte.

„Dein Körper ist unglaublich stark. Er hat gegen den Tod gekämpft und den Kampf gewonnen." Er nahm einen Tonkrug, füllte ihn mit Wasser und stellte ihn in die Glut der Feuerstelle.

„Ja, das hat er scheinbar", sagte Arliandro, der ihm nachdenklich dabei zusah.

„Wenn ich es nicht besser wüsste, würde ich vermuten, dass unser Blut in deinen Adern fließt." Die wachen Augen des Schamanen musterten Arliandro von oben bis unten.

„Wer seid ihr?", fragte der Elf.

„Wir sind die, die es noch in die Wälder geschafft haben, bevor sie kamen und unsere Heime zerstört haben", murmelte Yethian.

„Die Schatten?" Der Schamane nickte mit traurigem Blick.

„Wir haben sie freundlich willkommen geheißen, wir wussten nicht, wer oder was sie waren. Dafür haben wir Tod und Verderben geerntet. Ich konnte nichts anderes machen, als so viele meiner Brüder und Schwestern wie möglich zu retten und hierher zu führen. In die Wälder und damit in Sicherheit. Hier haben die Schatten keinen Einfluss."

„Wie lange ist das her?", fragte Arliandro leise und mit traurigem Blick. Bilder prasselten auf ihn ein. Der Tag, an dem die Schatten den Tempel auf der Elfeninsel Bÿton durch ihren blutigen Überfall entweiht hatten.

„Mehr als sechs Winterwenden. Und nun hat mir Nong`tau erzählt, dass neue Fremde gekommen sind." Yethian hob eine Braue und sah den Elfen herausfordernd an. „Fremde, die das Böse bekämpfen." Der Schamane nahm den Krug vom Feuer und schüttete das warme Wasser in die Holzschale. „Hier." Er reichte dem Elfen die Schale. „Das wird dir helfen, dich weiter zu erholen." Arliandro nahm den dampfenden Sud an und trank die Kräutermischung vorsichtig. „Du scheinst mir blind zu vertrauen."

„Du sprichst die Sprache der Natur. Gibt es einen Grund dir nicht zu trauen?", fragte Arliandro. Yethian lächelte milde.

„Natürlich nicht."

„Vielen Dank für alles", sagte Arliandro.

„Nichts zu danken", erwiderte der Schamane. „Es kann nur in unserem Interesse liegen, diejenigen zu stärken, die dafür sorgen, dass das Böse wieder dorthin zurückkehrt, von wo es gekommen ist."

„Ich würde mich gern bei Nong`tau bedanken", sagte der Elf ohne weiter darauf einzugehen.

„Natürlich, ich werde nach ihm schicken lassen. Ich bin sehr stolz auf meinen jungen Schüler, musst du wissen. Er hat Großartiges geleistet."

„Ja, das hat er."

„Und dennoch bist du nicht sonderlich überrascht, dass deine Wunde in so kurzer Zeit vollkommen verheilt ist. Du hast nicht einmal gefragt, wie ich dieses Wunder vollbracht habe."

„Wie hast du …", begann Arliandro, doch der Alte lachte schallend.

„Nun stell dich nicht dümmer an, als du bist! Das Wunder deiner Genesung hat dein Körper, dein Blut vollbracht. Und nur durch wenige von uns fließt sie."

„Sie?"

„Die Stärke. Die Energie. Die Macht."

Zara schnaufte gereizt aus. Anfangs hatte sie das Mal auf ihrem Handrücken so gut es ging vor den neugierigen Blicken der übrigen Soldaten verborgen. Mittlerweile scherte sie sich nicht mehr weiter darum. Gerüchte hatten schnell die Runde gemacht und sie erregte nun Aufmerksamkeit, wo immer sie auch entlanglief. Zara biss die Zähne zusammen und schluckte. Quinto hatte immer gesagt, dass sie nicht wüsste, wie es sich anfühlte, wenn jeder getaner Schritt beobachtet wurde. Wie schwer es war, wenn man aus der Masse heraus stach. Wenn man Verantwortung übernehmen musste für das, was man sagte und tat. Jetzt wusste sie es.

Der Magier hatte dem Blutschwur anfangs skeptisch gegenüber gestanden, aber ihm hatte letztlich die Entschlossenheit gefehlt sie zurück zu halten. Vielleicht hatte es auch mit den vielen Gargoyls in dem Raum zu tun, die er mit Sicherheit nicht alle davon hätte abhalten können, die Armee der Menschen zu zerfetzen.

Zara wusste selber nicht, was sie letztlich bewogen hatte, dem Schwur zuzustimmen. Vielleicht war es Mitleid mit den Gargoyls gewesen. Jene Tiere, die zu Unrecht den Ruf von wilden Monstern hatten. Ihr lief ein Schauer über den Rücken, als sie sich an den Moment erinnerte, in dem sie das Mal erhalten hatte. Als sie die knochige Hand des Gargoyls berührte und sich das kreisrunde Zeichen mit einem beinahe sachten und sanften Prickeln in ihren Handrücken brannte, veränderten sich die Grenzen ihrer Wahrnehmung. Alles um sie herum wurde klarer. Leise Geräusche, die sie nun hörte, schärfere Bilder, die sie nun sah, und neue Gerüche, die sie noch nie zuvor wahrgenommen hatte. Sie fühlte sich wie neu geboren, wie ein Teil von ihnen und ihrer Herde. Sie fühlte sich für sie verantwortlich.

Diese Tiere waren nicht die Monster, zu denen sie von allen gemacht wurden. Sie handelten nach der Maxime, nach der jede Rasse letztendlich lebte: friss oder stirb! Sie hatten Opfer gebracht, um ihre Population zu schützen. Die blutrünstigen Bestien waren von Menschenhand gemacht – oder von Magierhand, dachte Zara grimmig. Sie ließ den Blick über die steinernen Hügel und Täler vor ihnen schweifen und tätschelte geistesabwesend den Nacken ihres Pferdes.

„Alles in Ordnung mit dir?", fragte der Magier, der sie mit wachen Augen beobachtete. Seit sie die Windhöhlen verlassen hatten, hatte er darauf bestanden, dass Zara fortan in seinem Gefolge ritt. Sie hatte es nicht zuletzt aufgrund der vielen neugierigen Blicke und Fragen der anderen Soldaten dankbar angenommen.

„Ja, Herr", erwiderte sie und schloss die Fäuste ein wenig kräftiger um die Zügel des Pferdes.

„Gut." Sein Blick heftete sich auf das Mal auf ihrer Hand. Der schwarze Kreis hatte sich wie ein Brandzeichen in ihre Haut gefressen. Zaras Hand zuckte unsicher und begann dann wahllos in ihrem Wamsbeutel zu graben. Der Magier wandte den Blick ab.

Gut war etwas anderes, dachte sie. Gut war, dass sie die Spur wiedergefunden hatten. Nicht zuletzt dadurch, dass sie die Fährten der Orks sah, wo das menschliche Auge nichts mehr erkennen konnte. Dadurch, dass sie roch, wo der Tross entlanggelaufen war, lange, nachdem die Orks diesen Teil des Gebirges bereits wieder verlassen hatten. Und dadurch, dass sie Quinto wahrnahm, seinen lebendigen Schweiß und sein pulsierendes Blut – das war gut …

„Lebt er noch?", fragte der Orkgeneral und sah auf Quinto herab, dessen blutiges Gesicht zur Unförmigkeit zugeschwollen war. Der Wächter packte Quintos Hals und hob dessen Kopf. Der Mensch presste ein schmerzhaftes Stöhnen heraus. Blut und Speichel tropften aus seinem halb geöffneten Mund. Er röchelte.

„Er lebt und er wird es überstehen", erwiderte der Ork und ließ Quintos Hals los. Der Heerleiter sackte erschöpft zu Boden.

„Wie ein Wilder ist er auf mich losgegangen. Mir blieb nichts anderes übrig", versuchte sich der Krieger zu rechtfertigen. Der General nickte.

„Hat er etwas gesagt?"

„Er hat Mörder geschrien und wild um sich geschlagen." Ethariat nickte erneut und wandte sich zum Gehen. „Ein paar Tage noch, dann sind wir an den Brüchen. Dort liefern wir die anderen ab, bringen ihn zum Herrn und danach sammeln wir die Armee", murmelte er und blickte auf die endlos erscheinenden Hügelketten vor sich. „Und dann bekommen wir unsere Rache!"

Der Himmel war im Licht der untergehenden Sonnen rosarot gefärbt. Bald brach die Nacht herein. „Alles aufsitzen!", stieß er hervor. „Wir ziehen weiter."

Beißer bestieg seinen Urawok. Törichter Mensch, dachte der Goblin. Fast hätte Quinto seinen letzten Lebensfunken ausgehaucht. Und nur, weil die Orks das Pferd getötet hatten? Wahrscheinlich spielten dem Menschen die Sinne bereits Streiche, vielleicht hatte er zu oft einen Schlag auf den Kopf bekommen. Wie ein Wahnsinniger hatte er sich den Orkreitern entgegen geworfen, nachdem sie ohne Beißers Pferd wiedergekehrt waren und ihn auf seine Fragen nach dessen Verbleib verhöhnt hatten. Mit auf dem Rücken gefesselten Händen hat er versucht sie zu attackieren. Verrückter Kauz. Beißer schüttelte ungläubig den Kopf.

Dann blickte der Goblin hinüber zum nächsten Bergkamm. Zwei Tage noch, dann würden sie die Brüche erreichen. Vielleicht drei, mit den schwachen Menschen im Schlepptau. Er blickte zu den gefesselten Gefangenen, die sich nun in einer Reihe aufstellten und langsam einen Schritt vor den nächsten machten. Sie verhielten sich ruhig und das war das Beste für sie.

Die Orks ließen ihre gesamte Wut an Quinto aus. Und sobald der Heerleiter auch nur einen neuen, trügerischen Funken Kraft in seinem geschundenen Körper spürte, setzte er alles daran, die Orks erneut gegen sich aufzuwiegeln, sie zu beleidigen oder anzugreifen. Er hatte die Aufmerksamkeit so natürlich von den anderen Gefangenen und insbesondere von Arxor genommen. Beißer folgte dem König mit den Augen, als er langsam und mit hängendem Kopf an seinem Urawok vorüber schritt. In dem zerschlissenen Umhang, mit geschwollenem Gesicht und ohne dass er ein Wort sprach, hob sich der König nicht von den anderen ab. Er mied die Blicke der Orks und schaute demütig zu Boden, wenn sich Ethariat der Gruppe näherte.

Beißer konnte sich vorstellen, dass es Arxor viel Überwindung kosten musste, Quinto so leiden zu sehen. Der Menschenkönig war etwas Besonderes, das wusste der Goblin. Die Übrigen aus seinem Gefolge begannen allmählich zu schwächeln. Der

Angsthase war zusammengebrochen und nicht wieder erwacht. Es war vielleicht auch besser für ihn gewesen. Ein anderer wurde von den Orks ermordet, weil er zu schwach war, um weiterzulaufen. Der König schien unter der Gefangenenfassade stark genug zu sein, den Weg unbeschadet zu überstehen. So musste es auch sein, schließlich wollte Er den Menschenkönig lebend.

Die Sonnen verschwanden hinter dem Bergrücken. Langsam nahm die Dunkelheit das Gebirge in Besitz. Beißer befahl dem Urawok den Gefangenen zu folgen. Er spürte die Unruhe des großen Wolfes, der, das Blut der Gefangen in der Nase, immer wieder versuchte auszubrechen.

„Noch nicht", flüsterte der Goblin. „Aber bald darfst du dich satt fressen." Er tätschelte dem Urawok den starken Nacken. Das Tier schnaufte, ganz so, als hätte es ihn verstanden.

Arliandro saß neben Nong`tau und blickte hinauf zum wolkenverhangenen Abendhimmel. Vor ihnen prasselte ein Feuer und der Elf wärmte sich die Hände.

„Die Tage werden kälter", sagte er langsam. In den letzten Tagen hatte er viel Zeit mit seinem Lebensretter verbracht und einiges über die Lebensgewohnheiten der Waldbewohner erfahren, die nicht allzu unterschiedlich von denen der Elfen waren. Und wenn sie beide langsam sprachen, verstanden sie sich deutlich besser als noch im Chaos rund um den Überfall auf das Lager.

„Die kürzeren Tage nun kommen", sagte Nong`tau. „Die Schneezeit bald beginnt."

„Ja." Arliandro befühlte seine unebene, narbige Haut, die die verheilte Wunde unterhalb seiner Schulter hinterlassen hatte. Er war schnell wieder zu Kräften gekommen und fühlte sich gut genug, das Dorf der Waldbewohner in Richtung der Menschenarmee zu verlassen. Schon in den letzten Tagen hatten ihm die Worte, die er nun sagen wollte, auf der Zunge gelegen, aber er wollte nicht unfreundlich und undankbar erscheinen.

Wenn er nur wüsste, was mit den Menschen geschehen war.

„Nong`tau, ich möchte dir und Yethian sehr danken für die Gastfreundschaft ..." Er stockte.

„Du willst gehen?"

„Ich muss."

Der Wilde nickte verständnisvoll. „Wir werden dich nicht aufhalten."

„Ich weiß. Aber ..." Der Elf blickte Nong`tau tief in die Augen. „Aber ich brauche eure Hilfe."

„Bist du schneller geworden oder kämpfst du jetzt endlich ernst?", fragte Gregoralfo und ließ sein Elfenschwert erschöpft sinken. Zara sah ihn lächelnd an.

„Beides, wahrscheinlich", erwiderte sie schmunzelnd und blickte auf das Mal auf ihrer Hand. Ihre Sinne waren deutlich besser geworden. Sie war konzentrierter, schneller und dadurch auch gefährlicher. „Aber du wirst immer besser."

„Danke."

„Das heißt nicht, dass du einen Kampf siegreich überstehen würdest", warnte sie ihn.

„Du schaffst es wirklich einen zu motivieren."

„Ich will nur, dass du die Realität nicht vergisst." Zara steckte ihr Kurzschwert in die Scheide. „Nicht, dass es hinterher heißt, ich hätte dich nicht gewarnt."

„Aber du hast doch selber noch keinen richtigen Kampf bestritten."

„Rechtfertigst du dich jetzt?" Sie hob eine Braue.

„Nein." Gregoralfo streifte sich die nass geschwitzten, rötlichen Haare aus dem Gesicht. „Vielleicht ein bisschen." Er lächelte Zara an. Sie lächelte zurück. Dann steckte auch er das Schwert weg und gemeinsam setzten sie sich an eines der zahlreichen Feuer, das die trostlose Dunkelheit zwischen den immergrauen Steinkolossen um sie herum durchriss.

Währenddessen hatte Schasar die Truppenführer an sein Feuer geladen, um die Statusberichte durchzugehen.

„Ich werde langsam ungeduldig", sagte der Magier und atmete genervt aus. „Jeder Tag, der vergeht, erhöht die Möglichkeit, dass dem König und dem Heermeister etwas Schlimmes zugestoßen ist." Und es kann zum Untergang Argonias führen, wenn wir nicht schnellstens dorthin zurückkehren, fügte er in Gedanken hinzu. Wer wusste, ob es nicht bereits zu spät war.

„Natürlich, Meister Schasar", erwiderte Leon. „Wir sind uns dessen auch bewusst. Wir kommen doch gut und schnell voran. Es gibt kaum Phasen, in denen wir ihre Spur verlieren. Unsere Hauptstreitmacht ist auf einem geradlinigen Weg. Ihre Späher haben wir ausgemacht. Und nach der Frische der Spuren zu urteilen kommen wir ihrem Hauptfeld stetig näher. Doch die Gefahr noch näher heranzurücken, möchte ich einfach noch nicht eingehen. Ich bin verantwortlich für das Leben meiner Männer."

„Das verstehe ich." Schasar nickte und biss sich dabei leicht auf die Lippe. „Aber wir müssen bald handeln. Oder wenigstens handlungsfähiger sein, als ihnen ständig nur im sicheren Abstand zu folgen. Das bringt uns nicht weiter."

„Das sehe ich ein. Aber wir kommen ihnen ja stetig näher", versuchte sich Leon zu rechtfertigen. „Und zwar mit den berittenen Truppen und den Fußsoldaten. Das ist ein großer Vorteil."

„Wir sollten die Idee mit dem berittenen Stoßtrupp noch einmal diskutieren", warf daraufhin einer der Reiterführer ein. Die Stimmen der anderen Gruppenführer brandeten wütend und heftig auf.

„Meine Damen und Herren." Schasar hob beruhigend die Hände. „Ich bitte euch." Langsam kehrte wieder Ruhe ein. „Wir können die Nächte auch sinnvoller verbringen. Die Ränkespiele hatten wir doch schon einmal. Und ich fordere zum letzten Mal, dass Eitelkeiten und Stolz hinten anstehen, wenn es um das Leben des Königs geht. Es ist mir vollkommen gleich, wer ihn befreit und wie – solange es sicher und bald geschieht. Ihr seid alle ein wichtiger Teil unserer Streitkräfte. Jeder von euch und ein Jeder aus eurer jeweiligen Truppe. Ob mit Pferd oder ohne, ob mit Bogen, Schwert oder Speer. Also lasst das Ruhmgeheisch und konzentriert euch auf unsere Stärken: unsere Einigkeit und unser Wille, die Freiheit unseres Landes zu erhalten!" Kleinlaut nickten die Truppenführer. Schasar wandte sich wieder Leon zu. „Fahre fort!" Der Führer der Späher nickte.

„Ihr Ziel ist bislang unklar und wir kennen diese Umgebung nicht ausreichend. Deswegen ist es schwer zu sagen, wann der richtige Zeitpunkt für einen gemeinsamen Vorstoß gekommen ist. Ich würde die Reiter auch ungern von der Truppe trennen, es sei denn, um sie den Feind angreifen oder ihn einkreisen zu lassen. Wir kennen uns hier schlichtweg nicht gut genug aus. Aus diesem Grund kommen wir bisher auch nicht an ihr Lager heran, ohne Gefahr zu laufen, von den Orkspähern gesehen zu werden. Aber gemeinsam sind wir stärker, wirken wir wie ein Bollwerk."

„Das hat sie nicht davon abgehalten, unser Lager anzugreifen", warf eine Schützin ein.

„Da hatten sie auch die Drachen", stieß ein Speerführer verächtlich hervor.

„Das heißt gar nichts. Woher wissen wir, dass diese verfluchten Bestien nicht wieder kommen?" Zustimmendes Gemurmel brandete auf. Das war nicht wirklich das, was sich Schasar von dem Gespräch erhofft hatte.

„Ich kümmere mich um die Drachen, ihr euch um das, was vor uns liegt. Ich will jedenfalls nicht das Risiko eingehen, dass Arxor und Quinto die nächsten sind, die wir leblos am Wegesrand finden", erwiderte Schasar. „Zwei Männer haben wir schon verloren."

„Ich verstehe Eure Sorgen, Meister Schasar. Aber nur der Ungeduldige fährt sein Heu nass ein", warf ein älterer Krieger gutmütig ein. „Ich habe die erste Schlacht mitgefochten, war im erlauchten Kreis derer, die mit Heermeister Quinto planen und kämpfen durften. Geduld ist eine Tugend, die wir jetzt brauchen. Durch sie haben wir die letzte Schlacht gewonnen. Denn wie heißt es so schön: mit der Zeit wird aus Gras Milch und es könnte ein fataler Fehler sein, wenn wir zu früh zuschlagen.

Wir würden es bereuen und keiner könnte es dann wieder rückgängig machen."

„Im Prinzip hast du Recht", erwiderte Schasar und ballte die Hand zur Faust. Wenn sie nur wüssten, dass sie wie die Blinden vom Licht reden. Uns läuft die Zeit davon. Wir müssen handeln. Er atmete tief ein und sortierte seine Gedanken. „Aber es ist auch klar, dass wir irgendwann agieren müssen." Er erhob sich. „Schickt die Sammler, Jäger und Fallensteller in die nahen Umlande. Sie sollen mitbringen, was immer sie tragen können."

Die Krieger erhoben sich und verbeugten sich ergeben. Dann verließen sie die Versammlung und gaben Befehle an ihre Truppen weiter. „Leon, auf ein Wort", rief er dem jungen Späher zu. Was hatte Dahlgor immer gesagt: Geduld ist die Eigenschaft, die man am Dringendsten braucht, wenn man sie verloren hat.

„Einen Tag noch", sagte der Magier. Leon nickte.

„Wie Ihr befehlt, Herr!" Der Späher verneigte sich und ging dann zurück zu seiner Truppe.

„Los jetzt!" Der Ork ließ die Peitsche knallen.

„Die Männer sind müde", stieß Quinto nuschelnd hervor. Sein Gesicht war nach wie vor dick zugeschwollen. Sabber rann ihm beim Sprechen aus den Mundwinkeln.

„Was hast du gesagt?", zischte der Aufseher und trat vor den Gefangenen. Quinto hob den Kopf und blickte dem Ork tief in die Augen.

„Ich habe gesagt, dass die Männer müde sich." Der Ork holte aus und traf den Menschen mit der Faust in die Magengrube. Quinto sackte zusammen, krümmte sich auf dem Boden und japste nach Luft. „Einen gefesselten und unbewaffneten Mann schlagen, das könnt ihr gut." Er hustete.

„Oh, ich kann dir auch die Fesseln abnehmen und dir ein Schwert geben." Um sie herum bildete sich eine Traube von Zuschauern. Die Gefangenen hielten entsetzt den Atem an und die Orks stießen Jubelschreie aus.

„Eine Herausforderung. Ein Kampf", schrie einer. Der Aufseher zückte einen Dolch und wollte sich daran machen, dem Gefangenen die Fesseln zu zerschneiden.

„Ruhe!", grollte plötzlich der Orkgeneral. Ethariat kam herangeritten und stieg dann von seinem Urawok. „Du." Er zeigte auf den Ork. „Was soll das?"

„Er hat mich herausgefordert." Der Ork lächelte und entblößte die verfaulten Zähne. „Und dem muss ich mich stellen, wenn ich meine Ehre nicht verlieren will."

„Welche Ehre? Er hat Recht. Du bist feige", erwiderte Ethariat. Sein Gegenüber grunzte auf. „Mit der Peitsche und dem Mund bist du stark. Also los, wenn du kämpfen willst, kämpfe! Ich fordere dich heraus!"

Der Aufseher lächelte und schüttelte den Kopf. „Das kommt erst nach meinem Kampf gegen ihn." Er zeigte auf den am Boden liegenden Quinto. „Er hat mich beleidigt, ich habe ihn gefordert. Danach werde ich gegen dich kämpfen. So sind die Regeln."

Ethariat biss auf die Zähne. „So sind die Regeln." Der General wandte sich einem anderen Ork zu. „Mach' ihn los und gib ihm deine Waffe! Holt Wasser, sein Gesicht ist voller Blut, er soll es waschen! Keiner soll hinterher sagen können, Relfiath hat nicht ehrenhaft gegen den Menschen gekämpft. Und keiner soll hinterher sagen, ich hätte nur einen Unehrenhaften im Zweikampf besiegt. Ruft mich, wenn es vorbei ist, dann kämpfe ich!" Er wandte sich zum Gehen.

„Ethariat", rief eine quiekende Stimme.

„Was willst du B'aissa?", fragte der Orkanführer im Gehen.

„Das kannst du nicht zulassen!"

„Und warum kann ich das nicht?" Er bestieg seinen Urawok und blickte auf den kleinen Goblin hinab.

„Was, wenn der Heermeister der Menschen getötet wird?"

„Dann war er zu schwach."

„Und wie willst du Ihm das klarmachen? Du hattest ihren Heerführer, hättest ihn Ihm auf dem Silbertablett servieren können." Beißer hörte die Jubelschreie der anderen Orks. Ethariat lächelte nur.

„Auf einem Silbertablett werde ich Ihm seinen Kopf präsentieren.

Es muss ja keiner wissen, dass der Mensch erst auf dem Weg hierher gestorben ist", warnte der Ork den Goblin. „Und vielleicht erübrigt sich deine Frage in dem Moment, in dem der Mensch gewonnen hat. Es ist ein fairer Kampf. Er hat alle Möglichkeiten am Leben zu bleiben." Beißer schnaufte verächtlich. „Warum ist dir das Leben des Menschen eigentlich so viel wert? Warum kümmert er dich?"

„Du weißt, dass ich nicht gern mit deinesgleichen zusammenarbeite. Genauso wenig, wie die Orks mit uns gemeinsam kämpfen wollen. Ich bin dazu gezwungen und es gibt nichts, nach dem es sich mehr zu streben lohnt, als die Freiheit. Und dafür werde ich alles tun."

„Und du glaubst, dass dieser Mensch dir dabei helfen kann."

„Wenn er das ist, was Er möchte, schon. Er hat uns versprochen, uns die Freiheit zu schenken, wenn unsere Aufgaben vollendet sind." Beißer blickte in die Augen des Orks, die amüsiert zu Schlitzen zusammengekniffen waren.

„Und selbst wenn ihr damit nicht weit hinter eurem Zeitplan stehen würdet - denn seien wir einmal ehrlich, ihr habt noch nichts von dem erreicht, was er euch aufgetragen hat: glaubst du wirklich daran, dass Er sein Wort hält?"

„Wenn Er Ehre hat ...", erwiderte der Goblin und machte auf dem Absatz kehrt. Der Orkgeneral grinste.

Nong`tau folgte Arliandro zum Zelt des Schamanen. Rötlicher Rauch trat aus dem oberen Teil der Behausung.

„Kommt herein", erklang die sonore, freundliche Stimme von innen. Nong`tau schlug den Eingangsvorhang zurück und ließ Arliandro den Vortritt. Der Elf bückte sich und zwängte sich hinein in das matt erleuchtete Zelt des Schamanen. Es roch nach Kräutern und Gewürzen.

„Seid mir gegrüßt", grummelte der Alte, der geschäftig in einem Tontopf rührte, den er auf seiner Feuerstelle erhitzte. „Ich habe euch schon erwartet. Setzt euch dort drüben hin!" Er wies mit einer lapidaren Handbewegung in eine Ecke des großen Lederzeltes. Dann griff er in einen kleinen Lederbeutel und holte eine Hand voll zermahlender Kräuter heraus. „Bin fast fertig", murmelte er und warf den Kräuterstaub in den Topf. Die Flüssigkeit zischte kurz auf. „Fertig", sprach er, nahm den Topf vorsichtig aus der Glut und stellte ihn zum Abkühlen an die Seite. „Du möchtest das Dorf wieder verlassen", richtete er das Wort an Arliandro, ohne sich zu ihnen umzudrehen. Der Elf bejahte. „Aber das ist nicht alles." Abermals stimmte Arliandro zu. Yethian wandte ihnen den Kopf zu. Das Gesicht unter dem Wolfsschädel spiegelte eine gewisse Traurigkeit und Hilflosigkeit wider. „Das, was du von uns forderst, kann ich dir nicht geben."

„Das kann ich verstehen", erwiderte Arliandro.

„Kannst du das?", fragte der Schamane und sah den Elfen eindringlich an. „Ich habe die Verantwortung für diese Männer und Frauen. Ich habe sie in die Wälder geführt, damit ihnen nichts geschieht. Ich musste sie retten."

„Ich weiß und es war eine weise Entscheidung", stimmte der Elf ihm zu.

„Die Welt ist in einem Wandel", sagte Yethian. „Ich habe versucht, mich davor zu verschließen. Ich habe es verdrängt." Die Augen des alten Mannes wurden feucht.

„Du hast es gesehen?", stieß Arliandro hervor. Der Schamane nickte.

„Die Träume begannen mich zu befallen, kurz nachdem ich meine Ausbildung beendet hatte."

„Und sie werden wahr?"

„Zu einem Teil sind sie wahr geworden."

„Was hast du gesehen?"

„Viele Dinge. Seltsame Dinge. Fremde Dinge. Dinge, die die Vorstellungskraft vieler übersteigen. Auch die meine."

„Du hast die Fremden gesehen?"

„Oh ja. Ich habe sie gesehen. Und auch dich, Arliandro. Ich wusste, dass du kommen würdest. Und ich wusste, was dein Begehr sein würde." Er machte eine kurze Pause. „Und ich habe gesehen, was passieren wird, wenn ich dem zustimme."

„Das mag sein. Aber meist kommt es dennoch so, wie es

vorherbestimmt ist. Das ist das Schicksal." Nachdenklich legte Arliandro die Stirn in Falten. Er glaubte zu wissen, was zu tun war. Aber der Weg dorthin lag noch im Verborgenen.

„Der Wald ist im Aufruhr. Vieles hat sich verändert", sprach Yethian.

„Der Wald wird sich wieder beruhigen", versicherte Arliandro. „Das hat er immer getan, nachdem Eindringlinge wieder verschwunden waren."

„Wenn sie nur für immer gehen", warf Nong`tau ein.

„Genau", stimmte ihm der Elf zu. „Und wir sollten dafür sorgen, dass sie für immer gehen. Denn ich bin mir nicht sicher, ob die Menschen dem allein gewachsen sein werden. Was ist mit den anderen Völkern? Sie mussten doch sicher auch Verluste hinnehmen."

„Welche andere Völker?", fragte Nong`tau.

„Die anderen Stämme", verbesserte sich Arliandro.

„Es gibt drei weitere Großstämme, die schon länger in den Wäldern leben als wir", begann der Wilde.

„Drei weitere, aha. Und was ist mit denen, die außerhalb der Wälder leben?"

„Die leben in den Flachebenen nahe den Flüssen oder nahe den Berghängen."

„Das ist in der Tat sehr interessant. Das bedeutet, ein Teil von ihnen würde im Falle eines drohenden Überfalls in die Berge fliehen."

„Wahrscheinlich."

„Und der andere in die Wälder?"

„Nein", stieß Yethian hart hervor. Nong`tau, der gerade antworten wollte, sah eingeschüchtert zu Boden.

„Warum nicht?", fragte Arliandro. „Euch bringt der Wald doch auch Schutz? Warum sollten die anderen nicht auch auf die Idee kommen …"

„Das hat damit nichts zu tun", erwiderte der Schamane. „Sie würden nicht auf die Idee kommen."

„Und warum nicht?"

„Der Wald ist …" Der Alte hielt kurz inne und sagte dann scharf: „Der Wald ist nicht groß genug für jeden."

„Und weshalb wurdet ihr aufgenommen?"

„Darüber möchte ich nicht sprechen." Mit diesen harschen Worten setzte der Schamane einen Schlusspunkt unter die Diskussion.

„Ich entschuldige mich für meine übertriebene Neugier", erwiderte Arliandro demütig. „Ich wollte dich nicht verärgern. Ich danke dir für all das, was du für mich getan hast. Es war falsch von mir, dich in diese Verlegenheit zu bringen." Der Alte nickte und nahm die Entschuldigung an. „Vielleicht ist es besser, jetzt zu gehen", sagte Arliandro und erhob sich. „Ich danke dir für deine Zeit und die offenen Worte. Morgen um diese Zeit werde ich die Wälder verlassen haben." Yethian nickte zum Abschied. Eine seltsame Stille war entstanden. Nong`tau sah verunsichert von seinem Meister zu dem Elfen und wieder zurück. Einen Augenblick später hatte Arliandro das Zelt des Schamanen durch das Einstiegsloch verlassen.

Yethian wandte sich ohne ein weiteres Wort von Nong`tau ab und kramte in seinem Kräutervorrat. Nong`tau schüttelte den Kopf und folgte dem Elfen.

„Arliandro, warte", rief er dem Elfen nach. Der drehte sich um. „Was war das eben?"

„Was meinst du?"

„Ich habe Yethian noch nie so erlebt."

„Er hat etwas zu verbergen."

„Aber er hat nicht gelogen."

„Das stimmt", erwiderte der Elf. „Aber er hat eben auch nicht alles erzählt, was er weiß." Arliandro rollte in Gedanken versunken eine Strähne seines durch den Heilzauber stark dunkler gewordenen Haares – und hielt plötzlich inne. Die Antwort auf seine Fragen lag direkt vor ihm. Unverwandt blickte er Nong`tau an.

„Hat Yethian dir gegenüber jemals von der Stelle geredet, an der er seine Ausbildung vollendet hat?"

„Davon geredet?" Nong`tau nickte mit einem Lächeln auf dem Gesicht. „Nicht nur das. Er hat sie mir auch gezeigt."

„Du bist verrückt", quietschte Beißer und schüttelte den Kopf. Quinto massierte sich die Fingerknöchel. „Wenn du dich sehen könntest. Du siehst aus wie eine wandelnde Leiche, als hätte der Fleischer Mittagspause gemacht und dich noch nicht richtig zerlegt."

„Dann soll er die Möglichkeit bekommen, sein Werk zu vollenden", presste der Heermeister heraus.

„Und was dann?" Der Goblin reichte ihm eine neue Schale mit Wasser und ein einigermaßen sauberes Tuch. „Damit dienst du keinem." Er nickte zu Arxor und den anderen Gefangenen hinüber. „Denen erst recht nicht."

„Ich weiß, aber solange sie sich auf mich konzentrieren, lassen sie von den Anderen ab." Quinto tunkte einen Stofffetzen in die Schale und führte ihn vorsichtig über das geschwollene Gesicht. Er biss auf die Zähne, stieß trotzdem immer wieder leise Schmerzenslaute aus.

„Aber das kann gleich vorbei sein. Verstehst du das nicht?" Beißer konnte die Naivität des Menschen kaum fassen.

„Mach dir keine Sorgen!"

„Aber ich mache mir Sorgen."

„Warum, frage ich mich immer wieder." Quinto hielt inne und sah ihn an.

„Es ist soweit", brüllte ein Ork und warf dem Menschen die Waffe vor die Füße. Quinto fasste sie und stemmte sich langsam daran hoch. Etwas wackelig auf den Beinen schwankte er hin und her und suchte Blickkontakt zu seinem Gegner. Der Ork stand in einiger Entfernung und lachte höhnisch. Er wähnte sich in Sicherheit. Quinto sah Beißer an.

„Ich kann noch viel mehr ertragen, als du denkst", raunte er dem Goblin zu und machte einige vorsichtige Schritte vorwärts.

„Komm schon! Komm schon!", forderte ihn sein Gegner auf. Quinto stolperte weiter, den schartigen Säbel unsicher in den Händen haltend. Der Ork lachte. „Vielleicht hätte ich dir ein paar Tage Ruhe gönnen sollen. Aber so werden wir dich schneller los. Du bist so schwach wie eine alte Kuh."

„Und du redest wie ein altes Waschweib", stieß Quinto laut heraus.

„Uuhhh", machten die übrigen Orks. Relfiath spuckte vor sich auf den Boden.

„Sollen das die letzten Worte sein, die die Welt von dir gehört hat, bevor ich dich zu deinen Ahnen schicke?" Mit erhobenem Schwert kam der Ork auf den Menschen zustolziert. Er ließ die Säbelspitze geübt vor Quintos Gesicht hin und her schwingen. Quinto versuchte ihr mit seinem Säbel zu folgen, aber er schaffte es nicht. Der Ork spielte mit ihm.

„Töte ihn!", riefen die anderen Orks wie aus einem Mund. Relfiath lachte auf und bereitete sich auf den Todesstoß vor. Er zog den Arm leicht zurück, um mehr Wucht in den Stoß zu legen. Dann schnellte sein Säbel vor. Blitzschnell wich Quinto zur Seite aus, drehte sich ein Mal um die eigene Achse, nahm den Schwung mit und trieb den Orksäbel tief in die Seite seines Gegners. Mit einem lauten Knirschen zog er ihn wieder heraus. Das triumphierende Lächeln immer noch auf dem Gesicht brach der Ork tödlich getroffen zusammen. Quinto warf den Säbel zu Boden. Um sie herum war es ruhig geworden.

„Worauf wartet ihr noch?", durchbrach Ethariat die Stille. „Fesselt ihn und dann geht es weiter!" Beißer wischte sich den Angstschweiß von der Stirn, während Quinto bereitwillig die Hände hinter seinem Rücken verschränkte. Das Gemurmel der Orks ebbte nicht ab. „Los jetzt, oder will noch einer von euch gegen ihn kämpfen?", grollte der Orkgeneral. Mit gezogenen Schwertern traten zwei Orks auf Quinto zu. Der Heerführer der Menschen machte aber keine Anstalten sich gegen die Fesseln zu wehren. Sie legten ihm die Stricke um die Handgelenkte und verknoteten sie. Beißer sah den Menschen an und schüttelte den Kopf. Der Goblin hatte es nicht genau erkennen können, aber ihm war, als hätte Quinto versucht ihm zuzuzwinkern.

„Müssen wir wirklich noch heute Nacht dorthin gehen?", fragte Nong`tau und blieb stehen. „Es ist eigentlich verboten, das Dorf nachts zu verlassen, auch wenn es nicht weit von hier ist."

„Was soll uns dann schon passieren?" Arliandro holte ihn ein.

„Man weiß nie, was einen in der Dunkelheit erwartet", murmelte der Wilde und sah sich um. In einiger Entfernung hörte man die Eulen mit den Wölfen um die Wette heulen.

„Hast du Angst?", fragte Arliandro.

„Niemals. Aber es ist ein verbotener Ort."

„Und weshalb warst du schon einmal da?"

„Er ist nicht für alle verboten", druckste Nong`tau herum. „Ich darf dorthin, weil ich Yethians Schüler bin."

„Keine Angst, wenn sich einer beschwert, regle ich das schon", sagte der Elf. „Du darfst dich dort aufhalten. Also hast nichts zu befürchten."

„Wenn du das sagst." Nong`tau zwängte sich wieder an ihm vorbei und lautlos pirschten sie durch das Unterholz, während um sie herum die Nacht von der Welt Besitz ergriffen hatte. Auf ihrem Weg stiegen sie über moosige Wurzeln hinweg, zwängten sich durch nadelspitze Verästelungen und durchquerten einen knietiefen Bach. Das Wasser war eiskalt und im kühlen Nachtwind begann Arliandro bald unter der nassen Hose zu frieren. Nong`tau hatte es da besser, dachte der Elf. Lederwams und Felle waren wasserabweisend.

Wieder erklang das Heulen einer Eule. Arliandro hielt inne und sah sich aufmerksam um. Er wurde das Gefühl nicht los, dass er die Umgebung kannte. Aber woher? Sie waren einen kleinen Hang hinauf gestiegen und standen nun an der Stelle, von der aus man in eine langgezogene, bewaldete Flachebene schauen konnte.

„Dort drüben ist es", murmelte Nong`tau. „Die Lichtung." Arliandros Augen weiteten sich, als er im schwachen Licht der Monde das erblickte, was in der Mitte der kleinen Lichtung stand.

„Die Obelisken", murmelte er. „Kimón."

„Warte", zischte Nong`tau. „Was machst du da?" Arliandro hörte ihn nicht. Wie in Trance ging er den Hang hinab in das Tal. Er streifte Äste und Blätter aus dem Weg und hielt unentwegt auf die fünf schwarzen Obelisken zu.

„Das kann nicht wahr sein", murmelte er.

„Warte!" Nong`tau riss ihn an der Schulter herum. „Was ist los mit dir?", fragte er. „Hier draußen ist es nicht sicher. Vielleicht werden wir beobachtet."

„Sie haben uns bereits gesehen", erwiderte Arliandro und hob beide Hände in die Luft. Ein Zischen kündigte den Pfeil an, der einen Augenblick später im Waldboden neben ihnen einschlug.

„Nein, nein, nein." Nong`tau schüttelte den Kopf. „Das ist nicht gut."

„Lass den Speer fallen", raunte ihm Arliandro zu.

„Was?"

„Du solltest besser den Speer fallen lassen."

„In Ordnung." Nong`tau warf die Waffe zu Boden. Ein Horn wurde geblasen und einige dunkle Gestalten traten hinter den Bäumen hervor oder seilten sich von ihnen ab.

„Was wollt ihr hier?", fragte eine harsche Frauenstimme.

„Wir wollen zu Yethian", erwiderte Arliandro ruhig.

„Zu wem wollt ihr?"

„Wir wollen zu eurem Seher gebracht werden."

„Was im Namen der Waldgeister macht ihr zwei hier?", fragte Yethian, während er Arliandro und Nong`tau die Fesseln abnahm. Die Wachen beäugten das Geschehen kritisch, machten aber keine Anstalten einzugreifen.

„Ich war auf der Suche nach dir. Aber Gleiches könnte ich dich fragen", erwiderte der Elf ruhig.

„Ich muss dir keine Rechenschaft ablegen." Der Schamane schnaufte. „Aber du weißt es bereits, oder?" Arliandro lächelte und nickte.

„Du bist einer der Waldbewohner. Einer von denen, die schon länger in diesem Wald leben."

„Ja, das bin ich." Yethian setzte sich auf einen umgefallenen Baum.

„Und du bist älter, als die anderen in deinem Stamm."

„Das kann man so sagen, ja."

„Was geht hier vor?", fragte Nong`tau. Die beiden anderen gingen nicht auf ihn ein.

„Ich habe nur eine Frage", sagte Arliandro. „Weshalb hast du die Wälder verlassen und dich seinem Stamm in den Flachebenen angeschlossen?" Er nickte zu Nong`tau herüber.

„Du weißt es. Ich weiß es. Die Prophezeiungen erfüllen sich immer. Und es sollte der Tag kommen, an dem du von Nong`tau gefunden wirst. Deshalb bin ich zu seinem Stamm gepilgert, noch bevor er geboren worden war. Deshalb habe ich gewartet – auf deine Ankunft."

„Als dann die Schatten kamen ...", begann Arliandro.

„... habe ich sie willkommen geheißen, weil ich dachte, dass auch du bei ihnen wärst."

„Weshalb bin ich dir so wichtig?", fragte der Elf.

„Du, Arliandro, bist unsere Zukunft. Du bist das, was aus uns werden kann, wenn wir die richtigen Entscheidungen zur richtigen Zeit treffen. Die drei Stämme der Wälder sind noch lange nicht einer."

„Und du brauchst mich dafür, um sie zu einen?"

„Ihre Führer werden in Kürze hier eintreffen. Dann wird sich zeigen, was das Schicksal mit uns vorhat."

„Was geht hier eigentlich vor sich?", fragte Nong`tau abermals.

„Kann mir das einer von euch erklären?" Yethian blickte auf seinen Schüler herab.

„Lass uns eine Runde gehen", sprach er und erhob sich. Arliandro und Nong`tau folgten ihm, während er auf die Obelisken zuhielt. „Schon vor langer Zeit hat es unsere drei Stämme in die Wälder gezogen. Das Urvolk hat sich verändert, das hat jeder in dieser Welt mitbekommen. Wie du weißt, Nong`tau, leben einige in den Wäldern, andere auf den Flachebenen oder an den Gebirgshängen." Der Schüler des Schamanen nickte zustimmend. „Jeder Stamm ist anders. Auch wir Waldbewohner sind unterschiedlich. Aber wir sind uns in Einem sehr ähnlich." Er pfiff und zwischen den Bäumen kam ein schneeweißes Einhorn hervor. Langsam hielt es auf die Drei zu. Nong`tau öffnete überrascht die Augen. „Nicht nur wir im Einhornswald ..." Yethian tätschelte dem Tier den Rücken, sobald es sie erreicht hatte. „... stehen den Tieren sehr nahe. Das haben wir gemein."

„Was hat das alles mit uns zu tun? Was hat das mit meinem

Stamm zu tun?", fragte Nong`tau mit zusammengekniffenen Augen.

„Wie ich bereits erwähnt habe, wurde mir die Ehre zuteil, dass die Macht mir die Prophezeiungen schickt. Ich kann in die Zukunft sehen. Ich sehe Dinge, die ich vielleicht nicht sehen möchte. Starke Geister können mit ihnen umgehen und sich an die Worte und Bilder erinnern, schwache zerbrechen daran." Arliandro knurrte leise. Yethian fuhr fort: „Ich habe dich gesehen. Ich habe gesehen, wie du Arliandro Falkenauge rettest. Ich habe gesehen, wie er die Stämme einen wird und wie wir gemeinsam gegen die Schatten kämpfen werden."

„Du hast uns nur ausgenutzt?", fragte Nong`tau.

„Ich habe euch in die Wälder geführt, ein lebensrettendes Zugeständnis, das keinem anderen Stamm zwischen den Flachebenen und dem dunklen Bogen zuteil geworden ist."

„Ihr wusstet davon und habt sie sterben lassen?", fragte Nong`tau.

„Wir konnten nicht jeden retten", erwiderte Yethian ruhig.

Nong`tau trieb es die Tränen in die Augen. „Meine Eltern sind bei dem Überfall damals umgekommen. Ich … Ich …" Er machte auf dem Absatz kehrt und lief in den Wald.

„Lasst ihn gehen!", rief Yethian den Kriegern zu, die bereits die Bögen spannten. „Er wird sich wieder beruhigen." Ein weiteres Horn erklang. „Ah, es ist soweit", sagte der Schamane. „Die Gesandten kommen." Arliandro blickte den Schamanen ernst an.

„Das ist nicht das Volk, dass wir sind", sagte der Elf.

„Aber es kann zu dem Volk werden", gab der Schamane zu bedenken.

Der Vorhang fällt

Arliandro rieb sich die Schläfen. Hatte er das Richtige getan, indem er den Gesandten der Stämme von ihrer Zukunft erzählt hatte? Die Worte, die seine Schwester nach der Schlacht um Zimura und ihrer Rettung zu ihm gesprochen hatte, schwirrten durch seinen Kopf:

„Mein Bruder, gesucht und gefunden, die Welt bricht zusammen. Doch die Vereinigung lebt!
Trage deinen Teil bei.
Es wird geschehen, dass die Gruppe sich findet. Glaube an sie!
Verkünde das Wort der Elfen in der Welt. Führe sie zusammen!"

Arliandro hatte das Wort der Elfen verkündet und die Stämme zusammengeführt. Er hatte ihnen von den Tugenden der Elfen erzählt, von ihrem Gespür für das Gute und das Gerechte und über ihren Sinn für Freiheit, Gleichheit und Brüderlichkeit. Und darüber, wie man diese großartigen Dinge umsetzte und nicht nur von ihnen sprach, sang oder erzählte.

Arliandro massierte sich die Nasenwurzel. Sein Körper war müde, sein Geist hellwach. Die Sonnen würden bald wieder aufgehen und ein neuer Tag beginnen. Vielleicht war es ein Fehler gewesen, den Waldbewohnern die Quelle der Macht zu zeigen. Er streifte die schneeweißen Haare hinter seine spitzen Ohren. Nachdem er ein altelfisches Lied gesungen und die Hände an den mittleren der schwarzen Obelisken gelegt hatte, waren die blauen Funken erschienen. In seinen Gedanken hatte er die Funken demütig gebeten sich zu bündeln. Und tatsächlich hatten sie sich kurz darauf zu einem dünnen Strahl purer Macht gesammelt, den Arliandro in seinen Körper aufgenommen hatte.

Immerhin hatte er ihnen die Frage, wie er dieses Wunder vollbracht hatte, nicht beantwortet, dachte der Elf. Die Stämme würden sich der Macht irgendwann als würdig erweisen und dann hatten auch sie Zugang zu den Mächten der Natur.

Nun wartete Arliandro. Die Gesandten der Stämme hatten sich zurückgezogen, um zu beraten. Plötzlich legte sich eine warme Hand auf seine Schulter und eine ruhige, sonore Stimme sagte: „Arliandro, die Entscheidung ist gefallen!"

„Die Schatten sehen die Gefangenen nicht als Pfand, sondern als Beute", sagte Schasar, während er sein Pferd den engen Gebirgspfad hinabführte.

„Die Gefangenen sind für die Orks nicht mehr als Sklaven, über deren Leben sie nach Belieben entscheiden können", stimmte Gregoralfo dem Magier zu. „Darüber muss man sich im Klaren sein. Ich habe sie wüten gesehen. Kimón hat gebrannt, obwohl sich die Städter innerhalb kürzester Zeit ergeben hatten. Sie haben Spaß am Zerstören, am Vernichten und Töten! Uns bleibt nur die Hoffnung, dass sie noch leben."

„Nur die Hoffnung?" Zara schüttelte trotzig den Kopf. „Das kann nicht sein."

Schasar blickte die zierliche Schwarzhaarige mitleidig an, bevor er erwiderte: „Wir werden ihn finden und befreien." Doch innerlich war er aufgewühlt. Sprach er ihr falschen Mut zu? Immerhin hatten sie bislang keine weiteren Opfer gefunden. Bis auf einen erstochenen Ork.

„Ja." Zara drehte den Kopf und sah den Magier ernst an. „Der Glaube daran ist das, was mich Tag für Tag dazu bringt ihnen weiter nachzujagen. Es hilft mir, die Furcht zu besiegen, wenn ich an jedem ihrer Rastlager erneut unsicher bin, ob ich seine Spur noch wittern kann." Sie atmete hörbar aus. Schasar wollte etwas entgegnen, doch plötzlich hob Zara die Hand und zügelte ihr Pferd.

„Was ist?", fragte der Magier.

„Sie sind uns sehr nah." Die Kriegerin ließ den Blick aufmerksam über die nahen Hügelkämme schweifen. „Sie machen Rast. Wir müssen in …" Sie orientierte sich kurz und streckte dann die Hand aus. „… in diese Richtung."

Im gleichen Moment preschte Leon über den Hügelkamm seitlich von ihnen. Er hielt auf die Gruppe um Schasar zu.

„Herr", keuchte der Späher außer Atem. Das Pferd schnaufte und wieherte erschöpft. „Wir sind auf Orks gestoßen, die dabei waren, die Spuren des Gefangenenzuges zu verwischen."

„Und?", fragte Schasar.

„Wir haben kurzen Prozess mit ihnen gemacht."

„Gut. Sind welche entkommen?"

„Soweit wir wissen nicht", erwiderte Leon.

„Gute Arbeit", sagte Schasar und nickte.

„Noch etwas, Herr."

„Was denn?"

„Wir haben ihr Lager gefunden. Wenn man das so nennen kann. Das müsst Ihr Euch ansehen."

„Vorwärts", brüllte Ethariat die Gefangenen an. Gehorsam setzten sie im Gleichschritt schlurfend einen Fuß vor den anderen. Unter ihren abgewetzten Schuhen knirschten kleine Steinbrocken. „Mal nicht so müde da hinten." Der Orkgeneral ließ sich fallen, bis er auf einer Höhe mit Quinto war, der sich kaum aufrecht halten konnte. Der Kopf des Heerleiters hing schlaff hinunter, während er langsam seinem Vordermann folgte. „Sei froh, dass du nicht hier bleibst! Das wäre kein schönes Ende. Ein Krieger wie du hat etwas anderes verdient. Einen besseren Tod." Mit den Worten verließ der Ork Quinto und preschte auf seinem Urawok zurück an die Spitze des Trosses, der gerade um die letzte Biegung der tiefen Schlucht bog.

„Was bei allen Ahnen der Vergangenheit ist das?", stammelte Arxor mit offenem Mund. Am Ende der Schlucht erhob sich eine monströse Steilwand. Und je näher sie der Steilwand kamen, desto ersichtlicher wurde, worum es sich dabei handelte.

Auf einer schier unendlich erscheinenden Anzahl von Terrassen standen gigantische, wacklige Holzkonstruktionen und Langleitern an die Steinwände gelehnt. Hunderte Arbeiter mit freien

Oberkörpern wurden von Orkaufsehern unter Peitschenhieben wie die Ameisen über die Steintreppen gehetzt. Vornüber gebeugt trugen die Gefangenen große Weidenkörbe, die mit schweren Gesteinsbrocken gefüllt waren. In einer langen Reihe kamen sie ihnen mit schmerzverzerrtem, angestrengtem Gesichtern entgegen. Der Steinstaub hatte schmutzige Schlieren auf ihrer schwitzig glänzenden Haut hinterlassen.

Arxor sah sich aufmerksam um, während sie sich einem lagerähnlichen Bezirk unterhalb des gigantischen Steinbruchs näherten. Von den Gefangenen waren viele in einfache Lendenschurze gekleidet. Arxor fand, dass sie dem Wilden im Aussehen stark ähnelten.

Der Blick des Königs glitt zu den höheren Ebenen, auf denen Arbeiter mit Hämmern oder Spitzhacken ausgerüstet auf die Felswand vor ihnen einschlugen. Dumpf hallten die Schläge in der Schlucht nach.

„Halt!", befahl der Ork und der Tross stoppte. „Willkommen in den Brüchen, dem Ort, an dem ihr höchstwahrscheinlich den Rest eures kümmerlichen Lebens verbringen werdet", wandte er sich an die Gefangenen. „Wer arbeiten kann, der lebt hier gut, kriegt Nahrung und ein Dach über dem Kopf. Wer nicht arbeitet, stirbt! Wer versucht zu fliehen, endet so." Der Ork zeigte auf eine Vielzahl lebloser Körper, die in einer Reihe an einem starken Balken aufgehängt waren. „Und jetzt weiter!"

Während Ethariat stolz voraus ritt, trieben die Orkkrieger die Gefangenen vorwärts in Richtung einer Traube von Personen, die vor einem schuppenähnlichen Holzgebäude stand. Ein Horn wurde geblasen und für einen Moment hielten die Arbeiter inne. Doch nur einen Augenblick später knallten die Peitschen der Aufseher durch die Luft und der normale Arbeitsbetrieb ging weiter. Währenddessen löste sich ein Ork in feiner Kleidung aus der unübersichtlichen Menge vor ihnen und kam auf den General zugelaufen.

„Noch mehr Frischfleisch, Ethariat?", grollte er. „Erst gestern kamen hunderte neuer Arbeiter. Ich weiß gar nicht, wohin mit denen. Unsere Lager platzen aus allen Nähten."

„Dann sorg dafür, dass genug Platz ist!", knurrte der Orkgeneral und stieg von seinem Urawok. Sein Gegenüber lachte schallend auf. Ethariat verzog angewidert das Gesicht, während er den Lagerkommandanten fragte: „Wie siehst du eigentlich aus, Penyirat?" Das Lachen des Lagerkommandanten verstummte abrupt. Er blickte Ethariat einen Moment ernst an, dann lachte er erneut.

„Sehr gut. Sehr gut." Penyirat strich sich mit den verstümmelten Fingern über das edle Hemd. „Ich mag es. Die ..." Er nickte zu einer Gruppe von Arbeitern hinüber, die in einiger Entfernung Körbe voll kleiner Steine abluden. „... brauchen die Sachen nicht mehr. Warum sollte ich mir nicht Etwas gönnen?"

„Du vergisst, wer du bist", zischte der Orkgeneral.

„Mein lieber Ethariat", erwiderte der Vorsteher ruhig. „Vielleicht vergisst du gerade, wer du bist und wer in Seiner Gunst höher steht. Ich weiß nicht, was du Ihm in letzter Zeit gebracht hast, was für Ihn von Begehr war." Der Lagerkommandant griff in die Taschen seiner Hose und holte einige schwarze Steine hervor, die er prüfend in der Hand wog. „Und überhaupt, was schleppst du uns hier an? Gestern kam diese ganze Gruppe von Menschen. Wo hast du die her? Deine Krieger haben sie abgeliefert und sind dann wortlos fortgeritten."

„Kimón", erwiderte Ethariat einsilbig. Sein Blick lastete noch immer auf den schwarzen Steinen in der Hand des Lagerkommandanten, der diese schnell wieder in seine Tasche gleiten ließ.

„Dann funktioniert es?", fragte Penyirat mit einem Leuchten in den Augen. Er kaute aufgeregt auf seinen langen, gelben Fingernägeln.

„Noch nicht so, wie Er es sich vorstellt." Ethariat blickte sich zu seinen Kriegern um, die die Diskussion ihres Anführers mit Interesse verfolgten. „Also sieh zu, dass ihr noch mehr von diesen Steinen findet!", schloss er streng. Er würde nicht nachgeben und Schwäche zeigen. Schon gar nicht von einem einfachen Lagervorsteher wie Penyirat.

„Dann sieh du zu, dass du mir keine Frauen und Kinder anschleppst! Wie soll ich die zum Arbeiten gebrauchen? Sie halten uns nur auf."

„Ich bin ein Krieger, kein Kindermörder", zischte Ethariat. „Also kümmere du dich darum. Schick die Kinder doch in die kleinen Stollen! Gib die Frauen deinen Kriegern, sie werden ihre Freude mit ihnen haben! Oder lass sie kochen, nähen oder was auch immer! Das ist nun nicht mehr mein Problem."

„Nichtsdestotrotz sind wir total überfüllt. Die Männer werden gerade im Lager gefügig gemacht." Penyirat faltete die Hände und grinste.

„Du bist krank."

„Nein, ich liebe es nur, Menschen zu quälen."

„Was erzählst du mir das? Ich bin Truppengeneral, kein Scharfrichter."

„Ist ja schon gut." Der Aufseher kratzte sich am Kopf. „Was ist denn eigentlich mit dir los, Ethariat? Hast du plötzlich Mitleid mit den Menschen?"

„Natürlich nicht", zischte der Ork. „Mir schwirren nur viele Gedanken durch den Kopf. Wir müssen uns vorbereiten."

„Worauf?", erklang plötzlich eine eiskalte Stimme und die Menge hinter Penyirat und dem Orkgeneral teilte sich. Ethariat knurrte leise, als der schwarzgerobte Schattenmagier langsam in ihre Richtung schwebte. „Sprich, Ork!", forderte er den Krieger auf. Ethariat versuchte seinem Blick standzuhalten. Für einen Augenblick starrte er in die rot funkelnden Augen, dann zwang ihn ein stechender Schmerz in seinem Kopf auf die Knie.

„Ich hab's dir doch gesagt", murmelte Penyirat.

„Schweig, Wurm!" Der Schattenmagier drehte dem Aufseher den Kopf zu. Der Ork zuckte mit den Schultern und wandte sich dann schnell zum Gehen. „Du bleibst hier!" Mitten in der Bewegung hielt Penyirat inne und machte auf dem Absatz kehrt.

„Wie Ihr wünscht." Demütig senkte er das Haupt.

„Und nun zu uns." Der Schattenmagier fixierte Ethariat, der sich mit zusammengebissenen Zähnen den Kopf hielt. Der Ork keuchte hörbar aus, als der Zauber von ihm fiel.

„Die Menschenarmee kommt. Darauf müssen wir uns vorbereiten." Der General atmete gepresst aus.

„Sind sie euch gefolgt?" Penyirat brüllte auf. „Du hast sie hierher geführt?" Ethariat blickte ihn mit einem Lächeln an und zuckte mit den Schultern. Der Vorsteher fuhr fort: „Wir haben gerade genug Truppen hier, um die Gefangenen ruhig zu halten und du … du führst sie hierher?"

Ethariat nickte selbstsicher. „Schweig stille oder ich lasse dir die Zunge raus schneiden", zischte der Schattenmagier ohne Penyirat den Kopf zuzudrehen. „Und das ist beileibe noch das Angenehmste, was ich dir antun könnte." Die Drohung verfehlte ihre Wirkung nicht. Der Lagervorsteher biss sich wütend auf den Zeigefinger und nickte mehrfach heftig. „Was hast du dir dabei gedacht, Ork?", fragte der Schattenmagier.

„Die Menschen hätten die Brüche sowieso gefunden. Die Spur der Kimóner ist so auffällig wie …", begann Ethariat.

„Das lass unsere Sorge sein!", sprach der Schattenmagier und unterbrach Ethariat. „Wir haben bereits veranlasst, falsche Fährten zu legen und die Spuren zu verwischen."

„Dann werden wir sehen, wie gut es funktioniert", grollte der Ork.

„Nicht besonders gut, wenn du sie geradewegs hierher führst", mischte sich Penyirat ein.

„*Dolores horribiles*", murmelte der Dunkelmagier. Laut schreiend brach der Lagervorsteher zusammen. Der Schwarzmagier zeigte auf den am Boden liegenden Ork. „*Quietus!*" Die Schreie verstummten abrupt, doch Penyirat krümmte sich noch immer. „Und nun erkläre mir, warum ich dich nicht auf der Stelle töten sollte!"

Mit Panik in den Augen suchte Ethariat nach den richtigen Worten. „Wir sind bewusst eine andere Marschroute geritten. Aber die Späher der Menschen sind gut. Sie sind uns ständig gefolgt und haben sogar die Windhöhlen überlebt." Er machte eine kurze Pause. Als der Schattenmagier nichts erwiderte, fuhr er fort: „Sie werden die Fährten der Kimóner entdecken und dann auf die von Euch gesandten Krieger stoßen. Die Spuren von hunderten von Gefangenen lassen sich nicht so schnell und problemlos beseitigen." Er blickte auf Penyirat hinab, der sich noch immer auf dem Boden wand. „Ich bin also gekommen, um Euch zu warnen."

„Bist du das?", fragte der Schwarzmagier nachdenklich.

„Ja, Herr." Der Ork senkte demütig den Kopf und wartete auf eine weitere Reaktion. Doch die kam nicht. Stattdessen murmelte die schwebende Gestalt vor ihm Worte in einer fremden Sprache. „Ich ... ich", stammte Ethariat. Er blickte instinktiv zu Penyirat. Keuchend und röchelnd lag der Lagervorsteher auf dem Boden.

„Und was empfiehlst du jetzt zu tun, Ork?", schreckte ihn die eiskalte Stimme aus seinen Gedanken.

Er lebte noch. *Noch*, maßregelte er sich, bevor er ansetzte: „Herr, zwei Dinge haben wir in der Hinterhand." Ethariat hob beschwichtigend eine Hand. „Ich habe vor unserem Angriff auf das Menschenlager Boten zu unseren Streitkräften südwestlich von hier geschickt. Die Reiter sollten längst unterwegs sein. Sobald die Menschen die Schlucht betreten haben, werden meine Krieger ihnen den Rückweg abschneiden. Und ..." Er zeigte zitternd mit dem Zeigefinger auf den Steinbruch. „... ich habe mir gedacht, dass die Menschen uns niemals direkt mit voller Wucht angreifen werden, solange wir andere Menschen als Geiseln haben."

„Das hast du dir gedacht?" Der Schattenmagier zögerte einen Moment. „In Ordnung", murmelte er, als hätte ihm jemand etwas zugeflüstert. „Und was ist, wenn ihnen das Leben der Gefangen egal ist?"

„Oh, das wird es sicherlich nicht", sagte Ethariat lächelnd. „Denn wir haben ihren Heermeister gefangen genommen."

Fluchend schlug Er mit der Faust auf den Tisch. Der Flakon mit der blutroten Flüssigkeit erbebte zitternd. Was hatte sich dieser Ork nur dabei gedacht? Lavian atmete tief durch. Er würde ihn töten, sobald Er den Heermeister hierher gebracht hatte. Wobei die Tatsache, dass Ihn die Nachricht seines Dieners in Seiner Konzentration gestört hatte, deutlich schlimmer wog, als die Kunde, dass das menschliche Heer bald den Steinbruch erreichen würde.

Langsam erhob sich der Herr der Schatten und ging durch den Raum. Er konnte sich bei Seiner Arbeit keinen Fehler erlauben, zumal Er nicht einmal wusste, ob das, was Er vorhatte, funktionieren würde. Er hielt inne, faltete die Hände vor dem Gesicht, legte die Lippen an die Daumen und hauchte einen Namen hinein: „Tagenor."

Einige Minuten später klopfte es an der Tür zu Seinen Gemächern.

„Ja", sprach Er, während Er die Zeichnung in dem neben sich liegenden Buch noch einmal deutlich betrachtete. Die Tür öffnete sich. Ein schwarzhaariger, leichenblasser Mann betrat den Raum. Die Knochenansätze standen unter der eingefallenen, zerfetzten Haut stark hervor. In den Augenhöhlen flackerte etwas Düsteres. Der Herr der Schatten sah nicht auf, als sich Sein Diener langsam dem Tisch näherte und dann stumm vor Ihm stehen blieb.

„Das Blut ist stark", murmelte Er. Der leichenblasse Mann antwortete nicht. Der Herr der Schatten konzentrierte sich wieder auf Seine Arbeit. Auf dem Tisch vor Ihm lag ein faustgroßer, schwarzer Stein, auf den Er mit einem dünnen Pinsel eine rötliche Flüssigkeit nach dem Vorbild der Zeichnung in dem Buch neben sich auftrug.

„Die Armee der Menschen ist da, Tagenor. Sie werden den Steinbruch bald erreichen." Der Herr der Schatten setzte den Pinsel ab. „So, das sollte genügen. Schauen wir mal, ob es funktioniert", sagte Er und beschwor den Feuerzauber herauf. „Ignis." Das magische Feuer traf auf den schwarzen Stein und glühend rot brannten sich die zuvor gezeichneten Lettern in die Rune. Mit einem triumphierenden Lächeln auf dem Gesicht sah Er auf. „Wunderbar." Dann wandte Er das Wort wieder an Tagenor: „Du wirst mit unseren Streitkräften zum Lager nahe dem Steinbruch reiten und dort die Schlacht vorbereiten."

„Haben wir genug Truppen, um die Brüche zu halten, bis unsere Krieger dort sind?", fragte der Krieger.

„Nein." Der Herr der Schatten nahm die Rune in die Hand und lächelte. „Das wird auch nicht nötig sein." Dann erhob Er sich und ging zu einem der Regale.

„Was meint Ihr damit?"

„Ich meine damit, dass mir egal ist, was mit den Gefangenen oder den Brüchen geschieht. Sorge nur dafür, dass man mir den Anführer der Bergkatzen bringt." Er legte die Feuerrune neben einen Stein mit dem mattblau leuchtenden Zeichen des Wasserelements. Dann strich Er behutsam über die zwei faustgroßen Steine, die mattschwarz schimmernd und unberührt daneben lagen. „Ich habe nun, was ich brauche. Nun ja, etwas fehlt noch." Dann wandte Er sich wieder dem Buch auf dem Tisch zu. Sein Blick flog über die vier Elementarzeichen. Nun benötigte Er noch das Blut von zwei Elementarwesen – oder das ihrer Malträger, fügte Er in Gedanken hinzu, während Er auf den tiefen Schnitt an Seinem Unterarm blickte, der nun langsam wieder verheilte.

„Sieh einer an! Der verräterische Goblin steht direkt neben ihnen", flüsterte Leon und drückte sich wieder eng an den Felsbrocken, in dessen Schutz sich der kleine Trupp versteckt hielt. „In der Nähe des vorderen Lagerhauses", sagte er und reichte Schasar das Vergrößerungsrohr zurück.

Schasar nickte und lugte in das Tal vor ihnen. Er fand die kleine von Orks eingekreiste Gruppe nicht auf Anhieb. Dafür sah er Etwas, das ihn leicht zusammenfahren ließ. Einer der Orks redete mit einem Schatten. Unbändige Wut und Hass stiegen in Schasar auf, als er einen der Verräter erblickte, die Dahlgors Tod auf dem Gewissen hatten. Er begann zu zittern.

„Was ist los?", fragte Gregoralfo leise.

„Nichts", knurrte Schasar und schwenkte das Fernglas suchend herum, bis er die Gefangenen fand. Für einen Augenblick ruhte sein Blick auf Arxor, dem es deutlich besser zu gehen schien als Quinto. „Den Ahnen sei Dank! Sie leben." Erleichtert senkte der Magier das Vergrößerungsrohr wieder und packte es in seinen Lederbeutel.

„Und was machen wir jetzt?", fragte Zara sichtlich ungeduldig.

Sie fingerte am Knauf ihres Kurzschwertes. „Noch ist es Tag", warf sie ein.

„Wenn wir sie jetzt angreifen, gefährden wir die Gefangenen", entgegnete Schasar.

„Aber welche Alternativen haben wir? Ihr wart doch immer derjenige, der eine schnelle Lösung wollte. Nun haben wir sie direkt vor uns." Der Magier antwortete nicht. „Sollen wir bis Nachts warten?", fragte Zara daher. „Dann schlafen die Gefangenen und die Orks sind hellwach. Tagsüber sind sie geschwächt."

„Darüber machen wir uns Gedanken, wenn wir bei den anderen sind", erwiderte Schasar. „Wir reiten zurück."

„Aber ...", begann Zara, doch Schasar wandte sich zum Gehen. „Gregoralfo?"

„Ja, Meister Schasar." Gregoralfo beeilte sich mit dem Magier Schritt zu halten, während sie zu ihren Pferden liefen, die sie zuvor in einiger Entfernung an einem der wenigen Bäume der Hügelebene angebunden hatten. Der Magier blieb stehen und blickte Gregoralfo in die Augen. „Wie gut verstehst du dein Handwerk?", fragte er den Dieb von Argonia.

„Vorwärts!" Der Ork ließ die Peitsche knallen und die Gefangenen setzten sich in Bewegung. Arxor sah sich nach Fluchtmöglichkeiten um. Die Steinebenen waren bemannt, ebenso wurde auf dem Grund der Schlucht patrouilliert. Und selbst wenn sie die Umzäunung des Gefangenenlagers hinter sich lassen könnten, würde es schwierig werden einen passenden Zeitpunkt abzupassen. Tagsüber waren die Orks, die die Sonne hassten und sich am Liebsten in den Schatten zurückziehen würden, gereizt, aber trotzdem wachsam. Außerdem würden er und die Kimóner Gefangenen ab dem morgigen Tage wahrscheinlich ebenfalls der Arbeit zugeteilt. Die Nacht wiederum war die Zeit der Schatten. Sie würden seinen Angstschweiß förmlich riechen, wenn Arxor versuchte zu entkommen. Es blieb ihnen nur zu hoffen, dass die Armee bald kam, um sie zu befreien.

„Öffnet das Tor!", rief der Ork, der sie zu dem Gruppenlager geführt hatte, den Wachhabenden in diesem Moment zu. Sie machten sich an dem Tor zu schaffen und Augenblicke später öffneten sich der hölzerne Flügel quietschend. Die Gefangenen im Innern wichen ängstlich zurück, als bewaffnete Orks in den Innenraum vordrangen. „Rein mit euch!", befahl ein Ork hinter Arxor und schubste ihn, sodass er strauchelte und auf den steinigen Boden fiel. Der König rappelte sich schnell wieder auf und stolperte vorwärts in das Innere des Gefangenenlagers. Hinter ihnen wurde das Lagertor wieder geschlossen.

Arxor sah sich um. In dem riesigen, halbkreisförmigen Verschlag waren hunderte Männer eingepfercht. Die Angst stand ihnen förmlich ins Gesicht geschrieben. Nach Fluchtmöglichkeiten suchen, raunte eine Stimme durch Arxors Kopf. Seine Augen huschten über den rückwärtigen Teil, der an die steile Steinwand grenzte. In etwa zehn Schritt Höhe war eine Ebene eingemeißelt, auf der Wachposten standen. Zu hoch, um hinaufzuklettern. Und auch der Holzzaun war ohne Hilfsmittel nicht zu überwinden. Arxor schüttelte niedergeschlagen den Kopf.

Mittlerweile hatte sich eine Menschentraube um sie gebildet. Die Kimóner Menschen fragten nach Neuigkeiten. Das Gerücht, dass der König und die Armee ihnen folgten, hatte bereits die Runde unter den Gefangenen gemacht. Sie hatten die Orks darüber reden hören. Arxor blickte sich um. Gut, dass sie ihn nicht erkannten. Anders schien es sich bei Quinto zu verhalten, der nach den Torturen auf der Reise hierher nach wie vor sehr wackelig auf den Beinen stand. Immer wieder zog und rüttelte jemand an ihm und stellte eine Frage. Quinto schloss die Augen. Arxor zwängte sich durch die Menge.

„Der Heermeister", hörte Arxor einen älteren Mann vor sich murmeln. „Da ist der Heermeister", rief er nun lauter aus. „Sie haben ihn gefangen. Nun ist alles verloren." Arxor schnaufte wütend und drängte sich an dem Alten vorbei. Er schob die Umstehenden zur Seite und presste Quinto an sich.

„Alles in Ordnung?", flüsterte er ihm zu.

„Den Umständen entsprechend", antwortete der Heermeister gequält lächelnd. „Aber ich muss mich setzen."

„Natürlich." Arxor drängte die Männer ein wenig weiter zurück und half Quinto dabei sich auf den steinigen Boden zu setzen. Er konnte kaum in das geschundene Gesicht seines Heerleiters blicken. Quinto hatte all die Schläge und Schmerzen für Arxors Sicherheit auf sich genommen. Das konnte der König ihm niemals zurückzahlen.

„Danke", sagte Arxor. „Für alles."

„Entschuldigt den Schlag ins Gesicht!" Quinto schluckte. „Eigentlich dachte ich, dass Ihr aufwacht, wenn alles vorbei ist."

„Kein Problem. Solange es nicht noch einmal passiert." Arxor lächelte. Quinto versuchte mit einem gequälten Lächeln zu antworten. Vor Schmerzen aufkeuchend ließ er den Kopf sinken und schüttelte das Haupt. „Es ist vorbei", murmelte er nur für Arxor hörbar und schloss die Augen. Er war erschöpft. Seine Gedanken machten sich auf den Weg ins Reich der Träume.

„Es ist erst zu Ende, wenn es zu Ende ist", erwiderte Arxor ruhig und klopfte ihm leicht anerkennend auf die Schulter. „Sie werden kommen und uns retten! Bis dahin komm zur Ruhe und sammle deine Kräfte!"

„Macht Platz!", erklang plötzlich eine grummelnde Stimme hinter ihnen. Das Getuschel um sie herum erstarb. Arxor drehte verwundert den Kopf. Ehrfürchtig stoben die Menschen auseinander. Arxors Augen weiteten sich. Ein alter, in ein Bärenfell gehüllter Mann schritt durch die nun entstandene Gasse auf Quinto und den König zu. „Alles in Ordnung mit dir?", fragte er Arxor und blickte ihm tief in die Augen. Der König nickte und sah dann schnell wieder auf Quinto hinab. „Gut, dann tritt bitte zur Seite!" Arxor erhob sich und tat wie ihm geheißen. Der seltsame Alte beugte sich über Quinto. Arxor trat zu den anderen Neugierigen und versuchte Eins mit der Menschenmasse zu werden. Hatte Bär ihn erkannt? Arxor konnte sich noch vage an den seltsamen alten Mann erinnern, der in seiner Kindheit noch Hofprospektor gewesen war. Damals, bevor sein Schüler Quinto schließlich die Nachfolge angetreten hatte. Doch hatte ihn der Alte auch erkannt? Mittlerweile war mehr als ein Jahrzehnt vergangen.

„Junge", hörte Quinto eine ihm bekannte Stimme sagen. Er wusste, wem sie gehörte, aber das konnte nicht sein. Der Heermeister hielt die Augen geschlossen. Er war wahrscheinlich einfach zu müde und erschöpft. Er wollte nur noch schlafen, sich ausruhen. Jemand rüttelte an seiner Schulter. Er öffnete die Augen.

„Was denn?", fragte er gereizt und blickte in Bärs wettergegerbtes Gesicht.

„Junge. Was ist los mit dir? Was liegst du da rum?" Quinto lächelte. Jetzt halluzinierte er, da war er sich ganz sicher. Es musste schlimmer um ihn stehen, als er selbst vermutet hatte. „Dein Ruhm ist bis nach Kimón vorgedrungen. Also, was sollen die Leute denken, wenn ihr starker Heermeister hier faul herumliegt? Steh auf!" Große, fleischige Hände griffen Quinto unter die Arme und hoben ihn hoch.

„Immer noch der Alte", knurrte der Heermeister und erntete dafür einen Klaps auf den Hinterkopf.

„Habe Respekt vor dem Alter! Was habe ich dir eigentlich beigebracht?" Bär blickte seinen ehemaligen Schüler böse an. Quinto rieb sich die Stelle, an der ihn die starke Hand des Alten getroffen hatte. „Und nun lass mich dein Gesicht anschauen." Bär kam näher, befühlte und inspizierte die Wunden. „Nichts Schlimmes. Du wirst es überstehen. Die Wunden sind sauber, nicht entzündet."

„Noch nicht", erwiderte der Heermeister und zuckte zurück, während Bär die Verletzungen betastete.

„Warum lässt du dich überhaupt von solchen Kreaturen gefangen nehmen?" Bär zog ihn wieder näher an sich heran.

„Entschuldigung." Quinto verdrehte die Augen. „Aber ich musste jemanden schützen."

„Das hast du ja gut hingekriegt." Bär drehte den Kopf und fixierte Arxor. „Ganz starke Leistung."

„Die Orks wissen, wer ich bin", flüsterte Quinto.

„Nicht gut."

„Aber nicht, wer er ist."

„Und das sollte auch so bleiben." Bär nickte. „Du hast dich also für ihn geopfert." Quinto nickte und raufte sich die Haare. „Und was ist das?", fragte der Alte und griff nach Quintos Hand, auf deren Rücken das Mal der Erde eingebrannt war. „Du …" Bär stand der Mund offen. „Du bist ein Elementarwächter geworden?" Seine Augen wurden glasigfeucht. Der Alte schluckte.

„Ja. Ich habe einen Pakt mit den Hippolos geschlossen. Sie unterstützen uns im Kampf gegen die Schatten. Man musste sie nicht einmal mehr abrichten, wie früher."

„Natürlich, du Narr. Das solltest du doch wissen", schalt ihn der Alte. „Abrichten. Pah!" Er schüttelte den Kopf. „Diese armen Geschöpfe. Wo sind die Zeiten geblieben, in denen die Tiere frei waren und ihren eigenen Willen hatten? Heute sind sie versklavt und wehren sich nicht einmal mehr dagegen."

„Wir sollten unsere Zeit anders nutzen als darüber zu diskutieren", warf Quinto erschöpft ein. Der Alte schnaubte.

„Und was hast du vor?", fragte er.

„Wir sollten so schnell wie möglich versuchen aus diesem Lager zu fliehen."

Gregoralfo hockte hinter dem hohen Stein und wartete. Die Abenddämmerung würde bald einsetzen. Das war die Zeit, in der er sich in das Lager schleichen wollte. Die Wachen würden die Arbeiter in die jeweiligen Verschläge und Hütten zurückbringen. Die Aufregung und Unruhe wollte er nutzen, um nahe genug an den König und den Heermeister heran zu kommen. Der Dieb von Argonia zitterte vor Nervosität. Was für ein verrücktes Unterfangen, freiwillig nur in einen Lendenschurz gekleidet und unbewaffnet in das Lager der Orks vorzudringen. Und wofür machte er das Ganze? Sicherlich nicht für sich. Wie sich die Zeiten geändert hatten, dachte er, bevor er wieder hinter dem Stein hervorlugte.

In der Nähe erblickte er eine Orkpatrouille. Doch wovor Gregoralfo sich weitaus mehr fürchtete, waren die zahlreichen Bergkatzen, die scheinbar ziellos durch die Felsreihen schlichen. Sie irritierten ihn. Er hatte Bergkatzen in Gefangenschaft gesehen. Im Süden waren sie Attraktionen in den Städten. Man stellte sie zur Schau oder ließ sie zum Spaß gegeneinander oder gegen Gladiatoren kämpfen. Nun sah er sie zum ersten Mal nicht eingepfercht. Aber was taten sie hier? Und noch interessanter war die Frage: Warum kämpften sie mit den Orks?

Gregoralfo blickte wieder hinab in das Lager. Bald musste es doch soweit sein, dachte er ungeduldig. Und tatsächlich begannen die Sonnen langsam am Horizont zu verschwinden. Das tiefe Tal würde schnell in einen matten Schatten gehüllt werden. Während des Zwielichts würde er sich hinunter und dann direkt in Richtung des Gefangenhorts schleichen. Er ging seinen Plan noch einmal durch. Er war nicht besonders gut, aber für die kurze Zeit, die sie hatten, war es das Beste, was man aus der Situation machen konnte. Wenn es klappte, rettete er zwei Leben. Wenn nicht, dann waren seins und wahrscheinlich auch das der beiden anderen verloren.

Der Dieb blickte sich aufmerksam um. Dann machte er einen vorsichtigen Schritt aus seinem Versteck. Er mahnte seinen Puls zur Ruhe. Es war nichts anderes als bei seinen Beutezügen. Ruhe bewahren. Rein schleichen. Das stehlen, was man haben wollte. Raus schleichen. So einfach war es. Er duckte sich hinter den nächsten Vorsprung. Eine Patrouille kam von links. Er kauerte hinter dem Stein und hielt den Atem flach. Einige Zeit später waren die Orks achtlos an dem Stein vorbei gegangen.

Gregoralfo spähte nach weiteren Wachen, doch er sah keine in der Nähe, die ihm gefährlich werden konnten. Dann ließ er den Blick erneut ins Tal schweifen. Ihm stockte für einen Augenblick der Atem. Dort unten ging Etwas vor sich. Die Tore des Gefangenenlagers wurden geöffnet. Drei Gestalten standen vor dem Eingang und warteten darauf eingelassen zu werden.

„Ist das wirklich eine gute Idee?", schnarrte der Goblin. „Er ist
viel zu erschöpft für eine solch lange Reise."

„Kümmere dich um deine Angelegenheiten, Made", zischte der
Dunkelmagier.

„Ich wollte ja nur ..."

„Schweig!", knurrte Ethariat. Beißer nickte. Gemeinsam schritten
sie ins Innere des Gefangenenlagers. Einige Männer schrien auf,
als sie den Schattenmagier sahen. Verfluchte Memmen, dachte
Beißer. Was für eine verweichlichte Rasse.

„Wo ist der Heermeister?", fragte die eiskalte Stimme. Keiner
wagte zu antworten. „Ist er so feige?"

„Nicht", mahnte Arxor Quinto zur Ruhe. Doch der Heermeister
riss sich los und machte einige Schritte vorwärts."

„Das ist er also?" Der Schattenmagier wirkte nachdenklich.
„Sieht gar nicht so gefährlich aus, wie immer behauptet wird."
Quinto trat den drei Dunkelwesen entgegen und spuckte ihnen
verächtlich vor die Füße. Der Magier hob eine Hand, flüsterte
einige unverständliche Worte und Quinto sank schreiend
zusammen.

„Nein", rief Arxor und wollte zu Quinto eilen.

„Nicht, mein König", flüsterte Bär streng und schubste ihn
zurück in die Menge. Die Dunklen blickten zu ihnen hinüber.
„Ich mache das schon." Dann trat Bär vor und hielt auf die kleine
Gruppe zu. Mit einem Fingerzeig nahm der Schattenmagier
den Zauber von Quinto. Bär ließ sich neben Quinto nieder, der
hektisch und gepresst atmete.

„Und wer ist das?", fragte der Dunkelmagier.

„Ein Kimóner", erwiderte Ethariat. Bär blickte auf.

„Quinto war früher einmal mein Schüler", sagte er. Dann beugte
er sich zu Quinto hinunter. Grimmig wandte er dem Schatten
den Blick zu. „Untersteht Euch, ihn noch einmal zu verzaubern",
zischte er ihm zu. Dann griff er flink unter seinen Fellumhang
und holte unbemerkt ein kleines Knäuel Kräuter hervor. „Ich
habe wahrscheinlich nicht viel Zeit", raunte er Quinto zu und
presste es seinem Schüler in die Hand. „Nimm dies, wenn du
die Schmerzen nicht mehr ertragen kannst!" Quinto sah auf. Das

gutmütige, väterliche Lächeln war selbst dann noch auf dem Gesicht des Alten, als ihn der Todesfluch in den Rücken traf. Bär sank zusammen und begrub Quinto unter sich.

„Nein", schrie Arxor und rannte los. Einige Männer in der Menge schrien panisch und gingen noch einige Schritt weiter zurück.
„Und wer ist das schon wieder?", fragte der Dunkelmagier.
„Einer der Offiziere", entgegnete Beißer schnell. „Er scheint sich sehr um seinen Heermeister zu sorgen." Ethariat machte einen Schritt vorwärts, doch der Schattenmagier hob die Hand und gebot ihm Einhalt.
„Mensch", zischte der Schattenmagier und schwebte näher auf Arxor zu, der nun neben Quinto hockte und vorsichtig Bärs leblosen Körper von ihm rollte. „Kenne ich dich nicht?" Der Schattenmagier blieb einige Schritt vor der kleinen Gruppe stehen. Arxor blickte auf. Mit Tränen der Wut in den glasigen Augen schleuderte er dem Schatten wüste Beschimpfungen entgegen. Der Magier hielt inne.
„Arxor, nicht!" Quintos Hand klammerte sich an seinen Unterarm. Doch der König riss sich los und hielt auf den Schatten zu. Der beschwor in Sekundenbruchteilen einen Zauber herauf. Arxor hielt mitten in der Bewegung inne und packte sich an den Hals. Er bekam keine Luft mehr. Sein Gesicht lief langsam bläulich an.
„Arxor." Der Schatten schwebte langsam auf ihn zu. „Das ist für wahr interessant." Unter den Ärmeln der pechschwarzen Robe schlängelten sich lange, spindeldürre Knochenfinger hervor. Sie schlitzten Arxors Wams mühelos auf und drangen in das Innenfutter ein. Dann klammerten sie sich um Etwas und zogen es heraus. „Diese Wortwahl geziemt sich doch ganz und gar nicht Eurem Stand, Majestät." Das schwarze Amulett an der goldenen Kette glänzte selbst im Licht der untergehenden Sonnen noch eindrucksvoll. Ein Raunen ging durch die Menschenmenge.
„Willkommen im Reich der Dunkelheit!", flüsterte der Schatten und schwebte davon. Einen Augenblick später schlug Arxor auf den steinigen Boden neben Quinto. Der Heermeister kroch zu seinem König und hielt seine Hand.

„Hier nehmt!", flüsterte er.

„Und was wird jetzt aus ihnen?", hörten sie Ethariat dann sagen.

„Wer braucht den Heermeister, wenn er Ihm den König bringen kann?", sagte der Dunkelmagier und schwebte aus dem Tor.

Es klopfte. Der Herr der Schatten hob den Kopf und blickte zur Tür.

„Was?", fragte Er ungeduldig. Die Tür öffnete sich. Ein Ork trat vor.

„Die Kundschafter aus der anderen Welt sind zurück, Herr", knurrte dieser knapp und verbeugte sich widerwillig.

„Sie sollen draußen warten", befahl der Dunkelmagier.

„Wie Ihr wünscht, Herr", erwiderte der Ork und verließ den Raum. Der Herr der Schatten erhob sich und trat aus dem kleinen, steinernen Haus, das er auf dem Felsplateau bezogen hatte. Er blickte zu dem von einem schwarzen Steinbogen umgebenen Portal, das surrend vor sich hin waberte. In einiger Entfernung lag der Kadaver einer gigantischen Seeschlange.

„Habt ihr das Tier noch immer nicht weggeschafft?", blaffte der Herr der Schatten zwei Orks an, die in der Nähe patrouillierten. Kurz dachte Lavian an den verlustreichen und kräftezehrenden Kampf gegen den Ältesten der Wasserwesen. „Es hat Jahre gedauert ihn zu finden und zu überlisten. Er muss jetzt nicht noch eine halbe Ewigkeit zu meinen Füßen verrotten. Schafft ihn endlich fort!"

„Herr, die Krieger waren …", begann einer der beiden Orks.

„Die Krieger waren gar nichts. Sie befinden sich unter Tagenors Führung auf dem Weg in die Schlacht gegen die Menschen. Und wenn ihr nicht nur unnütz herumstehen wollt, trommelt alle zusammen und schafft mir dieses verrottende Wesen vom Hals. Bringt es zurück zur Südsee! Und denkt daran: Die Spur darf auf keinen Fall hierher führen."

„Ja, Herr." Der Ork nickte. „Und Ihr seid sicher, dass Ihr keinen

Schutz benötigt?" Statt einer Antwort züngelten kleine Blitze aus der Hand des Magiers und zerfetzten die Hand des Orks, der laut aufschrie.

„Und nun trollt euch!", befahl Er, bevor er sich der kleinen Gruppe Goblins zuwandte, die auf Ihn gewartet hatte. „Und was wollt ihr?"

Mit zittrigen Händen trat einer der Goblins vor und hielt Ihm den Stab des Weißen Drachen entgegen. Der Herr der Schatten nahm das Artefakt wortlos entgegen.

Das kleine Erdwesen sah sich schüchtern um. Die anderen nickten ihm aufmunternd zu.

„Was gibt es noch?", fragte der Herr der Schatten.

„Ihr habt uns den Auftrag gegeben, den Stab zurück zu bringen." Der kleinwüchsige Goblin sah schüchtern zu dem Herrn der Dunkelheit auf.

„Den Auftrag habt ihr erfüllt. Wenn nicht, hätte ich fähigere Diener geschickt!"

„Aber ich habe noch mehr Informationen für euch. Ja, ja." Der Goblin nickte eifrig.

„Und die wären?" Der Herr der Schatten sah das schweinsgesichtige Wesen ungeduldig an.

„Ich ... ähm." Der Goblin spielte unruhig mit seinen Fingern. „Die Menschenarmee ist hier. Sie zieht durch die große Steinwüste."

„Erzähle mir etwas Neues!"

„Wir haben ein Schlachtfeld gefunden, nachdem wir durch das Zeitenloch zurückgekommen sind", sagte der Goblin schnell. „Dort sind viele Gräber. Danach hatten die Menschen es scheinbar sehr eilig. Sie haben Großteile ihrer Zelte zurück gelassen. Wir haben alles angezündet."

Das kleine Wesen grinste stolz. Der Herr der Schatten verzog keine Miene. „Dann haben wir sie überholt", beeilte sich der Goblin fortzuführen. „Es sind viele Verletzte und sie kommen nur langsam voran. Aber das ist noch nicht alles."

„Was denn noch?"

„Das war gar nicht ihre richtige Armee. Nein, nein. Die ist nämlich schon vorgezogen. Sie hält auf die Brüche zu und war zuvor in den Windhöhlen."

„Du verschwendest meine Zeit." Der Herr der Dunkelheit tippte ungeduldig mit dem Finger auf den schneeweißen Stab. „Und du weißt, was das für dich und Deinesgleichen bedeutet."

„Entschuldigt, Herr. Dann wisst Ihr sicher auch, dass ein neuer Malträger unter ihnen ist und sie zielsicher durch die Steinwüste führt?" Der Goblin lächelte entschuldigend und wollte sich zurückziehen.

„Ein Malträger?" Der Herr der Dunkelheit hob eine Braue.

„Eine Frau. Schwarze Haare. So groß." Der Goblin stellte sich auf die Zehenspitzen.

„Wer hat sie dazu gemacht?", fragte Er ohne auf das kleine Wesen zu achten, das bei dem Versuch die Größe der Malträgerin nachzumachen ins Straucheln geriet.

„Die Gargoyls." Der Goblin hielt inne und sah Ihn verwirrt an.

„Wer sonst?"

„Sehr gut", murmelte Er und wandte sich nachdenklich zum Gehen. „Sehr gut. Damit hätte ich dann alle Elemente beisammen."

„Herr, eine Sache noch", quiekte das kleinwüchsige Wesen. „Wir haben den Auftrag erfüllt. Und Ihr hattet versprochen, die Urmutter freizulassen." Der Herr der Schatten drehte sich mit angewidertem Gesicht noch einmal um.

„Ich habe gesagt, ich denke darüber nach, sie freizulassen, wenn ihr all die euch gegebenen Aufträge erfüllt habt."

„Ja, Herr." Der Goblin druckste herum. „Es ist so: Unsere Brüder sind beinahe bis zu ihm vorgedrungen und …"

„Dann wird es höchste Zeit, dass ich den Stab unter Aufsicht verantwortungsvoller Diener zum Drachenfels schicke, oder?", unterbrach Er den Goblin.

„Natürlich, Herr. Ich wollte nur kurz fragen, ob …" Das Erdwesen schluckte. „Dürften wir die Urmutter einmal sehen? Es ist so viel Zeit vergangen, seit wir von hier gegangen sind. Und nur, um kurz zu sehen, dass es ihr gut geht, meine ich."

„Du möchtest sie sehen?" Der Herr der Schatten fixierte den kleinen Goblin, dessen Hauer und Lippen nervös zitterten.

„Natürlich. Komm nur mit mir. Ich zeige sie dir!" Der Goblin drehte sich mit glücklichem Gesicht zu seinen Begleitern um, die anfeuernde Gesten machten. Über ihren Köpfen färbte sich der Abendhimmel rosa-rot. Es war ein guter Tag zum Sterben.

So schnell ihn seine Füße trugen, rannte Gregoralfo zum Treffpunkt zurück. Leon wartete bereits auf ihn und nickte.
„Wir haben es auch beobachtet. Der Schatten weiß, dass der König unter den Gefangenen ist", sagte der Truppenführer der Späher.
„Was …", keuchte Gregoralfo außer Atem. „… machen wir nun?"
„Wir müssen runter gehen. So schnell wie möglich!" Leon ließ den Blick durch das Vergrößerungsrohr schweifen. Er musste sich konzentrieren, denn die Helligkeit des Lichts nahm stetig ab. „Wir warten nur noch auf Meister Schasars Anweisungen. Ich habe bereits nach ihm schicken lassen. Aber meiner Meinung nach sollten wir sofort handeln. Noch haben wir die Überraschung auf unserer Seite." Nichts deutete darauf hin, dass man sie entdeckt hatte. Das hoffte er zumindest. „Ihre Späher haben uns noch nicht ausgemacht. Die Orks verhalten sich ganz normal. Die Patrouillen wurden nicht verstärkt. Das Lager befindet sich nicht in Alarmbereitschaft."
„Verflucht", hörten sie Schasars Stimme hinter sich rufen.
„Nicht so laut", mahnte Leon den Magier zur Ruhe.
„Das macht nun auch Nichts mehr", erwiderte der und schritt geradewegs aus dem sicheren Versteck an ihnen vorbei die abschüssigen Felsen hinunter. Leon gab einem Krieger ein Zeichen.
„Die Armee soll anrücken", befahl der Truppenführer. Der Krieger nickte. „Schnell."
„Das ist Wahnsinn", flüsterte Gregoralfo und sah Schasar nach, der geradlinig auf den Boden der Schlucht zuhielt. „Es dauert nicht mehr lange, dann wird ihn einer der Orks entdeckt haben."
Leon nickte und zuckte dann mit den Schultern.
„Aber sollen wir ihn allein gehen lassen?" Er erhob sich und

folgte dem Magier. Gregoralfo schüttelte den Kopf. Er wusste nicht zum wievielten Male er sich fragte, was er hier überhaupt machte. Dann trat auch er aus dem sicheren Versteck und eilte den beiden nach.

„Steh auf!", befahl der Schattenmagier mit eiskalter Stimme. Arxor tat wie ihm geheißen. Er vergrub dabei die Hände tief in den Taschen.

„Was nun?", fragte er kess. „Wollt ihr mich auch hinrichten, wie ihr es mit Bär getan habt?" Der Lagervorsteher mit dem Namen Penyirat kam mit einem Wassereimer auf ihn zu.

„Hier, wasch dich!", befahl der Ork, sorgsam darauf achtend, dass seine edle Robe nicht nass und verschmutzt wurde. „Es war das Beste für den alten Narren. Er war zu Nichts zu gebrauchen, obwohl er noch recht kräftig für sein Alter schien."

„Für dich hätte es noch gereicht", erwiderte Arxor und schöpfte etwas braunes Wasser aus dem dreckigen Eimer.

„Was soll das denn?", stieß Beißer hervor und trat neben dem Menschenkönig. „Wollt ihr ihn vergiften?"

„Wer hat dich gefragt, Goblin", grunzte Penyirat.

„Ich meinte nur …" Er wandte sich dem Schattenmagier zu und senkte demütig das Haupt. „… dass es vielleicht sinnvoller wäre, wenn der König der Menschen die Reise zum schwarzen Bogen überlebt und unterwegs nicht an einer Entzündungskrankheit stirbt."

„Es sind zwei Wochen Ritt", erwiderte Ethariat verächtlich.

„Ein Bruchteil, wenn wir auf dem Rücken des Windes reiten", warf der Schatten ein. Ethariat, Penyirat und Beißer öffneten die Münder.

„Ich dachte …", begann der Goblin.

„Vielleicht ist es besser, wenn du weniger denkst", erwiderte der Schatten und beendete das Gespräch damit. Er schwebte in Richtung des Bruchs davon.

„Was hat er vor?", fragte Ethariat den Lagervorsteher.

„Ich glaube, dass er die Elemente beschwören wird. Ich habe keine Ahnung." Der Ork zuckte mit den Schultern. „Das ist Magiersache, das weißt du doch."

„Wie viele von denen sind gerade hier?", fragte Beißer.

„Warum willst du das wissen, Goblin?", knurrte Penyirat.

„Nur so. Ich meine, deine Führungsqualitäten stelle ich überhaupt nicht in Frage. Aber dass sie dich vor deinen Leuten so demütigen, muss doch wirklich nicht sein." Der Lagervorsteher schnaubte zustimmend. Beißer lächelte innerlich. Er hatte den wunden Punkt des Orks getroffen. Dieses selbstverherrlichende, arrogante Wesen wollte die Macht des Führertums auskosten. „Wie kannst du dir so etwas nur bieten lassen? Wenn er weg ist, dann …"

„Dann ist immer noch einer von ihnen hier", grunzte sein Gegenüber. Also waren es nur zwei, schloss der Goblin. Aber er musste ganz sicher gehen.

„Aber einer ist leichter zu kontrollieren, als zwei", warf er ein.

„Ich mag eure Gedanken nicht", unterbrach sie Ethariat.

„Wir haben uns noch gar keine konkreten Gedanken gemacht", zischte der Lagervorsteher. „Und ich finde, dass es sich bisher ganz gut anhört."

„Ja?", gab der Orkgeneral zurück. „Dann erklär das den Beiden mal." Die Schwarzmagier schwebten auf ihre kleine Gruppe zu. Beißer blickte kurz zu Arxor und zwinkerte ihm zu.

„Und?", fragte er an die Schwarzmagier gerichtet.

„Ich sollte dich töten für deinen fehlenden Respekt", erwiderte die eiskalte Stimme des einen.

„Ja, das habe ich schon öfter gehört in der letzten Zeit."

„Er steht unter Seinem persönlichen Schutz", stellte Ethariat genervt fest.

„Weil ich weiß, was ihr nicht wisst." Beißer stemmte stolz die Hände in die Hüften.

„Und das wäre?", fragte Penyirat.

„Nun stell dich nicht an wie ein Ork!", sagte Beißer und wich im selben Moment zurück, als der Lagervorsteher wütend versuchte nach ihm zu schlagen.

„Schluss damit!", unterbrach sie der erste Schwarzmagier. „Wir werden nun den magischen Windboten heraufbeschwören. Da wir unsere Kräfte bündeln, wird er vier Personen zum dunklen Boten transportieren können."

„Wunderbar. Ich werde dann mal …", begann Beißer und wollte gerade auf dem Absatz kehrt machen, als ihn der Schatten unterbrach.

„Du wirst gar nichts machen. Du kommst nämlich mit uns."

Beißer öffnete den Mund, streckte die kleinen, klobigen Finger aus und begann leise zu zählen.

„Eins." Er zeigte auf Arxor und kratzte sich mit der anderen Hand den Hinterkopf. „Zwei", sprach er, während er auf sich zeigte. Dann blickte er in die Runde, wog kurz ab. „Recht wahrscheinlich: Drei und vier." Er zeigte auf die Dunkelmagier. „Tja, leider kein Platz für dich." Er zuckte mit den Schultern und sah mitleidig zu Ethariat.

„Hör auf mit diesen Spielchen, Goblin", sprach die eiskalte Stimme. „Stell dich dort hinüber! Und du, Ethariat, sorg dafür, dass der Menschenkönig nicht auf dumme Gedanken kommt!"

„Ich dachte …", begann Ethariat.

„Jetzt versuchen sogar schon Orks zu denken." Der Schattenmagier fixierte den Orkgeneral. „Du wirst Ihm erzählen, wie es zu dem Angriff auf das Lager und die Gefangennahme des Heermeisters und König gekommen ist. Wenn du Glück hast, wird er dich belohnen. Du, Goblin, hast scheinbar eine wichtige Nachricht für Ihn, sonst würdest du nicht unter Seinem Schutz stehen."

„Das heißt, dass er hier bleibt?" Beißer nickte zu dem anderen Schwarzmagier.

„Du kannst scheinbar richtig zählen. Glückwunsch", knurrte Penyirat.

„Schweigt oder keiner von euch wird es lebend zu Ihm schaffen", zischte der Schwarzmagier. Penyirat und Beißer wichen ehrfurchtsvoll zurück, während die Schatten den Zauber vorbereiteten. Währenddessen fesselte der General Arxor vorsichtshalber die Hände hinter den Rücken. Dann trat er neben die anderen beiden Wartenden.

Ein leichter Wind kam auf. Sie hörten ein immer lauter werdendes Heulen und Pfeifen, das gespenstisch in der tiefen Schlucht nachhallte. Es war so fremdartig und düster, dass selbst die Orks für einen Moment vergaßen die eingeschüchtert innehaltenden Gefangenen vorwärts zu peitschen.

„Und das ist wirklich sicher?", fragte Beißer skeptisch in die Runde.

„Sie werden wissen, was sie tun", erwiderte der Orkgeneral. „Aber wenn es funktioniert, dann werden die Menschen Wochen brauchen, um uns einzuholen. Die Zeit arbeitet für uns."

Es sei denn, Schasar kann das auch, dachte Beißer und atmete tief durch.

Das Untergehen der Sonnen hatte die tiefe Schlucht in ein dämmriges Zwielicht gehüllt. Gregoralfo fröstelte. Er rieb sich den halbnackten Oberkörper. Der pfeifende Wind nahm zusehends an Stärke zu. Plötzlich erfüllte ein langgezogenes Heulen die Schlucht.

„Was ist das?", stieß der Dieb erschrocken hervor und sah sich suchend um, ganz so, als erwarte er die unnatürliche Quelle des Geräuschs im nächsten Moment zu erblicken.

„Das ist nur der Wind", erwiderte Schasar ruhig und kletterte behände über einen weiteren Felsvorsprung.

„Hey, ihr da", rief eine Stimme von links. „Stehen bleiben!" In einiger Entfernung standen zwei Orkspäher. Der eine zückte seinen Säbel. Der andere griff hastig nach seinem Horn. Schasar murmelte eine magische Formel und der Ork sank, noch bevor er das Horn an die Lippen setzen konnte, zu Boden. Der Säbelträger sah erschrocken auf seinen Partner herab, dann sackte auch er zusammen.

„Das nenne ich unauffällig", bemerkte Leon und blickte sich suchend um. Doch er konnte keine anderen Patrouillen ausmachen. Leider galt das auch für Menschenkrieger, von denen weit und breit noch nichts zu sehen war. Der Eingang zur Schlucht lag verlassen da.

Leon wurde nervös. Die Stimme in seinem Kopf versuchte

ihn zur Ruhe zu mahnen. Es war nur logisch, dass der Bote noch unterwegs war. Die Soldaten müssten dann erst hierher marschieren. Und selbst wenn die Kavallerie vorausritt, konnten sie noch nicht hier sein. So viel zur Theorie. Die Realität sah so aus: Sie waren dabei zum Boden der Schlucht herunter zu klettern, ohne zu wissen wann die Verstärkung anrückte. Ein Magier, ein Dieb und ein Krieger. Allein gegen die Schergen der Dunkelheit.

Leon wusste nicht, ob er es nun bedauern sollte, dass sie ihr Lager in einiger Entfernung zu der Schlucht bezogen hatten. Schließlich hatten sie es getan, um nicht aufzufallen und den Augenblick eines Überraschungsangriffs auskosten zu können. Er schnaufte. Damit war es nun wahrscheinlich vorbei.

Der Wind nahm derweil weiter an Intensität zu. Kräftig fegte er durch die Schlucht, riss kleinere Sandkörner mit sich. Das geisterhafte Pfeifen wurde immer lauter. Ein mystischer Nebel hatte den Boden vor ihnen eingehüllt.

„Das gefällt mir gar nicht", merkte Gregoralfo an. „Vielleicht sollten wir warten, bis …"

„Wenn wir weiter warten, ist Arxor wahrscheinlich für immer verloren", erwiderte Schasar scharf. „Die Schwarzkutten werden einen Grund haben den Sturm heraufzubeschwören. Ein so mächtiger Zauber ist kein gutes Zeichen."

„Bestimmt nicht. Aber was können wir drei daran ändern?", fragte Gregoralfo. Schasar hielt inne und blickte sich um.

„Wir können sie töten. Das ändert Alles!"

Gregoralfo schluckte und schwieg. Der Magier setzte seinen Weg unbeirrt fort.

„Ist das Ganze nicht ein wenig voreilig, Meister Schasar?", warf Leon ein. Er zeigte auf das Lager im Tal vor ihnen. „Dort sind hunderte Orks und Goblins, die uns den König nicht einfach übergeben werden. Von den zwei Magiern ganz zu schweigen."

„Ich sage nicht, dass es leicht wird."

„Und wie sieht der Plan aus?", fragte Gregoralfo.

„Wir retten Arxor und verschwinden wieder."

„Wenn das so einfach wäre, dann …", begann Leon.

„Es ist mir egal, ob es einfach ist oder nicht. Ich will mir später nicht vorwerfen, dass ich nicht versucht hätte ihn an dem Punkt zu retten, an dem es noch möglich gewesen wäre."

„Und einfach zu warten, bis die Armee kommt …?", versuchte es der Späher noch einmal. Regen setzte ein. Große Tropfen klatschten hart auf ihre Kleidung.

„Wenn sie Arxor auf den Schwingen des Windes hinfort schaffen, verlieren wir seine Spur vielleicht für immer."

„Was genau bedeutet das mit diesen Schwingen?", rief Gregoralfo als letzter der drei Herabsteigenden gegen den Wind, der mittlerweile so stark zugenommen hatte, dass man das Gesicht vor fliegenden, spitzen Steinen und harten Wassertropfen schützen musste. Schasar antwortete ihm nicht. Der Dieb schnaufte wütend.

Wenigstens schienen sich auch die Orks vor dem magischen Sturm verkrochen zu haben, dachte er. Jedenfalls erklang kein warnendes Horn, als sie den Boden des Tals erreicht hatten. Den Sturm im Rücken eilten sie auf das Ende der Schlucht zu.

Nach der letzten Biegung sahen sie in gut zweihundert Schritt Entfernung die schweren Holzkonstruktionen vor den Terrassen des gigantischen Steinbruchs. Die Gefangenen schienen längst die Arbeit eingestellt zu haben. Jedenfalls liefen sie wie Ameisen in einer langen Kette auf die jeweiligen Schlaflager zu.

Arxor drehte das Gesicht leicht zur Seite und versuchte so sein Gesicht vor den ihm entgegenschlagenden Steinchen zu schützen. Seine Hände waren hinter dem Rücken gefesselt, sodass er die Arme nicht vor das Gesicht halten konnte. Ethariat und der Goblin hingegen pressten ihre Unterarme schützend an die Stirn.

Der König riskierte einen kurzen Blick zu den zwei Schattenmagiern, die sich leise magische Formeln rezitierend gegenüberstanden. Seine Augen tränten und er wandte den Kopf wieder ab.

Hinter sich hörte er ein langgezogenes Röhren. Der König blickte zu den großen Holzkonstruktionen, die sich geräuschvoll im

Wind bogen. Wenn es noch schlimmer wurde, dann würden sie damit das Lager dem Erdboden gleich machen. Ein lautes Grollen war zu vernehmen. Arxor blickte erschrocken zum Himmel. Dunkle Wolken waren aufgezogen und begannen nun spiralförmig zu rotieren. Was um alles in der Welt ist das, dachte er.

Wilde Windböen schlugen der Reiterin am Rande der Schlucht entgegen. Es war für ihren Tross unmöglich vorwärts zu kommen. Was war dies für ein fauler Zauber? Von Spähern der Orks war jedenfalls nichts zu sehen. Nur der stürmische Wind heulte und pfiff durch die Schlucht, auf deren steinigem Boden ein seltsam wabernder Nebel lag, der nicht hinfort geweht wurde.
„Ihr wartet hier", rief Zara den Truppenführern zu und stieg vom Rücken ihres Tieres. Dann verschwand sie im tristen Grau, das von der Schlucht Besitz ergriffen hatte.

Der Wind hatte sich gedreht und schlug ihnen nun mit voller Wucht entgegen.
„Schneller", feuerte Schasar seine Mitstreiter an und verfiel in einen Laufschritt. „Wir müssen ..." Die restlichen Worte verschluckte der laute Donner. Leon fluchte. Er hatte Probleme mit den Magier Schritt zu halten. Und Gregoralfo schien es nicht besser zu gehen. Schasar schien noch am leichtesten vorwärts zu kommen. Jedenfalls fielen Leon und Gregoralfo immer weiter zurück. Der Späher biss auf die Zähne und stemmte sich gegen die nächste starke Böe. Er versuchte so gut es ging gegen die Kraft des Windes anzukämpfen. Aber er kam kaum noch vorwärts.

In gut einhundert Schritt Entfernung sah Schasar die zwei in dunkle Roben gekleideten Magier, die dabei waren den Sturm heraufzubeschwören. Etwas abseits stand Arxor, der von einem Ork und Beißer bewacht wurde. Schasar stemmte sich gegen den Wind. Er musste den Zauber unterbrechen. Er wusste, was die Schatten vorhatten. Und er durfte nicht zulassen, dass der Sturm Arxor und die Schwarzmagier von hier fort transportierte.

Beißer zog leicht an Ethariats Lederwams. Der Ork blickte hinab. Das Heulen war mittlerweile so laut geworden, dass man sein eigenes Wort nicht mehr verstehen konnte. Der Goblin nickte zu den nahen Holzpfählen, an deren Querbalken die Leichen der Aufständischen makaber im Wind hin und her schwangen. Der Ork nickte. Er griff nach Arxors Fesseln und zog den Menschen in Richtung der schweren Balken, die dem Wind noch trotzten. Beißer klammerte sich an das schwere Holz. Diese Schatten waren wirklich verrückt.

Gregoralfo schwanden die Kräfte. Er konnte nicht mehr weiter laufen. Es hatte beim besten Willen keinen Sinn mehr, es weiter zu versuchen, gestand er sich ein. Er sank auf die Knie und hob schützend die Hand vor das Gesicht. Etwas Hartes traf ihn im Rücken. Er blickte sich um.

Zara stand hinter Gregoralfo. Ihre Knie waren in seinen Rücken gepresst. Sie griff ihm unter die Schultern und half ihm sich wieder zu erheben. Der Dieb stemmte sich hoch.
„Du hast Etwas vergessen", sagte sie und drückte ihm das weiße Elfenschwert in die Hand. „Das solltest du mitnehmen, wenn du vorhast, den König zu befreien." Dann trat sie mühelos an ihm vorbei und streckte die Hand nach Vorne aus. Obwohl der Wind noch stärker geworden war, bewegte sie sich fast geschmeidig vorwärts, vorsichtig darauf bedacht, dass der Dieb ihr im Windschatten folgen konnte. Sie blickte auf das Mal auf ihrem Handrücken und lächelte.

Arxor blickte zum Himmel, wo die Wolken immer schneller rotierten. Hinter ihnen ächzten die Balken schwer. Er presste den Kopf gegen das kühle Holz. Seine Wange schmerzte vom Aufschlag der vielen Steine. Und er fror in seiner zerschlissenen und durchnässten Kleidung.
Sein Blick flog hinüber zu den Schatten, die nun langsam die Hände zum Himmel hoben. Doch da war noch Etwas. Oder besser gesagt: Jemand.

In zehn Schritt Entfernung hielt Schasar inne.

„*Quietus*", sprach er instinktiv und zeigte auf einen der Dunkelmagier. Die beiden Verräter hielten in der Bewegung inne und wandten ihm den Kopf zu. Wilde, rot leuchtende Augen starrten Schasar hasserfüllt an. Mit einem Fingerzeig nahm der Getroffene den Schweigezauber von sich. Dann schwebten beide langsam auf Schasar zu.

Die Schatten hatten mit dem Zauber innegehalten und sich einer Gestalt zugewandt, die aus dem düsteren Nebel getreten war. Ethariat zog seinen Säbel, wobei er beinahe das Gleichgewicht verlor.

„Verfluchter Sturm", knurrte er. Dann hielt er Arxor die Klinge an den Hals und befahl ihm mit einem Nicken auf die drei Gestalten im Auge des aufziehenden Orkans zuzugehen.

„Leon", brüllte eine Stimme hinter dem Menschen, der sich nun kraftlos gegen den Wind stemmte. „Leon." Er drehte den Kopf. Zara kam auf ihn zugelaufen. Sie schien selbst in dem starken Wind problemlos voran zu kommen. In ihrem Rücken folgte Gregoralfo ihr gebückt. „Komm!", sprach sie und reichte ihm die Hand. Er nickte und reihte sich dann hinter ihr und Gregoralfo ein.

„Sieh an, sieh an!", sprach eine eiskalte Stimme in Schasars Kopf. „Der verlorene Sohn." Schasar erwiderte nichts. Er war darauf bedacht keiner List der Schatten zum Opfer zu fallen. Das nächste Mal würde er sie einfach angreifen. Wenn es denn ein nächstes Mal geben würde. Er schickte den Schatten einen Fluch entgegen, den sie problemlos abwehrten.

„Du denkst zu viel", sagte die fremde Stimme erneut. „Komm mit uns! Wir bringen dich zu Ihm und Er wird dir zeigen, was wahre Größe ist." Die zwei Magier schwebten auf ihn zu. Schasar wich einen Schritt zurück. Dann sah er dunkle Gestalten näher kommen.

„Arxor", stieß er hervor, als er ihn erkannte. Im selben Moment traf ihn der Todesfluch und er sackte einfach zusammen.

„Nein", schrie Arxor in den Wind und versuchte sich loszureißen. Doch der Ork presste die Klinge nur noch ein wenig härter gegen seinen Hals. Warmes Blut rann Arxors Hals hinab, doch das interessierte ihn nicht. In einiger Entfernung lag Schasar reglos am Boden. Arxor zog und strampelte wie wild. Dann traf ihn Etwas hart am Hinterkopf und er sank vor Schmerzen aufschreiend zu Boden. Der Goblin trat neben ihn und schüttelte mitleidig das Haupt.

„Ihr Menschen macht es euch wirklich nicht leicht", sagte er und ging dann zu Schasar, der leblos am Boden lag. Er kniete sich hinab und untersuchte ihn. Dann kam er zurück und quiekte: „Der Magier ist tot." Ethariat brüllte triumphierend, während die Schattenmagier emotionslos dazu übergingen ihr Ritual zu Ende zu führen. Arxor zitterte. Ihm wurde flau. Er übergab sich.

„Du musst mir deine Kräfte geben", hörte Schasar die eisige Stimme sagen. Alles war dunkel. Er hatte starke Kopfschmerzen. Das Amulett pulsierte auf seiner Brust. Es hatte den Todesfluch in sich aufgenommen, hatte ihn abgemildert und bekämpfte ihn nun auf der magischen Ebene.

„Nein", sagte eine zweite Stimme. „Das werde ich nicht tun."

„Alleine schaffe ich es nicht. Es ist für unser Wohl. Wir müssen den König und das Amulett zu Ihm bringen."

„Und wie soll ich mich verteidigen, wenn ich so geschwächt bin?"

„Niemand weiß davon. Du wirst dich schnell erholen."

„Und wenn die Menschen nun angreifen?"

„Das werden sie nicht. Ihr König ist fort, der Heermeister in unserer Hand. Und du hast die Orks, die sie aufhalten, bis du wieder bei Kräften bist. Nach diesem großen Zauber werden sie dir winselnd zu Füßen liegen."

„Das hoffe ich doch." Schasar öffnete die Augen und blickte zum Himmel. Die dunklen Wolken drehten sich immer schneller. Das Ritual war nahezu vollbracht. Er musste sie aufhalten. Der Magier wollte sich erheben, doch die Schmerzen pressten ihn zurück auf den steinigen Boden. Langsam zog er den Arm näher an den Körper heran, legte dann die Hand auf seinen Bauch, fuhr hinauf zur Brust, wo er durch den Stoff seiner Robe das pulsierende Amulett spürte.

„Komm schon!", murmelte er. Eine wohlige Wärme breitete sich in ihm aus. „Komm schon!"

„Es ist vollbracht", sagte der Dunkelmagier. Im selben Moment verschwand der starke Wind und das gespenstische Heulen verstummte. Dafür entstand eine gigantisch hohe Windhose, in deren Mitte der Schwarzmagier, Arxor, Ethariat und der Goblin standen.

„Das ist beeindruckend", quiekte der Goblin. „Wirklich beeindruckend." Er nickte anerkennend.

„Schasar", sprach eine Stimme hinter dem Magier. Langsam richtete er sich in eine sitzende Position auf und hielt sich den Kopf. Zara reichte ihm die Hand und zog ihn hoch.

„Was ist …?", fragte er. Die Schmerzen ließen ihn beinahe wieder ohnmächtig werden. Er schloss die Augen und schwankte.

„Du musst Arxor retten. Ich kann sie nicht aufhalten." Zara blickte zu der magischen Windhose, die nun leicht surrend vor ihnen in der Schlucht stand. Es war verrückt. Hatte der Sturm zuvor die Schlucht beinahe in Schutt und Asche gelegt, so waren der Wind und der Regen nun abrupt vergangen. Nur die schwarzen Wolken, die den Himmel verdunkelten, waren geblieben. „Nur du kannst sie bekämpfen", sagte sie und blickte in Schasars schmerzverzerrtes Gesicht.

„Doch dafür muss ich erst einmal dort hinein kommen", entgegnete der Magier.

„Ich kann versuchen, euch einen Weg zu bahnen", erwiderte Zara. „Der Sturm hat mir nichts anhaben können." Schasars Blick huschte auf das Mal auf ihrer Hand. „Vielleicht …" Er nickte nur und sie ging voraus. Schasar blickte kurz zu Gregoralfo und Leon und folgte ihr dann.

„Also gut", hörte Arxor den Schwarzmagier sagen. „Bring uns zum schwarzen Bogen!" Der König hockte wie gelähmt auf dem steinigen Boden. Das war das Ende.

„Was ist das?", fragte der Ork hinter ihm überrascht, als plötzlich ein lautes Knistern erklang. „Das kann doch nicht sein. Er lebt?" Arxor drehte den Kopf und sah, wie Schasar durch die Wand der magischen Windhose trat. Seine Augen weiteten sich.

„Verschwindet, sofort", rief der zweite Schwarzmagier.

„Ich kann ...", presste Zara die Worte ächzend hervor. „... sie nicht mehr ..." Gregoralfo zwängte sich durch das Loch in der Wand des rotierenden Sturms. „... länger aufhalten." Laut aufschreiend ließ sie los und wurde nach hinten geschleudert, während die Windhose in die Lüfte katapultiert wurde.

„Zara", rief Leon und rannte auf sie zu.

„Vorsicht!", schrie sie und Leon sprang instinktiv zur Seite. Der Fluch des zweiten Magiers verfehlte ihn nur um Zentimeter. Einen Wimpernschlag später schlug er gegen eine Felswand, auf der er Steine in alle Himmelrichtungen wegschleudernd explodierte.

Lauernd standen sie sich im Auge des Orkans gegenüber, während sich die Landschaft unter ihren Füßen ständig veränderte. Mit atemberaubender Geschwindigkeit jagte der magische Sturm über das Land.

„Du lebst", murmelte der Dunkle. Schasars Augen huschten kurz auf die leicht erhobene Stelle auf seiner Brust, wo sich der Amulettsplitter befand.

„Ach, du hast es?" Der Schatten war überrascht. „Das trifft sich gut." Er griff unter seine Robe und holte Arxors Kette mit dem Amulett hervor. „Denn ich habe den anderen Teil. Darüber, dass du Ihm freiwillig den letzten fehlenden Splitter bringst, wird Er sich sicher sehr freuen."

Ein dunkles Geheimnis

Das große Portal aus pechschwarzem Stein stand einsam auf dem Plateau am Rande der Vergessenen Berge. Im Schein der Fackeln wirkte das bläulich schimmernde Wabern in seinem Innern so fremdartig, als wäre es nicht von dieser Welt. In der Ferne hörte man das Plätschern eines nahen Wasserfalls. Eine trügerische Idylle, dachte der Herr der Schatten, als Er auf den schneeweißen Stab gestützt aus seinen Gemächern trat und zum abendlichen Himmel emporblickte.

„Ich brauche eure Dienste in der anderen Welt. Ihr müsst meine Rückkehr vorbereiten", sagte Er an die zwei Schwarzmagier gewandt, die draußen auf Ihn gewartet hatten. „Nutzt den Stab und erweckt ihn!" Seine Diener nickten ergeben. „Hier, nehmt!", befahl Er und übergab den Stab.

Dann trat der Herr der Dunkelheit an den dunklen Bogen und löste mit geschickten Handgriffen einen losen Stein aus dem seitlichen Teil. Sofort erlosch das Wabern im Innern. Er griff unter seine Robe und holte die Feuerrune hervor, die Er zuvor aus Seinem Blut geschaffen hatte. Vorsichtig presste Er sie in die dafür vorgesehene Öffnung. Das Wabern flackerte wieder auf.

„Nun geht!", sprach Er und machte den Weg für seine Schattenmagier frei. Der erste machte Anstalten durch das Portal zu schweben.

„Es funktioniert nicht", sprach er.

„Was soll das heißen?", rief Er wütend und schleuderte den Platzhalterstein gegen das magische Flimmern im Innern. Der Stein prallte ab und landete scheppernd auf dem Boden vor Ihm.

„Vielleicht ist das Portal auf der anderen Seite geschlossen worden?", sagte der zweite Dunkelmagier.

„Oder die Rune war fehlerhaft?", sprach der erste.

Der Herr der Schatten kochte vor Wut. „Die Rune war nicht fehlerhaft", zischte Er. Doch hinter Seiner Stirn arbeitete es. War Sein Blut womöglich nicht gut genug? War es nicht stark genug, das Portal zu öffnen und die Verbindung aufrecht zu erhalten?

Aufgebracht riss Er die Feuerrune aus dem Bogen und setzte stattdessen wieder die mit dem Wasserzeichen ein.

„Versuch es noch einmal!", forderte Er. Der erste Schatten tat wie ihm geheißen und verschwand dann mitsamt Stab in dem Portal. Der zweite folgte ohne ein weiteres Wort zu verlieren.

Der Herr der Schatten blieb allein zurück. Er schnaufte nachdenklich und hielt sich den Kopf. Das Blutrunenritual hatte Ihn eine Menge Kraft gekostet. Und dennoch funktionierte die Rune nicht. War das Blut eines Gezeichneten vielleicht doch nicht stark genug? Unsicher betrachtete Er das dunkle Flammenmal, die das Drachenfeuer beim Beschließen des Pakts auf Seinem Handrücken hinterlassen hatte. Er schüttelte den Kopf. Die Rune wäre nicht entstanden, wenn Sein Blut nicht kräftig genug gewesen wäre. Die Macht des schwarzen Kristalls war schließlich erhalten geblieben. Der Durchgang zur Wüste war aufgebaut worden. Nur konnte man ihn nicht durchtreten. Und das ließ nur einen, wenngleich nahezu unmöglichen Schluss zu: Es war irgendjemandem gelungen, den Ausgang in die andere Welt zu versiegeln.

Sein Puls ging schneller, während Er auf seine Gemächer zuhielt. *Es gab nun also eine neue Komponente in diesem Spiel, die Er bisher nicht mit eingerechnet hatte,* dachte Er, während Er die Tür öffnete. Wenn die Menschen in Seiner alten Welt um die Existenz der Portale und, noch mehr, um die Möglichkeit wussten, sie zu vernichten, dann stand Er vor einem großen Problem. Vor einem Problem, über das Er keinerlei Kontrolle hatte.

Würden sie tatsächlich alle Portale finden und zerstören, so wäre Er nicht mehr in der Lage zurück zu kehren. Er musste sich also beeilen. Doch dafür brauchte Er die zwei fehlenden Teile des Amuletts, um sicher zu sein, dass Ihm der Fluch nichts mehr anhaben konnte. Gereizt betrat Er Seine Gemächer und legte die Feuerrune zurück in den Schrank neben die zwei runenlosen Steine.

Erst da bemerkte Er, dass Er die Wasserrune im schwarzen Bogen vergessen hatte. Er würde später zurückgehen und sie holen. Er sollte sich ausruhen und wieder zu Kräften kommen. Außerdem war Er momentan allein am dunklen Bogen. Die Orkwächter kümmerten sich um das Fortschaffen der Seeschlangenleiche. Die lästigen Goblins hatte Er beseitigt. Sie stellten in letzter Zeit einfach zu viele Fragen und nach der Erfüllung des Auftrags brauchte Er sie auch nicht mehr. Im Kampf waren sie sowieso kaum zu gebrauchen.

Seine Magier waren da schon wichtiger. Sie waren jedoch in beiden Welten verstreut. Zwei befanden sich noch am Steinbruch. Einer von ihnen beherrschte die dunklen Wesen, der andere sorgte dafür, dass mit dem Schürfen alles nach Plan lief. Der Drachenbote hielt sich weiterhin in der Nähe des Felsens auf. Es war, wie sich bei dem Angriff auf das Lager der Menschen gezeigt hatte, eine gute Entscheidung gewesen. Auch wenn Er nach der entscheidenden Schlacht gegen die Argonianer mit harter Hand dafür sorgen würde, dass solch wichtige Entscheidungen und Befehle nie wieder ohne Seine Zustimmung getroffen und ausgeführt werden würden. Zwei weitere Magier, die die Willen der Gargoyls und der Urawoks kontrollierten, befanden sich bei der Armee.

Der Herr der Schatten musste zugeben, dass der Verlust des Dieners in der Alten Welt schwer wog. Ebenso schwer wie der unvermeidbare Tod des Erinnerungsträgers. Aber diese Opfer waren für das größere Wohl gebracht worden. Solange sie sich nun weitere Verluste ersparten, sollte es mit der Beherrschung der Wesen und dem gleichzeitigen Erreichen aller Ziele funktionieren. Die beiden Stabträger waren bereits auf dem Weg zum Drachenfels und würden ihren Auftrag bald erfüllen. Er musste dem hochnäsigen, arroganten Soldaten eigentlich danken, dass er Ihm vor Seiner Verbannung in die Wüste den zerbrochenen Stab vor die Füße geworfen hatte. Wäre dieser Soldat nicht schon vor Jahrhunderten zu Staub zerfallen. Der Herr der Schatten lächelte.

Er trat an das Regal hinter sich und griff nach dem alten Folianten, in dem Er die Runen erstmals entdeckt hatte. Eine gute Sache, dass Seine Anhänger die Bücher hatten retten können.

Der Herr der Schatten setzte sich an den kleinen Tisch in der Mitte des Raumes und las sich das Kapitel über die Aktivierung und Nutzung der Portale ein weiteres Mal durch. Es stand geschrieben, dass das aktivierte Portal den Durchtretenden je nach dem Stand der Sonnen auf ihren Sonnenbahnen zu dem örtlich nächsten Elementarstandort mit der höchsten Energie bringen würde. Also zu dem aktiven Portal, dessen Energielinie durch die Nähe zur Kraftquelle am stärksten pulsierte. Nur durch sogenannte Elementarrunen war es möglich, bewusst zum gewünschten Standort zu gelangen. Diese Runen wiederum konnten nur von den Elementarpatronen geschaffen werden. Der Herr der Schatten schüttelte den Kopf. Wie traurig es eigentlich war, dass dieses Wissen um die Blutmagie so lange Zeit in Vergessenheit geraten war. Welche Mächte über Raum und Zeit mit ihrer Nutzung einhergingen.

Andererseits verstand nicht zuletzt auch Er die Gefahren dieser Magie. Wer die Portale dereinst erbaut hatte oder weshalb Er und Seine Krieger an diesen Ort in die Vergangenheit katapultiert worden waren, hatte Er bislang nicht herausfinden können. Und Er war sich fast sicher, dass ihm die Antworten auf diese und ähnliche Fragen auch verwehrt bleiben würden, bis Er das Amulett vereint und endlich wieder die Möglichkeit hatte, in weiteren alten Schriften der Magierschule zu lesen. Gedankenverloren blätterte Er in dem Buch vor sich.

In der Realität waren hunderte Jahre vergangen, seit Er damals verbannt worden war. Das hatte Er nicht zuletzt durch Dahlgors bruchstückhafte Erinnerungen verstanden. Die Magier hatten Seine Streitkräfte, nachdem sie durch das Portal in die Alte Welt gelangt waren, davor beschützt zu altern und zu vergehen. Die Schatten selbst waren durch einen Zauber zu seelenlosen Wesen geworden. Die Zeit konnte ihren Körpern nichts mehr anhaben. Aber Ihn würde die Zeit altern lassen – wohl auch ohne den Ihm von den Elfen, Menschen und Gebirglern auferlegten Fluch. Die Schande von Takir. Mit knirschenden Zähnen erinnerte Er sich an den Tag Seiner bittersten Niederlage zurück.

Es gab nur eine Lösung: Er musste Dahlgors Teil des Amuletts finden. Es würde Ihn unverwundbar und mächtig genug machen, dem Altersfluch und der Zeit zu trotzen. Wenn das Amulett Dahlgor gestärkt hatte, würde es Ihn nahezu unsterblich machen. Er atmete tief ein und schob das Buch zur Seite. Das Problem an der Sache war nur, dass Er keine Ahnung hatte, wo sich das Amulett momentan befand. Dahlgors Erinnerungen brachen ab, nachdem er dem jungen König die Kette übergezogen und ihn so gerettet hatte.

Der Herr der Dunkelheit raufte sich die Haare. Warum war Er so abgelenkt und nervös? Ihm blieb nichts anderes übrig, als zu warten. Darauf, dass Seine Diener Ihm endlich die fehlenden Teile und das Blut der Gezeichneten brachten. Aber Er hasste untätiges Warten.

Seine Gedanken kehrten zu Dahlgor zurück. Er schüttelte verständnislos den Kopf. Den Tod zu wählen, um diesen unerfahrenen, jungen König zu retten? Welche Verschwendung eines großartigen, mächtigen Geistes. Diese Entscheidung hatte seiner Meinung nach nichts mit Großmut zu tun, das war purer Schwachsinn. Sein Sohn hatte etwas Besseres verdient gehabt. Er war ein großer Magicus und hätte der Größte nach Ihm werden können.

Im selben Moment schlug der Herr der Schatten mit der Faust auf den Tisch. Seine Augen begannen zu funkeln und spien den puren Hass regelrecht heraus. Dahlgor war ein großer Magicus gewesen, aber auch ein Verräter. Seinen eigenen Vater derart zu hintergehen und vor den Augen der Welt zu demütigen.

Wie hatte es nur dazu kommen können. Es müssen die Einflüsse seiner Mutter gewesen sein. Anders konnte Er Dahlgors Entscheidung nicht nachvollziehen. Er hatte Seinem Sohn doch alles gegeben. Er hatte ihm die Magie gezeigt und wie man sie bändigte, wie man ihrer Herr wurde. Er hatte ihm eine Welt zu Füßen gelegt, über die sie beide hätten herrschen können. Vater und Sohn, Großkönig der Welt und der legitime Nachfolger.

Er hatte Dahlgor geliebt wie er war, sich um ihn gesorgt. Nicht zuletzt deshalb hatte Er ihm den Teil des Lebens anvertraut, der Dahlgor unverwundbar machen sollte. Nahezu unbesiegbar sogar, wenn er an den zähen Kampf gegen den alten Ordensbruder zurück dachte, der zuvor über den Splitter des Amuletts gewacht hatte.

Doch wie Er in den Erinnerungen Seiner Diener auch gesehen hatte, machte die Zeit selbst vor dem Amulettträger nicht vollends halt. Dahlgor war stark gealtert, ein zerbrechlicher alter Mann geworden. Er schauderte und lehnte den Kopf in die gefalteten Hände. Er würde stärker sein als Dahlgor. Und wenn Er erst einmal alle Teile des Amuletts besaß, würde Er selbst den Tod besiegen!

Der Herr der Schatten raufte sich erneut das Haar und atmete hörbar aus. Er durfte sich nicht ablenken lassen, musste Seine Gedanken ordnen und Seine Emotionen kontrollieren.

Laut den Aufzeichnungen gab es zu jedem der vier Elemente ein Portal, zu dem man reisen konnte. Das Portal des Feuers lag in der Wüste. Eben jenes Portal, durch das Er mit seinen Getreuen in diese Welt gelangt war. In Kimón wiederum standen die Obelisken, die zum Wahrzeichen des Portals der Luft geworden waren. Hier an dem magischen Ort am Rande der Vergessenen Berge, an dem sich unter Seiner Führung einst der dunkle Zirkel der Magiergilde getroffen hatte, um den Pakt zur Beherrschung der Welt zu schließen, hatte Er das Portal des Wassers neu errichten lassen. Dafür hatte Er die magischen schwarzen Steine benötigt, die es nur an einem Ort gegeben hatte: in den Felsen nahe den Windhöhlen.

Das vierte Portal, das Portal der Erde, musste sich ebenfalls auf einer der beiden Sonnenbahnen befinden. Bislang war jedoch keiner seiner Diener zu diesem Portal gelangt. Vielleicht existierte es auch schon längst nicht mehr, wie das Portal des Wassers, welches Er in Trümmern vorgefunden hatte. Man wusste ja nie, dachte Er und blickte auf die Feuerrune, die auf dem Tisch vor ihm lag. In diese Gedanken versunken erhob Er sich, um die Wasserrune zu holen, nicht ahnend, dass sich am heutigen Tag ein Teil einer alten Prophezeiung erfüllen würde.

„Ethariat, komm zu mir herüber!", sprach der Schatten mit eisiger Stimme. Der Ork tat wie ihm geheißen. Er hielt Arxor dabei wie einen Schutzschild vor sich. „Du auch Goblin!" Beißer zuckte mit den Schultern und gesellte sich neben die drei.

„Ihr könnt euch nicht ewig hinter Arxor verstecken", zischte Schasar und blickte den Dunkelmagier wütend an. „Du, rühr dich nicht!", fügte er an Gregoralfo gewandt zu. „Ich regle das schon." Der Dieb nickte und beobachtete die Situation sichtlich nervös.

„Ich könnte ihn vor deinen Augen töten." Der Schatten streckte die Hand aus.

„Das könntest du, würdest du aber nicht. Weil es für mich ein Leichtes ist, euch alle zu töten. Du bist erschöpft und ..." Er blickte Ethariat und Beißer angewidert an. „... deine Schergen haben meiner Macht nichts entgegen zu setzen."

„Solltest du wider erwartend anders sein, als ich dich eingeschätzt habe?", fragte der Dunkelmagier. Schasar antwortete nicht, sondern sah seine Gegenüber nur kühl an. „Sollte dich der Tod des Königs nicht scheren?" Der Magier rezitierte eine magische Formel. Im selben Moment schnürte sich Arxors Kehle zu. Der König röchelte. Schasar verzog keine Miene.

„Die Thronfolge ist vorher bestimmt. Er wusste, dass es gefährlich sein würde. Manchmal muss man Opfer bringen", sagte Schasar ruhig. Arxors Gesicht färbte sich leicht bläulich.

Im Licht der flackernden Fackeln sah sich der Herr der Schatten suchend um. Schließlich bückte Er sich und hob den schwarzen Stein auf, den Er zuvor wütend davon geschleudert hatte. Dann trat Er an das Portal, nahm die Wasserrune heraus und setzte den Platzhalter wieder ein.

„So weit, so gut", murmelte Er. Jetzt würde Er nur noch auf die Kunde von Seinen Dienern warten müssen. Die Armee würde derweil den Rest erledigen und die nach dem nächtlichen Angriff durch die Drachen verunsicherten Menschen ein für alle Mal besiegen. Ob dabei der Steinbruch fiel, war Ihm egal. Tagenor und Seine Streitkräfte würden Ihm das Blut der beiden letzten Malträger schon bringen. Dann könnte Er sich voll und ganz der Suche nach dem letzten Amulettstück widmen.

Er ließ den Blick über die Flachebene gleiten. Die Nacht hatte von der Welt Besitz ergriffen. Im fahlen Licht der Monde lag die Ebene ruhig und friedlich vor ihm. Er stutzte. Was um alles in der Welt war das, was dort am Horizont auftauchte und mit rasender Geschwindigkeit auf die Berge zuhielt?

Der Dunkelmagier lachte auf. „So ist das also", sagte er langsam und nahm dann den Zauber von Arxor. Der König wollte kraftlos röchelnd zusammensacken. Doch Ethariat hielt ihn weiterhin schützend vor sich. „Dahlgors Opfer für den König. Des Königs Opfer für die Menschheit?", fragte der Schatten.

„Wer weiß", sagte Schasar und funkelte seinen Gegenüber an. „Doch da ihr es gewesen seid, die Dahlgor getötet haben, seid ihr Schwarzmagier ..." Er spie das Wort verächtlich aus. „... auch diejenigen, denen ich Rache geschworen habe."

„Hast du das?" Der Schatten wirkte plötzlich nachdenklich.

„Ich weiß, dass du einen Kampf auf Leben und Tod gegen mich nicht bestehen kannst", sagte Schasar respektlos. „Der Windzauber hat dir einen Großteil deiner Kraft geraubt."

„Es könnte schlimmer sein", erwiderte der Schatten. „Und außerdem ..." Mit einem lauten Donnern fiel die Windhose in sich zusammen. „... ist Er ja auch noch da, um mich notfalls zu unterstützen." Ohne Vorwarnung fielen sie mehr als einen Meter in die Tiefe und schlugen hart auf dem Boden des Felsplateaus auf.

„Herzlich willkommen", sagte eine Stimme hinter ihnen. „Ich hatte heute gar nicht mehr mit Besuch gerechnet."

Leon erhob sich mühsam. Er spürte, dass etwas in seiner Schulter nicht so war, wie es hätte sein sollen. Ein stechender Schmerz durchzuckte ihn, jedes Mal wenn er versuchte, zu atmen. Er hustete. Die Schmerzen waren beinahe unerträglich. Selbst der Aufschrei kostete ihn immense Kraft. Seine Stimme brach, verkam zu einem kläglichen Wimmern.

„Wie geht es dir?", fragte Zara, die herangeeilt war und sich nun neben ihn kniete.

„Die Schulter", presste Leon mit zusammengebissenen Zähnen hervor. Hinter ihnen lachte der Schatten auf.

„Kümmerst dich ja rührend um diesen Wilden", sagte die kalte Stimme. Zara wandte sich wütend um und funkelte den Schattenmagier an, der ruhig auf der Stelle schwebte.

„Was soll das heißen?", fragte sie.

„Dieser Steppenbewohner sieht unseren dunklen Wilden doch sehr ähnlich, oder nicht?", fragte der Schatten und nickte zum Arbeitslager hinüber. „Ist die gleiche Sippe." Leon keuchte auf. Zara funkelte den Schatten an. Dessen rote Augen brannten sich in Zaras Geist.

„Du stellst diese minderwertige Gestalt auf eine Stufe mit dir? Willst du das? Musst du das?", fragte die Stimme in ihrem Kopf. *„Bist du nicht etwas Besseres als die?"* Zara schloss die Augen, kämpfte gegen die Stimme an.

„Wie niedlich", zischte der Schatten. „Sie versucht tatsächlich gegen mich zu kämpfen." Im selben Moment erfüllte ein lautes Kreischen das Tal.

Schasars Herz schlug schneller, während er auf dem Boden liegend vor dem älteren Mann zurückwich, der nun neugierig auf ihn hinabblickte. Der Schwarzmagier faltete friedlich die Hände, verschränkte sie vor dem Bauch und nickte mit einem freundlichen Lächeln auf den Lippen. Schasar ließ Ihn dabei nicht aus den Augen. Er sah so anders aus, als Schasar erwartet hatte. Das Gesicht war gepflegt und rasiert, die Haare nackenlang gestutzt. Die rote Robe mit den goldenen Schriftzeichen saß makellos.

„Erhebt euch bitte", sprach der Herr der Schatten und machte eine einladende Geste. Schasar tat wie ihm geheißen. Langsam. Bedächtig. Wachsam. „Fühlt euch wie zu Hause." Der ältere Magier blickte zu Arxor, der vornüber auf dem Boden gelandet war. „Und nehmt dem König die Fesseln ab! So behandelt man doch keine Gäste. Schon gar nicht so ranghohe." Ethariat bückte sich hastig, griff nach seinem Säbel und durchtrennte das Seil hinter Arxors Rücken. Der Schatten schwebte unterdessen an die Seite seines Herrn.

„Schasar?", stieß Arxor keuchend hervor und hielt sich das blutende Gesicht.

„Ich bin hier", erwiderte der junge Magier. Aus den Augenwinkeln sah Schasar, wie sich Gregoralfo mit gezücktem Schwert seitlich hinter ihn stellte. Der Goblin hingegen bewegte sich nicht vom Fleck und schaute sich das erste Aufeinandertreffen der Feinde beinahe amüsiert an. Alle Beteiligten beäugten sich eine Zeit lang kritisch. Lauernd knurrte der Ork, der Arxor an der Schulter gepackt hatte und den König erneut schützend vor sich hielt. Der Herr der Dunkelheit schüttelte den Kopf.

„Ich vergesse die Etikette", durchbrach Er die aufgekommene Stille. „Darf ich euch in meine bescheidene Bleibe bitten?" Er blickte zu Schasar und Gregoralfo, die keine Anstalten machten sich zu regen. Stattdessen schwebte der Schatten als erster durch die Tür des hinter ihnen gelegenen Steinhauses. Ethariat packte Arxor und schleifte ihn dann hinter sich her.

„Schasar!", rief der König verzweifelt, bevor ihn die Dunkelheit verschluckte. Dann nickte der Herr der Schatten Beißer zu. Der Goblin ging ohne ein Wort zu verlieren ins Innere des Hauses.

„Wir werden drinnen auf euch warten …", sagte Er und verschwand daraufhin als Letzter in der Dunkelheit des Eingangs. Schasar und Gregoralfo blieben allein zurück.

„Warum hat Er uns nicht angegriffen, wenn er so mächtig ist wie Ihr sagt?", flüsterte der Dieb, der dabei den Blick nicht von der halb geöffneten Tür vor ihnen nahm.

„Ich weiß es nicht. Vielleicht ist Er erschöpft? Er scheint von hier aus viele Wesen zu beherrschen." Schasar war, ehrlich gesagt, ebenso überrascht wie Gregoralfo. Die Situation war zu seltsam gewesen. Und wenn er ganz ehrlich war, so glaubte er sicherlich nicht daran, dass der Herr der Schatten, der stärkste dunkle Magier, der Verräter, Tyrann und Henker von so vielen Unschuldigen einfach nur zu *erschöpft* war, um sie mit einem Fingerzeig zu töten. Irgendetwas stimmte nicht und Schasar hatte das Gefühl, dass sie bald erfahren würden, was es war.

„Ich hätte mit Vielem gerechnet. Aber nicht damit", versuchte es der Dieb erneut und trat neben den Magier. Der Eingang lag still und verlassen vor ihnen. „Was machen wir jetzt?"

„Ich weiß es nicht. Ich bräuchte Zeit zum Nachdenken, aber die habe ich nicht. Das ging alles zu schnell." Schasar schüttelte den Kopf. Er atmete tief ein und blickte Gregoralfo dann tief in die Augen. „Glaubst du an die Prophezeiung? Denn schon heute könnte dein großer Tag werden!"

„Ich …", stammelte der Rotbärtige und sah unsicher auf das Elfenschwert in seiner Hand. Er wog es prüfend in der Hand. Im unruhigen Licht der Fackeln schimmerte die weiße Klinge. „Ich habe Angst."

„Wir schaffen es!", sprach der Magier Gregoralfo Mut zu.

„Nun fällt also der letzte Vorhang." Der Dieb fuhr sich mit den Fingern durch den roten Rauschebart und das lange, schmutzige Haar. Angstschweiß stand ihm auf der Stirn. „Aber immerhin: es könnte schlimmer sein." Er machte eine kurze Pause und lächelte gequält. „Sie sind nur zu viert." Der Magier erwiderte das Lächeln.

„Du kümmerst dich um den Ork und den Goblin. Ich werde mir etwas für die beiden Magier einfallen lassen."

„Die Hoffnung stirbt zuletzt, oder wie war das?" Gregoralfo biss sich auf die Lippen.

„Die Hoffnung stirbt zuletzt." Schasar fixierte den dunklen Eingang vor ihnen. So viele Gedanken schwirrten durch seinen Kopf. Wie unbeschwert hatten Arxor und er ihre Kindheit verbringen dürfen. Wie geschockt waren sie und das gesamte Reich nach dem gewaltsamen Tod des alten Königs gewesen. Wie schön war die Zeit, in der Emeliala und Arxor zusammengefunden hatten. Arxor hatte wieder gelebt, war voller Energie gewesen. Und Schasar war von Dahlgor zum

Magicus ausgebildet worden. Alles so nah und doch so fern.

„Er wird uns wahrscheinlich nicht wieder gehen lassen, wo wir schon einmal hier sind, oder?", unterbrach Gregoralfo seine Gedanken. Schasar blickte ihn an und zuckte mit einer Braue, was als Antwort genügte. „War auch nicht ganz ernst gemeint", entgegnete der Dieb und atmete hörbar aus. Dann fragte er: „Stimmt es eigentlich?"

„Stimmt was?"

„Dass Euch der Tod des Königs egal wäre, da mit seinem Sohn der Nachfolger bereit stünde?"

Schasar antwortete nicht. Sein Blick bohrte sich in das Dunkel hinter der halb geöffneten Tür. „Lass uns gehen! Es ist an der Zeit."

Im größten Raum des kühlen Steinhauses ließ sich der Herr der Schatten auf dem pechschwarzen Thron nieder. Nicht ohne zuvor mit einem einfachen Fingerzeig den Aurazauber heraufbeschworen zu haben, der Ihm Schasars genaue Position verriet. Er wollte schließlich keine Überraschungen erleben.

Aber in den Höhen des Felsplateaus gab es für den Jungen und seinen menschlichen Begleiter sowieso keine Möglichkeit einen Hinterhalt zu legen oder gar feige zu fliehen. Zumal Er wusste, dass Schasar den König nicht zurücklassen würde. Erst recht nicht, wenn Er ihm ein kleines Geheimnis verraten würde.

„Was hast du für mich?", wandte Er das Wort an den Goblin.

„Herr …" Beißer trat vor und verbeugte sich überschwänglich. „Ich habe versucht Eure Aufträge zu erfüllen. Die Menschen haben mich in Kimón gefangen genommen ..."

„Und trotzdem lebst du." Der Herr der Schatten musterte das kleine schweinsgesichtige Wesen.

„Und das war das Beste, was mir passieren konnte." Beißer lächelte verlegen.

„Was hast du ihnen verraten?"

„Nichts, Herr", erwiderte das Erdwesen empört. „Was weiß ich denn schon?" Beißer blickte unschuldig drein. „Aber anstatt etwas zu verraten, habe ich versucht mehr herauszufinden. Über die Portale zum Beispiel."

„Was ist mit ihnen?", knurrte der Herr der Dunkelheit.

„Die Obelisken wurden aktiviert. Wie, weiß ich nicht. Aber einige Menschen sind dadurch in unsere Welt gelangt."

„Das heißt, es funktioniert noch?"

„Ja, und wie es funktioniert."

„Das ist eine gute Nachricht." Der Herr der Schatten nickte zufrieden. Jetzt brauchte er tatsächlich nur noch das Blut des höchsten Luftelementars oder das des Gezeichneten, um die sichere Verbindung nach Kimón herzustellen. „Was gibt es noch?"

„Mit der Menschenarmee sind alle wichtigen Offiziere in unsere Welt gereist. Ich sage jetzt einfach unsere Welt. Also, damit meine ich meine Welt. Nicht Eure alte. Ihr versteht schon, was ich meine, oder?" Anstatt zu antworten spannte der Herr der Schatten seine Finger krallenartig an und ließ kleine, knisternde Blitze aus den Kuppen erstehen. „Jedenfalls …", fuhr der Goblin fort. „… konnte ich im Lager der Menschen in Erfahrung bringen, dass die großen Städte viele Krieger geschickt haben. Es sollten also nur wenige dort zur Verfügung stehen. Und selbst wenn es mittlerweile mehr Soldaten sein sollten, wird das kein Problem darstellen, wie die Übernahme von Kimón gezeigt hat. Das war ein Kinderspiel." Der Herr der Schatten nickte in Gedanken versunken.

„Elender Verräter", rief Arxor zornig. Der Orkgeneral Ethariat rammte ihm den Knauf seines Säbels in die Magengrube. Nach Luft schnappend brach Arxor zusammen.

Der Herr der Schatten nickte nur abwesend. Vor Seinem geistigen Auge sah Er, wie der junge Magier und sein Begleiter in das Innere des steinernen Hauses vordrangen.

„Das Weiße Schloss wird schon bald Euer sein", sprach der Goblin.

„Ja, das wird es." Er wandte den Kopf Ethariat und dem Schattenmagier zu. „Sie kommen. Haltet euch bereit!" Ethariat nickte heftig und machte dem am Boden kauernden König mit einer eindeutigen Geste klar, sich nicht von der Stelle zu rühren. Im selben Moment sprach der Herr der Schatten Beißer erneut an: „Was ist mit den anderen Teilen des Amuletts? Hast du über sie etwas in Erfahrung bringen können."

„Eins hat er." Beißer zeigte auf den Schatten, der etwas abseits stand und ruhig auf der Stelle schwebte. „Das andere trägt der junge Magicus. Aber das habt Ihr doch sicher auch selber gespürt, oder?" Der Herr der Dunkelheit warf dem Goblin einen wütenden Blick zu, dann sah Er zu seinem Diener.

„Komm her!", befahl Er dem Schattenmagier. „Und du, Goblin, halte dich bereit!"

„Eines noch, Herr." Beißer blickte dem dunklen Herrn tief in die bösen Augen. „Ich habe all Eure Aufträge erfüllt, wie es auch meine Brüder vor mir getan haben. Ich habe Euch die Informationen geliefert, die Ihr brauchtet. Der König und der Magicus sind hier. Der Heermeister ist an den Brüchen gefangen. Die Menschen sind dem Untergang geweiht. Ihr habt den Stab und …"

„Woher weißt du das, Goblin?", unterbrach ihn der Herr der Schatten.

„… es ist an der Zeit, dass Ihr Euer Wort haltet und die Urmutter freilasst."

„Was fällst du mir ins Wort, du elende Kreatur?" Der Herr der Schatten schleuderte Beißer einen Fluch entgegen, der ihn rückwärts zurückschleuderte. Hart prallte der Goblin gegen einen der steinernen Deckenträger, die überall im Raum verteilt standen.

Unterdessen war der Schattenmagier in Richtung seines Herrn geschwebt.

„Hast du etwas für mich?", fragte ihn sein Herr.

„Wir haben den König gefangen genommen …", begann der Schattenmagier.

„Schweig!", unterbrach ihn der Herr der Dunkelheit und erhob sich wütend. „Spar dir diese Geschichte! Dafür haben wir jetzt keine Zeit. Wo ist das Amulett des Königs?" Der Dunkelmagier griff unter seine Robe und die knochigen Hände holten die goldene Kette mit dem pechschwarzen Anhänger hervor. „Aah", machte der Herr der Dunkelheit und in Seinen Augen blitzte es voller Vorfreude. „Und warum gibst du mir das erst jetzt?"

Er trat einen Schritt auf Seinen Diener zu. Doch der nahm das Amulett in beide Hände und spannte die Kette kreisförmig auf.

„Was seid Ihr bereit dafür zu geben?", fragte er.

„Was?" Der Herr der Dunkelheit hielt verwirrt inne.

„Ihr habt mich verstanden: Was seid Ihr bereit mir für den Teil des Amuletts zu geben?"

„Du erdreistest dich …", begann der Herr der Schatten wütend. Sein Diener hielt die Kette über seinen Kopf.

„Bekomme ich meine Seele zurück?", fragte der Dunkelmagier. Die Augen des Herrn der Schatten funkelten vor Zorn, als sich Sein Gegenüber die Kette überzog.

„Du machst einen großen Fehler", zischte Er und machte einen Schritt auf seinen Diener zu.

Schasar führte Gregoralfo problemlos durch die dunklen, verlassenen Gänge des steinernen Palasts.

„Wir nähern uns ihnen", sprach er. „Ich kann Ihn spüren." Der Dieb nickte hinter ihm mit gezücktem Schwert.

„Ist es nicht seltsam, dass Er hier ganz alleine …" Gregoralfo machte eine kurze Pause. „… wohnt?"

„Beschwerst du dich darüber?", flüsterte der Magier.

„Nicht wirklich. Aber ich hätte erwartet, dass Er irgendeine Art von Leibwache hat."

„Freu dich darüber, dass dem nicht so ist." Schasar blieb stehen. „Dort drüben ist es." Am Ende des Gangs sahen sie einen schwachen Lichtschein. „Ich gehe vor."

Schasar lugte in den matt erhellten Raum, dessen Dach von breiten Steinsäulen getragen wurde. Im hinteren Teil erkannte er vier Personen.

Der Dunkelmagier stand seinem Herrn gegenüber. Arxor lag am Boden, während der Ork etwas abseits stand und zu den beiden Magiern hinüber blickte. Das war gut. Wenn Gregoralfo schnell bei dem Ork war und er die Magici beschäftigen konnte, hatte Arxor eine Chance zu fliehen.

Schasar gab Gregoralfo ein Handzeichen und schlich voraus. Der Dieb folgte ihm lautlos.

Arxor lag am Boden und hielt sich den Magen. Er unterdrückte das Übelkeitsgefühl, das ihn in ungleichmäßigen Abständen überkam. Immerhin hatten die Schmerzen allmählich nachgelassen. Gerade eben hatte der Herr der Schatten den verräterischen Goblin davon geschleudert. *Mitleid habe ich mit diesem Verräter nicht,* dachte Arxor wütend.

Der Schwarzmagier hatte sich nun vor Seinem Herrn aufgebaut und hielt Arxors Amulettkette in den knochigen Fingern hoch über seinem Haupt erhoben. Arxor hielt den Atem an. Mit dieser Rebellion des Schattens hatte er nicht gerechnet. Der Herr der Schatten scheinbar auch nicht, denn Er fluchte laut und versuchte Seinen Diener davon abzuhalten, die Kette überzuziehen. Doch Er konnte nichts mehr dagegen tun.

Was daraufhin geschah ließ Arxor zusammenzucken. Im selben Moment, da der schwarze Stein auf die Brust des Dunkelwesens fiel, hörte der König ein lautes, brodelndes Zischen. Er hörte, wie der Schwarzmagier panisch aufheulte und sah, wie er versuchte sich das Amulett wieder vom Leib zu reißen.

„Der eigene Wille bedeutet auch wieder Schmerzen spüren zu können", kommentierte der Herr der Schatten das Geschehen lächelnd. Der Dunkelmagier schrie weiterhin vor Schmerzen, warf die knochigen Hände in die Luft. Er flehte den Herrn der Dunkelheit an, ihm zu helfen. Doch der alte Magier schüttelte nur den Kopf. Dann unternahm der Schatten einen weiteren verzweifelten Versuch, den nun immer heller aufleuchtenden Kristall loszuwerden. Im gleichen Moment, da sich die knochigen Finger um den magischen Stein schlossen, durchzogen feine Risse die eingefallene, weißliche Haut. Die Hand begann zu dampfen. Unter unmenschlichem Geheule zerfielen die Finger zu Staub. Angewidert wandte Arxor den Kopf ab. Die Schreie des Schattens waren ohrenbetäubend und doch hörte er die vertraute Stimme, die plötzlich aus dem hinteren Teil des Raums drang.

„*Intermissio*", rief sie.

Mit einem Fingerzeig spannte der Herr der Schatten den Schutzzauber auf, an dem Schasars Erstarrungsfluch mühelos abprallte. Er machte sich dabei nicht einmal die Mühe den jungen Magicus anzublicken, der mit Gregoralfo im Rücken langsam auf die Gruppe vor ihnen zuhielt. Wie gebannt starrte Er auf seinen Diener, dessen Körper von dem immer greller werdenden Licht des Sonnenamuletts langsam aber sicher zerfressen wurde. Schließlich verstummten die Schreie. Der Schatten sank in sich zusammen und löste sich auf. Der Herr der Dunkelheit bückte sich und hob das Amulett auf.

„Entschuldige bitte diesen Zwischenfall, Schasar", sprach Er und setzte sich ohne dem jungen Magier oder seinem Begleiter auch nur einen Blick zu schenken auf Seinen Thron.

Ethariats Herz pochte lauter, als es sich der Ork eingestehen wollte. Er beobachtete, wie der dunkle Herr das Amulett der Sonne in den Händen haltend auf Seinem Thron Platz nahm.

Wenn ein so starker Magier wie der Schatten von dem kleinen Stein regelrecht zerfetzt wurde, über welche Mächte mochte dieses magische Amulett verfügen? Und wie mächtig musste Er sein, wenn Er diese mächtigen Steine beherrschte?

„Ork", hörte er den Herrn der Schatten sagen. „Bring mir den König!" Ethariat tat wie ihm geheißen und ging zu Arxor, half ihm auf die Beine und hielt ihm dann die Klinge an den Hals.

„Los!", knurrte er den König an. Langsam gingen sie in Seine Richtung.

„Zwei gegen Zwei. Das erscheint mir fair", sagte Schasar und bewegte sich vorsichtig auf den Thron zu. Der Herr der Schatten strich in Gedanken versunken über das Amulett, während der Ork Arxor von der anderen Seite heranführte.

„Glaub mir, du willst nicht gegen mich kämpfen", sagte Er ruhig.

„Und wieso nicht?", fragte Schasar herausfordernd. Doch im selben Moment blickte Er auf. In Seinen Augen flammte etwas Rotes auf. Schasar spürte einen Stich in seinem Kopf. Unglaubliche Schmerzen zwangen ihn in die Knie.

Er schloss die Augen, biss die Zähne zusammen und fasste sich an die Brust. Schnell spürte er das beruhigende Pulsieren des

Amuletts auf seiner Haut. Die Schmerzen vergingen.

Er atme hektisch ein und aus.

„Das wird dich nicht auf ewig beschützen", sagte eine Stimme in seinem Kopf. Schasar blockte die Stimme, die versuchte, weiter in seinen Verstand vorzudringen. *„Du bist stärker, als ich erwartet habe. Nicht schlecht für dein Alter und ohne vollständige Ausbildung. Dahlgor hat dich Einiges gelehrt. Aber eben auch nicht alles."* Die Stimme machte eine Pause, wie um die Worte nachwirken zu lassen. Dann begann sie weiter zu sprechen: *„Ich kann dir großartige Dinge zeigen."*

„Was denn? Wie man Zauber schafft, um zu quälen und zu töten?"

„Manche Opfer müssen gebracht werden, um größere Ziele zu erreichen."

„Machtgier ist kein ehrenhaftes Ziel."

„Was weißt du über den ersten Krieg der Völker und die Gründe für seinen Ausbruch?", fragte der Geist des Herrn der Schatten.

„Ich weiß, dass Ihr zum Verräter an der freien Welt und den Statuten des Weißen Ordens wurdet", spie Schasar seine Verachtung heraus.

„Und weißt du auch, warum dies so war? Warum ich nicht einfach weiter zusehen konnte, wie Argonia verkam?" Schasar antwortete nicht. *„Er hat dir nie erzählt, wie es sich wirklich zugetragen hat, oder?"*

Schasar erhob sich und funkelte den Dunkelmagier an, der reglos auf dem Thron saß. Der Ork stand neben Ihm und hielt Arxor den Säbel an die Kehle. Der Herr der Schatten machte eine Handbewegung. Der Ork nickte und zog sich zurück. „Ich würde Euch, werter König, …", richtete Er das Wort an Arxor, „… nahelegen nicht auf dumme Gedanken zu kommen. Ich möchte nicht, dass Ihr verletzt werdet." Dann blickte Er Schasar an. „Und du solltest weniger nachdenken, bevor du Zauber wirken möchtest. Ich spüre es. Ich höre es. Also versuche es erst gar nicht!"

Was ist wirklich geschehen, dachte Schasar und schickte den Gedanken zu Ihm hinüber.

„Verfluchte Zauberer. Verfluchte Menschen", grummelte Beißer, während er sich durch die dunklen Gänge des steinernen Hauses schlich. Niemand hatte mitbekommen, dass er den großen Versammlungsraum verlassen hatte. Wahrscheinlich hielt Er ihn auch für tot. Der Goblin sah sich um und fluchte. „Irgendwo hier muss es doch sein." Erschöpft hielt er inne und fasste sich an die Seite. Der Aufprall gegen die Wand war hart gewesen. Der kleine Goblin spürte, dass irgendetwas gebrochen war. Er schluckte und zwang sich weiter zu gehen. Hier musste irgendwo der Gang abgehen. Ah, da war er ja. Beißer schlug nach rechts ein und kam auf einen langen, von Fackeln erhellten Gang. Am seinem Ende tat sich eine schwere hölzerne Tür auf. Der Goblin wusste, dass er hier richtig war.

„So weit, so gut", murmelte das Erdwesen und kramte in seiner zerschlissenen Kleidung. Er holte einige kleine Phiolen hervor, überlegte kurz und entschied sich dann für eine dunkle, zähe Substanz in einem länglichen Flakon. Der Goblin flüsterte einige fremde Worte und warf die Phiole gegen die starke Holztür.

Einem lauten Knall folgten eine riesige Stichflamme und dichter Nebel, der nach verbranntem Holz roch. Nachdem der Rauch sich etwas verflüchtigt hatte, erkannte Beißer ein großes, düsteres Loch vor sich. Er schluckte, sprach sich selber Mut zu und trat dann hindurch.

Der Raum vor ihm war in für menschliche Augen undurchdringliche Dunkelheit gehüllt. Beißer blickte sich um. Als Nacht liebendes Erdwesen stand es in seiner Macht auch in völliger Finsternis sehen zu können. Von Wachen war weit und breit nichts zu sehen. Stattdessen erkannte er matte Konturen im Innern des Raumes. Metallene Ketten und dicke Ringe hingen an den Wänden. In einer Ecke lagen leblose Körper aufgetürmt. Er schauderte und trat näher heran.

„Oh nein", stammelte er, als er die Leichname als Gruppe von Goblins ausgemacht hatte. Panisch blickte er sich um. Wo war sie? An der gegenüberliegenden Seite führte ein Halbrundbogen in die nächste Kammer. Ein eisiger Schauer lief ihm den pelzigen Rücken hinab, als er den Raum durchquerte und durch den Bogen trat. Er wusste insgeheim, was ihn erwarten würde. Doch er wollte es nicht wahr haben. Tränen rannen seine Wangen hinab, als er ihren leblosen, halb verwesten Körper an der Wand hängen sah.

Er wusste, dass er dem Magier nicht hätte vertrauen dürfen. Sein Wort war nichts wert gewesen. Beißer schluchzte. Dann ballte er die kleinen, klobigen Finger zur Faust und schrie seine Schmerzen heraus. Er zitterte vor Wut, als er auf dem Absatz kehrt machte und dann am Ende des langen Fackelgangs in Richtung des Herzens des steinernen Hauses verschwand.

Gregoralfo hatte sich in Schasars Rücken davongestohlen und hielt sich hinter einem der zahlreichen Holzträger versteckt. Er hoffte inständig, dass der Herr der Schatten es nicht bemerkt hatte. Den Ork und den Goblin sollte er übernehmen, hatte Schasar gesagt. Vorsichtig blickte er aus seinem Versteck. Der Orkgeneral beobachtete Schasar und den Dunkelmagier und hielt den Säbel schlaff in der rechten Hand. Von dem Goblin war weit und breit nichts zu sehen. Ob das ein gutes Zeichen war, wusste Gregoralfo nicht. Aber ihm war klar, dass er näher heran musste, wenn er eine Chance haben wollte, den Ork zu besiegen. Nur der Überraschungsangriff würde ihm den Vorteil bringen, einen im Kampf erfahrenen Gegner wie den Orkgeneral im Zweikampf zu besiegen. Neben dem Vertrauen in das Schwert Elfensinn und seine eigenen Fähigkeiten, dachte der Dieb von Argonia, als er quer durch den Raum auf einen weiteren Deckenträger zu schlich, um hinter ihm Schutz zu suchen.

„Ich will mich nicht freisprechen von deinen Vorwürfen", begann die Stimme in Schasars Kopf. *„Doch ist Vieles nicht so, wie es scheint. Die Welt kennt mich nur als das Monster, das über wehrlose Dörfer hergefallen ist."*
„Und hatte man damit nicht Recht?"
„Ich habe die Schuldigen zur Verantwortung gezogen. Belassen wir es dabei. Mein einziges Ziel war die Stärkung des nordländischen Throns."
„Natürlich", entgegnete Schasar mit einem sarkastischen Unterton.

„Du weißt nicht viel über deine Ahnen, oder?"

„Meine Ahnen?"

„Über die Nordländer, die zu jener Zeit herrschten?", verbesserte sich die Stimme. *„Aurelius war ein schwacher König, der zu sehr auf die Worte seiner zahlreichen Berater vertraute."*

„Immerhin ward Ihr als Magicus am Hofe des Königs sein engster Berater", warf Schasar ein und beäugte seinen Gegenüber kritisch. Er trat einige Schritt zur Seite und umrundete den Dunkelmagier, der noch immer ruhig auf Seinem Thron saß. Der Ork zuckte nervös mit der Waffe. Arxor stand regungslos neben dem Thron und traute sich nicht, auf den Herrn der Schatten hinabzublicken.

„Ich war Oberhaupt des Zirkels, mein Junge", sprach Er. *„Zudem war ich Dahlgors Mentor. Da blieb mir nicht viel Zeit, meinem Bruder gutgemeinte Ratschläge zu geben, die er sowieso nicht annehmen würde. Er war ein Sturkopf. Und wir beiden haben uns, nennen wir es so, nicht sonderlich gut verstanden."*

„Euer Bruder …?" Schasars Nackenhaare stellten sich auf.

„… war Aurelius von Argonia. Hast du dich nie gefragt, warum ich noch lebe? Warum man mich nicht gerichtet hat nach dem Verrat an der freien Welt, wie ihr es so schön nennt." Die Stimme hielt für einen Augenblick inne und lachte kalt. *„Ich bin von königlichem Blut, Schasar. Deshalb durften sie mich nicht töten. Diese Törichten haben doch daran geglaubt, dass ihr Ahnenblut ansonsten bis ans Ende der Zeit verflucht sei. Stattdessen haben sie mich verflucht und verbannt."*

Schasar antwortete nicht. *„Ich brauche kein Mitleid von dir, Junge. Aber ich will, dass du verstehst."*

Der Herr der Schatten strich über das schwarze Amulett und blickte Schasar eindringlich an.

„Unter Aurelius' Herrschaft ist das Reich zusehends schwächer geworden. Borchard wiederum war ein starker Sprecher und Führer der Südlande. Irgendwann wäre es auch ohne mein Zutun zu einem Krieg gekommen, durch den letztlich auch unser Orden gespalten worden war. Wir sind eben doch noch zu eng mit unserem Blut verwoben." Die Stimme lachte kurz auf. *„Ich habe die Sache einfach ein wenig beschleunigt und versucht sicherzustellen, dass Argonia*

und die Nordlande aus der Schlacht als Sieger hervorgehen. Denn die arroganten und zerstrittenen Herrenhäuser wären schlichtweg untergegangen gegen eine geeinte Armee der Südländer."

„Vielleicht wäre der Pfad der Tugend, den Euer Bruder wählte, doch der bessere gewesen. Immerhin hatte er die Nordlande hinter sich geeint."

„Wir werden es nie erfahren. Aber ein Grund, warum er die Nordlande hinter sich hatte, war ich. Ich war Vorsteher des Weißen Bundes. Meine Magier sprachen bei ihren Stadtherren, Fürsten und Prinzen vor, überredeten sie, für eine Krone auf dem Haupt der Argonianer zu stimmen."

„Und Ihr wolltet die Krone tragen?"

„Nun ja. Ich war der zweite in der Thronfolge. Bis sich mein Bruder mit dieser Dirne abgegeben hat. Eine aus dem gemeinen Volk. Schmutziges Blut", stieß die Stimme in Schasars Kopf verächtlich hervor.

Der junge Magier sah, wie sich Seine Augen zu Schlitzen verengten.

„Sein Sohn wurde geboren, verstieß mich damit aus der Thronfolge. Unreines Blut sollte Argonias Zukunft sein. Damit war ich nicht einverstanden."

„Ist das der Grund, warum Ihr Euch gegen Euren eigenen Bruder wandtet?"

„Mein Bruder war schwach und nicht entscheidungsfähig."

„Und Ihr ward stark und mächtig? Bereit, Euch zu opfern und den Thron zu übernehmen?", fragte Schasar. Die Stimme antwortete nicht. „Aber ich habe noch eine weitere Frage, die mich schon immer brennend interessiert hat: Wer war eigentlich Dahlgors Mutter?"

Der Herr der Schatten schrie wütend auf. Für den Bruchteil eines Augenblicks preschte ein Schwall von Bildern auf Schasar ein.

Er sah einen jungen Zauberer, der durch einen Wald lief. Die Sonnen schienen hell durch das lichte Blattwerk. Der Himmel war blau, die Vögel zwitscherten in den Baumkronen. Aufmerksam blickte der Zauberer hin und her.

„Ich finde dich!", rief er und lief scheinbar ziellos weiter. Nach einiger Zeit blieb er vor einem hohen Baum stehen. Er konzentrierte sich. Er spürte die starke Aura, die den Baum umgab. „Hab' ich dich!", rief er *und blickte hinauf.*

„Na gut", sprach eine hohe Stimme und Momente später kletterte eine junge Frau aus dem hohen Geäst, sprang von einem der unteren Äste und landete sicher neben dem Zauberer. „Das macht keinen Spaß", sagte sie enttäuscht und richtete das schneeweiße Schwert, das an ihrer Hüfte hing. „Du findest mich jedes Mal."

„Weil ich dich spüre." Der Zauberer lächelte und ließ den Blick für den Bruchteil einer Sekunde zu dem Schwert huschen.

„Das ist gemein."

„Wäre es dir lieber, wenn ich dich im großen Wald verliere, Fenya?", fragte der Zauberer gespielt gekränkt.

„Nein, natürlich nicht."

„Na also." Der Zauberer ging einen Schritt auf die Elfe zu. Er hob die Hand und streichelte sanft über ihre Wange. Zart berührte er ihre weiche Haut. Er zitterte, als er sich ihr mit dem Kopf langsam näherte. Er hörte ihren flachen Atem.

Der Zauberer streifte ihre Haare hinter die spitz zulaufenden Ohren. Ihre Lippen berührten sich kurz. Fenya blickte ihn an. Ihre blaugrauen Augen sahen traurig aus. Sein Herz pochte noch schneller, dieses Mal panisch vor Angst. Angst, dass sie ihn zurückweisen würde. Er schluckte, sah sie mit einem fragenden Blick an. Dann zog sie den Kopf zurück und blickte beschämt zu Boden.

„Du weißt, dass wir das nicht dürfen."

„Warum?"

„Darum." Fenyas bedachte ihn mit einem mitleidigen Blick. „Es geht einfach nicht." Sie machte auf dem Absatz kehrt und rannte ohne sich noch einmal umzublicken in die Tiefen des Waldes. Der Zauberer blieb allein zurück.

„Ich bekomme alles, was ich will", murmelte er wütend und sah noch eine ganze Weile auf die Stelle, wo Fenya im Dickicht verschwunden war.

„Das war nicht für dich bestimmt", zischte der Herr der Schatten und zog die Erinnerungen noch im selben Moment aus Schasars Kopf ab.

„So ist das also", erwiderte Schasar beinahe triumphierend. Er hatte eine Schwachstelle gefunden. Etwas lauter und für alle im

Raum verständlich fügte er hinzu: „Euer eigener Sohn ist also nur ein halber Mensch. Ihr habt Euch seinetwegen geschämt."

Arxor und Ethariat blickten verständnislos abwechselnd von Schasar zum dunklen Herrn.

„Schweig, Junge!", befahl der Herr der Schatten und erhob sich aus Seinem Thron. Arxor trat rasch einen Schritt zurück.

„Nein", rief Schasar und schüttelte den Kopf. „Ich bin keiner Eurer Diener, die Ihr befehligen könnt, wie es Euch beliebt. Und selbst wenn ich die Orks verachte, dann haben sie ein Recht darauf zu erfahren, wofür sie eigentlich gekämpft haben. Sie haben ein Recht darauf zu erfahren, dass ihr Herr unreines Blut auf den Thron setzen wollte. Er, der sie in einen Krieg geschickt hat, damit sich das edle und reine Blut durchsetzt. Das bessere und stärkere Blut. Er, der Vater eines Halbelfen. Eines Waldbewohners. Eines Bäumlings. Wie lächerlich!"

„Genug", rief Er und schleuderte Schasar einen Flammenball entgegen.

„*Rigesce*", murmelte Schasar, fasste sich mit der einen Hand an die Brust und streckte die andere in Richtung des Feuerzaubers aus, der in Windeseile auf ihn zuhielt. Auf halber Strecke zwischen ihnen traf die rot lodernde Kugel auf den bläulichen Gefrierzauber und verlangsamte allmählich ihren Flug. Die züngelnden Flammen gefroren zu spitzen Kristallen. Dann prallte der Zauber kurz vor Schasar auf den Boden und das Eis zerbarst in tausend Teile.

„Sie hat es getan", fauchte der Herr der Schatten wie von Sinnen. „Sie hat mich hintergangen. Wie auch mein eigener Sohn." Seine Augen funkelten irr.

„Ihr habt sie gegen ihren Willen genommen."

„Ich habe ihr einen Sohn geschenkt, der großes hätte bewirken können." Zwischen Seinen Fingerkuppen züngelten knisternd kleine Blitze.

„Das hat er, indem er Euch aufgehalten hat"; stieß Schasar hervor, doch der Herr der Schatten ging nicht darauf ein.

„Ihre Mutter war die Obere des Einhornwalds. Verstehst du die Macht, die diese Verbindung gehabt hätte? Die Größe, die ein Verbund zwischen mir und ihnen hätte erzeugen können? Wir hätten gemeinsam eine neue Ära eingeleitet."

„Doch stattdessen belegten Euch Elfen und Menschen mit dem Fluch." Aufmerksam blickte Schasar den Herrn der Dunkelheit an.

„Ja. Die Bäumlinge, die Steinbeißer und all die anderen Verräter. Und das Schlimmste war, dass sie den Fluch gesprochen hat."

„Fenya?", fragte Schasar.

Der Herr der Schatten nickte. „Ich erinnere mich an den Blick, den sie mir zugeworfen hat. Das Mitleid, das er ausdrückte, hat mich fast aufgefressen. Sie hat mich nicht gehasst." Der Herr der Schatten verschloss die Hand, in der Er das Amulett hielt, zu einer Faust. „Sie hat mich immer noch geliebt. Und dann hat sie mir alles genommen."

„Vielleicht hat sie auch das Dunkel in Euch gesehen?"

„Wer mit diesen Mächten spielt, muss Opfer bringen", erwiderte Er. „Ich bereue es nicht."

„Die schwarzen Mächte verwirren Euch." Schasar bewegte sich langsam weiter in Richtung des Throns. „Dies alles kann enden, ohne weiteres Blut zu vergießen. Es ist niemals zu spät. Schwört dem dunklen Amulett ab! Befehligt den Rückzug! Das hier ist nicht, was sie gewollt hätte." Der Herr der Schatten reagierte nicht. Er streichelte sanft über das Amulett in seiner Hand.

„Wir sind Magier, Schasar. Wir sind das vierte Volk. Wir sind die Offenbarung. Wir sind die Perfektion." Er blickte auf und sah dem jungen Magier tief in die Augen. „Ich kann dir Großes geben. Ich kann dir noch so Vieles zeigen. Ich kann dich Mächte lehren, von denen du nicht zu träumen gewagt hättest. Gib mir deinen Teil des Amuletts, Junge. Dann wird alles gut."

„Und warum sollte ich das tun?"

„Ich muss zurückkehren können. Der Fluch hält mich von der alten Welt fern. Mit jedem Tag, jeder Stunde und Sekunde würde ich dort schneller altern und vergehen."

„Das geht uns allen nicht anders."

„Dir schon", erwiderte Er und blickte auf. Etwas Irres spielte in Seinen Augen. „Denn du trägst das Leben um deinen Hals."

„Ja", sagte Schasar. „Und das wird auch noch eine Weile so bleiben."

Das Brüllen des Löwen

Gregoralfo hatte die letzte schützende Säule erreicht. Vorsichtig lugte er hinter ihr hervor. Fast war ihm, als hätte der Ork ihn in seinem Versteck gewittert. Er wartete auf einen günstigen Zeitpunkt. Das Dunkelwesen hatte ihm den Rücken zugedreht. Es war zwar feige, den General von hinten zu ermorden, aber war es sinnvoll gegen einen Ork ehrenhaft zu kämpfen. Schließlich konnte Gregoralfo so womöglich den König retten. Wie, würde nachher niemand fragen. Aufgeregt trat einen unbedachten Schritt vor. Etwas knirschte unter seinen Füßen. Der Ork drehte sich blitzschnell um.

„Ich will dir nicht wehtun, Junge. Du hättest eine große Zukunft vor dir", sagte der Herr der Dunkelheit kopfschüttelnd. „Aber wenn es sein muss ..."
Ein greller roter Blitz trat aus Seinen Fingerkuppen und traf Schasar in die Schulter. Der junge Magier wurde zurückgeschleudert und prallte gegen die steinerne Wand. Er biss die Zähne zusammen und versuchte den stechenden Schmerz zu ignorieren so gut es ging, während er den Heilzauber sprach. Schasar spürte, wie das Amulett seine Kraft dabei verstärkte. Stöhnend richtete er sich auf.
„Ihr könnt mich nicht besiegen", sprach Er und erhob sich von seinem Thron. „Warum versucht ihr es also?" Mit einem Fingerzeig belegte Er Arxor mit einem Zauber. Der König sank schreiend zu Boden und wurde von schmerzenden Krämpfen heimgesucht. „Ihr kommt hierher und glaubt etwas bewerkstelligen zu können, an dem Hunderte zuvor gescheitert sind. Etwas, für das so viele gestorben sind. Unnötig, wie du selber sagst. Sie hätten mir einfach folgen und mir die Treue schwören können. Aber nein ..." Schasar sandte einen Verteidigungszauber zu Arxor. Mit einer Handbewegung hielt der Herr der Schatten ihn auf. „Sieh doch, wie zerbrechlich die einfachen Menschen sind. Wie leicht man ihre Leben auslöschen kann. Wie schnell eine Blutlinie unterbrochen wird." Aus Arxors Kehle drang ein

ersticktes Gurgeln. Die Schmerzen übermannten ihn.

Mit dem Mut der Verzweifelten griff Schasar den Herrn der Dunkelheit an. Er schleuderte Ihm wahllos grelle Blitze entgegen, darunter immer wieder Eis- und Feuerzauber. Doch der Schwarzmagier lachte nur auf, während Arxor den Kampf gegen die Todesqualen allmählich zu verlieren schien.

„Ich weiß, was du denkst, Junge. Noch bevor du deine Zauber aussprichst."

„Und wenn dem so ist", sprach Schasar angestrengt atmend. Der Schweiß stand ihm auf der Stirn. Lauernd blickte der junge Magier abwechselnd von Arxor zum Herrn der Schatten.

„Sieh zu mir auf, Schasar! Das ist die Welt, die ich dir schenken kann", hörte Schasar den Schwarzmagier sagen. Die Weiten Argonias taten sich plötzlich vor Schasar auf. Sie standen in den grünen, saftigen Wiesen. In der Ferne ritt eine Herde Wildpferde. Über ihnen zog ein Vogelschwarm vorüber. „Ruhe und Frieden, mein Sohn. Wir können Argonia neu gestalten. Nach unseren Träumen."

„Ich bin nicht dein Sohn", zischte Schasar angewidert und seine Augen verengten sich zu schmalen Schlitzen. Der junge Magier hob beide Hände gen Himmel und beschwor ein neues Bild herauf. Einen Augenblick später fanden sie sich auf einem Schlachtfeld wieder. „Das ist die Realität", spie er die Wahrheit heraus. Der Schlachtlärm war nahezu ohrenbetäubend. „Das ist das, was Ihr uns gebracht habt. Tod und Verderben. Weinende Mütter, Schwestern und Brüder. Das ist keine Ruhe. Das ist kein Frieden." Um ihn herum gingen die Krieger zu Boden. Blut färbte den staubigen Boden rot. „Aber das ist zu weit weg für Euch. Ihr sitzt hier und lasst Eure Schergen die schmutzige Arbeit erledigen. Weil Ihr selber Angst davor habt, in die Schlacht zu ziehen." Mit einem wütenden Fingerzeig beendete der Herr der Schatten den von Schasar geschaffenen Illusionszauber.

„Ich habe Wichtigeres zu tun."

„Ihr seid ein Feigling!" Schasar blickte zu Arxor, der sich nicht mehr regte.

„Die Zeit läuft ab." Der Herr der Dunkelheit folgte seinem Blick.

„Die Lebenskraft verlässt ihn und du kannst ihn nicht retten."

„Das wollen wir doch erst noch sehen." Schasars Zähne knirschten, als er erhobenen Hauptes in Arxors Richtung ging. Im selben Moment blendete ihn ein greller Blitz und er wandte das Gesicht instinktiv ab.

Der Ork grinste Gregoralfo herausfordernd an und kam mit gezücktem Säbel auf ihn zu. Die muskulöse, narbige Statur ließ den Dieb vor Ehrfurcht erstarren. Die Orks wollten Dayana töten, dachte er. Sie wollten Dayana töten. Das dünne Elfenschwert zitterte in seiner geballten Faust. Beweg dich, forderte ihn sein Geist auf zu reagieren.
Mit einem heftigen Hieb eröffnete der Ork den Kampf. Gregoralfo hatte Probleme der kräftigen Attacke standzuhalten. Seine Unterarme schmerzten, als das schartige Metall gegen den hellen Kristall schlug. Er machte einen Schritt zurück.
„Zu feige, um zu kämpfen?", grollte der Ork. Gregoralfo antwortete nicht und trat einen weiteren Schritt zurück. Der Überraschungsangriff hatte nicht funktioniert. Die Lichtverhältnisse waren schlecht. Hilfesuchend blickte er sich um. Der Ork griff erneut an. Instinktiv reagierte der Dieb und wich dem wuchtigen Schlag aus. Aus den Augenwinkeln erkannte er, dass der Herr der Schatten und Schasar damit begonnen hatten, sich lauernd zu umrunden. Im selben Augenblick durchflutete grelles Licht den großen Raum. Überrascht wandte Gregoralfo die Augen ab.

Blind vor Schmerzen und Zorn war Beißer zurück in die große Halle gestürmt. Der kleine Goblin hielt unmittelbar auf den Thron zu, vor dem sich Schasar und der Herr der Schatten belauerten. Etwas abseits waren der Ork und der andere Mensch in einen Kampf verwickelt. Der König lag reglos auf dem staubigen Boden.
Beißer griff in seine zerschlissene Hemdinnentasche und holte die letzten drei Phiolen hervor. Er wog kurz ab, dann trank er das eine und nahm das zweite mit einer durchsichtigen Flüssigkeit gefüllte Fläschchen und warf es in Richtung der beiden Magier. Das zerbrechliche Glas zerbarst auf dem Boden

vor den Füßen des Herrn der Dunkelheit. Und sofort erschien grelles Sonnenlicht und durchflutete die dunkle Kammer.

Als sich seine Augen wieder an das dämmrige Licht gewöhnt hatten, nutzte Gregoralfo die Möglichkeit den Abstand zwischen sich und dem Ork ein wenig zu vergrößern.

„Hör auf vor mir zu fliehen, du elender Feigling!", grunzte der Ork und machte einen Ausfallschritt. Mit heftigen Folgeschlägen drängte der Ork ihn immer weiter in Richtung des einzigen Zugangs zur großen Kammer. Gregoralfo biss sich auf die Lippen und ging langsam weiter zurück. Der Kraft des Orks hatte er nicht viel entgegen zu setzen. Er wich geschickt aus oder parierte die Schläge seines Gegenübers, aber einen gelungenen Treffer konnte er nicht landen.

Wieder schlugen die Klingen knirschend aufeinander, als Gregoralfo einen Hieb parierte. Metall auf Kristall. Ein quietschendes Geräusch hallte in dem langen Gang nach, der hinaus auf das Felsplateau führte.

Wie lange konnte er dem Ork noch etwas entgegen werfen? Der Dieb spürte, wie sein Kampfarm immer schwächer wurde. Die Muskeln waren angespannt und schmerzten. Dieser Kampf war so anders als die Übungseinheiten mit Zara. Dieser Kampf war real. Und es ging um Leben und Tod.

„Was soll das, Goblin?", fauchte der Herr der Schatten.

„Wo ist die Urmutter?", stieß das Erdwesen hervor.

„Wie redest du mit mir, Abschaum?" Der Herr der Schatten schleuderte Beißer einen Feuerball entgegen. Nur Augenblicke später erklang das Zerbersten eines weiteren Glasflakons auf dem steinernen Boden. Dichter Rauch kam auf, in dem sich Beißer verlor.

Arxor lag in etwa zehn Schritt Entfernung und regte sich nicht mehr. Schasar wartete keine Sekunde länger und schleuderte dem Herrn der Schatten einen Blitzzauber entgegen. Er wusste nicht, ob der Zauber noch immer auf dem König lag und ihm Sekunde für Sekunde Lebenskraft entzog. Aber so oder so, er musste Arxor aus der Gefahrenzone bringen und zwar schnell. Im selben Moment, da der junge Magier überlegte zu Arxor zu eilen, traf sein Blitzzauber das magische Schild des Dunkelmagiers und ließ es erzittern.

Schasar war überrascht. Er konnte feine Risse in der magischen Struktur des Abwehrzaubers erkennen. Doch so kräftig war der Zauber nicht gewesen. Schasar sollte dem Goblin, der sich nun scheinbar endgültig gegen seinen Herrn zu wenden schien, lediglich etwas Zeit verschaffen. Auch wenn es wahrscheinlich für den Moment nicht einmal nötig war. Denn wer wenn nicht Schasar wusste, wie mächtig dieses Erdwesen in Wirklichkeit war. Es hatte ihn in Kimón mehr oder weniger besiegt. Und ihn aus der Gestalt der Steinstatue zu retten war ebenfalls eine mehr als respektable magische Leistung gewesen.

Auch der Herr der Schatten schien verwundert über die magischen Fähigkeiten Seines Dieners und dessen Kraft zu sein, denn Er reagierte nicht im Geringsten auf Schasars Angriff, sondern suchte stattdessen die unnatürliche Nebelwolke nach Anzeichen von dem kleinwüchsigen Erdwesen ab.

Schasar nickte, ganz so, als würde er sich selber auf eine ungestellte Frage antworten. Dann presste er die Handflächen vor dem Körper zusammen und konzentrierte sich darauf den nächsten Zauber zu weben.

„Ich habe sie gesehen", erklang eine quiekende Stimme aus dem Innern der Wolke.

„Ja, sie ist tot. Und?" Der Herr der Schatten lachte grausam und konzentrierte sich auf die wabernde Masse vor sich. „Sie war nicht mehr von Nutzen für mich. Mit dem Stab können wir ihn befreien. Ich habe das Amulett. Das Tor der Welten steht mir offen. Ich werde zurückkehren."

„Ihr habt uns Euer Wort gegeben, dass der Urmutter nichts geschieht und dass Ihr sie freilasst." Beißers Stimme überschlug sich. Fassungslosigkeit. Trauer. Wut.

„Du musst lernen damit umzugehen, kleiner Wicht. Das Leben ist nicht gerecht, schon gar nicht zu so minderwertigen Kreaturen wie euch Goblins." Der Herr der Schatten schleuderte einen Blitz in den Nebel. „Und woher hast du eigentlich solche Kräfte?"

„Ich gebiete über Mächte, von denen Ihr nichts wisst", erklang die Stimme des Goblins nun von einer anderen Stelle des schleichenden Rauchs. Der Herr der Schatten feuerte einen weiteren Stoßzauber in die Wolke. „Seid Ihr etwa nervös?", fragte Beißer. Anstatt einer Antwort, erhellte ein weiterer Zauber den dämmrigen Raum. Der Goblin lachte auf. „Ihr zielt schlechter und seid ungefährlicher als die Kinder Kimóns mit ihren Spielzeugbögen." Der Herr der Schatten schrie zornig auf.

Währenddessen beendete Schasar die Vorbereitungen für den großen Elementarzauber. Er ließ die zuvor gefalteten Handflächen vorsichtig auseinander gleiten. Zwischen ihnen leuchtete eine winzige bläuliche Kugel auf, die langsam an Größe gewann. Sie wuchs auf die Größe eines Kirschkerns, dann auf die einer Pflaume. Schasar steckte immer mehr Energie in sie, konzentrierte sich auf den Zauber, feuerte die Kugel an, weiter zu wachsen.

Der Herr der Schatten spürte die Spannung in den magischen Kraftlinien. Instinktiv wandte er Schasar den Kopf zu.

„Brich den Zauber ab oder ich töte ihn", sagte er emotionslos. Schasar hielt inne. Die Kugel schwebte zwischen seinen Handflächen, hatte nun die Ausmaße eines Apfels.

„Und?", entgegnete der junge Magier. „Dann macht es und es wird das letzte gewesen sein, das Ihr getan habt." Der Herr der Schatten lachte auf. Mit einem Fingerzeig erhob sich Arxors Körper wie von Zauberhand vom Boden und schwebte Momente später mit schlaff nach unten hängenden Gliedern etwa einen halben Schritt in der Luft. „Was ist daran so lustig?", fragte Schasar.

„Nichts, junger Magicus. Nur kannst du es verantworten, ihn einfach sterben zu lassen?"

„Würdet Ihr ihn töten, um dann selber zu sterben?"

„Vergiss nicht, Junge, dass du nur einen kleinen Teil des Amuletts besitzt. Erliege nicht seiner Macht! Er macht dich nicht unbesiegbar, auch wenn du das glaubst. Bedenke, dass ich nunmehr zwei Teile besitze. Du weißt um die Mächte deines Amuletts. Du kannst dir sicher vorstellen, dass die beiden anderen Teile über ähnliche Kräfte verfügen."

„Und wenn dem so ist, habe ich, gleich welche Wahl ich treffe, keine Möglichkeit Euch zu besiegen." Der Herr der Schatten nickte zustimmend. „Was bringt es mir dann, es nicht zu versuchen? Ich werde alle Energie, die diesem Amulett innewohnt herausbefehlen …"

„Das wirst du nicht tun", unterbrach ihn der Dunkelmagier süffisant lächelnd.

„Und warum nicht?"

„Willst du wirklich, dass ich deinen Bruder töte?" Schasars Augen spiegelten seine Verständnislosigkeit wieder, während der Zauber, den er webte, in sich zusammenfiel.

Gregoralfo trat rückwärts durch die Tür ins Freie. Er macht einige schnelle Schritte hinaus auf das Felsplateau und wartete auf den Ork, der nun siegessicher und schallend lachend im Türrahmen stand. In der Hand hielt er den Säbel und zeigte auf den Dieb.

„Weißt du, was der Unterschied zwischen dir und einem Kaninchen ist?", fragte der General der Dunklen und trat nun ebenfalls hinaus auf den von Fackeln erhellten Vorplatz. „Es gibt keinen."

In der Ferne begann es am Horizont zu dämmern. Der neue Tag würde bald beginnen. Gregoralfo ignorierte die Beleidigungen des Orks und sah sich nach Fluchtmöglichkeiten um. Er würde klettern müssen, um sich von diesem verfluchten Ort zu retten.

„Nun kannst du nicht mehr vor mir fliehen, Feigling." Der Ork hatte ihn erreicht und begann mit einem gezielten Schlag in Richtung seines Kopfes. Gregoralfo fing den Schlag ab. Der General machte einen Schritt zur Seite und zog den Säbel mit einer eleganten Bewegung herum. Gregoralfo blieb die Luft weg, als er Elfensinn geschickt herumriss und sich aufgrund des schweren Aufpralls den eigenen Waffenknauf in die Rippen stieß. Er hustete.

Der Ork holte mit der Linken aus und schlug dem Dieb mit der

Faust ins Gesicht. Gregoralfos Lippe platzte auf und er schmeckte Blut. Ihm wurde leicht schwarz vor Augen. Er torkelte rückwärts auf den steil abfallenden Hang zu.

Ethariat fletschte die verfaulten Zähne. Der Mensch wankte hart getroffen auf den Rand des Felsplateaus zu. Selbstsicher nahm der Ork Anlauf. Sein Todesstoß würde den Rothaarigen in zwei Stücke reißen. Er brüllte und holte mit dem Säbel aus. Fünf Schritte. Der Mensch hielt sich das Gesicht. Die Waffe in seiner Rechten hing schlaff herab. Drei Schritte. Ethariat ließ den Säbel vorschnellen und stoppte den Lauf. Einen Schritt. Er öffnete die Augen. Katzenhaft hatte sich der Rothaarige zur Seite und einmal um die eigene Achse gedreht. Blitzschnell traf den Ork die schmale Klinge mit der flachen Seite in den Rücken. Er geriet ins Schwanken. Der Abgrund war bedrohlich nahe. Er ließ den Säbel fallen und ruderte mit den Armen. Dann verlor er das Gleichgewicht und kippte vornüber in die Schlucht.

„Ihr wusstet es nicht." Der Dunkelmagier durchforstete Dahlgors Gedanken „Was hat man dir erzählt? Dass du ein Waise bist und dass deine Eltern bei einem Feuer umgekommen seien?"
„Lass dich nicht blenden", hörte Schasar Beißer rufen.
„Nein", sprach die Stimme in seinem Kopf. „Lass dich nicht blenden! Aber denk darüber nach: Warum erinnerst du dich nicht an das Unglück? Dein Geist kämpft gegen den Vergessenszauber, den Dahlgor dir auferlegt hat. Glaubst du wirklich daran, dass er dich aufgenommen und dabei nur rein zufällig deine magische Begabung festgestellt hat? Der Sohn eines einfachen Bauern als neuer Schüler? Nachdem du für Jahrhunderte der einzige Zauberlehrling sein solltest? Wie rührend. Kein Barde hätte eine bessere Geschichte erfinden können."
Schasars Gedanken überschlugen sich. War es wahr? Er konnte es nicht glauben. Er versuchte gegen die Stimme anzukämpfen. Nein, er bildete sich ein, er müsse gegen die Stimme ankämpfen. In Wahrheit wollte er wissen, was sie noch alles zu sagen hatte.
„Wie besorgt waren der König und die Königin immer um dich gewesen", fuhr die Stimme fort. „Wie erfreut waren sie, dass Arxor

und du euch so gut verstanden. Du hast im Schloss gewohnt, durftest mit ihnen speisen und feiern. Du hast die gleiche Ausbildung wie Arxor erhalten. Nur, weil deine Eltern angeblich bei einem Feuer ums Leben gekommen sind? Es gibt so viele Kinder dort draußen, die Waisen sind. Warum hätten sie dich aufnehmen sollen?" Die Stimme machte eine kurze Pause. *„Der Berater soll entscheiden. Eine Bürde, die zum Anfang zurückführen wird. Eine Trennung ist unausweichlich."* Schasar schluckte. Dann kamen die Bilder. *Arxors Mutter flüsterte ihm die Worte der Prophezeiung zu. Er stand vor der Wiege der Zwillinge und traf die schicksalsschwere Wahl, einen von ihnen mit sich zu nehmen, um die Welt damit zu retten. Er ritt durch Sturm und Schnee und ließ das Weiße Schloss hinter sich. Das kleine Bündel, in dem die Prinzessin schlief, auf dem Arm. Dabei waren er und Arxor es gewesen, die getrennt werden sollten.* Schallendes Gelächter riss Schasar aus seinem Tagtraum.

„Du? Der größte Magicus? Der Berater der Krone, der über das Schicksal entscheiden soll?" Der Herr der Schatten musterte den jungen Magier hämisch.

„Schasar", stieß Beißer schnarrend hervor. „Hilf Arxor! Lass dich nicht von Ihm blenden! Und vertraue Ihm nicht!" Schasar sah in die traurigen Augen des Erdwesens und nickte langsam. Dann wandte er sich dem Herrn der Schatten zu.

„Und wenn dem so ist, wenn er tatsächlich mein Bruder ist ...", begann er.

„Dann bist du sein legitimer Nachfolger, wenn er das Amt nicht mehr bekleiden kann."

„Arxors Kinder wären die Thronfolger, wenn Arxor es nicht mehr könnte." Schasar blickte auf den noch immer in der Luft schwebenden König, dessen Brust sich in unregelmäßigen Abständen hob und senkte. Immerhin lebte er noch.

„Arxors Kinder. Das ist interessant. Soweit ich weiß, ist das Weiße Schloss in der Gewalt meiner Diener. Man hat mir nicht berichtet, irgendwelche Kinder von königlichem Blut vorgefunden zu haben." Schasar erschrak und bekam eine Gänsehaut. „Ach, entschuldige ...", fuhr der Herr der Schatten fort. „... das wusstest du ja auch noch nicht. Prinz Duncas war so frei das Weiße Schloss für mich einzunehmen und es für meine Rückkehr herrichten zu lassen." Schasars Gedanken überschlugen sich. Der Herr der Schatten legte die Stirn in Falten. „Ich weiß, wie du dich gerade fühlst. So etwas überrascht einen doch schon merklich. Ebenso wie es mich überrascht, dass Arxor Kinder haben soll." Er fuhr sich mit den Fingern durch die Haare. „Das verkompliziert das Ganze. Aber auch das Problem wird sich lösen lassen. Weißt du, ich habe aus meinen Fehlern gelernt. Doch es ist wirklich eine Schande. Ich hatte mir alles so gut zurecht gelegt, wollte dir nach meiner Rückkehr den Thron überreichen …"

„Ihr redet so, als sei Arxor bereits tot. Aber Ihr werdet es nicht schaffen, ihn zu töten, solange ich hier bin."

„Nicht ich werde ihn töten …" Der Herr der Schatten blickte zu Arxor und nur einen Augenblick später fiel der König zu Boden. „… sondern du wirst es tun."

Er schnippte mit den Fingern und Arxor schlug die Augen auf. Röchelnd drehte er sich auf den Bauch und übergab sich. „Das ist aber nicht die feine argonianische Art", hörte Arxor den Dunkelmagier sagen, der sich im nächsten Moment wieder ihm zuwandte. „Du kannst ihn retten oder ihn verdammen. Du entscheidest, ob er lebt oder stirbt. Du hast die Wahl: das Leben deines Bruders oder das Amulett." Schasar blickte zu Arxor, der zitternd vornüber gebeugt dasaß und sich über den Mund wischte.

Arxor wollte sich orientieren, doch alles drehte sich, alles schmerzte. Ihm wurde übel. Er musste sich übergeben. Sein Kopf pochte. Seine Knie waren aufgeschürt. Seine linke Seite war taub. Wo war er?

Der Raum, in dem er sich befand, war matt erhellt. Er blickte sich um und erblickte Schasar und den Herrn der Schatten. Ihm fröstelte, als die Erinnerung zurückkam. Eine neue Welle von Übelkeit übermannte ihn. Die Glieder schmerzten. Er fasste sich an den linken Oberschenkel. Die unerträglichen Schmerzen, die ihn daraufhin durchfluteten, ließen ihn aufheulen. Das Bein war gebrochen. Er spürte den Knochen. Doch da war noch etwas.

„Ich kann Euch das Amulett nicht geben", hörte er Schasar

sagen. Eine neue Welle des Schmerzes brach über ihm herein. Er fuhr mit der Hand zurück zu seinem Mund.

„Dann sei es so", erwiderte der Herr der Schatten in dem Moment. „*Morte violenta peri.*"

Arxor biss sich auf die Faust. Die Abdrücke hinterließen blutige Stellen. Dann wurde alles dunkel. Nur einen Augenblick später öffnete er zu seiner Verwunderung die Augen wieder. Es war noch immer dunkel. Nur dort hinten, da war dieser merkwürdige, unnatürliche Lichtpunkt. Er musste ihn erreichen, das wusste er. Und so hielt Arxor weiter auf das Ende des langen Gangs zu.

Plötzlich geschah etwas Seltsames. An den Wänden zu seiner Linken und Rechten erschienen Bilder. Er lächelte, als er das braune Pony sah und nur einen Moment später fand er sich auf dessen Rücken wieder.

Er war noch ein Kind gewesen und sein Vater hatte ihn das erste Mal auf ein Pferd gesetzt. Er war unsicher und trotzdem fühlte er sich so groß und stark. Seine Mutter stand etwas abseits und hielt voller Angst die Handfläche vor den halb geöffneten Mund. Arxor winkte ihr und fiel dabei prompt vom Rücken des Pferdes. Sein Vater maßregelte ihn, während Schasar nur schallend lachte und dafür einen bösen Blick von Vater und Mutter erntete …

Die Szene verblasste und Arxor ging weiter den Gang entlang. Er erblickte zahlreiche Bilder, die er mit schönen, aber auch traurigen Momenten verband. Er ignorierte die Bilder, die vom Tod seines Vaters erzählten. Doch dann musste er unwillkürlich schmunzeln.

Er stand vor der Tür zur Küche im Weißen Schloss. Sie schwang auf. Schasar folgte ihm. Er roch wieder all die feinen Gewürze, die Geréon immer zum Kochen benutzt hatte. Er hörte ihn singen, hörte seine Stimme.

„Oh du fein Gewürzelein aus dem fernen Osten, welch ach so große Freunden sind es dich zu kosten." Arxor lächelte, als er Schasar und ihn entdeckte und sprach: „ Oh, nein. Nicht ihr beiden."

„Heute nicht, Geréon, heute nicht", sagte Arxor.

„Nur falls Dahlgor fragt …", fügte Schasar hinzu. „… du weißt nicht, wo wir sind." Dann nahmen sie sich beide eine der Geflügelkeulen und verließen die Küche in Richtung der Gärten.

Auch diese Szene verblasste. Mit einem Lächeln auf den Lippen folgte er dem Gang, immer weiter auf das grelle Licht zu. Es war zu lustig gewesen, wie Dahlgor sie beide gefunden und Schasar mit einem Zauber belegt hatte. An diesem Tag war sein bester Freund zu Dahlgors Schüler ernannte worden.
Vor dem nächsten Bild hielt er abrupt inne. Er schluckte. Emeliala. Seine Augen wurden feucht. Er wollte sich von dem Bild losreißen, doch er konnte nicht. Tränen rannen seine Wangen hinab.
„Bald werde ich wieder bei dir sein", flüsterte er, küsste die Fingerspitze seines Zeigefingers und fuhr damit über ihre Lippen. Dann spürte er einen Luftzug. Er drehte den Kopf. Das Ende des langen Gangs war schneller näher gekommen als er gedacht hatte. Das leuchtende Tor war nur noch gut zwanzig Schritte entfernt. Etwas drängte ihn in diese Richtung. Ihm war, als könne er vertraute Stimmen hören. Hatte sich in dem gleißenden Licht etwas bewegt? Hatte er dort eben einen Schatten gesehen? Er machte einen weiteren Schritt auf das grelle Licht zu. Er freute sich, dass er es bald erreicht haben würde. Doch dann fing etwas Anderes seine Aufmerksamkeit. Was machte diese seltsame Tür hier und wo führte sie hin?

Gregoralfo atmete erschöpft aus. Sein Puls ging so schnell, dass er Angst hatte, sein Kopf würde platzen. Sein Mund war voller Blut. Er spuckte es aus. Seine Lippe blutete noch immer. Wenigstens nur die Lippe, dachte er.

Der Dieb sah hinab zu der Stelle, wo er Ethariat vermutete. Zufrieden nickte er. Er würde sich nun einen Augenblick ausruhen und sich dann an den Abstieg machen. Das war nicht sein verfluchter Krieg. Und er würde sich nicht opfern für diesen verrückten Kräuterpanscher. Der König war tot und der Schwarzmagier wurde nicht umsonst der Herr der Schatten genannt. Was hatte sich Schasar nur dabei gedacht, Seinen Zorn auf sich zu ziehen?

Er ging auf die Knie und wollte gerade ein Bein über den Klippenrand setzen, da sah er in nicht allzu weiter Ferne den Fackelzug, der langsam näher kam. Er fluchte und setzte sich auf. Im selben Augenblick erklang von weiter unten ein Horn. „Oh, oh!", sagte Gregoralfo mit Panik in der Stimme.

Schasar stand wie angewurzelt da und blickte ungläubig zu Arxor, dessen Körper schlaff und leblos in sich zusammen fiel. Der Todesfluch hatte ihn völlig unvorbereitet in den Rücken getroffen. Und Schasar hatte nichts dagegen tun können.

Panisch rannte er zu Arxor. Die Warnung des Goblins ging im Rauschen, das seine Ohren betäubte, unter. Er dreht den König auf den Rücken. Dann nahm er wie in Trance das Amulett ab und legte es Arxor um den Hals.

„Los!", rief er. „Atme!" Er wirkte einen Heilzauber auf Arxor, doch nichts geschah. „Los!" Er trommelte auf dessen Brust. „Atme!" Verzweifelt warf er den Kopf in den Nacken und schloss die Augen.

„Fühlst du den kühlen Kuss des Todes?", fragte eine eiskalte Stimme hinter ihm. Schasar öffnete die Augen wieder. Der Herr der Schatten baute sich über ihm auf.

„Ihr …", stammelte Schasar. „Ihr …"

„Du hattest die Wahl, Junge." Der Dunkelmagier sah ihn väterlich an. „Und du hast dich gegen ihn entschieden. Nun musst du mit deiner Entscheidung leben."

„Tötet mich!", forderte Schasar und erhob sich.

„Warum sollte ich das tun?" Der Herr der Schatten blickte ihn verständnislos an.

„Wofür lohnt es sich denn noch zu leben? Alle, die ich geliebt habe, sind gegangen." Er zuckte mit den Schultern. Er war zu schwach, um Wut zu empfinden. Er war zu verwirrt, um richtig trauern zu können. Er nahm Arxor das Amulett ab und warf es dem Herrn der Schatten vor die Füße. Dann hob er die Hände über den Kopf. „Tötet mich, bitte!"

Der Herr der Schatten beschwor den Stoßzauber in weniger als einer Sekunde herauf. Schasar flog in hohem Bogen einige Schritt zurück und krachte gegen einen der steinernen Deckenträger.

„Komm zu Sinnen, Junge", erwiderte der Herr der Schatten, bückte sich nach dem Amulett und nahm es auf. „Endlich", flüsterte Er und ein freudiges Glitzern flammte in seinen Augen auf. „Und nun werdet Zeuge, wie ich die drei Teile vereinige." Seine Stimme schwoll an. „Ich, Lavian vom Hippogreifenberg,

Magicus Superior, Magicus Maximus, Magister des Weißen und des Schwarzen Ordens, elementarer Beherrscher des Feuers, Gezeichneter des Drachenatems, werde hiermit …" Abrupt brach Er ab und fiel vornüber. Die zwei Teile des Amuletts, die Er in der Hand gehalten hatte, fielen scheppernd auf den Boden.

„Du wirst gar nichts", sagte Gregoralfo und trat aus der Dunkelheit hinter Seinem Thron. In der Hand hielt er den Knauf von Elfensinn, mit dem er den dunklen Magier ohnmächtig geschlagen hatte. In einigen Schritt Entfernung brachen wahre Jubelstürme aus Beißer hervor.

„Er ist besiegt. Wir sind frei", rief das kleine Erdwesen und sprang dabei in die Luft. „Er hat bekommen, was Er verdient hat." Gregoralfo lächelte und wandte sich Schasar zu, der zusammengekauert gegen die Säule gelehnt saß.

„Und nun lasst uns verschwinden!", sagte er. „Da ist eine große Horde Orks im Anmarsch und die werden sich nicht freuen, uns hier zu sehen." Schasar regte sich nicht, sondern hatte den Blick starr auf Arxor gerichtet. Gregoralfo brauchte einen Augenblick, bis er verstanden hatte. „Hat Er …? Ist er …?", stammelte der Rotbärtige.

„Ja", erwiderte Schasar leise. Gregoralfos Hand zitterte. Er hob das Schwert über seinen Kopf.

„Worauf wartest du?", hörte er Beißers quietschende Stimme rufen. „Töte ihn! Er hat deinen König auf dem Gewissen und so viele andere Unschuldige. Beeil dich!" Gregoralfo stand über dem alten Mann. Es war so leicht. „Er wollte Dayana töten lassen", rief Beißer verzweifelt.

„Ich kann nicht!", erwiderte der Dieb.

„Dann tue ich es", erwiderte der Goblin und zückte einen geschwungenen Dolch.

„Nicht!", hörten sie plötzlich Schasars matte Stimme. „Er ist von königlichem Blut! Du kannst ihn nicht töten!"

„Und ob ich das kann", rief Beißer vor Wut schnaubend und hielt auf den am Boden liegenden Magier vor Gregoralfos Füßen zu. „Und wie ich das kann."

„*Intermissio*." Der Erstarrungszauber traf den Goblin in die Brust und er hielt mitten in der Bewegung inne. Gregoralfo blickte verblüfft zu Schasar, der sich langsam und nur mühsam erhob.

„Oh, oh. Das ist gar keine gute Idee gewesen", schnarrte der Goblin in dem Moment. „Er regt sich wieder."

„Vorsicht", schrie Schasar, doch es war zu spät. Gregoralfo wurde mit einem Fingerzeig des Dunkelmagiers davon geschleudert.

Der Herr der Schatten erhob sich und schlug sich den Staub von der Robe.

„Die Sache mit dem Blut. Wenn ihr nicht immer so viel darauf geben würdet." Er schleuderte Schasar einen Flammenzauber entgegen. Schasar blockte, doch er war so schwach, dass er durch die Wucht des Aufpralls wieder zu Boden ging. Seine Glieder schmerzten. Und dennoch versuchte er langsam weiter rückwärts zu kriechen. Der Herr der Schatten bückte sich und hob die drei Teile des Amuletts auf und kam dann allmählich näher.

„Das hättet ihr nicht tun sollen", sagte Er. „Ihr habt mich wütend gemacht." Er hob die Hand zu einer Klaue und plötzlich erschien aus dem Nichts hinter Schasar eine Feuerwand, die den Ausgang hinter ihm versperrte. Der junge Magier schreckte zusammen. „Es ist vorbei, Junge. Deine Kräfte lassen nach. Dies ist die letzte Möglichkeit dich zur richtigen Seite zu bekennen."

„Niemals", stieß Schasar verächtlich hervor. Er schickte Ihm einen Versteinerungszauber entgegen, den Er mit einem Fingerzeig abwehrte. Schasar wurde schwindelig.

„Ist das alles, was du noch kannst?", fragte Er und wirkte einen Stoßzauber, der Schasar herumwirbelte und in gefährliche Nähe der Flammen schleuderte. Der junge Magier lag keuchend und röchelnd auf dem Boden. „Siehst du nicht, wie schwach und hilflos du bist?"

„Stärke ist, wenn man sich seine Schwächen eingestehen kann. Was ist Eure Schwäche?", fragte Schasar und wischte sich Blut aus dem Mundwinkel. „Neben dem Sohn mit dem unreinen Blut und Eurer Angst vor dem Tod, meine ich." Der Herr der Schatten lächelte gutmütig.

„Du schaffst es nicht, mich dazu zu bringen, dich zu töten. Dir steht eine große Welt offen. Gemeinsam können wir Großartiges vollbringen." Er reichte Schasar die Hand.

„Wenn ich Euch die Treue schwöre, werdet Ihr mich dann ausbilden?", fragte Schasar ohne die Hand anzunehmen oder auszuschlagen.

„Ja." Der Herr der Schatten nickte.

„Es gibt keine weitere Bedingung? Ich muss Euch nicht meinen Geist übertragen oder so etwas?"

„Nein, mein Sohn. Wieso solltest du das tun müssen?" Er zog die Hand zurück und machte eine abwehrende Geste. „Wer hat dir so etwas erzählt?"

„Dahlgor hat gesagt, dass Ihr es Euren Dienern vom Dunklen Zirkel abverlangt habt."

„Ach, das meinst du. Das war nur in ihrem eigenen Interesse. Ich wollte mir ihrer Aufopferung und uneingeschränkten Loyalität sicher sein. Niemand wusste, wen der Feind damals zur falschen Seite geführt hatte." Schasar schnaufte auf. „Und es ist im Nachhinein zu ihrem Wohl gewesen", beeilte Er sich fortzuführen. „Sie alle wären beim Durchtritt durch das Portal gealtert, so als müsste sich die Zeit zurückholen, was ihr in den letzten Jahrhunderten genommen worden war. Nur das hier …" Er klopfte auf das Amulett auf seiner Brust. „… hat sie davor bewahrt. Und der Schwur, den sie geleistet haben."

„Und warum könnt Ihr Euch meiner Loyalität und Aufopferung dann so sicher sein, dass Ihr mir diesen Pakt nicht abverlangt?", fragte Schasar.

„Das kann ich nicht." Der Herr der Schatten lächelte. „Aber an dem Tag, an dem du dich gegen mich entscheidest, wirst du sterben. Und du wirst es verstehen, sobald ich das hier …" Er hielt in jeder Hand einen Teil des Amuletts. „… zusammengeführt habe und wir zurück in Argonia sind und du auf dem Thron sitzt. Du wirst einen Schluck aus dem Kelch der Macht trinken und du wirst danach gieren, einen weiteren, kleinen Schluck zu kosten, während ich derjenige sein werde, der den Kelch Schluck für Schluck nachgießt." Schasar überlegte einen Augenblick und nickte.

„Es wird das Beste für Argonia sein", sagte er.

„Argonia wird dich lieben und dich respektieren. Erst recht, wenn du es mit meiner Hilfe von der Herrschaft der Drachenländer unter Duncas befreist."

„Ja." Schasars Augen glänzten. „Ja, das werden sie." Er sah zum Herrn der Schatten und nickte erneut. „Ich nehme Euer Angebot an."

„Eine weise Wahl. Du hast dich richtig entschieden", sagte Er.

„Ja, das habe ich." Der junge Magier nickte, während Er dabei war die Teile zusammenzuführen. „Wenn da nicht diese Redensart wäre." Der Herr der Schatten horchte auf. „Ich weiß nicht, ob Ihr sie kennt. Es war so etwas wie: Hinter den großen Höhen folgt oft der tiefe Fall oder so ähnlich."

Der Herr der Schatten erzitterte. Er sah an sich herab, spürte wie sich eine Klinge durch seinen Brustkorb bohrte und die schneeweiße Spitze durch seine Bauchdecke drang. Der Herr der Schatten stockte und spuckte Blut.

„*Last'kriL* Magietöter", stieß Er nach Luft schnappend und gurgelnd hervor. „Fenya?", stammelte Er und versuchte nach der Klinge zu greifen und den Kopf zu drehen. „Elfensinn!"

Mit einem Ruck wurde das Schwert herausgezogen und trat nur einen Augenblick später durch Seine Hüfte. Seine Hände schlossen sich in einem letzten verzweifelten Versuch um das Amulett, Seine Lider zitterten. Dann brach Er zusammen. Im selben Moment verbanden sich die drei schwarzen Steine und der Raum wurde in grellweißes Licht gehüllt. Ein ohrenbetäubendes Brüllen durchdrang die Nacht. Die plötzliche Schockwelle ließ das steinerne Haus erzittern. Das magische Feuer hinter Schasar erlosch. Ruhe kehrte ein.

„Kommt!", sagte Gregoralfo und hielt Schasar die Hand hin. „Wir müssen von hier verschwinden."

„Was ist mit Arxor?" Dem Magier war schwindelig. Er fühlte sich schwach und müde.

„Er ist tot. Wir müssen fliehen. Wir können nichts mehr für ihn tun."

„Aber für mich", rief eine schnarrende Stimme aus der Richtung des Throns. Mit letzter Kraft nahm Schasar den Erstarrungs-zauber von Beißer. „Na also", hörten sie ihn sagen und Momente später stand der kleine Goblin neben ihnen. „Dann mal hoch mit dir. Soweit ich weiß, dauert es nicht mehr lange, bis die Orks hier sind."

„Wohin sollen wir gehen?", fragte Gregoralfo und legte sich einen von Schasars Armen um die Schulter. Er würde es niemals schaffen, den erschöpften Magier von hier fortzutragen.

„Wir sitzen hier an der Quelle zu einem Tor zwischen den Welten. Was denkst du, wohin ihr gehen solltet?" Der Goblin schlug sich mit der flachen Hand vor die Stirn. „Manchmal seid ihr Menschen doch so beschränkt", fügte er hinzu und marschierte vorneweg. „Und nun beeilt euch! Sie werden nicht ewig auf sich warten lassen."

Die zwei Dunkelmagier erreichten die Steilklippen vor dem Drachenfels, auf dem die pechschwarze Flammenburg stand. Die Horde Goblins wartete bereits auf sie. Durch das Einstiegsloch führten die Erdwesen sie ins Innere des Berges.

„Dort drüben ist es", schnarrte einer der Fackelträger und zeigte auf ein Loch in der Wand. Der vordere Schatten nickte und schwebte mitsamt dem weißen Stab an der nun ängstlich dreinschauenden Gruppe Goblins vorüber. Es bedurfte den zweiten Schwarzmagier nur einen Fingerzeig und die Erdwesen fielen tot zu Boden.

„Nach dir", murmelte der erste Schatten und ließ seinen Bruder durch die Öffnung in die nächstgelegene Kammer schweben. Dann folgte er ihm.

Währenddessen saß der Hofmarschall über ihren Köpfen in seinem Arbeitszimmer über ein kleines Pergamentblatt gebeugt. In klarer Schrift schrieb er:

„Der alte König ist krank. Duncas wird ihn beerben. Ihr wisst, was das heißt. Habe keine Kontrolle über Duncas. Es tut mir leid."

Er rollte das Briefchen zusammen, nahm die Brieftaube aus dem kleinen Holzverschlag und klemmte ihr das dünne Pergamentröllchen an den Fuß. Danach trat er ans Fenster und ließ sie fliegen. Er sah ihr nach. Plötzlich begann die Erde unter seinen Füßen zu beben. Der Hofmarschall sah instinktiv hinab in den Schlosshof. Es war mehr eine düstere Vorahnung gewesen, aber sie sollte sich bewahrheiten. Das runde Bassin, in der die ewige Flamme seit Menschengedenken gebrannt hatte, war zerbrochen.

Der Hofmarschall atmete tief ein. Nun ist alles vorbei, dachte er. Dann stieg er auf das Sims, sprach sich letzten Mut zu und ließ sich fallen.

„Wir rufen Euch, Herr der Drachen. Erwachet aus Eurem ewigen Schlaf!", sprach der Schwarzmagier und berührte den funkelnden Koloss vor sich mit dem weißen Magierstab. Plötzlich ging ein Rumoren durch die gigantische Halle. Die Erde bebte.

„*Wer wagt es meine Ruhe zu stören?*", grollte eine zornige Stimme in ihren Köpfen.

„*Entschuldigt, Herr. Aber der Gezeichnete hat uns aufgetragen, Euch zu erwecken.*"

„*Der Gezeichnete?*" Die Stimme klang nachdenklich. Dann brüllte er laut auf und die Erde begann zu beben. „*Meine Kinder, wo sind sie? Ich kann sie nicht mehr hören?*"

„*Sie sind in Sicherheit und werden bald auf Euch treffen. Nur Zwei Eurer Nachkommen wurden allerdings während Eurer Abwesenheit getötet*", sendete der Ordensbruder des Stabträgers eine Antwort zu dem Drachen, der sich nun langsam vom Boden erhob. Im selben Moment erwischte ihn eine Feuersalve und er verbrannte innerhalb eines Augenblicks.

„*Du kannst froh sein, dass der Stab dich schützt*", hörte der Stabträger den Drachen knurren. „*Wer hat sie getötet?*"

„*Die Welt hat sich während Eures Schlafes verändert, Herr*", begann der Dunkelmagier.

„*Ich frage dich ein letztes Mal – wer hat sie getötet?*"

„Ein Magier aus den nördlichen Landen. Sein Name ist Schasar. Aber er …" Im selben Moment erhob sich der Drache vollends.

Dann bahnte er sich den Schädel voraus einen breiten Gang durch den Fels. Das Bergmassiv begann stark zu erzittern, doch der Drache setzte seinen Weg unbeirrt fort. Nach einer Weile hatte das geflügelte Feuerwesen die Wand nach draußen durchbrochen. Grelles Sonnenlicht flutete die riesige, unterirdische Halle. Der Dunkelmagier schwebte in den Schatten und blickte dem weißen Drachen nach, der nun seine monströsen Schwingen entfaltete und sich vom Boden abstieß.

„Einen Augenblick noch", sagte Beißer und ließ Schasar los. Gregoralfo hatte Mühe Schasars ganzes Gewicht zu stemmen. Er sah dem Goblin nach, wie dieser in einen kleineren Gang zu ihrer Linken bog.

„Du bist doch der, der uns zur Eile ermahnt hat", rief der Dieb ihm nach, während das Erdwesen hinter einer Tür verschwand. „Ja, ja", hörte er die Stimme des Goblins. „Es ist nur …" Beißer trat wieder zurück auf den Gang und hielt etwas in der Hand. „… vielleicht könnt ihr das hier …" Er hatte sie wieder erreicht. „… später irgendwann gebrauchen." Er hielt dem Magier eine gläserne Kugel unter die Augen, doch Schasar war zu erschöpft, um zu antworten.

„Unglaublich. Eine Glaskugel. Dafür vergeuden wir kostbare Zeit?", fragte Gregoralfo. Ohne ein weiteres Wort machte er sich daran Schasar noch kräftiger zu stützen und ihn Stück für Stück zur Tür am Ende des Ganges zu führen. Beißer trat neben Schasar und schob ihm die apfelgroße Kugel unter die Robe.

„Danke", murmelte Schasar.

„Keine Ursache", erwiderte der Goblin.

„Danke für alles."

„Ja, ja. Schon gut."

Gemeinsam erreichten sie kurz darauf das Felsplateau. Die metallischen Rüstungen der heranhetzenden Orks klangen nicht mehr fern.

„Geht", sagte der Goblin. „Ich werde sie aufhalten."

Gregoralfo nickte dankbar. Kurz bevor sie das wabernde Portal erreichten, blickte sich der Dieb noch einmal um.

„Bist du sicher, dass du nicht mitkommen möchtest?", fragte er.

„Wenn es am Schönsten ist, soll man aufhören, oder wie war das? Jedes Volk geht einmal unter. Heute sind wir dran." Er hob zum Abschied die Hand. Gregoralfo dachte noch ein letztes Mal an Zara, Quinto und all die anderen, die sie nun zurücklassen würden. Dann trat er, Schasars Körper tragend, durch das Portal.

„Nein, nicht schlagen", rief der Goblin und krümmte sich auf dem Boden. Die Orks blieben vor ihm stehen und sahen ihn nachdenklich an. *Wenn man das bei Orks nachdenklich nennen konnte,* dachte Beißer. „Sie sind geflohen!", sagte er. „Sie haben ..." Er schluckte schwer „... gegen den Herrn gekämpft. Seht nach, wie es Ihm geht." Der Anführer der Goblins grunzte und rannte los. Die übrigen folgten ihm. Beißer ließ sich Zeit. Beinahe vergnügt hielt er auf die große Halle zu.

Als er sie betrat, hatte sich um die Leiche des dunklen Herrn eine Traube gebildet. Lauthals berieten sich die Orks, was nun zu tun sei.

Beißer stand etwas abseits und sah sich das Ganze teilnahmslos an. Doch innerlich lächelte er. Nur schade um den jungen König, dachte er. Er hatte ihn während ihrer gemeinsamen Zeit wirklich lieb gewonnen. Für einen Menschen war er gar nicht so übel gewesen.

In Gedanken verloren umkurvte er eine der hölzernen Säulen, als er zu der Stelle kam, an der er Arxors Körper vermutete. Der Goblin schluckte. Arxor war verschwunden. Und was er stattdessen sah, ließ ihm das Blut in den Adern gefrieren.

Epilog

Der große Krieger stand reglos auf dem steinernen Felsplateau. Still beobachtete er den blauen Himmel.

„Es ist an der Zeit", grummelte er in den verfilzten Bart. „Ich lasse die Clanführer zusammenrufen!" Hinter ihm stand eine schmale Gestalt im Halbdunkel, die stumm nickte. „Berichte den Elfen, dass ich alles in meiner Macht stehende tun werde. Und wenn der Kriegsrat es so will, werden die Gebirgler unter dem einen Hohenkönig in die letzte Schlacht der Völker ziehen."

„Danke", erwiderte Fayola und trat in das Licht der zwei Sonnen. Ihr Blick fiel auf Verga, die in Dorons Hand leicht bebte. Die Lichtstrahlen spiegelten sich in der kristallenen Axt wieder und gaben ihr einen majestätischen Glanz. Doron nickte, während in der Ferne der weiße Drache gen Norden verschwand. Dann wandte sich der Gebirgler zum Gehen und wurde von dem dunklen Stollen verschluckt.

Fayola blieb allein zurück. Endlich war es an der Zeit, die nahezu zehn Winter andauernde Schreckensherrschaft der Drachenländer über die Nordlande zu beenden. Mit einem grimmigen Ausdruck auf dem hübschen Gesicht kletterte sie den Felsen hinab.

„Ruhig, Filios", sagte sie, als sie sich dem schneeweißen Einhorn näherte. Sie tätschelte ihm liebevoll den Nacken und stieg auf. „Nach Hause", flüsterte sie ihm ins Ohr. Mit einem lauten Wiehern setzte sich das prächtige Tier in Bewegung.

Bastian Baumgart,

angehender Diplom-Wirtschaftsingenieur, angestrebtes Staats-
examen in Wirtschaft und Elektrotechnik, wurde am 21.12.1984
in Rheinberg geboren.

Nach einem Auslandsaufenthalt in Seattle, Washington, USA,
und dem Abitur am Grafschafter Gymnasium Moers zog
es ihn nach Aachen, wo er an der Rheinisch-Westfälischen
Technischen Hochschule studiert. Momentan schreibt er seine
externe Diplomarbeit bei der Trianel GmbH zum Thema
Regelenergiemärkte der Schweiz.

Die Helden

Alles in alphabetischer Reihenfolge geordnet

Arxor von Argonia	König der Nordlande
Schasar Magicus	Superior, Berater der Krone
Quinto	Heermeister der Armee der Nordlande
Arliandro von Belos	Elf, Ratsmann des Elfenrates

Menschen der Nordlande

Bär	Ehemaliger Hofprospektor, Lehrmeister von Quinto
Dahlgor	Ehemaliger Berater der Krone, Mentor von Schasar
Emeliala	Verstorbene Ehefrau von Arxor
Fayola	Tochter des Arxor
Felician	Gelehrter am Hofe der Nordlande
Geréon	Hofkoch
Gregoralfo	Dieb von Argonia, Träger von Elfensinn
Iasion	Theatermeister
Leon	Späher
Lucien	Sohn von Arxor
Mertion	Ehemaliger Stadtvorsteher von Kimón
Zara	Kriegerin, Geliebte von Quinto

Weitere Informationen zu den Charakteren findet ihr in den Heldenbriefen unter www.schattenland.eu.

Menschen der Südlande

Duncas	Prinz der Südlande
Jaryan	Botenjunge
Largos	König der Südlande
Osador	Wirt vom „Blutroten Drachen" in Nos Tal

Elfen

Dayana	Seherin der Elfen
Dunya	Ehemalige Seherin der Elfen
Fejlippo	Ratsmann des Elfenrates
Fenja	Elfe, Mutter von Dahlgor
Lethuyan	Ratsmann des Elfenrates
Salyron	Ehemaliger Ratsmann des Elfenrates
Ustendio	Ehemaliger Ratsmann des Elfenrates
Valessia	Mentorin

Sonstige Charaktere

Doron	Gebirgsherr, Träger der Axt Verga
Nong`tau	Wilder
Yethian	Schamane der Wilden

Wesen

Fia	Hippogreif
Filios	Einhorn von Arliandro
Kayia	Hippogreifenjunges
Nesia	Hippolo
Reon	Hippogreif
Einhörner	Schneeweiße Pferde mit einem langen Horn auf der Stirn
Greife	Wesen mit einem Adlerkopf, Adlerschwingen, einem Löwenrumpf und Löwentatzen
Hippogreife	Wesen mit einem Adlerkopf, Adlerschwingen, einem Pferderumpf und Pferdehufen
Hippolos (elfisch)	Einhörner mit Adlerschwingen
Hippolos (menschlich)	Pferde mit Adlerschwingen

Die Dunklen

B'aissa/Beißer	Goblin
Ethariat	Orkgeneral
Lavian	Er, Herr der Schatten, Vater von Dahlgor
Penyirat	Lagervorsteher der Orks
Relfiath	Ork
Tagenor	Heermeister der Dunkelwesen

Wesen

Drachen	Elementarwesen Feuer; riesige fliegende, Feuer speiende Echsen
Gargolys	Abk. für „Ghar'Ay'Goyys" = fliegende Erdwesen, fledermausähnliche Flugwesen
Goblins	Halbwüchsige Kriegerrasse, die zumeist auf Urawoks reitet
Orks	Abk. für „O'rches" = Die Verbannten
Oger	Abk. für „Oylech'cher'mena" = Oylechs Krieger, hochgewachsene Kriegerrasse der Gebirgler
Schattenmagier	Mitglieder des dunklen Bundes „societas melior"
Urawok	Wolfsähnliche Wesen, auf denen zumeist Goblins reiten

Sprache der Magier

Zaubersprüche

Luft:

Intermissio	Erstarrungszauber
Quietus	Geräusche dämmen
Summa voce	Lautstärke der Stimme erhöhen

Feuer:

Dele (…)	Zerstöre (etwas)
Ignis	Feuer
Lux	Licht (Kugel)
Lux sintillis	Steigerung Lux

Erde:

Ad domum ire	Ortsbezogener Zauber
Dolores horribiles	Schmerzzauber
Morte violenta peri	Todesfluch
Pertefractio	Versteinerungszauber (blau)

Wasser:

Demonstras locum incertum	Gedanken formieren
Fulmen	Blitzzauber
Fulmen peracutus	Steigerung von Fulmen

Kreton (Höchste dunkle Zauberkunst)

Quaero Magica	Aufspürzauber Magie
Scientia potentia est	Wissen ist Macht
Cogitati lego ingenium capio	Gedächtnis aussaugen

Elfensprache

Arliandro, Eleychai.	Arliandro, mein Bruder.
Dai'yAna, t'emnios guen'seren.	Dayana, diese Menschen sind gut.
Ech'arlio aRl'y'CHandro, el'eychai aY'lechsia. Dor'Aprô tarna, laythio terim daRi. Iona Ionarde.	Ich heiße Arliandro, der Bruder der Alexa. Öffne uns Suchenden deine Tür! Wissen den Wissenden.
Echo Travario, sdraneCHs'siô d'El'eychaie	Ich bin Travario, der Beschützer deiner Schwester.
Echo Ustendio, valedor'Se'Nerdana. Se'viVo' dai'iviona t'peidido'Ai'selenthijo terpah	Ich bin Ustendio, der Wächter der Seherin. Ich bitte die Lebewesen dieser Welt über das Folgende für immer zu schweigen.
El'eychaie merim. Chelios!	Sei Willkommen, meine Schwester!

Iona'i'methia terim neCHsa'se	Dein Wissen und deine Gefühle musst du schützen
Mêr Ay'Lechsia, Nerdana d'eleves, iona' ehlye'Tha'Dador, enthân'a ... Nerdana Dayana!	Mir, Ay'Lechsia, Seherin der Elfen, Wissende des Schicksals folgt ... die Seherin Dayana.
Paleo natUra'Se?	Sprichst du die Sprache des Waldes?
Por'Na o'paleo'sA'Se?	Warum antwortest du dann nicht in ihr?
Techo Dayana att'El'eychaie	Du bist also unsere Schwester Dayana
Thekô'tere paleo'se	Aber denke nach, bevor du redest!

Namenslegende
in *Syon'A'Tura*, der Sprache der Natur

Dayana (D'Ay'Ana)	Morgenrot
Fayola (F'Ay'Ola)	Hoffnungsschimmer
Arliandro (Arl'y'Chandro)	Der die Wege des sehenden Falken kreuzt

Jahreszeiten

Zeitpunkt	von:	Tag:	Bis:	Jahreszeit
Jahresanfang	Erntebeginn	1 - 15	Ernteende	Erntezeit
	Winterbeginn	16 - 60	Winterende	Schneezeit
Jahresmitte	Winterende	61 - 86	Blütezeit	Zeit der aufgehenden Sonnen
	Sonnenzeit	87 - 137	Endzeit	Zeit der Sonnen
Jahresende	Endzeit	138- 150	Erntebeginn	Zeit der untergehenden Sonnen

Ein Wort des Dankes

Die Fortsetzung der Abenteuer von Arxor und seinen Gefährten wäre niemals möglich gewesen ohne die Unterstützung des Schweitzerhaus Verlags. Dafür einen herzlichen Dank an Karin Schweitzer, die bedingungslos an mich und „Das Schattenland" glaubt.

Ich danke Stephan Lemkens für die Auflösung der Zeitparadoxa und viele spitze Anmerkungen, die „Das vierte Volk" zu dem Buch gemacht haben, das es nun ist. Ich hoffe, dass ich dich als Co-Autor für den dritten Teil gewinnen kann.

Christian Mörsch und Bernd Baumgart möchte ich für das kritische Lektorat danken. Ihr habt dem Buch den letzten Schliff verpasst.

Zudem möchte ich Martin Schlierkamp für das großartige Cover das größtmögliche Lob aussprechen. Ich freue mich auf eine weitere gute Zusammenarbeit.

Vielen Dank an meine weiteren Testleser für ihre Anmerkungen und Hinweise. In alphabetischer Reihenfolge (ladies first) waren dies: Andrea Kirschner, Brigitte Wiesner, Carina Haller, Eva-Maria Neumann, Ines Kickhefel, Jenny Lindemann, Martina Laster, Victoria Truschko, Yvonne Heinemann, Alexander Vorndran, Misch Mühlen und Patrick Bastong.

Zu guter Letzt möchte ich mich bei all denjenigen bedanken, die mich während meiner Studien in Aachen und Stockholm „geprägt" haben. Danke für die geile Zeit!

Shaans Bürde

Susanne Gavénis

Das Schicksal der Welt ruht auf den Schultern eines Einzelnen.

Seit Anbeginn der Zeit tobt auf der Erde die Schlacht zwischen den Mächten des Lichtes und der Finsternis.

Shaan, Enkel eines Herzogs, wird von seinem Vater in der Einsamkeit der Berge mit grausamer Härte auf seine vom Schicksal bestimmte Aufgabe vorbereitet: Er ist der Beschützer der Lanhal, der Inkarnation des Guten, die alle hundert Generationen in Gestalt eines gewöhnlichen Mädchens wiedergeboren wird, um in einem mörderischen Aufeinandertreffen mit dem Yinyal, der Verkörperung des Bösen, um die Zukunft der Menschheit zu kämpfen.

Ausgestattet einzig mit der Fähigkeit, Wind und Wasser zu beherrschen, muss sich Shaan einer Bedrohung stellen, die alles Vorstellbare übersteigt, denn die Mächte das Bösen entsenden eine schreckliche Gegenspielerin, die ebenfalls über zwei Elemente gebietet – Feuer und Erde.

Und Shaan weiß: Sollte er versagen, wird nicht nur die Lanhal sterben, sondern die ganze Welt für hundert Generationen in Dunkelheit versinken.

Hardcoverbuch mit Kapitalband, 600 Seiten, 21 x 14,2 cm

ISBN 978-3-939475-35-4, € 24,90

Hieros Gamos

Hendrik Blome

Daniela, eine junge, lebenslustige Witwe und Mutter zweier Kinder, findet ihren neuen Traummann. Behutsam und Schritt für Schritt führt sie ihn in eine für ihn unbekannte geheimnisvolle Welt einer uralten freisinnigen Sekte. Sie ermöglicht es ihm, seine tiefsten erotischen Träume in Gemeinsamkeit ausleben zu lassen und begeistert ihn damit für die Mitgliedschaft in einer Geheimloge. Einer Bruderschaft, die ihre Wurzeln bis auf Mitglieder und Nachkommen der Albigenser und des Templerordens im 13. Jahrhundert zurückführt.

Pauline erlebt die Höhen und Tiefen eines ausschweifenden und zügellosen Lebens am Hofe eines Fürstbischofs und eines Marquis im Frankreich des Mittelalters. Sie wird Zeuge und Beteiligte eines Rituals der Tempelritter und muss fliehen, als die Schergen des Königs Jagd auf die Templer machen.

Ein Geheimnis verbindet diese beiden Frauen über Generationen hinweg, das Daniela noch heute, 700 Jahre danach, bewahrt.

Erotik bis zur Auflösung des Gedankens. Der Charme des Erzählens ist ein kaum in Worte zu fassender: Hier wird eine erotische Schaumspeise angerührt, die be- und verzaubert, wird der Leser in ein heiter-melancholisches Reich des Begehrens geführt, verweilt darin und weiß zu guter Letzt nicht mehr wie er diesem entkommen soll.

ISBN: 978-3-939475-84-2 - 15,50 €
Taschenbuch - 568 Seiten